Ana Ferrarezzi

Entre a vida e a morte

Série Esmeralda

vol. 3

TALENTOS DA LITERATURA BRASILEIRA

São Paulo, 2019

PREPARAÇÃO: Nathalie Fernandes Peres
ILUSTRAÇÃO DE CAPA: Manoela Costa Artwork
DIAGRAMAÇÃO: Nair Ferraz
REVISÃO: Jadson Gomes da Silva

EDITORIAL
Bruna Casaroti • Jacob Paes • João Paulo Putini •
Nair Ferraz • Renata de Mello do Vale • Vitor Donofrio

Texto de acordo com as normas do Novo Acordo Ortográfico da Língua Portuguesa (1990), em vigor desde 1º de janeiro de 2009.

Dados Internacionais de Catalogação na Publicação (CIP)
Angélica Ilacqua CRB-8/7057

Ferrarezzi, Ana
Entre a vida e a morte / Ana Ferrarezzi;
ilustração de Manoela Costa Artwork.
Barueri, SP: Novo Século Editora, 2019.
(série Esmeralda; 3)

1. Ficção brasileira I. Título. II. Costa, Manoela III. Série

18-2147 CDD-869.3

Índice para catálogo sistemático:
1. Ficção brasileira 869.3

grupo novo século
ns
Alameda Araguaia, 2190 – Bloco A – 11º andar – Conjunto 1111
CEP 06455-000 – Alphaville Industrial, Barueri – SP – Brasil
Tel.: (11) 3699-7107 | Fax: (11) 3699-7323
www.gruponovoseculo.com.br | atendimento@novoseculo.com.br

DEDICATÓRIA

Dedico esse livro a quem viveu uma vida de luta e superação. Sua força me inspirou a escrever. Minha querida avó, Elzira Ferrarezzi Carotti.

A TRANSFORMAÇÃO DE TAU

Alguns subestimam a importância das regras. Uma lástima, já que elas são primordiais para permitir a vida. Um grande exemplo é o próprio Sistema Solar, que mantém a sua órbita seguindo as orientações do Sol. Outro exemplo é a importância de cada entidade trabalhar em prol de seu elemento e, mais ainda, unir-se às demais em um objetivo em comum. Em contrapartida, seguindo outra diretriz determinada pelo universo, todos, inclusive os humanos, têm o livre-arbítrio para escolher seguir as regras ou ignorá-las e, naturalmente, sucumbir às imposições das consequências dessa omissão.

Guaraci, no dia em que enfrentou o primeiro desmantelamento de Jaci, optou em virar as costas para suas funções. Uma escolha que mudou a sua vida e a vida dos milhares que o rodearam. Isso porque, ao agir com omissão, convidou o caos para entrar no seu sistema solar.

E, para a infelicidade de muitos, o caos aceitou o convite.

Em um local remoto, anos-luz da Terra, um Guardião se desprendeu de sua entidade primária conhecida como Buraco Negro ou Anhangá, após agonizar sob a sua custódia por muito, muito tempo. Ele se comprimiu em forma de um meteorito (para se camuflar) e vagou o cosmos como um abutre em busca de carne fresca. Passaram-se outros séculos, esse Guardião se comprimiu ainda mais. Tornou-se mais calejado, denso, revolto, odioso.

De fato, o caos agiu como um diretor em uma peça teatral.

Quando o Guaraci deu as costas para o sistema, surgiu um portal extenso, que ligou a Terra a um lugar muito distante. E, por obra do azar, o portal chamou atenção desse Guardião que vagava o cosmos sem rumo definido; condenado a flutuar no vasto vazio escuro. A princípio, esse Guardião estranhou sua sorte. Esse ensejo lhe pareceu uma armadilha, como uma miragem em meio a um deserto. Depois lhe pareceu um chamado, dando -lhe a improvável impressão de que Anhangá havia conferido a ele uma missão gloriosa.

Enfim, era uma oportunidade e o Guardião entrou no portal e encontrou um mundo maravilhoso, verde, puro e (melhor!) inocente da destruição.

Por um breve instante, suspirou de alívio. Depois, ao olhar a seu redor, alarmou-se. Havia algo estranho acontecendo nesse planeta. O planeta, na verdade, estava sendo atacado por diversos portais imensos. Grandes massas de poeira cinza, girando em círculos ferozes, como se imitassem o próprio Anhangá.

Ao olhar para o Sol, compreendeu o motivo. O Sol pareceu um touro feroz, sem domínio.

Deixou para lá.

Então, sem perder tempo, como um mosquito que injeta seu veneno no organismo que deseja se alimentar, esse Guardião inseriu sua energia no núcleo da Terra. Na verdade, ele não somente cravou uma única e solitária bandeira nesse planeta, mas milhares.

Surgiu Tau...

Então Tau, ainda sem forma definida, logo foi se aconchegando em seu novo lar. Soube, com um certo tom de cinismo, que a entidade do Sol – Guaraci – desequilibrou-se pela perda de sua amada. Soube também, com bastante humor, que Guaraci tentava encontrar uma forma de reverter o que havia feito. Inclusive notou, com uma boa dose de sarcasmo, que Guaraci odiou a notícia de que o seu planeta fora infectado pela entidade da Destruição e procurava uma forma de expulsar o novo habitante quando sabia que isso já não era mais possível. Assim que a destruição encontra o mundo, não há como voltar atrás.

Despreocupado, Tau prosseguiu sua vida. Explorou seu novo domínio com entusiasmo. Decidiu adotar o submundo como um lugar ideal para se acomodar, por estar longe dos olhares de Guaraci. Pela facilidade em dominar os animais, encontrou neles verdadeiros súditos. Com o tempo, passou a admirá-los... um pouco.

Certo dia, Tau encontrou um grupo de organismos vivos. Achou curiosos. Era um grupo unido que seguia regras definidas. Concluiu, sem muito esforço, que essa harmonia amplificada que contraria toda a lógica do caos ao redor só pode ter sido o resultado dos ensinamentos do Mairata. Só esta entidade teria a astúcia de ensinar aos demais sobre a importância e os princípios da civilização em meio a um ambiente hostil, semelhante a um cenário de guerra. Só um verdadeiro professor era capaz de transformar meros organismos que reagem a estímulos sem critério algum em verdadeiros anfitriões do planeta.

Tau recuou um pouco, julgando ser prudente manter distância do Mairata.

Mas, antes de desaparecer pela mata, uma índia de seios volumosos e nádegas achatadas saltou a seus olhos. Ele passou um longo período observando. Provavelmente movida pela ambição, ela não media esforços e meios para conseguir o que queria. A índia batia nos demais, manipulava e lutava para adquirir poder sobre os outros das mais perversas maneiras.

A moça de nádegas achatadas agia e reagia como se estivesse buscando, em meio a sua suposta natureza misteriosa, sua escuridão. Era como se quisesse criar uma nova norma. Algo que contrariasse a ciência, a razão e a civilização. Um assassinato à alma humana em sua profundidade.

Ele não soube bem o motivo que o levava a querer tanto a moça, mas quis. Era como se ela fosse um utensílio exposto na vitrine, cujo valor fora incrementado pela maravilha do marketing. Decidiu abordá-la.

Agora com um foco certo, ele finalmente se transformou em um humano.

Rapidamente, formou um plano: convencê-la a segui-lo até a sua casa, no submundo, para que pudesse consumi-la... de alguma forma.

Ele aguardou que ela andasse sozinha pela mata e a abordou:

– Ei... é... – sorriu um pouco sem jeito, as primeiras palavras que saíram de sua boca coçaram sua garganta. – O que faz sozinha? – finalmente perguntou.

– Nada – respondeu a moça com pressa, sem se impressionar com a bela fisionomia que Tau incorporara.

– Noto que você é ambiciosa – esfregando um dedo no outro com um gesto especulativo, prosseguiu: – Você tem aquele apego excessivo e descontrolado pelos bens materiais e luta priorizando-os acima de tudo. Tenho o que você procura – ele sorriu.

Acreditou que o seu pretensioso anúncio seria o suficiente para convencer a moça a segui-lo, mas, para sua surpresa, ela negou com a cabeça e indagou:

– E esquecer a generosidade e beleza que está em minha volta?

A moça se levantou e tomou seu caminho para a mata rebolando sua silhueta achatada com elegantes movimentos de uma ninfeta. Subitamente, esse corpo de proporções não muito suaves, de uma forma muito estranha, comunicou-se com o corpo de Tau. Foi uma espécie de comunicação telepática, evoluída em sinais os quais ele não conseguiu entender, mas sentiu pela primeira vez seu corpo responder à imagem com uma sensação eletrizante que percorreu seu peito e sua barriga. Algo incomum, que beirava a dor, mas era... diferente.

A dor ele conhecia bem. Já sentiu a mais profunda agonia física enquanto estava preso na energia gravitacional e maciça de Anhangá, mas a sensação era diferente. Era tão prazerosa que o atordoou tanto que deixou de ter consciência de onde estava. Aliás, o que fazia mesmo?

Subitamente, possivelmente em escárnio, essa fêmea, que detinha curvas muito pouco atraentes, olhou em sua direção e sorriu.

Bruxa!

Um choque localizado em uma parte de seu corpo o assustou. Logo em seguida, uma parte de seu corpo que parecia não ter muita utilidade além de secretar líquidos de vez em quando enrijeceu a olhos nus.

Sem saber o que fazer, Tau deu alguns passos para trás como se tivesse de preparar para lutar, sabe-se lá como, com algo preso em seu corpo. Seria um elemento sem forma que queria se desprender do seu para se tornar um Guardião, assim como ele foi um dia preso a Anhangá?

Sem entender, ele voltou sua perplexidade para a entidade maliciosa já no horizonte e julgou que ela detinha poderes os quais ele não conhecia.

Ele subestimou o poder dessa humana.

Então passou da tolice paralisante para uma fera desbravada e correu como nunca o fez atrás da ninfa que dominava parte de seu corpo. Precisava conquistá-la para, ao menos, questioná-la sobre os seus poderes telepáticos. Afinal, ele precisava compreender.

Mas era tarde demais.

A moça acabou entrando em um campo envolvido por milhares de flores selvagens que exalavam as mais diversas cores e cheiros. Características tão marcantes que o repugnaram.

Ele desistiu. Por ora...

No entardecer do dia seguinte, Tau caminhava em direção ao lago para pescar quando encontrou a bruxa com poderes telepáticos sentada debaixo de uma árvore. Com olhos entreabertos, sem se importar com o que ocorria a sua volta, a índia abocanhava uma fruta vermelha e gemia sonoramente enquanto mastigava.

Intrigado com o estranho e oportuno encontro, Tau desistiu da pesca e caminhou em direção à moça. Com a proximidade, viu a fileira de suco rosa deslizando pelo braço da moça e aquele membro, nomeado por Tau de "Guardião", acordou e tomou forma. Novamente, Tau se sentiu possuído.

Por que toda a vez que o "Guardião" acordava, inflava? Por que ele se sentia possuído e impelido a atender aos anseios insanos desse membro que lhe parecia insignificante por apenas secretar um líquido malcheiroso e desagradável?

Tau parou no meio do caminho. Irritado, estapeou o membro irritante. Mordeu seus lábios e se arrependeu imediatamente pela dor que se misturou com o deleite que incorporou seu juízo. Suspirou. Não tinha jeito... Vencido, voltou a sua faina. Estudou o prazer que ela sentia ao mastigar a fruta e percebeu uma oportunidade. Se ela o manipulava, ele poderia fazer o mesmo.

Ele se aproximou e perguntou:

– O que faz sozinha?

– Nada – ela respondeu desinteressada. Voltou sua atenção à fruta.

Tau julgou que a breve introdução fora o suficiente para quebrar o gelo e partiu para o assunto que lhe interessava:

– Noto que você é gulosa e te ofereço uma profusão de alimentos deliciosos, além de muito conforto – Tau falou com simplicidade. Quem sabe ela trocaria a tal beleza e generosidade a que se referiu para atender sua gula e conhecer as delícias do submundo?

Sem perder tempo, retirou da sacola que trazia para se alimentar durante a pesca uma fruta verde, abundante no lugar que escolheu viver.

Levando em consideração o convite, a moça se aproximou e experimentou a fruta. Sentiu o gosto cítrico e amargo da perda, franziu seu rosto e respondeu:

– Não dá para deixar a minha família.

Sem dar chance a Tau de se manifestar, ela desapareceu pela mata, deixando-o confuso. Ele precisou reprimir sua vontade de avançar na moça. Isso porque já havia feito isso antes e não cometeria o mesmo erro.

Afinal, o que ela queria?

No mesmo horário do próximo dia, Tau já a aguardava perto do lago. Fascinado, chegou muito tempo antes do entardecer, hora que julgou que a índia passearia na beira do lago. Aguardou... Aguardou...

Mas ela não apareceu.

Então ele se transformou em um animal com a forma semelhante à de um tatu e foi a seu encontro. Encontrou-a deitada na caverna aos soluços.

– Que houve? – ele perguntou.

– Não quero trabalhar. Quero sumir daqui... – ela confessou.

Tá, que seja! Rapidamente Tau repetiu seu convite:

– Você pode ir embora comigo para o submundo. Lá não terás nunca de trabalhar.

– Tá, tá! Submundo, Tá! – A moça virou, voltou a soluçar e fechou a questão.

Tau, ainda mais confuso, pensou em argumentar, mas não teve tempo. O pai da moça apareceu, gesticulando como um urso. Pegou a índia pelo braço e a levou para fora da caverna, possivelmente para trabalhar.

Bem feito!

No quarto dia, Tau chutava pedras e espantava bichos que insistiam em lhe acompanhar na sua caminhada em torno do lago. Ele passou o dia intrigado e irritado. Não sabia bem por que raios queria tanto aquela cretina, mas queria! Então, suprimiu a vontade de encontrar a bela índia e passou a caminhar pelo lago em busca de... bom, de uma ideia.

Até que a encontrou vagando perto do lago.

Abrindo mão de sua candura e prudência, foi a seu encontro.

– O que faz aqui? – ele perguntou, sem se anunciar. No susto, a feiticeira colocou a mão no meio de seus seios e saltou. Então passou a gargalhar.

Em meio ao riso, ela respondeu:

– Vim me banhar.

Tau perdeu o fio da meada. Tentou a todo custo manter os olhos no rosto da moça, mas uma força empurrava seus olhos para os dois calombos volumosos que balançavam enquanto ela ria. Para sua irritação, o Guardião acordou.

Tau precisou respirar fundo para que o oxigênio arejasse seu cérebro e forçou uma pergunta:

– Qual é seu nome?

Sim, precisava colocar um nome na bela índia.

– Kerana.

– Kerana... – Tau repetiu. – Você é muito bonita para tomar banho sozinha... – Tá, exagerou. Essa situação o deixou muito confuso.

– Mas... Tenho que... – Kerana tentou falar. Com a palma da mão, Tau interrompeu. Não havia terminado o seu argumento.

– Sei... Você é vaidosa e tem motivo para ser. Precisa de um Guardião... – Pausou. Não foi bem isso que quis dizer. Mostrou seus dentes, um pouco aflito. Não queria transparecer que havia algo que tinha vida própria colada em seu corpo. Limpou sua garganta, disfarçando a tempestade mental a qual estava sendo acometido e voltou a argumentar. – Quando me refiro ao Guardião, na verdade quero dizer um protetor.

Sério?

Acabou de dizer que o Guardião era, na verdade, um protetor? Por onde fugiram os seus neurônios? Por que Kerana, subitamente, sentou-se na beira da lagoa? Será que ela aguardava ele prosseguir com o argumento para rir da sua cara?

– O que aguarda? – perguntou Tau, reprimindo a vontade inenarrável de esbofetear sua própria cara até o seu cérebro voltar a funcionar. Mas, para o espanto de Tau, ela respondeu:

– Aguardo você ir embora...

Sentiu uma raiva crescer em seu organismo. Quem era ela para manipular seu corpo? Assim que pensou em avançar na moça, notou uma flor minúscula em seu cabelo que o confundiu. Será que ela se protegia atrás de uma flor?

Com o orgulho ferido, Tau se foi.

No quinto dia, Tau buscou algo que pudesse utilizar de isca. Algo apelativo e que impulsionasse a vaidade, preguiça, luxúria e gula – tudo ao mesmo tempo! – em Kerana.

Enquanto conjecturava, invejou a caverna, a água e as flores. Também invejou todos os membros da tribo; todos tinham Kerana e não pareciam apreciar sua presença. Por que eles eram mais importantes à Kerana do que Tau? Por que ele era obrigado a buscar algo que a atraísse quando os humanos a tinham ao seu lado sem qualquer esforço?

Da inveja, nasceu a raiva.

Um sentimento que o alimentou por horas.

Tau andou... andou atrás de algo. Vasculhou, com olhos criteriosos e clínicos, o ambiente em volta. Foi então que, em um lugar remoto, encontrou uma romãzeira. A romã é uma fruta que une tudo. É doce o suficiente para induzir a gula, amarga para lembrá-la da vaidade, incrementada para instigar a preguiça e crescer sua luxúria. Como também não havia frutas semelhantes na região de Kerana, supôs que a romã impulsionasse a avareza na moça e, certamente, faria brotar a vontade de ter aquilo que não era inteiramente seu.

Então ele a encontrou no sexto dia e a presenteou com uma cesta de frutas.

– O que é isso? – Kerana perguntou.

– Romãs... experimente – Tau entregou uma fruta.

Kerana experimentou e sorriu após a primeira mordida.

– Nossa! – Kerana elogiou o gosto da fruta e devorou-a rapidamente.

Tau, após confirmar a reação da moça, virou-se e tomou seu rumo.

– Aonde você vai? – ela perguntou.

– Para o submundo – respondeu Tau.

Desta vez, Kerana foi obrigada a ver Tau ir embora. Cresceu em si, nesse único golpe, sentimentos confusos de inveja e raiva. Ela exclamou:

– Dê-me as frutas!

Mas não teve jeito.

Kerana voltou para a tribo intoxicada pela fruta. Ela a queria. Chorou e planejou no dia seguinte se vingar.

No sétimo dia, ela o aguardava na mata.

– Quer outra fruta? – perguntou Tau.

Kerana sorriu e deu um beijo ardente em Tau e depois perguntou:

– Quer outro beijo?

Afoito, esquecendo-se de informações cruciais, como o seu plano, quem era e onde estava, Tau respondeu:

– Quero!

– Então vai ficar querendo! – Kerana colocou seus punhos fechados na cintura, em um gesto desafiador e gargalhou. Foi um gesto claro de quem quer ver o pior que o outro tem a mostrar. Isso Tau poderia trabalhar.

Tau sentiu seu sangue ferver por ter caído na armadilha da feiticeira. Rapidamente, ele analisou o ambiente como um guerreiro espia o campo de batalha momentos antes de iniciar a luta. Diferente das outras vezes em que Kerana parecia ser protegida por flores, ela estava ali, vulnerável. De alguma forma, mesmo que torta, Kerana cedia.

E Tau não perdeu essa oportunidade. Sua paciência acabou. Além disso, chegou à conclusão de que a pobre moça não tinha capacidade intelectual de vislumbrar as óbvias vantagens em suas ofertas. Sem perder tempo, Tau socou o chão. Com a força do golpe, surgiu um estrondo ensurdecedor. Kerana se assustou, fechou seus olhou, ajoelhou-se e colocou as duas mãos nas orelhas. A terra ao redor passou a tremer. Ainda mais assustada, Kerana se levantou e tentou correr, mas Tau a pegou pela cintura, colocou-a em seu ombro e saltou no abismo que ele mesmo criou, em direção ao submundo.

Guaraci escutou o barulho da Terra e testemunhou o ocorrido. Ele se espantou com a violência com a qual Tau carregou a humana para o submundo. Preocupado, decidiu descer para intervir. Mas, por mais que Guaraci tentasse abordar Tau no submundo, perdeu-se diversas vezes. Então, devido à urgência e relevância da situação, pediu ajuda da entidade primária: Aracy.

Assim que Aracy desceu para a Terra, encontrou Kerana sentada, de costas, em uma extremidade da caverna. Mesmo estranhando a reação defensiva da moça, passou um bom tempo conversando e expondo os motivos para se distanciar de Tau. Inclusive, mencionou que essa relação poderia desencadear impensáveis consequências para o mundo, já que seria impensável Tau procriar. Mas foi tarde demais. Kerana se virou. Estava grávida.

De fato, Kerana já havia se unido a Tau e isso não tinha como mudar.

Por isso Aracy se viu em meio a um impasse. Não importava o que aquele feto representava. A entidade primária jamais poderia virar as costas e deixar a menina padecer, já que o corpo de uma humana simplesmente não conseguiria levar adiante uma gravidez de uma entidade da Destruição. Aracy conseguiu sentir o feto se alimentando na barriga da Kerana. Sentiu o sofrimento do pequeno. Seu coração amoleceu. Então, para salvar a mãe e o feto, chamou Tupã.

Tupã, mesmo enojado, assim que soube do ocorrido, capturou Tau abrindo a mesma fenda na Terra e o obrigou a dar parte dos seus poderes para Kerana.

Por fim, a opção de uma mudou o destino de todos.

Dessa relação, personificaram-se monstros antes amenizados e neutralizados pela forma imaterial. O primeiro filho foi Teju Jagua, a quem ficou incumbido à sorte daqueles que teimam em se aventurar em cavernas. Também representa as frutas, provavelmente para lembrar Kerana de sua fraqueza. O segundo foi Mboi Tu'i, com a fúria das criaturas aquáticas, provavelmente para impedir Kerana de fugir pelas águas acolhedoras. O terceiro filho foi Moñai, cuja obsessão se instala pelos campos abertos, já que neles está a verdadeira vulnerabilidade dos corajosos, também para impedir Kerana de correr de seu destino. O quarto filho foi Jaci Jaretê, que busca inocentes sozinhos, coloca-os em transe e depois lhes dá um beijo que retira suas memórias. Uma pequena lembrança da maravilhosa inocência que carregavam as entidades de Ci, algo que Kerana perdera ao se juntar com Tau.

O quinto filho foi Kurupi, um monstro repulsivo que impulsiona a luxúria e a violência pelos artifícios da sexualidade. Também induz fertilidade. Ele lembraria Kerana de sua escolha. O sexto filho foi Ao-Ao, incumbido dos montes e montanhas. Kerana não poderia ter qualquer válvula de escape. O sétimo, para finalizar com maestria, foi Luisón, responsável por conduzir aqueles que perderam a vida, uma dádiva ou maldição.

I

CARMEM – ASSUNTOS IMPORTANTES

RIO DE JANEIRO, QUINTA-FEIRA, 28 DE OUTUBRO DE 1999

Credibilidade; este era o alvo da Carmem. Era o que ela precisava para construir uma carreira no disputado setor científico.

Essa era a única certeza que Carmem carregava consigo enquanto caminhava lentamente em direção à faculdade. Na verdade, essa não era a única certeza, infelizmente. Ela carregava sua tese e o peso da verdade como uma algema de peso cravado em seus pés: Dr. Hélio de Souza, o orientador que assumiu no ano passado o laboratório em que Carmem já vinha desenvolvendo sua tese, não a queria. Mais ainda, ele se utilizaria dos meios mais cretinos para negá-la e desafiar sua merecida credibilidade.

Pior, Carmem sabia o motivo.

Quando Carmem escolheu prestar o vestibular, não sabia se deveria escolher o curso de Biologia ou de Veterinária. Por um tempo, buscou aquele meio-termo contente entre essas duas especialidades como se pudesse traçar um cinturão equatoriano entre elas e fazer de tudo um pouco, mas acabou cedendo para um lado.

Ela tinha de confessar, sua decisão de prestar o curso de Biologia não foi originada por aquela vontade obscura que subitamente surge enquanto se é adolescente e está deitada na cama, pensando na vida, em meio a um quarto bagunçado. Também não foi originada por aquele sentimento altruísta de salvar uma espécie em extinção. Bom, talvez sim. Nesse caso, ela poderia acreditar que alimentava algum sentimento altruísta, ou algo parecido, apesar dessa definição não ser necessariamente assim… tão precisa.

Quando Carmem passou para o curso de Biologia em uma faculdade na Barra da Tijuca, fechou a questão. Ela se despediu do seu belo e amado jardim cheio de flores logo ao lado da casa modesta de seus pais em Búzios, abraçou sua família e acariciou Sansão – um dachshund enfezado que vive, apesar dos seus dezenove anos e três dentes remanescentes. Carmem seguiu a sua intuição. Ou melhor, seguiu sua razão. Isso porque, como ela passava grande parte de seu dia cuidando de um jardim e ao lado de seu cachorro, imaginou que essa escolha fizera algum sentido.

Levando em consideração o motivo pelo qual Carmem caminhava em direção à faculdade, a grande verdade era que tudo havia deixado de fazer muito sentido.

Pelo menos no âmbito racional.

Carmem tropeçou em um dos paralelepípedos da rua em frente ao prédio onde estudava. Estava cansada... Limpou uma fileira de suor ao lado da testa. Automaticamente olhou para um dos prédios com apartamentos pequenos próximos à faculdade. Morar em um desses apartamentos era seu sonho de consumo inalcançável, já que o aluguel era o dobro do valor, ao se comparar com o valor que dividia com sua colega, Carol. Sua bolsa de estudos mal pagava a sua parte do aluguel e ela precisava trabalhar longas horas como garçonete. Simplesmente não havia espaço para outra dívida. Nem energia.

Carmem suspirou e espiou seu relógio de pulso, que acusou quatro horas da tarde. Suspirou novamente. Por que havia aceitado se reunir com o seu orientador a essa hora quando precisava estar no restaurante em menos de duas horas?

Em tese, ela não deveria se preocupar. O restaurante era relativamente próximo à faculdade. Apenas quinze minutos de ônibus. Mas, sabendo que o trânsito na Barra da Tijuca se transformava em um enorme engarrafamento cheio de nós e ruas sem saída, o melhor era ir ao trabalho a pé.

Acuada, cansada e preocupada, ela seguiu o seu caminho como um condenado vai à forca. Dividida entre uma vocação que não lhe rendia dinheiro e um trabalho que não lhe dava qualquer satisfação, perguntava a si se deveria largar tudo e voltar para o sítio de seu pai.

Uma coisa era certa, se Carmem, de fato, decidisse largar tudo, jamais seria a pedido de outra pessoa, assim como fez uma das suas amigas, Lara. Simplesmente não achava uma boa ideia dar a um homem, por mais bem afeiçoado que fosse (o que não era o caso do noivo da Lara), o poder de controlar e escolher aquilo que acreditava ser melhor para a vida dela. Carmem não tinha paciência nem vocação para assumir o papel que a sociedade paternalista conferia a uma mulher.

Foi uma lástima ver Lara desistir de sua carreira na Advocacia, assim que se formou, para viver no interior de Minas Gerais. Carmem precisou engolir a frustração de ser obrigada a ver, em silêncio, sua amiga ir, já que no único momento que transpareceu a sua opinião, foi mal-interpretada.

Lara, cega, acabou mencionando que Carmem sentia receio pois não queria aumentar os custos do apartamento, já que, quando ela fosse, seria obrigada a dividir todos os custos apenas com Carol. Tudo bem... Carmem calou sua boca e secretamente perdoou a amiga. Infelizmente, a paixão nos leva a cometer erros com aqueles que mais querem o nosso bem.

Veja bem, seu intento jamais foi eliminar a chance de Lara viver um amor. Longe disso! Simplesmente acreditava que, quando um homem se sente no direito de informar categoricamente a uma mulher que ele sabe o que é melhor para ela, mesmo que seja uma parte mínima de uma conversa ou uma mera sugestão, perpetua aquilo que Carmem mais abominava.

Um frio no estômago fez Carmem paralisar e se segurar no portão da faculdade. Sentiu náuseas. Reprimiu a vontade de abrir mão de tudo, assim como fez Lara. Isso porque, ironicamente, sabia muito bem que essa reunião com o seu orientador também representava justamente tudo aquilo que mais desprezava.

Carol, a colega que dividia o aluguel do apartamento, trabalhava para um orfanato conceituado, gerenciado por uma socialite filantropa chamada Lina. Ela dizia que auxiliava Lina em tudo, mas Carmem duvidava muito disso. Pelo que sabia, Lina era uma mulher fabulosa, organizada, independente e que se esforçava para trazer esperança, carinho e dignidade para crianças que perderam muito em tão pouco tempo de vida. Certamente a gestora saberia avaliar que Carol não tinha a menor habilidade com crianças. Além disso, Carol era muito... paranoica. Ela também era bastante curiosa. Tinha um perfume característico, não tão sutil, de maresia. Ela dizia ser de tanto peixe que comia. Tudo bem... Aos poucos, Carmem treinou seu nariz a ignorar esse cheiro e, na maioria das vezes, não notar a quantidade de perfume que ela colocava antes de ir trabalhar. Mais ainda, Carol não permitia que ninguém entrasse em seu quarto, limpava a casa obsessivamente e tinha uma estranha fissura por terras, poeiras e ervas. Carmem tinha certeza de que a motivação da amiga em trabalhar com Lina estava longe de ser o cuidado de crianças, mas não iria perguntar. Não queria... Isso porque, apesar de não ter vocação, Carol deveria estar acertando em algo, já que era direcionada com bastante frequência a viagens, a fim de representar o orfanato nos mais diversos locais e eventos.

Agora, caminhando para a faculdade e carregando o peso de todo o seu esforço e estudo em suas costas, concluiu com um pouco de inveja que, pelo menos, Carol lhe parecia uma profissional bem-sucedida.

Ao comparar com a escolha de Carmem em fazer mestrado na faculdade, dentro de um laboratório de pesquisa focado nos efeitos do mínimo consumo de álcool em fetos, Carol era definitivamente bem-sucedida.

– Boa tarde, Carmem. Está tudo bem? – indagou um dos seguranças da faculdade. Provavelmente deve ter estranhado vê-la tão tarde na faculdade.

– Tudo bem – Carmem respondeu. Para dar crédito a essas palavras falsas, rapidamente Carmem olhou para o segurança e sorriu. Então, para não dar margem a qualquer conversa mais elaborada, ela voltou seus olhos para a faculdade.

Escutou:

– Dr. Hélio acabou de estacionar seu carro – ele comentou. Um frio atacou a barriga de Carmem. Por que o Dr. Hélio havia agendado essa conversa? Algo dizia a Carmem que em breve seria esmagada ao ponto de ser reduzida ao silêncio.

Carmem apertou sua dissertação de mestrado em seu peito como se pudesse protegê-la de um prognóstico longe de ser justo. Será? Ah, como era difícil acreditar que estava prestes a enfrentar uma reunião intimidadora. Como ela sabia que o tom da reunião seria dos piores? Dr. Hélio nunca agendava uma reunião individual. Dizia que não valia a pena orientar um único aluno. Bom, na verdade ele se vangloriava com a pomposidade de ser rodeado pelos alunos quando detinha o poder soberano do suposto saber. Ele só agendava reunião porque o assunto era penoso ou humilhante: e esse era o caso.

Ela acelerou seus passos. Queria acabar com esse martírio e enfrentar seu orientador logo.

À distância, escutou o segurança dizer:

– Boa tarde.

Ela fechou seus olhos, sentindo-se culpada. Não deveria agir de forma tão indiferente com qualquer pessoa. Mas não pôde evitar. Simplesmente não havia espaço em seu coração para cordialidade nesse momento.

Há um mês, Dr. Hélio anunciou que aceitou uma oferta de trabalho em outra faculdade em São Paulo. Então, pediu para seus orientandos entregarem o primeiro rascunho de seus trabalhos para que ele pudesse dar o seu último parecer.

Tudo bem... Talvez a conversa não seria de toda ruim. Afinal, Dr. Hélio acompanhou o esforço de Carmem. Foram meses de dedicação no tema relacionado à dose baixa de álcool e seus efeitos no feto, dando uma nova e alarmante visão à Síndrome Alcoólica Fetal.

Carmem parou por alguns segundos para controlar a sua respiração ao lado do muro, onde um rosário vermelho crescia curiosamente em uma pequena quantidade de terra sobre dois blocos de cimento quebrados. Algo extraordinário para uma bióloga.

Uma brisa leve e morna da tarde passou por Carmem acariciando seus sentidos e trazendo o belo aroma da flor ao seu lado. Ela puxou o ar, fechou seus olhos e seguiu para a sala do seu orientador, mas nem o suave perfume da rosa tirou a tensão do momento. Contando os passos para controlar os seus ânimos, Carmem alcançou a porta da sala. Sem perder tempo, encontrou a coragem em algum lugar no seu interior e bateu.

– Olá, Dr. Hélio, é Carmem – anunciou.

– Pode entrar – escutou a voz tipicamente rouca do professor. Havia uma verruga escura, pequena e rasa, no canto do rosto. Dr. Hélio a coçou de leve. Um gesto que indicava o quão incomodado ele se sentia naquele momento.

Droga...

Inspirou e forjou um sorriso. Apesar de o nervosismo não a deixar à vontade diante do orientador, sabia que um sorriso ensaiado era melhor que nenhum. O sorriso tem a capacidade de conectar duas pessoas e era disso que Carmem necessitava.

Dr. Hélio a observou com olhos pesados e atentos e, sem emitir um som, aguardou.

Carmem sentou na cadeira. O perfume excessivamente amadeirado do orientador intoxicou o ambiente como uma fumaça lacrimejante. Carmem piscou algumas vezes para espantar o incômodo desse aroma. Ele coçou o canto da sua barba branca. O mau humor o envelheceu ainda mais.

Ao ver a cópia da sua dissertação de mestrado aberta repousando em cima da mesa, com rabiscos em caneta vermelha, sentiu um frio avassalador na barriga. Por que alguns orientadores ainda insistiam em utilizar caneta vermelha para corrigir algo? Para que tantos rabiscos sobre sua dissertação?

– Você sabe que toda a vez que corrijo uma dissertação, ou até um simples teste, leio antes Machado de Assis? – Dr. Hélio abriu a discussão com um tom muito similar ao que se usa quando inicia o sermão para um infante. Sua voz arrastada só indicava o quão terrivelmente curta seria essa reunião.

Carmem eriçou a sobrancelha. Estava confusa. Apesar de admirar Machado de Assis e suas obras literárias, o que ele tinha a ver com sua dissertação?

Seu orientador prosseguiu:

– Isso mesmo. Leio Machado de Assis, ou José de Alencar, ou outros autores maravilhosos. – E lançou sua mão ao alto com um gesto de desdém, provavelmente o trabalho não tinha a magnificência literária desejada pelos critérios distorcidos desse homem, Carmem concluiu. Sentiu seu corpo esquentar de raiva.

Estava claro, nesse momento, que ela deveria se encaixar no suposto papel social de *femme ingênue*, fazer cara de paisagem e fingir prestar atenção enquanto o cretino explicava as coisas para ela.

– Você lê, Carmem? – ele perguntou.

Carmem balançou sua cabeça positivamente. A pergunta a desarmou. Automaticamente enrolou seu cabelo caramelo e prendeu com a primeira caneta disponível em sua bolsa para permitir o ar circular sobre a sua nuca em chamas.

– O quê? – perguntou seu orientador, exigindo uma resposta clara e verbal como se estivesse no exército.

Carmem limpou a garganta e respondeu:

– Leio...

– O que você lê?

– Bom – Carmem riu, profundamente perturbada. Pior do que ser impedida de falar era ser obrigada a responder perguntas imbecis como se seu cérebro tivesse perdido dois lóbulos, ou seja, pelo menos um quarto de seu cérebro. – Agora estou lendo livros relacionados à minha dissertação – sem jeito respondeu.

Ela amava ler os mais diversos romances. Principalmente os de Clarice Lispector. No entanto, dividida entre as exigências de seu mestrado e sua parte nas contas mensais, tinha pouco tempo para se dedicar à leitura recreativa. Ao ver o sorriso sarcástico no rosto do seu orientador, arrependeu-se de ter respondido à pergunta dessa forma.

Ele disse:

– Foi o que imaginei. O seu texto está uma vergonha. Não consegui sair da primeira parte.

Com um gesto brusco, jogou o trabalho dela no lixo.

– Não tenho mais a dizer. – E pôs um fim na questão. Ele se esticou na cadeira e pôs seus olhos fixos no horizonte. Entrelaçou seus dedos uns nos outros. Repentinamente ficou distante, perdido em meio a sua própria autoridade.

Foram poucos os momentos na vida que Carmem julgou terem tido a capacidade de traumatizá-la. Este momento certamente entraria na lista. Isso porque ela sempre havia se preocupado em se expressar bem.

Confusa, debruçou-se para frente, pegou a dissertação do lixo e a folheou. Os rabiscos pareciam não ter início e fim. Eles seguiam uma rota caótica de círculos, linhas onduladas e retas. Em alguns momentos, pareciam circular frases e palavras, mas no todo não faziam qualquer sentido.

– Não consigo entender.

– Tem mais, após ler essa sua dissertação... ou o início dela... ao confrontar os seus resultados com a coleta dos dados... Parei. A forma como você abordou o tema junto às voluntárias... – ele fez uma pausa. Seu lábio formou uma linha reta e o homem fez um gesto para Carmem lhe entregar a dissertação.

Lutando contra a vontade de cuspir no homem, ela lhe entregou. Então ele abriu um dos anexos e leu:

– "A entrevista foi pausada diversas vezes para que eu pudesse confortar a sujeita. Cecília dizia repetidamente que se ela soubesse do risco de beber a taça de vinho, que fora permitida por parte do seu obstetra durante a gravidez, não o faria..."

Respirando bruscamente, Dr. Hélio jogou a dissertação de Carmem pela segunda vez no lixo. E disse:

– Você foi muito pouco profissional, tendenciosa e, em muitos momentos, manipulou os seus dados. Carmem, você foi tudo menos neutra. Por isso a sua pesquisa é nula.

– Nula?

– Sim, nula – ele suspirou, sem paciência. – Você não entende? Você está culpando os obstetras por não orientar as gestantes como deveriam.

– Isso não é verdade?

– Tá vendo? Tendenciosa. Abordar um tema desses, da forma como fez, com as sujeitas, pode ser bastante perigoso. Como você não tem prova concreta do que diz, poderá causar vários processos contra os obstetras, que muito provavelmente serão processados. Além do mais, a sua abordagem... Isso já foi explicado diversas vezes para você. Não pode haver transferência entre o pesquisador e o sujeito.

– Eu apenas confortei Cecília! – Carmem exclamou. Abriu mão da ponderação mesmo sabendo muito bem que essa atitude a prejudicaria. Seu espírito contraditório e rebelde vivia borbulhando e explodiu como um vulcão ativo.

Dr. Hélio saltou da cadeira e bateu na mesa em um ato violento.

– Você estragou seu estudo!

Foi nesse exato momento que o mundo de Carmem girou ao contrário. Por alguns segundos, ela parou de escutar, sentir, cheirar e enxergar. Sentiu uma dor intensa em seu peito como se o seu coração também estivesse parando. Ela chacoalhou sua cabeça buscando um norte, ou sul, ou leste, ou oeste. Qualquer direção lhe parecia melhor do que o lugar atual. Sem querer ficar outro segundo naquela reunião que, francamente, não a levaria a lugar algum, Carmem levantou e perguntou:

– Isso é tudo, Dr. Hélio?

– Sim. É tudo – ele respondeu, pondo um fim na reunião.

Carmem deveria reagir. Nem que fosse para terminar esse estudo importante que previne que outras mulheres tenham o mesmo fim de Cecília e de sua filha, Alice, uma menina que havia acabado de completar seus 10 anos e apresentava uma disfasia que poderia ser indício de algo bem mais preocupante. Ao verificar o histórico de Cecília, percebeu que ela bebeu socialmente algumas vezes na gravidez. Aquela única taça de vinho permitida pela médica. A gravidez foi saudável e não teve qualquer problema relatado. Era um daqueles casos obscuros que apontavam a importância de se verificar a relação entre o álcool em pequenas doses e a gravidez. Ela deveria se defender.

Mas não fez. Ao invés disso, coletou a cópia rabiscada da sua tese e engoliu a seco.

– Espero que você consiga aproveitar melhor os conselhos do próximo orientador – Carmem escutou Dr. Hélio dizer momentos antes de sair da sala. – Vou deixar algumas anotações sobre o seu rendimento. Sinto que vai ficar difícil mantê-la nesse laboratório.

– Você se arrependeu de assinar a minha dissertação de mestrado? – Carmem perguntou. Deveria ter simplesmente saído, mas não conseguiu se controlar.

Dr. Hélio suspirou, foi até a janela e deu as costas à Carmem. Então finalizou com seu golpe final: – Quando assumi esse laboratório, me comprometi em orientar todos que já estavam aqui. Incluindo você. Achei que, por mais absurdo que me parecesse o seu tema... – circulou sua mão como se a última colocação fosse uma informação já dita nas entrelinhas. – Você acabaria se emendando no meio do caminho. Mas... Essa sua tese... – ele pausou como se precisasse refletir. Uma mera formalidade, já que ele havia se decidido e apenas queria mostrar autenticidade: – Você provavelmente terá de buscar outro laboratório. O meu substituto é um cientista muito renomado e não perderá tempo com estudos... – ele murmurou algo que, francamente, Carmem nem se esforçou em entender.

Ela foi nocauteada! Não falou nada. Não precisou. Saiu da sala segurando o seu trabalho e, juntamente, a pouca dignidade que havia lhe restado. Não olhou para trás, não se despediu e nem buscou os seus pertences no laboratório. Não sabia ao certo como se sentia no momento. Também não quis definir. Andou em silêncio pelo corredor da faculdade como uma morta-viva, segurando um trabalho que lhe custou uma imensidão de horas de sua vida.

Subitamente, seu celular tocou. Ao ver o número, percebeu que era de Carol. Respirou fundo e atendeu:

– Oi, Carol.

– Oi, Carmem, tudo bem? Pode falar?

– Posso.

– Lara ligou aos prantos. Ela disse que encontrou seu companheiro com outra mulher. Ela perguntou se poderíamos ir até lá para ajudá-la a trazer seus pertences. Não vai caber tudo no carro dela. Além do mais, ela não está bem.

– Estou a caminho. Vou só avisar no restaurante.

Então Carol perguntou como se tivesse lembrado:

– E como foi a reunião?

– Não foi nada importante. Completa perda de tempo. Estou a caminho.

Assim que se viu saindo pela porta da frente, colocou a sua dissertação na bolsa e respirou fundo. Sim, tinha coisas mais importante para fazer.

2
CARMEM – RESGATE DE UMA AMIGA

Rio de Janeiro, sexta-feira, 29 de outubro de 1999

– Vou lhe deixar no meio da estrada! – Carmem gritou pela janela do carro após dez minutos aguardando Carol coletar ervas da região. Bateu a mão no volante e atingiu a buzina com o punho fechado. Sua paciência já estava no fim. Após passar por estradas verdadeiramente descuidadas, recheadas por uma quantidade inacreditável de crateras e curvas, ela jamais imaginou que Carol pediria (aos berros!) que parasse o carro a fim de coletar especiarias nada especiais.

Carmem buzinou outras três vezes e gritou: – Vamos, louca!

Elas haviam acordado cedo. Pegaram a estrada antes mesmo de o sol nascer. Acharam que, ao passar pelas ruas da Barra da Tijuca antes do trânsito crescer em uma proporção inimaginável, conseguiriam chegar antes do almoço. Mas elas subestimaram a distância entre o Rio de Janeiro e o fim do mundo onde Lara decidiu se esconder. Já se passavam das três horas da tarde. Talvez, por esse motivo, Carol decidiu se distrair e testar o equilíbrio mental de Carmem ao apontar, de minuto a minuto, suas descobertas botânicas, mesmo quando essas passavam rapidamente pelo seu dedo enquanto Carmem dirigia em uma velocidade moderadamente elevada.

Até que foi obrigada a parar.

Vomitar, urinar e andar em círculos poderiam ser atitudes fáceis de entender. Mas sua amiga saiu do carro na maior alegria e passou a coletar mudas das mais variadas espécies.

Carmem não sabia onde nem quando Carol plantaria a muda, já que sua amiga havia lhe dito que viajaria novamente e, certamente, não poderia plantá-las no miniapartamento que elas dividiam.

Buzinou. Dessa vez por mais tempo.

– Droga, Carol! A Lara vai ficar preocupada!

Finalmente, a irritação de Carmem fez Carol se apressar. A passos largos, carregando dois punhados de terra e uma sacola cheia de mudas, finalmente sua amiga voltou para o carro.

– O que você vai fazer com esse mato? – Carmem perguntou ao ligar finalmente o carro. Não era seu lado biólogo que estava falando. Esse lado estava assentado em um canto escuro da mente de Carmem, lambendo suas feridas. Nesse momento, Carmem agia como uma mulher cansada, frustrada, irritada e que tinha mais o que fazer além de brincar ao lado da amiga insana.

– Poções, basicamente – Carol respondeu com um largo sorriso no rosto.

Carmem revirou seus olhos e ligou o carro. Desistiu de entender os motivos que levavam sua amiga a responder algumas perguntas de forma tão fantasiosa e alucinada. Em outros momentos, Carmem veria algum humor nelas, mas agora... Bem... simplesmente não estava no clima para rir.

Carol mostrou uma planta verde escura e disse:

– Essa planta rende muito! Muito sensível, por isso morre logo! Ela serve para enrijecer os seios. Muito útil! – Carmem sorriu. Sua amiga estava tentando amenizar o humor afetado de Carmem e isso a desarmou um pouco. Carol mostrou uma muda com a aparência de um tronco de árvore:
– Para dar sete anos de azar.

Nesse momento, Carmem não resistiu e explodiu em risadas.

Carol mostrou uma muda na cor amarela com aspecto áspero:

– Para fazer um homem se apaixonar por você... – e mostrou uma muda com manchas brancas. – Para brochar.

– Tá! Pare de falar besteira!

– Essa última muda é o meu presente para Fabiano – Carol chacoalhou a muda com manchas brancas.

Aos risos, Carmem assentiu.

Mas a zombeira cessou assim que surgiu, no meio da mata, a casa de madeira rústica que Lara havia lhes indicado.

Sentada na sacada, Lara as aguardava com seus braços cruzados e uma expressão pesada de quem havia comido algo podre.

Mesmo de longe, deu para ver como faltava-lhe cor em seu rosto. Sua amiga era como um prisioneiro que olhava a luz do sol após ficar preso por meses em uma solitária. A pele da amiga, mesmo de longe, mostrava manchas rochas como se ela tivesse saído da guerra. Havia bolsas vermelhas enormes debaixo dos olhos.

A testa de Carmem enrugou assim que ela se aproximou. O coração de Carmem perdeu o compasso.

Um fato tão claro como a lei da gravidade é que Lara foi o resultado de uma mulher que valorizou e confiou demais no amor. Que abriu mão muito facilmente de seus sonhos e de sua dignidade para servir inteiramente a um homem, mesmo ciente de que ele poderia não apreciar esse seu gesto.

Automaticamente, enquanto Carmem parava o carro, Carol e ela se entreolharam.

Carol também havia percebido a gravidade do assunto.

Lara suspirou e desceu ao encontro das amigas.

Para quebrar o clima fúnebre, ao sair do carro Carmem disse:

– Perdeu uma grande oportunidade, amiga.

Ainda descendo as escadas, Lara uniu as sobrancelhas.

– Como advogada, você deveria ter feito um acordo pré-nupcial. – Carmem falava besteira. Sabia. Mas prosseguiu enquanto pegava sua mochila: – No acordo, poderia conter um único ponto: se o cretino lhe abandonar, terá que deixar suas bolas para trás.

Lara soltou uma risada breve. Levando em consideração que a sua amiga era daquelas que rolavam no chão de tanto rir por uma piada clichê, a situação era séria. Carol abraçou a amiga e comentou:

– Ele vai se arrepender.

Com voz rouca, Lara comentou:

– Obrigada por ter vindo.

Carmem observou em volta enquanto esperava sua vez de abraçar a amiga. A casa era construída com madeira. Até as trancas das janelas eram esculpidas com madeira. Tinha três andares e era estreita. Uma residência que se encaixava bem no cenário deslumbrante da mata ao redor.

E foi a sua vez de abraçar Lara.

– Você estava certa – escutou a amiga sussurrar. Lembrou-se das diversas vezes que alertou sobre as armadilhas de acreditar que ainda vivia em uma época onde era minimamente aceitável depender inteiramente de um homem. Nesse momento, palavras fugiram de sua boca, deixando-a sem saber o que dizer já que não tinha a menor dica do que deveria, de fato, dizer.

Nenhuma das duas falou, pois havia muito pouco a ser dito. Ambas sabiam a natureza da conversa que se seguiria e optaram, silenciosamente, por deixar para lá.

Carmem apertou o abraço. O coração de Lara, insistente e forte, batia saudavelmente, apesar de o mundo cair sobre sua cabeça. Dizem que o amor é uma experiência prática e individual. Nenhum romance ou teoria é capaz de realmente descrevê-lo.

Não se sabe, ao certo, o verdadeiro significado de “morrer de amor” quando não se vive o amor intensamente.

Tudo bem… Carmem exagerou em suas posições por motivos meramente egoístas. Na época, não queria ver a amiga partir. Também, para piorar, não confiava na idoneidade de Fabiano. Mas, nesse momento, isso não vinha ao caso.

Lara as conduziu para dentro da casa que era completamente mobiliada com móveis de madeira e objetos estilo casa de campo. No primeiro andar era a sala e cozinha americana. No segundo havia dois quartos e um banheiro (nenhum dos quartos era suíte). No terceiro andar era o escritório e uma sala de televisão. Era tudo pequeno, mas muito bem-cuidado e, graças a Lara, muito bem decorado.

A amiga mostrou a casa inteira, cada armário, cada móvel, contava histórias de como eles escolheram cada ornamento, suas viagens. Elas escutavam sem comentar. Assim que terminou a apresentação, Lara fechou o discurso com a fatídica frase:

– Amanhã tudo isso estará empilhado em nossos carros e, até o final do dia, estocado no armazém.

O coração de Carmem encolheu um pouco mais.

Sem querer prolongar o martírio, começaram a empacotar.

Apesar de ser nove horas da noite e do dia tumultuado, Carmem ainda tinha energia suficiente para arrancar cada objeto daquela casa, movida pela raiva aos homens em geral. Em especial ao Dr. Hélio e de Fabiano. Sua vontade era de primeiro retirar todos os pertences de Lara da casa e depois arremessar cada ornamento, móvel e peça na cabeça de cada um deles.

Carol agia de forma ainda mais insana. Ela parecia realmente acreditar que aquela muda com aparência de um tronco de manchas brancas poderia prejudicar a vida sexual do cretino. Por isso polvilhou todos os pertences do Fabiano, em especial as suas cuecas.

Isso aconteceu até o momento de Lara despencar no sofá e chorar como uma criança. Então, Carmem e Carol interromperam todos os seus esforços e foram acudir a amiga.

– Ele... ele... e... Ah! – com a voz trêmula e em meio a soluços intermináveis, Lara tentou dizer. Então, como se tivesse perdido o controle do tom de voz, gritou: – Ele me deixava aqui sozinha enquanto saía com a estagiária! – Carmem a abraçou forte. Lara prosseguiu: – Eu os flagrei se beijando na cidade!

– Como? – Carol perguntou.

Carmem uniu as sobrancelhas em protesto. Pouco importa como Lara os flagrou! O importante era confortá-la e sair daquele lugar o quanto antes!

– Eu os encontrei em um bar próximo quando saí do supermercado! Parece que ele queria ser pego, já que sabia que eu faria compras por lá! – Lara enxugou suas lágrimas. Então ela se distanciou. Seu tom de voz amenizou. Com olhos distantes, pálida, disse: – Ao invés de mandar à merda, eu disse que estava grávida e que ele não poderia me deixar.

Como?

Carmem se aproximou da amiga sem saber se deveria maldiçoá-la ou confortá-la. Tendo em vista a reação da amiga, sua gravidez era inesperada e muito pouco bem-vinda. Tudo bem, Carmem sabia, após lidar com tantas grávidas para a sua pesquisa que, na maioria das vezes, com o tempo, uma gravidez indesejada tornava-se amada. Parece que a natureza foi sábia ao dar nove meses de gestação para propiciar tempo de a mulher se preparar para a importante tarefa de ser mãe. Ela queria dizer algo sobre isso, mas mentalmente engavetou a notícia, pelo menos nesse momento. Aliás, engavetou tudo. Seus comentários, sua raiva e seus esforços. Não havia condições de terminar qualquer trabalho nesse dia. Lara não aguentaria.

– Parabéns pela gravidez, eu acho – Carol disse e Carmem quis dar um tapa na testa da amiga pelo seu comentário. Por que falou? Se não tinha nada de positivo a dizer nesse momento, deveria ficar calada!

Carol perguntou ao se aproximar da janela:

– As noites aqui são assim tão escuras?

Carmem elevou suas sobrancelhas, indignada com a atitude egocêntrica da amiga. Mas, como realmente não tinha nada de válido para acrescentar, fez o que Carol deveria ter feito, ficou calada.

– Sim. Não gosto de sair de casa à noite – Lara respondeu limpando suas lágrimas com a mão.

Então, para colorir o cenário que lhe parecia sem cor, Carmem sugeriu:

– Jantaremos na varanda! Levaremos velas se for preciso!

Em poucos minutos, estavam as três na varanda de madeira que tinha quase o mesmo tamanho da sala. Agitada, Carol voltou para a casa, cambaleou de um lado para outro em busca de algo.

– O que há dentro desse armário? – Carol apontou um armário de madeira fechado no canto da sala.

A resposta veio em forma de grito: – Não abra esse armário! São as coisas do pai de Fabiano!

Como Carmem poderia prever, após o berro, Carol saltou em alegria, abriu o armário e gemeu ao desvendar diversas garrafas de uísque e vinhos perfeitamente enfileirados.

– Vamos beber? – Carol sugeriu imediatamente. De fato, era uma noite fabulosa para beber e, quem sabe, se afogar na bebida. Mas, tendo em vista a condição da amiga, era uma péssima ideia.

– Lara está grávida – Carmem lembrou.

Lara também lembrou:

– Estas garrafas são de Fab...

Satisfeita com sua recomendação e ignorando completamente o protesto das duas amigas, Carol pegou uma garrafa de vinho. Ela abriu e bebeu no gargalo antes que Lara pudesse prosseguir com sua interdição.

– Os obstetras dizem que uma taça não tem problema – Carol comentou. Bebeu novamente e brindou em direção de Carmem.

Carmem não achou a atitude da amiga apropriada, nem engraçada. Na verdade, achou até um pouco ofensiva. Carol sabia muito bem que Carmem havia passado anos estudando os efeitos terríveis do álcool no feto. Imagine, um adulto que bebe uma única taça de vinho não sofre qualquer consequência. Aliás, é considerado, inclusive, bastante saudável. No entanto, o feto não possui órgãos para metabolizar o álcool. Este é praticamente injetado na corrente sanguínea do feto. Uma verdadeira violência e covardia.

Carol sorriu e disse:

– Agora não há jeito, já meti a boca na bebida. Relaxem as duas!

Sim, Carmem poderia relaxar e beber. Ela não estava grávida. Já Lara, não, pois sabia dos riscos de o feto nascer com danos neurológicos irreversíveis que poderiam ser desencadeados.

Carol deu a garrafa de vinho para Lara e disse:

– Nada mais justo que Fabiano patrocine essa noite! Vamos, não ligue para Carmem – Carol balançou sua garrafa para Lara. Suspirou. Em resposta à falta de atividade da amiga e da revolta claramente posta por Carmem, Carol revirou seus olhos: – Apenas um gole não pode prejudicar o neném. Vamos...

E com isso Lara brindou esse fatídico momento com a garrafa. Encostou o gargalo da garrafa na boca quando Carmem pegou da sua mão e bebeu.

– Sempre cuidando de mim – Lara comentou, com um leve e genuíno sorriso no rosto. Então estendeu a mão. – Dê-me a garrafa – pediu. – Não sei se quero o neném.

– Não fale merda! – Carmem fechou o assunto e bebeu alguns goles. Como Carmem carregava consigo concepções bastante firmes, essas que não permitiam qualquer manifestação de violência, principalmente com aqueles que nem sequer nasceram, tamanho comentário a irritou um pouco.

Por alguns minutos, as três ficaram em silêncio. O aroma delicioso da grama molhada, o suave som do vento sobre as folhas das árvores, a amena brisa que passava pelo corpo de Carmen como se estivesse a abraçando. Era como se ela tivesse sendo acariciada pela floresta em volta.

Carmem não queria perguntar no que cada uma pensava, ela queira apenas curtir o breve momento de pertencer a algo. Lara suspirou e quebrou o breve silêncio quando olhou para a Lua e perguntou:

– Conte-me sobre a SAF.

– Síndrome Alcoólica Fetal – Carmem respondeu. Carol não falou nada e olhou para a amiga com um sorriso.

Carol ofereceu a garrafa a Lara. Arrotou. Carmem revirou seus olhos e pegou a garrafa no meio do caminho e disse:

– A SAF é o transtorno mais grave do espectro de desordens fetais alcoólicas e constitui um complexo quadro clínico de manifestações neurológicas diversas que, de acordo com os meus dados, ocorrem com os infantes quando a mãe consumiu bebida alcoólica durante a gestação.

– Isso não foi comprovado – Carol comentou com a voz arrastada.

Carmem varreu o comentário da amiga e prosseguiu:

– Flávio, Arnaldinho, Paulinho, Hernandez e Margarida são alguns nomes de crianças que acompanho com algum problema de desenvolvimento. Todos os casos cujas mães consumiram álcool em doses diferenciadas durante a gravidez. Isto é, não importa a dose, mas o momento da gestação. É como brincar de roleta russa. Se tomar em um momento inoportuno, seu bebê nascerá com um problema neurológico.

– Besteira! – Carol exclamou. – Vamos brindar ao estudo apocalíptico de Carmem!

– Apocalíptico? – Carmem perguntou, confusa.

– Sim, apocalíptico! – Carol confirmou. – Afinal, se tantos e tantos obstetras dizem em suas consultas a milhares de gestantes que não há problema em beber uma taça, não consigo imaginar as incontáveis pessoas com disfunções mentais pairando pelo mundo. Será o fim!

– Ah! – Carmem resmungou e levantou. Fechou a questão. Carol jamais levou o trabalho dela a sério. Agora, mesmo diante da condição da amiga, não foi diferente.

Ainda mais incomodada como nas diversas outras vezes que Carol desmereceu o seu trabalho, preferiu distância e entrou na casa. Então ela avistou um ornamento interessante no canto da varanda. Era um arco com algumas flechas cuidadosamente penduradas na parede. Carmem passou seus dedos pela arma, curiosa.

– É uma relíquia da avó de Fabiano – Lara comentou. – Fabiano contou que sua avó gostava de mencionar que ganhou essa relíquia do próprio cupido após passar uma única noite com ele. Disse que fora, um dia, de uma icamiaba – e fez uma pausa. – Vocês sabem… Mulheres guerreiras que, em outras culturas, chamam de amazonas. Fabiano disse que essa arma tem a capacidade de fazer uma pessoa se apaixonar por outra. Será que eu fui flechada por isso? Fabiano pode ter me arranhado com uma das flechas durante a noite.

Carmem revirou seus olhos e reprimiu a vontade de suspirar. Por um momento breve, Carmem sentiu um toque de ressentimento ao notar camadas sutis de amadurecimento no rosto da amiga, que era pálido e liso. Um rosto que ganhou alguns anos em muito pouco tempo.

Lara rebateu:

– Eu adoraria ter tido a livre escolha de escolher outro homem ou outro tipo de namoro, menos intenso, mas cupido é teimoso e não me deu essa oportunidade.

– Você não foi flechada – Carmem observou e pegou o arco e flecha. O coração de Carmem ainda batia em seu peito, duro como um martelo em cima de um concreto.

– Mas, veja bem, perdi tudo por causa do cupido!

Ah! Se Lara quiser culpar o cupido, que seja!

– Então eu proponho um desafio aos deuses! – Carmem anunciou levantando o arco e flecha. – Que nos ajudem a expurgar o cupido da Terra! – Carmem disse, sorrindo.

– Não! – Lara rebateu. – Imagina a vida sem amor!

– Tudo bem – Carmem refletiu ao protesto da amiga e reformulou. – Que o faça sentir um amor frustrado! Um amor impossível! Nada mais justo! Que ele sinta a mesma agonia!

Carol sorriu e perguntou com um tom de voz suave, como se suas palavras e tom de voz fossem o suficiente para lançar um encanto:

– É isso mesmo que você quer? – ela riu. – Você sabe que Lina sempre diz que nós somos entidades de Ci. Que essa tal de Ci seria uma mistura da Mãe Natureza e o planeta Terra. Você, Carmem, sempre tratou Ci com cuidado! Gosta de plantas e ama as flores! Tenho certeza que se você pedir a Ci, certamente ela lhe responderá!

– E pedirá algo em troca! – Lara resmungou, aderindo à insanidade.

– Sim! – Carmem respondeu com um leve sorriso no rosto ao notar o mistério no olhar de sua amiga. Carmem levantou a garrafa para beber e notou que estava pela metade. Definitivamente, Carol havia bebido demais.

– Lara, você não bebeu. Bebeu? – perguntou, um pouco intrigada. Carol era muito fraca para bebida e certamente já teria desmaiado ao beber metade da garrafa.

– Ah! Fui eu! Não seja ridícula! – Carol retrucou.

Subitamente, o rosto de Lara se imobilizou por um instante, como se ela acabasse de perceber algo, e perguntou: – Será que Fabiano me largou por causa do meu terceiro mamilo?

– O quê? – Carol exclamou e explodiu em meio aos risos.

Carmem acabou cedendo e riu enquanto Carol já se contorcia no chão com os braços estendidos, tremendo, rendida às gargalhadas.

– Sério! – Lara disse.

Carol arregalou seus olhos e avançou em cima de Lara cheia de curiosidade.

– Quero ver!

– Sai de cima! – lutava bravamente.

E Carmem, definitivamente cedendo ao momento e (finalmente) expulsando a candura, passou a gargalhar e a relaxar.

– Meu terceiro mamilo – Lara apresentou uma pinta ao lado de sua axila.

– Quem disse isso? – Carol perguntou parcialmente decepcionada com a mera pinta e indignada com a revelação da amiga.

– Meu mastologista. É sério! Ele até apertou essa pinta, como se faz ao analisar se sai alguma secreção dos mamilos em um exame clínico!

Carmem escutou isso mesmo?

– Você vai trocar de mastologista – Carol comentou. Então perguntou: – Lara, você falou isso para Fabiano?

Lara parou de rir. Pela expressão facial de Lara, era óbvio que havia contado.

Carmem teve que intervir.

– Carol, Fabiano seria louco de largar uma mulher como Lara! Lara, você é linda e nunca, escute o que falo com muita atenção, nunca deixe de amar tudo que seu corpo lhe mostra. Seu corpo é lindo!

– Tenho que emagrecer. Visto calça 48 – Lara rebateu.

– Você realmente acredita nisso? – Carmem perguntou e riu. – Vamos mudar de assunto para algo mais interessante – Carmem indicou. Então pegou o arco e a flecha, subiu no muro da varanda, cuja altura alcançava o segundo andar da casa, e ajustou a arma.

– Não faça isso! – Lara berrou.

– Tem algum risco de alguém ser atingido? – Carmem quis se certificar.

– Não! Mas essa é relíquia da família do Fabiano!

– O que ele vai fazer com você? Terminar?

Flam! Carmem atirou a primeira flecha.

– Muito bom! É uma sensação maravilhosa! – Carmem comentou com um largo sorriso no rosto. A sensação de lançar uma flecha era tão excitante como se deixar levar pela velocidade de uma bicicleta ao descer uma rua inclinada.

Nisso Carol comentou:

– Você está atirando no cupido? Quer mesmo maldiçoa-lo? O que lhe daria em troca?

Carmem se animou com a possibilidade. Então mirou fechando um olho. Flam! Soltou a segunda flecha, respondendo:

– Sim! Falei para você que sim!

Carol falou:

– Você sabe que, na mitologia guarani, que por sinal é uma das mais antigas, o amor é representado por Rudá?

Ela disse:

– Que seja para Rudá, ou Cupido, ou Eros! Não importa! Jogo a flecha para o fazer experimentar um amor frustrado e impossível. Eu dou... – pensou com calma. Agora Carmem não falava mais em prol de Lara. Falava de seu primeiro e único amor, Leandro, a quem deu sua inocência e seu coração sem possibilidade de devolução e que, pela desatenção do cupido, era seu primo. – Eu dou TUDO que tenho e sou!

– Tudo mesmo? – Carol confirmou.

– Tudo!

Flam! Carmem lançou a terceira flecha.

3

CARMEM – O PARAÍSO NA TERRA

RIO DE JANEIRO, SÁBADO, 30 DE OUTUBRO DE 1999

A noite densa e agitada se transformou em uma manhã suave e convidativa. Carmem inspirou com vontade o aroma de mato molhado. Apesar do cheiro não se assemelhar à manhã em Búzios, cujo perfume da manhã mais parecia uma mistura de maresia com aquele cheiro familiar de flores frescas, era leve. Muito diferente do ar pesado de dentro da casa.

De braços abertos, ela convidava a natureza para dentro de seu peito, como se esse esplendor pudesse tomar o lugar da mágoa pesada e da preocupação com seu futuro.

O raio solar obrigou Carmem a proteger seus olhos. Ela queria aproveitar a paz da manhã, mas tinha outro objetivo ao sair da casa. Não deveria ter arremessado aquelas flechas. Mesmo Fabiano merecendo, ela não deveria jamais se sentir no direito de danificar algo que era de outra pessoa. Por isso decidiu. Ao invés de aproveitar os deliciosos e macios raios de sol da manhã, ela optou em fazer aquilo que era o certo e partiu em busca do tesouro perdido.

No primeiro momento, Carmem respirou aliviada ao ver duas flechas cravadas na grama. Ela as pegou, colocou no canto da entrada da casa de Lara e partiu em busca da terceira flecha.

Chutando folhas secas e pedras no caminho, seguiu em direção de onde a flecha havia sido lançada, certa de que sua força jamais poderia levar a flecha para muito longe.

E sorriu ao finalmente encontrar o último tesouro perdido no canto do galho de uma árvore à beira de um lago. Enfeitado pelos raios solares que faziam alguns pontos do pequeno lago envolvido por árvores, pedras, iodo e folhas brilharem, pareceu que esse pequeno espaço fora construído para servir aos deuses. Lindo de se contemplar.

– Carmem! Vem tomar café! – a voz de Lara forçou Carmem a olhar para a casa.

– Vou buscar a flecha que está presa na árvore! – Carmem respondeu.

– Deixe a flecha aí!

Carmem se espreguiçou para disfarçar o incômodo de ter que subir na árvore e disse:

– Eu lancei as flechas, eu busco.

Cautelosamente, Carmem segurou no tronco e, investindo força nas suas pernas, içou seu corpo para cima. Elevou-se até alcançar o primeiro galho. Pisou com todo o cuidado e se segurou. Subiu aos poucos, consciente de cada passo, até chegar ao galho onde a flecha havia sido cravada.

– Fácil! – ela comentou.

Um canto suave surgiu em meio ao chiado das folhas ao seu redor. Era um canto feminino e sereno. Daqueles que pareciam flutuar em meio aos ventos da floresta.

Os sentidos de Carmem sempre ficaram mais aguçados em meio à natureza, por isso ela procurou não se surpreender com a estranha... estranha serenata.

Carmem, ao ver Carol parada a observando, perguntou:

– Você estava cantarolando?

– Agora? Não! Eu, hein! – Carol reagiu. Toda vez que cantava era interrompida pelas amigas por motivos óbvios. Tinha uma péssima voz. Por esse motivo, Carmem descartou a possibilidade.

O canto ecoou como um convite especial a se aventurar naquela linda manhã. Agora estava mais fácil determinar de onde aquele barulho havia surgido. Foi do lago que ficava logo abaixo do galho em que Carmem se segurava. Isso a assustou. Ela se desequilibrou e...

Splash! Caiu como uma orca no lago.

A sensação de afundar no lago não foi tão ruim. Carmem tinha de confessar, ficou fechada demais para tudo ao seu redor, por muito tempo. Por isso, nesse momento, enquanto faltava-lhe ar, sentiu seu corpo levitar livremente e abriu mão de tudo. Das preocupações. Do laboratório. De suas convicções feministas. De seu trabalho. Ficou apenas Carmem e sua decisão: afundar ainda mais ou nadar para fora do lago.

Sua mão encostou no fundo do lago cristalino. Carmem, indecisa, olhou ao redor e não viu nada de anormal, somente alguns peixes pequenos, plantas e uma pedra verde curvada, com a forma do corpo de uma mulher, no fundo do lago. Por alguns preciosos segundos, sentiu a água a acariciar. A sensação era tão gloriosamente prazerosa que Carmem sentiu tentada a decidir ficar ali mesmo. Tornar-se parte integrante desse lago e fazer companhia à bela curva feminina na rocha do fundo da lagoa. Mas pensou em Alice, nos fetos e em sua missão. E decidiu puxar o ar. Assim que subiu, encontrou Carol e Lara olhando-a assustadas.

– Você está bem? – Carol quis saber.

– Muito! – Carmem respondeu. – A água está maravilhosa! Vem! Tem uma pedra em forma de corpo de mulher no fundo do lago!

Ignorando o resmungo de Lara, Carmem mergulhou uma última vez. Sentindo-se ousada, mergulhou até o fundo e se encantou ainda mais quando viu algo brilhar. Ao chegar mais perto, ela viu, mesmo com a visão turva pela água, pedras verdes cravadas no fundo. O ar começou a fazer falta, então, para analisar a pedra melhor, ela pegou uma e subiu imediatamente. Ela finalmente saiu do lago e passou alguns segundos estudando como os raios solares criavam pequenas faixas levemente e inesperadamente coloridas nessa pedra verde incomum. Por um breve e insano segundo, Carmem jurou ter visto o castelo de esmeraldas dentro da profundeza dessa pedra.

– Vamos, Carmem! – Carol a chamou.

– Já vou!

E ela iria mesmo. Mas antes iria fazer uma foto mental do lugar. Não poderia sair dali sem levar algo na sua memória. Então pegou a última flecha e respirou profundamente. Queria guardar cada detalhe daquele belo... belo paraíso.

4
CARMEM – GABRIEL SE DEPARA COM A SUA ENFERMIDADE

RIO DE JANEIRO, SÁBADO, 30 DE OUTUBRO DE 1999

– Foram dias difíceis – Carmem disse assim que estacionou entre duas linhas amarelas em sua garagem às onze da noite. – Pelo menos para mim e Lara – adicionou. De fato, ambas passaram por situações que muitos demorariam para acreditar que estava acontecendo. – Não vou conseguir dormir – anunciou. Virando-se para as amigas, munida de um ânimo que não condizia com uma pessoa que dirigiu por horas a fio e um sorriso no rosto, sugeriu: – Vamos dançar?

– Vamos – Carol respondeu prontamente.

– Conheço vocês. Sei que não terei opção. Por que não? – Lara murmurou e suspirou, cansada.

Carol sugeriu:

– Podemos zombar Rudá. Vocês sabem que Lina deu a entender que o seu ex-namorado é Rudá?

– Qual é o nome desse condenado? – Carmem perguntou, adorando a ideia de torturar Rudá, ou o Cupido, ou Eros!

– Gabriel.

Ah... Gabriel.

– Tudo bem! – Carmem concordou com a ideia. – Vamos sair para dançar, mostrar aos deuses gregos, troianos, guaranis, romanos, orientais ou egípcios que exterminamos o amor de nossas vidas! Gabriel vai se deparar com a sua enfermidade e... – com um dedo elevado, proferiu: – será nessa madrugada!

Carmem e Carol comemoraram.

– Vou dançar porque não acredito que dormirei tão cedo – Lara riu e apontou para as duas amigas. – Vocês são infantis.

Mas Carmem já saía do carro e ajustava o seu cabelo, empolgada com a metáfora e a noite:

– Justamente. Vamos dançar e voltar a ser criança. Vamos para Rudah! Aliás, Rudá e Rudah! Gostei da opção! Fica a duas quadras daqui e é perfeito! – e, após sua breve análise, anunciou: – Vamos zombar do Rudá justamente dentro da boate que lembra o seu nome – sentindo-se inteiramente infantil, aos risos, acenou para as amigas e disse: – Deixem tudo no carro e vamos!

– Preciso tomar um banho e me arrumar! – Lara lembrou.

Carmem revirou os olhos e soltou um exasperado resmungo: – Ah! Esqueceu que não iremos encontrar as nossas almas gêmeas? Liberte-se!

– Colocando os pontos nessa perspectiva, vamos desgrenhadas mesmo! – pegou na mão de Carol que, nesse momento, exibia um sorriso largo no rosto, e seguiu Carmem pela rua.

Na opinião de Carmem, a decoração profundamente romântica e colorida lhe parecia meio exagerada. Sempre preferiu locais mais rústicos e sóbrios. Mas ela não veio para a boate para criticar a decoração. Queria dançar como uma criança, balançando seus braços exageradamente de um lado para outro e longe dos meninos.

E, de fato, dançaram como se tivessem, no máximo, 10 anos. Comemoravam juntas o plano infalível de expurgar Rudá de suas vidas enquanto rodopiavam e riam a todo o momento. Buscavam ignorar os olhares dos rapazes em volta rendidos pelas suas teias e adoravam cada instante, mas, em certos momentos, retribuíam a atenção e se deliciavam quando finalmente rejeitavam o coitado.

– Qual é seu nome? – um rapaz de voz firme e aparência forte surgiu, do nada...

– Carmem – ela respondeu e trancou sua expressão facial. De longe, esse rapaz até lhe parecia charmoso, mas perdeu o encanto assim que abriu a boca. – Estou ocupada – sim, estava. Tinha mais o que fazer além de perder tempo com um homem que claramente não conseguia achar as palavras para prosseguir a conversa. – Muito ocupada – decidiu dizer após sete segundos de espera.

Para uma mulher, a sua expressão facial já dava a mensagem clara de que nada de bom resultaria daquele contato, mas ela não lidava com uma mulher.

– Sou Paulo – ele sorriu.

Carmem soltou um resmungo alto e exasperado. Ela olhou para ele ainda mais séria esperando que o recado fosse mais eficaz dessa vez. Para o descontentamento de Carmem, ele pegou em sua mão para dançar.

Carmem retirou a sua mão e disse:

– Estou com amigas e quero ficar com elas.

Será que havia sido clara?

Carmem driblou o rapaz e voltou a dançar com Lara e Carol. Segundos depois, aliás, poucos segundos depois, o moço retornou:

– Eu não me importo!

Yin e Yang! Duas esferas contrárias e (em alguns momentos) complementares! Mulheres inteligentes que articulavam o extermínio de Rudá e homens desprovidos de massa encefálica prejudicando todo o processo!

Carmem decidiu ignorar o camarada. Não precisava de outro drama em sua vida. Continuou dançando.

– Vamos ao bar? – Carol perguntou.

Carmem achou uma boa ideia. Saindo da pista de dança, quem sabe o enfermo a deixasse em paz?

– Pode deixar que eu pego bebida para todas – Carmem anunciou e seguiu seu caminho. – Menos para você – apontou para Lara, que revirou os olhos. – Trarei suco de laranja para você – e sorriu.

– Posso pegar bebida para você. Inclusive, moro aqui perto em uma cobertura... – e o pernilongo (assim ela poderia definir o rapaz) passou a falar e a rodear Carmem como um parasita barulhento e sanguessuga.

Ele a seguia como se fosse seu guarda-costas. Pateticamente rodeando-a para parecer a outros rapazes uma falsa intimidade. Isso começou a incomodá-la. Então, para piorar, sentiu a mão dele em sua cintura.

Carmem decidiu ir direto ao assunto, mas antes precisava se lembrar do nome do pernilongo.

Ela se virou e perguntou:

– Qual é mesmo o seu nome?

– Paulo – ele respondeu com um sorriso no rosto.

– Ok, sou Carmem – apresentou-se. – Se eu lhe der um beijo, você me larga?

– Um beijo! Claro!

Concluídas as apresentações mínimas, aconteceu. Um beijo mecânico, sem vida, cujo único prazer era sentir o aroma da bala de menta do parceiro. Tão logo começou, ela quebrou o beijo. Sem olhar para trás, Carmem seguiu em direção ao bar e se enfiou entre dois homens que conversavam no balcão do bar. Sua intenção, ao contrário de um grupo exageradamente grande de mulheres ao redor, não era de chamar atenção dessas duas belas estaturas masculinas. Sua esperança era de não dar espaço para Paulo se encaixar, apenas.

– Desculpem – Carmem falou assim que percebeu dois rostos assustados a encarando. O de olho azul era alto, ombros largos, braços musculosos e torso de dar inveja a qualquer um. Ao espiar muito rapidamente para baixo, percebeu que a roupa dele levemente larga escondia um corpo delicioso e muito além das possibilidades de Carmem. Isso se ela tivesse algum interesse em qualquer romance. Se não fosse sua expressão curvada e triste, ela poderia jurar que ele era um deus grego.

Carmem teve uma estranha sensação de que ele poderia ser Rudá... quer dizer, Gabriel. Chegou a cogitar a possibilidade de perguntar o nome do rapaz de olhos azuis, mas desistiu. Se fosse, ela não saberia lidar com tamanha coincidência.

Curiosa, Carmem virou para o outro lado a fim de espiar a fisionomia do amigo desse deus grego. Encontrou olhos verdes que a encararam com a seriedade de um doutor. Ela precisou reprimir o suspiro que percorreu seu peito e morreu em sua boca. Ele não tinha a fisionomia tão simétrica e perfeita como o amigo, mas seu rosto parecia perigoso. Seus olhos pareciam guardar mistérios poderosos, capazes de mudar o curso de uma população.

Ela jamais se interessou por um homem pela sua fisionomia. Se esse fosse o caso, certamente o rapaz de olhos azuis ganharia essa batalha. Mas Carmem simplesmente não se fixava na beleza externa – apesar de os olhos verdes também deterem uma dose considerável desse quesito –, ela geralmente se interessava pela promessa de algo interessante. E era exatamente essa a mensagem dos olhos verdes. O rapaz de olhos verdes tinha cabelos castanhos, meio bagunçados, alto, ombros largos e...

Sutilmente Carmem passou seus olhos pelo corpo do rapaz. Precisou reprimir o sorriso. Ah, quem ela queria enganar? O "olhos verdes" era lindo ao ponto de se tornar perigoso.

– Você não me deu seu telefone – Paulo disse, surgindo atrás dela pouquíssimos segundos depois.

Que seja! Carmem voltou aos seus 10 anos e disse:

– Ah! Sim, claro! Pode anotar!

E ela passou o telefone de uma empresa dedetizadora muito conhecida. Paulo anotava animadamente em sua mão. Ele mostrou a mão e ela corrigiu um dos números. Sua esperança era de que ele (finalmente!) entendesse o recado e virou de costas e focou no bar. Achou que foi ridícula e cruelmente imatura, mas ela também não estava bem. Que mal fazia ser imatura naquele momento?

Demorou alguns segundos para o rapaz entender a charada, mas retornou bastante ofendido:

– Você me deu o telefone de uma dedetizadora.

Carmem virou e disse enfaticamente:

– Entendeu?

E, pouco se importando com o que essa crueldade pudesse causar no ego do rapaz, ela se virou para o bar. Sentiu-se aliviada por sentir Paulo se distanciar e pediu ao barman um uísque.

O barman pegou seu cartão de controle de consumo e anotou uma dose. Ela riu e colocou sua mão em cima da cartela.

– Você não entendeu. Vim pegar diversas doses. Tivemos um dia difícil!

Então ela apontou uma garrafa com algumas doses restantes:

– Vamos ser práticos?

O barman ficou confuso e olhou para o homem de olhos azuis que, com um gesto, autorizou o pedido.

Carmem riu, a princípio, pela surpresa e, depois, ao ver a beleza emergir ainda mais forte com o sorriso do rapaz de olhos azuis, que riu de nervoso.

– Você é o dono da boate? – Carmem perguntou meramente para mudar de assunto.

– Sim… por pouco tempo. Eu a vendi esta semana.

– Ah.

– O que vocês estão comemorando? – O segundo homem, de olhos verdes, perguntou.

Ela deveria se sentir encabulada em responder essa pergunta. Deveria mentir, mas muita coisa aconteceu e, nesse momento, pouco se importava. Então riu e respondeu:

– O término do casamento da minha amiga, já que ela encontrou o marido na cama com outra mulher, e minha dissertação de mestrado que não foi aceita para recebimento de bolsa.

Bom, não era bem o caso. Ela tinha bolsa de mestrado, mas poderia perder a qualquer momento. No entanto, não viu benefício algum em prolongar sua resposta. Achou, por bem, resumi-las mesmo que, para fazê-lo, precisasse distorcer os fatos.

– Hum. Nesse caso – o rapaz de olhos azuis apontou a garrafa inteira de uísque. – Espero que vocês não estejam dirigindo... – o rapaz de olhos azuis disse ao barman. – É por conta da casa.

Carmem sorriu e seguiu com sua fantasia: Rudá que se cuide!

5
ALINHAMENTO

COSMOS, TEMPO INDEFINIDO

As duas palavras "vamos subir?" ditas pelo meu amigo, Jaci moreno, não foram, de fato, em um tom de questionamento. Ou melhor, foram... Mas não houve qualquer intuito de pedir a minha permissão. Novamente não tive oportunidade de responder. Uma hora, abraçou-me. Outra hora, perguntou. Então, sem me dar tempo de respirar, saltou.

Em vez disso, poderia ter dito: "Joana, se segure, pois vamos subir em alta velocidade até o espaço sideral".

– Joana, se segure, pois vamos subir em alta velocidade até o espaço sideral – ele repetiu, telepaticamente e de forma zombeteira.

Humf... resmunguei internamente, lembrando que ele conseguia ler o meu pensamento por ser (assim como sou) entidade da lua. No caso do Jaci Moreno, ele representa a uma das Luas do planeta Gaha.

Com o objetivo único de me ajudar, os irmãos e representantes das duas luas que circulam o planeta Gaha compareceram para esse alinhamento. Como o planeta Gaha é muito similar a Terra e está em um sistema solar próximo, pareceu uma ideia bastante conveniente.

Como ambos chamavam Jaci, decidi diferenciá-los pela cor dos seus cabelos: Jaci Moreno e Laci Loiro.

De fato, eu deveria ter previsto a reação desse meu amigo. Após tantos e tantos eventos inexplicáveis que vivi desde o dia em que conheci meu grande amor, Cauã, deveria ter imaginado que a minha escolha não tinha nada a ver com o momento.

Houve inúmeros e incontáveis momentos iguais a esse, como quando eu soube, da forma mais inusitada possível, que Cauã era a entidade do Sol e que eu era Jaci, a entidade da Lua, e que éramos amantes por um tempo tão grande que não havia como calcular.

Nossos amigos mais próximos, igualmente únicos em suas características, também provavam diariamente que eu não tinha controle.

De fato, Cristiano, o boto-cor-de-rosa, o qual descobri há pouco tempo que era o meu pai biológico, apesar de ser poucos anos mais velho que eu, não pediu permissão para me segurar enquanto Cauã extraía parte do meu poder com o corte de uma adaga, para controlar meu fascínio por Gabriel.

Gabriel, a entidade do Amor, não me avisou que iria devolver meu poder com o corte dessa mesma adaga, também não explicou que extraía o sentimento que me unia a ele ao passar um pingente em meu corpo para retornar ao Cauã sem reservas. Hoje tenho profundo respeito por Gabriel. Vi, de certa forma, seu poder e reconheço sua importância para todos e (principalmente) para mim. Sensibilizo-me com a forma que ele abriu mão desse nosso encantamento em prol de meu relacionamento com Cauã e optou por viver de forma imaterial por um tempo.

– Ai! – gritei ao sentir algo colidir com meu braço. Ainda não tinha me acostumado à sensação terrível de passar pela camada de ozônio. Escutei telepaticamente a voz do Jaci loiro dizer: – Um pedaço de metal que circula a Terra bateu em ti. Realmente, há muito lixo em torno da Terra. Este astro está...

– Não é o momento de falar sua opinião sobre o lixo que se acumula ao redor deste planeta – Jaci moreno interrompeu seu irmão abruptamente. – Joana não precisa dessa preocupação. Ela precisa focar no alinhamento.

Revirei meus olhos.

Alinhamento, alinhamento! Lina, a entidade da Luta, minha melhor amiga e uma mulher absolutamente incrível em todos os aspectos – gestora de uma estrutura invejável filantrópica de cinquenta orfanatos espalhados pelo mundo e fundadora de um dos grupos mais antigos de mulheres que protegem a Terra, chamadas de icamiabas – repetia sua preocupação incansavelmente.

Eu, responsável por manter o equilíbrio entre a Terra e o meu elemento (Lua), senti-me vulnerável. Sem memória, pouco poderia fazer para ajudar. Uma lástima. Por isso eles pediram para os Jacis – moreno e loiro

–, entidades irmãs das luas que circulam Gaha, nova casa de Angélica e Bianca, um planeta que se situa em um sistema solar próximo ao nosso (e que, por sua vez, está em rota de colisão com nosso sistema!), ajudarem.

– Todos estão se posicionando de acordo com o seu Guaraci. Olhe a sua volta – Jaci moreno interrompeu minha reflexão individual ao explicar.

Não consegui resistir e sorri em direção ao Sol, local de onde Cauã, meu Guaraci, coordenava todos os esforços. Foi então que vi Ieda, minha amiga, entidade das Águas – Uiara –, parada logo acima da Terra, observando atentamente o belo cenário azul do planeta Terra, sem se preocupar com sua nudez, com seus belos cabelos negros e lisos revoltos e soltos sem a gravidade. Ela parecia tão compenetrada, que nada (nem lixo que orbita a Terra) a dispersaria.

Gabriel (bom, o vulto que formava uma silhueta masculina) se posicionou um pouco distante de nós. Mesmo com a forma indefinida, consegui notar que ele estava de braços estendidos. Havia uma luz brilhante saindo da extremidade do que imaginei ser os seus braços. Era uma energia suave, que potencializava a simbiose entre todos nós.

As entidades do planeta Gaha, que concordaram em nos ajudar no alinhamento, se posicionavam entre os planetas. Caaporã, a mãe de Antônio, por exemplo, ficou entre a Terra e Vênus. De longe, vi Uiara (um homem grande, bruto e aparentemente selvagem como um pirata), a entidade das águas de Gaha, entre Vênus e Mercúrio. Logo atrás, vi Guaraci, a entidade do Sol de Gaha, pai do príncipe Teiú, entre Marte e Júpiter. Concluí que as outras entidades também estavam posicionadas entre os demais planetas. Pelo visto, também concluí que essa seria a minha função. Eu deveria ficar entre a Lua e a Terra.

– Por que todas as entidades se posicionam entre os planetas? – quis saber.

Jaci moreno respondeu telepaticamente:

– Você sabe que o alinhamento aumenta o magnetismo entre os planetas. Cada entidade deverá controlar o fluxo de energia entre eles para manter a mesma posição e em sua órbita... Manter o equilíbrio. As entidades do Amor, a Rudá do meu sistema solar e o seu Rudá, Gabriel, irão unir forças para coordenar e vincular toda essa nossa energia para que tudo não saia do eixo. Não se inicia um alinhamento para perder o controle do sistema solar. Todos ajudam.

– Onde está Cláudio? Ah... O meu Caaporã?

Jaci moreno passou a falar sem usar a comunicação telepática:

– Ele está na Terra, controlando a reação das entidades junto a Ci. Bom, no caso dele, focará apenas na fauna e flora, ignorando os humanos. Estes, ocupados demais com seus afazeres e distrações, não estão cientes do perigo que seu astro corre.

– Tá... Cristiano, meu pai, o boto-cor-de-rosa, controlará os seres marítimos dando suporte para Ieda – suspeitei.

– Isso... O poder de Cristiano é interessante. Não o conheço. Geralmente, Uiara cuidaria do mar e os seres aquáticos. Verdadeiros monstros, influenciados pelo elemento Mboi Tu'i que, para nossa felicidade, não personalizou. Nosso Tau não achou sua companheira.

– Ah – murmurei, sem muito a dizer sobre o assunto.

– Como faremos isso? – perguntei, ao notar a maioria se preparando com os braços estendidos para cada astro.

Jaci moreno parou à minha frente e estendeu seus braços com a palma da mão direcionada à Terra e à Lua. Uma luz azul saiu de seus olhos e de suas mãos. Jaci loiro sentava na Lua, aguardando nossos movimentos, à vontade. Parece que não havia sido lhe dada qualquer função ou quem sabe estava de sobreaviso caso eu precisasse.

– Faça o mesmo – ele ordenou. – Essa função é sua e não minha. Estou aqui para lhe ensinar e meu irmão para dar assistência, caso precise.

Sem questionar, imitei-o. Posicionei as minhas mãos ao lado das suas mãos.

– Muito bem – Jaci continuou. – Você está exatamente no meio dos dois astros, onde as energias convergem. Agora sinta a pressão dos dois lados e empurre suavemente em direção do lado que sentir a pressão aumentar. Monitore a pressão entre as energias.

Confusa e assustada com a faina a minha volta, não achei motivo de interpretar ou tentar entender o que ocorria, apesar de achar difícil de acreditar que a energia de um astro se mistura e influi na posição do astro vizinho durante o alinhamento.

Abri as palmas de minhas mãos e, como se meu corpo tomasse vida própria ou entrasse em um modo automático, senti um calor sair da palma da minha mão. Então unidos, eu e Jaci moreno, permitimos que a energia de nossos corpos servisse de norte para a Terra e a Lua. Se dependesse da nossa união, os astros manteriam seus posicionamentos exatos. O calor que saiu da palma da minha mão me queimou e incomodou de início, mas logo me acostumei. No entanto, passando o momento de novidade que certamente anestesiou os meus sentidos, finalmente fui afligida pela pressão de ambos os lados. Era como estar presa entre duas paredes movediças que necessitam de sua força para não se fecharem.

– A pressão é forte, mas você é Jaci e deverá segurar. Vou tirar as minhas mãos gradativamente. Está pronta? – ele perguntou e subitamente, sem me dar tempo para responder, tirou. Boquiaberta com o susto, senti uma força imensa vinda da Lua, pressionando diretamente minha mão. A corrente sanguínea praticamente se fechou em meus pulsos. Meus dedos ficaram dormentes e a dor nas mãos ficou insuportável, de modo que soltei, com um grito que rapidamente engoli.

Senti outra pressão ainda mais forte. Não consegui suportar a dor. Por puro impulso, tirei minhas mãos.

– Não tire! – Jaci moreno berrou em meio ao susto e assumiu imediatamente o controle.

– Vocês não me deixam responder! – externei. Por mais que parecesse simples essa função, a pressão que sofri entre os planetas foi colossal! Como se me posicionassem no mar, entre dois navios cargueiros navegando em colisão, e pedissem para eu mantê-los separados com a força das palmas de minhas mãos e de meus braços.

Jaci moreno fechou seus olhos, focado em retomar o controle. Balançando o corpo suavemente de um lado ao outro, ele praticamente dançava em meio ao cosmos. Nesse momento, ele estava se esforçando para retomar o controle das convergências das energias. Logicamente, ele limpava o meu erro.

Derrotada e sem rumo, pensei em fugir para o sistema solar mais longe que pudesse encontrar. Não olhei para os lados, aliás, não sabia como reagir àquele momento nem como ajudar Jaci moreno em seu esforço de retomar o equilíbrio. Bom, imaginei que me mantendo longe do alinhamento, iria ajudar o suficiente. Então, como uma criança enxotada da cozinha, neguei com a cabeça. Inspirei e parei no meio do caminho ao notar que não puxava ar algum. Arregalei meus olhos, ainda mais confusa. Como conseguia falar sem oxigênio?

– Foque na função, Joana. Depois te explico sobre a reação de nossos corpos com a falta de oxigênio.

– Não vou conseguir!

Cruzei meus braços.

Pura imaturidade, que foi interrompida com a suave voz masculina que surgiu por detrás.

– Joana. Procure manter o equilíbrio – o Jaci loiro saiu da Lua e veio a meu encontro para me resgatar.

Então escutei o alerta de Ieda:

– Lina! Abriu o portal. As águas estão reagindo!

Tarde demais...

– Fique tranquila, Joana, elas estão lidando com isso. Você perdeu a memória de como fazer isso. Então, considerando essa sua primeira tentativa, você foi bem – talvez o plano de Jaci loiro fosse o de resgatar a minha autoconfiança. Senti as mãos de Jaci loiro passar pelos meus braços para descruzá-los. – Você aguentou bem. Apenas se assustou com a pressão. Sim, ele estava certo. Cuidadosamente ele me acalmava com suas palavras e gestos. Por precaução, sabendo o efeito que poderia surtir em uma entidade que não me conhecia o suficiente, mantive-me de olhos fechados. – Agora sabe como é a pressão e estará mais preparada – talvez... Suavemente Jaci loiro reposicionava os meus braços. – Meu irmão irá energizar-lhe pelas costas para dar-lhe reforço – senti-me mais confiante com tal anúncio. Talvez funcionasse, quem sabe?

6

LINA – LUTA

Oceano Atlântico, terça-feira, 9 de novembro de 1999

A Terra, por ser um dos únicos planetas habitáveis desse sistema solar e, mais ainda, por ser um planeta pulsante e cheio de maravilhas, torna-se visada. Entidades indesejadas podem aparecer e se instalar. Uma preocupação contrariada por muitos, já que dizem que nem tantas entidades surgiram nesses últimos séculos por acreditarem que a Terra está condenada.

Infelizmente, essa crença pode ser real. Os humanos deixaram de representar a Terra e isso diz muito...

Por esse motivo, Lina adotou como uma nova obsessão e missão outra luta. Criou orfanatos e cuida de crianças na esperança de mudar esse prognóstico. Tecnicamente, ela não interfere no livre-arbítrio dos humanos. Além disso, ela simplesmente não conseguia ver um bebê ou uma criança assim... tão abandonada.

Mas, se a Terra está condenada, por que ela está, nesse momento, planando na estratosfera em meio às nuvens turbulentas e buscando qualquer sinal de desequilíbrio? Por teimosia, talvez? Por amor, certamente!

Não importa. Para defender a Terra, Lina montou uma estratégia de guerra. Mapeou todas as ameaças e posicionou suas icamiabas em pontos vulneráveis. Em torno da Terra, na mata densa, em pontos estratégicos do oceano, nos polos e ao longo do círculo de fogo, haviam mulheres musculosas, treinadas, furiosas e motivadas para agir diante do primeiro alerta.

Escolheu posicionar-se logo em cima da área do Triângulo das Bermudas por ter, em sua profundidade, uma estrutura piramidal que, ao convergir com a energia do oceano, torna-se instável por si mesmo. Por esse motivo, na ocorrência dos alinhamentos, esse estranho e fascinante lugar abre portais monstruosos e de impacto relevante.

Do outro lado da Terra, logo acima no Triângulo do Dragão, local que guardava outra estrutura piramidal e, com energia pulsante do oceano, também abria portais, estava Aiko. Lina sabia que podia contar com Aiko, já que esta fora uma das primeiras icamiabas transformadas e uma fantástica guerreira.

Mas não era como Alcinoe... Simplesmente não era.

Subitamente, uma onda trêmula, como aquelas que geram turbulência em aviões passou por Lina. Incomum... Era raro haver tal fenômeno na altura em que estava. Certamente era um sinal de que algo havia saído do controle no cosmos, mas que, felizmente, foi revertido.

Apreensiva, procurou Ieda no meio do oceano Atlântico. Encontrou-a logo acima de ondas revoltas, com suas mãos energizadas e extremamente concentrada. A entidade do Mar já gerenciava a crise.

Então, logo no meio do Triângulo das Bermudas, encontrou uma massa enorme, de quilômetros de distância circulando em torno de si. Droga... começou a desordem.

Alguém tinha de fazer algo a respeito da pirâmide no fundo do mar.

– Ok, meninas. Vamos começar o trabalho. Um portal imenso está se abrindo no meio do Triângulo das Bermudas. Ainda não sabemos a dimensão dele – Lina anunciou telepaticamente. E indicou seu primeiro direcionamento: – Rafaela, temos um avião voando em direção a esse portal em formação. Você sabe o que fazer.

7
ICAMIABAS – GERENCIANDO A CRISE

OCEANO ATLÂNTICO, TERÇA-FEIRA, 9 DE NOVEMBRO DE 1999

Rafaela, agachada no topo do Monte Evereste, levantou em alarme. Sem questionar, passou a correr com uma velocidade e habilidade incomum em direção ao leste. Em geral, esse trajeto era longo e lento, dificultado pela neve, gelo, vento, solo desnivelado e cheio de rochas. Mas ela havia treinado a um nível insano, a ponto de achar essas barreiras tão difíceis como caminhar em uma trilha na floresta. Encontrou Bruno, levitando com seus braços estendidos, olhos fervendo como bolas de fogo, prestando atenção a todos os lados, averiguando qualquer sinal de fogo.

Rafaela não entendia muito bem como ele conseguia perceber isso ao redor do mundo, mesmo após a sua explicação, mas, curiosamente, em diversos momentos chegou a vê-lo em ação. Bruno era realmente uma entidade muito curiosa e justamente a mão que ela precisava.

– Bruno, vou precisar de um empurrãozinho – Rafaela tomou proveito do amigo que, subitamente, saiu de seu transe, aproximou-se, cravou suas mãos no braço e perna de Rafaela, rodou-a para pegar impulso e atirou-a para o céu.

Rafaela voou para o alto com uma violência que a fez proteger sua cabeça com os braços. Após alguns segundos, ela percebeu o avião se aproximando. Então, estendeu os braços para se preparar para a colisão por baixo de uma das asas.

Com suas mãos firmes segurando o casco, chacoalhou seu rosto para espantar a dor e, segurando de ponto em ponto, chegou até o lado de cima da asa. Lutando contra a forte velocidade do ar que a empurrava para qualquer lugar, menos para o avião, ela conseguiu se levantar e passou a caminhar lentamente até a frente. O avião adernou e Rafaela perdeu o equilíbrio e caiu. Em um ato reativo, segurou no *flap* próximo à janela de passageiros. Por sorte, só havia uma janela com a cortina aberta e um menino a encarou com seus olhos arregalados. Rafaela sorriu e colocou o dedo na boca, pedindo silêncio. O menino, estupefato, sorriu de volta.

Apressada para não ser pega por outra pessoa, ela levantou e caminhou até a frente do avião. A esse ponto, o transporte aumentou a velocidade. Rafaela perdeu seu equilíbrio novamente e foi lançada para o leme da aeronave.

– Vamos, Rafaela. O avião está se aproximando do portal. Não enrola! – Lina reclamou em pensamento.

– Tá... Tá... Tá...

Rafaela se levantou com dificuldade e andou para a frente do avião. Não percebia e não entendia como se mantinha com os pés cravados na aeronave, mas, nesse momento, não havia tempo para perguntar. A cada passo que dava, sentia o vento empurrando-a agressivamente para longe. Mas tinha que chegar até a ponta do avião. Então olhou para frente avistando a nuvem preta que se aproximava. Para os pilotos, a nuvem se assemelhava a uma tempestade, mas Rafaela não tinha dúvidas. Era o portal.

– Merda! – ela gritou e saltou para frente, estendendo sua lança.

Ao posicionar sua lança para frente, como se esta seguisse as ordens telepáticas de Rafaela, liberou uma energia luminosa que envolveu o avião como um campo de energia. Essa luz, composta por pontos de luzes fortes verdes e amarelos, protegeu.

Segundos depois, o avião finalmente saiu da nuvem. Sua lança recapturou a luz. O avião passara pelo portal ileso. Sem saber como interpretar o que viu, mas atônita com a maravilha que presenciou, gritou e deitou no casco da aeronave em plena velocidade. Após uma breve comemoração, estranhou e anunciou:

– Lina, como chegamos em Madri? Não estávamos no meio do oceano Atlântico?

– Que bom que tudo deu certo... Depois explico – Lina agradeceu.

Recebendo a constatação de Rafaela com naturalidade, Lina voltou a sua faina. Ainda mais atenta, ciente do perigo que o ecossistema ao redor corria, encontrou outro portal ainda mais revolto logo ao lado do portal. Estudou a evolução desse novo portal em formação. De acordo com a sua ampla experiência no assunto, esse emaranhado caótico de poeira não era um portal qualquer.

Ao estudar melhor a característica do portal, ao sentir o seu aroma, avaliar a sua densidade, a forma como ele vinha e ia embora como se fossem diversos portais abrindo e fechando em nanossegundos, chegou a uma conclusão perturbadora, esse fenômeno não era um portal espontâneo e nem uma falha cósmica originada pela vulnerabilidade do momento. Estava longe de ser um erro.

Em palavras simples, era um portal aberto por alguém que possuía a chave. Alguém muito poderoso. Possivelmente, uma entidade secundária que não somente dominava e manipulava o dom da chave, mas potencializava seu poder de destruição.

Nesse caso, esse portal tinha dois fins. O primeiro era de transportar. O segundo era destruir tudo a sua volta.

Era uma arma de guerra.

– Pessoal, escute com cuidado e afastem tudo o que estiver navegando em direção ao monstro que se criou próximo ao portal anterior.

– Ok – Cristiano respondeu telepaticamente. – Também vou pedir para os animais marinhos me ajudarem a provocar um redemoinho no sentido contrário ao monstro, assim posso tentar desacelerar o seu crescimento.

– Vou ajudar nesse redemoinho – Ieda se prontificou.

Então, para piorar, no canto da sua visão, Lina avistou outro problema. Um ponto preto no meio da imensidão do mar poucos quilômetros de onde as águas começavam a girar copiosamente. Mas o que seria o ponto preto? Lina queria se certificar.

– Ana, preciso que você envie um alerta a todos os centros de controle navais e aéreos ao redor do mundo. Pode dizer que um furacão em escala máxima atinge o oceano e que é para todos desviarem a rota.

– Ok – Ana respondeu. Por um breve momento, escutou o barulho de teclado. – Espere, estou enviando – Lina aguardou. Ana era fantástica. Um verdadeiro gênio capaz de penetrar em qualquer sistema de computação. – Já mandei o alerta – respondeu.

– Obrigada. Agora volte a trabalhar no "Bug do Milênio" – Lina pediu. Geralmente, não liberava suas icamiabas para o mundo tecnológico, mas não teve opção. Ana era simplesmente boa demais para ser direcionada a lutas. Aparentemente o "bug do milênio" era um assunto que muitos analistas temiam, e havia razão para tal. Bom... isso se Ana não encontrasse uma solução para esse problema.

– Mauro já me deu algumas dicas – Ana comentou.

Nesse caso, problema solucionado...

Lina voltou a atenção ao ponto preto que, nesse momento, tentava mudar de curso. Pela proximidade, já era tarde demais. E chamou suas icamiabas:

– Tamara, Lindalva e Amanda. Infiltrem-se no navio. Não dá tempo. Os tripulantes devem abandonar o navio.

As três desceram das nuvens como cometas e mergulharam pelo oceano. Numa velocidade inacreditável, em segundos, alcançaram o navio. Entraram pela proa do navio sem serem percebidas e avistaram a operação. Os tripulantes, agitados e preocupados, não perceberam a invasão.

As icamiabas se esconderam em meio aos contêineres que balançavam de um lado para o outro com a força das ondas.

Tamara anunciou:

– Amanda e Lindalva, vou ao encontro do comandante.

– Claro! Você vai dizer que estava levitando nas nuvens e nadou até o centro do oceano Atlântico para informá-lo do perigo e mandar abandonar o navio. É isso que vai falar? – Lindalva rebateu enquanto se equilibrava no meio dos contêineres.

– Dou meu jeito! – Tamara movimentou uma fila de três contêineres que pareciam estar prestes a cair pelo movimento furioso das ondas que colidiam no barco. E, sem se preocupar com os contêineres à volta, tornou a andar em direção à torre de comando. Um contêiner deslizou em sua direção e Amanda alertou:

– Cuidado!

O contêiner deslizou para o outro lado pela força das ondas. Tamara ignorou o alerta da amiga e argumentou com Lindalva:

– Quer ir? Por um acaso sabe falar mandarim fluente? Sei que você é muito esforçada, mas não teve tempo de aprender outras línguas. Deixe comigo!

Então Tamara correu para dentro das acomodações.

– Já aprendi a falar inglês, espanhol, francês e italiano... Vou chegar lá – Lindalva se virou para Amanda e disse: – O que fazemos agora?

– Esperar para agir.

Um estrondo ecoou sobre o casco. Houve um som de onda batendo furiosamente. O navio recebeu o golpe e balançou. Houve outro golpe; e outro. Os pés de Amanda vacilaram. No horizonte, surgiu uma nuvem negra e nervosa. Ventos mudaram violentamente, tomando rumos incertos. O céu tornou a rodar em círculos. O portal lutava. Ele iria colidir na água a qualquer momento e deixar tudo mais difícil. Amanda correu até a popa do navio e encontrou o redemoinho provocado por Cristiano. Não havia como salvar o navio.

O sinal de abandonar o navio passou a soar.

Pelo canto do olho, viu Tamara sair às pressas. Gesticulando e correndo, exclamou a quem pudesse ouvir:

– O alarme de abandono do navio está soando! – Dois oficiais avançaram atrás dela, mas a icamiaba era simplesmente impossível de capturar.

Saltando entre contêineres e deixando os oficiais loucos de raiva, Tamara dispersava as atenções. Agora, Lindalva e Amanda poderiam tentar reduzir a velocidade do navio para dar tempo aos tripulantes de abandonarem a embarcação.

Amanda correu até a proa novamente e cravou sua lança no casco do navio, sabendo que a energia avançaria pela crosta marítima e, por fim, serviria como âncora. Infelizmente, teve de assistir boquiaberta àquela parte do casco do navio quebrar e cair no mar com um estrondo que lançou água para todos os lugares.

A esse ponto, Tamara carregava os oficiais desacordados para perto dos botes, a fim de serem localizados pelos companheiros. Em meio à confusão, os rapazes as notavam, mas pouco se importavam. Nessas horas, a mente foca exclusivamente em se salvar. Havia um senso grande de individualismo com pouca burocracia. Alguns até tentavam se organizar, mas logo eram empurrados pelos colegas.

O navio foi abandonado por todos, exceto um homem que se segurava tão forte numa pilastra que suas mãos pareciam roxas nas extremidades. Lutando contra ondas furiosas e congeladas, ele tremia de medo e frio. Lindalva pegou uma corda que estava jogada no convés e saiu ao encontro do rapaz.

Os olhos do tripulante estavam tão arregalados que era possível ver os detalhes da sua íris verde e amarela.

Ela disse:

– Fique calmo!

O barco adernou. O barulho de metal envergando soou em alto e bom som. Não era o momento para apresentações ou cordialidades. Ela o laçou junto a seu corpo em um nó.

– Cristiano! – ela berrou e jogou a outra extremidade da corda para o alto. Subitamente, um tubarão saltou da água e, passando por cima do casco do navio, com sua mandíbula cheia de dentes afiados, pegou a corda com a boca, levando-os ao mar. O homem, assustado com o que vira, sem conseguir dar sentido ao estranho resgate, passou a gritar em plenos pulmões enquanto eram arrastados pelo tubarão para longe do portal.

• • •

Mais adiante, ainda em alto-mar, surgiu outro navio de porte pequeno, feito com madeira pintada de azul-bebê, com um convés minúsculo e uma cabine que pegava metade do barco. O frágil navio se direcionava, por vontade própria, em direção ao portal.

– Que droga! O que faz um navio desse porte nessa localidade? – Tamara reclamou. – Não vou buscar!

– Vamos – Amanda comentou. – Não importa como o barco veio parar nessa região. O cara não sabe o que o espera.

Nadaram. Com um impulso, elas saltaram para o convés. Então, assim que viram que o capitão era, na verdade, Rodrigo, correram para se esconder por detrás das paredes desbotadas do navio.

A entidade da Destruição, de costas, compenetrado, não percebeu a chegada das icamiabas.

– Rodrigo quer entrar no portal? É isso mesmo? – Tamara indagou, confusa. – Sabe de uma coisa? Deixe-o ir.

– Espere – Amanda falou. – Estou escutando uma voz de menina de dentro do barco. Preciso dar uma averiguada.

Sim, havia uma voz de menina. Esta parecia argumentar ou negociar. Que estranho!

– Thaís? – Amanda reconheceu a voz. – Thaís não foi adotada? O que ela faz nesse navio? – perguntou, agora sem entender mais nada.

Tamara apenas olhou para Amanda, igualmente consternada. Ela também reconheceu a voz de Thaís. Então ela fez um gesto para Amanda aguardar e entrou. Os ventos passaram a soprar em uma velocidade incomum. Estavam se aproximando do portal. Amanda se segurou em uma das janelas. Então, viu sua colega sair com Thaís em seu colo e gritou:

– Cobertura!

Amanda respirou fundo, tomou coragem e saltou para dentro da cabine. Havia dois homens ao lado do Rodrigo, um incrivelmente forte e moreno e o outro pálido e magro, mas Amanda não prestou muita atenção nas figuras quando se deparou face a face com o macabro comandante que, ao vê-la, grunhiu e fez um gesto autoritário para o moreno musculoso assumir o controle do navio.

– Onde está a menina? – Rodrigo indagou, furioso com a interferência.

– Como Thaís veio parar aqui? – perguntou Amanda. Logo em seguida, assumiu a posição de combate.

– Traga a menina de volta! – ele exclamou e apontou para o chão em um gesto impositivo.

– Como você teve acesso à Thaís? – uma pergunta importante, já que ela havia sido adotada por um casal e deveria estar longe da confusão.

– Ah! Não tenho tempo para isso! Traga ela de volta! – exigiu.

Amanda negou, mantendo-se firme diante do inimigo.

– Você não tem ideia de como é fácil convencer pais amáveis a abdicar de seus filhos recém-adotados quando se oferece uma verdadeira fortuna como troca!

O queixo de Amanda caiu. Finalmente percebeu a gravidade do assunto. Thaís não havia sido adotada! Fora sequestrada!

– Vocês não vão atrás da garota? – Rodrigo perguntou aos dois rapazes.

– Lógico que não – o rapaz pálido respondeu e sorriu. Ele não parecia cooperar com Rodrigo. Estranho...

– Não vai atrás da sua virgem? – perguntou ao moreno musculoso.

– Ela é uma menina. Ainda não virou moça – negou. – Não é, tecnicamente, virgem. Mas esta é – apontou Amanda.

– O quê? – Amanda perguntou, estupefata.

– Vá você – o moreno adicionou e varreu Rodrigo com seus dedos. O moreno sorriu para ela, deu uma piscadela e assumiu o controle do navio. Subitamente o homem pálido se estreitou, observou Amanda alguns segundos. Sua feição mudou, como se tivesse apenas agora percebendo algo perturbador.

A situação era perturbadora.

Mais ainda, confusa. Até para o Rodrigo, que, por alguns segundos, abriu mão da sua fúria para encarar ora Amanda e ora o moreno, provavelmente em busca de alguma relação entre os dois... O moreno ajeitou seus ombros largos, largou a direção e a observou com seus reluzentes olhos escuros. Abriu um sorriso simpático e conclusivo, como se tivesse confirmado a sua suposição, virou de costas e tornou a girar o timão com gestos bruscos e decididos. Virando-se para Rodrigo, ele apontou o pulso e, como se tivesse um relógio imaginário, murmurou:

– Tic, tac.

Que homem estranho...

Com um rosnado raivoso, Rodrigo pegou um machado vermelho que estava exposto na parede do casco como um instrumento para ser utilizado em situações emergenciais. Então, para o espanto de Amanda, Rodrigo desviou dela e desapareceu pelo oceano.

Como "mudança de planos"? Quais eram os seus planos? Por que sequestrou Thaís? O que mudou assim que viu Amanda? Porque ela ainda era virgem? Impossível! Sua virgindade não estava assim, estampada na sua testa.

Que seja! Sem perder mais tempo, ela avançou no moreno sem qualquer arma. O rapaz a atirou para o outro lado. Amanda bateu sua cabeça no casco e caiu. Confusa, colocou suas mãos na cabeça, que latejava com o impacto.

Então Amanda escutou a voz de Lina: – Amanda, o navio voltou ao curso do portal. Saia daí.

Amanda, sentindo uma onda súbita de tontura, respondeu: – Era Rodrigo... Ele... ele... – ela queria reportar que encontrou Thaís no navio, mas não conseguiu falar. – Eu... eu... eu... – as palavras simplesmente fugiram de sua mente.

• • •

Lina surpreendeu-se. Não havia mais tempo. Amanda seria carregada até o portal. Encontrar o portal sem se proteger com a lança seria fatal para ela. O portal ia despedaçá-la.

Não! Lina simplesmente não conseguiria ficar sem sua Amanda.

– Gabriel! – Lina gritou. – Ajude!

Gabriel, ao ouvir o grito de Lina, mesmo concentrado no alinhamento, enviou um assobio em direção ao local onde havia o portal. Puro encanto para salvaguardá-la por um tempo.

• • •

Assim que Amanda voltou a si, sentiu um corpo leve em cima dela. Sentiu suas mãos imobilizadas.

– Não se mova, não dá... – o rapaz magro, pálido e com uma força incomum a imobilizou e sussurrou em seu ouvido. – Vamos passar pelo portal – ele informou. Amanda, sem saber o que fazer, encontrou olhos azuis e inacreditavelmente claros, com a face similar à de Rodrigo e o perfume que lembrava uma maldição. Não conseguia ver o que fazia. Estranhamente sentia paz, incapaz de lutar contra o inevitável.

– Você precisa confiar em mim – o rapaz pálido disse. Ele segurava os pulsos da Amanda, mantendo-os acima de sua cabeça com uma das suas mãos enquanto a outra parecia buscar algo em um dos bolsos de sua calça preta. Ele parecia se movimentar com a urgência necessária para o momento. Por que Amanda estava em paz? Por que ela não lutava?

Amanda contemplou o raio de sol entrando pela pequena janela do passadiço e atravessando o ambiente em diagonal. Sorriu. A pequena brecha em meio à nuvem revolta, de onde esse jato dourado e brilhoso escapava, assemelhava-se a pequenas ondas que se destoavam das demais pela suavidade em certos pontos e pelo pequeno ponto preto não identificado parado, apesar da ventania ao redor.

Esse pequeno ponto era Lina, planando em meio às nuvens... Possivelmente.

O rapaz moreno musculoso parou perto da Amanda. Observou-a como se estivesse estudando cada centímetro da sua alma.

– Cai fora! – O rapaz margo exclamou em direção ao mulato. Este sorriu e voltou ao leme do navio. Ela sorriu de volta. Afinal, estava tranquila e com uma sensação de entorpecimento deliciosa... – Você não irá levá-la. – O homem pálido levantou e adicionou. Em seguida investiu um único soco no adversário.

A luz do sol penetrou por um dos buracos no casco e a obrigou a estreitar os seus olhos. Quando voltou sua atenção à luta, o mulato já havia caído no chão.

O mulato levantou com dificuldade e massageou sua mandíbula. Então saltou em cima do rapaz pálido. Este novamente o presenteou com dois socos no rosto. O mulato rugiu de dor. De onde havia surgido tamanha força?

Então ela percebeu algo inusitado. Sabe-se lá como, agora ela estava imobilizada por uma espécie de algema ou bloco de pedra em seus punhos e braços.

O ar ao redor mudou. Ficou denso, cheio de partículas pretas como papel queimado. O barulho das ondas cessou. Uma força extrema fez o corpo de Amanda saltar e colidir violentamente no piso. Tudo rodou e balançou para todos os lados descontroladamente. O navio estava agora à deriva, sendo levado para o portal. Fechou seus olhos. Sentiu um pano a envolver inteiramente, como se alguém a estivesse embrulhando. Ela respirou fundo para inalar o que esperava ser um ar impregnado de sal e se surpreendeu com um aroma bem mais marcante. Algo parecido com enxofre e mofo.

Assustada, gritou:

– Lina!

• • •

Lina escutou o grito com verdadeiro terror e, assim que focou seus olhos no portal, testemunhou um navio ser esmagado e estilhaçado.

– Amanda! – Lina berrou.

– Lina, não se preocupe. Amanda está bem – Gabriel confortou.

Lina fechou seus olhos e sentiu suas lágrimas caírem. Então, trêmula, voltou para sua faina e se concentrou novamente.

8
PORTAL ESTRANHO

COSMOS, TEMPO INDEFINIDO

– Vamos tentar de novo, Joana – o Jaci moreno anunciou, com toda a paciência do mundo, enquanto ainda mantinha seus braços estendidos e segurava a energia entre os astros. – Essa é a sua função – lembrou.

Sim, essa era a minha função e falhei. Eu conseguia sentir nitidamente a tremedeira entre a minha Lua e a Terra. Era como se os dois astros fossem pequenos filhotes, chacoalhando de medo, desamparados, esperando outro chute do dono. Talvez por estar, sem querer, na posição desse dono e prevendo como minha próxima e inevitável falha me faria um ser tão cruel como ele, senti um aperto no coração e um ovo na garganta. Eu queria chorar.

– Não vou conseguir! – exclamei entre dentes, injuriada com a minha incompetência.

– Veja, olha como faço – o Jaci moreno assentiu com a cabeça em um gesto que deveria aumentar a minha confiança, mas não adiantou.

– Não me deixe sozinha! – pedi, sentindo aquele aperto no peito ainda mais forte.

– Observe – ordenou outra vez: – Jaci, meu irmão, passe um pouco a sua energia para Joana.

Senti as mãos frias do Jaci loiro por trás. Não era um toque sensual. Era algo mais voltado ao cuidado e que, por algum motivo estranho, me acalmou. No entanto, ao invés de sorrir ou me acomodar, cerrei meus lábios com firmeza e, pela primeira vez, realmente observei Jaci moreno. Notei como ele não lutava contra a energia. Seu corpo movia-se suavemente como uma onda no mar, moldando e se unindo a ela. Então entendi. Ele não queria dominar aquilo que ocorria entre os planetas, mas fazer parte e influenciar o curso natural dessa força. Sim, talvez controlando... Mas não era como um vaqueiro dominando um cavalo selvagem. Era uma espécie de manipulador, unindo-se à força e conduzindo-a para algum lugar ou... sei lá, a lugar nenhum.

O fato foi que, gradativamente, fui imitando seus gestos.

Muito sutilmente, notei que a força aumentava entre minhas mãos. Sim, aos poucos ele foi também retirando sua energia para que eu pudesse assumir o controle. Com a energia de Jaci loiro fluindo em meu corpo, confesso que foi muito mais fácil do que imaginei.

Sorri com a perspectiva de assumir parcialmente o controle.

– Muito bem, Joana – o Jaci loiro me incentivou.

Com a alegria de me sentir finalmente no controle da energia, olhei-o sorrindo. Foi então que nossos olhares se cruzaram.

– "Que arranquem meus olhos de vez!" – era como se um raio tivesse sido arremessado sobre meu corpo. Deixei de sentir minhas pernas e percebi que perderia o controle.

– "Arranquem os meus juntos" – ouvi o pensamento do Jaci loiro.

Saltei, de susto, ao sentir o anúncio de Cauã pedindo para cessarmos nossos esforços. O alinhamento havia finalmente terminado. A esse ponto o loiro já havia sumido pela imensidão do universo.

– Joana, foque em controlar os seus poderes – Jaci moreno comentou. – Fique tranquila, meu irmão é esperto demais e não irá enfurecer Cauã. Saberá se manter longe de ti – disse. Então sorriu e pediu: – Apenas peço uma única coisa: lembre-se apenas da sua lição nesse momento. O resto... – Jaci fez um gesto circular com a mão indicando meu olhar. – Esqueça.

Balancei minha cabeça, ainda bastante envergonhada. Não posso dizer que estava confusa. Não mais. Sabia exatamente o que havia acontecido. Sabia exatamente o que passei a sentir a partir do momento que meus olhos encontraram os de Jaci loiro. Sabia como ele se sentia. Ainda mais importante: sabia que isso não era real.

Automaticamente, olhei em direção ao Sol e vi Cauã, que se reunia com o pai de Antônio. Jaci moreno me abraçou para me acalmar e pegou em minha mão. Então largou em minhas mãos uma sacola de pano cheio de sementes que pareciam arroz.

– Um presente, para apimentar ainda mais seu amor com Cauã. Essas sementes permitirão a você entrar no elemento do seu amado por algumas horas – sorriu. – Divirta-se.

– Espere um pouco, Joana – senti uma energia pegar as sementes de minha mão. – Joana já apimenta o suficiente, Jaci – Gabriel interferiu e comentou com um tom brincalhão. – Deixe que eu as entregarei quando ela efetivamente tiver condições de recebê-las.

– Soube que Paula está entre as flores. Obrigado por cuidar dela – comentou Jaci moreno com Gabriel em um tom cauteloso, daqueles que agradecem e, ao mesmo tempo, buscam informações.

Jaci pode ter me ajudado, mas isso não o isenta da culpa de ter encantado e deixado Paula definhar.

– Poderia devolver as minhas sementes? – pedi ao Gabriel, sem que esse pedido soasse como uma exigência. Na verdade, não era. Sim, fiquei curiosa, não posso negar! Mas o meu lado muito pouco racional dominou. De forma cruel, sabendo que o Jaci Moreno era a entidade da lua e, naturalmente, tão curioso como sou, sentindo a satisfação de torturá-lo pelo que fez com Paula, deliberadamente mudei de assunto.

– Não – Gabriel respondeu diretamente a mim e ignorou Jaci Moreno. Bem feito! Eu firmei meus olhos para desafiá-lo, mantendo-me focada da distração. Cheguei a vê-lo firmar os dele, mas era difícil perceber o vulto.

– Como Paula está? – perguntou Jaci moreno.

– Dê-aqui-as-minhas-sementes – ordenei pausadamente.

Ah! Nem morta falaria.

– Posso guardá-las – Jaci moreno estendeu sua mão em direção ao vulto. De certo queria interromper a minha sutil e oportuna discussão com Gabriel para conseguir as tão esperadas notícias. Mas, antes que retomássemos a nosso duelo infantil, ouvimos a voz de Cauã:

– Gabriel. Preciso de você na reunião. A situação é bastante séria.

Gabriel parou o que estava fazendo e se aproximou do Cauã, do pai do Antônio e da Rudá, a entidade relacionada ao amor do mundo de Antônio.

– Vou atrás de meu irmão – Jaci moreno comentou e, afastando-se, anunciou. – Quando Paula voltar à forma humana, queria falar com ela. Tudo bem?

Assenti, sem a menor intenção de promover esse encontro. Senti um toque suave em meu ombro.

– Você foi bem – era Ieda. Apesar das palavras doces, sua feição não escondeu a sua angústia.

– Conte.

– Abriu um portal imenso. Algo muito semelhante a um furacão, induziu terremotos e tsunamis pela reação ao fluxo de energia.

– Mas foram alguns segundos em que perdi o controle! – reclamei.

Por que um olhar tem a capacidade de comunicar honestidade de uma forma que as palavras jamais conseguem? Foi essa honestidade que encontrei nos olhos de Ieda, que me disseram que algo sério havia acontecido. Temendo a resposta, perguntei:

– Matei alguém?

Foi nesse momento que Ieda explicou:

– Amanda foi puxada para o portal, mas apenas atravessou e não passou por ele. Também algo a manteve protegida... é o que posso dizer.

Uma mão forte me puxou. Cauã me envolveu pela cintura. Reconheceria aquelas mãos em qualquer lugar.

Abracei Cauã imediatamente, sem olhar em seu rosto. Silenciosamente, descemos para a Terra, abraçados e em silêncio. Deixamos para trás um alinhamento longe de ser bem-sucedido, por minha causa. Por pouco, muito pouco, poderíamos ter perdido Amanda.

Finalmente atingimos o chão e Cauã me conduziu para a caverna. Inevitavelmente, teríamos que nos desenergizar para voltarmos ao convívio humano. Confesso que eu não estava muito aberta para o amor. Atordoada e triste, não prestei atenção e bati a cabeça em uma pedra relativamente grande que flutuava diante da força gravitacional emitida pela energia de Cauã.

– Joana, você foi muito bem. Ainda precisa trabalhar sua confiança e precisa controlar os seus poderes – ele voltou ao assunto sobre minha performance e deu a clara mensagem de que realmente não era Amanda o ponto focal de sua preocupação. Mais uma vez inspirei, encostei minhas costas na parede da caverna e relaxei. Um erro tende a ser mais fácil de se assimilar quando as consequências se perdem no passado. Subitamente, senti uma pontada nas costas e desencostei da caverna com o susto. Era como receber uma paulada na coluna com a ponta de uma faca. Que estranho! Cauã não percebeu meu susto e continuou seu argumento. – Precisa focar em se alinhar com o elemento. – Será que algum inseto me picou?

Que estranho! – Também, assim que chegarmos em casa, você vai treinar como controlar esse poder de sedução com Cristiano.

Tá...

Estiquei meus braços e passei as mãos nas costas para inspecionar com os dedos se havia alguma marca de picada de inseto.

– Imediatamente.

Parei o que estava fazendo. Até a dor se anestesiou com a feição selvagem de Cauã, que se iluminou ainda mais em meio à caverna. Protegi meus olhos diante do brilho das pedras preciosas ao nosso redor.

Silêncio mortal. Não importa o que me picou ou meu pequeno lapso no alinhamento. Amanda vive... Aliás, como ela sobreviveu ao portal?

Lendo perfeitamente a dúvida em meu olhar, ele respondeu:

– Amanda sobreviveu porque Gabriel lançou um encanto que a protegeu.

Minha cara de espanto temperada pela profunda curiosidade fez Cauã rir. Então, aos risos, me abraçou e completou:

– Você é magnífica e incrivelmente sedutora.

O que foi que fiz? Aliás, qual foi o encanto que Gabriel lançou? Quando?

Cauã beijou meu pescoço e anunciou:

– Vou te trancar no quarto.

9

AMANDA – ESTRANHA COMPANHIA

ALGUMA ILHA DESERTA, QUARTA-FEIRA, 10 DE NOVEMBRO DE 1999

Tudo se acalmou. A algema se quebrou. Amanda finalmente foi liberada da capa que a envolvia. Então resmungou e esticou seus braços. Suspirou. Sentiu uma pontada de dor e parou no meio do caminho. Colocou uma mão em cima do ponto dolorido. Ainda se sentia estranhamente grata e em paz. De uma forma incomum, notou como essa impotência, essa falta de controle, essa dor tinha um potencial libertador. Um sentimento de paz inigualável, que não condizia nem um pouco com o caos em sua volta.

Ao levantar a cabeça, viu a mão estendida do mulato forte, estranhamente parecido com Cauã e belo... muito belo. Será que ele a envolvera com a capa?

Tudo lhe parecia novo. Até os olhos desse mulato que lhe estendeu a mão não lhe pareceram os mesmos. Era como se estivesse lendo um livro antigo com outros olhos.

– Vamos? Esse navio não tem mais utilidade – o mulato disse e sorriu. – Sou Júlio e aquele... – apontou o rapaz magro, encostado em cima de algumas madeiras quebradas, de braços cruzados, e que o encarava com um olhar sério e perturbador – é Luisón... filho de Rodrigo... um dos Sete Monstros Lendários... entidade da...

– Pode parar com a longa apresentação. Esse entulho já não vai aguentar por muito tempo – Luisón interrompeu, massageando a sua mandíbula. – Vamos tirar a moça daqui.

– Amanda – ela se apresentou em um tom meio ríspido. Não gostou da forma como o filho de Rodrigo interrompeu Júlio. Aliás, não gostou dele... e ponto!

Ela levantou e observou a destruição do casco a sua volta. De fato, havia veracidade na informação do filho de Rodrigo e então decidiu segui-los. Assim que saiu da embarcação, avistou uma bela praia deserta à sua frente.

De uma forma estranha, ela se contentou com a possibilidade. Mesmo reconhecendo a precariedade da sua situação, ela gostava de mistério e daquela sensação eletrizante de não conseguir prever o que está por acontecer.

Então por que não os seguir e deixar de ser uma pessoa neurótica? Só por que estava em companhia de entidades que, há pouco, estavam ajudando Rodrigo? Será que acreditavam na possibilidade de sequestrá-la? Se esse fosse o caso, teriam muitos problemas.

Ela não era Thaís...

Então por que não sorrir ao sentir a areia molhada e suave debaixo de seus pés?

– Enquanto passávamos pelo portal, escutei você dialogar com uma entidade de outro mundo. Essa entidade disse que iria lhe orientar. Foi isso mesmo que escutei? – Amanda escutou Luisón perguntar ao Júlio.

Amanda apertou seus passos e seguiu em frente, totalmente maravilhada com a natureza ao seu redor e completamente desinteressada do assunto em questão.

– Você viu ou escutou algo? – Júlio respondeu, zombando.

Amanda não achou graça, também não ouviu, viu ou sentiu nada. Não, ela sentiu, mas jamais seria capaz de descrever a sensação.

Luisón insistiu:

– Escutei algo, sim... um diálogo... Algo o iludia dizendo que você é aquilo que não é...

– De tanto trabalhar com alma penada, já está escutando coisas.

– Cuidado com quem negocia... – Luisón alertou.

Um clima tenso se aflorou atrás de Amanda, o que a fez se virar. Nesse ponto, Júlio lhe parecia tenso, de braços cruzados, e disse:

– Mesmo que você tenha escutado, é bom em guardar segredos. Não é?

– Por que eu guardaria os seus segredos?

Júlio, ainda mais tenso, olhou para os lados e anunciou:

– Tenho mais o que fazer além de discutir com você.

Com habilidade, subiu em uma árvore. Colocou uma mão sobre seus olhos para se proteger da luz solar e pareceu medir o horizonte. Seus olhos analíticos buscavam um norte e isso era bom. Ou não... Alguém explicou a esse rapaz que ela era capaz de sair daquela ilha sem dificuldade?

Tudo bem, Amanda decidiu aguardar para ver o que Júlio tinha em mente.

– Quer sair daqui? Posso lhe dar uma carona? – Luisón perguntou a Amanda. O tom de voz dele era grosso, quase selvagem, e fez a garota virar em sua direção. Luisón assentiu e começou a buscar algo no bolso de trás de sua calça. Poderia ser uma chave de um transporte qualquer.

– Não! – impediu Júlio, apontando imponentemente para o bolso de Luisón. Este franziu sua sobrancelha e pausou assim que escutou o grito de Júlio.

– Diga um único motivo – pediu Luisón.

– Você deve temer a fúria do Sol e daquele que, em breve, terá posse sobre esse astro.

– Jura que esse é o seu argumento?

– Não quero a sua carona – Amanda interveio.

Luisón se deteve.

Júlio voltou seus olhos ao horizonte e indicou:

– Estamos em uma ilha perto da costa. Outra boa notícia: Estamos ainda no planeta Terra.

Amanda uniu as sobrancelhas, achando o comentário do rapaz muito esquisito.

– Naturalmente... apenas atravessamos o portal. Não nos transportamos – corrigiu Luisón com a voz arrastada pela falta de paciência.

Júlio desceu e disse:

– Amanda, preciso sair para tratar de um assunto em família, algo que surgiu agora.

O sorriso de Júlio era evidente, claro. Seus olhos brilhavam de alegria. Era como se tivesse ganho na loteria e fosse divulgar aos familiares a notícia.

Amanda sorriu de volta para Júlio. Isso, foi ele! Rapidamente, ela concluiu que fora esse rapaz mulato e simpático que saltou em cima dela para protegê-la do portal.

Enquanto isso, o outro homem se mantinha atrás deles, distante, quieto e a incomodava a forma como a encarava.

– Amanda, Luisón ficará com você. Ele lhe protegerá. – Júlio disse. Amanda se virou para Luisón, desgostosa. E ele elevou suas sobrancelhas, perplexo. O ar tórrido se condensou em torno deles, conferindo aos dois rapazes um aspecto estranhíssimo, urgindo Amanda a se distanciar. Até que Júlio, ao perceber a reação da Amanda, disse: – Ah, sim. Você percebeu... Luisón representa a morte.

Morte?! Amanda olhou assustada para Luisón, que manteve a sua postura sombria, sem mudar de expressão, nem sequer tirou seus olhos dela. Amanda estremeceu.

Júlio riu e comentou:

– Pelo menos você não precisa ter medo dele. É uma icamiaba. Morre e depois volta à vida com a memória intacta – então se virou para Luisón e ordenou: – Cuide dela.

– O quê? Por que eu ficaria aqui e não saltaria? – as duas últimas palavras embrulharam o estômago de Amanda. Será que Amanda escutou direito? Júlio havia pedido para a entidade da Morte tomar conta dela?

Júlio riu.

– Calma, é só por uns momentos. Espere... – virou-se para Luisón e pediu: – Você cuida dela por alguns instantes; não cuida? Esqueça nosso pequeno desentendimento no barco há pouco.

Amanda se lembrou da paulada que Júlio levou de Luisón no navio e amoleceu ao testemunhar como Júlio ofereceu o seu perdão livremente ao adversário. Notoriamente isso demonstrou um caráter acima de qualquer suspeita.

Luisón apenas murmurou.

Amanda ignorou a reação passiva do macabro Luisón e perguntou ao Júlio: – Mas por que você quer tanto, subitamente, tratar de um assunto familiar? – Uma boa pergunta! Confusa, Amanda coçou sua cabeça para esforçar-se a compreender o motivo que levava Júlio a pedir para Amanda o aguardar em uma ilha ao lado da Morte e, acima de tudo, por que a Morte parecia consentir a esse estranho pedido.

– Acerto de contas. Depois volto para buscar você e a apresento ao Sol – rouqueou o moreno musculoso em seu ouvido e apontou o Sol.

Amanda desarmou-se ao notar como Júlio iluminava-se com os raios solares. Ela olhou para o mesmo Sol que iluminava o sorriso do mulato, como se o estivesse enaltecendo. O coração de Amanda derreteu com a sensualidade da voz de Júlio e com a possibilidade de tê-lo enfeitiçado de volta. Um rapaz correto e que, apesar de não ter dado sequer um beijo nela, fazia promessas românticas e insensatas. Tradicional e extremamente sensual.

Mas precisava deixá-la com a face da morte a seu lado?

Amanda pegou em seu braço e pediu novamente:

– Posso saltar e a gente se encontra depois. Dê-me o seu telefone. Que tal?

Finalmente Luisón saiu de seu marasmo e se manifestou, cortando a argumentação de Amanda:

– Pode ir, Júlio, ficarei com Amanda e o aguardaremos aqui. Só não demore, pois sou muito ocupado.

Amanda estremeceu novamente ao ouvir as palavras "sou muito ocupado" soadas em meio a um tom frio. Essas palavras provocaram nela repulsa, enquanto Júlio pareceu apreciar a forma como ela reagiu... Ou talvez não tenha apreciado no termo literal da palavra, mas... tenha admirado... por assim dizer.

– Posso nadar até a costa. Não estamos assustadoramente perto?

Júlio riu:

– Não vou arriscar lhe perder.

Luisón se afastou incomodado com a conversa do casal. Amanda abraçou Júlio e ele retribuiu o abraço. Então falou suavemente em seu ouvido:

– Você é pura e muito especial. Mantenha-se exatamente como está. Você é a minha escolhida.

Amanda queria responder, mas faltaram palavras e foi obrigada a acenar enquanto via aquele belo rapaz desaparecer pelo céu. Ela não podia negar que, apesar da firmeza de ser uma icamiaba, ela era romântica. Tão romântica que optou por guardar a virgindade, sua pureza, para o homem certo. Apesar de Rafaela e Lindalva buscarem diversas vezes convencê-la do contrário.

– Ele é entidade do quê? – ela perguntou.

– Ele é Jurupari. Um louco... Não lhe dê ouvidos.

Tantos e tantos heróis não foram vistos outrora como loucos?

Amanda varreu as palavras de Luisón com os dedos. Então sentiu a presença da Morte a seu lado e afastou-se imediatamente.

– Não estou zombando – Luisón comentou. – Júlio é completamente louco e quer apresentar você ao Sol como uma virgem levada ao sacrifício.

Amanda riu. Imagina! Sacrifício de virgem nessa época de desenvolvimento da Terra! Amanda disse:

– Não seja ridículo – então se assustou com a escolha das palavras para a entidade da Morte e revisou sua frase: – Não acredito que Júlio faça qualquer mal a mim. Imagina, me levar ao Sol! Ao Cauã! Você acha que Cauã realmente deixaria?

– Não se engane – Luisón repetiu. – Você não escutou a conversa quando passamos pelo portal? Ele acredita, agora, ser o verdadeiro Guaraci e vai receber orientação de outra entidade tão (ou até mais) insana. Ele é um louco que acaba de ganhar uma bolsa de estudo.

No entanto, Amanda não recuou: – Um cara respeitoso e cordial.

– Cordial?! – Exclamou o interlocutor inoportuno e intrometido. Por algum motivo, talvez por escárnio, abafou sua voz grave e disse: – Ele foi criado pelo meu pai! Por Rodrigo! Você acha que ele conhece qualquer cordialidade? – Negou, aos risos. – O cara não bate bem. Ele é louco! – Apontou Amanda. – Você também não me parece bater muito bem!

– Ah?! – Amanda inspirou e engoliu uma série incalculável de injúrias. Então ela disse: – Você acha que ele me sacrificaria ao Sol? Você tem ideia da estupidez do seu comentário? – Amanda desafiou rispidamente, esquecendo qualquer pudor.

– A Morte não engana, não mente e nem inventa.

– Mostrou sua credencial agora? Acha que isso irá lhe dar credibilidade? – Tá! Agora Amanda não recuaria, ela jamais foi de desistir de uma boa discussão, nem com a entidade da Morte. Luisón coçou a cabeça, irritado. Amanda continuou: – Você acha que ele não sabe da estupidez que seria oferecer uma virgem como sacrifício humano? – Luisón ia até responder e foi interrompido com o punho aberto de Amanda. Ela não queria mais ouvir qualquer palavra da morte. Virou as costas, andando até a orla para sentar na praia e sentir a brisa do mar. Júlio havia acabado de partir e Luisón já queria matar seu romance.

Para a infelicidade dela, ele a acompanhou e continuou:

– Jurupari é uma entidade invejosa, manipuladora, que nasce e cresce sozinho. Júlio é filho do Cauã. Mas é o oposto da entidade do Sol. É infinitamente inteligente, ao ponto de aconselhar povos. Infelizmente, sua inteligência beira a loucura e é triste em suas decisões. Conhece o Sol como Cauã, mas não é ele quem conduz o astro. Jamais saberia como domá-lo. Talvez seja por isso sua revolta, e insanidade.

Amanda não chegou a escutar algo sobre Jurupari? Lina não chegou a comentar sobre o assunto? Sim, Cauã, de fato, chegou a trair Joana. Amanda recordava de como Joana ficou deprimida por tanto tempo. Mas algo nas palavras de Luisón se encaixavam, mas não se encaixavam. Ah! Não importa! Amanda não se importava. Quem era Amanda para se meter em uma relação de casal? Além do mais, Júlio tinha a aparência de 20 anos, no mínimo, era bastante improvável que fosse fruto de uma traição.

Pelo contrário. Se Júlio fosse, de fato, filho do Cauã, então era sua responsabilidade uni-los. Não era?

Além disso, Júlio era belo, lindo, cordial e filho do Sol e tinha a certeza de que ele a havia salvado no portal!

Ele!

– Você mata? – Amanda quis saber.

– Não – ele respondeu e franziu sua testa de desgosto. – Só busco as essências dos seres vivos, nesse caso já sem vida, e as encaminho.

– Para onde?

– Você vai descobrir um dia... – Luisón interrompeu a si mesmo. Fez silêncio. Refletiu. Elevou as sobrancelhas como se tivesse chegado a uma conclusão, ou como se estivesse buscando uma forma de prosseguir, e se corrigiu: – Ah! Desculpe, você negou a sua mortalidade – ele riu. – Vai pipocar e voltar sem mistério algum. – E completou: – Entediante.

Amanda respondeu no mesmo tom, levando em consideração que a conversa havia tomado uma rota sarcástica:

– Sentiu-se desnecessário?

– Como disse: não mato, apenas conduzo.

– Você conduziu Alcinoe? – perguntou Amanda, mantendo seus olhos focados no rosto do rapaz que a repudiava pelo ofício, mas cuja voz lhe prendia a companhia.

– Naturalmente.

– Para onde?

– Para onde lhe foi permitido – ele respondeu e franziu sua testa encarando as nuvens, pensativo.

A voz suave de Luisón tinha um ar gótico, quase fúnebre. Amanda coçou seus braços arrepiados.

Em um estalo, Luisón se levantou e, por não mais do que dois segundos, cambaleou de um lado para outro como se estivesse escolhendo as palavras certas. Então, como se não tivesse encontrado um direcionamento do que deveria falar, sumiu pela mata, deixando Amanda confusa e sozinha na orla.

Segundos depois, voltou com sua camisa cheia de frutas. Sentou ao lado de Amanda e largou as frutas na areia da praia. Como uma lebre, Amanda percebeu, pelo canto do seu nariz, a presença de sua companhia.

– Coma.

Amanda riu.

– Vou comer frutas sujas de areia?

– O que não mata engorda – respondeu em um tom convidativo.

Amanda gargalhou.

Luisón arregalou seus olhos, sem jeito.

– Quem disse? – Amanda perguntou, limpando as lágrimas de seu rosto.

– Os milhares de homens que conduzi para o destino. Alguns não conversam, ficam apreensivos, mas outros até que conversam... Jogamos muito papo fora no caminho.

– Hum... – Amanda murmurou, esforçando-se para manter uma conversa amigável com aquele que representava a Morte. – Por que Júlio pediu para eu ficar com você? – Amanda perguntou, mortalmente curiosa, dessa vez.

– Porque ele é louco – Luisón respondeu. Curvou sua cabeça e, com um meio sorriso, disse: – E também não é muito esperto.

Amanda se espantou com a reação do seu companheiro. Ela não pôde deixar de reparar uma covinha no canto do rosto de Luisón. Era estranho, mas Amanda tinha de confessar, havia algo de ingênuo e muito charmoso naquele singelo gesto. Algo que a remeteu a algo bom, como as diversas noites em que sonhava acordada com os heróis dos romances que devorava durante a noite. Era algo... bom, algo que a havia surpreendido mais do que deveria. Algo que não combinava com aquele que representava o fim e que era, mais ainda, filho do Rodrigo, entidade da Destruição.

– Consigo cuidar de mim sozinha, obrigada – Amanda se trancou. Cruzou suas pernas e as abraçou. Já não queria mais papo.

Realmente era melhor ficar sozinha do que ao lado da Morte, ainda mais quando essa entidade não demonstrava menor respeito ao seu pretendente.

Luisón olhou para as frutas intactas. Levantou-se, pegou uma maçã. Foi até o mar, lavou-a e voltou. Então jogou a maçã no colo de Amanda.

– Coma.

Amanda olhou para a fruta, deu de ombros e ignorou. Manteve seus olhos no horizonte, atenta a qualquer sinal de Júlio. Ficou ali, observando o movimento incerto do mar, o brilho deslumbrante do horizonte, as milhares de pequenas espumas que surgiam em meio às ondas e davam impressão de que eram ovelhas aventureiras nadando em meio ao oceano, até que notou o súbito silêncio. Estranhou. Olhou para o lado em busca de Luisón, encontrando-o em um tipo de transe, sentado e um pouco afastado dela.

Luisón estava... diferente. Levitando com as pernas cruzadas, um pouco acima da areia da praia, iluminado por uma luz clara que parecia vir das palmas das suas mãos, as quais repousavam sobre sua perna. Parecia uma figura quase angelical.

As pessoas descrevem um túnel com uma luz clara no final. Será que ele é o túnel? Será que o túnel é um portal? Se for, qual será a relação entre o Luisón e o portal?

Ele não mata, ele conduz.

Então Amanda se viu imaginando as possibilidades dos primeiros momentos após a morte quando foi subitamente interrompida por Luisón, que saltou de seu transe e avançou em direção a ela. Seu coração saltou com o susto e fugiu prontamente.

– Não fuja, sua tola! Eles estão vindo atrás de você!

– Quem? – Amanda perguntou enquanto corria.

– Meus irmãos!

– Júlio!? – Amanda parou e Luisón a alcançou.

– Também! – respondeu, ofegante, curvado, com as duas mãos repousando sobre suas coxas.

Seu coração ainda palpitava em alarme e suas mãos tremiam, mas Amanda sorriu, satisfeita ao saber da notícia.

– Não dá tempo para explicar – Luisón tentou pegar no braço de Amanda, mas ela se desvencilhou rispidamente e, com a força de uma icamiaba, empurrou-o para longe.

Assumiu a postura de combate.

– Não acredito que você vai me obrigar a fazer isso! – Luisón reclamou entredentes e, antes que ela tivesse chance de reagir, ele segurou firme a cabeça de Amanda e a forçou a olhar diretamente em seus olhos, tão negros como os de seu pai.

Os olhos de Luisón transportaram Amanda, como se estivesse frente a uma tela de cinema. Então ela viu, como se tivesse efetivamente vivido, as memórias das outras moças que foram levadas por Júlio. Enganadas como ela, e com certeza mortas, sacrificadas, como um presente ao Sol em troca de seus segredos. Como se estivesse buscando uma esposa para o seu pai. Um sacrifício humano, bárbaro e insano. Sim, Júlio era louco. Não havia como negar.

Amanda perdeu a força nas pernas. Desequilibrou-se e ajoelhou. Seu estômago passou a se revirar como se uma engrenagem sem fim girasse em dessintonia com seu corpo. Sem conseguir evitar, regurgitou. Subitamente sentiu as duas mãos firmes e frias do rapaz aparentemente fraco a levantá-la com facilidade incomum.

– Não temos tempo para isso. Desculpe, vou ter que te levar.

Talvez tenha sido o tom agudo em sua voz ou aquela expressão que precede a um soldado medieval quando avista perigo no horizonte ou, quem sabe, foi a estranha sensação de paz semelhante àquela sentida no navio que a fez finalmente perceber que estava, nesse momento, no colo de seu salvador. Mais ainda que esse salvador não havia a salvado apenas nessa única vez. Que ele apareceu em outro momento... Mas em qual momento?

Subitamente sentiu seu corpo levitar, girar e pousar.

Uma ventania a fez segurar-se naquele que deveria fugir. Foi arrebatada por um sentimento de irrealidade, de entrar subitamente em um sono profundo. Ao contrário do que imaginava da experiência de ser levada pela Morte, ela não sentiu qualquer vazio ou perda, não sentiu medo. Para seu espanto, era o sentimento de conclusão.

– Eu morri? – Amanda perguntou aos gritos para vencer o som da forte ventania ao seu redor.

– Não.

– Aonde você está me levando então?

Não ousava abrir seus olhos, pois estava sendo conduzida pela morte.

– Vou levar você para onde nenhum humano, entidade ou elemento foi nem deseja ir. Vou levar você para a minha casa – dito isso, a ventania cessou.

10

Amanda – A Casa da Morte

Algum lugar fora do mapa, quinta-feira, 11 de novembro de 1999

Se Amanda estava com medo? Ela queria fechar seus olhos e se teletransportar para debaixo da cama de casal da Lina e Gabriel como quando tinha os seus cinco anos. Seu coração batia tão rápido que dava a impressão de estar paralisado. Seus dedos se entrelaçavam entre si como se fossem entidades vivas e tivessem se colocando atrás dos demais para se proteger de algum perigo eminente.

– Am... – murmurou algo, sem saber o que dizer. Chegou a se virar e cogitar a ideia de saltar dali, enfrentar a tempestade inquietante e as ondas revoltas que colidiam violentamente em torno da montanha onde aterrissavam. – Bom... – Trancou-se novamente. Queria elogiar essa espécie de antessala escura dentro de uma caverna para onde Luisón a levara, mas jamais mentiu de forma muito convincente.

Luisón, em silêncio, movimentando-se de forma pudica e misteriosa, como um viking que se sente obrigado a recebê-la mesmo sem falar a sua língua, tocou um ponto na parede. Uma estranha energia azul se iluminou entre a palma da sua mão e a parede. Amanda saltou quando, subitamente, diversas tochas se acenderam ao mesmo tempo.

Iluminada, a antessala ficou ainda mais sombria que antes. Amanda olhou atentamente os traços singulares dos crânios. Estes, com as mandíbulas abertas como se estivessem aterrorizados, sobressaíam das pedras e misturavam-se com insetos repulsivos que caminhavam livremente. Era como entrar em uma tumba antiga muito malcuidada.

– É aqui que você vive? – Amanda perguntou, sem esconder sua ojeriza. A cada hora que se passava, maior era a sua vontade de sair dali. Ao mesmo tempo, uma estranha mistura de espanto e encanto cresceu dentro dela. Como uma adolescente entrando em um show de rock pesado pela primeira vez, Amanda descobria como o gótico a fascinava.

Após apreciar os traços singulares desses crânios, notou, com certa curiosidade que, por debaixo da camada grossa de poeira que os envolvia, havia minúsculas falhas, fissuras, especificamente, nos pontos onde a parede da caverna encontrava-se com o crânio. Essas falhas eram em três pontos no lado esquerdo de cada crânio. Surpreendeu-se ao concluir que eram artefatos cravados na pedra.

O chão era coberto por areia fofa e branca de praia com diversas conchas, sendo que algumas moviam-se sobre as outras. Amanda não quis ver o que havia dentro delas, até porque notou também aranhas de diversos tamanhos se misturando sobre elas e aos insetos. Estes já enfeitavam o chão inteiramente e de forma tão macabra. Será que era uma tumba mesmo?

– Qualquer objeto perde a sua impecabilidade quando se analisa de perto. Planejo acertar esses detalhes – Luisón comentou.

Finalmente ela juntou as peças. Os crânios foram obras esculpidas com todos os detalhes. Eram pedras, olhando de perto ela não podia negar, mas esculpidas com toda a precisão de um artesão preocupado com detalhes.

Amanda ajeitou sua postura, inspirou e deu alguns passos para dentro da caverna procurando concentrar-se no delicioso ar de maresia e flores que não condiziam com o cenário a sua volta e ignorar todo o resto: os insetos, a poeira, o clima mórbido e o sentimento de que uma grande parte dela poderia pertencer a esse local.

Gabriel sempre disse que Amanda não podia julgar as aparências. Ele dizia que não havia mau ou bom absoluto. Também dizia que não existiam entidades boas ou ruins e que seria uma visão estreita e superficial agrupar entidades ou pessoas em um saco de características que as rotulavam e as definiam.

Amanda só conseguiu entender Gabriel nesse momento. Afinal, por que a entidade representante da Morte a salvaria de Júlio?

– Você me trouxe aqui para me proteger de Júlio? – Amanda perguntou.

– Sim.

Ela sorriu, agora de forma genuína. Se uma pessoa é definida pelas suas escolhas, se devemos abrir mão de rótulos e simbolismos arcaicos, então ela poderia relaxar; um pouco.

Luisón energizou parte da parede da antessala e essa parte se abriu, como uma porta feita de rocha.

– Pode entrar – Luisón disse.

Um novo ambiente se abriu. Era uma sala como nenhuma outra. Amanda ficou na soleira do que lhe parecia ser uma porta de pedra, observando ao seu redor, encantada com o que via. Era uma sala inteiramente esculpida na rocha. Havia formatos de mesa, cadeiras, poltronas. Cada móvel havia sido esculpido utilizando o mesmo material da parede, como se tivesse sido gravada ali mesmo.

Após algum tempo observando o entorno, enquanto experimentava uma sensação bizarra de mistura de medo e paz, Amanda finalmente deu o primeiro passo. Extremamente consciente de cada passo, sentindo na soleira dos seus pés aquele frio sombrio de pedra que jamais encontrou a luz solar, caminhou para dentro da sala.

Talvez, para apaziguar seu coração acelerado, estudou cada detalhe desse ambiente incomum. Todos os móveis foram gravados diretamente na pedra, detinham detalhes que imitavam cada móvel, conferindo a esses um aspecto quase vivo, como o detalhe das curvas incertas de um tecido no canto da poltrona ou as almofadas do sofá.

Curiosa, sem palavras, boquiaberta, Amanda passou seu dedo no sofá de dois lugares. O formato era incrivelmente parecido com o original, com exceção da cor, que era sempre a mesma: cinza.

Outro fato curioso. Só havia a sala.

– Você esculpiu tudo na sala? – Amanda quis saber.

– Sim.

Ela caminhou pela sala, prestando atenção em todos os detalhes. Enquanto isso, um sentimento maravilhoso a inundou. Era como se tivesse voltado aos seus 10 anos e encontrasse uma casa de criança, com a sua altura, para brincar. A sala tinha um sofá de dois lugares, duas poltronas em cada lado, uma mesa redonda com quadro e cadeiras na outra extremidade. Ela agachou para estudar os pés da mesa e riu ao notar a precisão com que ele esculpiu a pedra para imitar uma madeira.

– Estou diante de um artista – elogiou.

– Sei que não é exatamente o que imaginava. Mas acredite: até agora não consegui convencer nenhum arquiteto ou decorador para vir me ajudar.

Amanda caiu na gargalhada e, pela primeira vez, viu Luisón rir.

Como um resultado espontâneo da risada, Amanda se sentiu menos apreensiva e notou a mesma reação em Luisón. Então encontrou o momento certo para abordar o assunto que lhe afligiu desde quando testemunhou as atrocidades de Júlio em meio às memórias de Luisón.

– Como você soube que Júlio sacrificou virgens?

– Eu as conduzi.

Lógico…

– Como ele soube que eu era virgem? – perguntou, sem jeito. Não era um assunto fácil de abordar, mas estava curiosa.

E precisava saber.

– Presumi – ele deu de ombros. – Levando em consideração o interesse de Júlio – ele fez uma pausa e a encarou por alguns segundos buscando adivinhar aonde ela queria chegar com aquela pergunta. Meio agitado e mecanicamente, encostou-se na parede, então comentou: – Sobre Júlio, já conversamos… Ele é louco. Simples assim.

– Você comentou que outros irmãos seus estavam atrás de mim. Não foi? – ela riu, sem jeito. Droga, por que esse assunto era tão difícil de abordar? – Não sabia que a minha virgindade me deixava assim… tão vulnerável.

– Sua virgindade não é problema e nem é questão para os meus irmãos. Meus irmãos não estão atrás de você. Eles estão se juntando a Júlio por outro motivo – Luisón respondeu. Caminhou até a porta e, com uma luz que saiu das suas mãos, fechou-a e selou-a. Então disse: – Não se preocupe. Eles não sabem onde moro. Muito menos Júlio. Mesmo se soubessem, não ousariam me desafiar. Eu não mato, mas posso desmantelar uma entidade com uma facilidade única, se houver necessidade.

– Desmantelar não é o mesmo que matar?

– Não. Quando se mata, você expurga, extingue a história daquela pessoa. Desmantelamento é apenas sair do estado humano para o imaterial e levando consigo todo o reconhecimento da existência.

– Existe vida após a morte? – uma pergunta fora de contexto, mas Amanda não resistiu.

Como se essa pergunta destrancasse todos os músculos de seu anfitrião, ele riu. Então respondeu com outra pergunta: – Como se utiliza sua lança?

– Não posso dizer.

– Sei... Todos nós temos segredos que não podemos revelar.

– Hum... – Amanda não insistiu na pergunta e voltou a sua atenção para a sala. Então avistou, em um canto elevado da sala, uma espécie de fonte, esculpida em pedra, com um fio de água que caía serenamente em uma espécie de prato fundo, muito fundo, feito de mármore preto; o único objeto que não era feito de pedra e que, pensando bem, destacava-se dos demais.

Amanda se aproximou e viu alguns nomes surgindo da água. Ela então concluiu o óbvio:

– São almas?

– Essências... sim.

– Você deve buscá-las?

– Sim.

– Você se comunica por essa fonte?

– De certa forma... sim.

– Como? – perguntou. Com a falta de resposta, ela presumiu. – Com a energia? Elas surgem em forma de nomes? – assumiu ao imaginar ter lido alguns nomes na fonte.

– Sim.

– Quando? – Ela se aproximou dele e julgou. – Quando a matéria se separa do corpo?

– Sim.

– Caramba. Ele se tornou monossilábico! – Amanda reclamou consigo ao encarar perplexa diversos pontos azuis que pareciam uma escrita muito pequena nadando na água da fonte. Então percebeu que era ela quem deveria fazer as perguntas.

– Você tem uma conexão com os vivos? Digo... Imagino que alguns te chama... Aqueles que têm uma dor ou doença incurável... ou algo parecido.

– Sim.

– Essa conexão se perde quando morrem?

– Não.

Amanda silenciou por uns segundos com a negativa da pergunta. Então perguntou:

– Por que você precisa disso então?

Luisón sentou-se em sua poltrona de pedra, como se subitamente tivesse sentindo cansado. Então coçou a cabeça e respondeu:

– Justamente para isso. Para não me envolver.

Foram poucas palavras que disseram muito. Luisón sentia. Ele poderia se conectar com seres vivos, mas escolheu não o fazer devido à penúria de seu ofício. Ele lidava com a perda, com o término da vida.

Um ofício maligno que impunha respeito pelo verdadeiro terror que gera nos seres vivos. Alguns a temem, outros a buscam, outros desafiam, poucos esperam, mas todos reconhecem a sua existência. Uma entidade que inspira medo por milênios, um mistério em forma humana diante de Amanda.

Amanda perguntou:

– Por que você se protege se mantendo distante e não se conectando com os outros?

Luisón sorriu com a conclusão de Amanda e, finalmente, saiu do diálogo monossilábico.

– Alguns tendem a me perceber como egoísta. Pois bem. É justamente o contrário. Quando te abracei, o que você sentiu?

– Uma paz, como se tivesse concluído meu dever.

Luisón sorriu e disse:

– Você acha que eu emitiria a mesma energia se estivesse me conectando e sentindo o sofrimento da perda... por milênios?

Amanda silenciou-se e sentou ao lado dele.

– Você nunca sentiu, nem quando conversava com as essências enquanto as conduzia?

– Aprendi muito com elas. Particularmente, gosto de conversar com elas, mas procuro não me envolver. Foram muito poucos que foram capazes de me sensibilizar.

Amanda imaginou as personalidades maravilhosas e odiosas que haviam sido conduzidas por Luisón. Então concluiu:

– Realmente, existem homens e mulheres que deixam marcas na humanidade.

– Sim – ele concordou. – Mas não estou falando em personalidades famosas. Essas personalidades marcantes e famosas tendem a me temer e silenciar-se diante de mim. Ficam extremamente nostálgicas na viagem. Elas perderam muito na vida. Perderam a matéria, os bens e o reconhecimento da humanidade. Nesse caso, é muito difícil dar um ponto final na sua história.

Amanda desistiu de sentar no sofá e buscou uma posição confortável no chão duro, já que os móveis não forneciam nenhum conforto. Sentiu seu estômago roncar. Olhou em volta e indagou: – Você não tem cozinha?

Luisón riu.

– Falei para comer na ilha. Não tenho comida em casa. Já é noite e sugiro dormir. Prometo trazer comida amanhã pela manhã.

– O que tem aqui? – Amanda perguntou.

– Água.

– Você não tem que sair mesmo, digo, para buscar as essências?

– Farei isso. Mas antes vou cuidar da sua proteção.

– Porque ainda sou virgem – Amanda complementou encabulada.

Luisón manteve seu silêncio.

Amanda levantou-se, andou até a fonte, apontou um dos nomes e perguntou:

– O que acontece com o Sr. John Mcintensen ou com o Sr. Danilo Souza se você não buscá-los?

Luisón respondeu:

– Eles vagarão perdidos em busca de um caminho.

Amanda comentou:

– Você não acha isso cruel? Digo, só para me manter protegida? Se eu perder a virgindade, deixo de ser visada pelo Júlio. Não é verdade?

Luisón elevou sua sobrancelha. Ficou claro que essa pergunta o pegou desprevenido.

– Lina me encontrou sofrendo. Por pouco não morri. Minha mãe biológica era viciada em crack e me abandonou em cima de um banco de praça assim que me pariu. Talvez para se drogar, imagino. Tive sorte de ter sido tratada por Mauro. Ele me salvou e fiquei sem sequelas, apesar das profundas crises convulsivas que sofri pela abstinência. Minha infância foi fascinante. Lina nunca pôde me adotar, porque vivia um momento de extrema instabilidade pela angústia de Cauã e se esforçava na busca do paradeiro de Jaci. Mesmo assim, esteve ao meu lado a todo o momento – ela disse e riu. – Inclusive, eu tinha um quarto com brinquedos na casa deles – deu de ombros: – Talvez fosse uma forma de me adotar – e prosseguiu: – Enfim, sempre fui muito curiosa. Um dia a segui para o centro de treinamento e passei a treinar escondida. Tinha apenas 10 anos. Lina me deu uma bronca inimaginável!

Sorriu e encarou Luisón por alguns segundos. Não soube muito bem por que decidiu sobre a sua história de forma tão resumida. Talvez, por ele ter acesso a todas as outras histórias. Bom, achou que deveria abrir a sua... Quem sabe?

Ou, a esse ponto, depois de tudo que aconteceu, Amanda perdeu um pouco da referência do que falava.

E, assim, prosseguia:

– Mas Lina passou a me treinar. Ela e Alcinoe. Aiko não quis... Aiko jamais foi muito carinhosa com as crianças. Ela era... seca – soltou uma risada, sem graça por ter mencionado Aiko. De fato, não deveria falar sobre Aiko. Por que simplesmente as palavras fugiam de sua boca sem controle?

Amanda se calou e, por alguns segundos, observou Luisón.

De pé, ele a observava tão atentamente que deu a impressão de que conseguia ver tudo, até os mistérios da sua essência. O olhar de Luisón era completo e profundo, daqueles que proferiam argumentos inquestionáveis e que não deixavam qualquer margem para dúvidas de que, se quisesse, direcionaria o caminho, as escolhas, a vida e... bom, talvez os sentimentos de Amanda.

Ela deveria ser racional e pensar mais antes de falar, mas... muito aconteceu. Por um motivo muito insano, algo mudou dentro dela depois dessa experiência. Pontos que antes eram importantes deixaram de ser. Prioridades mudaram e afetaram os planos tão bem estruturados de Amanda. Nesse momento, ela tinha de seguir um caminho prático, maduro e abrir mão de suas fantasias de um herói que (como provou Júlio) simplesmente não surgiria em sua vida. Amanda era uma icamiaba e não podia pensar de forma assim... tão romântica.

Ela disse:

– Mantive-me, assim, virgem, por um motivo... Carreguei uma convicção de que o sexo é muito mais que fornecer prazer ao próximo. Sempre fui muito firme e quis me guardar completamente para o cara certo – ela riu de sua ingenuidade. As sobrancelhas de Luisón se elevaram um pouco. Ele não lhe pareceu espantado com a revelação de Amanda, apenas um pouco confuso. Talvez ela devesse se explicar um pouco mais: – Sou imaculada em todos os sentidos. Nunca sequer beijei. Não conheço a sensação e, portanto, não sinto falta de nada. Tive a convicção de manter-me imaculada para um homem especial, mesmo sabendo que não posso me comprometer... para viver um romance. Sempre soube que seria icamiaba.

Ele uniu as sobrancelhas e procurou olhar para outros lados.

Sim, Amanda estava um pouco perdida.

E Luisón, bastante.

Tá, ela precisava ser mais incisiva.

Amanda caminhou lentamente para Luisón, primeiro com a ponta do pé e depois com o calcanhar, como um felino faz com uma presa. Era como se ela precisasse usar toda a sua cautela para ele não fugir.

– Besteira, não é? – comentou.

Depois de tanto se guardar, nesse momento, Amanda pensara em sua virgindade como se fosse um personagem vivo e protagonista de um sonho fascinante e perturbador.

Por isso, deixou de lado seus conceitos, paradoxos e medos e caminhou lentamente para Luisón. Quando chegou a menos de um braço de distância, despiu-se. Não sabia muito bem como deveria oferecer a sua sexualidade para a entidade da Morte. Será que ele gostava de algo macabro? De repente sangrento?

Havia uma marca redonda, quase imperceptível, no braço esquerdo de Amanda. Não soube bem como adquiriu essa marca. Possivelmente, fora adquirida quando era recém-nascida, ao lado da sua mãe viciada. Amanda passou seus dedos em torno dela, acariciando-a. Toda vez que se sentia nervosa, fazia isso.

Impaciente, ela suspirou e disse:

– Vamos acabar com isso? Tire a minha virgindade.

Luisón não respondeu. Ao invés disso, pareceu perder o controle de sua mandíbula que despencou de sua boca. Agora, ainda mais pálido que antes, apenas respirava com dificuldade, como um adolescente quando vê o corpo feminino disposto para o sexo pela primeira vez em sua vida.

– Vista-se – ele disse com a voz arrastada.

Amanda não se vestiu. Ela não sabia como instigar ou iniciar o ato. Assustada e excitada ao mesmo tempo, sentindo o seu coração saltar do seu peito, mordeu seus lábios até ficarem brancos. Perdeu ainda mais sua confiança.

O rosto de Luisón se imobilizou por um instante, como se ele acabasse de perceber algo; depois caminhou para um certo ponto e tocou na parede com a palma da sua mão. Como se fosse um passe de mágica, surgiu uma espécie de fissura em forma de quadrado. Então ele pressionou esse ponto e a pedra se abriu, revelando um armário com diversas pedras, algumas pretas e outras brancas, agrupadas e organizadas em prateleiras. Também havia um frasco de vidro que continha um pó preto. Ele pegou uma das pedras pretas e, com seu toque, tornou a emanar uma luz azul. Esfregou suas mãos.

Ordenou uma segunda vez:

– Vista-se.

– Não – Amanda desafiou.

Segurando a pedra, ordenou pela terceira vez: – Vista-se.

– Não – Amanda respondeu decidida e com o mesmo tom, monossilábica. Então, ao notar o semblante igualmente decidido de Luisón, apelou: – Não é mais fácil e prático tirar a minha virgindade?

Foi a vez de Luisón responder monossilabicamente:

– Não.

Então, sem querer prolongar a discussão, ele passou sua mão suavemente na bochecha de Amanda, que buscava fasciná-lo pelos olhos. Amanda perdeu o controle de suas pernas e caiu em um sono profundo.

II
RODRIGO/PRISCILA - MUDANÇA DE PLANOS?

Itu, quinta-feira, 11 de novembro de 1999

Ensopado e furioso, Rodrigo entrou em uma das cavernas perfuradas por seu filho, Marcelo. Queria cortar caminho até o salão subterrâneo de sua imensa casa em Itu. Filhos! Como se não fosse maldição suficiente ser obrigado a conviver com Kerana (que atualmente respondia por Priscila), durante milênios, teve sete filhos. Chamou-os "carinhosamente" de Sete Monstros Lendários. Teju, ou Marcelo, era um deles.

Marcelo foi banido na primeira guerra. Voltou milênios depois ainda mais insano. Dizendo coisas sem nexo.

Uma verdadeira maldição.

Pouco antes da guerra, Rodrigo aprendeu de primeira mão e da maneira mais sórdida possível como aliados podem atrapalhar. Na época, ele tinha tudo ao seu favor. Com Cauã omisso em seu elemento e lambendo as suas feridas, teve sua primeira oportunidade de obter completo domínio sobre esse sistema solar.

O vento soprava a seu favor. O mundo conspirava para a destruição. Então, movido por aquela imbecil vontade de agradar seu criador, convocou os esforços de Anhangá para dominar esse sistema solar. A primeira Grande Guerra se rompeu.

Anhangá trouxe seus Guardiões...

E Tupã criou as icamiabas.

Rodrigo ganhou a posse da chave e trouxe aliados dos mais diversos lugares para se unir aos seus filhos – todos, mesmo Luisón, que, ocupado, não lhe dava ouvidos. Trouxe a entidade da Guerra para atacar com estratégia e Macunaíma para desviar atenção.

Seus esforços estavam finalmente dando frutos até o momento em que seu filho Marcelo redirecionou esses ventos ao seguir uma humana até um portal aberto.

Qual era o nome da humana? Ah! Porâsý... Esse era o seu nome. Estranho e inesquecível. Isso porque ela foi a cretina que se sacrificou para provar aos humanos que era possível vencer aquela guerra. Enfim, Marcelo jogou a bola e Porâsý fez gol.

Realmente, seu filho era azarado.

Marcelo então aparece, após milênios, com um papo doido de achar que fora banido por segundos e que conheceu o Guardião do Tempo. Assim, como um coelho saltita graciosamente pelo palco após um truque de mágica muito malsucedido, Marcelo chamou atenção de entidades mais poderosas e trouxe-as até seu pai.

Por isso, depois que Marcelo apareceu, Rodrigo passou a ser infernizado por recados, bilhetes e armadilhas dessa misteriosa entidade (possivelmente Entidade da Destruição) de outro mundo bem mais desenvolvido com o objetivo de obrigá-lo a evoluir. Chegou até a arremessar o primeiro ferro pelo portal aberto por Joana para desencadear a sua evolução. Esse dispositivo o atingiu e, como resultado, Rodrigo agonizou a dor da sua evolução por meses.

Sim, essa entidade pode até ser mais antiga, mas era um verdadeiro patife. Sabe-se lá por qual motivo que essa entidade achou que as suas ameaças e os seus recados serviriam como motivadores para Rodrigo efetivamente querer evoluir.

Além do mais, Rodrigo não era um idiota. Sabia o que a outra entidade queria com a sua evolução. Afinal, a entidade da Destruição desse outro mundo não ordenou que ele evoluísse para presenteá-lo com o lindo conceito da maturidade, assim como um mentor o faria. Naturalmente, essa entidade misteriosa queria controle e poder sobre esse sistema solar. Como acreditava ser mais forte que Rodrigo, adotou uma estratégia conhecida no mundo da destruição. Seria o mesmo conceito de abate animal: engordá-lo para consumi-lo em seguida.

Instigar a evolução em Rodrigo para deixá-lo mais forte. E, quando for a hora de sugar a essência de Rodrigo, seria dono de um poder destrutivo capaz de torná-lo imbatível.

– Que merda! – exclamou e chutou o ar.

De fato, um dos talentos inegáveis de Rodrigo era a sua lábia. Naturalmente conseguiu convencer a entidade misteriosa das vantagens de receber Joana como moeda de troca. Bom, se tal troca realmente tivesse sido concretizada, Rodrigo ganharia um tempo para preparar um contra-ataque. Além disso, o presentearia com uma incrível vantagem sobre Cauã, já que este finalmente encontraria o desespero. Era perfeito. Mataria dois pássaros com um único tiro.

A troca não aconteceu.

Os assédios continuaram. A estratégia mudou. Rodrigo passou a buscar aliados para se fortalecer, como o filho de Cauã, Jurupari. Sabendo que essa entidade era o lado oposto de Guaraci, era um aliado tão hábil como a entidade da Guerra.

Encontrou a oportunidade em uma boate, enquanto Cauã bebia água em um bar e seus amigos se divertiam na pista de dança. Convenceu uma menina, que se deslumbrava com sua primeira saída noturna, a doar a sua inocência a Cauã. Então, após uma noite, ela gerou Júlio. Como era de se imaginar, ela enlouqueceu quando se deparou com sua estranha gestação e, dias após dar à luz a Júlio, suicidou-se. Então Rodrigo permitiu que o menino fosse criado por um criador de gado na Amazônia e, quando lhe foi oportuno, em meio a uma luta com as icamiabas, buscou-o.

Logo percebeu como a loucura era difícil de domar. Para o alívio de Rodrigo, Júlio atingiu sua maturidade em poucos meses. Durante esse tempo, Rodrigo procurou direcionar a raiva e energia do menino para outro fim que não fosse a busca da sua tão estimada virgem. Fidelizar o seu filho adotivo. Ele imaginou, com a morte do criador de gado, o suposto pai de Júlio, que ele tivesse direcionado a raiva corretamente. No entanto, esse menino se revelou imprevisível, assim como seu pai.

Júlio se tornou sem qualquer valia; dispensável.

Exclamando os mais diversos impropérios, marchando em meio à caverna, Rodrigo socou o ar. Sua fúria era tamanha que não arriscaria socar a parede frágil dessa caverna. Ele não era um patife. Sabia que ao socar a parede, invariavelmente, a terra socada o cobriria imediatamente.

Mas os contatos extraterrestres continuavam.

Rodrigo precisava ganhar tempo. Precisava salvaguardar o seu traseiro, que parecia um tabuleiro de tiro ao alvo. Surgiu outra oportunidade: esses extraterrestes demonstraram um estranho interesse por Thaís, a menina que o desafiou no Cristo Redentor. Então firmou um novo acordo. Para não se expor, contratou Carlota para mediar a negociação.

De fato, foi uma negociação bem-sucedida. Carlota, excessivamente animada, informou que aceitaram a proposta e que iriam buscar Thaís em meio ao alinhamento; quando Cauã e sua "trupe" estivessem ocupados.

Rodrigo chegou a ficar esperançoso ao ver o tamanho do portal que havia se formado. Bom, na verdade, ficou um pouco intimidado. Isso porque, notou, só naquele momento, que lidava com entidades que detinham poderes maiores do que sua imaginação poderia prever.

– Priscila! – Rodrigo berrou assim que finalmente entrou na sua imensa sala subterrânea, uma espécie de bunker que mandou construir depois que Cauã destruiu a sua casa.

Assim que Priscila apareceu, Rodrigo aplicou um soco na sua cara. Então ela caiu no chão e cobriu seu nariz ensanguentado com as mãos trêmulas.

Para a tristeza de Rodrigo, ela se recuperou rapidamente. Levantou e recebeu outro soco no mesmo local.

Rodrigo encarou, com desgosto, o nariz de Priscila remendar em segundos. Muito rápido.

Deixa pra lá.

– Thaís foi levada por uma icamiaba. Júlio despirocou e Luisón, apesar de embarcar sem ser chamado, ficou só olhando! – exclamou. Passou alguns segundos verbalizando os mais diversos e criativos impropérios: – Quero que todos se danem!

Furioso, ele seguiu em direção à cozinha gourmet, equipada para aguentar anos de reclusão no bunker, até o corredor que dá para o quarto de alguns filhos. Entrou na primeira porta de madeira, quarto de Kurupi. O cheiro da umidade misturado ao familiar odor podre irritou seus olhos e o obrigou a parar e passar suas mãos nos olhos. Piscou algumas vezes para lutar contra a sensação que o enojava e incomodava. No tempo em que Thaís se hospedou neste bunker, dormia no quarto de Kurupi, pois era o único que tinha uma porta de madeira e tranca. Para proteger a inocência da menina e sabendo do que consistia a natureza grotesca de Kurupi, pediu a Júlio que o prendesse em uma das cavernas criadas por Marcelo e ordenou a seus outros filhos que ficassem de olho no cafajeste.

– Além de dar ordens pela casa, Júlio me traiu! – Rodrigo, rubro de raiva, com as veias de seu pescoço saltadas e olhos frenéticos fiscalizaram cada centímetro das paredes, berrou. – Kurupi! Apareça seu condenado! Você vai falar! – Ele passou a apalpar as paredes para sentir movimentos que pudessem indicar o paradeiro de seu filho: – Tava tudo indo bem! Thaís iria ser enviada para o portal, mas, no meio do caminho, Júlio mudou o rumo do barco! Então perdi o *timing*!

– Isso não faz sentido – Priscila comentou, enquanto limpava seu rosto ensanguentado com um guardanapo. – Júlio não queria Thaís. Ela era uma menina!

– Merda! Onde está Kurupi? – Rodrigo exclamou. – O que aconteceu foi que, no meio do caminho, duas icamiabas embarcaram. A icamiaba do Amazonas, uma careca, pegou Thaís e saiu de lá. Quanto a mim, achando que Júlio manteria o barco no caminho do portal, corri atrás de Thaís. Ah! A icamiaba careca é simplesmente impossível de controlar! Tão irritante como um pernilongo ágil e faminto! A outra icamiaba deveria ser mais fácil de desmantelar, mas nenhum dos imbecis se movimentaram! Júlio indicou que a icamiaba era virgem! Isso é possível?

Rodrigo parou de falar e socou a parede da extremidade do quarto de Kurupi. Abriu um buraco enorme. Colocou sua mão dentro e tirou Kurupi, que estava imobilizado. Amarrado com sua corda preferida, aquela que o acompanhava enrolada pela cintura, cheirava a um defunto que morreu de difteria.

Isso revirou o estômago de Rodrigo, que quase desistiu do inquérito.

Mas estava injuriado demais para ser interrompido por causa da falta de higiene de seu filho. Ele apertou seu punho na garganta de Kurupi e disse: – Darei a você cinco segundos para contar os planos de Júlio e o que sabe sobre a relação de Luisón e Júlio.

O queixo de Kurupi caiu.

– Qual era a outra icamiaba? – Priscila interrompeu o inquérito.

Levou alguns segundos para Rodrigo sair daquele estado de cegueira por conta da sua raiva.

– Vá tomar banho! – Rodrigo libertou Kurupi. Este que não lhe daria qualquer benefício, caso abrisse sua boca naquele momento.

Kurupi, rápida e silenciosamente, correu para longe da fúria do pai.

– Uma das novas… Ela era loira – respondeu, subitamente lembrando-se que Priscila fora, um dia, desse grupo.

– Amanda. Sim, ela pode ser virgem. Pelo menos era quando a conheci.

– Merda! – Rodrigo exclamou em alto e bom som.

Rodrigo voltou para o salão e avistou uma boneca em cima do sofá. – O que é isso? Colônia de férias? Natal? Dia das crianças? Quem deu a boneca para Thaís?

• • •

Priscila manteve seu silêncio, já que qualquer coisa que falasse poderia ser utilizada contra ela. Isso porque a sua resposta a levaria a um combate direto, o qual não tinha a menor força para vencer. Ocorre que Thaís havia encantado a todos (exceto Kurupi, por estar preso) com sua alegria contagiante, manipulando os que estavam em volta enquanto viveu naquela casa, inclusive a ela. Sim, a boneca foi dada por ela.

Em vez de responder, Priscila poderia revelar que Túlio, o seu primeiro filho, Mboi T'ui, entidade dos Seres Marítimos, era apaixonado por Cristiano (por milênios!) e que, de tempos em tempos, encontravam-se. Encontros que domavam a vontade de Túlio de clamar e lutar para obter poder sobre os animais marítimos.

Cristiano era esperto, domava a avareza de Túlio com uma habilidade incomum. Afinal, o inimigo é facilmente desarmado quando é seduzido.

Certamente tal notícia direcionaria a raiva de Rodrigo e, quem sabe, ela se protegeria de outro soco.

Ou não…

Além do mais, Túlio não estava disponível e ele jamais perdoaria Priscila. Isso mesmo, Túlio e Luisón eram os únicos que chamavam Priscila de "Mãe", apesar do inferno em que viviam.

Ela soltou uma risada estridente, repleta de ironia. Nos últimos meses, lutava constantemente contra a raiva ao seu redor, o que só conseguia convertendo o sentimento em deboche lascivo.

Uma reação automática, que resultou em algo pior… muito pior.

Rodrigo avançou e Priscila foi obrigada a segurar seu choro, ou qualquer reação ao espancamento, já que o menor indício de reação poderia incrementar a agressividade. Após longos minutos, Rodrigo parou. Não porque percebeu o estado da mulher, mas porque não viu mais sentido.

– Priscila, você é a minha maior maldição – ele disse, por fim.

– Você quer me desmantelar?

– Assim como fiz diversas outras vezes? – Rodrigo respondeu, massageando suas têmporas: – Para quê? Você sempre... sempre volta.

– Sim, voltarei. Nosso amor é eterno – respondeu com ironia. Talvez pela violência que acabara de sofrer, ou pela amargura de ser repetidamente reduzida ao nada por aquele que deveria ser o seu mais leal companheiro, decidiu falar. – Você é patético – riu. – Acha mesmo que Júlio aceitou perder Thaís para o portal? – riu novamente. – Mesmo? – e disse: – Ele apenas não falava para ninguém seu plano, porque seus filhos acabaram se afeiçoando pela menina! Marcelo enchia ela de frutas, Moñai ensinou técnicas de manipulação e disfarce, Jaci Jaterê a ensinou técnicas de memorização, Ao-Ao passava horas com Thaís aprendendo a fazer pizzas e massas (para controlar seu apetite por carne humana), Túlio enchia o quarto dela com as mais maravilhosas conchas...

– Mas o que é isso? Aqueles cretinos se viraram contra mim?

Agora, estudando suas unhas, ela comentou: – Talvez eles reconheceram que Júlio poderia ser um líder melhor. Veja bem, ele é filho de Cauã e pode criar seu próprio sol – e anunciou: – Você não tem ideia de quantas vezes eu traí você!

Sim, ela falaria tudo!

– Você trai a todos – ele rosnou, impaciente.

– Ridículo... Às vezes se perde em seus próprios planos. Não... meu caro... não estou falando em joguinhos, estou falando em sexo!

• • •

A voz sensual de Priscila ao falar “sexo” aumentou ainda mais a aversão de Rodrigo. Seu estômago revirou. Tomou uma nova forma. Tentou se reajustar no abdômen, sem muito sucesso. Ele urrou de raiva pela sensação constante de ojeriza que essa mulher lhe produzia.

Agora, decidido a desmantelar Priscila e viver um tempo livre desse martírio, ele deu alguns passos para frente, mas foi obrigado a parar, pois, repentinamente, a parede do seu bunker explodiu em diversas pequenas partes. Como se as paredes tivessem sido feitas de vidro, espatifaram-se em segundos.

Rodrigo saltou para trás, atônito. Havia pago uma verdadeira fortuna pelo bunker e viu seu investimento ruir como um castelo feito de cartas. Mas, por outro lado, uma tonelada de concreto caiu em cima de Priscila. Isso o acalmou um pouco.

Rodrigo soltou uma breve risada e se trancou, ao ver a figura de Júlio surgir do meio da poeira. Ele cruzou seus braços. Sabia que estava prestes a começar outra discussão.

Júlio comentou:

– Vaca! Não consegue manter a boca fechada!

– Imagino que você e Priscila… – Rodrigo fez um gesto obsceno com as mãos. Na realidade, ele não se sentia nem um pouco interessado em saber. Agora que ela havia acabado de ser desmantelada, menos ainda. – Sabe de uma coisa? Deixe isso pra lá. Vamos ao que interessa. – Rodrigo retirou sua camisa suja de cimento e outros materiais que faziam parte da parede de seu bunker: – Desembucha. O que houve? Por que mudou de planos?

Júlio lançou uma adaga pontuda em direção a Rodrigo, que desviou seu rosto numa fração de segundos.

– Tá louco? – Rodrigo rosnou.

– Uma lembrança que me foi dada quando passei pelo portal – Júlio falou. – Foi uma experiência interessante. Apesar de parecer ter se passado apenas segundos, efetivamente conversei com Tau, que esperava a menina. Ele debochou de você ao saber que você falhou outra vez… Bom, seguindo ao que interessa. Acho melhor fazer aquilo que ele manda. Você precisa evoluir.

– Recado dado – Rodrigo cortou o papo, que, subitamente, perdeu o sentido.

Então, caminhando de um lado para outro, com seu peito inflado, Júlio revelou:

– Tau, seu par, só que muito… muito mais evoluído, me informou algo desconcertante. Algo que não fazia muito sentido, porque eu sou o filho de Cauã… enfim… – ele riu. – Ele disse que sou o verdadeiro Guaraci. Jamais fui Jurupari. Cauã, na verdade, roubou o meu poder – fez uma pausa. – Realmente uma cena desconfortante… Um pai roubar a essência do próprio filho. Mas é a vida e não há nada que se possa fazer… O fato é que pretendo tomá-lo de volta. Vou tomar meu lugar ao sol – Júlio sorriu satisfeito.

Rodrigo apenas o encarou, sem encontrar palavras para responder tamanha imbecilidade. Júlio nasceu com todas as características de Jurupari.

Nunca... em nenhum mundo desse universo, ele poderia ser confundido com Guaraci. Se esse Tau realmente tinha dito isso a ele, só podia ser por um dos motivos: o primeiro era para incendiar ainda mais a loucura desse imbecil, com o objetivo de servir de distração para as entidades desse mundo. Em poucas palavras, era para Júlio liberar o caos na Terra.

O segundo era menos provável, que o Tau era desprovido de cérebro.

Então, em um estalo, Rodrigo perguntou:

– Como pretende fazer isso?

– Primeiro vou presentear o Sol com a virgem que encontrei.

– Ah, a virgem. Claro... Onde está a sua virgem? – Rodrigo perguntou, coçando seu queixo. Até que esse papo passou a ganhar um tom interessante e divertido.

– Com Luisón – Júlio respondeu prontamente.

– Tá – Rodrigo comentou. Depois fez um gesto circular com a mão e prosseguiu com as suas perguntas. Afinal, se dependesse de seu filho Luisón, essa virgem se manteria intacta até o fim dos tempos. Portanto, Júlio tinha todo o tempo do mundo. – E depois?

– Depois, após esse agrado, o Sol me receberá sem reservas.

– Hum...

– Disso não tenho a menor dúvida – Júlio assegurou.

– E o que minha evolução tem a ver com você tomar o Sol?

– Você não soube? O nosso sistema solar estará colidindo com o sistema solar vizinho. É imprescindível que eu assuma o controle desse sol. Preciso combinar com o outro Guaraci como devemos proceder, se iremos separar os sistemas ou os unir – levantando o dedo e caminhando lentamente, encenava que sabia de algo que, naturalmente, não tinha a menor ideia, disse: – Eu prefiro unir e me tornar ainda mais imponente. Dane-se o que foi construído até agora. Assim que me unir a outro sistema solar, com a minha força gravitacional abundante, vou atrair outros planetas.

– Vou aguardar e confiar... – Rodrigo respondeu. Às vezes, simplesmente não contrariando, o louco buscava outra coisa para pensar ou se ocupar. Então era só ficar de cabeça baixa e sair de fininho. Isso funcionava na maioria das vezes. Era uma tentativa a ser considerada nesse momento. Afinal, Júlio não parecia apto para ajudá-lo e Rodrigo tinha mais o que fazer.

Júlio saltou em cima de Rodrigo com outra adaga. Imobilizou-o imediatamente e falou: – Não resista, padrasto!

A graça acabou. A força desse louco era descomunal. Com muito esforço, Rodrigo capturou a adaga e lançou Júlio para a outra extremidade do bunker.

Júlio gritou: – Os sistemas solares estão se juntando! O sol do outro sistema solar irá consumir o nosso! Você se unirá ao Tau – Júlio sacou outra barra de ferro do bolso de sua calça e saltou em cima de Rodrigo, que agachou para desviar do filho adotivo. Então lhe deu um chute no ombro. Júlio berrou de dor e colocou a mão em cima do ombro deslocado. – Não resista – Júlio levantou e bateu seu ombro deslocado de uma forma descomunal na lareira, que se mantinha parcialmente em pé após a devastação completa do subterrâneo. Berrou novamente ao colocar seu ombro no lugar. Mexeu seu braço para ajeitá-lo e ordenou: – Evolua para que ele tenha mais energia!

– Não se meta com aquilo que não conhece! – Rodrigo alertou. – O idiota precisa que eu evolua para me consumir e pegar carona em minha evolução. Guaraci do outro sistema solar consumirá o Sol desse sistema solar, incluindo a ti – tá, Rodrigo não iria e nem queria contrariar. Simplesmente prosseguiu seu argumento querendo acreditar que Júlio não era assim, tão louco... – Esse Sol lhe rebaixaria para uma entidade de suporte qualquer... Ele consumiria sua essência e você seria obrigado a escolher outro elemento para representar. Isso se deixasse você vivo! Não entende? Por ser mais forte, certamente ele assumirá o controle nessa fusão. Mais ainda! Suponhamos que você sobreviva a essa fusão. Pense! Com a fusão, Tau assumirá controle sobre ambos. É nesse exato momento que Tau enfiará sua adaga de ferro no Sol, causando a sua morte. Você acha que existirá depois disso?

Esse discurso calou Júlio.

Então Rodrigo voltou a falar:

– Se você me ajudar... sem mudar o plano no meio do caminho, posso te ajudar.

– Vou considerar a sua oferta. Mas antes quero presentear o Sol com a minha virgem.

– Considerar? – Rodrigo repetiu, ofendido.

Júlio saltou, sem fechar o assunto. Deixou Rodrigo no limbo.

– Moleque – reclamou e lançou sua mão ao alto. Abriu mão do patife. Tinha mais o que fazer.

12

Amanda – "Onde você se esconde?"

Algum lugar fora do mapa, sexta-feira, 12 de novembro de 1999

Amanda se viu correndo em um labirinto. Esbaforida, fugia de algo que não via. Era algo indefinido, uma ameaça, "o que estou fazendo? Sou uma icamiaba! Tenho que lutar e não correr!", ela pensou e se forçou a parar. Sentiu uma energia apavorante aproximar-se. Seu ar saiu trêmulo pela boca. Ouviu uma voz masculina gritar atrás de si: – Onde você se esconde?

Sem saber para onde se virar, posicionou-se para o combate. Lutava constantemente contra o instinto de correr para um refúgio qualquer. Deveria enfrentar, isso se conseguisse ao menos enxergar seu oponente! Mas não conseguia. Havia apenas parede de terra em torno de si, como se estivesse em um buraco fundo. Trincou seus dentes. Como chegou a esse beco sem fim se há pouco corria em um labirinto? Foi então que uma mão cravou em seu braço por trás. Seu corpo caiu violentamente no chão de terra, como um saco de batatas. Passou a arrastá-la. A terra arranhava suas costas, puxava o seu cabelo em uma sensação dolorosa. Ela queria ver seu oponente, mas não conseguia. Sua cabeça não a obedecia, mesmo fazendo força sobre-humana para olhar em direção à criatura.

Viu-se em cima de uma pedra no alto de uma pirâmide maia.

Imóvel, gritou. Então viu um homem moreno, de olhos arregalados, como em um transe, encará-la. Ele sorriu, alucinado. Em seguida, uma faca encontrou seu coração em uma dor descabível.

• • •

Amanda inspirou bruscamente ao abrir seus olhos e se encontrou deitada em uma pedra com a forma de um sofá de dois lugares. Seu braço direito já estava dormente por ter se apoiado enquanto dormia.

– Ah... – bocejou ao se levantar.

Luisón a encarava, sentado em sua poltrona. Parecia relaxado. Vestia uma calça jeans e uma camisa cinza meio aberta no colarinho. De alguma forma, esse rapaz pálido a confundia. Essa proximidade... Ao vê-lo sentado, deveria sentir terror e, ao contrário disso, escapou-lhe um sorriso encabulado.

– Nossa, que pesadelo! – ela comentou, espreguiçou-se e colocou a mão na testa.

– Jurupari geralmente gera pesadelos em suas presas... Mas já acordou – Luisón comentou, assumindo que ela acreditava ainda dormir. – Seu pesadelo acabou – olhou em volta e reformulou. – Ou não... – uniu as sobrancelhas, meio confuso. Chacoalhou sua cabeça, levantou, estendeu a palma da mão e disse: – Mas está acordada...

Amanda riu, não queria, mas achou o comentário de Luisón engraçado e seu gesto, meio desajeitado, charmoso.

– Ainda sou virgem? – ela perguntou, sabendo da resposta. Sim, ela também estava desajeitada.

Agora foi a vez dele de rir.

– Você é bela. Posso garantir que existem diversos rapazes que ficarão felizes em lhe dar assistência. Ah, trouxe uma lança das icamiabas, caso precise se proteger.

– Como conseguiu isso?

– Esqueceu que vejo a vida de muitos? Sei onde é o centro de treinamento.

– É impossível me esconder de você, então.

Ele sorriu, orgulhoso de si mesmo.

Engraçado como a imagem de Luisón mudou de um dia para outro. Agora, sentado na cadeira, sem aquele casaco que mais parecia uma capa imensa que cobria-o por inteiro, vestido de forma despojada e informal com calça jeans, camisa listrada e observando-a com os olhos azuis que pareciam carregar a paz do mar azul.

Quando foi que ele deixou de se encaixar naquela imagem mórbida e horripilante para algo mais... bem, mais intrigante? Foi quando a trouxe para a sua casa? Ou quando dividiu sua memória, mostrou a verdadeira face daquele que parecia seu herói, chacoalhou seu mundo e assumiu a posição que antes foi conferida a Júlio? Quando negou o convite de tirar a virgindade de Amanda, mesmo diante da sua nudez? De fato, ao negá-la, tornou-se um alvo inacessível, surpreendeu Amanda e seus sentidos até então adormecidos pela inocência.

Amanda levantou e espreguiçou-se. Deu um salto ao ver uma mudança súbita do ambiente. Nada, absolutamente nada em sua vida a tinha preparado para tanta mudança em um espaço de tempo tão... tão curto.

Bocejou. Franziu seus olhos. Estranhou a luminosidade. Olhou para o teto. Da noite para o dia, a sala ganhou muita luz solar com duas imensas claraboias, que a iluminavam por inteiro. A sala também havia ganhado uma extensão, uma cozinha acoplada no mesmo ambiente com uma ilha que continha uma pia escavada na pedra e de onde água corrente caía suavemente por uma espécie de fonte que saía da montanha e um amplo espaço para o preparo de refeições. Também havia um corredor que possivelmente alcançaria o quarto e um banheiro, quem sabe.

A cozinha era guarnecida pelos mais modernos eletrodomésticos. Amanda abriu a geladeira e que estava repleta de comida. Então perguntou:

– Como você fez isso tudo em uma noite?

– Possuo um dos trabalhos mais difíceis e onerosos do mundo. Escavar uma cozinha, quarto e banheiro é praticamente um passatempo de hora.

Amanda riu.

– Como você comprou tanta comida?

Luisón sorriu e respondeu:

– Pois é, fui até um mercado pequeno. O dono começou a gritar e me presenteou com todas essas oferendas.

– Oferendas... – Amanda repetiu aos risos. – Tem certeza de que ele não queria jogar um ovo podre na sua cabeça?

Luisón não respondeu, mas deu de ombros e sorriu. Ele pegou sua mão e disse:

– Venha. Quero lhe mostrar o quarto e o banheiro – apontou um corredor que há pouco não existia.

Sem questionar, Amanda levantou e seguiu o estranho e mórbido anfitrião através de um corredor escuro. Parou de respirar, pois o que viu na sala não era tudo, e estava longe de ser tudo. O esplendor se estendia pelo corredor até um recinto com uma cama de casal com base de mármore preto. Colocou a mão no peito, deslumbrada. Ao entrar, viu um armário esculpido no mesmo material da cama. Era definitivamente um ambiente incrivelmente lindo com suas tochas, que iluminavam e davam um tom aconchegante às paredes de pedra.

Boquiaberta, comentou:

– Está lindo demais!

– Venha, vou mostrar o banheiro.

Então ele saiu do quarto e seguiu para outro recinto logo à frente. Amanda o seguiu, notando que ele havia construído apenas um quarto com uma cama de casal. Sem dúvida, sua virgindade estava com as horas contadas.

De fato, ela queria perguntar quais seriam os planos desse estranho e misterioso rapaz, mas perdeu de vez sua respiração ao ver uma gruta envolvida por mármore branco e uma pequena corrente de água quente, levando em consideração a fumaça que emergia da água, que alimentava a banheira esculpida em pedra.

Amanda colocou sua mão na água. Estava incrivelmente morna, deliciosa.

Então Luisón explicou:

– A água da banheira é alimentada pela corrente de água da montanha, que é gelada e também por uma corrente do subterrâneo. Nesse caso, sugiro não chegar perto da corrente de água que vem da parede, que é de um gêiser.

– Não sei o que dizer. Ah... Está tudo incrivelmente lindo! – e realmente estava! Amanda não conseguia se lembrar de ter visto algo remotamente parecido. Também não lembrava de sentir aquela sensação estranha de que pertencia àquele lugar, de que aquele pequeno e obscuro canto a representava como nenhum outro. Mas, pensando bem, tudo ao redor fugia ao senso comum e à razoabilidade. Talvez, por esse motivo, ela se sentia também estranha.

– Quer tomar um banho? – ele perguntou.

– Sim – Amanda respondeu, um pouco encabulada ao imaginar que ele (quem sabe?) poderia querer acompanhá-la. Afinal, uma mulher nota o esforço de um rapaz quando quer impressioná-la. E, sim! Ela estava impressionada! Não seria uma escolha ruim ter a primeira experiência nessa banheira e com esse rapaz que a instigava a cada segundo.

No entanto, para a frustração de Amanda, ele coçou sua cabeça e disse:

– Fique à vontade. Sei que deve estar louca para tomar um banho. Vou preparar seu café da manhã.

Luisón saiu do banheiro, deixando-a apenas com sua imaginação e frustração. Confusa e sem saber dar um significado para tanta mistura dos sinais, ela fechou sua cara e foi ao banho. Por que havia construído um quarto com cama de casal se não pretendia deitar-se ao lado de Amanda? Mas o que ela estava fazendo de errado? O perigo não era iminente? Não havia motivos suficientes?

Foi a primeira vez que ela havia ficado nua na frente de um homem – se é que Luisón era realmente homem –, acreditando que a sua pele exposta seria o suficiente para iniciar o ato sexual.

Amanda se enxugou, foi até o armário. Ao abri-lo, encontrou alguns vestidos largos, retos, das mais diversas cores. Colocou um vestido bege e buscou algo no quarto para cinturar. O quarto tinha um estilo meio gótico, meio clássico. Atrás da cama, havia uma espécie de cortina de veludo vermelho enorme. Então, ao encontrar algo que se assemelhava a uma pequena corda, amarrou-a em sua cintura.

Vestida, foi até a sala e encontrou uma provisão enorme de comida em cima da mesa de pedra. Havia frutas, ovos, pães, doces e tudo que sua imaginação fértil pudesse prever.

Ela não sabia como reagir a isso. Obviamente, não conseguiu interpretar o galanteio do anfitrião e deixou o instinto tomar conta.

Então sentou na cadeira e perguntou a Luisón:

– Você conhece a História de Perséfone e Hades? – deixou a imaginação vagar novamente. Imaginou que, ao comer um alimento, qualquer um, ela fosse pagar com o castigo de ficar com Luisón para sempre, assim como Perséfone quando foi sequestrada por Hades.

– Sim – ele respondeu. – Perséfone, filha de Zeus com Deméter, a deusa da agricultura. Perséfone foi cortejada por diversos deuses, inclusive o que representa o Sol, Apolo, e rejeitou cada um. Ela enfeitiçou todo o Olimpo e todos queriam desposá-la, no entanto a deusa Deméter recusava por não querer perder sua filha.

Luisón interrompeu e foi até a mesa. Pegou um prato e começou a enchê-lo de frutas. Então continuou:

– Até que sua beleza encantou Hades, irmão de Zeus e deus do Submundo, que a pediu em casamento. Zeus aceitou o pedido sem opinar ou consultar Deméter. No entanto, Hades, com a sua impaciência, emergiu da terra e raptou a menina. Sua mãe ficou inconsolável e acabou esquecendo-se de sua tarefa, ameaçando a Terra de fome pela escassez de alimentos.

Ele se dirigiu à Amanda, levando as frutas, e continuou:

– Perséfone sabia que poderia retornar, contanto que não comesse qualquer alimento do subterrâneo. Ela pediu para ver sua mãe e Hades lhe ofereceu uma pequena romã. A pequena deusa, ingênua, acreditou que uma pequena romã não faria mal algum. Enfim, comeu e selou seu destino ao lado de Hades. Para a Terra não sucumbir à fome, Zeus estabeleceu um acordo em que ela passaria metade do ano com a mãe e metade com o marido. Surgiram então as estações que influenciam diretamente a colheita.

– Uma pequena romã – Amanda repetiu.

– Sim – Luisón entregou o prato de frutas a Amanda, ela escolheu a romã no meio delas e comeu-a sorrindo para ele.

Luisón negou com sua cabeça:

– Acho que estamos encrencados – e mudou de assunto. – O que você acha de viajarmos?

– Mas você não tem trabalho? – Amanda perguntou e franziu a sobrancelha, estranhando a naturalidade com que se referiu ao trabalho do rapaz à sua frente. Foi como se estivesse falando com um médico. No entanto, nesse caso, falava com quem era desafiado diariamente pelos médicos.

Luisón respirou fundo, refletiu, semicerrou os olhos e respondeu:

– Decretei minhas férias.

Amanda olhou para a fonte e percebeu que a água já cobria metade do prato. Tudo bem. Ela deu de ombros e falou:

– Muito bem.

Luisón assentiu, satisfeito com a resposta.

– Vamos imediatamente – anunciou e andou até a parede na frente do sofá de pedra. Passou a mão em um ponto da parede que, com sua energia, destrancou um armário camuflado na sua sala. Pegou uma caixa de madeira escura e abriu. Dentro da caixa havia pequenos minerais, muito semelhantes ao carvão. Pegou um mineral daqueles e entregou-a. Então colocou outros três em uma pequena sacola de veludo azul e entregou também.

– Isso não é carvão – Luisón esfregou o dedo no mineral e mostrou. – Não suja como o carvão – de fato, seu dedo estava limpo. – Não se deve usar com frequência, mas esse mineral lhe trará de volta caso tenhamos que nos separar por algum motivo. É só apertar o mineral que ele trará você de volta para mim, para essa casa.

– Ótimo.

Então ele colocou seu casaco enorme, abraçou-a, fazendo seus corpos se tocarem completamente, e a envolveu com sua luz.

13
AMANDA – ATÉ QUE A VIDA NOS SEPARE

PARIS, SÁBADO, 13 DE NOVEMBRO DE 1999

Era como se tivesse incorporado Perséfone, mas sem o incômodo de ser obrigada a visitar sua mãe a cada seis meses, já que isso não se tratava de uma mitologia grega.

A cada segundo ao lado de Luisón, Amanda sentia-se um pouco mais sombria... e feliz. Agora, caminhando pelas estradas iluminadas em uma noite relativamente amena de Paris, experimentava um sentimento, no mínimo, pitoresco. Isso porque, ao contrário do incômodo que Luisón claramente passou a muitos, que desviavam seus caminhos pela rua, Amanda sentia-se segura e "completamente completa".

– O que acha de jantar no rio Sena? É uma experiência muito... ah... boa.

Amanda assentiu e sorriu. Não sabia muito bem o que ele realmente quis dizer ao descrever a experiência de jantar no rio Sena, assim como não conseguia entender como ele conseguiu trazer ela a Paris literalmente em um piscar de olhos. Ela não perguntou. Não queria estragar esse momento estranho... ou... romântico.

Ao sentir uma brisa gelada, Amanda cruzou seus braços e perguntou:

– Você não se incomoda com as pessoas se afastando de você?

– Alguns pressentem meu ofício. Não tenho como evitar e não vou os culpar.

Caminharam por alguns segundos em silêncio. Luisón ajeitou a gola de sua capa em um gesto meio sem sentido, mas gracioso, por evidenciar um certo nervosismo.

– Sente frio? – perguntou e sorriu.

– Um pouco.

Luisón parou subitamente. Olhou para diversos lugares, como se estivesse procurando um casaco ou, quem sabe, uma rota de fuga.

Amanda curvou sua boca, rindo internamente, ao perceber como ele engoliu a seco.

– Pode colocar o seu braço nas minhas costas – ela comentou, mas, em vez disso, ele retirou o seu casaco e colocou nas costas da garota.

Apesar do alívio imediato por sentir-se um pouco mais protegida da brisa gelada, sentiu-se um pouco frustrada. Não conseguiu evitar.

– Veja – Luisón apontou.

O queixo de Amanda caiu ao finalmente ver a bela e imponente cena. Ela nunca tinha visto a Torre Eiffel tão de perto. A bela visão da estrutura iluminada era como nascer outra vez, como ser a protagonista de um filme romântico na certeza de que, pelo menos no amor, havia encontrado o seu final feliz.

Como as pessoas, e entidades, podem surpreender. Nunca imaginou que Luisón, a entidade relacionada à Morte, a levaria a Paris.

Amanda tirou uma foto em sua mente de cada estrutura de ferro iluminada e que servia de base para aquele local tão peculiar. Uma estrutura firme, majestosa, imperiosa, infinita. Uma prova de que o homem consegue, por meio de sua engenhosidade, criar um mundo fantasioso e encantado.

Luisón parou e ficou alguns segundos estudando a Torre Eiffel de baixo para cima. Então assentiu e disse:

– Sr. Ricardo estava certo.

– Quem é ele? – Amanda perguntou.

Em vez de responder, Luisón sorriu e voltou a andar.

– Vamos. O barco vai sair. Não podemos nos atrasar.

– Barco? Não iremos jantar?

– Sim – foi o que ele disse. Então a levou para dentro de um dos barcos. Um restaurante flutuante no rio Sena. Assim que chegaram, foram recepcionados por um rapaz sorridente que os levou à mesa. Luisón, pelo visto, havia reservado uma mesa no canto mais remoto e escuro, iluminada por três velas em um candelabro com estilo vitoriano. Luisón puxou a cadeira para ela sentar-se.

– Teve tempo para reservar uma mesa?

– Ontem conduzi um senhor, bem idoso, ele era mexicano e, apesar de não ser rico, levava a sua esposa para esse passeio todos os anos para comemorar o aniversário de casamento. Após a morte da esposa, ele continuou vindo, sozinho. Enfim… no caminho ele nos presenteou com este passeio.

Amanda riu, sem saber se foi por vergonha ou incômodo.

– Você falou com o senhor sobre a gente? – também não soube por qual motivo essa pergunta lhe pareceu pertinente.

– O Sr. Ricardo inspirou uma boa conversa. Acabei levando mais tempo que o normal.

– Esse é o mesmo Sr. Ricardo que tinha razão sobre algo que avistou na Torre Eiffel?

– Sim – respondeu e entrelaçou seus dedos, misteriosamente.

– Escavou uma cozinha inteira, um quarto, um banheiro e ainda levou o Sr. Ricardo para seu destino? Quantas horas dormi?

– Cinco.

– Você é cheio de mistérios. Conte-me como me fez dormir ao toque de uma pedra – Amanda quis saber.

O garçom apareceu apresentando as propostas de vinhos e refeição. Luisón conversou com ele com a habilidade de um nativo da região. Discutiam os pratos.

– Deseja pato ou carne? – Luisón perguntou.

– Carne – Amanda respondeu.

Então ele voltou à discussão. Mesmo entendendo toda a conversa, ela adorou estar na posição de… bem, de dependente. Ou talvez de aprendiz? Ele perguntou:

– Deseja sobremesa de morango ou *macarons*? Sugiro o segundo.

– O segundo.

Luisón encerrou o pedido ao entregar o cardápio ao garçom e voltou à Amanda.

– Lembro-me que Joana também dormia toda vez que tocava em Cauã quando o conheceu. Na época, descobrimos que ela havia ingerido um encanto e que precisava de uma poção para agir como um antídoto. Há uma relação entre esses dois eventos?

– Bem observado. Sim. Joana foi encantada. Na época, descobri que Carlota fez uma poção com uma pedra que carrega um pouco da minha essência – suspirou e fez uma careta: – Carlota é uma feiticeira ágil. Não é fácil encontrar a pedra com a minha essência, porque reciclo o máximo possível. Veja bem... Imagina uma pedra que, com uma pitada de poeira, é capaz de matar um batalhão? Agora imagina se dobrar essa dose? Duas pitadas? Alguns a chamam de "essência de Luisón". Eu a utilizo muito quando me deparo com pessoas com muito medo de partir e que precisam de ajuda para seu último suspiro. Ela paralisa os sentidos, como se o tempo deixasse de existir para aquele corpo, amortece a consciência, reduz o estado de alerta, faz a pessoa dormir e permite que a essência se desprenda do corpo com menos dificuldade. Ela pode paralisar o corpo por meses, se precisar. Somente utilizo em pessoas de boa alma. Assassinos e estupradores, por exemplo, eu não facilito em nada suas partidas.

E observou:

– Odeio carregar assassinos. Eles julgam ser brutos e corajosos em vida, mas, quando morrem, mostram sua verdadeira face. São covardes. E me dão muito trabalho e particularmente fico sem paciência com eles. Também confesso que posso ser cruel. Principalmente com os covardes que decidem que podem por si mesmos tomar a vida ou abusar de uma criança. Para esses, eu estendo a minha viagem e tomo a minha forma original. Enfim. Um dia desses, estava carregando uma alma odiosa. Na luta, ele chutou meu casaco e um pouco desse pó desceu até a terra. Imagino que Carlota estava à espreita. Ela é uma feiticeira bastante oportunista – tomou um gole de água e prosseguiu: – Muito bem... Carlota misturou essa essência com a que chamo de "Segunda Chance" – fez uma pausa. Não precisou dizer nada, já que os seus olhos conferiam a essas palavras um tom bastante letal. E voltou ao assunto em questão: – Em parte, foi essa... "Segunda Chance" – fez aspas com seus dedos e prosseguiu: – que manteve Joana viva por tanto tempo, em estado de coma sem ser alimentada.

– Como Joana foi cair nessa? – Amanda quis saber.

– Ela fez Joana tomar minha essência. Como o pó é preto, imagino que tenha sido dentro de uma xícara de café. Manipulou seu encantamento, para que a essência reagisse somente ao toque de Cauã.

– Nossa! – Amanda comentou. Sentiu-se flutuar, como se algo dentro dela se houvesse aberto bruscamente, como a cortina de um teatro. Com isso, ela pôde ver mais claramente o que jamais pôde ver antes, o verdadeiro disfarce desse rapaz a sua frente. Ele não era cruel, mas vivia da crueldade.

Era hora de os outros entenderem a sua verdadeira natureza.

– Joana e Cauã souberam disso?

– Espero que sim – ele respondeu. – Quando soube que utilizaram minha essência para esse fim, fiquei furioso e preparei um antídoto. Fui categórico com minha mãe, Priscila, ao pedir para que ela entregasse na casa de Joana. Pedi que ela contasse tudo para eles.

Enquanto ele falava, o garçom serviu os vinhos, as águas e as entradas. Então, por fim, ele sorriu e levantou sua taça com água:

– Vamos brindar.

Amanda levantou sua taça de vinho tinto e brindaram.

Luisón levantou e pegou a mão dela.

– Venha, estamos passando por lugares incríveis.

Assim que saíram do navio e se encontraram sobre um pequeno convés em torno dele, Amanda pôde ver as luzes iluminando cada monumento histórico.

– O rio Sena marcou o crescimento de Paris e hoje percebo que, apesar de milênios de existência vindo diariamente a essa cidade, nunca realmente a conheci, até hoje.

E passou a contar a história de cada ponte. Contou sobre cada morador famoso que conduziu, apontando suas casas ao longo do rio.

Amanda o observava, entorpecida pela felicidade, enquanto ele se concentrava em seu discurso sobre as vidas que conduziu. Percebeu então o quão comunicativo ele era com as almas que conduzia. Como ele se interessava pelas suas vidas.

Ela se lembrou das pessoas que disseram ter visto a sua vida inteira em um filme, uma retrospectiva, nos momentos de quase morte e sorriu ao imaginá-lo sentado ao lado da pessoa, vivenciando essa retrospectiva junto, como um companheiro que levamos ao cinema.

– Qual é a sua cor preferida? – ele perguntou subitamente.

Amanda, perdida na sua imaginação, assustou-se com a pergunta e respondeu automaticamente: – Vermelho – então ele apontou a um monumento que surgiu na paisagem. – Catedral de Notre-Dame.

Ela respirou fundo e olhou a linda estrutura passando à sua frente. Como se estivesse sob um encantamento, ela pediu: – Beije-me – ele subitamente parou de falar. Ela riu: – Por que o espanto? Estou pedindo um beijo.

Ele coçou sua cabeça encabulado e perguntou:

– Você já beijou antes?

– Eu disse que não.

Então ele a pegou pela cintura e a beijou. Um beijo meio sem jeito de início, mas que rapidamente tomou uma forma única. Foram se sugando aos poucos nesses rápidos segundos em que suas bocas se colaram. Era como se ela estivesse finalmente beijando seu amado após um filme de ação, onde ela era a mocinha e ele havia a salvado. O gosto de um beijo no final da última cena de um filme. Sentiu as mãos de Luisón apertarem sua cintura e apertou seus lábios no dele. Até que ele disse:

– Não estamos sozinhos.

Amanda sentiu uma vertigem, incomodada por ter terminado aquela experiência, mas balançou sua cabeça positivamente.

– Vamos entrar? – ele sugeriu.

Foi o primeiro beijo de Amanda. Intenso como o fim ou a promessa do início. Era como se aquele breve beijo guardasse uma chama da promessa pela experiência que Amanda ansiava ter ao lado desse mórbido e introspectivo rapaz.

Eles se sentaram à mesa e jantaram em silêncio, enquanto isso Amanda estudava o olhar misterioso de Luisón. Será que ele sentia o mesmo? Como sua vida havia tomado uma curva inesperada. Ela sempre sonhou com seu primeiro beijo, mas jamais imaginou que seria com uma entidade que carregava consigo um dos maiores temores da humanidade.

Amanda sorriu com a sobremesa e ele a encarava sorrindo enquanto bebia sua taça de água. Gosto doce de uma vida que prometia cruzar os mais temerosos mistérios. Será que ela teria coragem para encarar os mistérios em prol de outro beijo? Seus dedos tocaram seus lábios após a última mordida da maravilhosa sobremesa enquanto os dedos de Luisón acariciaram sua mão retribuindo-lhe uma promessa não verbal de que algo grandioso estava prestes a acontecer.

O navio se aproximou do porto e o garçom apareceu agradecendo a presença do casal. Amanda se levantou e pegou a mão de Luisón.

– *Merci* – Amanda agradeceu. Entorpecida pela felicidade, não conseguiu extinguir o sorriso largo em seu rosto.

Isso até Luisón parar subitamente no porto, com uma feição fechada e ver o motivo. Era Rodrigo e dois outros homens a seu lado.

– Meu filho! – Rodrigo o saudou. – Enfim está namorando! Já era tempo! – Luisón manteve-se sério diante do pai e, possivelmente, dos irmãos.

Rodrigo se aproximou sorridente e continuou seu discurso: – Mas justamente uma icamiaba? Não poderia ter sido uma humana? – fez uma pausa de alguns segundos como se estivesse buscando uma explicação lógica para tal atentado e soltou o seu sarcasmo: – Ah… Ela não tem o incômodo de morrer…

Luisón mantinha-se sério, silencioso diante das ofensas que seu pai verbalizava com sorriso no rosto.

– Não vai trabalhar? – finalmente Rodrigo perguntou.

– Estou de férias.

– Sei… – comentou Rodrigo coçando a cabeça. – Além de tirar a virgem, noiva que seu irmão adotivo tanto queria, decidiu deixar todo o lixo em volta! – estendeu seu braço ao dizer "todo o lixo". – Não está bacana – fez um gesto negativo com seu dedo indicador. – Você acha legal dormir enquanto cinco almas penadas pedem para eu lhe colocar para trabalhar? Ainda mais, acha bom eu ser pentelhado por alguém que deveria estar longe? – varreu com seus dedos: – Lá na puta que a pariu? Longe o suficiente para não me perturbar em vida?

– Pai… não faça isso comigo. Deixe estar, só uns dias…

– Sei… – Rodrigo comentou. Pensou rapidamente e negou:

– Não posso permitir.

Amanda viu Luisón colocar sua mão em um de seus bolsos e, com a mesma mão, pegou no rosto dela. Arregalou os olhos ao ver os irmãos andarem de encontro a Luisón.

Ela sentiu uma vontade incontrolável de dormir. Então ouviu Luisón sussurrar em seu ouvido:

– Desculpe.

14
AMANDA – BUG DO MILÊNIO

SUBTERRÂNEO, SEXTA-FEIRA, 31 DE DEZEMBRO DE 1999

– Você foi a escolhida. Não fuja de seu destino – a voz de um homem sussurrava aos ouvidos de Amanda, fazendo todos os pelos de seu corpo arrepiarem de ojeriza.

Ela percebeu que estava parada em frente a uma parede. Era uma parede que fedia a infiltração. Estava incapaz de se mover. Por mais que quisesse se virar, algo a impedia. Desesperada pela falta de mobilidade, Amanda gritou.

Então o homem disse: – Estou chegando...

• • •

Amanda abriu os olhos. Saltou da cama. Resmungou ao sentir todos os seus músculos doloridos. Observou o lugar a sua volta. Estranhou.

– Onde estou? – Amanda perguntou, confusa. Olhou novamente em volta e notou um quarto estiloso, no entanto, com um ar sombrio, como se tivesse no subterrâneo.

Ela brevemente contemplou aquele cenário rústico e projetado para a intimidade, sentiu um calor logo abaixo da orelha e esfregou. Como imaginou estar assim... presa com seu herói. Esse momento lhe parecia ter chegado, mas ela se viu hesitante.

– Desculpe – era a voz de Luisón. – Tive de deixar você nesse hotel. Estamos a alguns metros abaixo do solo. Não dá para nos escondermos por muito tempo, mas tempo suficiente para despistar o meu pai.

– Há quanto tempo estamos aqui? – Amanda perguntou.

– Por algum tempo – ele respondeu. – Precisei esconder você. Depois do que aconteceu em Paris… – ele balançou sua cabeça, incomodado. Amanda manteve-se quieta. Ela não sabia nem por onde começar a imaginar o que havia acontecido após cair no sono.

– Conte o que aconteceu – ela pediu.

– Melhor não…

Tudo bem. Ela não iria forçar. Mudou sua pergunta:

– Por que teve de me esconder? – ela espreguiçou: – Não preciso de tantos cuidados – disse, passando as mãos no edredom macio. – Não sou do tipo que estima tantos cuidados – mas, levando em consideração tudo que envolvia sua virgindade, precisava.

– Pelo motivo que não gostaria de mencionar e que está relacionado a sua primeira pergunta – respondeu. Então, anunciou: – Já podemos sair daqui. Se o bug do milênio não me obrigar a trabalhar como um louco, retornaremos as nossas viagens.

– Ana e Mauro estavam ajustando os sistemas – Amanda observou.

– E?

– E lhe digo, com toda a certeza, que não vai haver bug algum – ela finalmente conseguiu ver Luisón em pé ao lado da cama. Ele andou lentamente para a porta e Amanda perguntou: – E agora?

– Nesse caso, voltamos ao nosso roteiro de viagem.

15
O BUG DO MILÊNIO

TERRA SEM MAL, SEXTA-FEIRA, 31 DE DEZEMBRO DE 1999

– Joana, não fique paranoica. Você foi muito bem no alinhamento. Pela última vez... escute, por tudo que há de mais sagrado nessa galáxia... você não, repito, NÃO será responsável pela catástrofe no alinhamento geral de 2012. Mauro já informou que resolveram a questão dos sistemas, portanto NÃO... repito: NÃO haverá bug ALGUM! Sobre a catástrofe maia... Quando os maias se referiram a um término de um período em seu calendário não significa que a Terra e o sistema solar vão se desequilibrar! Mais ainda, repito pela última vez, o sistema solar NÃO se destruirá por consequência de sua atuação, o alinhamen...

Em um ato súbito, coloquei minha mão na boca de Cauã para silenciá-lo. Era loucura, mas queria evitar que alguma forma inanimada fosse erguer a sua atenção e descobrir quem eu realmente era: uma Jaci incompetente.

Depois cruzei meus braços em um ato de rebeldia. Apertei o passo, equilibrando-me em meio ao chão desnivelado da floresta. Nem os dias nem as noites inteiras de amor fantástico me fizeram pensar em outra coisa.

– Mas se em um alinhamento pequeno, quase criei um apocalipse, imagina em um alinhamento completo?

– Ah – Cauã resmungou. Parou de caminhar, olhou para o seu astro e expirou com força, como se estivesse buscando uma palavra de sabedoria.

– E Amanda? Notícias?

– Como posso ter notícias quando estive bastante ocupado, com assuntos bem mais prazerosos do que este, na caverna? – dito isso, Cauã me puxou pela cintura: – Quer voltar? – convidou, com um sorriso que mataria uma quantidade absurda de mulheres. Meu coração passou a bater em um ritmo acelerado, mas ignorei essa reação. Aprendi, com o tempo, que as minhas emoções se tornaram escravas, controladas pela vontade de Cauã. Após tudo que nos aconteceu, aprendi a confiar na minha razão. Esta, sim! Era firme e decidida! Mantinha Cauã em seu devido lugar.

Um beijo roubou meus pensamentos e o raciocínio lógico.

– Mas os pombinhos finalmente saíram do ninho! – a voz de Cláudio nos assustou.

– Papai! – Cauã não estava esperando, mas acabou pegando Vanessa em seus braços. Por alguns segundos, beijamos a bela menina. – Marcos tá com Aimoré. A tia levou ele para a floresta *pra* brincar – colocou sua mão em torno de sua boca como se fosse, a partir desse momento, contar um segredo. – A tia Aimoré e a tia Iriri *bigam pá levá* Marcos na floresta e, toda vez que ele retorna, *tás* um brinquedo novo – fez biquinho. – Eu *queo* também

Olhamos para Cláudio, sem entender o que estava acontecendo.

– Aimoré disse que os brinquedos vieram de um turista aventureiro que acampa na região. Não creio que seja nada demais.

Peguei Vanessa para lhe dar alguns beijos e notei que a temperatura dela estava um pouco mais quente que o normal.

– Ela está com febre? – perguntei.

– Ela está com inveja do irmão que recebe brinquedos velhos e sem graça – Bruno surgiu da mata e falou. Aproximou-se, beijou-me na testa e pegou Vanessa de meus braços. – Vamos brincar de verdade – ele disse. – Vamos caçar escorpiões.

– Escorpiões? – perguntei incrédula. – Você vai levar Vanessa para caçar escorpiões?

– Naturalmente – Bruno respondeu com um ar bastante normal. – Vamos surpreendê-los, já que ainda é dia. É parte da brincadeira – Bruno perguntou: – Quer ir junto?

Cocei a cabeça e olhei para Cauã. Ele riu e me abraçou.

– Parece que nem esteve aqui! – Cláudio reclamou e falou ao Bruno. – Vá! Levarei essa mulher civilizada na região da tribo, para não atrapalhar e nem colocar alguém em risco.

Escorpiões... Senti meus pés caminharem de encontro a Bruno que a esse ponto havia deixado de ser apto a cuidar de meus filhos.

– Escorpiões! – gritei ao Cláudio, que me ignorou.

Cláudio comentou com o Cauã, que também me ignorou:

– Vanessa é uma menina com muita energia e disposição para ajudar. No entanto, Marcos é um folgado! Mal termina a frase e Aimoré ou Iriri lhe entregam o que deseja. Ele levanta, aponta o objeto de desejo, que é imediatamente entregue a ele. Adora acumular carinhos e é disputado. Iriri e Aimoré lutam entre si para levá-lo para brincar na mata. Cheguei a mediar a discussão, afinal, por que não vão as duas? Agora Marcos está aparecendo com presentes da civilização, como carrinhos, trens, bolas... É lógico que Vanessa e as outras crianças também querem brinquedos. Confio nas duas moças. Aimoré e Iriri são boas meninas, mas mimam demais esse garoto!

– Tenho certeza de que vai mediar esse conflito – Cauã observou. – Obrigado por cuidar das crianças durante o alinhamento, amigo – e agradeceu. – Está na hora de voltar para a nossa casa.

– Sim! – congratulei a posição de Cauã. Afinal, por que Iriri e Aimoré lutavam entre si para levar Marcos à mata? Fiquei incomodada... Sem contar nos escorpiões...

Escorpiões!

16

CARMEM – E A VIDA CONTINUA...

RIO DE JANEIRO, SEGUNDA-FEIRA, 3 DE JANEIRO DE 2000

– Chegou um telegrama hoje pela manhã. Deve ser importante – Lara anunciou ao estender o envelope do correio.

Ela não agradeceu a gentileza da amiga em ter lhe entregue o recado. Não tinha o menor interesse em saber qual mensagem ele continha. Isso porque já sabia. Dr. Hélio, antes de se desligar do cargo, deu a entender que considerava cancelar a bolsa de estudos de Carmem. Muito provavelmente o assunto do telegrama girava em torno dessa questão.

– Toma! – Lara chacoalhou o envelope, impaciente. – Preciso me arrumar. Carol disse que o mar está fantástico. Vamos comemorar o novo milênio!

– Chega de comemorar – Carmem disse. – E nada de álcool para você! – comentou e apontou a barriga da amiga.

– Sim! Lei seca! Do jeito que ando com náuseas e azia, não chego nem perto do álcool! – Lara colocou sua mão na barriga e fez careta. Soltou um pequeno arroto e comentou: – Horroroso.

– Nojento – Carmem disse. É meio que obrigatório desculpar uma grávida por não ser inteiramente educada e notar uma certa graça nesses pequenos acidentes físicos, mas após meses convivendo com essas... digamos... adoráveis falhas, tudo perdeu sua... bem, graciosidade.

Enquanto Lara passou os próximos minutos descrevendo o aspecto do mar, a temperatura da água, a cor da areia e as pessoas que frequentavam o perímetro que Carol escolheu, Carmem pegou o envelope.

Ela estava mentalmente cansada. Suspirou. Vivia uma interminável fase transitória, que havia drenado completamente suas energias e sua confiança. Respirou fundo para espantar a preguiça, afinal, ela tinha de tomar um banho e estudar. Mais tarde, iria assumir seu turno no bar. O cheiro de biotério, onde se criavam ratos para fins de pesquisa, não saía de suas narinas. Por Deus, ela cheirava a biotério! Precisava de um banho. Quem sabe após esse banho ela voltaria a se sentir inteira? Quem sabe após seu banho, sua leitura e sua produção, voltaria a se sentir inteligente, bonita, sexy e interessante?

O fato era que Carmem se sentia sobrecarregada, como se ela fosse a única que labutasse, enquanto todos se divertiam na praia. Como se o mundo estivesse sobre os seus ombros. Ela não podia desistir. Não podia desmoronar. Muito dependia dela: as grávidas, os fetos, o futuro, a sociedade.

Carmem, muito pouco convencida de que um banho faria tantos milagres, entrou em casa segurando um peso enorme em seus dedos.

Lara, de biquíni, arrumando sua bolsa de palha para ir à praia, perguntou:

– Abriu?

– Hum... – resmungou Carmem, ainda decidindo o que faria primeiro. Abrir o telegrama e tomar banho ou tomar banho e, depois, abrir o telegrama. Após alguns segundos considerando a sua decisão e virando o envelope de um lado para outro, largou-o em cima da mesa e decidiu tomar banho primeiro.

– Parece algo importante. Não acha melhor abrir agora? – Lara perguntou.

– Não – respondeu. Carmem abriria o telegrama após sentir-se fresca e renovada. Depois de resgatar sua autoestima que fora trancada em uma masmorra imunda e de derrotar seus medos que, fortes e poderosos, cercavam esse castelo medieval sedentos por sangue.

Ela havia decidido continuar no laboratório por conta própria, apesar de o Dr. Hélio deixar claro que não a queria lá. Abriu mão da sua autoestima e confiança, procurando ignorar e digerir os comentários dos alunos que não aceitaram dividir as substâncias de trabalho, pois já sabiam que ela seria expulsa muito em breve. Em suma, ela já era considerada uma clandestina, então qual diferença fariam as palavras contidas naquele recado?

De fato, após analisar criteriosamente a sua dissertação, encontrou alguns erros gramaticais. Não tantos, mas o suficiente para alimentar aquele conceito preestabelecido de que ela poderia ser desprovida de parte da massa encefálica e que, por esse motivo, não deveria ingressar no ramo científico.

Mas, contrapondo a tudo e a todos, Carmem era incansável. Alguns diriam que ela seguia esse caminho por perseverança; outros, por teimosia.

Quem seria o seu novo orientador?

Por que o reitor aceitou a condição que o novo orientador impôs de iniciar meses depois? Não era comum deixar um laboratório de pesquisa à deriva por tanto tempo.

Também foi estranho o reitor, ranzinza e irritantemente burocrático, permitir que um professor instalasse as regras. Aquilo era mais estranho ainda para aqueles que conheciam a forma de administração do reitor, como ele impunha as condições de forma tão eloquente e inflexível; como ele, com sua firmeza de caráter e profissional, trouxe recentemente toda a estrutura do laboratório de engenharia e biologia para a Barra da Tijuca quando a faculdade federal era localizada em Niterói.

Esse novo professor deveria ser uma sumidade.

E, para o azar de Carmem, era ele quem deveria ser impressionado. Então, imaginou que esse tempo, trabalhando clandestinamente, às escuras, reavaliando os resultados e reformulando a sua dissertação, serviria a seu favor.

Lara falou:

– Você está com cara de que precisa de uma praia. Vamos? – e acariciou sua barriga redonda. – Gisele gosta de ter você por perto – sorriu. Felizmente, Lara estava bem mais confortável com a ideia de ser mãe. – Vamos, zangada!

Carmem revirou seus olhos. Havia claras controvérsias nesse novo apelido conferido a ela pelas amigas. Ela não vivia um momento pacífico e, para piorar ainda mais sua irritação, teve de racionar a quantidade de vinho no apartamento. Havia motivos para tanto controle. Carol, apesar de todas as provas coletadas e relatadas no seu estudo da Síndrome Alcoólica Fetal, oferecia vinho quase que semanalmente para Lara. Dizia que era uma forma de reduzir a tensão da gravidez e da falta de perspectiva por ser desempregada e mãe solteira...

Mas Carmem precisava de um banho... precisava correr, como se estivesse fugindo para salvar sua vida, em direção a lugar nenhum, como era sua vida atualmente.

– Não postergue – Lara apontou ao envelope. – O que adiantaria abrir esse envelope depois? Vai que a notícia é diferente do que imagina? Vai que... Ah, vai que não é o cancelamento da sua bolsa? Abra!

Talvez ela estivesse postergando a conclusão inexorável de que devesse mudar sua carreira. Era notório que, por anos, ela correra para lugar nenhum. Enfrentara obstáculos, penúria de dados relevantes, falta de conclusões expressivas, brigas e conflitos para, no fim, ser silenciada pela falta de capacidade expressiva.

Carmem sempre quis fazer algo que valesse a pena e sua escolha de carreira na área de pesquisa dava a ela um sentimento de santidade, como se estivesse contribuindo individualmente para um bem maior coletivo. Mas, nesse momento, teria de deixar seus sonhos em um lugar inacessível, para não serem infectados pela notícia que viria. Então, certa de que sua vida mudaria ao abrir o envelope, assentiu. Abriu o envelope.

E uniu as sobrancelhas.

– Cancelaram minha bolsa porque o novo orientador não é cadastrado no CNPq? – leu as palavras em um tom de indagação.

Seus lábios curvaram por não entender essa mensagem. Depois, um sorriso iluminado enfeitou seu rosto, por entender. Em um salto, ela abraçou sua amiga e comemorou:

– Cancelaram a minha bolsa porque o orientador que assumirá tem financiamento da Assendent! Não por causa da avaliação do Dr. Hélio.

Lara riu, dividindo da alegria com a amiga, mas, confusa, perguntou:

– Assendent?

– Sim! Uma super-mega-multinacional cujos sócios partiram para a vida acadêmica e decidiram financiar os mais promissores cientistas e engenheiros! Essa empresa é famosa por assumir todos os pesquisadores e treiná-los como se não houvesse o amanhã! Estou salva! – Carmem pausou para colocar a mão no coração, que já batia desenfreadamente. – Isso é... maravilhoso!

– Isso quer dizer que você vai continuar a ganhar algo?

– Não sei! Acho que sim! – Carmem respondeu, aos risos, enxugando as lágrimas de seus olhos.

– Ah, sabe de uma coisa? Vem! Agora desapega da sua depressão e vamos! Eu que deveria chorar! Grávida, sem emprego e com Fabiano exigindo exame de DNA para reconhecer sua filha!

– Hoje o dia está glorioso! – Carmem anunciou e gesticulou com os braços de forma exagerada. De uma forma muito louca, conseguiu se infiltrar no castelo impenetrável e libertar sua autoestima, e mencionou: – Hoje, vou encontrar um cara bacana para dividir minha tarde. Vou, sim!

Rapidamente se trocou, pegou a cadeira de praia e o guarda-sol das mãos de Lara para que sua amiga, grávida, não carregasse muito peso e seguiu para a rua.

O sol não estava tão forte, mas Lara, agindo de forma automática, já que Carmem era completamente desprovida de melanina e, por sua vez, não gostava muito de se queimar, abriu o guarda-sol. Carmem deitou na canga. Suspirou, aliviada com a nova notícia.

Abraçando três águas minerais, Carol surgiu caminhando pela areia com um largo sorriso no rosto. Sua pele morena levemente rosada pela exposição ao sol conferiu a ela um aspecto saudável e muito atraente, como se ela fosse uma sereia, que ganharia uma cauda assim que suas pernas tocassem a água do mar.

Carol distribuiu as garrafas para as amigas e disse:

– Vocês viram no noticiário como a criminalidade aumentou na região do Rio de Janeiro e Minas Gerais? Chegam a ser ridículas as estatísticas! Um verdadeiro extermínio.

Lara comentou:

– Fiquei chocada com a história de um grupo de jovens que foram mortos enquanto faziam uma trilha, todos afogados, nesse final de semana. Você viu o noticiário, Carmem?

Carmem colocou os seus óculos escuros e fechou seus olhos. Não queria falar sobre tais assuntos. Queria silêncio. Queria paz. Queria se sentir linda. Tudo bem que ela ainda não estava com a vida ganha, longe disso... Mas esse recomeço foi como ser admitida em novo emprego... ah, ou algo parecido.

– Que monumento é aquele? – a pergunta de Lara extinguiu toda a paz recentemente adquirida. Carmem até iria resmungar, pedir para Lara sossegar, fazer jus ao seu novo apelido, mas perdeu seu raciocínio em meio ao ir e vir das ondas cristalinas. Isso porque saía delas um moreno de sunga verde tão belo que parecia ser uma miragem.

Ele veio caminhando para fora das ondas com a naturalidade de quem vive do mar, exalando um *sex appeal* incomum, raptando os olhares das mulheres ao redor sem esforço algum.

Jamais viu algo parecido. O andar desse deus grego de sunga verde combinava com as ondas do mar. Será que ela estava ficando louca? Carmem balançou sua cabeça para organizar seus pensamentos. Ela queria lamber cada gota de água do mar que deslizava sobre o corpo esculpido desse maravilhoso homem. Depois passar uma noite com ele.

Não, duas. Depois passaria duas noites com ele.

Será que havia uma chance de ele enxergá-la em meio a tantas morenas ou pisaria na perna dela confundindo-a, por causa de sua cor, com a areia da praia? Isso era uma possibilidade, porque já havia acontecido.

Carmem colocou seus óculos para diminuir um pouco o clarão dos raios de sol e estudar melhor os detalhes dessa maravilha emergindo do oceano. Lara levantou-se. Carmem rapidamente saiu de seu transe, por medo do hipnotismo da sua amiga grávida, cujo coração havia partido recentemente, deu um alerta:

– Sossega!

– Olá! Você na praia! – uma mulher estonteante, com o corpo irritantemente belo, bronzeado, cabelos longos e levemente ondulados, surgiu por algum lugar de onde não deveria ter partido, já que, com sua beleza, iria estragar os planos de Carmem; ao lado, estava um menino moreno com a aparência de dez anos.

Ah, mais ainda, ela tinha um sorriso cativante.

Uma mulher, por mais madura que seja, não consegue deixar de se comparar. Infelizmente, foi exatamente isso que Carmem fez. Notou, rapidamente, como o corpo da mulher era perfeito, sem qualquer excedente de gordura em qualquer parte, ao contrário do corpo de Carmem, que tinha lipídios concentrados pelo corpo. Enfim... onde havia abdômen definido na mulher, havia barriga em Carmem. Onde havia glúteos torneados na mulher, havia culote exageradamente curvado em Carmem. Onde havia bíceps e tríceps musculosos, havia braços rechonchudos em Carmem.

Uma pena. A autoestima recém-resgatada foi trancada novamente na masmorra. A chave? Enterrada no meio da areia dessa praia.

Carmem lutou contra a súbita vontade de pegar suas coisas e sair de fininho.

– Oi, chefe! – Carol respondeu, surpresa por encontrar a sua chefe na praia.

A mulher perfeita era Lina, a diretora do orfanato que Carol trabalhava. Além de maravilhosa e simpática – o que já lhe parecia humilhante demais –, ela era guardiã de crianças abandonadas. Uma santa com um corpo estonteante.

Carmem olhou para os lados em busca de uma rota de fuga. Veja bem, ela tinha muito a zelar. Sabia que as suas chances de comemorar a sua notícia com um breve romance de praia se tornaram escassas, era praticamente um insulto ser comparada com uma mulher que tem tempo para cuidar de sua aparência e salvar o mundo!

Sem perguntar às outras acompanhantes, Carol convidou Lina para se sentar.

Lina aceitou e, com isso, colocou seu arsenal de utensílios, barracas e brinquedos na areia. Julgando que era melhor ocupar-se de algo mais útil do que invejar a mulher a sua frente ou assediar o sunga verde como tantas e tantas mulheres, Carmem prontamente ajudou, pegando o guarda-sol da moça para fincar na areia.

– Que tal aqui? – Lara apontou.

A mulher à sua frente podia ser deslumbrante, simpática e responsável por cuidar de um orfanato inteiro com crianças carentes, mas Carmem sabia armar uma barraca. Pois bem, ela pegou a parte inferior da madeira da barraca e bateu na areia em movimentos circulares. Bateu com confiança à princípio e, quando a areia nem se moveu, bateu com raiva.

– Posso ajudar? – Lina perguntou.

– Não... – Carmem soltou uma risada forçada e voltou à sua faina.

Lara segurava o guarda-sol em sua mão aguardando, mas cochichou em seu ouvido uma mensagem motivadora. – Você vai conseguir.

– Quê? – Carmem, ofegante, perguntou aos sussurros. Ajustou seus óculos escuros que deslizaram pelo nariz.

– A chefe da Carol é maravilhosa. Apesar de não estar morta e ver monumentos vagando ao nosso redor, estou grávida. Portanto, fora do jogo. Você precisa mostrar a esses monumentos uma vantagem competitiva em relação à chefe da Carol. Vai!

Como se estivesse cravando uma estaca no coração de um vampiro, Carmem tentou com mais força. Como isso era ridículo! Ela iria fundir essa madeira na areia desta praia, neste lugar, neste momento nem que tivesse que trazer uma broca! Carmem estava a ponto de cruzar suas pernas na madeira para utilizar o peso de seu corpo até que percebeu o sunga verde aproximando-se. Parou imediatamente o que fazia por poucos segundos. Se ele beijasse Lina, Carmem cortaria os pulsos de inveja.

Sim, ele era ainda mais belo ao se olhar de perto. Ao se aproximar, sorriu. Lara, completamente hipnotizada, largou o guarda-sol, que arranhou a orelha esquerda de Carmem antes de cair na areia.

– Ai! – Carmem resmungou e colocou a mão no pequeno ferimento. Por pouco, o menino de Lina teria sido atingido, se não tivesse desviado com um salto. Lara, ignorando a avaria pela sua omissão, abanou seu rosto.

Agora, sentada na areia com as pernas envolvendo a madeira, Carmem espiou, por cima de seus óculos, o surfista que sorria sugestivamente ao encará-la com o "pau" no meio das pernas. Carmem se levantou. Desistiu temporariamente da faina e passou suas mãos na bunda para tirar a areia. Lina e Carol já conversavam sobre os orfanatos, sobre as crianças e sobre seus planos. Lara, como tantas e tantas vezes, esqueceu-se de que carregava uma bebê e não tirava os olhos do sunga verde.

Estava claro que sua amiga cairia em outra armadilha e em um momento nada apropriado. Carmem alertou agora com abordagem verbal:

– Lara, você está grávida.

– Mas não estou morta! – Lara rebateu.

Tarde demais! Carmem inspirou olhando para os céus e lembrando das inúmeras noites perdidas, sendo obrigada a controlar a impulsividade da amiga, assim como o fez nas vezes que Carol apareceu com pequenas taças de vinho. Por mais que o homem fosse lindo demais para ser ignorado, Lara precisava se acalmar! "Que mude de rumo!", Carmem pediu aos céus, já sem esperança. Ele estava próximo e já soltou seu sorriso saudando Lina, que sorriu em resposta.

– Oi, Lina – o sunga verde cumprimentou. – Oi, Pablo! Tudo bem, Carol?

O menino saltou no colo do homem, tornando-o ainda mais irresistível. Então, para a sua surpresa, Carol o cumprimentou.

– Oi, Cristiano! Essas são Carmem e Lara, dividimos um apartamento – Carol apresentou.

– Oi – Cristiano cumprimentou.

Com uma careta muito parecida que faz uma tiete encontrando seu ídolo, Lara sorriu. Carmem revirou seus olhos. Droga! Lara fazia sempre essa expressão quando encontrava um homem interessante. Para a sorte dela e de Carmem, o sunga verde não deu muita atenção. A barriga de Lara já estava aparecendo e, com olhos arregalados, manteve seu sorriso encabulado enquanto Carmem acenava por ambas.

Sem dar muito tempo para iniciar um diálogo ou puxar Lara pela orelha até o apartamento, surgiu, do nada, outro homem, energético, e também irritantemente belo.

Esse outro monumento tinha olhos verdes que brilhavam como uma pedra de esmeralda. O molde de seu rosto era quadrado e com traços bem másculos. Sua sunga preta com listra branca na lateral destacava o quanto sua bunda era esculpida. Seus glúteos pareciam de pedra, assim como seu peitoral, ombros e coxas. Sem conseguir se controlar, Carmem passou seus olhos no volume da sunga dele, ruborizou automaticamente. Sorriu, sentindo pássaros voando em sua barriga, virou os olhos para outra região e encontrou os olhos analíticos do sunga preta. Por que ele a estudava como se estivesse lendo a sinopse de um livro para decidir se valia a pena comprá-lo?

Carmem não tinha mais paciência ou vontade de ser avaliada por outro homem.

O sunga preta falou:

– A praia está maravilhosa. Um convite à divina preguiça – e pareceu citar algo em italiano. Carmem uniu as sobrancelhas. Jamais teve interesse em aprender italiano. Uma pena... O sunga preta, após alguns segundos muito indigestos, decidiu traduzir: – Eu citei uma frase muito conhecida de Dante: "Quanto mais perfeito é algo, mais dor e prazer sentimos." – sorriu. Carmem elevou as sobrancelhas. Realmente não conseguia entender aonde aquele sujeito maravilhoso e muito... muito estranho queria chegar: – Divina Comédia, de Dante – ele disse.

Carmem aguardou, ainda mais confusa. Ele falava com ela, Carmem podia jurar, ao levar em consideração o fato de ele estar olhando diretamente para ela enquanto falava as mais diversas frases em português. Certamente estava falando com ela.

– Você não gosta de ler? – ele perguntou ainda, encarando-o com olhos curiosos. Daqueles que não têm a menor intenção de ofender. Talvez, por esse motivo, essa pergunta assassinou sua dignidade, completamente.

Carmem fechou sua expressão. Subitamente tudo se tornou indigesto: a praia, a companhia, a pergunta e o assunto. Internamente agradeceu a sua sorte por já estar com óculos escuros, porque estes esconderam seus olhos fulminantes. Primeiro Dr. Hélio e, agora, sunga preta. Será que ela tinha cara de analfabeta?

– Ah, desculpem! Esse é Mauro! – Lina finalmente o apresentou. Voltou-se ao sunga preta e disse: – Essas são amigas de Carol.

Mauro cumprimentou a todas e perguntou: – Vocês são daqui?

Lara sorriu.

Carmem fechou ainda mais a sua expressão, já pescando aonde ele queria chegar com a pergunta.

– Italiana? Americana? – sorriu.

Carmem cruzou seus braços. Notando que, de uma forma sutil, ele exigia a resposta, disse: – Brasileira e alfabetizada.

Mauro assentiu, claramente encabulado. Voltou-se para Lina e disse:

– Foi bom encontrar você. Terminei a análise do sangue de Thaís. Ela está bem. Apenas... bom, você sabe... cresceu antes do tempo. Assim como Vanessa e Marcos.

Mauro era médico. Sim, definitivamente, médico. Provavelmente endocrinologista. Um almofadinha que adorava ostentar. Devia ser daqueles que alugam uma quitinete xexelenta para ter dinheiro suficiente para comprar um carro importado.

– Chegou a avaliar as crianças do orfanato? – Lina perguntou.

– Sim. Apenas receitei alguns aminoácidos para auxiliar na concentração de Daniele. Nada demais.

Pediatra? Neuropediatra? Carmem não queria, mas precisava reconhecer que, tomando como base o charme das ruguinhas que se formaram em suas bochechas ao sorrir, conseguia imaginar a fila interminável de mães levando seus filhos ao consultório dele.

Naquele exato momento, ela sentiu uma brisa com areia passar e entrar entre seus óculos e olhos, forçando-a a retirá-los. Vagarosamente passou sua mão por cima das suas pálpebras para aliviar a irritação. Agora, na falta desse utensílio que protegia parte da sua expressão facial, decidiu ser gentil e sorriu para Mauro, que fechou a cara.

A confiança já abalada de Carmem ficou ainda mais prejudicada. Ela não deveria, mas fez uma rápida avaliação de sua aparência. Seus cabelos estavam uma palha, havia longas olheiras vermelhas abaixo de seus olhos pela falta de sono e sua pele escamava como um réptil. Carmem interrompeu a análise e colocou seus óculos escuros.

– Pronto – Lina armou seu guarda-sol em segundos, sem qualquer esforço. Qualquer!

"Lina é uma filha da puta!", Carmem rosnou em seus pensamentos em fúria.

Derrotada e frustrada, Carmem anunciou sua partida, um pouco encabulada com sua súbita fúria interna, já percebendo que seu rosto pouco escondia as emoções.

Carol e Lara estavam com diversas companhias e Carmem não seria mais tão necessária. Também havia muito em que pensar, pois tinha de se preparar para receber o novo orientador e recuperar sua bolsa de estudos.

Despediu-se rapidamente e tomou o caminho para o apartamento. Ao chegar ao apartamento, recebeu um pacote do porteiro.

– Chegou pelo Sedex.

Pela letra no endereço, era de sua mãe. Abriu a encomenda na portaria mesmo e encontrou um cartão de Feliz aniversário e um diário como presente. Era o presente que sua mãe indicou no telefone na semana passada quando ligou para lhe desejar parabéns. Um dia após sua mãe postá-lo, o correio entrou em greve e demorou uma semana para chegar. Mas chegou! Era um diário com tranca e decorado com flores pintadas de cores fortes. Carmem gostava de escrever. A escrita a mantinha focada nas palavras e longe de sua ansiedade. Ao contrário do que sugeria a dura e última orientação tão pobremente exposta por Dr. Hélio que denunciou como Carmem foi descuidada com sua dissertação, ela orgulhava-se de sua escrita.

Ela abriu o diário. Estudou os detalhes ásperos da decoração florida das bordas. Ele tinha espaço suficiente para receber várias informações. As páginas lembraram Carmem daqueles papéis antigos, feitos de pele de bode, usados para reportar a sabedoria dos monges e isso, estranhamente, fez com que ela pensasse na devoção da sua mãe.

– Vai ser bom desabafar – ela falou para si mesma com alguma confiança… alguma.

Subitamente, quando o mundo pareceu estar desmoronando ao seu redor, ela encontrou seu pequeno atol de proteção.

17
IARAS

Rio de Janeiro, segunda-feira, 3 de janeiro de 2000

– Cauã e Joana, acordem. Precisamos conversar – ouvimos a voz de Gabriel pelas paredes do nosso quarto.

– Diga que Marina está trabalhando hoje... – Cauã disse e bocejou.

– Onde anda a sua energia, entidade do Sol? – zombei. Havia sido uma noite longa. Retornamos da Amazônia para comemorar a virada em família e nos dividimos para atender aos requisitos urgentes das crianças e suas brincadeiras, agitadas com as festividades. Marcos e Vanessa haviam completado seus 5 anos, mas aparentavam 10. Reconhecemos, reservando o nosso direito de nos mantermos preocupados, que as atitudes de Vanessa realmente condiziam com a idade que aparentava. Já Marcos era outra história.

Marcos era descuidado, hiperagitado e, algumas vezes, parecia ter muito pouco apreço pela sua idoneidade física. Jamais soube dizer se Marcos irritava Vanessa para sentir a adrenalina de enfrentar a fúria da irmã ou se era por uma espécie de comportamento superficial, daqueles que ditam uma regra sem sentido. O fato foi que ontem, pela milionésima vez, ele escondeu uma das bonecas de Vanessa.

Vanessa, com sua adoração pelo fogo, incapaz de buscar uma forma mais diplomática para reaver seu brinquedo, foi incendiando cada carrinho do irmão até obter a boneca de volta. Marcos, ao ver os seus brinquedos irem para o espaço, começou a berrar que a boneca estava no "vaso solitário".

Chegamos tarde. Até Vanessa entender que ele queria dizer, na verdade, vaso sanitário, o quarto de Marcos já havia sido incendiado. Por isso, passamos a noite procurando ensinar aos nossos filhos alguma civilidade e limpando os cacos do quarto carbonizado.

– Vocês vêm? – perguntou Gabriel.

Cauã, verdadeiramente cansado, rebateu o chamado do amigo de forma bastante ríspida:

– Falei a você para dar algum sinal antes de entrar em nosso quarto, sem noção!

Senti o edredom cobrir meu corpo. Exausta, não abri meus olhos.

Nossos filhos tinham a capacidade inigualável de drenar nossas energias. Se Marcos era ruim de dormir antes; agora, conseguia passar noites sem dormir. Quando dormia, precisava apenas de duas horas para recarregar todas as suas baterias. E, quando digo: todas, não estou exagerando. Nesses dias, ele foi eletrocutado três vezes, caiu do nosso telhado cinco, foi resgatado com seus pés presos na tubulação de água da casa de Mauro (nosso vizinho) e foi pego roubando uma das lanças das Icamiabas, que, de acordo com as suas palavras, iria usar para "dar uma lição em Vanessa".

Já Vanessa era mais calma. Apenas não era aconselhável irritá-la, nem ficar encarando por muito tempo seus olhos. De resto, tudo bem.

– Esquece o Gabriel, vamos dormir – sugeri a Cauã, com voz rouca de sono. Virei de lado. – Marina já deve estar aqui com as crianças.

– Espero que Vanessa não a incendeie... – Cauã comentou.

Ri, notando que ele realmente falou sério.

– Ela gosta da Marina – respondi.

A voz de Gabriel nos interrompeu:

– Vamos, acordem. Venham nos encontrar na sala. A situação é demasiadamente séria.

Murmurando diversos impropérios, Cauã levantou e buscou nossas roupas. Abanei a preguiça, ignorei o sono e levantei logo em seguida. Vestimo-nos e tomamos rumo para fora do quarto. Então, vi o vulto de Gabriel e Ieda nos aguardando na sala. Ambos pareciam bastante apreensivos.

A expressão preocupada da Ieda me fez acordar.

Nossa casa era muito parecida com a anterior. O segundo andar era completamente aberto e rodeava a sala. A diferença era que essa espécie de varanda que circulava a sala era feita inteiramente de vidro. Então, sem demoras, ao nos ver sair do quarto, Ieda tomou a palavra:

– Flagrei duas moças que agiam de forma muito estranha. Havia, pelo menos, oito rapazes as rodeando, fazendo tudo que elas pediam e sem questionar. Identifiquei que poderia haver um problema maior quando uma delas fez um sinal e outro grupo de cinco homens abandonou tudo para fazer o que elas queriam. Um dos rapazes, inclusive, largou um bebê no carrinho! Eram Iaras, em Santos, em plena atividade. Foi uma crise imensa! Mulheres brigando com os pobres rapazes, crianças chorando ao se sentirem abandonadas pelos pais e... Ah, aquele bebê era muito fofo! Imediatamente pedi para Cristiano adormecer os homens. Meus soldados vieram das águas e extraíram o encanto de sedução. Também pedi ajuda às icamiabas para gerenciar a crise, cuidar das crianças e daquele bebê lindo! Gabriel... – Ieda e Gabriel se entreolharam, bastante preocupados – precisou manipular a memória de muitas pessoas.

– Crianças e adultos – Gabriel completou.

Cauã cruzou seus braços. Soube, com o tempo, que Cauã não gostava de ver seu amigo manipulando a memória dos demais. Sim, de fato. Esse era um ofício muito diferente daquele que Gabriel optou em representar.

– Levei as iaras para Atlântida – Ieda disse.

– Atlântida? – perguntei.

– Sim, Joana. Atlântida. Certamente você conhece histórias a seu respeito.

– Essa cidade sumiu – observei.

– Uma cidade que precisou ser afundada para proteger todo o conhecimento que ela continha. Bom, em um momento que os humanos se voltaram contra Ci.

Olhei para Cauã, curiosa. Queria conhecer essa cidade. Queria ver tudo que ela continha: os seus segredos, a sua magia, as suas lendas e a sua história. Tudo!

– Vamos para lá um dia – Cauã comentou, entendendo minha expressão.

– Voltando ao assunto – Ieda anunciou. Nesse momento, com muito custo, selei essa curiosidade em um baú bem fechado e busquei acompanhar. – Elas vão ficar bem, pois chegamos a tempo e estamos extraindo o vírus antes que afete os seus órgãos vitais. Estamos cuidando dessas moças. Agora, nesse meio tempo, elas soltaram uma informação crucial. Elas disseram que receberam o poder. Uma mulher loira disse que elas tinham duas escolhas: abdicar desse poder de sedução ou aceitar as ordens dela sem questionar. Então a loira pediu para elas aguardarem as suas ordens em Santos. Ordens para o quê?

Notei como os músculos do pescoço de Cauã saltaram. Ieda continuou:

– Não foram acordadas por Ipupiara.

– Será que ele pediu para essa Iara acordar as demais? – Cauã perguntou.

Ieda negou:

– Entendo sua colocação, isso seria o mais plausível, mas o que escutei do mar foi diferente. A Iara planeja algo e não me parece ter qualquer relação com Ipupiara – pausou. – E você sabe que as águas não inventam ou exageram.

Cauã passou a mão pelo rosto e murmurou algo incompreensível. Ipupiara... Esse nome não me era estranho. Lembrei-me que, ao encontrar Priscila na Grécia, quando ela me entregou a Caixa de Rudá roubada, mencionou sobre esse monstro. Mas não fui a fundo nessa questão. Na época, Cauã dominava praticamente todos os meus pensamentos. Bom, ele ainda domina. No entanto, estou mais madura... Talvez.

Tá, nem tão madura assim.

– Espere um pouco – pedi, com as palmas das mãos estendidas. – Preciso entender por que tanto estresse em torno desse assunto. Qual é o problema de ter uma Iara solta? Talvez ela esteja planejando algo inocente como... uma festa. Já imaginou?

Ieda riu:

– Não... ela jamais criaria outra Iara assim... por um motivo tolo como esse. As iaras são seres, de alguma forma, que abraçaram a sua sedução e são capazes de e morrer por ela. Sabem que essa condição vai matá-las e não ligam. Também não gostam de competir com outra mulher. Se uma Iara infectou outra mulher, é por um motivo forte: ou quer uma aliada ou quer matá-la.

– Isso está muito confuso.

– Preste atenção. Vou começar do início: eu e Ipupiara podemos criar iaras. No entanto, há uma diferença enorme nisso. Quando crio uma iara, esta passa a viver como entidade de suporte e reside comigo lá em Atlântida. No entanto, elas são livres para optar por ficar ou partir. Manter a condição ou voltar à forma humana. Isso não acontece com as iaras que Ipupiara cria. Isso porque ele não muda a condição delas. Não as transforma. Ele injeta uma toxina que as torna capazes de seduzir qualquer um, mas que, em contrapartida, vai corroendo o corpo delas como um câncer. Por um breve período, gozam do poder da sedução, ganham outros poderes e se sentem mais fortes. Quando não chego a tempo para resgatá-las, morrem. Iaras, no entanto, também injetam esse vírus em outra mulher. Um vírus mais leve. Mais fácil de curar. Enfim, uma iara, quando criada por Ipupiara ou por outra iara, ainda é humana. Uma humana muito doente.

– Lembro que Cauã ficou com medo de que tivesse sido afetada pelo encanto de Iara – lembrei, agora mortalmente curiosa. Comprimi os meus lábios até que ficassem brancos. Queria muito ser menos curiosa ou mais controlada, mas esse assunto me dizia respeito já que, um dia, acharam que eu havia também sido infectada pelo vírus.

– Mas não foi – Gabriel lembrou.

Abri a minha boca. Fechei. Sim, era um momento terrível para fazer perguntas, mas não consegui controlar:

– Como entidades secundárias, podemos mudar a condição humana?

Cauã respondeu:

– Uma entidade secundária pode.

Ieda continuou.

– Há uma regra quando se altera a condição humana. Quando há uma transformação ou quando dividimos parte de nossa essência com um humano. A entidade secundária que dividir parte de sua essência recebe, nessa vida e na próxima, a condição física, mortal, de um humano. Nos transformamos em mortais imediatamente após presentear parte da nossa essência, transformando um humano, e isso perdura até a próxima vida. Depois tudo volta ao normal. Digamos que é uma forma de Ci nos punir por ter retirado um humano dela. – Ela riu e comentou: – Não achava o percalço tão árduo. Por isso, presenteei minha essência para quem vinha me procurar. Depois Aracy me convenceu a agir com mais cautela.

Ieda deu de ombros. Segurei minha vontade de abraçá-la. Concordei com ela. Não era uma punição tão ruim assim.

– Podemos transformar qualquer humano? – perguntei, mesmo sabendo que fugia do assunto principal.

– Não. A transformação é apenas concluída se Ci abrir mão desse humano – Gabriel disse.

Ieda tomou a palavra:

– Sim... ah... bom. Tenho mais informações. Há pouco mais de duas décadas, Ipupiara criou algumas iaras, como de costume. No entanto, duas iaras se sobressaíram. Uma foi colocada para dormir a pedido da tribo local. Essa tribo convocou a forma imaterial da entidade da Guerra; Macaxera que atendeu ao pedido. A outra... bom, a outra sumiu. Completamente. Suspeito que seja uma delas.

– Macaxera? – me assustei ao escutar o nome da suposta alma gêmea de Lina. Será que ele já andava entre nós?

– Sua forma imaterial – Cauã repetiu.

Escutei a voz de Gabriel:

– Tem outro problema cuja gravidade pede urgência. No entanto, não podemos discutir sobre isso aqui.

– Mas por que não conta logo? – Cauã perguntou.

– Porque não sou eu quem vou contar e não creio que você ia gostar se eu o trouxesse diretamente aqui. Sugiro irmos à faculdade. Como o galpão foi terminado agora, o espaço de seu laboratório está vazio. Ieda, provavelmente precisaremos nos dividir para atender a esses dois problemas. Tudo bem?

– Sim, mas me deem notícias – Ieda nos cumprimentou de longe e passou a caminhar em direção ao lago. – Vou voltar à minha faina. Se eu souber de algo, também vou avisar. Ok?

– Obrigado, Ieda – Cauã assentiu.

Ieda sorriu e desapareceu entre as águas.

– Vamos agora – Gabriel anunciou. Cauã pegou a chave do carro e disse: – Te encontramos lá.

Peguei a minha bolsa e segui Cauã até o carro. Ele partiu e, enquanto dirigia, disse: – Já passei uma mensagem para Cristiano encontrar você em casa mais tarde. Seu treinamento começa hoje. Até então sugiro você usar isso enquanto estivermos fora de casa – ele retirou uns óculos escuros de um compartimento no teto designado para guardar esse item. Como de costume, me entregou. – Não precisamos de outros problemas.

Hum.

Apenas coloquei os óculos sem discutir. Liguei o rádio. Ajeitei os óculos no nariz e prestei atenção na calorosa discussão entre o locutor e um ouvinte, que jurava ter visto uma assombração em sua casa. Sorri, entretida com a possibilidade louca de um encontro com o paranormal. Aliás, quem era eu para duvidar dos mais diversos mistérios depois de tudo que vivi nos últimos anos?

Cauã desligou o rádio e bastante sério anunciou:

– Chegamos.

Saímos do carro e fomos para um prédio, uma estrutura com um galpão enorme construída no meio do campus. Essa estrutura destoava das outras por ser nova e pela sua arquitetura moderna diante dos prédios antigos e descuidados em volta. A faculdade estava repleta de estudantes. Acostumada com o efeito que Cauã provocava, procurei me distrair com as árvores antigas e as belas flores que nasceram de seus galhos.

Havíamos chegado antes da hora. Então tínhamos tempo para apreciar a megaestrutura construída por Gabriel e Cauã no terreno que foi cedido pela faculdade. Por dentro do galpão, havia espaço central para um avião comercial. Também havia um segundo andar com diversas portas que pareciam levar para salas de aula e reunião. Era realmente uma construção que destoava daquilo que vemos na faculdade. Algo moderno e aberto.

Queria ficar ali, admirando, mas minha bexiga impediu.

– Vou dar um pulo no banheiro – anunciei. – Onde fica? – perguntei.

Cauã apontou para a porta do banheiro feminino no canto do galpão e fui em sua direção. Segui até a privada e dei uma descarga antes de pensar em me aproximar. Parecia limpa. Mesmo assim, dei a segunda, por precaução. Após minhas necessidades, dei a terceira descarga. Satisfeita por ter esvaziado a minha bexiga, prossegui para minha próxima urgência biológica. Aproximei-me da pia, abri minha blusa e molhei meu rosto para aliviar o calor deixando parte da água escorrer até meu peito.

Foi então que a vi atrás de mim, pelo espelho, a imagem de uma mulher loira e incrivelmente sombria. Parecia uma defunta envolvida por terra, com seus olhos estranhos, de dar arrepio. Uma aparição parada e me encarando do espelho. Meu coração parou e deixei de sentir as pernas. Coloquei a mão em frente da minha boca para buscar me controlar. Ela não desaparecia, ficava imóvel me olhando.

Foi então que pisquei, em desespero, ao perceber uma incrível semelhança entre Priscila e a mulher do banheiro. Ela abriu sua boca. Então, escutei a sua voz sussurrar em meio ao singelo vento que passava por debaixo da porta do banheiro: – Jurupari...

Parei de respirar.

Ela sussurrou novamente:

– Luisón...

Meu coração passou a saltar. Minhas mãos, trêmulas, seguravam no balcão para que eu não caísse, pois já não sentia minhas pernas. Sua boca mexeu outra vez:

– Tau...

Subitamente encontrei forças e corri, em disparada, aos berros do banheiro, sem me preocupar com minha blusa parcialmente aberta até que encontrei Cauã, o vulto de Gabriel e Rodrigo.

Parei, estupefata.

A imagem dos três dividindo uma conversa civilizada era tão perturbadora quanto ver um fantasma parecido com a Priscila. Vi-me em dúvida de o que fazer nesse momento, abotoar minha blusa ou mandar o pudor se danar para perguntar o que, diabos, estava acontecendo.

De acordo com a expressão de Cauã, que ergueu uma das sobrancelhas em desaprovação, ou alerta, decidi me recompor. Virei-me e, enquanto abotoava a blusa, iniciei minha série de perguntas:

– Por que Rodrigo está aqui? – apontei para o Rodrigo, chacoalhando meu dedo em desdém.

Os três não responderam. Apenas aguardavam enquanto eu lutava contra a tremedeira das minhas mãos para mirar o botão em sua maldita casa.

– Por que acabei de ver a assombração de Priscila no banheiro da faculdade? – nervosa, desisti de abotoar os dois botões de cima. Apontei a Rodrigo e acusei: – Você a desmantelou? Diga!

– Sou inocente nesse aspecto – Rodrigo respondeu sem aparentar surpresa com a notícia. Franzi meus olhos, sem acreditar. Cretino!

– Imagino que seja uma alma penada bem parecida com ela. Não é? – confrontei-o, certa de que não estava vendo coisas, não era médium, nem esquizofrênica.

– Você desmantelou Priscila? – Cauã perguntou.

– Eu disse que EU não desmantelei a Priscila! Vamos ao que interessa?

– Desvendar o assassinato? – sugeri.

– Foi Júlio – Rodrigo respondeu. – Mistério desvendado – sorriu.

Cauã olhou para o chão, mas logo ajeitou sua postura por estar à frente de Rodrigo. Então disse:

– Meu filho… – Cauã percebeu meu incômodo, mas sabiamente ignorou e continuou: – Ele acredita que, ao presentear o Sol com uma virgem, meu elemento o aceitará. Assim Júlio terá acesso aos meus poderes. Ele é perigoso. Conhecedor do meu elemento, mas profundamente confuso com as informações que tem.

Rodrigo passou a falar:

– Pois é. Eu até cheguei a convencê-lo de deixar essa ideia maluca de tomar o Sol de lado por um tempo. Eu precisava… bom, precisava da ajuda e força daquele moleque. Estávamos indo em direção ao portal, até que Amanda apareceu e, para a minha surpresa, ela é virgem! – Rodrigo riu e lançou as mãos aos céus. – Júlio enlouqueceu ainda mais! Deixou de seguir minhas ordens e voltou toda a sua atenção à moça! Um baita azar! Bom, como Luisón, meu filho, a entidade da Morte (diga-se de passagem!), embarcou sem ser chamado, até eu perdi as minhas estribeiras. Para encurtar o relato, foi tudo por água abaixo.

Como era estranho vê-lo conversando civilizadamente com Cauã e Gabriel, eu não conseguia me acostumar com a situação.

Gabriel pediu para Rodrigo esperar e comentou:

– Para proteger Amanda, soltei um sopro com a minha energia, mas esta é apenas uma semente que precisa ser cultivada.

Rodrigo, ao saber disso, cruzou seus braços e, irritado, disse:

– Viu o que fez? Agora meu filho… – estapeando uma mão na outra para dar ênfase a sua reclamação, ele fez um parêntesis: – … a entidade da MORTE, está sumido! – lançou seus braços ao alto e exclamou: – Encantado! Brincando de casinha! Não quer trabalhar! Deixa diversas almas penadas perdidas e volta para buscá-las em horário comercial! Como se tivesse um horário de trabalho – elevou seu dedo indicador: – Pela primeira vez em milênios, decidiu tirar férias! A entidade da Morte decidiu tirar férias! – gesticulando exageradamente, profundamente irritado, resmungou: – Quase exigiu que eu assinasse sua carteira de trabalho! – e apontou a Gabriel: – Você é inconveniente! Por que decidiu se intrometer? Não poderia ter enfiado esse encantamento em Júlio? Tinha que ser Luisón? Droga, o menino já é difícil de controlar, agora ficou impossível!

– É por isso que há tantos relatos paranormais? – perguntei, após juntar as informações do rádio e o que havia acabado de presenciar.

Rodrigo, politicamente incorreto, respondeu:

– Imagina um mundo no qual todos os garis, sem exceção, decidiram tirar férias! O que você faz com o lixo?

Respondi na mesma altura:

– Direciona tudo para a sua residência! De preferência para lhe fazer companhia enquanto dorme!

Então Cauã decidiu mediar:

– Tudo bem. Precisamos que Luisón volte a seu mister.

– Rápido! – Rodrigo comentou.

Elevei meus braços. Ora bolas! Ninguém percebeu a estranheza dessa reunião?!

18

TREINAMENTO

Rio de Janeiro, terça-feira, 4 de janeiro de 2000

Acordei sentindo uma súbita e inesperada falta de ar. Era madrugada. A princípio, acreditei que meu incômodo era por ser obrigada a deitar quando sabia que Rodrigo se reunia com Cauã e Gabriel na minha sala. Ajeitei-me. Tentei recapitular meu sonho e os acontecimentos passados. A dor voltou.

– Ai – resmunguei e, com muito custo, levantei. A sensação era de um martelo batendo nas minhas costas. Puxei o ar com força e mesmo assim não obtive sucesso. Era como se o meu pulmão estivesse sendo esmagado. Precisava falar com Mauro a respeito disso.

Decidi descer. Precisava buscar algo para aliviar a dor.

Degrau a degrau, desci, com cuidado para não sentir a maldita pontada de dor. Avistei Gabriel abrindo o seu pergaminho.

– Não adianta você buscar eles pelo pergaminho – escutei Rodrigo comentar da sala. Estiquei meu pescoço para ver melhor. Vi Rodrigo passar as mãos no cabelo vagarosamente. Agora descabelado, ele disse: – Conheço meu filho, e ele se movimenta como se tivesse um portal dentro de si.

Gabriel, sem dar atenção a Rodrigo, passou a energizar. Passaram-se segundos e Gabriel anunciou:

– Achei!

Rodrigo correu para ver a localização. Sem dizer uma palavra, foi até o quintal e energizou o chão.

Fiquei ali, parada, curiosa, segurando no corrimão para não cair pela súbita tremedeira. Então vi uma cratera se abrir no meu quintal, grande o suficiente para ele entrar. Assim que Rodrigo entrou, ela fechou.

Curioso! Rodrigo consegue se transformar em qualquer animal. Também ele protege, de certa forma, os animais. É incrivelmente forte e, ainda mais, consegue fazer crateras no chão. Felizmente me distraí e a dor aliviou, um pouco.

– Aonde ele vai? – perguntei.

– Ele vai tentar convencer Luisón a voltar ao trabalho.

– E Amanda? – perguntei, agora apreensiva.

– Não se preocupe com ela. Como Luisón está afeiçoado por Amanda, se Rodrigo tocar em um fio de cabelo da menina, terá de enfrentar a ira da Morte. Acredite, ele não quer isso – Gabriel fechou seu pergaminho e anunciou: – Vá descansar. Amanhã Cristiano lhe levará para dar uma volta com Mauro. Lina encontrará vocês no caminho – e riu. – Vai ser engraçado de se ver, mas preciso voltar à minha faina.

– Não dá para buscar as iaras pelo pergaminho?

– Não. Lembre-se. Elas foram apenas infectadas. Não deixaram de ser humanas.

– Hum – murmurei. A dor voltou. Era como se o ar estivesse pegando o caminho errado, em direção ao estômago em vez do pulmão. Eu puxava, puxava, mas parecia estar engolindo ar. Pensei em desistir do passeio. Talvez fosse melhor ficar em casa.

Uma mão subitamente se materializou na minha testa. Elevei as sobrancelhas. A névoa suave, meio fosca, se moldou ao corpo de Gabriel, parecendo mais nítido que antes. Nesse instante, o rosto dele ficou um pouco mais nítido, ao ponto de me permitir reconhecer aquela linda cova no canto do olho, de quando ele busca enxergar mais do que seus olhos conseguem ver. Senti, não sei bem de onde, uma onda suave de emoção.

Ao invés de analisar, preferi ignorar o sentimento.

– Você não parece bem – disse Gabriel. – Seu rosto está pálido e parece que está com dificuldade para respirar.

– Bobagem!

– Não é bobagem. Você precisa falar com o Mauro e ver algo para reduzir esse desconforto. Melhor abortar a ideia de sair.

Sem saber o que fazer, puxei ar. Chacoalhei a cabeça e forcei para mentalizar em algo que tirasse a atenção dessa estranha dor que latejava novamente meu peito. Sim, era melhor sair.

– Vou ver isso com o Mauro. Juro. Agora não ficarei em casa curtindo fossa com vultos e almas penadas. Vou tomar um remédio para reduzir a dor! Prefiro passar um tempo com aqueles que estão materializados. Entendeu?

Não sei onde arranjei forças ou fôlego, mas ri e desci as escadas, deixando Gabriel para trás. Um esforço que não serviu de grande valia, pois perdi o ar completamente e perdi o controle sobre as minhas pernas. Quando dei por mim, já estava em meu quarto.

– Relaxe, Joana. Estou coletando amostra de sangue. Só isso – escutei Mauro falar. – Fiz um banho de cheiro para fazer você dormir. Quando acordar, estará se sentindo melhor, pois essa inalação irá limpar seu pulmão. Relaxe. Sairemos amanhã.

Muito pouco convencida de que conseguiria sair no dia seguinte, fechei meus olhos.

19
AMANDA – ABORDAGEM

RIO DE JANEIRO, TERÇA-FEIRA, 3 DE JANEIRO DE 2000

– Gostei da varanda – Rodrigo comentou assim que entrou na sala. Parou. Espiou em volta. Colocou as mãos na cintura e assentiu. – Toque feminino na decoração – negou com a cabeça. – Não sei se gostei.

Rodrigo, ignorando o silêncio muito pouco convidativo, entrou na sala caminhando em ziguezague para desviar das poças.

– Vocês precisam passar um rodo nessa sala – comentou.

Amanda se arrependeu em pedir uma varanda para Luisón, para contemplar a força das ondas que batiam nas rochas duras que compunham a estrutura inquebrável da casa. Rodrigo tinha razão. Não era prático caminhar em uma sala inundada por essências e água.

– Bom *timing* – disse Luisón. O tom do seu comentário não combinava com um elogio.

– Vocês conseguiram se esquivar por um bom tempo. Confesso que precisei de ajuda para conseguir abordá-los – Rodrigo disse. O tom do seu comentário também não combinava com um elogio.

Ela também se arrependeu em ter pedido para descansar um pouco antes de seguir por outro roteiro de viagem.

– Tenho boas-novas – Rodrigo se sentou no sofá de pedra e esticou sua perna. Resmungou ao estalar seu joelho.

– Fala e vaza – Luisón demandou. Desde o momento em que viu seu pai invadir a sala, Luisón parou e cruzou seus braços.

– Você não precisa mais proteger Amanda. Vim levar a nossa virgem para Cauã e Gabriel. Juro não a machucar no meio do caminho.

O queixo de Amanda caiu. Luisón não moveu um único músculo.

– Não acredito e não confio em você – respondeu Luisón.

Rodrigo resmungou e deixou seu corpo cair no sofá. Resmungou novamente e levantou:

– Esqueci que não é acolchoado. Uma droga – passou a mão nas costas. – Tá, faremos um trato. Você busca as almas, pelo menos no perímetro de Itu, Indaiatuba, Sorocaba, Campinas e Vinhedo – fez um círculo com a mão. – Quero dormir! – sorriu. – E dou as costas sem reclamar. Bem, isso até voltar a ver alma penada em minha residência.

– Ok. Vou buscar as essências. Não toque em Amanda – Luisón alertou e sumiu.

Após alguns segundos, toda a água que inundava a sala foi evaporando. Melhor assim... Enquanto isso, Amanda procurou ocupar-se em descascar legumes. Queria fazer uma canja. Depois de tanto tempo viajando, queria comer algo caseiro.

Ela não se abalou com a visita inconveniente. Estava plena. Há muito tempo, Luisón tinha deixado de representar a morte e o passado a simplesmente ser seu namorado, apenas isso, e nada mais. Por mais que desejasse que Luisón, inesperadamente, esquecesse seu pudor, seu cuidado, e a clamasse inteiramente como sua, ela não poderia reclamar. Vivia um paraíso gótico e incrível.

Viveu noites intensas, como em uma boate na Inglaterra, quando ele lhe roubou um beijo apaixonado no meio da pista de dança. Também viveu noites divertidas, como na ocasião em que conheceram a Muralha da China e decidiram fazer uma competição de corrida. Luisón, sabendo que não poderia usar seus poderes e percebendo que estava perdendo, avançou por cima dela para dar-lhe outro beijo, enquanto ela o chamava de covarde.

– Você ainda é virgem? – perguntou Rodrigo. Enrugou a testa na expectativa da resposta. Quando essa não veio, supôs: – Lógico que é.

Amanda passou a descascar a cebola. Quem sabe o cheiro irritante dela o fizesse ir embora?

– Luisón também é – ajeitou seus ombros e se corrigiu: – Tá bom... Não sei. Não mantenho um livro de ocorrências da vida sexual dos meus filhos. Diga, você não se sente... – sorriu – incomodada? – fez um gesto de diminutivo com os dedos e disse: – Nem um pouquinho, pelo ofício de meu filho?

– Não – ela respondeu. Limpou as lágrimas e pegou outra cebola. Não precisaria de duas cebolas para a canja, mas poderia descascar e deixar reservada para o dia seguinte.

– Não sei se devo lhe chamar de corajosa ou burra.

Amanda parou de cortar e encarou Rodrigo, injuriada.

Então ele elevou as duas mãos em rendição.

Um vento assoprou subitamente pela sala, espalhando alguns legumes no chão. Com ele, Luisón surgiu e anunciou:

– Feito. Agora vá embora.

– Ah! Vou dormir! – Rodrigo se espreguiçou e saltou pela varanda.

Assim que Rodrigo se foi, Amanda largou a cebola e lavou suas mãos.

– Vamos tomar um banho? – perguntou.

– Não sei se é recomendável tomarmos banho juntos.

– Mas é justamente isso que quero. Você sabe que a minha virgindade é um problema. Se a tirarmos, nós nos protegeremos de Júlio e vamos ter a opção de ver a cidade durante o dia.

Logo ela percebeu que o seu argumento não foi válido tampouco eficaz. Isso porque sentiu seu namorado recuar um pouco.

– Você vai perder, mas com um homem mais digno – ele disse.

Também, o que Amanda esperava com seu argumento? Era como se ela tivesse negociando sua apólice de seguros!

Ela não iria recuar. Não mais. Foram meses aceitando uma espécie de cortejo antiquado. Era como se tivesse de aguardar o casamento para consumar um amor que lhe parecia tão antigo como esse relacionamento.

– Sou uma mulher sensata e com minhas convicções fortes o suficiente para não me deixar seduzir por qualquer um.

– Sou uma escolha doente, no mínimo. Eu deveria causar-lhe repulsa – Luisón respondeu.

Amanda sabia muito bem o que ele queria dizer. Ou, pelo menos, percebia as intenções de Luisón. O que ela não conseguia entender era por que o seu coração batia tão forte a ponto de tremer o seu peito, nem porque ela não conseguia reconhecer todas as inconveniências que teria de conviver ao escolher uma companhia com um trabalho tão... bem, tão sombrio.

– Por que não me beija? – Amanda perguntou.

– Amanda, seja razoável.

– Tudo bem. Vou colocar a coisa da seguinte forma – disse ela. – Estou lhe dando a chance de me aceitar agora. Amigavelmente.

– O quê? – o lábio de Luisón curvou para cima, levemente. Com a graça, ele se desarmou. Amanda se aproximou um pouco mais.

– Se você me rejeitar, tenho certeza de que se arrependerá, um dia.

– Mas eu não estou lhe rejeitando. Não percebeu?

Amanda o beijou apaixonadamente, pressionando-o contra a parede com seu corpo. Era notório que ele estava sentindo o mesmo. Ela sentiu como os músculos dos braços de Luisón tensionaram, procurando evitar algo que lhe parecia mais do que consumado. Já eram namorados. Continham uma intimidade que ela jamais imaginou ter com um rapaz.

Estranho, mas tão verídico quanto a parede áspera que lixava suas costas e a lembrava de que não havia morrido e chegado ao céu. Esse beijo era real.

– Quero que você seja meu primeiro e, certamente, meu último – ela sussurrou em seu ouvido.

Ele já parecia ceder. Amanda imaginava que seria uma questão de tempo até que eles fossem totalmente consumidos pelo amor. Mas o que aconteceria depois? Ela se veria como Paula, aguardando seu amado que nunca viria por ela ter negado sua mortalidade? Negando esta, ela automaticamente estaria negando seu amado?

Perguntas que incomodavam tanto quanto as que a Morte faz para quem vive. Perguntas que ela tornou a se fazer naqueles meses, mas que não ousaria colocar para não ser obrigada a conviver com as respostas de seu amado, pela eternidade.

– Amanda – Luisón quebrou o beijo com seus olhos fechados como se estivesse lutando contra seu instinto. Afastou-se dela e respirou fundo, apontando para o canal: – Gôndola – disse apenas uma única palavra. Aparentemente foi o que conseguiu em meio à sua respiração ofegante.

Foi uma atitude desesperada, Amanda julgou. Enquanto se beijavam, Luisón os transportou para Veneza. Ela olhou para onde seu dedo apontava e viu diversas gôndolas, e alguns homens vestidos tipicamente para as conduzir. Era uma noite com clima sereno do verão que se aproximava e a noite estava maravilhosa, apesar de as nuvens cobrirem o céu. Ele se distanciou para falar diretamente com os rapazes. Ele queria conduzir a gôndola sozinho, pelo que Amanda pôde entender da conversa, mas os rapazes queriam ir junto para assegurar que seu patrimônio seria devolvido, sem saber com quem eles negociavam.

Então Amanda sentiu uma mão feminina a pegar por trás e puxar para uma vala. Era um grupo de senhoras que a alertava sobre sua péssima companhia. "Morte!" – algumas exclamavam. Ela sorria buscando acalmá-las e dizia: "ele não fará mal a vocês, nem a mim!"

Amanda sabia que tentavam salvá-la. Tinham motivo para isso. Ela se sentiu até um pouco emocionada pela atitude dessas estranhas, até que entendeu, em meio a um emaranhado de palavras italianas, um insulto a Luisón.

Ela fechou a cara. Definitivamente houve um mal-entendido. Amanda jamais pediu ajuda e não corria risco. Elas, sem entender isso, puxavam Amanda para dentro de uma casa, onde uma outra mulher a aguardava com um terço na mão. Amanda precisava sair dali. Foi então que viu um caco de vidro no chão e teve uma ideia. Rapidamente se desviou de alguns braços que puxá-la pela soleira da porta, pegou o caco de vidro e rasgou seu braço. Enquanto esse se cicatrizava em segundos, na frente do grupo, notou que parte delas parou de respirar. Todas paralisaram e três perderam a cor.

Em seguida, todas entraram na casa e trancaram a porta. Amanda resgatou sua liberdade. Lembrou-se das orientações de Lina para não mostrar suas habilidades a um humano, mas não teve jeito.

Voltando para onde estava, ela olhou para a gôndola. Luisón havia acabado de entrar. Todo esse tempo ele se distraíra negociando com o dono.

– Você conseguiu permissão para conduzir a gôndola sozinho? – ela perguntou ao entrar.

– Sim.

Então ela sentou e comentou:

– Hum... Uma entidade da Morte, me conduzindo em um barco.

– Sim. Serei o seu "barqueiro".

Ela riu da piada sórdida.

– Nesse caso... – Amanda procurou, sabendo que muitos turistas jogavam moedas com pedidos, e encontrou uma no canto da gôndola. Ela pegou o dinheiro e entregou ao seu "barqueiro": – conduza-me ao paraíso, por favor.

Era uma noite especial. Como todas as vezes que saíram da casa de Luisón, essa noite estava especialmente escura, já que a Lua estava completamente coberta por nuvens. Era uma das formas de eles evitarem de ser encontrados. Decidiam seus destinos de acordo com o movimento das nuvens densas.

– Adoro barcos – Amanda comentou.

E ele passou a conduzir o barco lembrando-se de outro relato:

– Barcos. Lembro-me de uma mulher que fui buscar no Brasil, uma senhora que vivia no interior de São Paulo. Sentei a seu lado, contemplei sua vida, junto a ela, e a levei para seu destino. Quando conduzo uma essência, na maioria das vezes pergunto qual é seu maior sonho e seu maior pesadelo. Pergunto para alguns, já que outros eu simplesmente os levo para o pesadelo sem mais tardar. Mas aquela mulher, apesar de sua vida simples, desconhecida, tinha uma sabedoria que achei em poucos. Suas palavras me inspiraram e o fazem até hoje. Posso afirmar com toda a convicção que ela fazia parte de um grupo especial de essências que vem à Terra para ensinar mais que aprender. Certamente me ensinou em nosso pequeno contato.

Amanda escutou essas palavras com curiosidade pelo destaque que essa mulher teve para a entidade.

– Essa mulher o inspirou mesmo, não me lembro de você ter falado assim de outra pessoa. Qual é o nome dela?

Então ele parou de conduzir a gôndola, deixando-a vagar pelo mar afora e permitindo que a visão da cidade se distanciasse um pouco deles.

Ele sentou e disse:

– Elzira. Assim que a deixei em seu destino, ela me disse que, ao nascermos, Deus coloca uma vela acesa num barco e a solta a navegar no mar da vida. O barco veleja pelos anos afora até que finalmente a velinha se apagará. Disse que muitos barcos enfrentam ondas bravias e tombam, apagando a velinha antes do tempo. Outros, porém, conseguirão uma caminhada mais longa. Então ela me agradeceu por a ter conduzido e falou que seu barco tinha sido privilegiado por Deus; que ela enfrentou grandes tormentas, mas sua vela foi firme até perceber que era hora de apagar.

O relato a sensibilizou. A lágrima do seu namorado a encorajou.

– Eu te amo. – E, para não arriscar ouvir a resposta de seu amado a tamanha revelação, beijou-o novamente.

Distraídos pelo momento, não perceberam que alguns humanos se acumulavam na orla. Somente perceberam ao serem surpreendidos por um tiro. Subitamente Luisón se atirou na água levando Amanda consigo. Amanda cruzou suas pernas na cintura de Luisón com o susto. Foi tão rápido como o piscar dos olhos. Imediatamente se encontraram no chão da sala de Luisón.

– Você precisava me jogar na água? – Amanda reclamou, tremendo de frio.

– Não poderíamos desaparecer na frente deles – ele argumentou.

Amanda se cansou. Frustrada com a amizade colorida que não evoluía dos beijos e afagos, ela tornou a abaixar o zíper da lateral de seu vestido rasgado intencionalmente. Já havia se despido na frente de Luisón. Agora o fazia não para instigar qualquer sentimento de luxúria ou desejo, mas sim por ira.

Luisón andou para trás até a varanda, distanciando-se de Amanda, trancando sua mandíbula. Parecia confuso, afetado. Até... bem... talvez furioso.

Amanda não iria recuar. Também não iria pedir para ele a amar. Dessa vez, Amanda apenas se despiu e permitiu contentar-se apenas com o desconcerto do amado.

– Vou tomar banho – sem pressa, ela desfilou até o banheiro.

Será que ele se sentiu ofendido ao ver a nudez de Amanda? Ela demorou no banho, pois buscava interpretar o motivo dessa reação. Ela não tinha nenhuma experiência no amor, mas sabia que um homem a tomaria sem pestanejar. Luisón não era um homem comum. Mas por que raios e trovões ele não a queria? Ela se enxugou, arrumou-se e pegou outro vestido, vermelho, mas que não tinha o deslumbre do primeiro. Decidiu mudar de tática e voltar para o "modo amizade". Vestiu-se e anunciou:

– Ainda está cedo. Quer voltar para a rua? – Amanda perguntou e virou-se para ele levantar o zíper de seu vestido.

Houve um súbito momento de silêncio e ela sentiu os dedos de Luisón passarem em suas costas, da nuca caminhando para baixo até sua cintura, onde o zíper terminava. – Por que me tenta tanto? – ele perguntou.

– Por que tanto pudor? – ela respondeu com outra pergunta.

– Por que jogar fora um presente tão lindo como sua pureza com um cara como eu?

– Por que não se permitir viver? – ela perguntou e trancou seus lábios com a péssima escolha de palavras. Que merda! Pela segunda vez, ela falava sem pensar! Sério! Acordou sem a metade do cérebro? Como foi pedir para a entidade da Morte "viver"?! Pelo menos ela estava de costas e não viu a expressão de seu companheiro.

– Porque sou assim – ele respondeu com um tom agressivo e elevou seu zíper. Amanda virou-se para Luisón atônita com o beco no qual infelizmente entraram. Ele a olhava com uma seriedade absurda. Seus olhos pareciam ainda mais sombrios, carrancudos, severos e até fúnebres.

Ela havia lhe dito que o amava. Será que ele não a escutara, ou deu pouca importância para suas palavras? Ofendida, ela perguntou:

– Por que cisma com essa distância ridícula entre nós quando vivemos tantas coisas juntos? – seu tom de voz beirou o desabafo. Soltou um longo suspiro. A feição de Luisón manteve-se igual e seu silêncio a irritou. Então decidiu desabafar. – Eu te amo! Por que sempre me afasta?

– Sempre? Vamos retirar o "absolutismo" da conversa?

Amanda deu um passo para trás no susto. Isso porque ele ignorou as três palavras que ela disse antes de sua pergunta final. Por alguns segundos deixou de respirar e fechou seus olhos. Aprendeu, nesse momento, como era profundamente mais cruel ter seu amor rejeitado do que seu corpo. Sem saber o que dizer, ela olhou para o chão em silêncio, secretamente desejando desaparecer. Em silêncio, ela deixou de reagir. Até o seu corpo falhou em responder, caso contrário, suas lágrimas certamente cairiam. Será que ele ignorou as suas palavras porque não acreditou nelas?

Quem sabe se as suas lágrimas caíssem, ele finalmente entenderia o quanto ela o amava? Por que as lágrimas não caíam? Por que seu corpo deixou de reagir?!

– Sugiro voltarmos e acabar com essa brincadeira! – Luisón anunciou. – Você se perguntou por que insisto em manter uma distância entre nós? – ele falou sem tirar os olhos de Amanda e logo em seguida trancou seus lábios. Confusa, Amanda não conseguiu formar um repertório para convencê-lo a abrir-se ou a mudar a direção da prosa que não lhe parecia boa. Luisón apenas a olhava e negou a si mesmo como se estivesse negando algo. Então sua voz serena a acariciou com palavras tão letais como o veneno mais tóxico. – Porque sou a Morte.

– Mas eu te… – ela iria repetir as palavras, esperando que dessa vez ele sentisse a intensidade de sua revelação, mesmo quando o seu corpo falhava em evidenciar tal sentimento, mas ele a calou com o dedo.

– Você fala desconsiderando as evidências repulsivas em minha essência.

Recluso em seu mundo individual, Luisón manteve-se indiferente, decidido e incapaz de assimilar a emoção que o envolvia. – Preciso voltar a trabalhar de forma integral – ele anunciou e apontou a fonte que transbordava.

Ao ver seu namorado se trancar completamente, Amanda perdeu o fio da meada. Ficou apática, fria, paralisada, incapaz de reagir.

Luisón, indiferente à reação, ou falta de reação de sua namorada, foi até a cozinha, pegou um copo de água, apontou a uma passagem por detrás da geladeira, tão discreta que ela sequer notou antes.

– Indo por aquele caminho, você sairá daqui.

– Mas...? – Amanda não conseguiu encontrar palavras para formar uma pergunta. Qualquer pergunta. Atônita, perdeu o rumo. Como veio parar aqui? Por que ele a bania de sua vida? Não estava mais preocupado com ela? – E a minha virgindade? – Amanda perguntou, segurando firme a única arma que conseguiu sacar nesse momento. Sabia a loucura de seu apelo, mas estava em desespero e não queria deixá-lo.

Sem que Amanda pudesse argumentar, ele exclamou:

– Sua virgindade não é problema. Você vai embora agora e deve procurar Cauã e Lina. Eles saberão te proteger, se é que precisa de proteção – como a Morte faz diariamente, surpreendendo quem a repele, Luisón continuou: – Deveria sentir repulsa e jamais amor. NUNCA amor!

Amanda não entendia como Luisón havia chegado a essa conclusão. Buscando fazer com que seu amado voltasse a si, ela o abraçou. Tudo para vê-lo se trancar ainda mais.

– Deixe-me! – ele se libertou em um gesto ríspido.

Amanda comentou:

– Você pediu há pouco para retirarmos o absolutismo da conversa – não conseguiu dizer mais. Engasgada, tentou seguir o seu caminho. Dar um passo após o outro. Mas algo a prendia. Ela o olhava e buscava, apavorada, alguma palavra que pudesse fazê-lo mudar de ideia. Então ouviu a voz de algumas mulheres em volta.

Com a fúria de um monstro, Luisón se perdeu e socou a quina do balcão da cozinha e o quebrou com sua força. Como se estivesse envolvido pelo ódio, Amanda testemunhou a transformação de seu amado e finalmente deu um passo para trás.

Como se pudesse passar a parede de pedra, Amanda pressionou suas costas o máximo que pôde. Ele se tornou a forma de um macaco de olhos vermelhos e magro ao ponto de se poder ver os ossos saltados sobre a pele envolvida de barbatanas. Ainda era o seu amado, mas por um breve e incalculável momento, Amanda viveu essa tal repulsa que Luisón indicara que deveria sentir. Logo essa repulsa passou e seu desespero voltou como se jamais tivesse partido. Pensando bem... não, definitivamente, não sentiu repulsa. Nem diante de sua forma original.

Ele rosnou com os dentes pontudos diante da fonte, como um animal dolorido, obrigado a lamber suas feridas.

De uma forma estranha, nesse momento, ela percebeu que não poderia partir e que não deveria partir, mas, vendo a vergonha estampada na curvatura de seu corpo, agachado no chão ao lado da fonte, sentiu a sua dor e entendeu o motivo de ele ter feito uma fonte. Imaginou quantas vezes ele se sentiu repulsivo. Certamente, Luisón se mantinha indiferente diante das essências que carregava, protegia-se, assim como a protegia ao demandar que ela se afastasse dele. Encontrou os olhos de Luisón sobre forma original e viu sua dor, amargura, desconforto e revolta.

Luisón virou seu rosto imediatamente. Finalmente encontrou a verdadeira face de seu namorado. Um rapaz assustado, que se protegia. De fato, Amanda o levou a perder a sua paz. Então ela se viu sem opção. Deveria partir... Deveria proteger seu amado desse sofrimento de ter de tolerar a separação física, que seria ainda pior com o tempo.

Melhor que seja imediatamente, como ele havia pedido.

– Esse caminho me levará para um cemitério? – ela perguntou. Ele assentiu com olhos mareados. Ela, ainda mais. Em silêncio, Amanda pegou sua bolsa e seguiu o seu caminho. Passo a passo. A terra se movimentou como se estivesse acelerando o seu trajeto. Melhor assim. Ela não saberia se distanciar com as suas próprias pernas.

Amanda se viu em um cemitério escuro, era noite, e, pelas placas, estava no Brasil. Passou a andar e chorar para fora do cemitério, como se estivesse se despedindo de um morto ou saindo de um funeral.

Assim que se viu à frente do cemitério, suas lágrimas se intensificaram. Caíram sem controle. Como Luisón poderia ser tão covarde ao ponto de enxotá-la de sua vida? Se é que aquilo poderia ser visto como vida...

Amanda balançou sua cabeça. Lágrimas grossas, cheias de sentido, que pareciam que haviam sumido por muito tempo, de repente brotaram todas de uma vez como se tivesse de compensá-la pelo tempo perdido, deixando sua visão turva e fazendo-a sentir como se tivesse dissolvendo pelo caminho.

Um táxi parou em sua frente e ela entrou. O motorista falou:

– Meus sentimentos. Quer ir para onde?

– Apenas dirija – ela respondeu como pôde.

Ela o havia deixado para protegê-lo. Mantê-lo indiferente, sem vida, oco.

Ela balançou sua cabeça e abriu sua bolsa para buscar o celular ou sua carteira, então viu uma bolsa de veludo azul dentro e lembrou-se da orientação de Luisón que, se tivessem que se separar, por qualquer motivo, esta pedra a traria de volta.

Amanda pegou o saco azul. Abriu e pegou um mineral tão parecido com um carvão que poderia enganar os olhos mais criteriosos, não fosse pelo cheiro de enxofre que carregava e a superfície estranhamente suave. O fragmento escorregou dos dedos suados de Amanda, bateu na porta e caiu debaixo do banco do taxista. Como uma viciada atrás de seu tesouro, ela se apressou para resgatar o material. Com olhos distantes, voltou a fixar-se no material. Longe de buscar os detalhes daquele estranho fragmento, passou a refletir e juntar todos os pontos. Estes que pareciam dispersos, sem nexo e cheios de partes nebulosas. De fato, em nenhum momento, eles enfrentaram qualquer risco de se separar. Nem quando encontraram Rodrigo e seus irmãos na França ou quando Luisón sentiu-se obrigado a manter Amanda desacordada em um hotel a quilômetros de distância do solo.

Seria possível que ele previsse essa sua reação?

– Sou repulsivo... – Amanda sussurrou essas palavras como se precisasse realmente entender a mensagem subliminar que essas duas palavras carregavam. Ela estudou os detalhes dos componentes na sacola.

Como evidências de sua repulsa, ele tinha como uma humanidade inteira e toda a sua existência de provas concretas de que ele representava tudo aquilo que os humanos temiam. Ele acreditava ser indigno, mas fazia questão de presentear os humanos que acreditava terem tido uma vida boa com uma travessia cheia de recordações e paz. Para Amanda, ele jamais poderia ser indigno e muito menos repulsivo.

Ela deveria voltar uma última vez. Não era para dizer que o amava, mas para informá-lo de que ele era digno do amor.

Ela decidiu. Olhou a pedra diante de si, viu o motorista cruzando uma avenida e, sem pensar nas consequências de sua ação porque pelo amor era capaz de enfrentar qualquer consequência, as de desaparecer diante de um humano, deixou uma nota grande para pagar a corrida em cima do banco e apertou a pedra para ser levada de volta para casa de Luisón.

Paralisou ao ver a criatura, forma original de seu namorado, curvada. O nariz era negro, como se estivesse imitando a forma de um cachorro, embora não fosse. A mandíbula era projetada para frente com os caninos projetados para fora. A luz da Lua, forte e curiosa, adentrando a sala pelo teto descoberto, enaltecia os pelos negros e brilhantes. Reconheceu os detalhes submersos naquela criatura curvada e solitária. Seus olhos azuis ainda eram os mesmos. Cintilavam como preciosos diamantes perdidos em meio à luz do luar. Foram estes que atraíram Amanda para perto e que a mostraram que Luisón ainda se escondia detrás daquela imagem muito pouco humana.

– Vai doer – Amanda comentou ao se aproximar de seu companheiro. Ela apontou para os dentes pontudos de seu amado. Luisón manteve-se calado, parado, encarando Amanda como se fosse sua alma penada. Talvez buscava uma forma de achar a sanidade e eliminar essa miragem que o atormentava. – Tudo bem. Não precisamos beijar – Amanda disse.

Um estrondo anunciou uma tempestade fora da caverna, no mundo real. Amanda não se importou. Caminhou em direção à criatura enquanto se despia no meio do caminho. Tirou sua calcinha. Abriu o fecho do sutiã e o deslizou pelos braços até cair no chão. A chuva passou a cair, furiosa e molhando tudo ao redor. Tudo bem... Pouco se importou.

Luisón manteve sua forma original, como se quisesse testar o sentimento da amada. Tudo bem. Ela o abraçou e, buscando encaixar-se e adaptar -se ao estranho corpo que há pouco se assemelhava a um humano, enroscou-se. Seu corpo pareceu acender com uma estranha sensação, como se os seus sentidos tivessem sofrido uma descarga elétrica.

Ignorando os óbvios desafios anatômicos, a cada toque, cada carícia, cada olhar, cada beijo, seus corpos se encontravam. Experimentavam algo incomum e completamente fora das regras. Uma fantasia estranha, talvez perversa, em sua maneira.

Não havia como determinar se havia algo pecaminoso em amar algo que se assemelhava tão pouco a um humano. Algo que representava o fim da vida. Também, naquele momento, qualquer característica moral deixou de fazer sentido. Já viviam um amor incomum. Portanto, não havia espaço para catalogar se o que faziam era certo ou errado.

– Você é digno – ela disse com um tom de voz cheio de sentido.

– Você é louca – ele disse com o mesmo tom.

Amanda mordeu a mandíbula inferior de seu amado. Queria beijá-lo, mas não conseguia. Tudo bem... A esse ponto, agiam por puro instinto. De olhos fechados, Amanda procurou se concentrar nos detalhes mínimos desse momento: nos comentários assustados de algumas almas, nas gotas que não paravam de cair, no gosto meio adocicado com aquele toque sutil de ferro como se estivesse engolindo seu sangue, no cheiro de água do mar que envolvia a casa e seu amado e na tempestade que os banhava. Agora não tinha como voltar atrás.

O estrondo raivoso de um relâmpago nas proximidades pareceu anunciar o desarranjo descomunal em seus corpos. Foi então que ela ordenou:

– Leve-me ao paraíso.

E iria...

A vida deles mudou. Transformou-se em algo peculiar, que só eles eram capazes de entender. Regras novas, criadas só por eles e para atender às suas necessidades e, naquele momento, algo se encaixou. Uma lei estranha, vinda de outro mundo, uniu-se a tantas regras impostas na relação e mudou completamente o sentido da constituição a qual eles deveriam seguir.

Era algo tão sobre-humano que nem o maior dos gênios seria capaz de dar uma lógica para o que acabara de emergir. Perceberam que desse ponto em diante, não havia Luisón sem Amanda ou Amanda sem Luisón.

E, com isso...

A morte deixou de ser solitária.

20

TREINAMENTO

Rio de Janeiro, quinta-feira, 5 de janeiro de 2000

– Joana, tem certeza de que quer ter aula hoje à noite? Você nem se recuperou direito daquilo que teve… – Cauã passou a mão em seus cabelos dourados. Uma visão convidativa, charmosa e bela, tudo ao mesmo tempo.

Passei a mão na trilha de suor que escorria de seu peitoral com um olhar ainda mais convidativo. Aquele… algo que Mauro me deu praticamente me curou. Mais ainda, me ofereceu uma energia extra. Esta que fiz questão de desperdiçar na cama.

– O quê? Pareci abatida nesses dias? – perguntei zombando. Deitei em cima do corpo nu de meu Sol.

– Você precisa descansar – Cauã disse. Pegou um maço do meu cabelo e guiou minha boca até a sua.

Muitas eram as vantagens da companhia de Cauã que poderiam me fazer mudar de ideia. Todas elas, nesse momento, giravam em torno de algo sacana, vulgar e completamente sexual.

– Você é uma mulher manipuladora – ele disse e me beijou outra vez.

Tá, eu poderia tê-lo manipulado algumas milhares de vezes, mas era ele que me convencia a mudar de planos. Não era?

– Não! – exclamei, como se estivesse discordando do comentário de Cauã, quando, na verdade, soltei um grito de guerra. Precisava sair dali. Iniciar meu treinamento.

Rapidamente levantei, dei de costas e fui ao banho. Cauã não disse nada. Entrou no banheiro comigo e perguntou:

– Você não pretende colocar aquele vestido branco que está separado, em cima da poltrona?

– Sim, pretendo – respondi e entrei no banho. Após uma breve ducha, passei a me ensaboar. Ele entrou no espaçoso box e perguntou:

– Vai usá-lo? – com o barulho do chuveiro, Cauã não escutou a minha resposta.

Repeti, ainda mais certa que da primeira vez:

– Sim...

Internamente, sorri ao reparar que Cauã parou de se ensaboar. Escolhi esse vestido de envelope branco porque guarnecia meus seios como uma verdadeira moldura. Era longo, mas extremamente sensual. Eu não seria treinada? Então, deveria criar condições para isso!

– Ele não é curto – observei.

– Mas é completamente transparente na bunda! – Cauã retrucou. Abriu o chuveiro para retirar o sabão. – Não acho nem um pouco apropriado para uma mulher casada sair à noite com algo tão vulgar – fechou o chuveiro e saiu.

– Tá – respondi e descartei suas palavras inapropriadas para qualquer momento. Então voltei aos meus afazeres.

• • •

– Você está perfeita! – Cristiano elogiou assim que me viu descendo as escadas. Ao chegar no final delas, dei uma volta. O tecido do vestido branco era tão leve que a saia praticamente voou. – Gosto de desafios! – ele comentou, notando como seria difícil reprimir meu poder de sedução com esse traje.

– Desnecessário – Cauã reclamou e bebeu um gole do copo de uísque que segurava na mão. Pegou um fichário preto e murmurou algo que eu não consegui entender.

– Minha aspirante! – Cristiano exclamou ao me abraçar. Sua energia alegre me invadiu.

– Você acha mesmo que pode me ajudar? – perguntei, aos risos.

– Claro! – Cristiano sorriu, convencido de sua capacidade técnica e habilidade didática. – Venha. Vamos à nova boate na Olegário Maciel!

– Ele proferiu com seu dedo apontado para a direção que acreditava ser o nosso destino.

– Como é? – Cauã engasgou com o uísque. Colocou a pasta na mesa de jantar e apontou para Cristiano: – Você não disse que iam para um bar na Olegário Maciel, nem à boate mais badalada do Rio!

– Menti – Cristiano abriu um sorriso doce, como se a ideia de atormentar Cauã lhe desse satisfação. – Além do mais, nenhuma boate vai ser badalada como a Rudah foi, um dia – explicou, semicerrando os olhos, sem culpa alguma. Então mudou de assunto: – Conseguiu alguma notícia das iaras?

– Não – Cauã respondeu, engasgado. Por alguns segundos me analisou. Pegou a chave e disse: – Vou junto.

– Nem pensar! – Cristiano indicou, negando com o dedo. Cauã abriu a boca para contra-argumentar. Sem perder tempo, Cristiano pegou em minha mão e saímos. Assim que passou pela soleira da porta, soltou seu tiro de misericórdia. – Não se preocupe, genro! Ela está com o pai!

Cristiano soltou uma risada quase diabólica.

Gargalhei. Não consegui evitar. Então deixamos Cauã soltando diversos impropérios para trás e seguimos em direção ao carro de Mauro, que nos aguardava com um sorriso no rosto.

– Vai ser treinado também? – perguntei a Mauro meramente para iniciar uma conversa ao sentar no banco de carona.

Mauro ligou a ignição do carro e respondeu:

– Vou acompanhá-los. Mas agradeceria alguns toques – ele, ao notar minha estranheza, disse: – Vou confessar, preciso... entender por qual motivo não consigo deixar de pensar em uma determinada moça.

– Finalmente se apaixonou? – perguntei, animada com a resposta.

– A mulher é inacessível como um baú de aço trancado em meio às rochas gélidas do Monte Everest – Mauro ajeitou seus ombros. – Havia algo de estranho nela. O olhar dela drenou minha confiança. Preciso de alguns toques...

Virei para trás. Olhei meio assustada para meu pai, que, espalhado no banco de trás do carro, respondeu:

– A coisa está séria. O nome dela é Carmem, amiga da Carol, a assistente social do orfanato. Mauro conheceu a moça na praia. Antes mesmo de se apresentar a ela, citou Dante – suspirou e colocou a mão no coração.

– Foi amor à primeira vista. Algo que foge completamente à lógica – ele riu. – Resumindo: ele foi um palerma. Agora vai precisar de ajuda.

– Não goza – Mauro retrucou.

– O que há de errado nisso? – Cristiano disse e lançou os braços para cima. – O coração dele é fechado e selado! Depois de Porâsý, nunca mais amou outra pessoa.

– Quem é Porâsý? – perguntei.

Mauro respondeu:

– Minha ex-namorada.

– Ah! Na época, não existia nem nomenclatura para parceiros! Joana! Porâsý foi a tia de Kerana! Kerana mesmo! Falo sério! Morreu há milênios! Foi a mulher que se sacrificou para expulsar um dos filhos de Rodrigo na Primeira Guerra!

– O quê? – exclamei, interessada.

– Não encontrei uma mulher à altura de Porâsý! – Mauro argumentou com firmeza. – Ela era inteligente e sagaz! Diferente das mulheres atuais, ela efetivamente conseguia me acompanhar em minhas descobertas!

– Um comentário ridículo para um Mairata – respondi com sinceridade.

– Não prejulgue ou subestime as mulheres – Cristiano corrigiu. – Quando você menos espera, elas vêm e lhe dão uma rasteira! Agora vamos ao que interessa! Joana, para controlar seu poder, você deve estar consciente da arte da sedução. Vou te ensinar a focar seu poder de sedução e não o distribuir para o cosmos. – Ri, desconfiada. Realmente, não conseguia levar Cristiano a sério. Então ele se voltou para Mauro: – Aparência você tem, disso não há dúvidas. Você é inteligente, um gênio. Mas você não entende as mulheres. Ficou preso à razão e ao passado! Precisa renovar e conquistar Carmem.

– Ela não chega aos pés de Porâsý.

– Tá... tá... Porâsý, tá. Entenda! O que desperta o prazer nas mulheres é atitude, iniciativa, confiança e controle. Nesse momento, você é aquele que cuidará dela, destaca-se dos demais pelo poder de decisão e é seguro em sua influência com os demais – continuou. – Deve conduzir e não ser conduzido... de início. Inteligência social você tem, Mauro, mas deve mostrar-se tranquilo diante da Carmem. Não a conheço muito bem, mas se for uma mulher de fibra, demonstre ainda mais a sua fibra! Mas nunca, jamais, cometa o erro de achar que ela lhe pertence. Mulher deve ser contemplada, admirada. Ela pertence a si mesma. Você deve obter a permissão de amá-la. Assim que o fizer, ela o amará de volta – Cristiano concluiu.

Mantivemo-nos quietos diante de Cristiano e de suas palavras inspiradoras. Juro que me emocionei, palavras lindas. Até me lembrar de que ele larga as suas presas no dia seguinte.

Mauro estacionou e seguimos para dentro da boate. Dessa vez Cristiano não entrou como fazia na Rudah. Nisso reparei! Ele pegou o seu cartão de consumação e, somente após as devidas identificações e anotações, entrou. Também não olhou para os lados e para nenhuma mulher. Estava focado. Também reparei nisso!

– Vou te mostrar como utilizar e controlar os músculos de seus olhos – ele disse assim que entramos na boate.

– Tá bom. Você consegue olhar para uma moça sem a fascinar? – uma boa pergunta! – Quero que você olhe nos olhos daquela mulher no bar – apontei uma moça linda de vestido marrom e sozinha no bar e desafiei: – Não quero que ela se encante por você.

Cristiano foi até o bar, disfarçou, olhou atentamente para a moça, que nem sequer percebeu a existência dele, e voltou para a mesa.

Dei de ombros e reclamei a mim mesma. Fiz uma expressão de quem foi muito pouco convencida. Afinal, a moça poderia estar com problemas pessoais e desatenta.

Subitamente uma mesa alta surgiu ao nosso lado. Um garçom deixou uma garrafa de vinho tinto e quatro taças. Logo em seguida, surgiu Lina. Nos abraçamos.

– O que você faz aqui? – perguntou Cristiano com um tom sério, daquele que não iria se distrair ou abalar a sua performance, mesmo com público ao seu redor.

– Preciso de algumas risadas – ela respondeu.

Cristiano não gostou da resposta de Lina, pois seus lábios formaram uma linha reta e seus olhos cerraram em desaprovação. Algo que abalou muito pouco minha amiga, que, nesse momento, dividia o vinho que havia solicitado para as quatro taças. Com minhas pálpebras semicerradas, avaliei a situação. Então tive uma ideia:

– Quero que você seduza Lina.

Sim, foi uma ideia diabólica, já que Lina poderia arrebentar com a cara de meu errante pai, mas queria desafiá-lo, então, por esse motivo, pensei em levá-lo ao limite.

Ele riu e respondeu:

– Não vou brincar com o coração de uma mulher para lhe provar algo, mesmo que essa mereça, nessa ocasião.

– Jura? – Lina riu ao escutar a frase de efeito de Cristiano. Ela não havia escutado que fazia parte do meu desafio e eu, naturalmente, não iria contar isso a ela! Agora que ela o desafiara, não iria contar mesmo!

Inclinei-me para Cristiano e sussurrei em seu ouvido:

– Ela nunca... NUNCA cederá.

Lancei um olhar penetrante e elevei minhas sobrancelhas, em desafio. Cristiano revirou seus olhos e se levantou.

– Foi você quem pediu...

Ele se aproximou de Lina e estendeu a sua mão. Agachou-se de forma convidativa e sorriu. Ela o encarou e uniu suas sobrancelhas, confusa.

Cristiano beijou a mão de Lina e, suavemente, acariciou o pulso dela com os seus lábios. Para o meu espanto, Lina, sem dizer uma única palavra, deixou ser conduzida até a pista de dança. Cristiano falou algo em seu ouvido. Lina, meio envergonhada, riu. Começaram a dançar. Vistos como um casal lindo e profundamente apaixonado, eles dançavam amorosamente e serviam como inspiração para diversas pessoas que paravam para observar.

– Nossa, como ele é bom! – Mauro comentou e me deixou ainda mais irritada.

Confesso que jamais fui boa perdedora. Levantei. Decidi interferir na dança do casal, puxei o braço de Lina, separando os dois agressivamente.

Lina me olhou confusa e eu disse:

– Amiga, desafiei Cristiano. Lembra? Eu disse que ele não conseguiria te seduzir. Seja forte e se afaste dele. Ele quer te usar. – Dito isso, na posição de uma mulher obrigada a acabar com uma situação que poderia sair do controle, anunciei: – Vamos embora!

21

REUNIÃO EMERGENCIAL

RIO DE JANEIRO, SEXTA-FEIRA, 6 DE JANEIRO DE 2000

– Estamos em meio a uma situação emergencial. Luisón, se estiver na sala, manifeste-se. Preciso que você volte a trabalhar. – Silêncio. – A situação está saindo do controle. Estamos notando uma mudança súbita no comportamento dos humanos. Eles são muito reativos e desastrosos quando a situação foge ao seu conhecimento – Cauã abriu a reunião telepática.

– A situação está realmente complicada – Bruno tomou a palavra. – Já fui obrigado a apagar uns cinquenta incêndios provenientes de fogueiras criadas por grupos de culto. Aparentemente algum imbecil passou adiante um ritual que tem como objetivo guiar os espíritos à luz. Agora sou eu que busco luz! Preciso acalmar os ânimos dos humanos antes que eles incendeiem a minha floresta!

– Tau, pode intervir?

– Luisón está de férias e não quer papo. Eu é que não sou louco de obrigá-lo a fazer alguma coisa! Pode esquecer! – respondeu Rodrigo.

– Eu o vi com uma mulher jantando no Japão ontem – falou uma voz feminina não identificada.

– Não! Ele está no México! – falou Bruno. – Tentei abordá-lo inclusive, sem sucesso.

– Ontem vi uma procissão de almas penadas! – comentou Ieda. – Passava pela rua no meio da noite em frente a uma praia. Então uma das almas me presenteou com o que achei que fosse uma vela, mas acabei de notar, agora, que é um osso de bebê!

– Não volto para a casa do meu filho – Rodrigo anunciou. – Ele está descontrolado! Muito arriscado!

– Diga onde é que eu vou – Gabriel disse.

– Não sou dedo-duro – Rodrigo disse. – Vou pensar no seu caso. Se EU precisar voltar para aquele lugar, posso... (veja bem!) posso até levá-los, com uma condição.

– Qual seria essa maldita condição? – Cauã perguntou, sem paciência.

– No momento certo, direi.

22

MISTÉRIOS RELEVADOS

RIO DE JANEIRO, SEXTA-FEIRA, 6 DE JANEIRO DE 2000

Quase não conseguia respirar. Estava presa em uma caixa, grande o suficiente para cobrir o meu corpo. Parecia um caixão. Tentei mover os meus braços. Não consegui. Senti uma pontada na batata da perna esquerda. Câimbra. Gritei. Inspirei, assustada, ao ouvir diversos gritos igualmente agonizantes no exterior da caixa.

Uni-me ao coro.

Em um sopro, vi-me sentada em uma cadeira de madeira. A Lua estava a minha frente, ampla, cheia. Senti uma tremedeira vindo de sua direção. A Lua temia.

Fechei meus olhos e inspirei profundamente. Aliviada por me livrar daquela caixa claustrofóbica, expirei. Abri os meus olhos. Novamente inspirei.

– Seu tempo acabou. Se não conseguir lembrar do seu segredo, agora, não haverá mais como achar uma solução para ele.

Arregalei meus olhos ao sentir uma pontada aguda no peito. Coloquei a mão no local da dor, como se pudesse apaziguá-la. Algo me dizia que esse segredo tinha relação com a dor no meu peito.

– Então conte – pedi.

– Não posso – ela respondeu cabisbaixa. – Prometi a você, em sua última vida na Terra, que não diria. Fale com o Saci. Ele pode lhe dar dicas...

• • •

Abri meus olhos. Droga! Antes tivesse acordado de um pesadelo.

– Joana, seu tempo acabou – murmurei a mim mesma.

Será que poderia encontrar Saci, ou Sandro, aquele que, um dia, foi meu amigo? Engavetar, nem que por um breve momento, aquele terrível episódio em que ele tentou levar Vanessa para finalmente entender a natureza do meu segredo. Talvez ele quisesse proteger Vanessa e tentou fazê-lo à sua maneira. Talvez... ah, talvez eu devesse deixar de lado a preocupação e permitir que o tempo mostrasse esse tal segredo. Afinal, meu tempo havia terminado. Não havia?

Decidi deixar de lado questões que claramente estavam fora do meu espectro de conhecimento e atentar-me ao presente. Arrumei-me e saí do quarto. Desci e liguei a televisão para ver as notícias. Elevei as sobrancelhas ao concluir, pelas reportagens, que nem Rodrigo (nem ninguém) havia convencido Luisón a voltar ao seu ofício. Uma lástima. A situação já fugia do controle. Estavam reportando uma histeria coletiva em diversas localidades ao redor do mundo. Os cientistas alegavam que o que eles chamavam de "alucinações" tinham sido desencadeadas por um vírus que assolou na cidade.

Era o começo de uma situação tão difícil como uma guerra entre mundos. O mundo real e o mundo espiritual se chocavam. Se Luisón não voltasse a trabalhar, a humanidade iria cair como um jogo de dominó.

Mauro entrou na casa ao lado do Cauã. Subitamente encontrei-me nos braços de meu Sol.

– Sua noite foi boa? – perguntou, muito mais animado e convencido do que deveria.

– Foi – respondi, sem dar margem para prosseguir com a conversa. Afinal, não havia muito o que dizer além de que Cristiano mostrou sua competência e que poderia, inclusive, ter engambelado a própria chefe das icamiabas, sabe-se lá como. – Alguma sorte em achar Luisón?

– Não, infelizmente.

– E na busca das iaras? – perguntei.

– Mauro fez uma adaptação em seu computador para rastreá-las. Nesse exato momento, as icamiabas estão pulverizando densas nuvens do sudeste com uma toxina diferenciará as Iaras dos humanos. Enviaram um sinal e Ieda fará chover. Assim podemos rastreá-las – Cauã respondeu. – Um bom plano.

– Ieda fará chover?

– Sim, ela é entidade das Águas – lembrou.

– O que acontecerá com essa toxina mesmo?

– Essa toxina cairá junto com a chuva e infectará a população. É completamente inofensiva, indetectável e sai em algumas horas, tempo suficiente para conseguirmos diferenciar as Iaras dos demais, e permitirá que o computador de Mauro rastreie os passos delas.

Ouvimos a porta do quarto de Cristiano abrir e ele saiu. Ainda irritantemente confiante, cantarolando, sorrindo como um verdadeiro cafajeste, desceu as escadas dando bom-dia para todos em volta. Com olhos cerrados, o segui até entrar na cozinha.

Hum...

Outra notícia no telejornal: cientistas corriam contra o tempo para produzir uma vacina que aliviasse os sintomas da enfermidade.

– É preciso falar com Luisón imediatamente. Preciso ir à faculdade para acertar os detalhes a respeito dos recursos para o meu laboratório. Também quero fiscalizar a retirada dos animais do biotério. Enquanto eu estiver lá, não morrerá qualquer ser vivo em prol da ciência. Cauã, fale com Gabriel e vão buscar Rodrigo – Mauro disse.

– Joana, procure Lina. Nesse momento, todos precisamos nos unir – Cauã lembrou. Coçou sua cabeça, bastante desconfortável e anunciou: – Vamos atrás do Rodrigo.

Tá, que seja...

Voltei minha atenção ao noticiário. Explicaram que turistas poderiam ter levado o vírus para as cidades e que pesquisadores estavam na região. Também disseram, com um perturbador tom de certeza, que o vírus se originou da mordida do mico-leão-dourado.

– Vamos falar com Cláudio. Ele precisa dar um jeito de esconder essa espécie ou pode ser extinta – Cauã observou.

Então Cristiano me chamou a atenção novamente. Ele segurava uma bandeja com café, algumas torradas e frios. Ele subiu as escadas e, um pouco desajeitado, abriu sua porta e entrou no quarto.

– Cristiano trouxe uma estranha para cá, enquanto estamos tentando convencer a entidade da Morte a agir e, ao mesmo tempo, planejando como abordar iaras – comentei, indignada.

– Ele não agiria com tanto descuido – Cauã respondeu.

– Cristiano tem um talento incomum – Mauro comentou e estranhou a forma como o encarei. Minha fúria era tanta que senti, por mais estranho que parecesse, as veias dos meus olhos saltarem. Reconheço que foi uma reação descabida, já que Cristiano poderia sair com quem quisesse (inclusive com Lina). Também reconheço que foi uma reação exagerada, já que tinha de confiar no bom senso do... bom, do meu pai biológico. Mas, quando a porta do quarto em que Cristiano estava abriu e vi Lina sair com um sorriso no rosto, tranquei ainda mais a minha expressão.

– Ah, Lina... – Cauã disse, um pouco surpreso.

Amarrei a razão em um míssil qualquer e lancei para a galáxia mais distante possível.

– Lina! – exclamei. Ela não poderia ter cedido!

– Cara... ele é o meu herói... – escutei Mauro comentar e fechei meus punhos.

Imediatamente corri as escadas acima atrás dela. Lina estava despenteada e ainda colocava o sapato no corredor:

– Lina! – repeti seu nome. Era o que conseguia falar naquele momento.

Ela me olhou. Arregalou seus olhos:

– Desculpe? – disse em um tom indagativo.

Sem dar tempo para respirar, escutei milhares de passos urgentes pelo corredor. Parecia uma cavalaria nervosa no meio do campo de guerra. Escutei gritos infantes e um incontável número de palavrões.

– Ei! – foi a vez da Lina exclamar.

A cavalaria parou, subitamente. Olhos arregalados encararam Lina. Provavelmente não esperavam que a chefe das icamiabas estaria à espreita logo pela manhã.

– Você não deveria estar monitorando as iaras, mãe? – Pablo perguntou, coçou sua cabeça, meio sem jeito e nervoso.

– É! – Marcos cruzou os braços em um gesto impositivo. – Você não devia tá aqui com... – pausou. Olhou para o alto, como se estivesse procurando adivinhar o que Lina estava fazendo, e disse: – Jogando damas no quarto do meu vô!

Um barulho de chuva torrencial iniciou. Uma indicação de que as icamiabas haviam pulverizado as nuvens e que, em breve, iriam iniciar o monitoramento.

– Idiota! Não tava "jogando damas" – Vanessa resmungou. Meu queixo caiu com a estranha e precoce clareza da menina.

– Tava, sim! É o que homem e mulher fazem quando *tão* sozinhos! O amigo do mato contou!

– Amigo imaginário! – Vanessa rosnou. Uni as sobrancelhas. Reconheço que Marcos tem uma mente criativa, mas não sabia que ele tinha um amigo imaginário. Engavetei o assunto, querendo abordá-lo no futuro com o garoto.

Vanessa berrou:

– Manhêêê! Puxaram meu pé à noite!

Ela fez bico.

Os meninos exclamaram em coro:

– Não fomos nós!

Thaís surgiu logo atrás. Havia um largo sorriso em seu rosto. Sem conseguir evitar, sorri para a menina. Ela era uma guerreira impressionante. Mesmo depois de ficar sob a custódia de Rodrigo, não apresentou qualquer trauma ou sequela. Simplesmente voltou a ser criança, apesar de aparentar seus 15 anos.

Ela disse:

– Não foram eles, Vanessa. Foi um menino magro, pálido, que parecia um vulto, como o Gabriel.

Os olhos das crianças se arregalaram. Os três ficaram brancos. Achei que Marcos fosse desmaiar. Lina deu alguns passos em direção a eles, temendo que fossem cair.

– Fui eu! – Thaís se corrigiu e apontou a si mesma. Sabíamos que não poderia ter sido ela. Thaís não era do tipo de fazer essas travessuras. Nem depois de voltar de um sequestro que poderia mexer com a cabeça de qualquer um.

Estava claro que, devido à situação sobrenatural que se impusera, ela havia mentido para acalmar os ânimos.

Lina limpou a garganta e mudou o rumo da prosa:

– Para sua informação, não planejei me juntar às icamiabas nessa faina, filho. Vou capturá-las após conseguir rastreá-las.

Como se um raio de energia atingisse meu filho, Marcos empurrou Vanessa.

– Não quero saber quem puxou o pé de quem! Parem imediatamente! – exclamei, encarando de forma assassina os meninos, mas confesso que falei para todos que possam se interessar, inclusive às possíveis almas penadas remanescentes na casa. Apontei para Vanessa e disse: – Os dois estavam jogando damas, sim!

Não sei por que disse isso... Talvez por espanto de ver minha filha tão esclarecida.

– Não jogo damas – Lina resmungou.

– Joga, sim! – exclamei ainda mais alto. Ora! O que ela queria que eu fizesse? Explicasse de forma didática o que ela estava fazendo com o meu pai?!

Pela milionésima vez, meu filho capturou a boneca de Vanessa e correu até o quintal. Eu estava sem paciência, incapaz de acreditar que meu filho pudesse ser tão repetitivo e suicida. Todas as crianças, aos berros, correram atrás de Marcos.

Larguei de mão.

– Vamos, Lina... Temos trabalho a fazer! – lembrei.

Lina assentiu. Firmou seus lábios e sua expressão mudou, como se algo subitamente tivesse passado a atormentá-la; como se quisesse dizer algo somente para mim, comentou:

– Tenho uma reunião com o juiz da vara infantil. Reportei sobre o que houve com Thaís. Quero a guarda definitiva dela e o juiz vai ter que conceder. Depois preciso falar com Amanda. Ter certeza de que é isso que ela realmente quer.

– Por que não vai com eles? Me dê as coordenadas e vou até a vara da infância. Falo com o juiz.

– Encontrar com Luisón? – ela perguntou. Sua negativa veio através dos seus olhos aterrorizados. – Ai... Será que Amanda está bem?

23

AMANDA – DANE-SE O MUNDO!

LUGAR FORA DO MAPA, SÁBADO, 7 DE JANEIRO DE 2000

– Estou profundamente feliz! – Amanda exclamou, com os braços estendidos enquanto rodopiava em cima da cama.

Que se dane o ofício de Luisón. Que se dane o que o mundo iria pensar de sua escolha como namorado. Amanda não poderia ligar menos para as opiniões dos demais. Ela se distanciou, mas foi puxada novamente para os braços de seu namorado, que disse:

– Fica.

– Fico! – ela respondeu imediatamente. Não precisou de tempo para pensar sobre o assunto.

– Não – Luisón negou e se levantou da cama. – Você trouxe um sentimento tão grande de felicidade que me pareceu irreal. Também trouxe a degradação, como nunca imaginei. Te perder, nem que seja por minutos, foi a pior experiência em minha existência. – E pediu: – Fica.

Amanda o abraçou, respondeu de imediato:

– Lógico que fico.

Luisón se agitou, ainda insatisfeito com a resposta, ajoelhou-se, arrancou um dos milhares de pedaços de mármore que se sobressaíam da sua parede irregular do quarto. Com movimentos sutis e firmes, esfregando seus dedos e moldando a pedra com extrema facilidade em um anel, como se o material sólido fosse argila, e disse:

– Não sou de cerimônias em público nem acredito que precisemos da bênção de qualquer pessoa para formarmos uma união sólida. Então te peço agora, tendo essa cama como a nossa testemunha. Seja minha mulher.

Amanda o beijou, tremendo de emoção, e lhe deu sua mão para que ele colocasse o anel e respondeu:

– Eu sou sua e sempre serei.

Que se dane o mundo!

Passos sobre poças d'água quebraram esse momento mágico.

Luisón tensionou e levantou. Sua expressão mudou completamente e, agora, parecia estar disposto a matar aquele que, por azar, havia decidido invadir a sua casa em um momento tão particular. Amanda embrulhou seu corpo com o lençol da cama.

Então seu queixo caiu ao ver, espalhados nos pontos ainda secos da sala, Cauã e Gabriel. Retraiu-se tensa e envergonhada. À sua frente estava a imagem mais próxima de pais que já conheceu. Como conseguiria explicar que se apaixonou por aquele de quem todos queriam distância?

Mas Amanda se lembrou que estava casada e que não ligava mais para o que o mundo pensaria dela. Estufou seu peito.

– Pombinhos! – a voz do Rodrigo soou estridente. Diferente dos demais, Rodrigo estava sentado no sofá, espalhado, confortável e sentindo-se em casa. Ele apontou para Amanda e disse: – Ex-virgem! Agora que abriu suas pernas para ele – indicou seu filho –, dê a necessária distância para que o gari volte a trabalhar! – e voltou a Luisón que, ofegante, com olhos vermelhos de raiva, fritava-o como uma criatura prestes a explodir: – Volte ao trabalho, seu panaca!

Não deu tempo de Cauã ou Gabriel segurarem. Luisón avançou em Rodrigo. Cravou sua mão em seu pai e o arremessou para a poltrona de pedra, despedaçando-a com o impacto.

– Nunca mais fale com a minha mulher dessa maneira!

Irada com a intromissão e a calúnia, aproveitando a companhia de Cauã e Gabriel, Amanda confrontou Rodrigo:

– Por que você queria levar Thaís para o portal? O que tinha atrás daquele portal? – precisava esclarecer o que de fato havia acontecido naquela ocasião no oceano.

Bastante avariado, cuspindo sangue, resmungando, Rodrigo se levantou e disse: – Meus negócios não são do seu interesse.

– Como aquele momento em que você tentou usar Joana como moeda de troca? – lembrou Amanda.

– Sinceramente, Amanda... vire a página. Passou. Olhe a sua volta! – Rodrigo fez um gesto circular com os dedos em torno da água: – O trabalho do seu amante está acumulado!

– Sou o marido dela! – Luisón anunciou entredentes e colocou Amanda atrás de si. – Pai – completou.

– Marido? – Gabriel perguntou, confuso. Um comentário que fez o rosto de Amanda ruborizar. Por que eles ficaram sabendo assim... dessa maneira? Amanda deveria ter tido um tempo para explicar os domínios de seu coração. Era o mínimo que deveria fazer por eles que cuidaram dela com tanto carinho.

– Desculpe – ela murmurou, sem saber o que falar para Gabriel e Cauã – Conversarei melhor com vocês... depois.

– Sim. Precisamos conversar – Gabriel concordou. Amanda apertou seus braços no lençol que envolvia seu corpo. Ela queria abraçar Gabriel, mas em forma de vulto não podia.

– Pode ir! Vá até Lina e fique o tempo que for necessário! – Rodrigo varreu Amanda com os dedos. – Luisón precisa de tempo para terminar o seu trabalho!

Gabriel tomou a palavra:

– Luisón, você precisa voltar a conduzir as almas. Sei que está amando. Sinto sua energia. Apesar de achar tremendamente complicado esse romance, vou fazer o possível para apoiá-los. Apesar de saber o quanto vocês querem ficar juntos, estamos aqui te pedindo para voltar ao trabalho.

Luisón olhou para o chão molhado pela quantidade de almas a serem conduzidas e disse:

– Já volto.

Silêncio.

– Você precisa aparecer. Estamos preocupados – Gabriel disse. – Lina quer te ver.

Amanda respondeu:

– Você sabe que ela vai despedaçar Luisón.

– Não subestime seu companheiro – Cauã a corrigiu.

Rodrigo bocejou em alto e bom som.

Cauã continuou:

– Ela te ama. É sua mãe... te criou. Imagino que você queira que ela aceite essa união.

– Ah, que tédio! – Rodrigo reclamou.
Amanda abraçou Cauã e respondeu:
– Claro que sim. Vamos assim que Luisón conseguir uma folga.
– Pequena folga – Cauã lembrou com um meio sorriso. Amanda sorriu.
Rodrigo levantou e exclamou:
– Ok! Chega. Vou vomitar de desgosto. Tchau – e saltou pela varanda.

24

CARMEM – QUERIDO DIÁRIO

RIO DE JANEIRO, SEGUNDA-FEIRA, 9 DE JANEIRO DE 2000

Querido Diário,

São 10h15 e estou na cantina da faculdade. Oi, hoje é o primeiro dia que escrevo aqui. Não sou muito de escrever, então devo fazer um pequeno resumo dos últimos acontecimentos.

Engordei três quilos. Perdi minha bolsa de estudos e preciso trabalhar dobrado para pagar as despesas do apartamento. Quase... uma palavra bem constante em minha vida.

Hoje encontrei Cecília com Alice no parquinho. Alice está superesperta, mas bastante desatenta. Sua linguagem é confusa e inconsistente. Meu coração partiu um pouco ao vê-la brincando sozinha quando havia tantas meninas da mesma idade ao redor. Decidi brincar com ela. Passamos a tarde inteira fingindo estar trabalhando em um laboratório. Ela com as suas engenhocas e eu com as químicas. Você acredita que ela montou um aparelho capaz de detectar células cancerígenas com apenas três palitos de picolé e dois elásticos de cabelo? Você sabe que ela detectou, tratou e curou o súbito e letal câncer nos olhos de sua cachorra em questão de três horas? Rsrsrs.

Preciso lutar. Encontrar uma forma de facilitar a difícil vida de Alice, que luta com uma disfasia profunda... Preciso proteger os fetos. As mães precisam saber do perigo de ingerir bebidas alcoólicas na gravidez.

As meninas dizem que sou teimosa; que sou dura demais e persisto demais. Também dizem que sou impulsiva demais. O que elas não sabem é que isso é a única coisa que tenho. Se eu perder minha persistência e impulsividade, perderei tudo.

Falando em persistência e impulsividade, estou indo à faculdade para continuar a pesquisa, antes de pegar meu turno no restaurante.

Carmem

25

CRISE

Rio de Janeiro, segunda-feira, 9 de janeiro de 2000

Cauã e Gabriel conseguiram convencer Rodrigo de os levar até Luisón. Ficamos para trás, felizmente. Seguimos em direção à faculdade, de tempos em tempos, olhando para o computador para manter controle sobre os pontos azuis.

– Não sei bem o motivo, mas as iaras realmente estão caminhando em nossa direção – Mauro comentou enquanto observava os pontos azuis em um computador que modificou para não precisar de teclado. Uma engenhoca que criou especificamente para monitorar as Iaras, já que o pergaminho de Gabriel não conseguiria diferenciá-las de outros milhares de humanos. – Elas estão agindo de forma coordenada.

– Será que seguem ordens do Ipupiara? – Lina perguntou.

– Não pode ser – Mauro respondeu. – Como o tempo de vida de uma moça infectada com o encanto de Iara é curto, Ipupiara as usa apenas para um único serviço.

– Seduzir humanos e levá-los para serem devorados – respondi.

Assim que chegamos, segui Mauro e Lina para dentro de um dos prédios da faculdade. Após ziguezaguear pelos corredores, encontrei uma porta com uma placa que dizia "Laboratório de Biologia Avançada". Logo abaixo, estava o nome do Mauro, "Dr. Mauro Gonzaga, PhD em Biologia, Matemática, Farmacologia e Neurologia".

– Modesto – elogiei com um tom sarcástico.

– Esqueceram de mencionar os seus demais PhDs – Lina comentou, sorrindo.

Revirei meus olhos, mas não questionei o comentário de Lina, julgando que, apesar do tom de humor, não estava exagerando.

Mauro entregou o seu computador para Lina e passou a inspecionar as substâncias empacotadas que foram alocadas dentro do laboratório. Notei que havia uma estante com alguns pertences de estudantes. Como o laboratório não me parecia novo, julguei que esses pertences eram de estudantes que Mauro passaria a orientar.

– Dr. Hélio me disse que os trabalhos de todos os estudantes deste laboratório estariam em sua gaveta, mas falta um. – Mauro colocou um bolo de trabalhos encadernados na mesa e fez careta.

– Como você sabe que falta um? – perguntei.

– Há nove lugares ocupados na estante e apenas oito trabalhos.

A porta do laboratório abriu. Automaticamente paramos de falar.

– Dr. Mauro, somos da ONG Animal de Pesquisa. Removeremos os ratos do biotério. Já construímos um local bacana para os animais, senhor. Ficarão a salvo – um senhor de meia-idade e traços rústicos se apresentou.

– Obrigado. O biotério fica naquela direção – Mauro apontou para uma porta branca no fundo do laboratório.

O senhor assentiu e entrou, ao lado de um colega calvo, e ambos seguiram em direção ao biotério. Então, cada um segurando uma gaiola fosca com as grades, ração e uma garrafinha de água encaixada, saíram.

– Voltaremos para pegar as outras gaiolas – um dos rapazes mencionou. – Obrigado por abrir mão de animais em suas experiências científicas. Cuidaremos deles.

Mauro sorriu e assentiu.

Sorri ao finalmente entender o que acontecia. Mauro não planejava apenas assumir o laboratório, mas mudar a forma de conduzir os experimentos. Certamente os levará a outro grau de progresso sem o uso de cobaias.

– Que estranho, elas ainda estão vindo em nossa direção – Lina apontou para os pontos azuis que se aproximavam a uma velocidade incomum. – As iaras chegaram à faculdade – Lina comentou com uma voz séria. – Fica com o Mauro, Joana. Vou abordá-las.

Mauro disse:

– Peço para que não faça barulhos. Isso pode assustar e estressar os ratos.

– Não prometo – Lina respondeu ao sair do laboratório.

Peguei o computador da Lina e firmei meus lábios ao notar o quão perto estavam as iaras.

– Mas o que está acontecendo aqui? – A voz de uma moça de cabelos cor caramelo, olhos grandes e verdes e corpo belo, cheio de curvas. Sua aparência, quase angelical, não combinava com a expressão raivosa estampada em seu rosto.

Ela olhou para todos nós, como se precisasse de um tempo para nos reconhecer.

– Olá, Carmem. É... – Mauro disse em um tom elevado, surpreendido. Ele conhecia essa moça e, levando em consideração o nervosismo inédito e notório, era a moça a qual se referiu no dia em que saímos.

Sem ter a consciência do efeito que ela causou em Mauro, a moça inspecionou o ambiente com olhos assustados. Então, enquanto Mauro parecia buscar as palavras ou dar uma guinada em seu cérebro, ela cruzou seus braços e o observou com olhos críticos.

– Você não pode entrar aqui sem autorização, muito menos tirar esses ratos do biotério – ela disse, alternando seus olhos entre diversos campos: Mauro, eu, as estantes, os ajudantes, os rapazes, a gaiola, os trabalhos e em Mauro novamente.

Mauro enfrentava grandes desafios e diversas entidades destrutivas com a tranquilidade de um gênio, mas parecia um verdadeiro patife à frente de Carmem.

Durante todo esse tempo em que ela exigiu alguma resposta, ele coçava a cabeça, andava sem jeito e enxugava seu suor na testa. Mas, de alguma forma, Mauro encontrou sua voz e prosseguiu:

– Sou Dr. Mauro. Serei responsável por esse laboratório de agora em diante.

Os olhos da moça se arregalaram. Pude sentir a tensão dos dedos avermelhados dela na pasta que segurava.

Escutamos um estrondo fora do laboratório.

– Mudança? – Carmem perguntou, subitamente perdendo o fio da meada.

– Não. O barulho é de chuva – respondi, revelando-me no ambiente e salvando Mauro do constrangimento de não saber o que falar. – Oi. Sou Joana. Meu marido também será responsável por um laboratório aqui... no galpão – sorri e estendi a mão.

Carmem apertou a minha mão.

Escutamos mais um estrondo e vimos parte do cimento do teto ceder.

– É uma reforma – Mauro limpou a garganta e adicionou: – Eu encomendei uma reforma.

– É por isso que está tirando os animais daqui? Pode pedir para parar? Irei ajudar a levá-los daqui – Carmem disse. – Eles podem matar uns aos outros com esse nível de estresse.

– Bem pensado – Mauro disse.

Outro estrondo. Outra parte do teto caiu.

Peguei na mão da Carmem e disse:

– Mauro cuidará dos animais. Vamos. Vai ficar perigoso para a gente.

– Sim! – Mauro exclamou. – Vá, Carmem. Cuidarei dos animais.

– É... trabalho neste laboratório e posso ajudar – Carmem disse. – Eu posso levar algumas gaiolas. É só pedir para interromper a obra.

– Bem pensado!

Incrédula, arregalei meus olhos ao notar a falta de senso na resposta de Mauro. Ele balançou sua cabeça e se corrigiu:

– Contratei ajuda. É... bem... – Sorriu, sem jeito. – Você faz parte da equipe desse laboratório? Não encontrei sua tese na... – Rapidamente, Mauro enfileirou as teses em sua mesa e completou: – Aqui.

– Ah, tá comigo. – Ela curvou sua cabeça, agora tão confusa como ele. – Jura que você será o novo orientador deste laboratório? – Riu. – Que coincidência louca...

Não... era uma coincidência desnecessária.

– Coloque a sua dissertação na mesa. Vou ler – Mauro disse.

– Ah, sobre a ela... Não cheguei a entregar a versão final. – Mostrou uma pasta azul. – Ainda está em rascunho. Gostaria de falar com você. Tem tempo hoje? – E riu. – Que louco! Você é o novo orientador?

– Hum... sim – ele respondeu.

Revirei meus olhos. Aff! Antes que Mauro pudesse se enrolar ainda mais, toquei a moça nas costas e a guiei para fora do ambiente. Ela me seguia com a expressão confusa. Não tive como culpá-la. Eu também estaria.

– Está tudo sob controle – assegurei enquanto andávamos para fora da faculdade.

Sorri inocentemente.

– Você tem como ir para casa? – perguntei a Carmem na esperança de ela aceitar a minha sugestão e seguir o seu caminho.

Carmem suspirou, passou a mão pela testa, sentou em uma mesa do bar central e abriu sua bolsa retirando uma agenda, ou diário. Então me olhou e disse: – Pode ir. Não precisa me fazer companhia. Estou bem – antes que eu pudesse argumentar, ela disse: – Não. Vou ficar. Preciso falar com ele.

– Tudo bem – suspirei derrotada. Sem saber como convencê-la a sair da faculdade, disse: – Se encontrar alguma briga, corra. Tá?

Ela uniu suas sobrancelhas, mas assentiu.

Com muito esforço, controlei o meu senso de urgência. Despedimo-nos e voltei para o laboratório avaliando nossa breve conversa. Sim, foi um comentário estranho. Mas como eu explicaria que estávamos atrás de mulheres encantadas pelo poder destrutivo da sedução e que, para adicionar, ajudavam a alimentar uma criatura com carne humana?

Assim que cheguei ao laboratório, vi um grupo de cinco mulheres amarradas em uma corda de energia verde e encarando Lina com olhos persistentes e raivosos. Havia hematomas espalhados em seus corpos e sangue. Todas estavam bem vivas, mas pareciam em uma espécie de transe.

– Vocês têm de tirar elas daqui! – comentei assustada, lutando para controlar a vontade de correr para longe daquelas mulheres cujos rostos foram deformados ao ponto de conferir um aspecto estranho, meio demoníaco, pela raiva.

Subitamente, ao perceberem minha presença, todas me olharam ao mesmo tempo. Seus rostos mudaram. Transformaram-se em algo inacreditavelmente belo. Até um pouco obstinado. Era como se elas estivessem procurando me atrair para perto delas.

– Não se preocupe. Dispensei a ONG por ora. Eles retornarão amanhã – Mauro assegurou.

– A líder escapou – Lina observou, muito preocupada. – Acredito que foi ela quem criou as iaras e pode criar outras. – E adicionou: – Consegui extrair delas que foram incumbidas em achar uma determinada moça. – Suspirou e limpou o suor da testa. – A faculdade está vazia. Só tem os seguranças, a gente e a moça da praia.

– Carmem! – Mauro resmungou e correu.

– Isso significa que ela foi infectada? – perguntei.

– Talvez – Lina respondeu.

– Significa que ela está em perigo?

– Certamente.

Lina pegou o celular e enviou uma mensagem para Mauro. Ela leu em voz alta o que havia digitado:

– Mauro, cuidado. A moça da praia pode ter sido infectada. – Ela leu o retorno do Mauro. Assentiu. Fechou seu celular e disse: – Mauro disse que já viu a moça. Vai interceptá-la e levá-la para sua casa e avaliar a condição da garota.

– Não! – alertei. – Ele vai fazer papel de palhaço! Não deixe isso acontecer!

Lina estranhou minha reação e respondeu aos risos.

– Ele saberá se virar. Além do mais, se ela foi protegida pelo encanto de iara, então está explicado o fascínio de Mauro.

26

CARMEM / MAURO – SOB CUSTÓDIA

RIO DE JANEIRO, SEGUNDA-FEIRA, 9 DE JANEIRO DE 2000

Querido diário,

Estou na cantina outra vez... Escrevo novamente, no mesmo dia, para registrar a destruição total do biotério. Além disso, descobri algo bombástico. O palerma do Mauro é o orientador que assumiu o laboratório, e ele decidiu fazer uma reforma sem tirar os animais.

Por isso lhe escrevo. Estou aguardando esse palhaço para conversar sobre minha bolsa de estudos e sobre a dissertação.

• • •

– Você escreve em um diário? – perguntou Mauro, bastante curioso.

Carmem arregalou os olhos e fechou seu diário bruscamente.

Com o charme de uma ninfeta que havia acabado de ser pega em algo muito íntimo, mordeu seus lábios. Mauro precisou reprimir a vontade de beijá-los.

– Ganhei de meus pais há alguns dias – Carmem respondeu. Sem jeito, ela sorriu e colocou seu diário na bolsa. Então disse: – Eles moram em Búzios e me enviaram o diário pelo correio como presente de aniversário...

Mauro não conseguiu prestar atenção em uma palavra da maravilhosa estudante. Enquanto ela mergulhava sua mente em meio a um mar de palavras, Mauro aproveitou para estudar cada curva daquele corpo moldado para o pecado.

Ah, sim... ela falava algo relacionado ao que a levou a buscar o curso de Biologia... ou algo parecido. Mas Mauro não se interessou pelo que motivou Carmem a ingressar nessa carreira. Só conseguia enxergar seios... Volumosos e formidáveis seios.

– Devo chamar a polícia?

Os braços da moça cobriram o alvo de Mauro. Será que ele foi tão óbvio?

O que estava fazendo ali mesmo? Ah, sim. Resgatando Carmem antes que ela se deparasse com uma iara. De fato, isso era de extrema importância. Afinal, ela jamais poderia ser infectada por uma doença mortal e que incrementaria ainda mais (como se isso fosse possível!) seu poder de sedução.

– Você quer discutir sobre sua dissertação? – Mauro a instigou para encontrar um atalho e tirar essa moça da linha do fogo.

– Sim – ela respondeu e desarmou.

Aproveitando o descuido da bela e sedutora estudante, Mauro pegou a bolsa da menina e seguiu o caminho em direção ao estacionamento. Não foi um plano muito elaborado, mas serviria para atraí-la. Também, de certa forma, seria cavalheiro da sua parte, já que a bolsa estava bem pesada.

"Ela não chega aos pés de Porâsý", Mauro pensou, querendo acreditar nessa frase.

• • •

Carmem se assustou. Por alguns breves segundos, perdeu o fio da meada, como uma turista que havia acabado de ser assaltada. Precisou chacoalhar sua cabeça para se reposicionar. Sem saber o que fazer, notando que Mauro já estava a uma distância considerável, saltou da cadeira e seguiu sua bolsa, que estava sob custódia de seu novo orientador.

Será que ele queria que ela falasse enquanto andava? Tudo bem... Carmem acelerou seu passo e pediu secretamente que os deuses gregos, troianos, romanos e todos os outros, estivessem ao seu lado. Pelo visto, Mauro era ocupado e... bom... um pouco impulsivo. Precisaria de muita ajuda para resumir o seu trabalho em poucas palavras.

Deveria, certamente, iniciar seu breve discurso com uma frase de efeito como "Se beber não dirija" ou "Se engravidar não beba". Ou talvez não. Mauro era homem e esquisito demais para que se pudesse planejar um caminho a seguir. Ele era imprevisível demais. Ele poderia ser patético na vida social, mas aparentemente era um gênio em seu ofício. Ela precisava impressioná-lo.

Assim que alcançou Mauro, inspirou ar, buscou autoconfiança em algum lugar esquecido de sua mente e começou:

– Minha pesquisa é sobre a importância de não consumir qualquer bebida alcoólica durante toda a gestação. Tenho razões muito fortes para afirmar que a Síndrome Alcoólica Fetal pode ser desencadeada com o mínimo consumo do álcool.

– Sim – Mauro respondeu muito pouco interessado. Não pareceu ter escutado. Ao contrário. Ele estava ocupado com assuntos que lhe pareciam mais urgentes.

Olhando para todos os lados, seu orientador entrou no estacionamento da faculdade. Ele parecia estar fugindo de algo.

Carmem precisou reprimir a vontade de soltar uma tonelada de impropérios e seguir seu rumo. Mas, em vez disso, preferiu ignorar todas as variáveis estranhas que aconteceram desde o momento em que se deparou com esse estranho... estranho homem e reprocessou seus pensamentos. Deveria usar essa oportunidade e expor o seu trabalho.

Ela aumentou o tom de voz, como se assim pudesse chamar-lhe a atenção.

– Pois é – ela continuou. – Acredito, inclusive, que os índices de violência são decorrentes dos efeitos neurológicos deixados na vida fetal.

Carmem sorriu. Apelou. Disso ela sabia. Essa dificuldade de se fazer escutar era muito ruim para Carmem. Ruim para a Medicina, a ciência, as gestantes e os fetos. Ruim para muitos. Sabia que havia exagerado, mas o que poderia fazer? Dr. Mauro era homem e, assim como Dr. Hélio, não parecia inclinado a entender as necessidades de uma gestante. Nem que fosse obrigada a colocar seus seios para fora e escrever de mamilo a mamilo, precisava chamar atenção desse patife.

– Quero um mundo melhor, sem violência e mais civilizado.

Tá, agora fugiu do assunto.

• • •

Como?

Mauro parou de andar. Precisou de alguns segundos para se recompor. Uma grande parte de solucionar problemas era encontrar uma forma de minimizá-los ou simplificá-los. Carmem deixou o problema ainda maior. Não se pode retirar uma pedra do caminho construindo um forte ao redor dela.

Carmem dizia algo, mas não conseguiu prestar atenção. Apenas pescou algumas palavras bastante desconexas enquanto andava, como: álcool, fetos, dois carbonos e injeção de álcool na veia, até se deparar com índices de violência. Além do mais, por que ela matava ratos quando queria reduzir a violência no mundo?

Como era possível ele ter se apaixonado por essa moça? Olhou os seios, agora esbaforidos, de Carmem, encarou seus olhos de esmeralda.

– Você está prestando atenção? – ela perguntou.

Aí não conseguiu mais ignorar o assunto.

Mauro cerrou seus olhos, balançou sua cabeça. Engavetou todas as palavras de Carmem em um baú que provavelmente ficaria empoeirado em sua mente. Continuou andando.

Ela queria controlar a criminalidade induzida por bebidas alcoólicas usando ratos como cobaia? Controlar o livre-arbítrio? O que álcool, feto e sangue tinham a ver com seu trabalho?

Isso parecia mais um ritual satânico do que pesquisa científica.

Mauro perguntou:

– Por que é preciso matar animais?

Ele voltou sua atenção aos olhos de Carmem, agora ainda mais verdes. Ela estava tensa, dava para ver os músculos de seu pescoço rígidos e as veias saltarem a cada batida do coração.

– Como? – ela perguntou e engasgou.

– Vamos rever o seu caso em um momento mais oportuno. Por ora, precisamos sair daqui. – Sim, Mauro precisava primeiro tirar Carmem daquele lugar e descobrir por que raios ele ainda se mantinha fascinado por esta... maravilhosa e sedutora "anta". Mauro tirou a chave de seu bolso, que já o incomodava pela falta de espaço para seu inflado e irritante membro, que parecia ter perdido o juízo. Pressionou o botão para abrir as portas.

Carmem parou... no meio do estacionamento.

Por que Carmem havia parado?

Que seja! Mauro jogou a bolsa da estudante para dentro de seu carro.

– Tem certeza que você trabalha com ciência? – ela desafiou com braços cruzados.

Ele lutou contra a súbita vontade de responder que era o único que trabalhava com ciência naquele estacionamento. Não falou, sabiamente. Mauro entrou no carro e olhou para Carmem, que estava parada e perplexa, encarando-o.

– Você quer ficar sem a sua bolsa?

E ligou seu carro.

• • •

Sem opção, Carmem entrou em uma picape importada, modelo impressionante para um professor, e reclamou: – Homens realmente são de Marte e deviam retornar a Marte!

Não se incomodou com o que seu orientador pensaria sobre o seu comentário. Aliás, depois de Dr. Hélio, ela deixou de se incomodar com a interpretação que poderiam gerar seus comentários ditos como "feministas".

Dirigindo e com a boca fechada, Mauro era um verdadeiro gato. Poderia até se sentir atraída, mas, felizmente, encontrou um antídoto para esse interesse. Isso porque, nesse momento, ele subiu no ranking dos homens mais esquisitos que havia conhecido. Um alienígena perto dos demais homens que Carmem já conhecera, e olha que ela já havia encontrado muito espécime estranho.

Primeiro espécime estranho com que se deparou: seu primeiro homem e primo, Leandro, que espirrava toda vez que chegava ao orgasmo.

Segundo espécime estranho com que se deparou: Cleber, seu segundo namorado, só ficava excitado quando ela acariciava sua orelha. Vai entender…

Terceiro espécime estranho com que se deparou: Ricardo, seu terceiro namorado, gostava de transar envolvido por calcinhas no armário de roupas. Isso mesmo.

E assim a lista continuava… Uma lista longa até chegar a Mauro, que obviamente não era seu namorado, jamais seria seu namorado, até porque seria possivelmente seu orientador e não poderia jamais ser seu namorado.

Onde ela estava com sua cabeça ao incluí-lo na lista de seus namorados? Ah, porque ele é estranho e todos os outros foram...

– Não tive escolha – Mauro cortou a linha de pensamento de Carmem, felizmente.

– Como é? – perguntou, confusa.

– Assumi o laboratório a pedido do reitor – ele respondeu com um tom monocórdico.

– Percebo o entusiasmo.

Mauro parou o carro em frente a uma casa enorme no Itanhangá. Saiu do carro ainda com a bolsa de Carmem sob sua custódia.

– Devo sair? – ela perguntou.

– Desculpe. Não devo ter sido claro. Prefiro conversar sobre sua pesquisa em minha casa.

Tudo bem. Carmem sabia ser flexível.

– Minha pesquisa tem uma relevância enorme. Veja bem... o álcool é composto por apenas duas moléculas de carbono, sendo facilmente digerido por uma célula. Agora imagina essa substância em um ser com menos de três quilos? Quero poder contribuir para um mundo melhor para as crianças – finalizou assim que Mauro parou em frente a um muro de pedras alto.

– Você mata ratos para dar um mundo melhor às crianças? Que espécie de maníaco daria álcool a um bebê?

– Pelo tom das perguntas, você não escutou uma única palavra que eu disse – Carmem concluiu, emburrada.

Mauro destrancou o portão. Olhou para os seios de Carmem. Isso a fez cruzar seus braços novamente. Ele abriu o portão branco e entrou, dando espaço para ela passar. Sua casa era grande, inteiramente branca e desproporcional ao salário de um professor. Ele a conduziu até a porta, abriu e ligou a luz da sala. Carmem entrou.

– Gosta de futebol? – perguntou algo bastante óbvio, levando em consideração o número de camisetas de seleção espalhadas e emolduradas nas paredes.

– Quer um vinho ou tequila? – Mauro perguntou e abriu uma adega do tamanho de uma geladeira de duas portas, que ficava na entrada da sua cozinha americana. Esta também equipada com os mais novos e belos eletrodomésticos.

– Contratou um decorador?

– Sim.

– Com o seu salário de professor?

– Presto consultoria. É o que posso dizer sobre esse assunto.

– Espero que você trabalhe com algo dentro da lei.

Mauro reclinou a cabeça. Não esperava o comentário. Então, como se estivesse finalmente percebendo como sua resposta foi interpretada, balançou a cabeça e disse:

– Sempre dentro da lei.

– O que tem de mais forte? – ela perguntou. Não teria como negar que ficou bastante abalada ao saber que Mauro não prestou atenção ao tema da sua dissertação. Apesar de seu trabalho incriminar o álcool, naquele momento beber algo forte lhe faria bem. Além do mais, era maior de idade e não queria engravidar.

– Então, tequila – Mauro sugeriu.

Enquanto ele buscava os copos e a garrafa, ela se sentou no sofá.

Com uma garrafa de tequila e dois copos, ele sentou em sua frente na mesa central vermelha que destoava dos demais móveis brancos e inúmeros jogos espalhados pelo canto da casa. Como se precisasse vê-lo mais de perto, em outra luz, reparou uma certa ginga e charme de seu novo orientador. Ele deixou cair o copo no carpete e ela pegou. Entregou a ele, buscando exalar o mesmo charme e ginga. Sorriu.

Ela também sabia agir com sensualidade.

– Espere – ele pediu e saiu de casa, assim, subitamente, e sem olhar para trás.

• • •

Mauro, apreensivo com a situação, tocou a campainha de Cauã, que prontamente atendeu.

– Deixe-me entrar – pediu Mauro.

– Eu e Joana estamos sozinhos e nos manteremos assim… sozinhos – Cauã respondeu. E perguntou: – A amiga da Carol… Carmem. Ela está na sua casa? Está segura?

– Sim. Mas… preciso de dicas. Estou confuso.

– Seja homem. Volte e assuma o controle. Vá agora. Tenho mais o que fazer – dito isso, Cauã fechou a porta.

Mauro entrou em sua casa e viu Carmem bebendo do seu copo de tequila. Assim que ela o viu, levantou do sofá e lhe entregou um copo.

– Acho que vai te fazer bem. Teve um dia difícil?

– Muito – ele respondeu e bebeu tudo de um gole.

– Ah – Carmem passou a andar em sua sala conhecendo cada ornamento, cada quadro e apontou para as fotos sorrindo. – Você fez uma montagem?

Era a foto dele no Maracanã assim que foi inaugurado.

– Lógico que não! – respondeu aos risos. Depois, ao notar a tamanha cagada que havia dito, se corrigiu: – Legal a montagem, não é?

Ela elevou suas sobrancelhas e comentou:

– Odeio futebol.

Ela era simplesmente muito difícil de se resistir. Não dava mais... Carmem passou a mão sobre a bola de futebol que Mauro mantinha como seu ornamento no meio da sala. Ele encarou seus dedos passando suavemente, como se estivesse acariciando. Quando deu por si, seus lábios furiosos tomaram posse dos lábios de sua estudante.

Que confusão!

27
SURPRESA

RIO DE JANEIRO, TERÇA-FEIRA, 10 DE JANEIRO DE 2000

– Por que fechou a porta na cara do Mauro? – perguntei. Ajustei o robe sobre minha camisola. Aprendi, com o tempo, a andar em casa sempre naquela expectativa de receber um convidado desavisado, assim... subitamente.

Ele me deu a mão e me levou ao quintal. Sentei na grama.

– Ele é um homem feito. – Cauã deitou sobre o meu corpo jogando seu charme, que surpreendia meus sentidos a todo o momento. Beijou suavemente a minha boca, fazendo meus olhos fecharem por alguns instantes e disse: – Tenho uma novidade – disse enquanto seus lábios perfeitos acariciavam a minha boca. – Estamos sozinhos.

– Tem certeza de que ninguém vai aparecer na porta, surgir pela água, pular pela janela ou pousar no quintal? – perguntei, atordoada com o aroma de Cauã. Esse perfume intoxicante que dominava e centralizava meus sentidos, infelizmente. Ele sorriu sem desencostar sua boca na minha. Nossos olhos se cruzaram e sorri.

Cauã se distanciou e tirou sua camisa, expondo seu incrivelmente esculpido, lindo, musculoso e perfeito peitoral. Ah! Ele sabia o quanto isso me deixava louca!

– Se vier, pode ter o que quiser – ele respondeu com aquele sorriso sacana de tirar o fôlego.

Avancei em Cauã com um beijo molhado, daqueles capazes de aumentar a temperatura global.

Quem disse que eu jamais poderia me aproveitar de uma estrela?

28

FEITIÇO

RIO DE JANEIRO, TERÇA-FEIRA, 10 DE JANEIRO DE 2000

– Oi. – Uma voz distante e certamente masculina cortou meu sono. Não era nem noite, nem dia. A Lua já se preparava para observar a outra extremidade do globo e o Sol surgia. Cauã ainda tinha preciosos minutos de sono, e eu de sua companhia. – Oi, acorda.

Ignorei por estar dormindo confortavelmente na grama, envolvida pelos fortes braços de meu Sol. Algo extremamente raro nesses dias.

– Se você olhar para qualquer centímetro do corpo de Joana, arranco teus olhos. – Cauã alertou com um tom bastante sério apesar da voz rouca de sono.

– Atuo como médico, esqueceu? – Mauro falou.

O corpo de Cauã pesou sobre o meu. Não era um gesto sexual, mas de pudor, pois seu fim era de cobrir o meu corpo com o dele. Abri os meus olhos brevemente. Ao encontrar os olhos arregalados e assustados de Mauro, fechei-os de novo.

– Seja rápido – Cauã disse.

– Estou com um problema. Carmem. Ela acordou… – fez uma pausa como se estivesse buscando a palavra certa – diferente – fez outra pausa novamente. – Parece que ela foi infectada mesmo.

– Você já chamou Ieda para levar a moça?

– Tentei, mas ela está fora de meu esquadro. Preciso que você mande um sinal para ela.

Cauã se levantou e me beijou rapidamente, como o faz todos os dias, e entrou em casa me deixando na grama. Ieda surgiu das águas em meio ao nosso lago, molhando parte da minha perna. Foi nesse momento que percebi que o meu direito ao sono havia acabado.

Levantei, enrolei-me em uma das toalhas que Marina deixa no quintal e segui o grupo. Peguei outra toalha e entreguei à Ieda, que começou a se enxugar. A esse ponto, Cauã já vestia um short e camisa e conversava com Mauro.

Presumi que Cauã chamou e introduziu o tema para Ieda telepaticamente, isso porque ela disse:

– Antes de ver a moça, preciso de algumas informações. Como vocês sabem, o encanto pode ser aparentemente bom de início. A moça se delicia com a magia de seduzir o outro sem muito esforço. Mas, com o tempo, essa toxina a consome por dentro e mata. Ela parece doente?

– Muito saudável – Mauro respondeu.

– Bom, devo supor que, se realmente estiver infectada, foi algo recente. As iaras não abordaram Carmem?

– Lina as capturou na faculdade, a metros da Carmem. – Mauro respondeu, negando. – Se Carmem foi infectada, quanto tempo ela tem? – perguntou.

– Dias.

– Você vai levá-la para Atlântida e retirar o encanto? – Cauã perguntou.

– Preciso vê-la primeiro. Não posso expor meu mundo para uma humana sem ter certeza de que isso é extremamente necessário.

– Como se expurga esse encanto? – dessa vez eu perguntei.

– Não faz. Ela tem de eliminá-lo sozinha. Ela tem de querer abrir mão desse encanto – Ieda explicou. – Em Atlântida, é mais fácil convencer. Fora da minha casa, não vi nenhuma humana querer se curar – Ieda sentou na poltrona do quintal, demonstrando verdadeiro cansaço. – Antes de mais nada, para lidar com essa infecção, é importante estar ao lado dela e não deixar que ela tenha qualquer ganho diante do poder de sedução.

Mauro, lançando olhar de interrogação à Ieda, murmurou algo indecifrável, mas que, para bom entendedor, transpareceu, com clareza, sua consternação.

Subitamente, Cauã quebrou a tensão do amigo com um tapa nas costas e zombou:

– Boa estratégia levá-la para a sua casa!

Silêncio.

Mauro, bastante abalado, quase aterrorizado, disse:

– Não posso ficar mais sozinho com ela. Carmem vai acordar a qualquer momento!

– Você dormiu com a moça? – Ieda perguntou, fazendo careta.

– É… – ele não respondeu com palavras. Não precisou. Sua expressão assustada já havia dado o recado.

– E as moças infectadas? – perguntei, lembrando daquelas que foram resgatadas.

– Com as resgatadas por Lina, totalizamos sete iaras. Soube que Lina precisou usar a força física para convencer as moças a virem – Ieda disse.

– As iaras ganham a força de uma entidade? – perguntei.

– Sim. É parte do poder de sedução delas. São mais confiantes, seus dotes físicos ficam mais belos e parecem perfeitas em tudo, até nas batalhas. Agora, escutem. As moças estão começando a falar. Disseram que foram criadas pela Iara-mãe. Ou seja, uma Iara criou essas outras. Imagino que essa "Iara-líder" é aquela que foi adormecida por Macaxera. Ela dormia há tempos – Ieda fez aspas com seus dedos. – Deu uma "missão" às meninas. Não quer que elas matem ninguém. Pelo contrário. Quer que elas sejam o mais discretas possível. Para uma Iara, isso é inédito! Elas buscam uma moça em específico.

– O quê? – Cauã perguntou.

– Aparentemente, uma das Iaras viveu o suficiente para ter uma filha. Depois sumiu… Pode ter falecido, imagino. Essa Iara quer abordar tal filha da Iara. Disse que era muito importante.

– Filha de iara? Mas elas vivem o suficiente para gerar um filho? – perguntou Cauã, bastante perdido.

– São raros os casos, mas acontece.

– As iaras estavam indo em direção à faculdade. Não estavam? Será que a Carmem é essa filha da Iara?

– Há chance – Ieda respondeu. – Só vamos descobrir se conhecermos a mãe dela. Sugiro levá-la para Atlântida somente depois de esclarecermos todos os pontos.

– Você já passou a noite com Carmem. Agora é só assumir o namoro e se apresentar aos pais – Cauã sugeriu em um tom meio zombeteiro e sorriu.

– Mas foi uma noite só! O que você sugere? Que eu carregue Carmem desacordada para outro país, como você fez com Joana?

– Pode parar com o sarcasmo – Cauã trancou o sorriso.

– Vamos lhe ajudar – intervi, me concentrando para não rir.

– Ok. Vou levar Carmem para Búzios. Acho que ela mencionou que veio de lá... – Mauro disse. – Só não sei como fazer isso... veja bem... não posso simplesmente pegar a bolsa dela e obrigá-la a entrar no meu carro como fiz há pouco.

Um pouco abalada com a forma como Mauro havia trazido Carmem para sua casa e já prevendo que ele pudesse precisar de ajuda, propus:

– Ok, vamos tomar café da manhã na sua casa. Encontraremos uma forma de fazer Carmem convidá-lo para conhecer a família dela.

• • •

– Lembre-se de que ainda não sabemos o que Carmem tem. Há três possibilidades: ela não estar infectada, estar infectada e também a chance de ela ser filha de Iara – Ieda lembrou.

Mauro abriu a porta da sua casa e disse:

– Tomara que ela não esteja infectada. Francamente, não acredito que conseguirei ficar indiferente à sedução dessa moça.

Procurando ser ágil, fui até a cozinha e peguei tudo que poderia ser consumido no café da manhã: manteiga, leite, frios e pão.

– São frescos? – perguntei e elevei o saco com uma dúzia de pães de queijo que achei na bancada.

– A padaria entregou antes de eu sair. Então são frescos, sim.

Ouvimos passos pelo corredor. Logo em seguida, Carmem surgiu e dominou todos os olhares. Como se tivesse cravado uma bandeira imaginária sobre o homem com o qual havia acabado de passar a noite, vestia uma camisa branca de botões que claramente era maior do que o seu corpo. Acredito que seus cabelos cresceram durante a noite e tomaram uma forma ondulada, um brilho inacreditável, ou foi apenas uma impressão. Suas pernas pareciam tonificadas e seu rosto rosado ainda mais esbelto, como se tivesse perdido alguns quilos.

Era uma versão diferente da Carmem que conheci no laboratório. Uma versão sensual, atraente, feminina e sem qualquer pudor. Uma mulher que conseguia fazer uma camisa masculina se tornar uma fantasia de fetiche.

Ela afetou a todos... inclusive... Droga! Levando em consideração que Cauã a encarava sem piscar... Inclusive ele!

– Bom dia – Carmem nos cumprimentou. Cruzei meus braços sem vontade de responder ao cumprimento. Ela sorriu. Sentou-se à mesa.

Agindo como um menino que não sabia muito bem como se aproximar de sua nova namorada, Mauro tirou duas xícaras de café expresso de uma máquina que só se encontra em bistrô e se sentou ao lado dela.

– Adoro pão de queijo – ela comentou.

Mauro manteve seus olhos fixos em seu café. Ieda, sem jeito, ao notar a crise que se passava, sentou-se no canto da mesa. Cauã se manteve paralisado como um palerma, observando o mais novo casal com uma curiosidade incomum.

– Cauã, você não tem outra coisa para fazer? – perguntei, controlando a minha raiva e segurando firme a minha dignidade. – Você não acha que Júlio está muito quieto? Para um... ah... homem que tende a agir descontroladamente? – lembrei de seu filho, Jurupari, fruto de uma traição e que estava à solta, provavelmente fazendo cagada mundo afora.

– Ah, sim – Cauã resmungou, mas não saiu da casa de Mauro. Em vez disso, sentou-se à mesa.

"Sou uma mulher segura, sedutora, controlada e confiante...". Criei um mantra. Tirei dois cafés e sentei ao lado de Cauã. Por ter motivos muito fortes para não servir o homem com o qual decidi passar minha vida, entreguei o segundo café à Ieda. Esta sorriu e entregou ao Cauã.

– Não gosto de café – Ieda disse.

No mais, buscamos agir normalmente. Mauro passou a falar sobre o clima, Ieda mencionou o *swell*, isto é, a ondulação do mar e eu apenas observava Cauã com olhos assassinos.

A vida é cheia de imprevistos. Muda drasticamente em questão de minutos. Uma hora, eu estava deitada na grama de minha casa, pelada e nos braços do meu amado. Outra hora, injuriada!

Pior que saber que fora traída um dia, é notar o esforço de seu amado em controlar seus olhos diante de outra mulher. Enquanto Mauro nos apresentava, ora Cauã observava Carmem pelo canto do olho, assim como Mauro, ora fixava seus olhos no café.

Franzi meu cenho.

Carmem, que agora havia se tornado alvo de toda a minha ira, sem saber do perigo que corria, sorriu quando Mauro pegou um pedaço de queijo Minas. Então, sem pedir, ela abocanhou o queijo, deslizando seus lábios sobre os dedos trêmulos de nosso não somente encantado, mas agora encrencado gênio.

Pode um homem entrar em combustão? Mauro estava ficando vermelho. Preocupada, abri mão de meu ciúme e cogitei levar Mauro para alto-mar. A temperatura abaixo das águas ajudaria a acalmar os seus hormônios. Acredite... isso já havia acontecido isso.

Carmem fechou seus olhos e mastigou soltando um gemido de prazer.

Clash! Cauã deixou a sua xícara de café cair e molhou a mesa.

– Ok. Vamos embora. Temos muito que fazer. Bom dia para todos e prazer em revê-la, Carmem – arranquei Cauã do recinto.

Desisti de ajudar Mauro. Estava furiosa demais para pensar em outra coisa além de dar uma sova em Cauã. Mas, no caminho de casa, por mais força que eu aplicasse em chutes, socos e tapas, ele não indicava qualquer incômodo.

Ao entrarmos em casa, Cauã parou com uma expressão resignada, com suas mãos para cima, e disse:

– Tudo bem. Pode bater. Fiquei curioso com toda a história da moça ser filha de iara, mas jamais faria algo para lhe chatear!

– Jura?! – exclamei, chateada.

– Pode bater.

Desisti de bater.

Por que eu ia bater? Sua serenidade e calma me indicaram que a agressão física não surtiria qualquer efeito!

Passei para a agressão verbal:

– Cachorro! Você flertou na minha frente!

– Desculpe, Joana – Cauã falou. De cara fechada, andei até a frente da casa. Cauã me segurou pelo braço e continuou: – Por mais difícil que seja acreditar, Mauro pode estar certo – Cauã pegou minha mão assim que dei meu primeiro passo fora de casa e disse: – Desculpe. Vou ter que ajudar Mauro. Você precisa estar ao meu lado.

Puxei minha mão, tentando me livrar de seu punho, sem sucesso. Havia concordado em ajudar, mas não queria seu toque. Paramos em frente à casa de Mauro novamente. Tocamos a campainha. Mauro saiu descabelado.

E disse:

– Ela foi se trocar. Disse que teria que ir trabalhar antes de qualquer viagem.

Ieda surgiu na soleira da porta. Sua expressão era de um médico buscando controlar-se para não anunciar um prognóstico ruim antes da hora.

– Ainda não cheguei à conclusão. Vou precisar de mais tempo. Enquanto isso, devemos agir como se ela estivesse infectada. – E perguntou ao Mauro: – Quer que eu convença Carmem a lhe acompanhar nessa súbita e inesperada viagem?

– Não. Tenho isso sob controle – Mauro disse, obstinado.

Compenetrada e sem saber que fora alvo de nossa conversa e preocupação, Carmem passou por nós.

Ela disse:

– Ligo quando meu expediente acabar.

Parece que a roupa masculina aumentou ainda mais sua feminilidade. Seria difícil ela não receber elogios.

Tomei a frente:

– Carmem, vamos viajar. Mauro não convidou você? Quer ir junto?

– Sim. Gostei da ideia de ir a Búzios. Minha família é de lá. Falei que vou, mas somente na sexta. Tenho que trabalhar para pagar as minhas contas, afinal, perdi a bolsa de estudos – ela parecia apressada. Olhou para o relógio e arregalou seus olhos. – Nossa, já estou atrasada! O gerente deve estar louco!

Dito isso, ela passou a caminhar em direção ao ponto de ônibus. Mauro foi atrás.

– Espera! – ele disse e Carmem parou, aparentemente incomodada com a intervenção de Mauro. – Tenho uma ideia. Artigo Científico! Vamos coletar dados através de entrevistas e observação longitudinal. Depois uniremos todos os dados e, se forem realmente conclusivos, vamos publicar em forma de artigo científico para uma revista da área. Você quer reduzir a violência e controlar o consumo do álcool, não é isso? Então vamos fazer algo que atinja seu público-alvo.

– Você nem sequer prestou atenção no que eu disse sobre a minha dissertação – Carmem comentou muito pouco impressionada.

– Escutei, sim!

– Qual é o meu público-alvo? – ela o desafiou e cruzou seus braços.

– Confesso que não consegui prestar muita atenção, mas quero ajudar você, contanto que não haja cobaias – Mauro comentou.

– Você me orientará? Mesmo depois do que aconteceu entre a gente? – Carmem perguntou com um meio sorriso.

Mauro silenciou. Certamente não esperava tal pergunta. Abriu e fechou a boca, moveu os lábios refletindo cada possibilidade de resposta.

Ela repetiu a pergunta:

– Você me orientará?

– Sim. Para isso acontecer, devemos estabelecer algumas regras – Mauro respondeu.

Tossi.

Uma tosse engatou em outra. Outra... outra... segurei no braço do Cauã para algum suporte. Ele me levantou em seus braços. O gesto, apesar de ter o objetivo de ajudar, piorou.

Perdi o ar.

Tudo ficou preto.

29

RODRIGO – DARDOS

ITU, TERÇA-FEIRA, 10 DE JANEIRO DE 2000

A campainha tocou...

E tocou. E tocou.

Rodrigo não atendeu. Sentado no sofá da sua sala de estar do andar térreo, clara demais, requintada demais e formal demais para prover qualquer conforto, preferiu ignorar o barulho insistente da campainha e jogou um dardo em cima da caixa que guardava os restos de sua esposa desmantelada.

– Para com isso! – a alma penada da mulher que o atazanou por anos berrou.

Satisfeito, ele sorriu.

Luisón esquece almas penadas pelos cantos, de tempos em tempos. Algumas vezes, deliberadamente, por raiva. Outras vezes, por descuido. Mas ele não demora muito. Apenas demora para buscar Kerana.

Luisón passou a atrasar depois de achar graça ao ver como Kerana, em forma de alma penada, pentelhava o pai. No início foi difícil porque sua alma penada era incrivelmente mais difícil de lidar.

Uma lástima...

Soltou outro dardo. Ao escutar o grito de dor, voltou a sorrir.

– Preciso falar com você! – Rodrigo trancou o sorriso ao reconhecer a voz; Carlota. Ignorou outra vez e voltou a sua atenção à caixa que segurava os restos mortais de sua esposa.

Depois de tanto tempo, Rodrigo encontrou uma forma de conter a alma penada da Kerana em uma caixa usando um pouco da essência de Moñai. A essência confunde e a alma penada não consegue se desvencilhar. Sim, há um efeito colateral na essência do Moñai. Sua essência não apenas confunde Kerana, mas também Luisón e, por esse motivo, demorava ainda mais para Kerana ser encontrada... Mas isso não vinha ao caso.

Rodrigo jogou outro dardo e voltou a sorrir.

– Rodrigo, tem algo que preciso mostrar. É urgente.

Ele elevou as sobrancelhas. Carlota não era de alarmá-lo por qualquer coisa. Ela era muito bem relacionada e informada para relatar um problema quando não havia nenhum. A porta da frente da casa abriu. Ele escutou passos e franziu seu nariz. Dessa vez, Carlota havia exagerado no perfume...

Dane-se... Rodrigo jogou outro dardo.

– Para! Que chateação! – escutou a alma de Kerana reclamar.

Isso o animou novamente.

– É sobre Júlio. Você sabe que ele está sendo orientado?

– O louco te contou sobre sua nova alucinação? – Rodrigo perguntou muito pouco interessado. Jogou outro dardo. Aguardou o gemido de dor e prosseguiu: – Depois que ele passou pelo portal, despirocou de vez. Diz ter tido uma conversa esclarecedora e agora acredita ser o verdadeiro Guaraci. Não tenho tempo para isso... Depois de eu reciclar o meu lixo – apontou a caixa com os restos mortais da Kerana –, vou exterminá-lo.

E jogou outro dardo.

– O dia em que eu voltar à forma humana vou lhe atazanar! – exclamou a voz da sua companheira desmantelada. Rodrigo verificou se a ponta do próximo dardo estava afiada o suficiente. Jogou.

Riu ao escutar o gemido de dor de Kerana.

Carlota disse:

– Ele está planejando roubar o poder do Cauã e dominar o nosso Sol.

– E isso deveria me preocupar porque...? – Rodrigo disse aos risos e jogou outro dardo.

– Porque Júlio não alucinou. Ele realmente foi abordado por outra entidade enquanto passava pelo portal. Rodrigo... Essa entidade é incrivelmente desenvolvida e quer que ele roube o poder do Cauã. Não entendeu por entre as linhas? – Rodrigo encarou Carlota, subitamente alarmado. Ela sorriu e assentiu: – Você entendeu... o novo mentor de Júlio não é Tau, como imagina. Tau está lá, quieto, vendo o circo pegar fogo e se deliciando ao ver outras entidades lhe abordar. Tau, até o momento, não apareceu na foto! Quem é responsável por essas abordagens é Jurupari.

Ou melhor, aquele que deixou de ser Jurupari. Agora ele é Guaraci.

– Esse Jurupari teve sucesso? Conseguiu tomar o lugar do Guaraci? – Rodrigo quis confirmar seu entendimento.

– Sim.

– Como o Guaraci original deu um mole desses? – perguntou Rodrigo, um pouco mais interessado. Limpou seu nariz, incomodado com o cheiro horroroso da mulher que parou atrás do sofá em que ele estava sentado.

Carlota, com expressão séria, agachou-se para que seus olhos estivessem na mesma altura de Rodrigo e disse:

– Venha ver.

30

RODRIGO – DANOS DO JURUPARI

LUGAR NÃO INFORMADO, TERÇA-FEIRA, 10 DE JANEIRO DE 2000

Segurando a caixa de bronze com os restos mortais da Priscila, Rodrigo seguiu Carlota para dentro de um labirinto de túneis subterrâneos criados por Marcelo. Ela passou a correr em um passo sobre-humano. Ele a acompanhou. No meio do caminho, a base da caverna se transformou em algo úmido. O ar ficou tão denso que ele conseguia sentir o gosto da maresia. Conseguiu avistar, em meio a sua corrida, crustáceos dos mais diversos caminhando livremente ao redor. Carlota passava por um dos túneis abaixo do oceano Atlântico. Uma estrutura que fora criada por Marcelo no início dos tempos e que, estranhamente, não foi fissurada ou danificada pelas toneladas de peso do mar acima.

Ele não contou o tempo que correu, nem sabia onde estava, mas ao chegar em um determinado ponto, a caverna se abriu e se agigantou na proporção de uma catedral, seu queixo caiu. Dessa vez o que o fascinou não foi a estrutura, mas os desenhos, cálculos, diagramas e fórmulas espalhados pela parede rochosa da imensa caverna, com informações precisas de como domar o Sol. De fato, Carlota não estava blefando. Júlio havia encontrado um tutor e se preparava para assumir uma estrela.

– Como você soube disso? – ele perguntou à Carlota. Mesmo sabendo como ela acabava conhecendo muitas entidades por ser uma das feiticeiras mais habilidosas em poções, não conseguiu reprimir sua curiosidade.

– Juntei as peças. Como sabe, conheço diversas entidades espalhadas pela galáxia. Forneço poção para muitas – ela fez uma pausa. Rodrigo uniu as sobrancelhas. Algo lhe dizia que Carlota não estava de brincadeira.

Raramente essa feiticeira agia na defensiva e, nesse momento, estava defendendo algo. – Você sabe que há um sistema solar aproximando-se do nosso, não sabe?

– Sim. Aquele do príncipe Teiú.

– Pois bem. O Tau que me convenceu a dar-lhe aquele recado em forma de adaga, é do mundo em que Jurupari se tornou Guaraci.

– Seja clara – exigiu, entredentes, injuriado, procurando reprimir a vontade incontrolável de jogar um dardo no meio da testa daquela oportunista.

– Para deixar tudo às claras. Posso apostar tudo que tenho que o tal Jurupari que conseguiu roubar o poder de Guaraci hoje direciona aquele sistema solar do príncipe Teiú. Isso explica muita coisa... Inclusive, o motivo de esse sistema solar estar vindo em rota de colisão com o nosso em forma de ziguezague – Carlota suspirou. – Naturalmente o Sol não aceita as coordenadas do Jurupari e torra tudo ao redor. Tau está perdendo poder de fogo, sentindo-se dispensável. Com Jurupari sob controle, Tau perdeu a soberania sobre a destruição.

Sim, Rodrigo conseguia imaginar o incômodo de seu par. Ele também se sentia incomodado com Júlio vivo. Quando ele trouxe Júlio, sabia dos riscos, mas acreditava que conseguiria controlá-lo. Um erro.

– Ele queria te consumir para ficar mais forte e lutar contra Jurupari. – Carlota revelou sua opinião. Uma suposição perfeita. A peça que faltava para montar o quebra-cabeça inteiro. Se Jurupari roubou o poder da entidade do Sol, o mundo do príncipe Teiú sofria.

E mais... Tau não era o único a pedir ajuda.

– O sistema solar do príncipe Teiú não está vindo em nossa direção por acaso – Rodrigo concluiu. Afinal, quando alguém sofre, naturalmente, corre para pedir ajuda.

Elevou sua sobrancelha e olhou a caixa que continha os restos de Priscila. Por alguns segundos, analisou-a cegamente. Sua mente estava longe... Muito longe. Era como se finalmente tivesse retirado a mordaça.

– O príncipe Teiú era filho de Jurupari? – Carlota perguntou. – Jurupari pode ter filhos?

– Não é essa pergunta que devemos fazer, Carlota – Rodrigo disse. – A pergunta que devemos fazer é: quem é o príncipe Teiú? – ele acariciou a caixa. – Acredito que o príncipe jamais foi banido. Ele foi expulso.

– E agora? – Carlota perguntou.

Rodrigo deixou a caixa com a alma penada da sua falecida esposa no canto da caverna. Luisón, eventualmente, encontraria a alma da sua mãe e veria os diagramas, entenderia o recado e levaria Cauã a esse recinto.

– Só precisamos torcer para a que a ficha do Cauã caia espontaneamente. Enquanto isso, vou fazer aquilo que devo fazer.

– O quê?

– Exterminar Júlio.

31

LUISÓN – JANTAR EM FAMÍLIA

LUGAR FORA DO MAPA, TERÇA-FEIRA, 10 DE JANEIRO DE 2000

– Obrigada por me convidar para jantar. Realmente, precisamos conversar… como família – Lina comentou. Sorriu, meio sem jeito. Por alguns breves segundos, analisou os rostos de esqueletos na entrada da casa de Luisón. – Desculpe, não posso deixar de me sentir apreensiva – confessou. Aos risos, comentou: – Afinal, estou diante da Morte.

– Eu que lhe peço minhas desculpas. Uma entrada pouco amável, mas alertará os loucos que decidirem entrar enquanto Amanda estiver sozinha na casa. Se alguém se aproximar dela para fazer algum mal… – Luisón interrompeu sua fala subitamente. Olhou para Amanda e corrigiu. – Não que ela precise de qualquer proteção.

Amanda revirou seus olhos.

Lina entrou na casa. Curiosa, olhou para todos os cantos.

– Interessante. Uma casa inteira esculpida em pedra.

– Luisón tem um talento magnífico como escultor – elogiou Amanda.

– Nossa. Muito bonito – Lina sorriu e disse: – Mauro e Cauã não puderam vir.

– Sim, entendo – Amanda disse.

Enquanto as duas conversavam, Luisón foi abrir um vinho. Rapidamente, observou a profundeza da água na fonte. Aprendeu sua lição. Após escutar tantas reclamações das essências que conduziu, jamais deixaria acumular tanto trabalho.

Preferiu ficar um pouco distante. Também precisou reprimir o incômodo de ver sua amada mostrar à Lina sua fonte. Ele sabia que muitos ficavam curiosos sobre o seu ofício. Por isso tinha que ter paciência. Pelo seu conhecimento adquirido com as essências que já conduziu, aprendeu como a família interfere positivamente ou negativamente num relacionamento.

Então, para agradar, ocupou-se em arrumar os petiscos. Ligou o som para uma música ambiente. Preparou a mesa em impressionantes segundos.

– Você é rápido – Lina encarou a mesa boquiaberta com a rapidez de Luisón. Fazia sentido, seu ofício demandava rapidez, agilidade e, além disso, nenhuma margem para erros.

Amanda pegou Lina pela mão e mostrou cada canto da sala e da cozinha.

Lina se virou para Luisón e o elogiou:

– Impressionante saber que você fez isso tudo sozinho. É quase inacreditável – ela pausou um pouco. Então perguntou: – Alcinoe. Você se lembra dela?

– Sim – ele respondeu. – Também me lembro da dor do Cristiano. Demorei a dar a ela seu último suspiro. Esperei até ele demonstrar a ela seu sentimento. Não sei por quê. Na hora, foi algo maior que me envolveu. Percebi depois o motivo quando a conduzi. Nunca vi uma essência tão feliz.

– Cristiano quase se desmantelou – Lina lembrou.

Então ela fez um silêncio desconfortante, como se estivesse refletindo sobre algo. Arrumou seu cabelo e pediu:

– Mostre o resto da casa.

Amanda levou Lina para o banheiro. Lina sorria e observava cada canto com aquela curiosidade que uma mãe sente ao inspecionar a casa de um filho. Foi somente no quarto, ao visualizar a cama de casal, que Lina verbalizou:

– Perdi a minha filha.

Amanda abraçou Lina. Um abraço curto para não gerar emoções precipitadas no momento. Lina olhou o armário. Com isso, seus olhos brilharam:

– Mas esse armário é a coisa mais linda que já vi! – virou-se para Luisón e perguntou: – Você que fez?

Ele respondeu:

– Sim. É de mármore.

Amanda completou:

– Assim como o meu anel. Ele fez na minha frente, em segundos, quando me pediu para ficar.

Lina passou a contemplar a obra em sua frente. Luisón preferiu deixá-las no quarto. Precisavam de tempo para colocar a conversa em dia.

Um vulto subitamente surgiu no meio da sala. Logo, esse vulto tomou a forma de um homem. Bom, não inteiramente homem. Era algo nebuloso, denso como moléculas de poeira movendo-se constantemente, mas o rosto parecia mais nítido.

– Você ama Amanda? – a voz de Gabriel saiu desse vulto.

Antes que Luisón pudesse responder, Amanda correu em direção de quem considerava o seu pai. Parou, meio frustrada:

– Nessa forma, será impossível abraçá-lo.

– Querida, não é recomendável que eu volte à forma física. A transformação é mais complexa do que imaginei.

– Quero lhe abraçar – Amanda disse. Lina colocou suas mãos no ombro da moça.

Luisón nunca teve vontade de abraçar os seus familiares. Mas, ao experimentar o intenso sentimento que se instalou entre ele e Amanda, conseguiu imaginar a ânsia de sua amada em abraçar o seu pai. Também foi fácil imaginar a vontade quase dolorida de Gabriel em segurar aquela que criou como filha.

Subitamente a névoa foi crescendo, como se as partículas estivessem se reorganizando. Em seguida, aglomeraram-se. Contraíram-se como uma argila moldando um corpo masculino. Não demorou muito para reconhecerem a forma. Para ajudar, Luisón se apressou em lhe entregar algo para vestir.

Então, com olhos mareados, Gabriel surgiu e comentou:

– Achei que havia perdido você. – Gabriel se vestiu e abraçou Amanda com a força do amor que sentia.

– Vamos sentar à mesa? – Luisón convidou.

Amanda soltou Gabriel. Enquanto andavam até a mesa, ela perguntou:

– O que houve com Mauro?

– Ele está apaixonado por uma moça que parece ser filha de Iara ou ter sido infectada pelo encanto de Iara – Gabriel respondeu. – Obrigado, Luisón – levantou a taça de vinho tinto. – Um brinde ao amor?

Todos brindaram.

– Conte mais essa história.

E contaram. Luisón escutou com bastante curiosidade o drama de Carmem. Chegou a sugerir que contassem a ela que ela corria perigo, pois a havia reconhecido pelas entrelinhas da descrição. Não demoraria para o nome dela aparecer na fonte.

Foram incontáveis moças nessa condição que ele já conduziu. Então podia dizer com toda a certeza que a chance de essa moça viver por muito tempo era praticamente zerada.

Mas aquilo que mais o perturbou não foi escutar que Mauro procurava, em vão, salvar a sua bela condenada.

Teve de silenciar-se ao pedido de Amanda para informar quando o nome de Carmem surgisse na fonte.

A chance de isso acontecer, definitivamente, era zerada.

32
CARMEM / MAURO – PERGUNTAS E RESPOSTAS

RIO DE JANEIRO, QUARTA-FEIRA, 11 DE JANEIRO DE 2000

Querido Diário,

Estou escrevendo na sala de estar da casa do Mauro. Passaram-se horas (muitas horas!) desde o momento em que a Joana (amiga do Mauro) desmaiou. É madrugada. Estou cansada, mas sem sono.

Uma vez li em um livro que se deve prestar muita atenção antes de se dar completamente a um companheiro. Para uma mulher, principalmente, deve-se deixar claro se quer ou não relacionamento antes do sexo. Em teoria, faz todo o sentido. Antes de partilhar uma intimidade extrema, deve-se pelo menos saber o mínimo. Por exemplo: quando se viaja para outro país, deve-se saber o que esperar da visita, para não haver frustrações.

Juro que pensei no assunto, mas, no calor do momento, eu não ia parar para discutir relacionamento.

Dormi com o Mauro.

Então mergulhei diretamente, sem escalas e sequer um jantar antes, na cama com quem seria teoricamente meu orientador. Sinceramente, às vezes me surpreendo com a minha capacidade de fazer tanta merda ao mesmo tempo.

Digamos que atirei a flecha no lugar mais inapropriado possível. Se antes eu não tinha nada, agora estou confusa, sem dissertação, provavelmente sem emprego, sem renda e sem saber para onde irei.

Vou deixar claro que a minha decisão...

• • •

– Escrevendo no diário novamente? – Mauro cortou a concentração de Carmem mais uma vez. Ela fechou o diário imediatamente e o colocou em sua bolsa outra vez, com um sorriso encabulado. Bocejou. Já era madrugada e estava com muito sono.

– Como está Joana? – ela perguntou.

Logo após Carmem se recusar a faltar do seu emprego, Joana assustou a todos com seu súbito ataque de tosse e desmaio.

Talvez, por esse motivo, Carmem não mudou de ideia. Na verdade, ela não conseguiu sequer anunciar que iria ao seu emprego, já que não conseguiriam viajar de imediato. Na correria, viu-se dentro da casa do Mauro na companhia de Ieda.

Após alguns minutos de conversa, Ieda a convenceu a ficar.

Sabe-se lá como...

Até que não foi tão ruim aguardar Mauro em sua casa. Teve tempo de ler, dormir, ver televisão, tomar café e nadar na fabulosa piscina do quintal.

E, curiosa, esperou a explicação de seu orientador... ou (quem sabe?) namorado.

• • •

Mauro colocou sua mala no chão e disse:

– Desculpe a demora. Tive de terminar a análise do sangue dela. Tive dificuldade de entender... A condição dela é de uma pessoa muito doente, mas isso não faz sentido. Ela jamais poderia estar... doente.

– Você tem todas as informações que precisa? – Carmem perguntou. – Geralmente não se chega à conclusão de um material quando não se tem todas as informações pertinentes.

Mas Mauro tinha. Joana era Jaci, a entidade da Lua, e gozava de uma condição quase eterna. O sangue da Joana ainda detinha características de Iara, mas isso já havia deixado de ser uma novidade.

Como iria dizer a Cauã que a condição de Joana piorou?

Isso não fazia sentido. Não fazia sentido algum...

– Vamos. Você pode dormir no carro.

– Estou sem sono – Carmem disse. – Mas você não precisa dormir? Parece muito cansado.

– Não! – exclamou Mauro exagerando no tom. Mas, antes que pudesse pensar, ela o beijou.

E, novamente, perdeu o fio da meada.

33
AMANDA – PEDRA DA SEGUNDA CHANCE

Lugar fora do mapa, quarta-feira, 11 de janeiro de 2000

Luisón havia acabado de sair assim que aqueles que ela considerava os seus verdadeiros pais partiram. Amanda ficou para trás. Precisou descansar. Foi até a varanda para contemplar a deslumbrante vista no início daquela madrugada. Aproveitou o silêncio para fechar os olhos e respirar o aroma da nova manhã. Sentiu-se livre, feliz; nunca imaginou que o amor poderia ser tão bom.

– Gabriel, você merece tudo que tem de melhor – ela falou com o coração para as nuvens, como se elas pudessem escutar. O amor lhe deu a liberdade para enxergar o mundo sob lentes divinas.

Subitamente um grito ecoou do alto da rocha:

– Sua vagabunda!

Amanda olhou em direção à injúria, alarmada.

Ao ver Júlio, revirou seus olhos. Esses insultos já a estavam irritando. Desde quando perdeu a sua virgindade fora insultada duas vezes!

– Como me achou aqui? – perguntou.

– Tive ajuda da família – Júlio sorriu.

Dois elementos surgiram ao lado de Júlio. Os dois tinham traços similares aos de Rodrigo, assim como Luisón. No entanto, um tinha cabelo ruivo, como a terra vermelha, que envolve as regiões do interior de São Paulo, e olhos arregalados como se estivesse confuso ou, quem sabe, insano? O outro se assemelhava ainda mais a Rodrigo, mas seu cabelo era ainda mais negro, a pele branca e os olhos, cor de jabuticaba. Havia algo estranho. O segundo vestia apenas uma calça de moletom que parecia estar presa por uma corda que envolvia algumas vezes a cintura.

Amanda fez careta, incapaz de segurar sua ojeriza.

Júlio curvou sua cabeça como se precisasse estudá-la por outro ângulo. Elevou a sobrancelha e sorriu. Apontou e balançou a cabeça positivamente como forma de elogio.

– Consigo entender como Luisón deixou de lado seu ofício! – sorriu e elogiou. – Você está de matar. – Seguiu dizendo: – Ficou com medo do Sol? – ele perguntou e aterrissou na varanda. Logo em seguida, aterrissaram os outros dois elementos.

Júlio coçou seu queixo e disse:

– Vim lhe fazer uma proposta.

– Não estou interessada.

– Você está olhando para o verdadeiro Guaraci. Encontrei meios para tomar o poder que sempre foi meu por direito. Mas, para isso, Cauã tem que estar disposto a me entregar o seu poder. Em outras palavras, preciso de algo que o desestabilize a ponto de abrir mão do Sol. Joana poderia ser o meu alvo, obviamente… Mas ela está sempre cercada por um forte inacreditável de icamiabas e entidades… – Júlio fez um gesto com os dedos indicando a ele e a Amanda. E disse: – Também temos uma história, eu e você, achei que poderíamos entrar em um acordo. Você pode ser o meu alvo, não pode?

– Jamais!

– Pegue ela e vamos embora – O ruivo sugeriu.

– Você já viu essa mulher lutar? – Júlio perguntou, injuriado com a interrupção. – Pois bem… Você é quem sabe. Devido a sua falha em cooperar, precisamos de tempo… Criar uma distração… Precisamos pegar emprestada a Pedra da Segunda Chance. Seus cunhados a devolverão assim que acordarmos… alguém.

Sorriu inocentemente.

Amanda estava atenta a todos os movimentos dos outros dois elementos espalhados pela sala. O ruivo olhava a estrutura da casa com curiosidade e o segundo a encarava sorrindo, causando calafrios em Amanda. Sem avisar, surgiu um terceiro. Os dois o encararam com olhar crítico. Pelo visto esse havia se atrasado.

– Ah, desculpe, não apresentei seus cunhados – apontou o homem baixo com cabeça achatada e olhos grandes. – O retardatário é Moñai. Um pouco antissocial e manipulador, então sugiro não se aproximar. O ruivo é Marcelo...

– Hum... quer algum salgado? Água? – Amanda interrompeu a introdução e caminhou para a cozinha, atrás de sua lança e, para sua infelicidade, não estava no lugar. Droga! Ela tinha de organizar melhor a casa! Agora seria obrigada a lutar sem sua lança.

Júlio apontou para o moreno e continuou:

– Esse é Kurupi. Também não sugiro se aproximar com essa camisola.

– Luisón contou que dividimos nossos brinquedos? – Kurupi perguntou.

Amanda decidiu parar com a conversa que não iria para lugar algum. Ela não estava preocupada nem sequer nervosa. Eram eles que deveriam temer. Ela tinha experiência e já havia lutado contra oponentes bem mais desafiadores.

– Quero ver você tentar.

E a batalha começou. Moñai e Kurupi avançaram nela para que não houvesse tempo suficiente para ela reagir, mas foram frustrados pela sua rapidez.

Nisso ouviram Júlio exclamar:

– Seus idiotas, levem-na para a varanda! Precisamos ser rápidos!

Júlio passou a se mover com agilidade. Quebrou móveis feitos por Luisón com a mesma facilidade que Luisón teve para criá-los. Sua raiva aumentou. Ela se sentiu violada. Foi surpreendida com uma paulada na cabeça e caiu de joelhos. Ela olhou furiosa para Moñai, que saltou anunciando animadamente:

– Bati!

Notando a sua oportunidade, Amanda rolou no chão por trás e lançou um chute no meio da cara do oponente, levantando-se.

Segurando uma mecha de cabelo de Moñai, torceu o braço do oponente enquanto ele gritava:

– Vaca! Louca! – Amanda socou a têmpora do oponente. – Ai! Agora chega, sua vaca! Você vai mugir até o fim da vida! – Moñai berrou e abriu seus olhos, pronto para hipnotizá-la.

– Distancie-se, Moñai! – subitamente os dedos do Júlio puxaram os cabelos de Amanda e forçaram a cabeça dela para trás: – Pense na minha proposta. Se você vier, posso até esquecer do plano de acordar Ipupiara.

Caso não venha, não terei outra alternativa além de acordar a fera. Decida! – Júlio largou o seu cabelo e chutou a fonte.

Apreensiva, sem saber o que fazer com tantos nomes espalhados pelo chão da sala, exclamou:

– Cuidado com os nomes!

– Armando Casadura... Casadura? – Marcelo leu e riu. – O que acontece se Luisón não enxergar os nomes?

Marcelo pincelou no nome de Armando e jogou em alto-mar.

O queixo da Amanda caiu. Sem querer, esse elemento odioso acabou dando uma ideia fantástica para ajudar Mauro caso o nome da Carmem, por ventura, aparecesse na fonte.

Depois de explicar diversas vezes, Amanda entendeu que, nos segundos iniciais em que o nome surge na fonte, na maioria das vezes, a pessoa ainda está viva. Isso porque Ci a chamou de volta... Apenas isso. Há alguns preciosos segundos de vida. Nesse meio tempo, Amanda pode agir. Quem sabe, ao jogar o nome da Carmem na água, Ci esquece que chamou? Afinal, aquilo que não está escrito some com o vento... nesse caso, com as ondas do mar.

Subitamente escutou a voz de Júlio ainda mais próxima:

– Onde Luisón guarda seu material de trabalho? Preciso da Pedra da Segunda Chance para acordar Ipupiara, já que você não permitirá ser sequestrada para desestabilizar o Cauã. Você vai dizer por bem ou por mal. Agora diga... Você está vestida desse jeito para aquele pivete? Você sabe que ele era virgem? Sem experiência? – Júlio cheirou seu rosto e Amanda fechou os olhos de ojeriza. – Quem sabe podemos te ensinar alguns truques... – e indicou aos comparsas. – Eu a possuirei primeiro.

Como Júlio poderia ser tão grotesco?

Amanda gritou ao ser carregada para o sofá de pedra. Foi reflexo, assim como a náusea que sentiu. Foi então que seus olhos a traíram. Júlio notou os pequenos sinais indicando o armário. Ele apontou para a parede da sala curioso, perguntando:

– É ali?

Não teve como evitar. Júlio destruiu o armário com um chute e pegou três pedras brancas.

– Vamos! – Júlio arremessou uma pedra para cada comparsa e saltou. Marcelo e Kurupi seguiram. Moñai a encarou como se estivesse decidindo o que fazer. Algo tirou seu foco. Ele deu alguns passos para trás dando a impressão de estar buscando uma forma de se defender de um perigo eminente e saltou em seguida.

Luisón apareceu logo depois. Confuso e horrorizado com a destruição da sua sala, exclamou:

– Amanda!

– Estou aqui! – Amanda apontou para as nuvens. – Eles pegaram as Pedras do armário!

– As Pedras da Segunda Chance? Quem?

– Seus irmãos! – ela respondeu com um tom de voz urgente. – Vamos atrás deles!

– O que houve? – Luisón perguntou ao ver o estado terrível da camisola da sua amada, em um esforço desesperado para entender o que havia acontecido. – O que eles fizeram com você? – a face de Luisón se transformou para a mais profunda fúria.

– Eu sei me cuidar. Não preciso de um guarda-costas! Vamos!

Luisón, engasgado, vermelho de raiva, saltou e levou Amanda em seus braços.

– Vou atrás de Júlio – Luisón disse em um tom de voz alto o suficiente para se sobrepor ao intenso barulho de vento ao redor deles. – Vou desmantelar todos os imbecis que tocaram em você.

– Foca! Estou bem. Vamos resgatar as pedras. Eles pegaram três. Ok?

– Cuidado, Amanda, se eu a vir em perigo, acabarei perdendo o pouco controle que me resta. Pronta?

– Sim.

Ele a jogou em cima de seus irmãos e continuou seu percurso.

Amanda cravou seus dedos em Marcelo, posicionou-se em cima dele e lhe deu um soco. Marcelo pegou em suas mãos para imobilizá-las, então viram um avião vindo em sua direção, iam colidir. Amanda saltou para passar pelo avião, mas perdeu Marcelo e tornou a cair em direção à Terra.

Luisón a pegou em pleno ar e perguntou:

– Pronta?

– Sim!

Ele a largou novamente em cima dos irmãos. Caiu em cima do Kurupi. Ela conseguiu finalmente pegar a pedra dele num descuido. Também Kurupi não parecia mais se importar com a pedra. Ele passou seu olhar sobre o corpo da mulher e mudou sua expressão de concentração para fervor. Amanda chutou instintivamente seu oponente e largou de seus braços, então mergulhou no mar como um cometa, resultando em um estrondo e uma explosão de ondas em volta. A queda violenta a fez afundar com uma velocidade incomum. A pressão da água tirou sua agilidade de se mover a tempo, então ela bateu com a cabeça em uma pedra do fundo do mar.

A água estava tão fria que lhe cortou o fôlego, desorientou-a. Chegou a pensar que não conseguiria subir à superfície.

Bolhas... inúmeras bolhas saíram da sua boca. Eram tantas que a cegaram por um período. Confusa, Amanda puxou o ar. Seu pulmão foi inundado por uma camada líquida, intrusa e dolorosa.

Amanda perdeu a força e largou a pedra.

Então ela viu, sem conseguir fazer nada para impedir, essa pedra tocar no fundo do mar, fazendo uma fissura com uma luz verde que rasgou o solo. Era noite, mas ela conseguia ver o fundo do mar por estar iluminado por luzes de mergulhadores. Olhou em volta e viu cabos, estruturas e cascos de navios em volta. Então uma luz a iluminou e passou a ir a seu encontro. Confusa, olhou em volta e viu outra luz verde pequena surgindo no fundo da água.

Sentiu a água guiá-la para cima.

– Homem ao mar! – ela escutou uma voz masculina anunciar. Ela estava consciente, apenas confusa.

Viu uma plataforma de petróleo à frente e um navio. Talvez um rebocador. Não sabia dizer ao certo. Como falavam sua língua, julgou ainda estar no Brasil.

– Corram! Ela está sangrando – a voz do homem chamou a atenção dos colegas e Amanda colocou sua mão sobre a ferida no braço. Não soube onde se machucou. Na luta, talvez. Notou que já estava cicatrizando, mas era profunda. Demoraria. Cobriu a ferida para não entrar mais água do mar em seu corpo. Provavelmente era isso que a estava deixando confusa.

Sentiu mãos colocando-a em uma cesta. Sentiu vento. Sem saber o que acontecia, imaginou estar sendo elevada por uma cesta para dentro do barco. Assim que sentiu que a cesta não se movia mais, imaginou estar no convés. Tentou levantar e viu outro homem aproximar-se.

– Não se mexa. Vamos levar você para a enfermaria.

Confusa e frustrada, ela gritou com toda a sua força:

– Ieda!

Então passou a vomitar água do mar no convés do navio. Ela precisava de alguma ajuda ou orientação. Desesperada, gritou novamente e dessa vez mais alto:

– Ieda!

Escutou outra voz surgir do tombadilho, novamente:

– Homem ao mar!

Então ela caiu no convés e apagou.

34

IEDA – OLHOS AZUIS DA COR DO MAR

LUGAR FORA DO MAPA, QUARTA-FEIRA, 11 DE JANEIRO DE 2000

– Vamos, Amanda, acorde!

Amanda abriu os olhos e encontrou Ieda em sua frente. Automaticamente a abraçou.

Ieda passou uma semente:

– Toma, é a mesma semente que demos ao Gabriel quando o encontramos no oceano. É para tirar a água do mar que está em seu corpo.

Amanda engoliu a semente e deitou. Ieda voltou para sua maca. Pareciam estar em uma enfermaria. Havia duas macas muito próximas e a estrutura da janela indicava que ainda estavam em um navio.

Amanda fechou os olhos ao ver dois homens entrando na enfermaria. Ambos com macacões azuis, uniformes.

Ieda falou:

– Obrigada. Estamos bem melhor e podemos tomar nosso rumo. Eu acho que nosso barco está por perto e é só nos deixar voltar.

– Um barco de pesca? – um dos homens perguntou.

– Sim.

– Desculpe, mas não tenho ordens de as deixar ir embora. Vocês vão ter que ser levadas para terra, além do mais, temos que preencher uma quantidade colossal de documentação para reportar o incidente que resultou em atraso na operação – o homem respondeu com o tom de voz autoritário e impaciente. Parecia não ter dormido.

Ieda sorriu e falou:

– Qual é seu nome?

– Carlos, e este é Armando. Eu sou o imediato e ele é o enfermeiro que está cuidando de vocês.

– Armando, obrigada – Ieda falou calmamente. – Carlos, precisamos ir.

Carlos riu e respondeu: – Desculpe...? – elevou sua sobrancelha em um tom de pergunta.

Ela respondeu:

– Ieda.

– Sim. Desculpe, Ieda... Você vai somente quando chegar em terra e direto ao hospital. Além disso, precisamos saber o que fazem em alto-mar. Precisamos reportar tudo.

Subitamente Amanda se levantou. Inspirou. Com seus olhos arregalados, disse:

– Ieda, esqueci o mineral! Como vou voltar ao submundo!?

Os homens riam e Armando comentou:

– Ah, isso vai ser engraçado – então perguntou de imediato: – Podemos colocar isso no relatório?

Ieda falou:

– Amanda. Este é o nome dela e ela está confusa.

Amanda continuou:

– Tenho que encontrar Luisón! Será que ele resgatou a Pedra da Segunda Chance dos outros? A minha caiu no mar!

– Poderia descrever essa pedra? – Armando pegou um caderno e passou a anotar sem esconder o quanto estava entretido.

– Cala a boca, Amanda – Ieda pediu cobrindo com sua mão o rosto de Amanda, preocupada com a repercussão que isso poderia causar. Ela havia sido bastante infectada pela água do mar e Ieda notou que precisaria de outra semente para desintoxicá-la. Mas, como daria agora, com eles aqui?

– Poderia nos dar água? – Ieda pediu.

– Ela precisa de água. Pode pegar? – Carlos ordenou a Armando.

O enfermeiro saiu, mas Carlos ainda ficou na enfermaria. Ieda se sentou ao lado da amiga e começou a acariciar seu cabelo.

– Minha morte! – E, com olhos arregalados, mencionou: – Preciso encontrar o barqueiro.

Então o rapaz cobriu seu rosto e disse:

– Achei que já havia visto de tudo.

Foi o momento que Ieda colocou outra semente na boca de Amanda. Amanda deitou e dormiu. Então o enfermeiro voltou com a água e Ieda disse:

– Preciso falar com o comandante.

Elas precisavam sair de lá. Estava com pressa, mas sabia que não poderia simplesmente saltar para o mar sem criar um alvoroço.

Carlos respondeu:

– Ele está no passadiço.

Ela não hesitou e saiu, passou por entre as acomodações a passos largos. Subia as escadas com a agilidade de uma navegadora e com a pressa e o desespero de alguém preso em uma gaiola. Ela precisava sair dali e tinha de ser imediatamente.

Assim que chegou ao passadiço, encontrou uma mulher e alguns homens espalhados, cada um ocupado com os seus deveres. Ela conhecia cada um deles, havia lhes dado sua energia. Admirava-os como uma verdadeira mãe cujo coração é grande o suficiente para adotar cada ser que buscava no mar seu trabalho. Mesmo assim, aquela não era a hora para demonstrações de carinho ou de orgulho. Ela precisava sair dali e indicou com voz serena:

– Preciso falar com o comandante.

O grupo olhou para a porta do passadiço e entrou outro homem, também uniformizado. Ele tirou suas luvas, seu equipamento de comunicação e pegou o *walkie-talkie*. Ao fazer isso, virou-se para Ieda:

– Quer falar com o comandante?

Ao encontrar os olhos do homem, Ieda riu. Era como se estivesse sendo levada pelo oceano, sem controle e rumo. Então ele sorriu. Poderia estar encabulado, ou apreensivo? Ela queria analisar mais profundamente aquela expressão, mas estava perdida em meio ao oceano azul que refletia em seus olhos. Ele era um tsunami, perigoso e fascinante. Ele riu instintivamente e tirou seu capacete para arrumar o cabelo. Ela riu respondendo a uma quantidade inenarrável de sensações. Isso porque viu, em meio às maravilhosas cores no olhar do rapaz, a química do mar. Era como se ela se visse pela primeira vez em sua existência, perdida no imenso oceano azul.

35
MAURO – O QUE FAZER?

RIO DE JANEIRO, QUINTA-FEIRA, 12 DE JANEIRO DE 2000

Mauro acordou no susto. Carmem dormia em seus braços. Ambos deitados no tapete da sala e pelados.

Derrotado, suspirou. Ele parecia uma marionete nas mãos da moça!

Carmem levantou e seguiu ao banheiro.

Sem querer espiar o traseiro nu daquela que o controlava sem escrúpulos, virou para o outro lado. Decidiu, iria tomar conta da situação! Primeiro passariam na casa de Carmem para pegar as suas roupas. Depois seguiriam para Búzios, onde se hospedariam em uma pousada próxima à casa dos pais dela. Com sorte, conseguiria todas as informações de que precisava para curar Carmem. Também, por sorte, ele entenderia o porquê precisava proteger tanto essa moça.

Ela não chega aos pés de Porâsý, pensou com menos firmeza que da última vez. Aliás, Carmem era exatamente o contrário de Porâsý, era exatamente o perfil de mulher do qual fugia.

– Vai se arrumar? – Carmem perguntou. Ela havia tomado banho e usava outra camisa de Mauro como um vestido curto e um cinto amarrado na cintura.

Mauro precisou reprimir a frustração de ter perdido a chance de tomar banho junto com ela. Isso seria contraproducente.

Levantou, seguiu ao banho. Recompôs-se com rapidez. Tomou banho, fez barba, escovou seus dentes, ajeitou a sua mala e seguiu para a porta.

– Vamos – indicou.

Carmem se acomodava no banco enquanto Mauro ajeitava sua mala no porta-malas da picape quando encontraram Cristiano. Este havia acabado de sair da casa de Joana.

– Estamos nos preparando para ir a Búzios também – ele se aproximou e perguntou: – E aí? Resistiu a Carmem?

– Não.

– Precisamos lhe acompanhar?

Mauro riu instantaneamente com a preocupação do amigo. Mesmo havendo a possibilidade de Carmem estar sob o encanto de Iara, não permitiria justamente que o Boto lhe acompanhasse.

– Dou meu jeito – respondeu. Fechou o capô e acenou em um gesto de agradecimento ao amigo.

Assim que entrou no carro, Carmem comentou:

– Achei que fôssemos nos deparar com aquela estranha e horrorosa "cordialidade" do dia seguinte. Jamais imaginei que sairia do seu quarto direto para uma viagem. Isso é muito doido.

Carmem soltou uma breve risada.

Mauro esfregou seus olhos. Após as noites de sexo, sem dormir, sentia os efeitos. Bocejou. Antes de partir, precisaria de um grande copo de guaraná.

– Onde você reside aqui no Rio? – perguntou.

– Perto da Olegário Maciel – ela respondeu. Pausou por um momento como se estivesse querendo ler os pensamentos de Mauro. – Você mudou de ideia sobre a viagem?

Mauro então falou:

– Lógico que não.

– Mas você me parece muito distante e preocupado com algo. Tem alguma coisa que precisa me dizer?

– Não.

Mauro foi seco. Certamente, não seria nada prático ou funcional ser transparente em relação aos motivos (que não eram poucos) que os levavam ao encontro dos pais da Carmem. Aliás, como ele mencionaria o fato de querer conhecer a família de Carmem sem que houvesse uma boa dose de psicopatia em sua explicação: "Amei tanto nosso sexo que faço questão de conhecer os seus pais"?

– É aqui – Carmem apontou um prédio baixo e branco. Mauro estacionou o carro e desligou o motor. – Já volto – ela indicou.

Ele ia junto, ela querendo ou não. Estava infectada e ele não poderia prever o que poderia acontecer com ela se aguardasse no carro. Então anunciou, deixando a moça ainda mais confusa:

– Vou junto.

Carmem riu e disse:

– Não faça isso comigo. Peço clemência. A casa está uma bagunça. Estou pedindo para ficar no carro.

Mauro saiu do carro. Novamente ignorando o pedido da moça.

Derrotada, ela virou e disse:

– Por favor, não repare e espero que você não mude de ideia sobre ser o meu orientador depois de entrar aqui.

Ser orientador? Ele jamais disse que iria ser orientador de Carmem. Ele disse que iria ajudá-la a publicar um artigo científico... Muito diferente!

– Realmente preciso da bolsa de estudos e amo o que faço.

Bolsa de estudos? Será que não ficou claro, depois de uma noite inteira de sexo ininterrupto, que ele jamais poderia ser orientador de Carmem? E o conflito de interesses?

Carmem abriu a porta. Pelos conceitos de Mauro, o apartamento estava perfeitamente arrumado. Só havia roupas espalhadas no sofá, bijuterias na mesa de jantar, livros, cadernos amontoados desordenadamente ao lado da televisão e duas xícaras de café sujas na mesa de centro.

Um grito estridente saiu da boca de Carmem. A moça saltou em cima de um cabideiro e retirou algumas calcinhas que pareciam estar secando.

– Desculpe – sorrindo, balbuciou.

– É você, Carmem? – a voz de uma moça surgiu do que parecia ser a cozinha. Mauro parou na frente da porta de entrada, sem saber se deveria sentar no sofá ou ajudar a sua... bem, namorada, a arrumar suas malas.

A moça loira que conheceu na praia saiu da cozinha. Pelo tamanho da barriga, ela estava grávida. Mauro reprimiu a vontade de escaneá-la para analisar se o feto estava bem. Quis supor que ela cuidava de sua gestação como deveria.

– Podemos ir – Carmem apareceu com uma mala.

– Vocês viajam muito? – Mauro apontou para um mural de camurça com fotos. Quem sabe encontraria pistas que pudessem levar ao encantamento?

– Nem tanto – Carmem respondeu. – Não sobra muita grana.

– Aonde geralmente viajam?

– Não temos preferência. Viajei para Curitiba com a Carol ano passado.

Então Carmem apontou a foto. As duas pareciam extremamente animadas. Estavam abraçadas e era noite. Aparentemente, estavam em uma festa. Certamente não teriam sido infectadas em uma festa. Iara e Carmem precisavam estar no mínimo próximas o suficiente para confundir suas energias.

Mauro fixou os olhos na foto, buscando imaginar onde isso poderia acontecer. Então perguntou:

– Conheceu o lugar durante o dia?

Carmem respondeu aos risos:

– De dia dormíamos.

Mesmo desaprovando a reação de Carmem diante da sua pergunta, ele continuou sua indagação:

– Você gosta de fazer escalada ou trilha?

– Não.

– Gosta de acampar?

– Não.

– Gosta de nadar?

– Pouco...

– Veleja?

– Não.

Mauro pausou por perceber que suas perguntas não estavam chegando a lugar algum. Então decidiu fazer uma pergunta aberta:

– O que você fez de interessante e fora do comum nesses últimos meses?

– Nada fora do comum. Trabalhei e bati minha cabeça no laboratório. O mesmo de sempre. Ah, já limpei a minha mesa. Digo, trouxe algumas coisas do laboratório, caso você mude de ideia.

Mauro balançou a sua cabeça e voltou para suas perguntas. Alguma pista. Ele precisava de alguma pista.

– Sim. Outra pergunta? – Carmem parou ao lado de Mauro, com seus braços cruzados, divertindo-se com as perguntas bizarras.

Mauro perdeu o fio da meada com a pressão do olhar irônico e sacana de Carmem ao seu lado.

– Preciso de ajuda, Carmem – ele confidenciou.

– Com o quê?

– Sua mãe ainda está viva?

– Sim e muito saudável – Carmem riu. – Que espécie de pergunta é essa?

Não é possível! Era como se ele estivesse tentando atirar uma flecha em um alvo enquanto sofria parkinsonismo. Não acertava uma única pergunta!

– Conte-me sobre sua última viagem.

Sentada no sofá, Lara interferiu na conversa:

– Não gosto de lembrar muito disso. Foi quando o pai de minha filha me abandonou por outra mulher. Carol e Carmem foram me resgatar em Minas.

Carmem prosseguiu:

– No dia em que chegamos à casa da Lara, ela estava tão triste que decidimos alegrá-la. Então jogamos papo fora à noite. Encontrei um arco e uma flecha do ex-namorado de Lara. Digamos que nós não tivemos a mesma sorte da chefe de Carol, sua amiga Lina. Tivemos algumas experiências péssimas com o sexo masculino... – ela riu encabulada e comentou: – Eu, provavelmente, não deveria ter falado nesse assunto... esquece! – Então ela foi até a cozinha e abriu a geladeira.

Ele correu atrás dela e insistiu enquanto ela buscava algo dentro da geladeira:

– Vamos, Carmem, continue. Quero ouvir...

– Droga! – Carmem exclamou ao virar para a pia. – As meninas detonaram meu iogurte. Lara! Falei para você que estava guardando um iogurte para o final de semana! Por que tomou?

– Desculpe! – a voz de Lara penetrou na cozinha.

Carmem suspirou e negou, com olhos fechados, claramente frustrada.

– Vamos. Continue – Mauro pediu.

Ela respirou e perguntou:

– Você não vai me julgar?

– Claro que não!

– Claro que vai. – Carmem murmurou, aos risos, pegou uma bolsa térmica, jogou as últimas duas maçãs encontradas na geladeira, foi até a sala e colocou dentro de sua mala grande o suficiente para um mês.

– Nossa, que mala grande – ele julgou, sem querer. – Prossiga – pediu.

Carmem franziu o cenho em desacordo e continuou:

– Bem... estávamos indo em busca de Lara, que encontrou seu marido com outra. Estávamos jogando papo fora e Carol trouxe a história do cupido. Falou em Rudah ou algo parecido...

– Rudá! – corrigiu Lara da sala: – Rudah era a boate aonde gostávamos de ir e que fechou!

– Tá. Só sei que estávamos conversando sobre nossos desamores e decidi dar uma flechada no cupido para ele sentir o amor proibido e a rejeição que sentíamos: – zombando, indicou: – Se é para amaldiçoar, tem que fazer direito! Clamei a mãe natureza... ah, esqueci o nome da...

– Ci – Mauro completou, horrorizado.

– Você conhece? – Carmem sorriu. – Você é realmente muito inteligente! Bom... No dia seguinte, fui resgatar as flechas e acabei caindo em um lago. Foi quando eu encontrei algo parecido com isso.

Carmem mostrou uma pedra verde e Mauro a olhou assustado com a seriedade da situação em que ela havia se metido. Se foi no final do ano, então foi na mesma época em que Gabriel e Joana tiveram um caso, efetivamente. Depois ele encontrou uma mulher parecida com Beatrice, o que culminou na transformação dele para o vulto. Mesmo assim... poderia ser somente coincidência?

A cabeça de Mauro revirava. Então perguntou:

– Quando foi isso mesmo? Diga o dia.

Carmem pegou uma agenda antiga e respondeu:

– Veja – ela mostrou a agenda com o dia para Mauro.

Para sua surpresa, na agenda estava escrita a palavra Rudah. A boate de Gabriel. Por um acaso, eles estavam lá e ele havia avistado um grupo de três mulheres, sendo que uma delas era Carol.

Então ele se lembrou. Carmem era a moça que um rapaz não deixava em paz. A moça que deu um telefone de uma dedetizadora para despistar o moço. Era justamente a moça, ninfa, que chamou a atenção dele.

A situação era pior que a encomenda. Carmem poderia estar morrendo, mas, nesse dia, rogou uma praga em Gabriel. Não se roga uma praga sem dar algo em troca.

Ci atenderia o pedido de Carmem? Em troca do quê?

Quem acordou Iara?

– Você não está com pressa? – perguntou Carmem.

– Sim – Mauro respondeu e a manteve ali enquanto encarava a pedra, perdido em suas suposições. Iara não teria dado a mínima para a praga que Carmem rogou em Gabriel. Isso certamente não acordaria Iara.

Apenas um evento de grandes proporções acordaria Iara.

– Se lembra de quando mencionou em nadar no lago que continha pedras similares a essa, houve algo além disso? Enfrentou algum risco de afogamento? – ele perguntou. Sim... Se ela for, de fato, filha de Iara, um evento de quase morte acordaria as suas colegas.

Carmem respondeu aos risos:

– Sei nadar...

Joana quase perdeu a vida nessa noite da boate. Mauro se lembrou que Gabriel teve de sair às pressas para tentar salvar a vida de Joana.

– Joana, filha de Cristiano – Mauro falou baixo enquanto olhava a pedra.

Subitamente estalou. O sangue da Joana, a doença... Será que Iara queria falar com Joana?

– Mauro... – Carmem o chamou.

Ele a olhou assustado por ter sido interrompido.

– Desculpe, mas você está olhando essa pedra há minutos. Pode ficar com ela.

– Não! De jeito nenhum!

– Vou me arrumar antes de irmos. Ok? – Carmem assentiu. Mauro só conseguiu murmurar algo muito pouco inteligente.

– Ok. Vou à padaria! Prefiro mil vezes comer um sonho do que segurar vela! – Lara anunciou. Pegou sua bolsa e saiu do apartamento.

Carmem entrou no quarto.

Em meio a tempestivos pensamentos, Mauro ficou ali, paralisado. Sem saber o que fazer. Deveria contar a Cauã sobre a sua suspeita? Provavelmente não. Conhecendo Cauã, não era uma boa ideia soltar uma bomba dessas sem ter provas.

Sim, Gabriel era a pessoa certa. Além do mais, precisava alertá-lo. Era o único jeito. Ele pegou o celular.

36

GABRIEL – RECADO

RIO DE JANEIRO, QUINTA-FEIRA, 12 DE JANEIRO DE 2000

– Mauro, você está suspeitando que Joana é a tal filha de Iara. Isso explicaria o sangue de Joana conter células da amostra de sangue de uma mulher infectada por esse vírus. Em teoria, essa suspeita também explicaria, em parte, sua condição mais vulnerável – Gabriel resumiu. – Isso entendi… Agora estou confuso. Joana teve apenas um mal-estar, não? Ela está com algo mais sério?

– Ela pode estar com o câncer de Iara. – A resposta de Mauro fez Gabriel se ajeitar na cadeira da sua cobertura. Precisou reprimir a vontade de gritar. Fechou seus olhos ao retorquir:

– Isso não faz sentido.

– Concordo que é difícil engolir uma notícia dessas… Por isso lhe peço cautela. Não conte para ninguém. Principalmente para Cauã.

– Concordo.

– Ainda estou juntando todas as peças. Entendo a sua confusão. Em teoria, ser ou não filha de Iara não deveria afetar a saúde de uma entidade secundária.

– O que você precisa para juntar as peças?

– Tem como chamar Sarah? Ela é a única que pode nos dar uma luz nessa questão. Precisamos trazê-la da Inglaterra. Um assunto desse porte não pode ser tratado pelo telefone.

– Joana e Cauã vão estranhar.

– Falaremos com eles pessoalmente.

– Então venha logo – Gabriel pediu e desligou.

Gabriel gostava de ler. Lia diariamente, com uma xícara de café, chá ou uma bela taça de vinho. No entanto, parou de ler livros de mistérios, pois o culpado sempre era aquele personagem menos envolvido com a trama, aquele que vive na obscuridade.

Sarah, quem é você?

Por que se esconde há tanto tempo?

Gabriel não queria julgar a atitude de Sarah sem conhecer a sua versão. De fato, seria mais fácil catalogá-la como uma vilã e conferir toda a culpa da vulnerabilidade da Joana à Sarah, mas não poderia. Depois de se ver na posição de terceira vértice de um casal, depois de se colocar entre Joana e Cauã, ficando notoriamente conhecido como "o amante" ou "o vilão", percebeu que não havia nada de óbvio em se apontar os dedos. Simplesmente a vida não era simples assim...

Depois de desligar o celular, a vontade de voltar à forma imaterial foi latejante, quase tão pesada como tudo ao redor.

Era estranho pisar em terra firme depois do tempo em forma imaterial. As solas e os tendões do pé de Gabriel latejavam. Seu corpo parecia menos ágil e fraco. A gravidade, mais violenta. Era como nascer novamente em uma escala bem menos impactante para seu corpo que, diferente de um recém-nascido, já era calejado pelo tempo.

Ao ver Lina caminhando pela cobertura com um regador, dosando água em cada vaso, imaginou como seria bom voltar a unir-se a essa encantadora e forte mulher. Chegou a querer secretamente aquela rotina de união familiar.

Mas precisava agir com razão... Por mais estranho e paradoxal que fosse para sua essência.

– Mauro precisa falar conosco – Gabriel anunciou e soltou alguns impropérios, ajeitando-se para levantar.

– Ok. Vou chamar Joana, Cauã e Cristiano.

Murmurando outros impropérios, ele se levantou. Esticou suas costas. Vacilou e cambaleou. Subestimou a dificuldade de se voltar à forma material quando atendeu ao pedido da Amanda. O celular pesou em sua mão. Tudo pesou: o ar, a maresia, a luz solar, seu corpo, a notícia...

Como Joana reagiria ao vê-lo em forma humana? Será que ainda havia restado algum sentimento romântico por ele? Será que ele teve sucesso em extrair tudo na noite em que quase fez amor com Joana?

Seus pés latejavam pelo súbito esforço, mas ele andou, como pôde, lentamente, até a ponta da varanda. Queria sentir a brisa do mar. Como Cauã conseguia ficar em forma imaterial por tanto tempo e retornar sem consequência alguma em seu corpo?

– Oi, meu amigo – a voz de Cauã surgiu por detrás de Gabriel. Muito provavelmente Joana estava ao seu lado.

Gabriel estalou seu pescoço. Não era fácil voltar à forma humana.

– Oi. Já vão para Búzios? – ele perguntou sem olhar para trás. Reprimiu a vontade de se certificar de que Joana estava presente. Não estava preparado para vê-la.

– Vamos. Mauro está bastante enrolado e precisaremos ajudar Carmem se ela realmente estiver infectada.

– Vou depois... hoje à tarde. Agora, com a forma humana, será mais fácil chegar perto da Carmem para ajudar Ieda na avaliação – limpou o suor que escorria ao redor da boca.

– Posso abraçar você? – a voz suave de Joana quebrou Gabriel. Subitamente, todos os seus músculos passaram a funcionar perfeitamente. Ele se virou e foi atacado por um abraço apertado. O perfume de Joana o fez fechar seus olhos.

Era uma verdadeira lástima não conseguir enxergar esse casal com olhos fraternais como antes. Bom, na verdade conseguia. Por meio de uma espécie de técnica mental misturada a um autoengano, buscaria instâncias que convençam que era melhor manter aquela visão de telespectador, quando acredita que "almas gêmeas", são inquestionavelmente unidos e selados. Mesmo sabendo o quão frágil era esse entendimento, já que ele mesmo separou um casal que havia acabado de unir como essências – Iacy e Macaxera.

Sim, ele poderia. Com ferramentas e com o olhar de um tolo, poderia se convencer de qualquer coisa.

Mas, na verdade, manter-se ao lado da sua alma gêmea não era uma predeterminação ou regra do universo. É claro que, longe dela, sofria aquele sentimento de solidão profunda. Mesmo assim, não era impossível.

Assim como Gabriel conquistou o lado livre de Iacy, conseguiu provar, talvez usando essas mesmas ferramentas inúteis – que mais enganam do que convencem – que ela seria inteiramente feliz ao seu lado. Na época, ele agia por impulsividade. Era jovem, carregava aquela energia acumulada que confundia poder, deslumbro e onipotência.

Ele acreditava estar salvando Iacy de uma relação bombástica com Macaxera, já que este era a entidade da Guerra e foi inegavelmente um dos grandes vilões da primeira Grande Guerra.

– Deixa isso para lá – Gabriel falou para si mesmo, querendo esquecer o passado e… bom, o presente.

Isso porque, no fundo, ele sabia que Joana era livre. Ela nunca seria inteiramente de Cauã. Essa parte, uma pequena parte dela, era de Gabriel.

37

NOVIDADES

RIO DE JANEIRO, QUINTA-FEIRA, 12 DE JANEIRO DE 2000

Gabriel murmurou algo para si mesmo. Queria deixar algo ou algo parecido. Que seja! Queria ficar ali, ignorando o mundo ao redor, inclusive a conversa entre Lina e Cauã. Queria sentir o doce aroma do perfume de Gabriel em meio a um abraço longo o suficiente para colar as partes expostas das nossas peles.

Mas esse murmúrio do Gabriel, dito de forma tão desconexa, confundiu-me, mais do que ter a consciência de que tudo estava o mesmo, quando o sentimento que rondava todo esse apartamento me parecia inédito. Era como ver um tsunami chegar à praia e saber que a onda jamais me atingiria.

– Preciso descer para ficar ao lado da Carmem enquanto Mauro estiver aqui. Não podemos deixar a moça sozinha – Lina anunciou.

– Obrigado por cuidar de mim, Lina – Gabriel disse. Ela se despediu e seguiu seu caminho.

– O que estava murmurando? – perguntei ao me distanciar de Gabriel um pouco.

– Eu estava sentindo na minha espinha o peso da minha arrogância.

– Deixa isso para lá – foi a minha vez de dizer. Esfreguei minhas mãos nos braços de meu amigo em um gesto de conforto. – Você é tudo, menos arrogante... – disse. Nesse momento, admirando o belo sorriso de meu amigo, senti-me grata por Gabriel ter encontrado uma forma de me negar naquele dia. – Corajoso, amável, gentil...

– Estúpido... – ele completou e fez careta.

Levando em consideração a forma como ele me olhou assim que pisei na varanda, como se quisesse pular da varanda em arrependimento por ter extraído meu sentimento por ele, foi certamente estupidez.

Uma estupidez corajosa, amável e gentil. Mesmo assim... estupidez.

– Eu te amo – fui sincera. Temendo ser mal interpretada ou, melhor ainda, interpretada da forma como ele bem entendesse, já que eu não conseguia dar lógica àquilo que eu dizia ou fazia, rapidamente corrigi: – Como amigo, é claro!

Pelo canto dos olhos, procurei Cauã, que, a alguns passos de distância, conversava com Mauro. Cristiano havia acabado de chegar e, tomando como base a forma como ele coçava sua barba malfeita, parecia estar buscando se inteirar das novidades.

– Também te amo – Gabriel respondeu com um tom de voz alto o suficiente para ser ouvido com a clara intenção de deixar evidente que a nossa relação era algo especial e que ninguém (nem Cauã) teria poder de mudar qualquer coisa.

– Não agora... – Mauro resmungou, tenso com o que poderia acontecer após essas declarações.

Mas, para nosso espanto, Cauã lançou suas mãos nos ombros de Gabriel em um gesto brincalhão e, para aqueles que leem nas entrelinhas, impositivo.

– Tá... todos nos amamos. Agora, entidade do Amor, pare de distribuir seu amor à minha namorada. Precisamos planejar um contra-ataque.

– Ah! Amor é comigo mesmo! – Cristiano anunciou aos ventos e me distanciou dos dois, um pouco apreensivo.

– Eu te amo muito, cara! – Gabriel devolveu o gesto rudemente carinhoso do amigo em um tapa nas costas. Revirei meus olhos. Nesses segundos, era como ver dois machos disputarem algo ridículo, como uma corrida de carro ou qual carro é mais veloz.

Gabriel perguntou:

– Mauro pediu para conversar conosco, não foi?

– Ah, sim... – Mauro tomou a palavra. – Joana, poderia nos contar um pouco sobre a vida de solteira da sua mãe? Ela lhe contou?

– Minha mãe nunca gostou de falar sobre o seu passado – respondi, mesmo estranhando a pergunta.

– Foi o que imaginei. – Mauro resmungou, desgostoso. Coçou o seu queixo em um gesto contemplativo. – Você se importa se a trouxermos de volta da Inglaterra? Precisamos falar com ela.

– Agora até eu estou confuso – Cauã disse, ainda mais desgostoso.

– Confie em nós – Gabriel disse. – Logo explicaremos o motivo. – E assegurou: – Realmente acreditamos que não há nada com que se preocupar.

– Tá. Agora tem outro assunto. Esse é um pouco mais desconcertante – Mauro anunciou. – Não está claro se as Iaras estão atrás da Carmem, como não está claro se ela está infectada. Mas o que descobri foi que ela pode estar em perigo, pois pediu a Ci um favor. – Firmou seus lábios e suspirou: – Carmem é humana e não sabia o que estava fazendo... – justificou. Curvei os lábios para cima, exasperada. Pelo visto, ele tinha algo bem perturbador a dizer... outro evento catastrófico. – Carmem pediu para Ci fazer com que Rudá sinta o mesmo amor impossível que ela sentiu um dia.

– Disse que não precisa se preocupar comigo – Gabriel retrucou.

– Mas eu amaldiçoo meio mundo! – argumentei com braços estendidos, confusa.

De fato, ontem mesmo amaldiçoei o motorista que buzinou para me apressar a ultrapassar o sinal. Também, no mesmo dia, amaldiçoei um garçom que demorou a trazer um café que pedi, a Marcos por experienciar uma dor tremenda ao pisar em um de seus brinquedos pontudos esquecidos no meio do corredor, a Vanessa por incendiar um vestido, Cauã, Marina, Gabriel... O que posso dizer? Estava de TPM.

– Você pediu ao seu elemento que prejudique outra entidade? – Mauro perguntou.

– Pedi para prejudicar Rodrigo, Priscila...

– Mas a Lua ignorou seus pedidos por achá-los impulsivos e sem sentido.

– O que garante que Ci não tenha ignorado o pedido de Carmem?

– Foi exatamente no mesmo dia em que você se machucou na Amazônia e Gabriel foi resgatá-la. É... foi naquele dia... – Mauro pausou assim que notou o ar ficar tenso e insuportável. – Bom... vocês entenderam. Agora Ci vai querer algo em troca.

– Ela acertou em cheio. Rudá realmente vivenciou um amor impossível. – Cauã comentou. Gabriel revirou seus olhos. Franzi os meus. – O quê? – Cauã deu de ombros.

– Imaturo – retruquei. – O que Ci pedirá em troca? – perguntei.

– Não sei, mas certamente não será um mero aperto de mãos.

– Carmem é livre para fazer qualquer pedido ao seu elemento – Gabriel comentou, cruzando seus braços, desgostoso com a notícia. – Não temos permissão alguma de interferir nessa relação. – Mauro elevou seu dedo para dizer algo, mas Gabriel disse: – Ah! Deixe-me terminar – e prosseguiu. – Se um humano quiser incendiar o seu elemento, não há nada que possamos fazer. Se quiser explorá-lo para obter a ilusão da riqueza, também não. Se quiser um favor, idem. Como tudo nessa vida, há essa relação de troca. Destruiu o elemento, morre. Cultivou o elemento, ganha prosperidade. Pede algo a seu elemento, dá algo em troca.

– Gabriel, ela o amaldiçoou – Mauro disse.

– Nesse caso, como tudo que se pede, Ci irá obrigá-la a pagar pela sua escolha e você não tem nada a ver com isso.

– Como não?! Se ela quiser levar Carmem de mim... – Mauro abriu e fechou a boca algumas vezes, angustiado, buscando avidamente as palavras certas para uma discussão horrorosa. – Eu não vou permitir. Simples assim... – anunciou: – Preciso ir.

38
CARMEM – APRESENTAÇÕES

RIO DE JANEIRO, QUINTA-FEIRA, 12 DE JANEIRO DE 2000

– Olá. Sou Lina. Lembra de mim?

– Lógico. Tudo bem? – Carmem sorriu. Ela desencostou do carro. Não deveria, mas enquanto Lina se aproximava, caminhando pelo condomínio do Gabriel (amigo do Mauro), Carmem automaticamente passou a buscar um defeito na maravilhosa mulher.

– Um prazer revê-la – Lina sorriu e acariciou seu braço em um gesto cordial.

Carmem assentiu. Lina estava de shorts jeans e uma camiseta larga. Uma vestimenta que poucas mulheres sustentam com elegância, mas era como se a mulher simplesmente não conseguisse ser desleixada.

– Está tudo bem? Mauro parecia tenso ao pedir para dar uma parada aqui antes de seguirmos a nossa viagem.

Sim, precisou fazer uma breve e inocente observação de que iriam viajar juntos para a mulher sem defeitos. Afinal, pelo visto, Mauro preferiu a companhia de uma mulher com corpo munido de pneuzinho, pochete e todos os adjetivos que denominam uma mulher… com defeitos.

– Obrigada por concordar em levar as crianças com você. Vai ficar apertado no nosso carro.

– Hum? – Carmem perguntou com seus lábios cerrados e expressão vendida. Era por esse motivo que Mauro havia pedido para dar uma passada na casa de seu amigo?

Carmem gostava de criança, mas Mauro jamais disse que a viagem incluiria crianças.

– Nossa… – murmurou, sem saber o que pensar.

Um carro importado parou próximo a elas.

Como se estivessem sido estouradas por granadas, as duas portas de trás do carro se abriram e saíram duas meninas e dois meninos.

– Oi! – o menino moreno disse. – Sou Pablo. Você é Carmem, namorada do tio Mauro – estendeu sua mão. Carmem apertou a mão do moleque e riu. No fim, achou graça da súbita e inesperada apresentação.

– Oi! – o menino loiro disse logo em seguida. – Viemos para assegurar que você e o tio se comportem – fez um gesto de beijinhos com seus dedos e uma careta adorável e zombeteira.

Lina fez um "xiu" e colocou o dedo na frente da boca, impondo silêncio.

– Sem noção! – uma menina loira, bem parecida com o menino, retrucou. Sem dúvida eram irmãos.

– Desculpa. Sou Thaís e essa é Vanessa – disse a quarta criança, que tinha uma pequena marca em forma de estrela na testa.

– Vocês são muito espertinhos! – Carmem elogiou.

– E indiscretos – reclamou Lina.

– Tá… tá… tá, mas quem é o idiota? – Marcos apontou para a rua.

Um rapaz de cabelo preto e porte musculoso caminhava no meio da rua, como se estivesse na Sapucaí. Ignorando completamente uma fileira inacreditável de carros buzinando atrás, ele parou em frente ao condomínio. Colocou seus punhos cerrados na cintura em um gesto dominador.

– Júlio? – Lina perguntou e franziu os olhos.

Carmem tampou a sua boca. Tentou não gargalhar. Pelo visto, Mauro tinha uns amigos bastante excêntricos.

Então, em um tom de voz imponente, daqueles que demandam e conquistam, como um verdadeiro colonizador português atrasado mais de quinhentos anos, o louco exclamou:

– Pai! Vim aqui tomar a posse do MEU reinado! Abdique do Sol ou serei obrigado a tomar medidas drásticas para tomá-lo de você!

– Tire esse louco da frente do meu carro! – um motorista exclamou.

– Atropela! – outro gritou.

E uma série de injúrias surgiu por detrás do rapaz.

– Droga – Lina murmurou. – Crianças, levem Carmem para dentro do carro.

Pablo pegou na mão de Carmem e disse:

– Vamos?

– O que está havendo? – Carmem perguntou, curiosa.

– Não há absolutamente nada com o que se preocupar – Lina respondeu e passou a caminhar em direção ao insano.

A guarita se abriu e Lina convidou o rapaz para entrar e fez um gesto para o louco a seguir. Com bastante confiança, o moreno seguiu Lina em direção ao salão de festas.

39
JÚLIO

RIO DE JANEIRO, QUINTA-FEIRA, 12 DE JANEIRO DE 2000

– Temos uma visita.

A voz estrangulada e raivosa da Lina interrompeu nossa conversa. Com um súbito pouso, ela surgiu na varanda com Júlio no colo. Largou o rapaz e deu um passo para trás, como se precisasse de espaço para não desmantelar o elemento. Com um ronco de dor, Júlio despencou no chão. O olho esquerdo do rapaz, vermelho e inchado, já não abria. No canto da boca, havia uma escoriação com coágulo de sangue. Havia outros ferimentos que, com o passar dos segundos, gradativamente, remendavam-se. Pelo visto a luta tinha sido recente. Cauã deu um passo para frente e pausou, indeciso. Sua expressão tomou uma forma sombria. Não consegui deixar de sentir pena do rapaz. Sua aparência era terrível com sua camisa ensanguentada, olhos inchados e roxos, mandíbula caída.

Ela adicionou:

– O suicida tentou me convencer a encontrar uma virgem para ele presentear o Sol. Depois me convidou a fazer parte do seu time vencedor e convencer Amanda a cooperar e acompanha-lo para que seja usada como moeda de troca. Naturalmente, em troca dos poderes do Cauã. Quando não aceitei nenhum de seus pedidos, ameaçou sequestrar as crianças.

– Hum – murmurei. A pena deu lugar a ira.

– Você não m... – Júlio cuspiu uma bola de sangue – deixou fala...

– Cala a boca! – Lina cortou e o rapaz curvou seu tronco, em rendição.

Sem mais tardar, Cauã lançou suas mãos na camisa ensanguentada do rapaz e saltou dizendo:

– Você quer o Sol, então te mostro! – ele saltou, levando Júlio para o espaço.

Vimos duas luzes colidindo-se no céu, como duas estrelas se chocando entre si. Uma era incrivelmente mais brilhante que a outra, provavelmente seria a luz de Cauã. Certamente a luz mais brilhante era meu Cauã. Então vimos a luz menor cair e a luz maior interceptá-la e voltar para o céu.

– Vai ser uma luta longa! – comentei.

– Não vai ser, não – Gabriel respondeu, também observando a luta.

Cristiano tomou a palavra:

– Aposto uma noitada patrocinada por você que Cauã finaliza Júlio em... dez segundos... nove...

– Será que Carmem viu isso? – Mauro perguntou.

– Não tenho tempo para isso – Lina comentou. Virou de costas e seguiu o seu caminho.

– Sete...

– Duvido – desafiei, compenetrada na briga.

– Como vou explicar essas luzes para Carmem? – Mauro se perguntou. Revirei meus olhos, notando como meu amigo estava apaixonado.

– Quatro...

– O tempo está acabando... – ainda desafiei.

A luz menor se apagou.

– Vai anoitecer em breve. Onde será a noitada? – perguntou Cristiano.

– Não temos tempo para isso. Vamos para Búzios – lembrei-lhe.

– Tudo bem, pelo menos o lanche você vai pagar!

– Vou descer e tentar explicar o inexplicável para Carmem – Mauro anunciou e seguiu o seu caminho.

Um barulho muito sutil arranhou o lado externo da varanda. Era como se alguém estivesse escalando o prédio.

Ignorei.

Fiz um estalo com a língua e disse:

– Carmem pode estar muito confusa.

– Mauro vai achar uma forma de explicar... isso – Cristiano varreu o ar com sua mão, como se o gesto pudesse englobar tudo que aconteceu.

– Assim espero – inspirei com a surpresa de encontrar um ponto brilhante por entre as nuvens. – Cauã?

– Hum... – Cristiano cerrou seus olhos e respondeu: – Sei lá. Vamos ter que aguardar para ver quem ganhou a luta.

Estapeei Cristiano no ombro, notando o tom de brincadeira que ele usou ao responder a minha indagação.

Em um salto, Gabriel pegou o braço feminino que surgiu do lado de fora da varanda. Subitamente o rosto de uma mulher maravilhosa, loira, de olhos grandes e azuis surgiu. Não tive dúvida alguma de que a estranha moça que praticamente escalou o equivalente a onze andares de um prédio era Iara.

Eu deveria estar mais preparada, mas ao contrário do que se espera, não me tornei mais sábia após tantos anos convivendo com o inesperado. No entanto, de uma coisa eu sabia. Gabriel corria risco ao estar tão próximo dessa invasora perigosa, sedutora e manipuladora.

Sem um plano qualquer e por puro instinto, coloquei o meu corpo em meio aos dois e empurrei Gabriel para longe da Iara.

Eu estava esperando tudo – chute, soco, puxada de cabelo –, menos um suspiro de alívio da mulher que disse:

– Finalmente – ela sorriu. Elevei minhas sobrancelhas. Ela pegou em meu braço e disse: – Escute... eu quero te ajudar – Iara olhou para o lado, arrepiada. Pressentiu algo. Gabriel e Cristiano tentaram se aproximar.

Para a minha surpresa, nós (eu e Iara) fizemos o mesmo gesto para eles manterem distância.

Cristiano e Gabriel pausaram e se entreolharam, confusos.

– Quer me ajudar? Então responde: você infectou Carmem? – perguntei.

– Tem muita coisa que você não sabe... – ela disse, ignorando a minha pergunta.

Subitamente uma luz verde em forma de rede caiu em cima da Iara, que gritou e passou a lutar para sair da armadilha.

Ana e Adriana pousaram logo atrás.

– Não se enganem! A sedução de Iara vai muito além de sua bela aparência – Adriana disse.

– Quero ajudar! O tempo está acabando! – Iara exclamou.

– Já está delirando. Vamos levá-la para Ieda imediatamente! – Adriana comentou após uma breve análise.

– Lina quer interrogá-la! – Ana argumentou.

Iara berrou:

– A filha da minha irmã vai morrer!

Adriana deu de ombros e disse:

– Não sei se vai ser de grande valia.

– Carmem vai morrer porque você a infectou! – exclamei, ignorando a conversa das icamiabas.

– Quem é Carmem? – Iara quis saber.

– Não escute o que ela diz – Ana alertou e, em um gesto certeiro, amarrou a rede. – Por favor, deem distância.

Então as duas saltaram e levaram Iara pelas nuvens.

– Todos têm que parar de saltar e passar a caminhar como pessoas normais! – exclamei de raiva e frustração. – Ela iria dizer algo importante! Não iria? – justifiquei. Ambos se entreolharam. – Não iria?

Ninguém respondeu.

– Aff! – fechei o assunto com um resmungo sonoro.

40
MAURO – A QUESTÃO DE IARA

RIO DE JANEIRO, QUINTA-FEIRA, 12 DE JANEIRO DE 2000

– Pelo visto você não tem pressa para ir para Búzios – Carmem comentou ao se ajeitar no banco do carro.

Mauro coçou sua nuca e fez careta. Não respondeu. Em vez disso, virou-se para o banco de trás e pediu:

– Crianças, se ajeitem. Coloquem seus cintos e fiquem quietas.

De fato, ele achava extremamente difícil raciocinar em meio ao barulho que as crianças faziam no banco de trás.

Mas, como previsto, Marcos abriu sua boca:

– E aí, tio gênio! Vai encontrar uma forma de vencer o louco antes de ele roubar o Sol do meu pai?

Defendendo-se dos súbitos ataques dos demais, Marcos piscou inocentemente para Mauro.

Mauro não se alarmou com a súbita pergunta do Marcos. Sabia que Carmem não daria qualquer atenção ao menino. Isso porque, por meio de um mecanismo mental empírico, o humano tende a procurar instâncias concretas para confirmarem uma determinada história. Levando isso em consideração, toda e qualquer palavra de Marcos seria descartada. Mesmo assim, enquanto ajeitava o espelho, Mauro mandou um recado claro, por meio de sua expressão sisuda, para a criança calar a boca.

Aos risos, Carmem disse:

– Esse menino é uma figura!

Foi a vez de Pablo abrir a sua boca:

– Marcos! Fica quieto! Estamos aqui com uma missão e uma missão apenas! Assegurar que pah... não vai cair nas armadilhas de pah... por causa do encanto de pah!

Uma chuva de tapas caiu em cima de Pablo.

Carmem passou a gargalhar.

– Tia Carmem, conte-nos sobre você – Thaís pediu. – Como veio a conhecer tio Mauro? E Iara? – ela também piscou seus olhos inocentemente.

– Iara? – Carmem riu e olhou para Mauro, confusa. Ela respondeu: – Bem, até o momento não conheci Iara alguma. Além da mulher sereia do folclore.

– Crianças... – Mauro resmungou, sem saber como explicar tamanha falta de noção dos infantes irritantes. Uma chuva imensa de adjetivos inundou seu cérebro. Reprimiu-se. Ele jamais recorreria ao método bestial de reagir à sua frustração.

Pablo tomou a palavra:

– Você sabe que o poder de sedução de uma Iara pode ser passado a outra pessoa? E tem mais! Quem tiver a má sorte de ser infectado pelo poder de Iara morrerá! – e, gesticulando com os dedos como se estivesse dilacerando algum objeto imaginário, prosseguiu: – O vírus é como uma arma letal e corrói a pessoa por dentro!

Com um largo sorriso no rosto, Carmem virou seu corpo para trás. Estava claro que ela gostava da espontaneidade das crianças. Também ficou claro que ao deparar-se com esse lado sensível da moça fez o coração de Mauro comprimir de medo. Pela primeira vez, sentiu terror em perdê-la.

Mauro apertou o volante e negou. Há milênios, ele não teve experiência ou maturidade para salvar Porâsý. Na época, ele acreditava que o seu conhecimento era capaz de solucionar qualquer problema. Ele errou. Isso porque não contou com o imprevisível. Agora seria diferente. Certamente levaria em consideração todos os pontos, mensuráveis e imprevisíveis. Ele iria agir com segurança e cautela.

Mauro colocou sua mão na coxa de Carmem.

– Opa! – Marcos exclamou e estapeou a mão de Mauro. Por um breve instante, Mauro pensou na possibilidade de jogar o filho do Cauã pela janela. – Preste atenção na estrada! – Marcos disse, apontando como um general para frente.

41
PROMESSA DE SANDRO

RIO DE JANEIRO, QUINTA-FEIRA, 12 DE JANEIRO DE 2000

– Bom, pelo menos solucionamos a questão das Iaras. Agora vamos para Búzios ajudar nosso gênio. Vou com vocês – Gabriel comentou.

– Vamos – sorri, muito mais animada do que deveria.

Gabriel sorriu de volta e disse:

– Espere um pouco.

Ele deu alguns passos de ré, meio sem jeito, como um menino que estava conseguindo algo que queria há muito tempo. Seu charme não tinha limites.

– Ok – Cristiano me chamou atenção ao estalar o dedo a centímetros de meus olhos. – Enquanto aguardamos, voltamos ao treinamento: você chegou a treinar como controlar os músculos de seus olhos, conforme pedi? – Cristiano perguntou.

– Não – respondi, sem sentir qualquer remorso.

– Então vamos treinar no caminho, mas, antes disso, tem alguém que veio visitar você.

– Aqui? Na casa de Gabriel?

– Esqueceu que a casa de Gabriel também é sua? – revirei meus olhos. Já deveria ter me acostumado com essa união desenfreada de bens. – Ele me ligou momentos antes de eu entrar aqui no apartamento. Dei o seu paradeiro e ele veio... Bom, pensando bem... Agora está explicado a súbita invasão de Iara. Ela pode ter o seguido... Mas foi providencial, não foi?

– Hã? – murmurei, confusa.

Vi a imagem de Sandro surgir pela porta da frente. Ele se aproximou, cabisbaixo. Fechei-me. Uni as sobrancelhas, desgostosa. Não quis fazer uma cena, mas Cristiano sabia muito bem o que me levou a cortar relações com meu amigo.

Cristiano quebrou o silencioso tumulto de meus pensamentos.

– Escute-o, filha. Não julgue sem antes ver todas as provas de um processo criminal.

Sem saber como reagir, aguardei Sandro se aproximar. Suspirei, exausta. Desejei secretamente não ser estapeada por outra notícia.

Sandro se encostou ao meu lado e disse: – Faça um pedido.

Dito isso, ele se inclinou para que eu pegasse seu boné.

– Por quê? – perguntei, ainda carrancuda.

– Porque preciso de você... Não queria fazer mal à menina, apenas protegê-la... Você sabe que eu não sou bom em mentir. Você me conhece! Jamais faria mal a uma criança!

Meu coração queria acreditar em Sandro. Minha razão concordou com ele. Convivemos anos em Indaiatuba e uma coisa era certa: ele sempre se metia em confusão, mas jamais fez mal algum a qualquer pessoa ou animal. Ainda mais uma criança! Mas eu também não poderia prever que ele pegaria minha filha. Confesso também que, se fosse o caso de ele querer qualquer mal às crianças, não conseguia ver qualquer possibilidade de sucesso.

– Queria proteger. Vanessa de quem?

– Do sequestro, ora!

Nervosa, querendo esganar Sandro por ter sido tão... ora, tão impulsivo, peguei seu boné em um gesto ríspido. Ele passou a saltar em desespero.

– Mas foi você quem pediu! – ri com sua reação.

– Fala logo! – ele saltava em pleno desespero.

Confesso que refleti sem pressa, rodando o boné com os dedos, deliciando-me com o desespero dele. Cruel, mas extremamente satisfatório.

Depois de alguns minutos, longos demais para Sandro, que, a esse ponto, abriu mão da sua dignidade e rolava no chão da varanda, anunciei:

– Prometa cuidar da Vanessa e protegê-la acima de tudo. Como uma dívida que você tem com ela.

– Prometo! Prometo! Por favor, me devolva agora!

Devolvi e ri enquanto Sandro se deliciava com o retorno de seu objeto querido.

– Agora fale sobre o meu segredo – pedi, lembrando da mensagem da Lua de que Sandro era o único capaz de me dar alguma pista sobre o mistério que me rodeia.

Sandro firmou seus lábios, como se estivesse considerando o meu pedido. Riu.

– Ainda bem que você não me fez prometer contar sobre o seu segredo.

– O quê?

– Depois de você resolver toda essa encrenca em que está envolvida, a gente se encontra – Sandro fez um gesto exagerado com as mãos e disse: – Iara, Luisón, Jurupari... – riu. – Muita confusão – pausou com as mãos na cintura. – Ok, vou dar uma pista sobre o seu segredo. – Revirei meus olhos. – Escute os seus inimigos – ele entregou um saco médio com diversas folhas amarrado por um barbante. – Prepare um chá com três folhas de cada uma dessas plantas. Ferva uma xícara de água, coloque as folhas, espere três minutos, tampe o seu nariz e tente tomar tudo em dois goles sem vomitar – sorriu alegremente. Deu-me um beijo no rosto e, como um ciclone errante, sumiu pelo ar.

– Saltou! Tá vendo? Ah! Cansei! Que se dane! – varri tudo, inclusive a curiosidade sobre as folhas e minha preocupação. – Sabe de uma coisa? Já esqueci e abstraí! Não quero mais saber sobre o meu segredo! Explique-me então sobre o poder da sedução.

Então ele passou a ensinar:

– Ok, vamos seguir nosso caminho. – Cristiano fez um gesto para eu o seguir. – Está preparada para aprender sobre o poder da sedução? – Ele espiou em minha direção para ter certeza de que eu o seguia em direção à porta do apartamento do Gabriel e prosseguiu: – O poder de sedução em uma mulher está em sua atitude. Não pode ser exagerada demais, deve induzir algum mistério. Por exemplo: um comportamento vulgar, ou uma roupa transparente demais, não induzem ao mistério, pelo contrário. O poder está na atitude, não apenas na aparência. É preciso ser segura, confiante, animada e parcialmente acessível – ele riu e corrigiu. – Não muito, como... – pensou bem e reformulou. – Uma mulher parcialmente acessível é aquela que, com seu comportamento sutil, convida o homem a tomar alguma atitude. Seu olhar deve instigar mistério e deve convidar o homem a desvendá-lo. Então o jogo da caça se inicia. Quem não gosta de jogos? Uma mulher que sabe manipular o jogo da caça saberá controlar seu poder de sedução.

– Você me acha acessível demais? – parei, confusa.

Na soleira da porta, Cristiano respondeu:

– Não sei. Vamos fazer um teste.

Subitamente Gabriel surgiu e fez um gesto para a gente segui-lo. Notando que olhávamos para ele estáticos, sem nos mover, sorriu. Procurei não sorrir, mas era mais forte. Acabei sorrindo.

– Pronto! – Cristiano disse enquanto seguimos Gabriel até o elevador. – Tá vendo? Acessível!

– Por quê? – confesso que tentei assimilar tudo que Cristiano falou, mas fiquei confusa com o que efetivamente devia fazer. Então perguntei: – Sou fácil...

– Que discussão sem sentido. É um sermão paternal? – Gabriel perguntou ao entrarmos no elevador.

– Tá bom. Parcialmente acessível. Controle pelos seus olhos. Não estou dizendo para você andar pelos cantos, olhando para as paredes. Só procure não focar seus olhos em um homem só. Aprenda a utilizar a sua visão panorâmica diante dos outros.

Caminhamos até o carro do Cristiano. Com alguma dificuldade, Gabriel levantou sua mala e a colocou no porta-malas.

– Tudo bem? – perguntei, subitamente alarmada com a falta de força evidente de meu amigo.

– Acabei de me materializar. Vou me acostumar com a gravidade – Gabriel comentou.

Entramos no carro.

Cristiano ligou o motor e prosseguiu:

– A sedução vem dos dois lados. Elas também me seduzem e você sabe que tenho coração mole... – Sim, sei... Minha feição trancada lhe deu a resposta apropriada para o comentário. – No entanto, tive Alcinoe – ele lembrou. – Tive sua mãe... – ri com o comentário de meu pai. Como se tivessem tido um relacionamento longo. – Tenho outros relacionamentos sobre os quais não tenho autorização de falar. Ainda vivemos em um mundo com a mentalidade muito pouco desenvolvida. Não vocês... não Gabriel, Cauã... – ele corrigiu. – Certamente vocês não se meteriam na minha vida sexual, nem eu lhes daria o poder de opinar em minhas escolhas. – Concordei. – Digo, em prol dele.

– Dele? – perguntei assustada. Cristiano tinha um amante homem? Mas ele não era seduzido ou manipulado por mulheres? – Você é bissexual?

– Rótulos – ele reclamou, mas não desenvolveu sua fala, sua expressão enojada já havia dito tudo. Rótulos, que a priori deveriam servir para facilitar o relacionamento, tornam-se barreiras alinhadas ao preconceito... Tá certo, e se ele for bissexual? Nesse momento, fiquei envergonhada com meu susto. Por que não? Um homem que vive a sexualidade com a liberdade diferenciada, por que não teria relacionamentos com homens também? – Também sou enfeitiçado por eles – pausou. – Inclusive, mantenho um relacionamento duradouro com um rapaz e duas moças hoje – falou com um certo tom de orgulho e eu busquei esconder minha surpresa. Não me leve a mal... não pelo fato de ele ser enfeitiçado por ambos os sexos, mas por ele confessar que tem relacionamentos duradouros. Sinceramente! Ele teve relações sexuais com Lina há poucos dias! Apertei minha boca para não expressar minha dúvida. – Quando me refiro à relacionamento duradouro, não incluo na equação a fidelidade. Não sou monógamo e deixo isso bem claro.

– Bem claro! – Gabriel enfatizou.

– Quem é o rapaz? – perguntei, também infiel a minha vontade de me manter calada.

– Não insista em saber quem é esse rapaz, não posso falar. Isso pelo bem dele. Sinceramente, não concordo em conferir um rótulo a alguém. Acho desnecessário. Quando se rotula, se prejulga e dá muito pouca chance de conhecer ao outro – ele riu e eu mantive-me quieta em meio ao seu desabafo. O celular de Cristiano tocou. Seus olhos iluminaram. – Falando em relacionamento duradouro... – ele comentou e atendeu assim que paramos em um sinal vermelho. – Não posso falar muito. Estou dirigindo – ele disse ao atender. – Também estou... – ele respondeu suavemente e escutou. Subitamente sua expressão mudou. Pude ver seus músculos trincarem, como se estivessem se preparando para uma batalha. Outra... – Quantas vezes falamos sobre isso?! Não existe Guardião do Tempo – escutou um pouco mais, agora com sua feição tensa como se estivesse prestes a cometer um assassinato. – Você não deve se permitir ser manipulado desse jeito! – Cristiano chacoalhou sua cabeça na tentativa de se recompor e disse. – Antes de fazer qualquer coisa, vamos nos falar, ligo para você assim que puder... Antes disso, não faça nada. Escutou? Nada! – A voz no celular parecia ter elevado alguns tons. – Você não sabe onde está se metendo. – A voz de Cristiano subiu mais alguns tons. – Escute isso: se você se permitir manipular desse jeito para se meter em uma encrenca que certamente vou ser obrigado a arrumar, não lhe perdoarei. – Os carros começaram a buzinar. Estávamos parados no sinal verde. Ele tornou a dirigir. – Não desta vez.

Desligou. Sua tensão poderia ser sentida a quilômetros.

– Não pergunte – ele comentou e eu consegui de alguma forma calar a curiosidade sobre o significado da conversa. Mas, ele se referiu a "Guardião do Tempo".

– O guardião do tempo ainda assusta? – perguntei ignorando seu pedido.

– Como se ele fosse assustador.

– É o seu namorado? – perguntei, também ignorando seu pedido.

– Não pergunte – ele repetiu.

Arregalei meus olhos em direção a Gabriel, atônita.

Gabriel, espalhado no banco de trás, apenas disse:

– Cristiano é especialista em manter segredos. Só disso que eu sei. – O celular de Gabriel tocou. Sem querer ser bisbilhoteira, mantive meus olhos na estrada. Um gesto de fachada. Isso porque minha atenção se voltou a Gabriel. Quem sabe ele também revelasse uma faceta secreta, assim como meu pai.

– Oi, Cauã – ele disse. Enquanto a pessoa ao lado da linha falava, Gabriel foi fechando sua expressão. – Como ele sumiu pelo portal? – fez uma pausa. Observou-me rapidamente. – Sim, ela está aqui. – Virei para trás, subitamente alarmada. Algo havia acontecido. – Diga-me como posso ajudar – Gabriel assentiu. – Estou a caminho.

Desligou o telefone.

– Pare o carro – pediu. Sem questionar, Cristiano parou.

– O que houve? – perguntei. – Cauã está bem?

– Lógico que está bem – Gabriel respondeu. Saiu do carro. Passou a alongar suas pernas com alguns resmungos.

– Você está bem para saltar? Acabou de voltar à forma física – Cristiano perguntou.

Gabriel ajeitou seus ombros e respondeu: – Vamos ver. – E saltou, perdendo-se em meio às nuvens.

– Há pouco tempo, ele mal conseguia levantar uma mala – comentei.

– Eles se recuperam rápido... – Cristiano voltou a dirigir, perguntei: – Para onde ele foi?

– Tendo em vista a pressa e a expressão facial, melhor não saber.

42

A CHAVE

BÚZIOS, QUINTA-FEIRA, 12 DE JANEIRO DE 2000

Às vezes, uma expressão facial diz muito mais do que palavras têm a capacidade de expressar. A expressão de Cauã comunicou muito mais do que qualquer explanatória. Nem o hotel cheio de natureza ao redor nem a paz emanada pela arquitetura do quarto suavizaram o clima quando Cauã invadiu o quarto pela varanda.

Estendi a minha mão para entender se o sangue que envolvia o corpo suado de Cauã era dele ou de seu adversário.

– Não toque – Cauã disse e marchou até o banheiro. – Júlio está recebendo ajuda de alguém que tem a chave.

– Eu não estou o ajudando! – exclamei, na defensiva.

– Lógico que não. Disso eu sei! Mas, antes de mais nada, preciso saber se foi alguém que está com a chave nesse mundo ou em outro. – Perdi o chão. Até o momento era eu quem detinha esse poder! – Tente abrir um portal aqui dentro do banheiro.

– O quê? – perguntei ainda mais desnorteada. Como se ele não soubesse o que implicaria o seu pedido!

– Faça o que eu pedi, Joana – Cauã disse. Tirou o que restou da sua roupa rasgada, entrou no box e abriu o chuveiro. A água fez deslizar todo o sangue preso em seu corpo e, gradativamente, consegui ver as feridas espalhadas pelo corpo. Feridas essas que fecharam no espaço de tempo de segundos. Assoprou a água que escorria pelo seu rosto. – Sem medo – adicionou.

– Tudo bem.

Elevei as palmas das minhas mãos. Concentrei-me. Nada. Fechei meus olhos e apliquei toda a força e vontade. Mentalizei. Ordenei.

Então parei.

– O que houve? – perguntei, profundamente afetada por não conseguir abrir o portal.

– Foi o que eu pensei. A chave deixou de ser sua. Pelo visto, ela encontrou outro dono – explicou. – Um portal se abriu no meio da nossa briga e Júlio entrou. Naturalmente foi um portal direcionado e orquestrado para resgatar Júlio. Consegui encontrá-lo. Lutamos e, novamente, outro portal se abriu. Chamei Gabriel para me ajudar a rastrear o camarada. Consegui interceptá-lo outra vez. Então outro portal se abriu e o resgatou novamente! – Cauã prosseguiu a falar enquanto se lavava e lançava água rosada no teto do banheiro. – Alguém que tem a chave está ajudando Júlio sabe-se lá por qual motivo!

Ele voltou a ligar o chuveiro. Rapidamente se enxaguou e saiu. Passou a enxugar seu corpo, que já parecia inteiramente recuperado e sem qualquer ferida.

– Onde estão as crianças?

– Dormindo no quarto de Mauro e Carmem.

– Melhor assim.

O celular de Cauã tocou. Pelo visor, li o nome de Gabriel.

– Interceptou? – Cauã disse ao atender. – Como assim aguardar? Não há nada para se fazer? – ele escutou. – Sim... entendo. – Ele desligou. Sua raiva foi tamanha que esfarelou o celular tal qual um biscoito e berrou: – Merda!

Sem saber o que fazer, coloquei minhas mãos em seus olhos. Cauã caiu como uma geleia no chão.

Mostrei os dentes, arrependida. Deveria ter colocado ele para dormir mais perto da cama.

43
FAÇO PIOR!

Búzios, sexta-feira, 13 de janeiro de 2000

– Mãe! Acorda, manhêêê!

Abri um dos olhos e vi Vanessa, linda, encarando-me com os olhos arregalados, azuis, e seus cabelos loiros de dar inveja.

– Vamos para a praia? Tá todo o mundo lá! Marcos, Pablo, papai, tia *Camem*...

– O quê? – levantei no susto. Depois da agonia da noite anterior, Cauã simplesmente decidiu ir à praia sozinho para se encontrar com um grupo que incluía Carmem. Isso sem me acordar!

– Tatá não foi. Tia Adriana deu algo para Tatá descansar. *Tá* com *cóicas. Cóicas.* Ahmm.

– Cólicas, Thaís está com cólicas. Como?

– Isso! Ahmm. Tia Carmem é mmmuito legal. Até ajudou Tatá – Vanessa comentou. – O que é *menstuação*? Igual ao bicho-papão?

– Mais ou menos isso – respondi, sem saber o que falar. Sob hipótese alguma deixaria Cauã sozinho ao lado de Carmem.

– Tia Carmem explicou a Tatá o que era, mas não entendi. Ensinou a colocar ooooo... – ela fez um gesto alongado com os dedos e prolongou a vogal em busca da palavra perdida.

– Absorvente – completei, buscando controlar meu ciúme. Já não bastava a impressão extremamente positiva que Carmem havia gerado em Cauã, agora conquistava meus filhos e (de quebra!) bancava a figura materna para Thaís? Só faltava falar com o meu elemento como o Jaci moreno!

Juro por tudo que há entre mim e a Lua, se Carmem falar com o meu elemento, puxarei seus cabelos até tocar no chão! Dessa vez, perderei toda a dignidade e classe!

– Ela pode até ser legal, mas é uma estranha! – resmunguei.

Vanessa uniu suas sobrancelhas, confusa:

– Se ela é uma estranha, *poque* você deixou eu *domi* no mesmo quarto que ela?

Estapeei a cama, explodindo de ciúmes e remorso. Por que raios e trovões deixei que os meus filhos viessem ao lado de Carmem e dormissem no mesmo quarto que ela? Por que Thaís foi ter a sua primeira menstruação justamente ontem?

– Tia Camem disse que gosta de conversar com as fluores e a Lua. Será que ela é Jaci também? – Vanessa perguntou.

Rosnei de raiva. Coloquei o melhor maiô que consegui achar, já que biquíni, no meu corpo tão curvado como a serra do Rio de Janeiro, não cairia muito bem. Encolhi a barriga e espichei meu corpo no espelho. Escovei os meus dentes.

– Devo falar para o papai que tia Camem é uma *estlanha*? Ela está *bincando* com ele e Macos – Vanessa disse.

Rosnei, prometendo castrar Cauã assim que tivesse oportunidade.

– Vamos, querida.

Não pude evitar sair do banheiro com a cara fechada. Enquanto Vanessa saltitava, eu andava como um militar a ponto de declarar a terceira Guerra Mundial.

O dia estava ensolarado e quente, com a temperatura que já passava dos trinta graus, amenizada pela brisa do oceano e da manhã. Era Cauã que havia se unido com Ieda para criar o ambiente propício para praia.

– Exibido – rosnei, injuriada.

Assim que cheguei à praia, eu me deparei com Lina e Aiko na barraca. Então Adriana falou:

– Finalmente acordou!

– Onde está Cauã? – perguntei.

Lina me olhou com um enorme ponto de interrogação na cara, mas parecia estar prestando atenção em outra coisa. Então acompanhei Vanessa correr até a água e notei a cena que me deixou ainda mais nervosa.

Era Carmem pegando Vanessa em seu colo e indo de encontro a Cauã. Eles e Marcos brincavam como uma verdadeira família unida. Era como se ela estivesse tomando o meu lugar.

– Lina! – chamei com um tom de voz descontrolado. Entredentes, perguntei: – O que faço? Pego a mulher pelo cabelo e lanço-a em órbita?

– Se fizer isso, Cauã será obrigado a resgatá-la. Isso você não quer.

Respirei fundo para me controlar e passei a mão no rosto. Dormi demais! Cauã estava tão fascinado com a brincadeira que sequer notou minha presença. Para piorar, chegou Cristiano, que acabou chamando para si a atenção das crianças. Somente nesse momento Cauã me notou encarando-o como um canhão mirando seu alvo para soltar a carga em sua direção. Acho que pude notar a palavra "merda" – saindo de seus lábios.

Lina se aproximou e disse:

– Sorria para ele agora, Joana.

Assim o fiz. Mauro finalmente chegou e Carmem saiu da água. Ela gerava exatamente o mesmo efeito que Cristiano, Cauã, Mauro ou Gabriel no sexo oposto. Era uma mulher linda e seu sorriso manipulava todos ao seu redor como um encanto.

– Engula o orgulho e sorria, imediatamente! – Lina sussurrou e sorriu como se mostrasse a forma de maquiar um gesto cordial.

Mostrei meus dentes. Enquanto isso, Carmem, sem saber o perigo que corria, distanciou-se da minha família e foi até Mauro.

– Carmem, vem tirar uma foto com a gente! – Lina pediu.

– Tá louca? – resmunguei.

– É preciso. Depois explico. Engula seu ciúme, imediatamente.

Carmem se aproximou. Impressionada com tantos sentimentos confusos eclodindo ao me deparar com uma moça que também eclodiu sentimentos em meu marido, fechei ainda mais minha expressão e reprimi a vontade de enfiar meus dois dedos em cada buraco do nariz da mulher e arrastá-la até Iara. Nós nos cumprimentamos rapidamente. Era uma verdadeira lástima que não havia conseguido encontrar em meio aos gestos dessa mulher qualquer um que desse a entender uma mensagem subliminar para Cauã. Toda a atenção dela voltava-se a Mauro. Uma lástima! Queria ter qualquer desculpa para avançar na cretina!

Adriana pegou a câmera e tirou uma foto. Lina e Carmem soltaram um largo e iluminado sorriso. Desavisada, mantive minha expressão sisuda.

A esse ponto queria estapear a todos por não repararem na minha revolta e, mais ainda, por registrarem aquele momento.

– Você vai destruir essa foto – exigi. Tentei capturar a máquina fotográfica, mas Adriana a escondeu atrás de si e respondeu: – Não seja raivosa.

Adriana sorriu.

Cerrei meus olhos em uma silenciosa advertência.

– A água está maravilhosa – Carmem disse e fez um gesto para nós irmos atrás dela. Enquanto isso, Cauã pegou Marcos e Vanessa no colo e veio em nossa direção.

Lina falou disfarçando, para que Cauã não percebesse: – Agora retire essa expressão horrorosa, tire seus óculos escuros e vá tomar uma ducha naquele chuveiro – Lina apontou um chuveiro próximo ao campo de vôlei de praia, onde dois grupos de homens jogavam. Então continuou. – Pegue uma água de coco e volte sorrindo. – Encarei Lina, confusa. – Vá, não perca tempo. Até um relacionamento firme como o seu precisa de uma dose de ciúmes, não acha?

Ela riu.

Ri, mostrando exageradamente os meus dentes. Mesmo não acreditando que eu pudesse produzir qualquer efeito similar ao de Carmem há pouco tempo, obedeci. Melhorei o meu sorriso, ignorei a aproximação de Cauã e segui em frente. Cheguei à ducha, procurei sorrir mesmo com a água congelando meu corpo, imaginando-me uma modelo. De relance, espiei a barraca e vi Cauã encarando-me com seus braços cruzados enquanto Cristiano falava algo. Pelo visto, estava incomodado com o que via. Ao lado dele, em contrapartida, Lina sorria.

Um jogo de futevôlei praticamente parou, pois três dos quatro integrantes me estudavam como se eu fosse Iara.

Exalando confiança de todos os poros, agora desfilando como uma ninfa fabulosa, andei até a barraca, peguei uma água de coco e voltei ao encontro do grupo. Ao passar pelos belos rapazes do futevôlei, escutei alguns elogios. Procurei, sem muito sucesso, reprimir o sorriso. Convenhamos, o que uma mulher faria sabendo-se almejada pelo sexo masculino? Além do mais, aqueles integrantes até os homens entidades de Ci conseguem atingir a perfeição!

Subitamente, nuvens negras cobriram o céu. Sorri, satisfeita e vingada.

44

MAURO – ORQUESTRA SINFÔNICA DE CI

BÚZIOS, SEXTA-FEIRA, 13 DE JANEIRO DE 2000

– Nossa! – Carmem comentou com Mauro quando saíram da praia. – Como mudou o tempo, não é? – sorriu. – Será que Thaís está bem?

– Adriana é médica. Além das suas muitas habilidades, aprendeu comigo a arte das plantas medicinais. Ela está cuidando de Thaís.

– Ah... – Carmem riu. – Confesso que você está me surpreendendo. Achei que viríamos para Búzios ficar sozinhos, mas todos os seus amigos estão aqui e... – ela deu uma risada. – Não que esteja reclamando... Adoro crianças. Mas jamais imaginei que todas elas dormiriam no nosso quarto.

– Agora nos restará ficar na pousada batendo com a cabeça, já que o que se tem a fazer em Búzios são praia e noitada – Mauro rapidamente mudou o assunto.

Ela parou, balançou sua cabeça e sorriu, então falou:

– Não se fala isso a uma conterrânea.

– Desculpe. Acha que é uma boa hora ir até a casa dos seus pais?

Então ela olhou para os lados e pegou a mão de Mauro.

– Talvez, mas antes vou te mostrar a coisa mais linda de Búzios e que nenhum turista sem uma nativa, como eu, vai conhecer.

O Sol voltou, imponente e forte, obrigando Mauro a proteger seus olhos com os braços. Andaram por entre os matos até chegar a um campo aberto repleto de flores. Diversas. Todas arrumadas como se tivessem sido plantadas em grupo. Um campo que revelou um paisagismo natural. Havia rosas de todas as cores, margaridas, centenas delas. Havia orquídeas e copos-de-leite. Havia lírios orientais, cravos, antúrios e gingers. Havia um pequeno refúgio no meio das flores. Um banco de ferro, daqueles vistos em filmes clássicos de romance.

– Não é lindo? – ela perguntou.

Mauro concordou, assentindo com sua cabeça, sentindo-se incapaz de falar. Ficou surpreendido. Esse pequeno paraíso despertou nele sentimentos até então enterrados em algum lugar no seu amplo passado.

Nada, nem sua vasta experiência ou seus estudos ou seu passado poderiam tê-lo preparado para o choque de ver um lugar que o lembrava de... Bom, de um outro lugar que costumava encontrar com...

Que deixou de existir.

– Fui eu que plantei. Fiz desse espaço, meu hobby.

Estranho... Geralmente a lembrança de Porâsý neutralizava e, muitas vezes, estragava o momento, mas não desta vez. Pelo contrário, sua memória pareceu inflar seu deslumbre.

Mauro conheceu países diversos com paisagistas renomados, mas Carmem, com seu amadorismo brilhante, foi a única capaz de tirá-lo do pedestal do discurso da teoria para o silêncio da sensibilidade.

– Acredito estar diante do seu maior talento – ele elogiou. – Este é o lugar mais lindo que já vi.

Ela riu encabulada e disse:

– Não exagere – então pegou em sua mão, apontou para o banco e o conduziu: – Se quiser, podemos nos sentar um pouco.

Mauro sentou sem discutir. Ele estava deslumbrado com o ambiente. Carmem não imaginava o imenso talento que tinha com as mãos. Ela conhecia as flores. Esse campo passava uma clara mensagem. Parecia que ela havia sido capaz de entender a mensagem e traduzir para os leigos poderem entender. Uma orquestra sinfônica de Ci. Ela conseguiu, nesse pequeno espaço, demonstrar a melodia das flores. Uma magia divina saía de suas mãos. Deslumbrado, raciocinou. Sua lógica clamou uma nova missão. Era seu dever orientá-la nesse sentido.

– É apenas um jardim com flores que criei...

– Ao ver esse recanto com olhos de um cientista, vejo um pedaço de terra com algumas plantações floridas, mas prefiro deixar esse olhar superficial de lado... preciso encarar esse pequeno paraíso com aquilo que realmente é: divino.

Carmem enrugou sua testa, provavelmente absorvia aquilo que Mauro falou. Ela concordou com um gesto de cabeça.

Mauro sorriu, procurando esconder o profundo sentimento de incômodo. Isso porque acreditava ser capaz de entender e explicar tudo com a técnica de um cientista, mas, ao se deparar com esse local maravilhoso, todas as teorias que o acompanhavam como um mantra protetor deixaram de fazer sentido.

Nesse momento, muita coisa deixou de fazer sentido.

– Ao entrar na faculdade, eu sinceramente achei que fui inspirada pelos animais do sítio de meu pai, mas não é verdade. Foram as flores. Engraçado! – ela sorriu. – Será que foi um erro me envolver com você? – ela perguntou com um tom suave, meio que temendo a resposta.

– Provavelmente – ele respondeu com um sorriso, procurando amenizar a gravidade desse envolvimento. Ser o mentor da Carmem, nesse momento, era uma má ideia e não só porque esse relacionamento estava muito próximo de um assédio no ambiente de trabalho. Embora isso não lhe parecesse inteiramente correto.

Depois de ver o que Carmem era capaz de fazer com um pedaço de terra, decidiu orientá-la... para longe do laboratório.

– Você sabe o significado de cada flor? – ela perguntou.

– Sei.

– Então me diga... – ela desafiou. – Seu sabe-tudo...

Mauro riu e falou:

– Lírio significa casamento, proteção, nobreza e pureza.

Carmem respondeu:

– Para mim elas significam carinho.

Mauro continuou:

– Margarida, inocência e amor verdadeiro.

E Carmem comentou:

– Amizade.

Mauro falou:

– Orquídea significa beleza, luxúria e perfeição.

E Carmem disse:

– Quase. Para mim elas significam sexo.

Mauro riu com o comentário de Carmem e apontou a rosa:

– Eterna paixão e romantismo.

Carmem se curvou e pegou uma rosa vermelha, acariciando-a com as mãos e disse:

– Pode ser, mas para mim elas inspiram o amor.

Ditas essas palavras, Mauro não se viu diante de outra opção. Seu raciocínio lógico foi derrotado. Sucumbiu à magia. No entanto, um ponto ficou bastante claro. Iara encanta e enfeitiça com os olhos. Este não foi o caso da Carmem. Ela, usou outra melodia; as flores.

Afinal, quem em sã consciência rejeitaria o chamado de uma flor?

Mauro não conseguiu rejeitar. Aliás, não queria rejeitar. Ele a pegou pela cintura e a trouxe para si, dando-lhe um beijo ardente.

O gosto dela era uma mistura de rebeldia e persistência. Assim como a rosa que cresceu em meio ao cimento no campus da faculdade. Mauro parou de beijar e encarou os olhos de esmeralda de Carmem, então se perdeu novamente em outro beijo. Ela era paradoxal. Detinha a cegueira de seu talento, mas desvendava a mensagem das flores, de Ci. Assim como a Terra escolheu a esmeralda como a pedra representativa de seu satélite, os olhos de Carmem representavam Ci da forma mais genuína possível.

Mauro parou de beijar novamente ao se lembrar de Luisón. Por que a imagem dele subitamente se tornou mais ameaçadora que antes? Por que ele parou de beijar Carmem, sua preciosa joia, sua esmeralda? Ela sorriu encabulada e o encantou novamente. Outro beijo e dessa vez Mauro julgou ser seguro passar suas mãos pelas costas, cinturas e coxas de Carmem. Passou a mão sensualmente, estudando-a, atento aos pontos sensíveis do corpo de sua flor. Algo que, envolvido pelo seu egoísmo, falhou nas vezes que a possuiu. Carmem respondia com seu corpo incrivelmente acessível para ele.

– Carmem!

A voz de uma senhora interrompeu o momento.

– Mãe!

– "Mãe!" – Mauro se assustou e se manteve paralisado e confuso com a possibilidade de uma mãe aparecer na equação do momento!

Sim, ele precisava conhecer os pais de Carmem, mas não nesse exato momento! Era o mesmo que passar a noite de núpcias no quarto ao lado de seus sogros. Essa era uma experiência que ele jamais teve e que não gostaria de ter enquanto existisse.

– Filha! Você veio nos visitar finalmente!

Carmem levantou assustada e procurou se recompor rapidamente. Mauro também. Então uma mulher surgiu do meio das flores e abraçou Carmem.

– Sabia que era você! – a mulher olhou para o homem ao lado de Carmem. – Nossa! Veio apresentar seu namorado! Bonitão! – E se apresentou: – Sou Clara.

Mauro recebeu um abraço carinhoso de uma mulher, que, ao olhar o beijo, tirou as próprias conclusões. Carmem olhava para Mauro com seus olhos arregalados e sem saber como conduzir a situação. Ele dividia a mesma perplexidade. Apesar de saber como agir em teoria, nunca havia efetivamente vivenciado essa situação. As opções eram diversas. Ele poderia simplesmente desmentir e dizer que era apenas um beijo e nada mais. No entanto, ele não estaria sendo inteiramente verdadeiro, pois não era um simples beijo. Ele poderia lançar-se de joelhos diante de Carmem e dizer que havia finalmente conhecido a canção divina nesse exato momento e certamente seria verdade, queria e seria seu namorado, mas não seria exagerado demais?

Aliás, será que, em vez de Sarah, essa mulher era a Iara perdida?

Rapidamente, Mauro passou seus olhos clínicos no corpo da mulher em busca de algum sinal de doença ou algo terminal.

Não encontrou um único detalhe que o faria supor que Clara carregava uma doença.

– Como está o seu joelho? – Carmem perguntou.

Mauro observou o joelho de Clara com mais cuidado. Pelo aspecto anatômico do local, parecia um simples desgaste de cartilagem. Nada demais.

– Os médicos suspeitam que estou com artrose – ela respondeu.

Mauro queria se opor, deveria se opor, mas como ele iria explicar a Carmem que, além dos inúmeros títulos, também era ortopedista?

– A senhora deve pegar uma segunda opinião. – Ele opinou.

– Essa foi a segunda opinião – Clara respondeu e deixou Mauro um pouco preocupado.

– Posso analisar as suas costas? – pediu.

– Você é ortopedista também? – Carmem perguntou, assustada.

Mauro riu, sem graça, e se aproximou de Clara. Não poderia deixar Clara sofrer. Afinal, por que ele estava tão preocupado em expor outra credencial à Carmem? Sim, ele era engenheiro, médico, dentista, cientista, psicólogo, filósofo e muito mais. Teve muito tempo para estudar, assimilar conhecimento dentro e fora da faculdade. Aliás, ele já detinha títulos antes mesmo da primeira faculdade. Mesmo assim, Mauro jamais se imaginou fora do comum. Apenas teve... bom, tempo. Muito tempo.

Agora, diante a tanto esplendor, percebeu que pouco sabia.

Diplomas não poderiam representar ou descrever que ele era. Isso porque não significavam muito quando não carregavam, em si, um objetivo de ser.

Após Clara se posicionar, ele fez uma trilha com seus dedos na coluna e concluiu que estava desalinhada. Naturalmente a dor em seu joelho era resultado de um caminhar errado.

Ele explicou:

– Você precisa aprender a caminhar – apontou o tronco de uma árvore. – Pode se segurar nela? Vamos arrumar isso, agora? – Sem saber o que fazer, Clara obedeceu. – Sua coluna está fazendo um "S". Provavelmente é resultado de uma postura errada. – Passou a apalpar a coluna. – Vou dar uns socos que podem doer um pouco no início, mas resolvem. Ok?

– Tudo bem, mãe – Carmem assegurou. – Mauro é muito requisitado e competente.

Mauro limpou sua garganta. Não queria ter gostado tanto do elogio, mas gostou. Precisou controlar o sorriso para se compenetrar. Ele disse:

– O seu corpo segue um ponto de equilíbrio – ele segurou a senhora com firmeza em uma mão. Com dois dedos da outra mão, passou a aplicar socos em pontos precisos, forçando a coluna de Clara a realinhar. Ora mudava de mão, mantendo o devido suporte para ela não cair no chão. Ele resumiu: – Uma postura errada leva a um desalinhamento na coluna, o que induz a pessoa a forçar mais o peso para uma perna e, como resultado, ter dor nos joelhos – e prosseguiu: – Tente não se assustar agora. Vou aplicar o golpe na cervical. Isso pode lhe deixar um pouco tonta, mas estou lhe segurando.

– Estou tonta! – Clara observou.

– Relaxe – Mauro comentou. Massageou alguns pontos e disse: – Você precisa beber mais água. Sua coluna também está desidratada.

– Existe isso? – Carmem riu, achando que Mauro havia feito uma piada.

Mauro parou e pediu:

– Teste o seu joelho. Faça um movimento que certamente doeria.

– Agora parou de doer – Clara comentou, surpresa.

Mauro assentiu e voltou a sua faina. Apalpou ao redor. Ainda não estava perfeitamente no lugar. Para terminar, ele deu alguns socos na lombar. Clara gemeu, no início, de dor, depois, de alívio.

– Melhor? – Mauro perguntou.

– Nossa! – ela se esticou. Balançou sua perna com vontade. – A dor passou! – E elogiou: – Você é milagroso!

Mauro riu.

– Isso não foi milagre, foi anatomia. – E recomendou: – Passe uma vez ao dia bálsamo chinês para reduzir a inflamação. Ok?

Clara sorriu e disse:

– Vou tentar achar. Obrigada. – E caminhou em direção a uma casa pequena e modesta cercada por um amplo espaço, onde animais passeavam livremente. Mauro notou uma horta ao lado da casa, protegida dos animais que buscavam uma solução para ultrapassar a barreira mágica e infernal que os separava dos frutos divinos, apesar de ter ração à disposição deles.

– Não repare. Meu marido, José, está tendo muita dificuldade em ajudar Breno com o seu dever de casa. Está um pouco nervoso porque hoje tem a final de futebol – varreu com os dedos. – Em algum momento. Não se preocupe com ele. É meio rude mesmo. Espero que você sobreviva com eles enquanto Carmem me ajuda no almoço.

Clara subiu três degraus e entrou na casa. Carmem entrou logo em seguida e foi recepcionada por dois abraços calorosos, um de um homem alto e forte de meia-idade e um rapaz com um tom de pele branco demais para um jovem que mora tão perto da praia.

Subitamente, ao notar a presença de Mauro, os dois pararam e fecharam a cara.

– Quem é você e o que faz ao lado da minha filha? – O senhor de meia idade perguntou, desgostoso.

– Ele se chama Mauro. É médico. Namorado de Carmem e acabou de ajeitar minha coluna. Estou sem dor no joelho!

– Puxa-saco! – o senhor resmungou para Clara: – Repito: quem é você e o que faz ao lado da minha filha?

Mauro chegou à conclusão que, levando em consideração o olhar dos dois, se pudessem, castrariam Mauro nesse exato momento.

Com isso em mente, Mauro sorriu e perguntou:

– Vocês sabem jogar xadrez?

Escutou um sonoro "não". Carmem apareceu sorrindo para ele, colocou seu avental e passou a amassar a massa de macarrão com força bruta. Por alguns momentos, ele se viu hipnotizado pela gota de suor que partiu de seu pescoço e seguiu seu caminho até o seio direito de Carmem, morrendo no biquíni. Ele notou os músculos de Carmem saltarem, enquanto ela amassava a pasta e enxugava o suor de sua testa.

– Está com calor? – o pai de Carmem perguntou em um tom severo.

Se Mauro não encontrasse algo para fazer naquela casa, iria enlouquecer. Já bastava ter que buscar pistas para a enfermidade da ninfa que encantava flores.

– Minha irmã é mulher para casar – Breno adicionou com os braços cruzados.

Mauro concordou nesse aspecto. Uma pena que havia tantas variáveis indo de encontro a esse desfecho.

Sim, a vida de Carmem estava em perigo e só por esse motivo que ele não pensava em casamento. Sabia priorizar.

– Gosta de futebol? – Breno fez a fatídica pergunta. A pergunta que ia definir enfim que a tarde seria harmônica ou cheia de inconvenientes.

– Sim – respondeu Mauro.

– Foi a quantas Copas do Mundo?

– Diversas – desde o início do estabelecimento do campeonato, mas Mauro não falaria. – Hoje inclusive tem o jogo da Libertadores.

Esquecendo subitamente todo o ranço anterior, Breno levantou e anunciou: – Hoje vão jogar Flamengo e Vasco. Um clássico.

A harmonia foi novamente estabelecida naquele reino. A conversa vagou entre todos os torneios de futebol, campeonatos, camisas 10, deu uma passada rápida para as Olimpíadas e voltou para o futebol pegando a ponte aérea da Copa de 1998.

Foram enfim chamados para o almoço. Breno indicava o lugar para o mais novo amigo e, possivelmente, cunhado.

Carinho e ternura. Tecnicamente, a família poderia ser definida com essas poucas palavras. No entanto, Mauro sentiu o laço divino que cercava essas quatro pessoas. Um vínculo incomum, que não poderia ser descrito em uma frase, nem ao menos em uma enciclopédia. Era um laço criado pela entidade superior, que está além da entidade primária. Algo que nenhuma teoria poderia definir.

Ao experimentar o macarrão de Carmem e Clara, foi obrigado a fechar seus olhos. Nenhuma palavra poderia descrever o que sentiu.

Foi interrompido pela mão de Carmem, que colocou um vinho no meio da mesa.

– Aceita? – perguntou.

– Sim – agradeceu.

– Sabe, Mauro, Breno está estudando para tentar passar no vestibular de Medicina – comentou Carmem.

– Para qual faculdade? – Mauro perguntou, interessado no assunto.

– Pública, não tenho preferência. Pode ser a mesma da Carmem – Breno respondeu. Elevou suas sobrancelhas e disse: – Muita coisa para estudar.

– O que você está estudando nesse momento? – perguntou Mauro.

– História. Odeio História – sorriu. – Principalmente a "Idade das Trevas" – colocou aspas no tema mencionado.

– Muitos discordam de você. A época medieval é um dos períodos mais criativos do homem. O tema é fascinante. Faz parte da história da Europa entre os séculos V e XV. Alguns dizem que esse período inicia-se com a queda do Império Romano do Ocidente e termina durante a transição para a Idade Moderna. Mais ou menos depois do ano 987, quando um magnata chamado Toro del Mar decide enriquecer ainda mais com seu comércio de grãos e contrata uma quantidade absurda de trabalhadores, a maioria estrangeiros, porque eram menos complicados que os da região e mais baratos. Muitos seguiram o seu exemplo. Essa estratégia comercial gerou um crescimento demográfico muito acentuado. Refiro-me a essa época como um marco histórico. Houve incontáveis inovações técnicas e agrícolas, permitindo uma maior produtividade de solos e colheitas. Também é importante dizer que, nesse período, se consolidaram duas estruturas sociais que passaram a dominar.

– O senhoralismo e feudalismo – Breno respondeu e revirou seus olhos.

Mauro notou que o rapaz ainda tinha bloqueios. Deveria melhorar a sua apresentação. Afinal, ele realmente gostou de viver nesse período.

– Você sabe que, nesse período, foram fundadas as primeiras universidades?

– Não.

– Pois bem. A vida cultural, de uma certa forma, foi dominada pela escolástica, uma filosofia que unia a fé e a razão. Isso gerou uma explosão de possibilidades. As obras de Tomás de Aquino, Giotto, Dante, Chaucer, Marco Polo. Sem contar no marco arquitetônico com as magníficas catedrais góticas.

– Você é uma enciclopédia – Breno riu.

– Você não faz ideia – Carmem comentou.

– Um saco esse tema – José resmungou e colocou uma garfada generosa em sua boca.

– Vamos a perguntas mais interessantes – Breno anunciou e se ajeitou na cadeira. – Você já viu alienígenas?

– Defina alienígenas – Mauro pediu. Precisava de um tempo para responder a essa pergunta... por motivos óbvios.

– Ué! Seres de outros planetas! Homens verdes com olhos iguais aos de uma abelha e enormes! Também com corpos esqueléticos e desidratados como os de uma múmia e um nariz achatado como se não houvesse a necessidade de se oxigenar.

– Não – Mauro respondeu com sinceridade. Afinal, conheceu entidades representantes de outros elementos, planetas e condições das mais diversas formas, mas não conseguiu nem entender a descrição do menino quanto mais comparar essa representação a algo remotamente semelhante.

Notou, com certa melancolia, que havia poucas garfadas. Sentiria saudade desse prato. No que ele estava pensando?

– Você acredita na vida após a morte? – Carmem perguntou.

– Há uma transformação. Isso não se pode negar – respondeu de forma política.

– Você sabe que Carmem já viu a morte de perto? – Breno comentou.

Mauro, que estava bebendo um gole de vinho, engasgou. Não conseguiu prevenir sua reação porque simplesmente não previu o comentário.

– Não vamos falar sobre isso – Clara sorriu e se levantou. – Alguém quer sobremesa? – e passou a recolher os pratos.

– Não, obrigado – Mauro negou. Infelizmente seu estômago não conseguiria aceitar outro alimento. O assunto era demasiadamente sério e perturbador, tendo em vista o que Carmem estava para enfrentar.

– Como? – Mauro perguntou.

– Ela foi envenenada – Breno respondeu.

– Mentira. Estávamos jantando na casa de um de nossos vizinhos e ele não sabia que Carmem tinha alergia a nozes – Clara respondeu e entrou na cozinha.

José perguntou:

– Vocês moram juntos?

– Não – respondeu Carmem.

Clara cortou o assunto, lembrando que a mesa era um local para ser cultivada a harmonia, e passaram a falar sobre a infância de Carmem, sua teimosia, sua ternura, e Mauro escutava com toda a atenção.

Refletiu. Não havia espaço para casar, mas certamente poderiam morar juntos. Certamente, ao morar juntos, ele teria como protegê-la.

E, por Deus, ele IRIA protegê-la.

45

LINA – BUSCANDO RESPOSTA

Búzios, sexta-feira, 13 de janeiro de 2000

– Maria Lúcia dos Santos Silveira. Jornalista. Formada pela PUC-Rio no ano de 1972. Chegou a terminar seu estágio em uma emissora de rádio, mas não chegou a ser empregada. De acordo com os registros, você sumiu logo em seguida. – Lina leu a identificação da última Iara capturada.

– Onde estou? – a loira exclamou ao se debater, buscando sair das algemas firmemente cravadas no poste que as icamiabas usam para treinar. – Vou me libertar e matar você! – berrou. As chances de essa Iara se soltar do poste eram nulas. Por isso, Lina voltou a ler as informações em voz alta.

– Seu pai, Patrício do Carmo Silveira. Sua mãe, Antonieta Magestral Silveira – pausou. Buscou no fundo dos olhos vazios da Iara algum sentimento saudoso pela família. Não encontrou. Voltou a ler: – Você tinha noivo, sabia? Ele se chamava David McDougal. Dono de uma empresa de computação em Nova Iorque – parou.

Iara parou de se debater e passou a estudar Ana como se estivesse buscando alguma informação telepática para ganhar a confiança da icamiaba.

Lina riu e revirou seus olhos.

– Marylú, posso te chamar assim?

– Não – Iara respondeu.

– Marylú, antes de se enfiar nessa... – Lina fez um gesto circular com sua mão e prosseguiu: – ...confusão, você estava se inscrevendo em um curso de seis meses na Universidade de Nova Iorque para tentar um cargo relacionado a Jornalismo Internacional. Possivelmente queria ser contratada por uma emissora no Brasil para passar reportagens de Nova Iorque – fez uma careta de admiração. – Ambicioso.

– Vá à merda!

Lina, ignorando a raiva da Iara, voltou-se a Ana e, ao balançar os papéis com as informações, elogiou:

– Onde conseguiu todas essas informações?

– Não foi difícil achar – Ana respondeu.

– Também tenho os meus meios de conseguir informações – a Iara disse e se debateu como se pudesse encontrar uma brecha para se libertar.

– Desista – Lina falou.

– Não te conheço, mas sei o que você não é – a Iara disse para Ana e sorriu.

Ana uniu as sobrancelhas e olhou para Lina, confusa.

– Tá, tá... Vamos prosseguir – Lina indicou. – Você estava atrás da filha da Iara. Quem é? Quem é a mãe da Iara?

Ignorando as perguntas de Lina, Iara confrontou Ana:

– Se você não quiser revelar aquilo que realmente é, me liberte. Sei manter segredos.

– O que você queria com a filha da Iara?

– Protegê-la – Iara finalmente respondeu uma pergunta.

– Ela é sua filha? – Ana perguntou.

– É filha da minha irmã. Não nos falamos há muito tempo. Quer saber como me libertei da lagoa? Foi o Saci que me soltou. Depois de um certo evento. Pediu para irmos atrás da filha da Iara. Ele precisa alertá-la sobre algo, mas digamos que ele está... impossibilitado de fazer isso – balançou as algemas e reclamou: – Está muito apertado. Solte-me que falo tudo.

– Podemos afrouxar, mas só isso – Ana respondeu e ganhou, da Iara, uma expressão de reprovação e alerta.

– Tá bom. Vou contar até onde quero. Basicamente, a filha da Iara vi morrer. Ela não sabe, mas está muito doente. Como humana, ela precisa se submeter ao tratamento convencional se quiser alguma sobrevida – a Iara cruzou suas pernas como se estivesse direcionando toda a sua sensualidade a Ana.

– Lina sabe que aprecio mulheres, Iara. Não precisa fazer cena para me desmascarar – Ana disse.

– Ah, mas você guarda segredos de Lina. Como uma galinha que não choca ovo, você se camufla em meio à granja, presumindo, ingenuamente, que ninguém vai notar a sua diferença. Um desejo mercenário e calculista de algum dia se encaixar no papel que jamais foi seu... – a Iara inspirou: – Mas não consegue deixar de exalar esse cheiro, cheio de feromônios excitados ao me ver... Não quer contar o seu segredo? Estes que vão muito além de escolha sexual, não é?

Ana uniu as sobrancelhas. Como se tivesse que se proteger de palavras que poderiam ser tão letais como armas biológicas, ela pegou sua lança e apontou para Iara.

– Cala a sua boca!

Era um conflito que Lina não esperava. Pela reação de Ana, a Iara pareceu pescar algo que jamais lhe chamou atenção. Talvez fosse pela correria ou pelos inigualáveis e incontáveis problemas que pareciam estar enfileirados, um atrás do outro.

As icamiabas jamais se importaram com as escolhas sexuais das colegas. Jamais excluíam uma companheira porque pensava diferente. Mas, e se ela efetivamente fosse tão diferente a ponto de colocar à prova todas aquelas regras impostas pelas próprias icamiabas?

Lina estudou sua icamiaba. Ana parecia buscar coragem em algum lugar para relatar aquilo que a Iara já havia descoberto.

– Quando você vai assumir quem você é, de verdade? – a Iara perguntou.

Lina largou os papéis ao notar os olhos marejados da icamiaba, que disse:

– Lina, me perdoe. Jamais soube como abordar isso. Sou mulher por fora, mas homem por dentro.

46

LINA – QUESTÕES DESCONCERTANTES

BÚZIOS, CENTRO DE TREINAMENTO, TERÇA-FEIRA, 30 DE MAIO DE 2000

Joana poderia até reclamar sobre o comportamento um tanto incomum de todos saltarem, mas o momento era incomum. Seria praticamente impossível estar nos dois lugares se ela não pudesse contar com essa habilidade.

Ao mesmo tempo, Lina não poderia julgar o desconforto da Joana frente ao assunto. Realmente, não era aconselhável agir de forma sobre-humana quando a pretensão sempre foi viver uma vida ao lado dos humanos. Foram poucas as vezes que Lina precisou abdicar da cautela e saltar de um lado para outro com essa frequência. Quando fez, foi em meio à guerra. Mas, pensando bem, os humanos não estavam vivendo em meio a uma guerra, mesmo que velada?

– Olá, Aiko. Pode passar o relatório – Lina pediu assim que entrou na Sala de Gestão Estratégica alocada logo acima da Arena de Treinamento de combate corporal do Centro de Treinamento.

– Oi, Lina, Rafaela reportou tremores fora do comum no meio do oceano Atlântico. Também duas calotas polares desmoronaram – com uma espécie de tablet invisível com gráficos e dados atualizados a cada segundo, como na bolsa de valores, Aiko passou a falar e a indicar seus achados com os dedos.

– São as tempestades que surgem em meio à máxima solar. Vou pedir para Cauã dar uma maneirada no seu elemento.

– Também foram reportados três furacões que ameaçam a costa do sul dos Estados Unidos.

Lina não comentou sobre o assunto. Rapidamente inspecionou o treino de combate das suas guerreiras. Ao notar como elas haviam evoluído, recomendou:

– Aumente o nível de dificuldade no treino.

– Tá. Sobre os furacões nos Estados Unidos.

– Sobre eles, não podemos fazer nada – Lina respondeu. – Só podemos atuar quando Ci ou o Sistema Solar se descontrolam. Não podemos agir quando os humanos escolhem emitir uma quantidade inacreditável de gás carbônico no meio ambiente. Livre-arbítrio.

– Não tem como repassar esse alerta a Mauro? Ele geralmente repassa a preocupação para a sociedade científica.

– Até poderíamos, se ele não estivesse tão perdido... – ela suspirou. – Tudo bem. Vou falar com Gabriel. Acho que ele poderá ajudar. Talvez falar com artistas e pessoas influentes no país. Se os políticos não escutam cientistas, pode ser que um documentário o faça – uniu as sobrancelhas e inspecionou. Faltava uma icamiaba para o treino. Ela perguntou: – Ana, onde está?

– Ela saiu.

– No meio do treino? – Lina não gostou da notícia. Ela veio ao centro justamente para conversar com Ana. Estava confusa e precisava de mais informação. Precisava mediar esse conflito. – Ana sabe muito bem que não pode abandonar o treinamento – mencionou, buscando controlar a difícil sensação de ser obrigada a impor algo a quem se ama.

As icamiabas eram mulheres fortes, decididas, independentes e reativas. Eram mulheres que tinham orgulho de ser do sexo feminino. Por isso, poderiam não receber a notícia muito bem. Mas, ao mesmo tempo, as icamiabas precisavam se modernizar e serem mais abertas à evolução.

Lina simplesmente não sabia o que dizer já que nunca havia se deparado com um problema remotamente similar a esse. Infelizmente, no dia em que soube, não disse nada. Engavetou a situação e seguiu para Búzios. Achou que, ao se distanciar do assunto, encontraria uma maneira melhor de lidar. Lina havia cometido um grande erro.

– Ana deixou um bilhete – Aiko sacou um envelope fechado do bolso. – Pediu para lhe entregar em mãos e não abrir – deu de ombros e adicionou: – Não tenho a menor ideia do que seja.

– E a Iara? – Lina quis saber enquanto abria o envelope.

– Fique tranquila. Ela está presa no quarto.
– Hum – Lina resmungou e passou a ler o bilhete.

Lina, eu deveria ter lhe dito isso antes. Fui desonesta e egoísta. Me perdoe. Agora, infelizmente, é tarde demais. Vivi um sonho, uma ficção na qual fui obrigada a vestir uma fantasia e ignorar a minha verdade. Agora, essa verdade estapeou minha cara e estou sendo obrigada a encarar a minha realidade. Foi um grande prazer lhe conhecer... Oscar (esse é, e sempre foi, meu nome).

Lina fechou seus olhos.
– Algum problema? – Aiko perguntou.
Lina sempre preferiu enfrentar a realidade. Achava extremamente desgastante pensar em outras mentiras para sustentar a primeira. Mas, jamais poderia julgar Ana... Oscar. Apesar de odiar, também vivia uma mentira. Afinal, vivia um nome e uma condição humana irreal, não vivia?
– Posso ler o bilhete? – Aiko perguntou com suas mãos estendidas.
Lina colocou o bilhete no bolso e disse:
– Quando for a hora certa. Agora não. – Ah! Como ela odiava segredos! – Vamos até a Iara – mudou de assunto e passou a caminhar em direção ao quarto em que a Iara fora alocada. Pegou a foto que tirou na praia com Carmem e Joana do bolso. Queria saber, de uma vez por todas, se Carmem era a filha de Iara.
Mas sua mente não estava, naquele momento, caminhando com ela. Estava em outro lugar. De fato, era uma regra que não condizia com a ideia de inclusão. Por que não aceitavam homens? Será que não era um pensamento extremamente superficial achar que homens não eram sensíveis o suficiente para se adequarem ao perfil de uma icamiaba?
Será que Lina conseguiria persuadir o grupo a flexibilizar as regras?
– Ahmm.
Um murmúrio dolorido forçou Lina ao presente. Agora, um pouco apreensiva, ela abriu a porta do dormitório e paralisou com a imagem de Iara pendurada por um dos braços ao fio do lustre posicionado no teto. Ela estava ferida. Muito ferida. Havia sangue espalhado por todo o chão e o cheiro era tétrico.
– Ajudem-me! – ela gritou, saltou para o teto e libertou a moça.
– Ahhh – Iara resmungou, parcialmente desfalecida.

– Quem fez isso com você? – Lina perguntou, pronta para expulsar o nome que saísse da boca da vítima.

– Ajude... filha... Iara.

Ajeitou a Iara em seu colo. A cabeça dela caiu para trás. Colocou um travesseiro para dar suporte. Enquanto isso, algumas icamiabas entraram no quarto. Elas pararam por um instante, custando a acreditar no que viam e passaram a buscar pistas do responsável pela atrocidade.

– Parem! – Lina exclamou. Uma sensação de náusea subiu às entranhas de Lina. Sim, ela sabia que a Iara iria morrer em breve, mas tudo ao redor não indicava a morte natural pela falência dos órgãos. Foi assassinato.

Foi assassinato? Apesar das óbvias pistas, era difícil bater o martelo, pois, ao fazê-lo, ela daria as costas a tudo que acreditava. A honra, a integridade, a sabedoria, a agilidade, a crença de que a vida é algo sagrado e que nada... NADA justifica...

– Quem fez essa atrocidade? – Lina exclamou.

Escutou diversos murmúrios. Negou, confusa. Iara queria dizer algo.

– Deixem-nos – ordenou com a voz muito mais pesada do que o costume. Imediatamente todas saíram do quarto. Todas, menos Aiko.

– Ajude... filha... – Iara repetiu, com muito esforço. Só nesse momento ela percebeu que a Iara apontava para a foto. – Filha Iara – ela repetiu.

A cabeça de Iara pesou no travesseiro. Seus olhos se fecharam. O mais cruel de toda essa situação, foi se deparar com a dúvida: será que a Iara queria realmente proteger a filha de Iara?

Ainda mais cruel foi se deparar com a certeza: Carmem era a filha de Iara e...

O centro de treinamento já não lhe parecia seguro. Não como imaginava ser.

47

Mauro – Ah, sim... filha de Iara

Búzios, sexta-feira, 13 de janeiro de 2000

O amor é uma das melhores formas de percebermos claramente as contradições por detrás da natureza humana... ou da sua natureza.

Encantado, Mauro caminhou de volta para a pousada. Nada tirava Mauro de seu mundo interior, egoísta, colorido, fantástico e real... muito real. Nem o chiado da terra a cada passo, nem o barulho dos grilos, nem o movimento das folhas das árvores ao redor. Ciente de que não havia perdido sua rota, Mauro se permitiu perder-se na imagem que carregava de Carmem em meio às flores. Por isso, ele desistiu de lutar contra o inevitável. Por muito tempo, acreditou, em meio a seu cinismo e niilismo, estar protegido de sentir essa plenitude do amor.

Ele fugiu do amor por acreditar que esse sentimento o obrigaria a negar aquilo que mais prezava, a razão. Bom, pensando bem... ele até poderia dizer isso... e fez alguns acreditarem em seu relato. Mas Mauro já amou. Viveu uma vida ao lado de Porâsý. Acabou notando como sua vida, após perdê-la, tornou-se nada mais do que um efeito acumulativo de choques significativos. Pois bem, só os ignorantes no amor não temem o amor.

Mauro, fadado a viver um amor forte, assassinado, esmagado pela interdição, percebeu, por muito tempo, a destruição por detrás do amor.

Mas agora perdera a força para lutar.

– Carmem é filha de Iara – a voz de Lina o forçou para o presente.

Ah, sim... filha de Iara.

– Não encontrei evidência alguma de que Carmem é filha de Iara – disse. Afinal, Clara não lhe parecia doente. Ele deveria falar sobre Sarah, mas achou melhor manter quieto. Ainda não tinha provas para alarmar outra pessoa. Então comentou: – Carmem é maravilhosa, estou louco por ela – jamais pensou que falaria essa frase depois que havia perdido Porâsý. Por isso, sorriu e disse: – Eu amo Carmem.

Lina cruzou seus braços. Algo a atormentava, pois, mesmo diante da revelação devastadora de Mauro, ela se manteve séria.

– A Iara confirmou que Carmem é filha de sua irmã. Ela é filha de Iara – Lina afirmou com convicção.

Impossível. Como Clara não lhe parecia doente, jamais poderia ser Iara. Nesse caso, se Carmem fosse mesmo filha de Iara, jamais poderia ser de Clara.

Amor se reconhece pelos frutos. Carmem e Breno eram frutos do amor entre Clara e José. Carmem não foi fruto de uma relação entre José e Iara e, por sua vez, adotada por Clara. Não conseguiu ver uma única prova ou evidência clara e incisiva de que Carmem era filha de Iara. E, naturalmente, Mauro acreditava em evidências.

No entanto, ele conhecia Lina de muito tempo. Compenetrada e guerreira, pouco a afetava. Certamente, pela expressão sombria em seu rosto, algo a perturbava. Ela lhe parecia tão abalada que até a sua respiração estava mais acelerada que o normal.

– Foi só isso? – Mauro perguntou.

– Não sei muito bem como Iara morreu. Ela pode ter morrido devido a sua condição ou – ela passou a mão na testa – foi assassinada por uma de minhas meninas.

Mauro uniu as sobrancelhas. Era uma suspeita, no mínimo, perturbadora. Lina sempre confiou em suas meninas. Isso realmente deve tê-la tirado do eixo.

– Merda… – ele comentou, com sinceridade. – Quer ajuda?

– Adriana assumiu o caso. Coletou algumas amostras do corpo dela para análise. Mas não foi por esse motivo que saltei até aqui… Pensa, Mauro. Você está encantado. Perdeu um pouco a razão. Amigo… quero te ajudar. A Iara jamais poderia mentir no momento de sua morte. Ela estava indo atrás da filha de Iara… Filha de Iara! Pensa! Junte as peças. Na faculdade, quando encontramos Iara, quem estava perto?

– Carmem – ele respondeu, mas deixou de lado o nome de Joana.

– Na casa de Gabriel…

– Carmem – manteve o seu discurso. Como queria estar errado!

– Ela apontou a foto onde havia apenas eu, Joana e Carmem. Disse que lá estava a filha de Iara. Junte as peças.

Lina colocava a sua frente evidências claras e inegáveis. Era Carmem ou Joana. Por esse motivo, ele interrompeu a conversa e entrou na pousada. Não queria falar mais com ninguém.

– Lina, vou me arrumar. Eu e Carmem vamos sair para jantar.

– Podemos ir juntos. Gabriel acabou de chegar e vai nos acompanhar. Mauro, você sabe o que fazer, não sabe?

Mauro sabia, infelizmente. Ele não poderia alegar falta de senso como Cristiano. Também jamais foi um romântico incurável como Gabriel. Sabia... Ah, como sabia! Seu relacionamento com Carmem, mesmo que breve, não poderia propiciar nada além de desilusão e dor. Mais ainda, caso ele viesse a optar pela loucura e lutar em prol dessa paixão, sabia que não teria muito sucesso. Isso porque ele não lutava contra uma inevitabilidade. Ele era um intruso em meio a uma relação estreita entre Carmem e o seu elemento.

– Gabriel foi amaldiçoado – ele sussurrou.

– O quê? – Lina perguntou, mas Mauro ignorou a amiga. Perdido na lembrança do dia em que viu Carmem pela primeira vez na boate. Na ocasião, ele jamais poderia imaginar a importância daquela ninfa na sua vida. Também jamais poderia imaginar que, a pedido de Carmem, Ci iria provocar um encontro amoroso entre Joana e Gabriel.

Ele disse:

– Carmem amaldiçoou Gabriel. Pediu ao seu elemento para provocar um amor impossível. Isso foi no mesmo dia que Joana e Gabriel... Bom, também mencionou algo sobre arco e flecha. Lina, vamos juntar as peças. Você se lembra de todas as implicações daquele momento quando as icamiabas foram criadas?

– Como poderia me esquecer?

– Pois bem... Nesse dia eu também fui transformado.

– Sim, Tupã também mudou a sua essência – Lina sorriu ao lembrar-se. – Lembro que Ci ficou injuriada, mas tudo correu bem. Tupã e Ci conversaram e se acertaram. Apenas foi estabelecido que, tirando as candidatas à icamiaba, nenhum outro humano poderia ser transformado sem a autorização de Ci.

Não era bem assim que Mauro se lembrara. Na verdade, era, mas as palavras colocadas assim, de maneira tão simples e resumida, não combinaram com o episódio. Sua transformação foi rápida. Durou, no máximo, cinco segundos.

Nesses breves segundos, muito aconteceu: escutou gritaria, argumentos, conciliações, negociação, e, no final, a promessa do Tupã em não transformar outro humano sem a prévia autorização de Ci.

Talvez, notando como Ci se incomodava com intromissões, Mauro não se sentia confortável em oferecer uma solução definitiva para uma doença terminal. Simplesmente não queria instigar a ira de Ci como Tupã fez um dia. Afinal, ao encontrar a cura para todas as doenças, não seria o mesmo que interferir no curso natural da biologia humana? Não seria semelhante a alterar, mesmo que de forma pequena, a essência de um humano?

– Sim, eu sei o que fazer – Mauro respondeu e agradeceu Lina com um breve e apático sorriso. Andou de costas e, sem se despedir, virou-se e entrou no lobby. Estava decidido. Iria se distanciar e achar uma solução para proteger Carmem.

Isso até Carmem surgir em meio a essa equação. Por ela, Mauro enfrentaria a ira de Ci, assim como Tupã fez um dia.

– Olá, Mauro – a voz de Gabriel fez Mauro pausar e virar em direção ao bar. Gabriel fechou seu livro, tomou um gole de um uísque e o cumprimentou. Mauro assentiu, sem querer abrir sua boca. Não agora.

Seu amigo o analisou brevemente. Enrugou a testa e disse:

– Conseguiu solucionar a sua questão com Carmem?

– Não – Mauro coçou sua nuca. – Sarah está vindo?

– Sim.

Gabriel estudou o amigo atentamente e respondeu:

– Algo a mais aconteceu?

– Você não está preocupado com a maldição?

– Não. Por que estaria?

– Você consegue sentir quando a essência está se desvinculando do corpo, não é?

– Sim. Percebo quando o vínculo se une e quando vai se desmembrar. O Amor une e reconhece a perda do vínculo – Gabriel pausou e encarou o amigo com seus lábios firmes. Gabriel disse. – Quer que eu diga o que sinto no caso de Carmem?

– Sim.

– Por quê? – Gabriel hesitava em responder, mas Mauro iria insistir. Pelo bem de Carmem.

– Não enrole. Sei que você está evoluído o suficiente para sentir esse aspecto da separação entre essência e corpo físico. Vou levar Carmem para jantar. Você e Lina irão nos acompanhar? Você pode fazer essa análise? – e comentou: – É difícil trabalhar no escuro.

Gabriel suspirou. Ajeitou o livro em uma das mãos e levantou da poltrona lentamente. O gesto do amigo disse tudo, mas a certeza veio no toque da mão da entidade do Amor.

– Vamos acompanhar, mas não sei se devo – ele disse.

– Não vou permitir que Ci leve Carmem de mim.

– Você sabe que não é Ci quem define quando alguém vai morrer – Gabriel comentou. – Peraí... Vai defendê-la da morte? – perguntou Gabriel, com um tom incrédulo.

– Sim... Você sabe muito bem que tenho meios – pausou. – Temos meios – cerrou seus lábios tensos.

– O que quer dizer com isso?

– Sei que você e Cauã estão evoluídos a um ponto de se tornarem perigosos aos humanos, caso optem em dividir sua essência com eles. Sei que a energia que carregam é tão grande que pode dilacerar um humano, em vez de transformá-lo. Mas Ieda, Joana e Cláudio são entidades secundárias e, por sua vez, têm condições de transformar um humano. Preciso transformar Carmem. Ela seria uma ótima entidade de suporte representando as flores. O que acha? – sugeriu Mauro.

– Não é melhor aproveitar o tempo que tem a seu lado? – Gabriel passou a mão no rosto.

– Você acha que eles não fariam isso por mim? – Mauro apontou a seu peito, na defensiva. – Eu, que sempre ajudei a todos sem pestanejar? – Mauro reclamou, pronto para defender a sua ideia.

Gabriel elevou as mãos e disse:

– Calma! Tenho certeza que um deles se habilitaria a mudar Carmem e enfrentar duas vidas como um humano. Disso não tenho dúvidas! Mas você esqueceu de um detalhe. Tem que arranjar um argumento muito bom para convencer Ci de liberar Carmem. Você sabe muito bem que Ci não abre mão de quem ama. E ela, sem dúvida, ama Carmem.

– Vou dar meu jeito. Enquanto encontro argumentos para convencer Ci, esconderei Carmem da Morte. Vou conversar com Carmem, dizer que não serei seu orientador e me distanciar até encontrar a solução.

– Pelo bem dela – Gabriel concluiu, bastante desgostoso com o desfecho da conversa. Mas Mauro não se importou. Ele apenas disse: – Sim.

• • •

Mauro arquitetou um plano: distanciar-se, estudar, proteger e argumentar. Quando tudo estivesse resolvido, ele se casaria com ela. Encostado na soleira da porta da recepção da pousada, de braços cruzados, ele refletia. Sua cabeça girava em um espiral de suposições, teorias e planos. Seu futuro era nebuloso. O futuro da Carmem, incerto.

– Está preparado para se distanciar de Carmem? – Lina perguntou ao colocar uma mão no ombro do Mauro, como um gesto amigo.

– Não acredito que você está apoiando o plano doido de Mauro de se distanciar de Carmem para encontrar uma forma de escondê-la da Morte. – Gabriel retrucou.

– O quê? – Lina perguntou assustada. Pela expressão em seu rosto, não foi esse o desfecho que ela imaginou, mas Mauro paralisou ao ver Carmem surgir pelo lobby.

Com um vestido azul, confeccionado com diversas camadas de panos finos que esvoaçavam ao vento, ela roubou as palavras de Mauro. Tudo em Carmem parecia ter sido moldado para o prazer de Mauro. Ela era única, genuína. Tudo que ele não procurava em uma mulher e tudo que ele queria ao seu lado, para sempre. Como duas facções antagônicas e inimigas, seu raciocínio decretou guerra a esse sentimento que praticamente tomou conta de sua mente. Sentiu finalmente explodir uma batalha infernal entre sua lógica, que dizia para terminar esse martírio e deixá-la viver, e seu coração, que gritava em favor do amor.

– Carmem, você está linda – apesar de contraprodutivo, ele a elogiou.

– Olá – Lina cumprimentou. – Decidimos ir juntos. Podemos?

– Oi. Tudo bem? – Gabriel cumprimentou. – Vamos. Já reservei nossa mesa.

– É – Carmem sorriu, meio sem jeito. Sorriu para Gabriel procurando reprimir sua timidez. Mauro cerrou seus lábios. Odiou a reação de Carmem diante de Gabriel. Precisou reprimir a vontade de dar uma bofetada no meio do rosto perfeito da entidade do Amor. Se ele tocasse em um fio do cabelo de Carmem, Mauro não agiria com a civilidade de Cauã.

Gabriel falou:

– O restaurante é próximo. Dá para ir a pé.

– Não... Vamos de carro. Digo, preciso do carro.

Mauro teria de voltar para o Rio de Janeiro o quanto antes.

Ao sentar no carro, Mauro olhou para as pernas de Carmem. Cerrou seus olhos e se corroeu ao imaginar todo o tempo que seria obrigado a imaginar o corpo de Carmem enquanto buscava uma solução definitiva para ficarem juntos. Ele ligou o carro.

Carmem riu.

– Estou adorando esse dia.

Instantaneamente, ao ouvir o som da risada dela, Mauro apertou o volante violentamente como se tivesse recebido um soco na boca do estômago e escutou a estrutura interna do objeto trincar com a força de seu desespero. Como era difícil libertá-la! Como Cauã conseguiu distanciar-se da Joana?

O restaurante era na beira da praia, revestido a luz de vela e em estilo casual. Ele ficou alguns segundos observando, totalmente perplexo. Estava repleto de casais apaixonados que animadamente dançavam ao som da banda que tocava bossa nova. Era uma banda animada que fazia do espaço um ambiente incrivelmente encantador. Um bar ao ar livre. Exatamente o contrário do que Mauro esperava da noite. Ele não havia deixado claras as intenções para Gabriel?

Em um ato de puro pânico, bateu a testa algumas vezes no volante.

– Está bem? – Carmem perguntou unindo as sobrancelhas.

– Acabei de me lembrar que tenho um projeto urgente para entregar semana que vem – Mauro procurou justificar o que poderia vir a ser um súbito e repentino anúncio de distanciamento iminente e, ao mesmo tempo, um motivo plausível para voltar ao Rio imediatamente.

– Ótimo! – Carmem comentou. – Posso ajudar?

– Pois é, sobre isso, vamos conversar depois.

Finalmente, o manobrista abriu a porta do carro, convidando-os a descerem. Ao entrar no restaurante, Mauro olhou ao redor, espantado com o nível de romantismo a que um ambiente poderia ser capaz de chegar. O que Gabriel pensava? Que ele estaria com intenção de pedir Carmem em casamento? Agora?

Mauro sorriu encabulado para Carmem, que o encarava meio cabreira. Ela certamente, estava percebendo as tempestades colossais na mente de Mauro.

– Vamos sentar? – Mauro indicou a mesa onde Lina e Gabriel aguardavam.

Assim fizeram e Mauro iniciou a conversa comentando do paisagismo que Carmem criou perto da casa de seus pais. Apesar de Carmem implorar para que ele não o dissesse, notou que seria a maneira ideal para iniciar o discurso sobre sua ocupação e continuou descrevendo o ambiente em mínimos detalhes.

Mauro falava sem pensar, de modo automático, sem perceber, colocou seu braço em volta do ombro de Carmem, que se mantinha silenciosamente encabulada. Então Mauro percebeu o olhar da Lina se fechar e notou a gafe. Sorriu para Carmem e suavemente retirou o braço. Então concluiu seu discurso no ápice e exatamente onde queria chegar:

– Sinceramente, Carmem está desperdiçando seu talento. Ela deveria levar sua arte a sério. Essa forma de arte é sua forma mais natural. Você tem um dom divino e não pode ignorá-lo.

– Mauro está exagerando muito! – Carmem riu. – Aliás, eu não sabia que você era capaz de descrever um campo repleto de flores e natureza com tanta sensibilidade! – Elogiou.

– Nem eu. – concordou Gabriel com um largo sorriso no rosto. Tá... Gabriel se sentia vingado. Deixa pra lá.

– Vamos dançar? – Mauro se virou para Carmem antes que pudessem beber ou comer qualquer coisa. Sentiu que era a hora de falar e precisava que ela estivesse sóbria, então tinha de ser imediatamente. Foi então que notou o estilo de música tocando e percebeu que se esquecera desse pequeno detalhe. Era uma música incrivelmente romântica e certamente iria dificultar as coisas. Passou a mão no rosto e pegou a mão de Carmem, conduziu-a até a pista de dança. Pegou sua cintura e a aproximou. Sem que pudesse evitar, encontrou os olhos de Carmem. Seu coração apertou ao ver o brilho em seu olhar. Será que ele a olhava da mesma forma? Se fosse, não era por querer. Apertou as sobrancelhas para disfarçar qualquer mensagem que pudesse emergir do olhar. Desculpou-se mentalmente com a moça por estragar uma noite mágica e a segurou na esperança de que, se fosse bem-sucedido, ela entenderia.

Apesar de ser outra péssima hora, ele decidiu falar:

– Carmem, preciso falar com você sem demoras. Terei que me distanciar de você por um tempo.

– O quê? – Carmem arregalou seus olhos e deixou o queixo cair. Ele a assustou. Também, o que imaginava?

Dançaram alguns segundos em silêncio.

Foi então que Mauro achou o momento perfeito para orientar Carmem.

– Quando disse que você tinha talento para paisagismo, estava realmente falando com toda a seriedade de um orientador. Se eu pudesse dar uma orientação, seria esta. Saia da ciência e foque em seu talento. Você precisa ficar aqui com os seus pais.

– Você está me expulsando do laboratório?

– É o certo a se fazer.

48
CARMEM – SOCO NO ESTÔMAGO

BÚZIOS, SEXTA-FEIRA, 13 DE JANEIRO DE 2000

Carmem parou de dançar. Trancou seu sorriso. Sentiu como se a Terra tivesse mudado sua órbita e ela fosse a única humana a sentir o impacto. Olhou em volta para buscar alguma orientação, como se pudesse ver se os outros estavam sentindo a mesma vertigem. Não sentiram. Mas muitos observavam atentamente. Perceberam o drama. Quem não gosta de um bom drama?

Colocou a mão na barriga, boquiaberta, como se houvesse recebido um soco na boca do estômago.

Tudo isso foi um erro. Era o mínimo que poderia ser dito...

Procurando segurar as suas lágrimas, negou. Elevou suas sobrancelhas. Sem encontrar palavras para responder a tamanha crueldade, respirou para controlar os nervos. Voltou seu olhar para Mauro. Ela foi uma cretina em acreditar que não haveria impacto algum em sua carreira ao se apaixonar pelo seu novo orientador. Ele parecia uma estátua, firme e decidido.

E, com isso, escutou a fatídica frase de Mauro. A frase que temia.

– Desculpe. Não posso ser seu orientador e, também, acho sinceramente que você devia mudar de ramo.

Aconteceu. Carmem piscou algumas vezes para espantar as lágrimas, mas não conseguiu. Mal conseguia respirar. Distanciou-se. De relance, cruzou seu olhar com o de Mauro. Seu estômago revirou e embrulhou. Desejava fugir dali, imediatamente. Levantar a saia de seu vestido e correr na beira da praia até a sua cama ou até o raio que o parta! Não havia lugar distante o suficiente de Mauro e daquela situação em que ela se metera.

Um fracasso, ela era um fracasso!

Pior! Pelo menos, Dr. Hélio a julgara pelo resultado que não havia apresentado. Mauro a julgava pelo contrário. Pela habilidade apresentada.

– Vamos parar por aqui – ela sussurrou, com voz rouca. Tinha de confessar, não sabia o que doía mais, perder seu orientador, sua carreira ou... bem, perder Mauro.

Mas o que importava analisar o que representava essa perda? Sobre o seu coração, nada poderia ser feito para salvá-lo, pois esse já lhe parecia condenado.

Mauro abriu a boca para falar, mas Carmem não queria ouvir. Havia milhões de coisas que queria dizer, mas sabia que não poderia. Então decidiu que ele também não teria a oportunidade de dizer qualquer coisa. Isso porque não havia nada de interessante e construtivo a ser dito.

Ela se virou em direção às pessoas que rodeavam a pista de dança sem se importar em expor suas lágrimas. Segurando-se firme ao fio de dignidade que ainda lhe restava, ela elevou seu nariz, enrijeceu seu tronco e passou a caminhar. Ela poderia até ser um fracasso, mas sua postura se manteria intacta, protegendo qualquer representação daquilo que, por sua vez, fosse obrigada a construir no futuro. Ela não era inexperiente. Nem uma menina inocente. Sabia muito bem dos riscos desse relacionamento. Mesmo assim, não sabia o que fazer, pois não havia se preparado para enfrentar qualquer contingência, provavelmente confiando na integridade desse homem que apostou tudo que tinha, e perdeu.

Mesmo assim decidiu. Sairia dessa pista de dança com distinção, sobre seu salto e sem tropeçar, por mais difícil que parecesse. Concentrou-se em cada passo, permitindo encontrar alguma força na brisa suave da praia, que passava pelo bar e levantava algumas camadas de seu vestido. Fechou os olhos. Sabia que havia olhos curiosos a encarando, como se fosse ela a herege que enfrentaria a morte em meio a uma praça. Talvez fosse, se tal julgamento levasse em consideração seu trabalho e suas escolhas.

Carmem pegou sua bolsa na quina da mesa com graça. Medindo cada movimento, espiou ao redor. A mesa na qual estava sentada ao lado de Mauro estava vazia. Não viu Gabriel e Lina lá. *Que bom*, não teria condições de se despedir. Espiando acima de seus ombros, percebeu que Mauro a encarava. Que muitos a encaravam. Sabia o motivo. Aguardavam o drama. Isso ela não iria dar. Tinha algum senso de autopreservação. Em vez disso, em meio ao seu exibicionismo, sorriu em direção a Mauro como se estivesse se despedindo de um grato amigo.

A noite estava linda e a brisa flutuava na pista de dança, como se estivesse efetivamente na praia. Então Carmem decidiu ir em direção à praia e andou suavemente para a porta focando em sua postura, afinal, era tudo que tinha nesse momento.

Será que havia agido certo?

Que importava? Ela andou contra o vento, sentindo o vento suavemente movimentar sua saia, e arrumou o cabelo.

Algumas pessoas se distanciaram para deixar livre o caminho de sua saída. Era como se ela estivesse vivendo em um pesadelo, como se sua desgraça fosse um espetáculo teatral a ser desfrutado pelo público.

Assim que pisou na areia, tirou os seus sapatos. Precisava sentir a areia da praia por entre seus dedos. Suspirou. Sentiu o perfume característico, meio amadeirado, de Mauro. Não rompeu o silêncio. Não conseguiu. Voltou a andar. Queria sair daquele lugar o quanto antes. Ela estava a ponto de explodir e precisava colocar seus pensamentos e planos no lugar.

O que devia ser feito para sair desse relacionamento com alguma dignidade? Agradecer pelos préstimos? Dizer nada? Pedir desculpas? Qualquer coisa lhe parecia melhor do que fazer um drama. O problema é que...

– Desculpe a confusão... eu vo...

Carmem jamais optou pelo racional e lógico.

E explodiu:

– Que confusão? Nada aconteceu! Nem sequer apresentei a dissertação para você!

– Mas...

– Você não tem o direito de me julgar! Tampouco de escolher minha profissão!

Mauro pausou, confuso. Gabriel e Lina se aproximaram para tentar oferecer algum auxílio. Carmem sempre foi preocupada com a sua autopreservação, mas agora abriu mão dela. Preferiu autodestruição.

Não era bem esse alvo que ela quis atingir. Tudo bem...

– Desculpe... – Mauro disse. – Achei que estava chateada com minha distância e não com o fato de eu não te orientar. Só faço isso porque te amo e... bom, acho que você também me ama.

A reação de Mauro perturbou Carmem a um ponto sem retorno. Ela perdeu a capacidade de ouvir.

– O quê? Você se sente no direito de dizer o que é melhor para a minha carreira porque me ama? Não presuma ou assuma o que é melhor para mim. Não sou uma boneca de porcelana desprovida de massa encefálica. Sei da minha capacidade e vou lutar por ela! Acredite, para me colocar no mercado de trabalho, tive de fazer muitas escolhas difíceis. Muitas barreiras! Você (meu caro!) não é a maior delas! – ela exclamou. Queria guerra! Guerra!

A discussão foi subitamente interrompida assim que Gabriel tomou os ombros de Mauro e praticamente o carregou para longe. Que Mauro e Rudá sumam da sua vida! Para sempre!

Carmem correu sem olhar para trás. Faltava-lhe ar para gritar e sentiu seu peito ser esmagado como se estivesse sendo submetida a uma sessão de tortura. Sua sensação era na verdade prolongada. Como se a sessão de tortura houvesse iniciado já há algum tempo e simplesmente esqueceram-se dela.

Toda sessão de tortura tem um fim, nem que seja a morte.

Que a morte venha!

49
OCASIÃO ESPECIAL

BÚZIOS, SEXTA-FEIRA, 13 DE JANEIRO DE 2000

– Joana, não enrole no banho – Adriana pediu.

Cauã sugeriu um bom programa a dois. Uma grande surpresa. Talvez para relaxar um pouco depois de deixar Júlio escapar. Tomando como base a caixa de presente posicionada na cadeira, Cauã tinha algo planejado para a noite.

Sorri. Vanessa perguntou.

– Mãe, é verdade que o *papa* vai *fazê* uma *surpesa* pra você?

– Xiii – Adriana colocou seu dedo na boca exigindo que Vanessa parasse de falar. Como se minha filha tivesse se dado conta de que falou demais, deu um pequeno grito e passou a pular na cama. Marcos e Pablo pularam na cama logo em seguida, anunciando a brincadeira.

Adriana revirou seus olhos e murmurou:

– Crianças.

– Obrigada por ficar com as crianças – eu disse.

Adriana riu.

– Como se eu não gostasse desses pentelhos – com um gesto súbito, pegou Marcos no ar e lhe deu um ataque de beijos. – Além do mais, tenho ajuda – apontou a varanda e Lindalva entrou no quarto.

– Quanto tempo! – saí de encontro a Lindalva, que me abraçou. Desde o resgate de Amanda em alto-mar, Lindalva tinha se infiltrado na empresa responsável pela investigação do acidente, meramente para manter controle sobre as informações que poderiam vir à tona. – Como estão as coisas?

– É óbvio que diversas fofocas, entre os tripulantes, ocorreram depois do incidente, mas nada sério.

Então perguntei:

– Mas o que, afinal, aconteceu?

– Você não soube? Júlio roubou Pedras da Segunda Chance de Luisón. Essas pedras são famosas em acordar aqueles que não necessariamente perderam suas vidas e que precisam de uma segunda chance.

– Quem ele queria acordar? – perguntei.

– Ipupiara – Adriana deu de ombros. – O louco acredita que não consegue vencer Cauã por causa dos amigos que o protegem. Então decidiu acordar Ipupiara. Esta criatura obrigaria todos nós a lutarmos contra ele, deixaríamos Cauã desguarnecido e ele roubaria o poder de seu marido – riu. – Jamais acontecerá.

– Não subestime o poder destrutivo do Júlio. Cauã teve algumas chances de desmantelar ele e não teve sucesso – surgiu Rafaela. – Oi, meninas – ela fechou a porta.

– Oiiiiiii! – as crianças responderam em coro.

Rafaela disse:

– Escute, Joana. Lina pode precisar da sua ajuda. Ela está muito abalada. Não sabemos por qual motivo, mas Ana abandonou o grupo.

– O quê?

Ela explicou:

– Lina nos chamou para cá, longe do centro, porque precisa falar com a gente isoladamente do resto do grupo. Algo de muito sério está acontecendo.

Adriana sentou-se na poltrona do quarto, apontou para a caixa e mudou o rumo da conversa:

– Joana! Nada de papo sério! Esta é a sua noite! Cauã deve estar te aguardando no lobby em... – ela olhou o relógio – ...trinta minutos. Sugiro começar a se arrumar.

Abri um envelope na caixa, que dizia:

"Espero que goste do vestido. Precisamos comemorar."

– Comemorar? – perguntei. – Ele está louco? Agora? No meio de tanta confusão? – Mantive minhas indagações, ainda mais confusa.

Todas riram e me deram um calendário.

Lindalva comentou:

– Acho melhor você descobrir Joana, não seremos nós que vamos dizer.

Passei a estudar o calendário e me concentrei. Não consegui encontrar um único motivo para comemorar. Entrei no banho.

– Cauã poderia comemorar algo fora da data – Lindalva disse.

– Impossível. Ele é preciso demais – respondi com o tom de voz elevado para se sobrepor ao som do chuveiro.

– Uma vez meu pai comprou um presente para a minha mãe e ficou muito triste ao saber que ela havia se esquecido do aniversário de casamento deles – Adriana comentou. Senti todos os músculos de meu corpo tensionarem. Imagina se for algo importante e eu não souber? Ele ficaria devastado! Mordi meus lábios, me enrolei na toalha e passei a escovar os cabelos. Não dava mais para perguntar abertamente, sob pena de diversos anos de explicação sem fiança. – Por pouco não se divorciaram – ela adicionou.

Paralisei. Arregalei meus olhos. Oficialmente nervosa com a ocasião misteriosa, exclamei:

– Como Cauã pode ser tão insensível a ponto de me dar um presente sem bilhete ou justificativa?

– Como é que é? – Rafaela perguntou aos risos.

Ignorei. Precisava estar, no mínimo, apresentável para a ocasião, então escolhi um blush rosado que dava um aspecto saudável de sol, sombra azul clara para clarear meus olhos, lápis e rímel marrom para delinear os olhos e ficar sutil e um batom rosado. Queria um rosto natural.

Encontrei uma caixa de sapato fechada em cima do banco ao lado do banheiro. Assim que a abri, encontrei um colar de ouro branco, amarelo e vermelho enrolado no meu cachecol branco. Era um único colar feito com diversos elos pequenos de diversos tons de ouro entrelaçados. Era lindo demais. Fiquei alguns minutos olhando a joia em minha frente. *Eu realmente estou encrencada se não descobrir.*

– Ajudem-me a descobrir! – exclamei. – Para que ter cérebro se ele não funciona? – estapeei minha testa em ato de desespero.

Então perceberam a gravidade da situação.

– Dia do primeiro beijo! – Adriana começou.

– Tecnicamente, desmaiei. Ele não ia querer comemorar isso.

– Dia da primeira vez que fizeram amor? – Lindalva perguntou.

– Quase desmantelei, se lembra?

Cobri meu rosto com as mãos, querendo sumir. Não lembrar das vidas passadas tudo bem, mas esquecer um ato importante nessa vida é imperdoável.

– Calma! – Rafaela disse. – Mentalize, Joana. Algo aconteceu nos outros anos?

– Encontrei um bilhete na caixa! – Adriana exclamou alegremente.

Corri para o bilhete. Ele dizia: "Espero que goste de seu presente. Certamente esta data deve ser comemorada. Te encontro no lobby. Te amo, Cauã."

– Puta merda, estou encrencada! – gritei.

Adriana se aproximou de meu armário e pegou um perfume.

– Será que ele vai notar que você não sabe da data se você colocar este perfume? – ela perguntou.

– Ele nota tudo – respondi resignada.

– Então fique quieta e deixe-o falar. Não faça perguntas. Consegue? – Adriana perguntou.

Arrumei-me. Saí para a varanda e encontrei a Lua, que disse:

– Já estou com saudades. Você vem me ver?

– Sim – respondi. – Estou precisando, mais uma vez, de sua ajuda. Cauã quer comemorar a noite de hoje. Aparentemente é uma noite especial.

– Sim!

– Você se lembra de alguma ocasião nessa data que eu tenha esquecido? – finalmente perguntei.

Escutei a Lua rir ao responder:

– O Sol me fez jurar não falar nada.

Droga, pensei.

– Péssima escolha de palavra, Joana. – a Lua comentou.

Esqueci que ela tinha uma linha direta com os meus pensamentos. Mesmo assim, era um momento no qual eu precisava dela para lembrar, não hesitei em pôr minhas palavras para fora, para que fossem ouvidas como protesto.

– Por que o Sol não quer que você conte? – então perguntei, incrédula com o complô.

Ela se calou e eu bufei para ela. Antes que pudesse arrancar a informação da Lua a fórceps, ou que eu tivesse de torturá-la com a ameaça de lhe fazer colidir com um asteroide, já chegou a hora. Não dava mais tempo de buscar em minha falha de memória alguma lembrança, alguma pista.

Teria de ir. Despedi-me das crianças, de todos, e saí escutando um "boa sorte" de todas as mulheres, inclusive de Vanessa e Thaís. Sim, eu precisaria. Andei na pousada até o lobby, buscando controlar a minha curiosidade e ira por enfrentar a falta de memória injustificável.

Encontrei-o em frente à pousada me aguardando, observando o mar. Ele estava maravilhoso, como sempre, com sua calça jeans e camisa azul. Abusadamente elegante. Abracei-o e ele se virou sorrindo. Então me olhou de cima a baixo e balançou sua cabeça.

– Quem escolheu a joia? Você?! – eu tinha de escolher minhas palavras com sabedoria, para não entrar no assunto do colar de esmeraldas. Engraçado como nossa vida acumulou assuntos paradoxais. Certamente esse colar e essa noite, por eu não ter a mínima ideia da ocasião, se encaixariam no mesmo contexto.

– Não exatamente quem escolheu, mas quem o fez.

Parei assustada.

– Você?

Fechei minha boca para que as palavras não me traíssem como de costume. Certamente, as palavras de Cauã o traíram. Será que havia entendido direito?

– Ouro é um metal raro que surge, como outros elementos químicos, com uma fusão nuclear. Núcleos dos átomos de hidrogênio e hélio são combinados em altas temperatura e pressão e geram elementos como o ouro.

Enquanto caminhávamos até a Rua das Pedras e ele me explicava como se fazer o ouro (um alquimista!), meu pensamento vagava. Não estava presente, nem atenta às palavras de Cauã. Estava no colar de esmeraldas. Até hoje não consegui acreditar que Cauã mentiu em nosso primeiro encontro ao contar que mandou fazer especialmente para mim. Mas ele mentia novamente com o colar de ouro. Na época, fiquei muito impressionada e emocionada. Confesso que ficaria da mesma forma se ele dissesse que havia escolhido em uma loja. Quem não ficaria?

Era difícil imaginar Cauã mentindo para me impressionar. Ainda mais agora, depois de tanto tempo. Incrível como a mentira tirou a magia de uma noite inteira, da nossa primeira noite, e fazia o mesmo, nesse exato momento.

Talvez pela importância que eu concedi ao colar de esmeraldas, nunca conversei com Cauã sobre o assunto. Engavetei o caso como um projeto malsucedido ou uma noite a ser esquecida ao invés de lembrada.

Errei, errei muito, mas Cauã também teve a sua parcela de erros. No entanto, nenhuma traição, injúria ou briga teve a importância da mentira em torno da confecção de um colar.

Coloquei minha mão nesse novo colar e mantive silêncio. Não queria estragar essa noite para Cauã. Mesmo assim, senti parte da magia do encontro se esvair com a possibilidade de Cauã ter mentido novamente.

Passamos a andar pela Rua das Pedras até chegarmos a um bar. Ele me conduziu para dentro, sentamos e ele pediu um prosecco para ambos.

Engraçada a relação entre o pensamento com a ocasião, oportunidades e coincidências. Havia acabado de pensar no colar que havia visto e encontrei, sentada em uma das mesas, Bianca; a moça de gola rolê que havia sumido do treino das icamiabas!

Bianca estava sentada em uma mesa perto, com um rapaz mais novo, beirando os 20 anos. Será que devia falar com ela? Não... Parecia um encontro romântico. Era? Ambos pareciam compenetrados e nos encaravam com olhares curiosos. O rapaz era extremamente bonito. Cabelo castanho claro, porte imponente, mas o que me intrigou foi sua expressão. Não consegui vê-la direito, pois estava parcialmente escuro onde estava sentado.

Aquela é a moça de gola rolê! Ela mesma! A emblemática icamiaba que treinou ferozmente com Aiko e Lina por alguns meses, que quase não saiu do centro de treinamento. A moça que sumiu após alguns meses e Lina não conseguiu achá-la, nem para pedir explicações. Ela não somente estava em Búzios, mas ao lado de um belo rapaz!

– Aquela é Bianca? – perguntei.

Cauã olhou e acenou a ela. Ela respondeu o gesto com um sorriso encabulado.

Cauã falou:

– Em breve, avisarei Lina. Mesmo assim, Lina vai querer conversar com a Bianca para entender os motivos que levou ela a abandonar o grupo.

Olhamos novamente para o casal. O rapaz parecia apreensivo. Sua postura era completamente tensa e ele cruzava seus braços olhando para o chão. Ora conversava com Bianca, ora olhava para a gente, ora ao redor do bar.

Cauã concluiu:

– Vamos deixá-los em paz. O rapaz está um pouco nervoso. Pode ser o primeiro encontro.

Concordei.

– Mas estamos comemorando o quê? – pronto, falei. Sabia que não ia manter a boca fechada por muito tempo!

Cauã riu e levantou.

– Vamos dançar?

Certamente, a música era linda. No entanto, a pista de dança não estava convidativa. Estava de fato completamente vazia. Não havia nada lá, nem inseto! Constatei:

– Seremos os únicos na pista.

Então Cauã disse:

– Você sabe que algumas estrelas também orbitam solitárias no céu como se tivessem dançando, então atraem outros astros com seu magnetismo?

Não foram as palavras. Foram seu sorriso e sua confiança que me levitaram a seu encontro. Dançamos olhando um para o outro como se estivéssemos entrando em transe.

Orbitamos e, logo em seguida, outros casais, inclusive Bianca com o rapaz, passaram a girar em nossa volta. Era como se nós estivéssemos simulando um pequeno sistema solar, criado pelo magnetismo da dança.

Então, no meio dela, ele ajoelhou e abriu sua mão revelando um anel de ouro.

– Joana, quer casar comigo?

50

CAIXA DE RUDÁ

Rio de Janeiro, sábado, 14 de janeiro de 2000

– Carmem não só amaldiçoou você, mas rejeitou o amor – Mauro comentou enquanto Gabriel dirigia. A brisa da madrugada suavemente fria soprava pela pequena fresta da janela. Melhor assim. Mauro precisava de ar puro. Precisava... pensar.

– Por que a julga? Você não buscou fugir do amor por milênios? – Gabriel o lembrou. – E não se preocupe comigo... sei me cuidar – observou.

Houve um motivo sério que levou Mauro a fugir do amor: foi o próprio amor. Mauro já se encantara por uma jovem um dia. Chegou a se relacionar com ela, a planejar uma família. Mas Porâsý se sacrificou. Quando ela morreu, uma parte grande dele morreu junto com ela.

– Será que Carmem me seduziu em troca de uma bolsa de estudos? – perguntou.

– Você é muito mais inteligente do que isso – Gabriel respondeu.

Tá certo. Era hora de juntar as peças.

– Carmem não somente amaldiçoou você, mas desafiou Ci.

– Como desafiou?

– Enquanto o amaldiçoava, lançou flechas em direção ao mato. Sabendo que essas flechas representam, em sua maneira, o grupo das icamiabas, sem querer, ela lembrou Ci da negociação que fez com Tupã na época em que as icamiabas foram criadas.

– Você fala da negociação de que ela aceitaria perder as candidatas a icamiabas.

– Sim. Precisamente no mesmo período em que eu me transformei. – Mauro lembrou. – Ou melhor... Carmem pisou na ferida de Ci. Você entendeu a gravidade?

– Droga... Pelo visto, Ci não me direcionou a Joana apenas.

– Isso... Ela direcionou Carmem a mim – e Mauro resmungou. – Não deveria ter caído nessa armadilha...

– Não se vitimize. Isso não combina com você – Gabriel disse.

– Você sabe muito bem o motivo que me levou a ignorar o amor – Mauro comentou.

– Como um homem inteligente, você sabe que esse motivo é irracional. Nenhum relacionamento é exatamente igual a outro.

– Era um período incrível, onde a humanidade estava se formando. Onde aqueles seres mais promissores e instruídos escolheram povoar a Terra. Criar algo completamente diferente, começar certo e criar um planeta livre de guerra e destruição – Mauro comentou, em um tom nostálgico e melancólico. – Isso até Tau chegar e induzir a primeira guerra.

– Porâsý foi a mulher mais corajosa que já conheci – Gabriel comentou, sabendo da importância que tinha a tia de Kerana, a mulher que sacrificou a sua própria vida para dar esperança à humanidade.

Mauro cerrou seus olhos e limpou uma lágrima que, sem querer, deslizou sobre o seu rosto. Como era difícil falar de Porâsý.

– Desde então você busca, em outras mulheres, Porâsý.

– Nenhuma vai se igualar – Mauro comentou.

– E Carmem?

– Carmem é diferente.

– Justamente – Gabriel fechou a questão.

– Ela foi vingança de Ci, direcionada a mim.

– Não pensaria desse jeito. Sim, muitas vezes você ajudou os humanos a prolongarem a vida... Interferiu no curso natural da biologia... Interferiu diretamente, mesmo que em pequena escala, na condição humana... – Gabriel respondeu. Sorriu. Corrigiu-se: – Eu não pensaria dessa forma – de ombros. – Tá, ela pode até ter direcionado, assim como eu... – apontou o dedo em seu peito – direcionei minha energia a Luisón. O importante é o que você e Carmem farão com esse encontro. Como sempre digo: o amor é a arte do encontro.

Mauro manteve silêncio para Gabriel desenvolver a sua resposta. Gabriel dirigia compenetrado na estrada. Assim que notou Mauro o encarar com as sobrancelhas arregaladas, continuou:

– O que você quer saber? – Gabriel perguntou dando de ombros. – Já terminou com Carmem, você libertou porque quer a proteger de algo que certamente não conseguirá.

– Você já teve uma relação com uma entidade de Ci. Conte – Mauro perguntou diretamente. Queria escutar a história de Gabriel. Sabia sobre Beatrice, isso não era segredo, mas essa história nunca o interessou, até agora, por motivos óbvios.

Gabriel respondeu:

– Sim. Foi uma experiência maravilhosa e, ao mesmo tempo, terrível – hesitou e complementou. – Você sabe muito bem que esqueci parte da história. Dei a você um pingente com a memória do final da minha história com Beatrice. Sabe onde está? Deve estar em meio a sua bagunça.

– Você encontrou uma mulher parecida no avião quando se desmaterializou? – perguntou Mauro.

Gabriel demorou para responder, mas decidiu fazê-lo:

– Sim.

Mauro manteve-se em silêncio.

– Pois é – Gabriel continuou. – Mesmo tendo deixado parte da memória em um pingente, ainda dói. Isso porque ainda sinto que tivemos um fim trágico – franziu sua sobrancelha e balançou sua cabeça, confuso. – Imagino.

– Foi a mortalidade de Beatrice? – Mauro perguntou.

– Mais que isso… – Gabriel hesitou. – Não posso lhe dizer ao certo.

– Por que você retirou a memória do fim de seu relacionamento?

– Porque não saberia viver com ela. Mas, você sabe muito bem que cada história de amor é diferente – Gabriel corrigiu. – Cauã já namorou uma entidade de Ci, viveu com ela e foi muito feliz.

Mauro precisava saber mais.

– Cauã já namorou uma humana?

– Claro. Na época, inclusive, tive de desenvolver uma caixa extremamente poderosa para manter os poderes dele temporariamente na caixa e preservados. Foi complicado.

– Caixa? – Mauro perguntou curioso.

– Ah... sim – Gabriel respondeu.

Eles haviam acabado de chegar à cidade. Gabriel parou o carro em um sinal de trânsito e esticou a mão em sua bolsa, no banco de trás do carro, tirando uma caixa de bronze. Então mostrou a caixa de chumbo para Mauro e comentou:

– Caixa de Rudá. Uma delas. Mantém a radiação e a energia solar presas e intactas pelo tempo que Cauã precisar.

Mauro abriu a caixa, pegou a pedra da Lua com curiosidade, e perguntou:

– Por quanto tempo?

– Talvez um ano. Pelo menos foi o tempo máximo que Cauã guardou seus poderes.

– Os poderes ficam protegidos? Nenhuma outra entidade consegue ver o que tem dentro da caixa?

– Bom... Os poderes ficam protegidos, mas ainda assim as entidades conseguem perceber que é energia do Guaraci dentro da caixa. O que você está pensando?

Mauro sorriu. Estava bem mais animado do que aparentava no carro. Ele jamais poderia dizer abertamente as suas intenções com a caixa, mas poderia trabalhar em dois projetos.

– Sobre o projeto de oferecer uma solução para conservar a energia solar – Mauro anunciou o seu primeiro projeto –, mostro-lhe o primeiro protótipo!

– Já tentamos usar o modelo da caixa, mas não deu certo. A energia captada pela pedra é incrivelmente maior e o material que reveste a caixa tem um único propósito de manter todos os elementos protegidos. Não conseguimos extrair a energia gradativamente para que seja usada como uma bateria. Outra coisa... os materiais misturados, responsáveis em manter a energia estável, podem fazer mal à saúde de um humano. Não podemos comercializar algo desse tipo.

– No caso do Cauã, é necessário armazenar tudo. Por isso, tantos materiais revestidos nessa caixa. No entanto, temos que levar em consideração de que é importante armazenar somente os elementos necessários, como o fóton – Mauro analisou a caixa mais atentamente e continuou. – Será que, ao fazer essa simplificação, poderíamos ainda armazenar sem prejudicar um humano?

Será que ele poderia usar esse mesmo material para revestir a parede de uma residência para proteger Carmem de entidades indesejadas como da Morte?

– E como podemos eliminar a radiação? Pense nisso. Você está no caminho certo.

Ou não... mas esse não era o caso. Quantas coisas se imaginaram não ser possíveis e foram! Parte da genialidade de Mauro era sua curiosidade, sem ter medo de tentar.

Passou a anotar suas teorias em uma folha que sacou do porta-luvas do carro, escrevia freneticamente.

– Vamos para casa? – Gabriel perguntou.

– Não. Para a faculdade.

Gabriel foi obrigado a rir. Era madrugada!

– Não, amigo. Vá dormir e vamos à faculdade amanhã.

– Não. Preciso ir agora. Preciso trabalhar. Fique tranquilo, conheço o vigia da noite. Ele não verá problemas de entrarmos. Vamos. Não há tempo para perder.

51
Meu mundo parou

Búzios, sábado, 14 de janeiro de 2000

Paralisei como se tivesse me transformado em uma estátua de mármore. Nesse momento, esqueci que estava no meio da pista de dança e das pessoas ao redor. Também de Bianca e do rapaz que ainda nos observavam. Boquiaberta, não respondi esperando que ele me conhecesse o suficiente para saber que estava em estado de choque.

Ele riu, levantou e me abraçou dizendo:

– Quer pensar um pouco?

– Sim...

– Em tese, você está no seu direito, mas sabe que há uma única resposta para essa pergunta... – Cauã disse e tornou a dançar me conduzindo inteiramente.

– Não! – reagi. Não foi isso que eu quis dizer!

Ele parou um instante e me olhou confuso.

– Sim! – praticamente berrei a resposta certa. Meu coração batia desenfreadamente deixando impossível me expressar de outra forma que não monossilabicamente.

– Espere um pouco! – Cauã falou. – Deixei você sem a capacidade de fazer os seus inquéritos? Calei Joana? É isso mesmo?

Revirei meus olhos. Sinceramente, acho que manter meus olhos em Cauã não estava ajudando muito. Então me lembrei do sonho, ou lembrança, que tive quando Cauã me pediu para descer à Terra. Acho que a minha reação foi muito similar. No entanto, eu me preocupava em achar uma maneira poética para responder ao pedido. Na época não o fiz, e não seria agora.

– Sim – respondi.

Cauã pegou minha mão. Ao vê-la tremendo, ele balançou sua cabeça, beijou-a e disse: – Vamos sentar um pouco.

Não sei como cheguei até a cadeira. Ele pegou um copo de água, trouxe sua cadeira para próximo e me entregou o copo.

– Sim e sim – respondi.

– Desculpe. Estou confuso.

Entreguei a minha mão direita para Cauã e perguntei:

– É essa a mão correta?

– Então com esse anel, me uno a Jaci e a Joana. Uma existência que me complementa e uma vida que me encanta – ele disse enquanto deslizava o anel em meu dedo. Parei de respirar. Até agora custava a acreditar que Cauã era meu eterno namorado e futuro marido.

Realmente, nosso amor era difícil de descrever e acreditar. Em tese, a ideia de estar ao lado de uma pessoa me parecia cansativo e monótono. Mas, de uma forma muito boa e estranha, esse jamais foi o nosso caso. Talvez porque nossa vida jamais foi monótona ou, quem sabe, por estarmos rodeados de tantos amigos e aventuras.

"É um verdadeiro crime um homem desses se enroscar!", ouvi duas pistoleiras reclamarem na mesa ao lado.

Ah!

Enrosquei as minhas pernas na dele e sentei em seu colo, sem me importar com pudor. Uma mulher pode até perder todos os sentidos e sua reação diante de um homem, mas sempre saberá agir diante de outra mulher. Elas saíram da mesa como se tivessem reconhecido a sua derrota.

– Vamos andar na praia, Joana – Cauã pegou em minha mão. – Vamos nos afastar dos curiosos.

Fomos até a praia. Tirei meu sapato e senti a areia da praia envolvendo meus pés. Tornamos a andar e ele finalmente respondeu:

– Nossa noite ainda não acabou, minha querida noiva.

Sorri com o som da palavra "noiva".

– Não devemos alertar a Lina sobre Bianca antes que a menina suma outra vez?

Cauã gargalhou imediatamente com a pergunta. De alguma forma, ele estava aguardando alguma manifestação desse tipo e me abraçou.

– E interromper todos os planos para essa noite? Vamos... Lina pode aguardar um pouco, não acha?

Até que ele tinha razão.

– Gostaria de celebrar o nosso amor – concluí. – Quem nos casará?

Perguntei ao me lembrar de Rudá conduzindo a cerimônia de Antônio e Angélica. Ao mesmo tempo, pensei na cerimônia conduzida pelo Cláudio na tribo.

– Será Gabriel ou Cláudio? – perguntei mais diretamente.

– Levando em consideração os eventos ocorridos no passado recente, Cláudio – Cauã me abraçou.

– Rancoroso – zombei.

– Vamos dar uma volta? – ele apontou um barco vindo em nossa direção. Fechei a cara ao notar quem se aproximava. Era o barco do pescador.

– Não – pronto! Demorou, mas apareceu alguém para cagar na nossa noite. Apesar de a minha resposta ter sido clara e sonora, repeti: – Não! Não! Não! Não...

Fui repetindo até me ver parada no convés do barco encarando o elemento indesejável a minha frente.

– Menina...

– Cala a boca! – avisei energeticamente.

Patético! "Menina tola". Não tinha outro adjetivo! Outa forma mais criativa de me descrever? Posso achar diversas outras maneiras: promíscua, pistoleira, meretriz, impertinente, chave-de-cadeia, periguete, vaca, mula, anta, cadela, orca (diversos adjetivos advindos dos animais), potranca, *femme fatale*...

– Vamos? – Cauã pediu ao pescador, que assumiu o controle da embarcação.

Murcha, energética, vadia, formosa, burra, frágil, forte...

Cauã me abraçou por trás e senti a brisa do mar acariciar-me o rosto. Não preciso nem dizer que me espalhei, mesmo com toda a culpa que esse pescador me fez sentir, sobre o peitoral de meu homem.

Então vimos Bianca e o rapaz cambaleando na praia e olhando em nossa direção como se tivessem procurando uma forma de embarcar conosco.

– Engraçado. Parece que eles nos seguiram.

Cauã firmou os olhos e comentou:

– Parece que os dois estão discutindo. O rapaz não está tendo muita sorte – então ele me virou para frente dele e disse. – Deixe o casal.

Sentamo-nos no tombadilho do barco e olhamos para as estrelas. Como o céu estava lindo! A Lua sorria para mim, mas não se manifestava, e eu agradecia.

– Quantas estrelas – sorri. – Eu certamente não queria encarar a sua versão feminina. O Sol pode se apaixonar pelo Sol?

– Como a Lua pode se apaixonar pela Lua – respondeu Cauã. – Existem diversos sóis orbitando entre si, como uma forma de se contemplarem enquanto estiverem vivos. Como estou sozinho, quando morrer, vou virar um Anão Branco. No entanto, quando os sóis se apaixonam, um passa a consumir a energia do outro até se fundirem em uma estrutura tão pressionada, tão compacta que não consegue se segurar e explode.

– Supernova – concluí.

– Ou hipernova, quem sabe. Como disse, nada morre e tudo se transforma.

– Gostaria de poder conhecer mais sobre o Sol.

Então Cauã levantou e tirou algumas sementes de seu bolso. As mesmas que foram entregues pelo Jaci Moreno logo após o alinhamento.

– Pois é. Mauro examinou essas sementes que Jaci lhe deu. Ela dará, temporariamente, a permissão de ficar comigo no Sol.

– Jura? – avancei nas sementes, mas Cauã as colocou em seu bolso e disse:

– Só depois de casarmos.

– Por quê? – minha curiosidade me matava e passei a buscar alucinadamente uma forma de pegar essas benditas sementes.

– Calma, Joana! Não!

Subitamente, o barco estremeceu e ouvimos um estrondo em uma das ilhas perto. Cauã me abraçou e olhou em volta. Aproveitei. Alcancei as sementes. Fui impedida.

– Deveria ter falado sobre elas? – Cauã perguntou.

– Claro. Consigo me segurar – respondi calmamente, arquitetando um plano mais eficaz para obter essas sementes. Como seria a sensação de entrar no sol por alguns minutos?

Escutamos outro estrondo.

– Vai cair uma tempestade – o pescador comentou.

Ignorei o elemento.

– Você tem alguma data em mente? – Voltei ao nosso assunto particular.

– Não. Podemos discutir isso quando as coisas se acalmarem.

– O quê? – virei e encarei-o assustada. – Sério? Você acha mesmo que as coisas vão se acalmar? Elas nunca se acalmam!

Escutamos outro barulho forte e mais uma vez o barco mexeu.

– Alguma baleia deve ter passado por baixo do casco. Está tudo calmo – ironizou o pescador. Reprimi-me para não chutar o intrometido para fora do barco.

Uma mão masculina segurou no costado do navio. Sentei, ereta. Cauã foi imediatamente ao encontro e puxou o rapaz, o par de Bianca, para o barco. Logo em seguida, apareceu Bianca segurando a mão do rapaz.

– Tudo bem? – Cauã perguntou ao casal.

O rapaz parecia nervoso e se sentou no tombadilho, esbaforido. O rapaz olhava muito para o chão, parecia que estava escondendo algo. Bianca respondeu, também esbaforida: – Quase nos afogamos – então ela riu e explicou. – Decidimos fazer uma competição a nado, mas ninguém ganhou, aparentemente!

– Qual é seu nome? – Cauã perguntou ao rapaz.

– Mar… – Bianca respondeu confusa e terminou o nome como se estivesse refletindo ou se lembrando. – … cio. Marcio! – sim, devem ter bebido água demais.

Então fui ao encontro dos dois e perguntei:

– Namorados?

Bianca balançou a cabeça e não pude determinar se foi positiva ou negativa. Encarei-a verdadeiramente confusa e não quis estender a pergunta. A esse ponto, o pescador estava velejando para a costa.

O companheiro da Bianca falou:

– Vocês têm de tomar mais cuidado.

– Com o quê? – perguntei ao rapaz, confusa. Cauã estudava o rapaz, igualmente curioso.

– Com a tempestade! – Bianca respondeu. Assentiu, sorridente e bastante encabulada.

O casal, um pouco agitado, passou a se ocupar em torcer as roupas pelas extremidades no esforço de deixá-las menos ensopadas. Em meio às ondas do mar que batiam no navio e o barulho do motor, nós os estudávamos. Algo nesse casal me parecia estranho. Algo não se encaixava. No entanto, eu me reprimi e não fiz perguntas. Sabia que a moça de gola rolê não gostava de respondê-las.

– Vamos para o hotel – Cauã sussurrou em meu ouvido em um tom convidativo. Assenti, adorando a ideia.

O barco chegou. Mesmo sem entender, saímos de lá. Então o rapaz falou: – Parabéns – pausou. Sorriu. Explicou: – Escutei o pedido no restaurante.

Agradecemos. Saímos da embarcação e os dois ficaram. Então Bianca me chamou. Olhei-a. Ela então falou:

– Diga a Lina o quanto estou grata por tudo que ela me fez. Diga a ela que vou ter que fazer uma viagem, mas volto.

– Para onde? – perguntei.

– Tudo será revelado em seu devido tempo – ela respondeu e o casal sorriu.

Não gostei da resposta, mas engavetei sem culpa. Então sorri para Cauã. Virei-me para a Lua e disse:

– Amiga, dê um recado ao Sol. Cauã estará muito cansado para a costumeira reunião matinal – escutei a risada da Lua. A resposta me satisfez.

Querida Amanda,

Lembra-se de quando era pequena? Lembra-se das tantas e tantas vezes que Lina a colocou de castigo e, como pirraça, você preferia escrever cartas para mim em vez de ler aquele livro ou escrever uma redação sobre bons modos? Lembra-se como buscávamos esconder as cartas em lugares onde ninguém acharia?

Passei a manhã inteira relendo essas lindas cartas.

Você sabe a minha carta preferida, aquela que você me explica o doce que combina melhor com o brigadeiro: doce de leite, geleia de mocotó, bolo de morango...

Confesso, não fiquei lendo as suas cartas somente para curtir aquele momento nostálgico de um tempo que já se passou.

Primeiro, li por mera admiração. A minha menina não somente enfrentou a morte de perto, mas casou-se com ela. Um feito inédito... um pouco estranho, mas que demanda uma coragem que poucos têm.

Segundo, estou buscando palavras para tentar lhe convencer de algo errado. Nem reviver um pouco esse jogo. Sinceramente não acredito que estou pedindo para você trair aquele que ama ao passar algumas informações privilegiadas. Também acredito que, quando o amor está envolvido, o fim justifica os meios.

Bom... na maioria das vezes.

Lina me contou que Luisón tem uma fonte que mostra os nomes daqueles que deverão ser conduzidos. Preciso apenas que me indique se Carmem está naquela fonte que Luisón usa para buscar as almas. Também preciso de tempo para retirá-la do perigo. Não sei se há um meio de esconder o nome de Carmem de Luisón por um tempo. Se houver, esse seria o meu segundo pedido.

Também há um terceiro pedido, mas este não há pressão. Peço-lhe, confiando na sua habilidade de lutar e sabendo que terá sucesso se houver a oportunidade de encontrar Moñai.

Sendo bem direto: preciso da essência de Moñai. Sua essência é extraída de suas unhas. Por isso, envio uma ferramenta que corta unha com um dispositivo que irá manter o material intacto. Ao cortar a unha, automaticamente esse material será guardado nesse dispositivo acoplado à ferramenta. Não se preocupe. Entregue o material que eu faço o resto. Nessa tarefa, Luisón pode concordar em ajudar. Quem sabe?

Caso possa me ajudar, responda minha carta e a coloque nessa garrafa. Depois jogue na corrente precisamente na hora que eu lhe indicar. Receberei a carta em algumas horas.

Te amo.

Mauro.

Oi, tio,

É lógico que aceito o desafio! Inclusive, já sei até como retirar o nome da Carmem da fonte.

Achei muito bacana essa sua ferramenta. É realmente um cortador de unha acoplado a uma pequena caixa. Imagino que funciona como um apontador que mantém os restos do lápis guardados até jogar no lixo. Mas, conhecendo-o, suspeito que esse dispositivo faz muito mais do que guardar os restos das unhas de Moñai.

Tá, entendi... Acho que Luisón não se incomodará em coletar as amostras para você.

Vou ficar de olho. Aliás, tenho uma pessoa que vai poder lhe ajudar a manter Carmem fora de perigo. Ela é sutil e muito esperta. Consegue se infiltrar em qualquer lugar sem ser notada.

É uma medida temporária, portanto se apresse. Luisón é muito rápido.

Ah! Também tenho um pedido. Acho que encontrei o meu caminho. Esse que não cabe ser uma icamiaba. Sei que Lina vai entender. Preciso voltar a ser humana para realizar um sonho. Este que envolve casa, fraldas e muito amor.

Aguardo a sua orientação.

Te amo!

Amanda.

52

ANÁLISE

Rio de Janeiro, quinta-feira, 2 de março de 2000

Confesso. A noite do nosso noivado foi curiosa até desembarcarmos e deixarmos para trás o pescador e o casal. Depois foi memorável.

Após voltarmos de Búzios, a vida prosseguiu normalmente. Nossos amigos, ocupados, ainda não apareceram, mas isso não nos alarmou. Na verdade, nem nos incomodou. Aproveitando que as crianças decidiram passar o resto das férias no orfanato, vivemos uma lua de mel antecipada.

Talvez não tenha sido o melhor dos momentos, eu sei. Com tantos problemas nos rodeando, como poderíamos pensar em lua de mel? Levando em consideração que problemas sempre nos rodeavam e que tínhamos amigos capazes de gerenciar a crise sem precisarmos estar presentes o tempo todo, não sentimos culpa. De fato, éramos uma máquina pulsante, cheia de engrenagens que se moviam individualmente, mas em perfeita sintonia.

No sótão da nossa casa, encarei um grande baú velho com alguns pertences da Ana... meus... foram meus da minha vida anterior. Ergui a tampa e, um pouco resistente com as memórias que poderiam surgir, toquei na peça. Torci meu nariz ao perceber que não veio memória alguma. Peguei o vestido de cor indefinida. Algo em torno de tons de marfim e pérola. Estudei, por alguns instantes, a renda e o molde antiquado. Pendurei para analisá-lo com olhos críticos. Franzi meu nariz ao sentir o cheiro de naftalina. Não foi difícil decidir que não poderia usar esse vestido, mas foi bom tirar a dúvida.

– Joana, onde você está? – a voz da Lina me forçou a tirar os olhos da renda rasgada. Dei uma risada, um pouco encabulada, mas me recuperei ao ver Lina surgir no sótão. Seria bom ter uma segunda opinião no que usar em meu casamento.

– Estou analisando o vestido de noiva da Ana... é, meu – respondi. – Você sabe que Cauã me pediu em casamento?

– Lógico! Parabéns! Deixe-me ver como ficou o anel em seu dedo – Lina sorriu.

Estendi a minha mão direita, orgulhosa e plena.

– Ficou lindo demais – ela assentiu. Olhou para o vestido e trancou seu sorriso. – Você não está pensando em usar isso em seu casamento. Está?

Foi a hora de eu trancar o meu sorriso e, logo em seguida, trancar o vestido no baú de onde jamais deveria ter saído.

Mudei de assunto:

– Conte-me as novidades. Sei que você está cheia delas depois de tanto tempo longe.

– Vamos à cozinha. Preciso de um café – passou a descer as escadas. Fui atrás. – Marina está aqui? – ela quis saber.

– Não. Hoje ela vai à casa do Gabriel.

– Marcos e Pablo aprontaram de novo.

– Foram encontrados no Centro de Treinamento – presumi. Sentei no balcão da cozinha.

– Não. Pegaram a lanças da Adriana e quase mataram Cláudia de susto ao lançar a rede de energia em cima dela.

– Mas as crianças e os funcionários nunca notaram que há um Centro de Treinamento abaixo de seus pés e que há um movimento demasiadamente alto de mulheres guerreiras rodeando o orfanato?

Lina pegou o pó de café e passou a arrumar a cafeteira.

– Na Terra, há mais evidências de que os humanos não estão sozinhos nesse universo do que podemos imaginar. Sério... Conte o número de formigas perambulando pela Floresta Amazônica e ainda não chegará a esse número. Mesmo assim, todos escolhem não acreditar. Em vez disso, passam longos períodos circulando um artefato, observando-o minuciosamente, buscando uma lógica, usando teorias que se repetem e que estão longe de definir aquilo que aquele artefato significa.

– Está falando da lança?

– A lança foi um exemplo! – Lina suspirou. – De início, pensei em contar sobre a lança para Cláudia. Eu jamais fui boa em mentir e... Enfim, sempre achei uma energia desperdiçada inventar uma mentira para logo em seguida ser obrigada a inventar diversas outras pequenas mentiras para sustentar a primeira. Então contei que a lança foi feita por mim, Iacy, chefe das icamiabas, com a energia de Tupã. Você sabe o que ela me perguntou? Se eu havia casado novamente e assumido o nome de casado de meu marido! Ela achou que Iacy era o sobrenome de meu marido! Depois me rendi. Optei pela mentira, então passei horas tentando achar uma forma de convencer Cláudia de que essa lança era a última tecnologia japonesa para capturar animais. Depois passei outras horas explicando o motivo de a lança estar no orfanato e nas mãos dos meninos. Estão de castigo.

– No dia do meu noivado, encontrei a Bianca em Búzios. Ela estava ao lado de um rapaz muito belo. – Lina me encarou por alguns segundos com olhos atormentados. Desconfortável com esse assunto, pausei. Tomei um gole do café. – Tá delicioso – comentei. Lina ainda me encarava, em silêncio. Ela aguardava. Decidi falar tudo: – Bianca pediu para eu lhe agradecer por tudo que você fez. Ela também disse que o motivo da sua partida será revelada em um futuro breve.

– Essa menina sabe se esconder – Lina murmurou. Cruzou seus braços. Ajeitou uma mecha de seu cabelo atrás da orelha e disse: – Joana, preciso que você fique com Pablo por uns dias. Vou ter que saltar daqui para resolver um assunto muito importante.

– Sobre a escolha de gênero de Ana e o assassinato da Iara – presumi e tomei outro gole.

– Mais que isso. Agora sobre o referente a Ana. Bem, Oscar. Ela... – Lina hesitou. – Nesse momento, estou seguindo em busca de Manoel. Lembra-se dele?

Assenti, agora um pouco apreensiva ao notar a tensão nos ombros rígidos da minha amiga.

– Queria ir junto. Pena que tenho uma reunião com as assistentes sociais mais tarde – mencionei. Com o passar dos anos, o trabalho no orfanato/escola ficou cada vez mais gostoso. Já sabia o nome de cada criança, brincava com todas e cuidava de cada uma com carinho enorme. Também chorava quando uma delas tinham de partir.

– Passa a reunião para amanhã. Acho interessante você me acompanhar. Aliás, deixei um relatório sobre as novas coordenadas para avaliação das famílias que se candidatarem para adotar uma de nossas crianças.

Depois da catástrofe que foi a adoção de Thaís, criei critérios ainda mais rigorosos.

– Assim ninguém vai ser adotado!

– Eu cuidarei dessas crianças até ficarem adultas – Lina assegurou. – Mas só sairá uma criança desse orfanato se o requerente atender a todos os meus critérios. Está decidido.

– Ok.

– Gabriel encontrou o novo paradeiro do Júlio. Imagino que Cauã, depois de voltar de sua conversa com o Sol, partirá com Gabriel em busca de Júlio. Agora Cristiano... – ela pausou ao notar meus olhos cerrarem. – O quê?

– Quem dormiu com o meu pai, dessa vez?

Lina riu. Pegou duas xícaras, encheu-as, entregou-me uma e passou a assoprar a sua. Ela disse:

– Até parece que ele é de alguém.

– Já foi seu uma noite – lembrei. Franzi meus olhos, ainda desgostosa com o assunto.

Lina riu. Tomou seu café.

– Não está com pressa? – perguntei, notando a falta de urgência da chefe das icamiabas.

– Estou aguardando você se trocar. Não acha que vai assim... Acha? – ela apontou a minha roupa de ginástica.

– Engordei! Nada mais cabe! – resmunguei. Sim, comi muito e errado. – Aliás, a entidade da Lua não deveria ser assim? – Apontei ao corpo de Lina. – Esbelta?

– Sinceramente, Joana. Não vou entrar nesse assunto.

– Quero malhar com as icamiabas! – eu disse, impulsivamente. – Preciso perder peso!

Lina bebeu seu café em alguns goles.

– O lugar que combinamos de nos encontrar é um pouco remoto. Precisamos saltar. Preparada?

Nem me preocupei em responder à pergunta.

• • •

– Droga!

Pousei e colidi, sentindo uma dor tremenda, com a Pedra da Gávea, onde Manoel nos aguardava.

– Você já deveria ter se acostumado com o choque – ela disse.

Levantei com algum esforço.

– Chamou? – Manoel surgiu da mata. Espantei a dor e lhe dei um abraço.

Manoel passou pela minha vida por poucos dias, mas significou muito. De uma forma estranha, ele se tornou um divisor de águas. Antes de conhecer Manoel, eu era... bom, não sabia muito bem quem eu era...

– Tenho algo para você também – Manoel sussurrou em meu ouvido e me entregou uma sacola com sementes de cores vivas: azuis e vermelhas. Explicou: – As azuis prolongam a vida. As vermelhas, reduzem.

– O quê? – ri do presente estranho.

Tentei devolver, mas Manoel estava irredutível.

– Fica – ele ordenou. – Um dia entenderá.

– Hum – Lina murmurou, sem entender. Sua feição também não era muito amigável. – Pelo visto você está trazendo aquilo que as pessoas não procuram.

– Trago exatamente o que procuram – Manoel respondeu e sorriu.

– Explica então por que você trouxe Ana? – Lina perguntou. – Você sabe que o nome dela é Oscar? – cruzou seus braços. – Como vou explicar isso às minhas icamiabas? – e, sem dar margem para Manoel falar, disse: – Você tem ciência de que só podem entrar mulheres no grupo? – enfatizou a palavra "mulheres". Então apontou ao meu estranho presente e perguntou: – Deu defeito?

– Oscar estava na lista pela sua competência. Quem ajudou Mauro controlar o impacto tecnológico da virada do século? O Bug do milênio? Então já respondi a sua pergunta. Agora, como você vai explicar isso a suas icamiabas é o seu problema.

Lina arregalou seus olhos. Depois os franziu.

Notando como ela se segurou para não dar uma bofetada no rosto de Manoel, interferi:

– Lina não é responsável em criar essas regras. Ela é a entidade da Luta e apenas orienta as icamiabas. Seu receio é em como ajudar Ana... Oscar.

– Hum – Manoel murmurou com a mesma eloquência que Lina fez há pouco. – Não deveria lhe orientar, mas vou – sorriu. – Isso porque gosto de você. – Lina bufou. – Ok. Oscar tem uma função primordial para o futuro que virá. Ele é o seu camaleão. Seu coringa. Podendo se transformar em mulher ou homem, Oscar se infiltra em qualquer canto. Sugiro que você ache um jeito de manter ele em seu grupo.

Lina subitamente entendeu a direção de Manoel e se desarmou.

– Onde acho Oscar? – ela perguntou em um sussurro. Finalmente chegou à pergunta que queria.

– Como disse, ele é um camaleão – Manoel fez um gesto exagerado com seus braços e disse: – Santo Benedito, até Amanda percebeu essa habilidade em Oscar! – Apontou um dedo a Lina e disse: – Não perca seu tempo em procurar Oscar. Simplesmente não achará. Ele vai lhe achar quando estiver pronto. E, antes que pergunte, ele está bem! – lançou uma mão ao alto e disse: – Agora tenho que ir. Minha lista de achados e perdidos está longa. Tchau!

Manoel saltou, deixando Lina boquiaberta. Eu, preocupada.

– Preciso pensar em como mediar essa crise – Lina comentou.

– Tudo bem – assenti. Algo me surgiu, então virei e perguntei: – Se as icamiabas têm a premissa de honra, coragem e união, por que elas excluiriam uma colega cuja escolha de gênero é diferente? – E afirmei: – Lina, ou você está subestimando o nível de evolução das suas meninas ou... bem, ou a crise não está nelas, mas em você.

Fui sincera. Foi preciso.

53
MARES AGITADOS

RIO DE JANEIRO, QUINTA-FEIRA, 2 DE MARÇO DE 2000

Como se eu fosse um navio perambulando em meio a mares agitados, desordenados e circulares, deixei Lina com seus pensamentos tempestivos.

Assim que cheguei em casa, encontrei Cauã e perguntei:

– Encontrou Júlio?

– Fugiu novamente – Cauã respondeu, desgostoso. Pegou a chave do carro e disse: – Vou à faculdade. Quer ir junto? Mauro disse que já terminou um protótipo para reter energia do Sol por mais tempo. Ele quer testar comigo. Ao menos uma boa notícia.

Peguei na mão do Cauã e seguimos até o carro. No caminho, não conversamos. Navegamos mares agitados em silêncio.

Ao chegar, outro desgosto. Talvez, por tudo que aconteceu, eu deveria ter me preparado para ver meu amigo curvado, lendo um livro, quieto, vazio, como se fosse um cadáver. Mas, pensando bem, não sei se iria querer me preparar para testemunhar essa cena. Simplesmente porque jamais pensei que ela fosse possível.

Ele estava tão magro que demorei a reconhecê-lo. Conseguia ver o vão profundo de seus olhos e bochechas, como se não tivesse dormido ou comido há dias. Era como se estivesse se autoconsumindo. Tive uma ligeira impressão de que ele chegou a envelhecer. Definitivamente algo se apagou.

Entrei no laboratório em silêncio. Sentei a sua frente. Ele percebeu nossa presença, mas manteve-se imóvel. Olhava para o livro como se estivesse diante de um grande segredo que jamais entenderia; como se ele contivesse um mistério triste demais para ser revelado. Como se esse livro revelasse, em parte, algo tão poderoso que pudesse mudar seu curso de vida, de obsessão. Com cautela, passei meus dedos pelo seu braço em um gesto de conforto e peguei o livro de sua mão. Ele não se opôs. Folheei. Era uma enciclopédia descritiva de cada flor. Dizia seu simbolismo, os cuidados necessários, sua espécie e havia diversas anotações nele. Eram anotações com escrita feminina. Havia também flores secas e amostras distribuídas em cada página. Parecia um livro velho. Ele me olhou com seus olhos envolvidos de lágrimas.

Fechei o livro.

– Muito informativo e interessante – Mauro disse e estalou seus lábios secos.

– É de Carmem? – perguntei, mesmo sabendo da resposta.

– Sim. Ela esqueceu no laboratório. – Então ele disse: – Você sabe que Gabriel consegue perceber quando uma pessoa está prestes a desvincular-se do corpo? Curioso... Sua essência prevê o fim de uma vida.

Ele precisava falar então puxei o assunto:

– Isso não seria função de Luisón?

Mauro negou com a cabeça e enxugou seus olhos avermelhados com o braço. E disse:

– Não. Luisón aparece para desprender a essência do corpo e conduzir para seu destino. – Ele respirou trêmulo. – Gabriel sabe quando as células se vinculam e quando estão fracas e a ponto de se desvincularem. Geralmente não fala quando percebe, por motivos óbvios. O racional seria pedir para Gabriel analisar essa questão em Carmem. – Mauro riu. – O irracional é que eu temo pela resposta, então me senti aliviado quando ele negou o meu pedido.

Sem dizer nada, pois não havia nada a dizer, devolvi o livro.

Mauro sorriu sem jeito. Um sorriso disfarçado e sem motivo. Então trouxe uma caixa de alumínio muito parecida com a Caixa de Rudá.

– Toma – disse a Cauã.

– O que é isso? – perguntei.

– Inspirei-me na Caixa de Rudá. Uma caixa capaz de manter os poderes de Cauã preservados por um longo período de tempo; é mais fácil e rápido testar com Cauã. Quero criar uma caixa que armazene fótons, pelo período necessário para uso doméstico. Isso para a pesquisa – e mostrou outra caixa de bronze. – Também quero, por motivos pessoais, estudar como essa caixa pode manter algo protegido e invisível para outras entidades.

– Mauro... esse projeto pessoal... isso não está certo – Cauã comentou enquanto energizava a pedra de dentro da caixa de alumínio.

Boiei. Não estavam trabalhando com armazenamento de energia solar? O que não era certo?

Mauro continuou:

– Joana, vou colocar algo dentro dessa caixa de bronze e você tenta me dizer qual objeto coloquei. Não é ideal, mas é mais fácil testar assim.

– Tudo bem – respondi.

Mauro virou. Colocou algo dentro e anunciou:

– Pode dizer.

– Borracha – respondi, sem pensar muito. Não precisei adivinhar. Apenas foquei dentro da caixa e senti o cheiro do látex.

– Merda! – exclamou e socou a palma de uma de suas mãos. Suspirou. Colocou suas mãos na cintura e nos observou como se precisasse de um tempo para se recompor. – Vou melhorar o protótipo. Preciso da amostra de Moñai...

– Espero que não esteja envolvendo Amanda para obter essa matéria de Moñai. – Cauã disse. Mauro não respondeu. Em vez disso o encarou de forma impositiva, como se não estivesse aberto para abordar esse tema em específico. Cauã franziu seus olhos. – Cuidado – alertou. – Sei que os seus motivos não estão em linha com os da energia solar, mas esse protótipo que você está construindo provavelmente será um avanço incomensurável para o armazenamento de energia solar – Cauã comentou. Assentiu e disse: – Obrigado.

– Não agradeça. Não vou mentir. Tenho dois fins para esse estudo. Confesso. Agora sobre Amanda: jamais pediria algo que ela não pudesse me dar.

– Amanda vai ajudar – comentei e sorri, procurando dar um pouco mais de leveza à conversa.

– Ah! Já ia me esquecendo. – Mauro disse e passou a mão pelo rosto. – Tenho o veredito final para esse crescimento irregular das crianças.

– E esse desenvolvimento vai afetar a longevidade de suas vidas? – Cauã perguntou. Acho que, de todas as dúvidas, essa era a mais cruel. Nada, absolutamente nada se comparava a isso.

– De forma alguma. É completamente inofensivo. Peço para que eliminem isso de suas mentes. De fato, é um fenômeno incomum, mas que está desacelerando. Acredito que irá se normalizar em alguns anos. Quando elas atingirem os primeiros anos da maioridade. Nada demais... Imagino que esse fenômeno acabará sendo esclarecido futuramente.

Mauro pegou a caixa de bronze. Abriu. Analisou. Uniu as sobrancelhas. Comentou:

– Realmente, estou emburrecendo.

Pegou um alicate e ajustou um dos parafusos. Enquanto isso, com a voz trêmula de quem havia perdido a firmeza, comentou:

– Preciso acelerar.

Encostei-me à parede atrás dele e aguardei, em silêncio, qualquer manifestação. Queria poder ajudar.

Mauro colocou algo na caixa. Suspirou. Sem dizer nada, encarou-me. Era hora de me concentrar para sentir o que havia naquela caixa. Fechei os olhos e sinceramente tentei agradar Mauro, mas senti a forma de um anel e respondi:

– Anel.

– Bosta!

Mauro levantou e arremessou o livro para a parede da outra extremidade de sua sala. A força foi tanta que quebrou parte da parede e despedaçou o livro de capa dura. Ao ver seu ato de vandalismo, agachou-se e finalmente se despedaçou em angústia. Tranquei a porta e fui a seu encontro. Abracei-o. Ele caiu em meu colo como uma criança. Ele foi deslizando até colocar sua cabeça em meu colo enquanto eu sentava no chão para melhor apoiá-lo. Sem saber o que fazer, usei a energia calmante que herdei do meu pai. Com uma mão sobre seus olhos, coloquei-o para dormir.

54

UM(A) ESTAGIÁRIO(A)

RIO DE JANEIRO, SEXTA-FEIRA, 3 DE MARÇO DE 2000

– Joana... Acorda.

Torci meu nariz. Abri e fechei os meus olhos, perdida. Passei meus pés pelos lençóis procurando alguma referência. Sem me alarmar, já que era uma realidade bastante costumeira ser acordada pelo chamado imponente de Lina, bocejei. Era manhã.

Adormeci no sofá enquanto observava Mauro em seu sono induzido pela minha energia. Cauã deve ter me carregado até a cama.

– Como está Mauro? – perguntei com a voz rouca de sono.

– Mauro acordou cedo. Está melhor, suponho. Já saiu. Joana, venha comigo. Thaís quer falar somente com você. Ieda também.

– Só isso? – ironizei ao levantar.

– Preciso de férias – Lina resmungou.

Arrumei-me e a segui, sem discutir. Acho que todos estávamos esgotados de alguma forma.

– Onde está Cauã? – perguntei confusa, procurando me posicionar.

– Ele mandou avisar que está na faculdade. Ele precisa achar um estagiário até o início do semestre.

– O quê? Cauã está em busca de um estagiário? Deve ter uma fila interminável de moças no cio.

– Como você sabe que serão candidatas, mulheres? Cauã e Gabriel são considerados sumidade nesse ramo de pesquisa – Lina respondeu aos risos.

– Como vão organizar a fila? Vão distribuir senhas?

Gargalhando, disse:

– Seus ciúmes não encontram limites. Calma! É apenas um estagiário!

– Eu vou para lá! – exclamei, injuriada. – Depois vamos ao orfanato. – E, como se estivesse lecionando uma importante lição, bati uma mão na outra e disse: – Vamos priorizar, ok?

– Ai, nossa! – Lina respondeu aos risos. – Não sei se concordo com a sua lista de prioridades, mas vou junto. Preciso de umas risadas.

Ignorando a reação da mulher que deveria estar ao meu lado, mas que, por um motivo insano, não conseguiu enxergar a ameaça nessa situação ridícula em que eu estava pronta para atacar a primeira gazela desavisada que desse o azar de chegar perto de Cauã, peguei a bolsa e disse:

– Vamos saltar!

– Nem pensar! Tem muita gente por lá.

Entramos no meu carro, liguei o motor.

– Está bem para dirigir?

– Estou calmíssima! – berrei. Enquanto dirigia, reclamei: – Há menos de cinco anos, Cauã era dono de uma das maiores multinacionais responsáveis em divulgar soluções sustentáveis para empresas no mundo inteiro. Abdicou de tudo, decidiu lecionar e montou um galpão em uma faculdade no Rio de Janeiro.

Lina levantou seu dedo e me corrigiu:

– Depois que Cauã e Gabriel decidiram montar um galpão para suas pesquisas em energia limpa nessa faculdade, esta ganhou credibilidade mundial e é considerada uma das mais requisitadas pelos estudantes de engenharia. – Alguns impropérios saíram da minha boca. – Calma! Eles não foram os únicos a incrementar o valor dessa faculdade. Mauro também elevou a credibilidade do lugar.

– Não diga!

Assim que chegamos em frente ao galpão, meu medo se confirmou. Parei e desci, arrepiada. Lina tampou seu riso. Um amontoado irritantemente elevado de mulheres e (apenas!) dois homens aguardavam ser atendidos. Periguetes! Saias curtas, miniblusas, e todos os apetrechos embutidos. Juro que uma das candidatas tinha mais bijuterias do que roupa.

– Tá vendo? – exclamei como se a cena não fosse gritante o suficiente. Então, tomando a rédea de uma situação que, francamente, não combinava com o tamanho de excremento com o qual já éramos obrigados a lidar, eu me estiquei toda e segui em frente.

– Não julgue o livro pela capa. Elas são jovens – Lina comentou. Ela também falou algo sobre abrir mão do preconceito, mas já não tive capacidade de ouvir.

– Dá licença! – berrei firmemente em direção à manada de mulheres. Algumas se distanciaram e outras criaram raízes. Lina estava atrás e, apesar de sua ampla experiência em combate, nada fez.

– Ei! – a periguete de bijuterias cravadas em seu nariz me chamou atenção. – Estamos todas aguardando! Tem que pegar a fila para falar com o professor Cauã.

Meu sangue borbulhou. Exclamei para que todas pudessem ouvir:

– Sou noiva do professor Cauã e serei a responsável em selecionar as pré-candidatas para a vaga de estágio. – Subitamente, todas se calaram e se distanciaram civilizadamente. Tudo bem. Já que iniciei, decidi coordenar aquela seleção. Mentalmente tracei o perfil desse estagiário, sendo este do sexo masculino e heterossexual. – Vou avaliar todos os seus currículos e ver se se encaixam no perfil estabelecido para a vaga de estagiárioooo! – anunciei, dando uma ênfase especial na vogal "o". – Retornem no início do semestre, nesse mesmo horário, vestidos apropriadamente (é claro), e quem tiver o currículo pode me entregar agora.

Lina entrou no galpão, enquanto me afoguei em meio a um tsunami de currículos. Em poucos minutos, todos se dispersaram e pude enfim entrar no galpão.

Cauã e Gabriel analisavam a caixa que Mauro havia feito. Outro protótipo, já que os primeiros não haviam funcionado. Lina sentou em uma das cadeiras e, de braços cruzados, aguardou.

Aproximei-me e coloquei todos os currículos em cima da mesa, na frente de Cauã. Foi somente nessa hora que ambos me olharam.

– Vocês viram a pinta das candidatas?

– Não?! – Cauã claramente mentiu, já que sua resposta soou mais como uma pergunta.

Então peguei o primeiro currículo.

– Estudante de Filosofia – rosnei como uma leoa. Gabriel olhou para o teto como se não tivesse qualquer culpa no circo em torno do galpão. Cauã coçou seu queixo, incomodado. Continuei: – Estudante de Economia com experiência em dramatização – Cauã olhou para o teto, pensativo. Gabriel firmou seus lábios. Fiquei furiosa. Peguei outro currículo e li: – Esse pode ser! – anunciei feliz. – Estudante de Psicologia com ênfase em Psicanálise Lacaniana!

Cauã se defendeu:

– Todos precisam de um estágio. Além do mais, eu estou obrigado a orientar em um campo de pesquisa, assim como Mauro. – E perguntou: – É verdade que você anunciou que vai selecionar as moças na primeira semana do segundo semestre?

– Sim.

Ele perguntou:

– Você não confia em mim?

Acho que ler outro currículo valeria mais que qualquer resposta, então saquei outro papel. – Estudante de Medicina! – li aos gritos. – Caso você corte seu dedo enquanto estiver parafusando algo. Ah! Esqueci! Você cicatriza em segundos!

Larguei todos os currículos pelo ar. Fui até o banheiro para me recompor depois da discussão. Assim que me vi no espelho, para o meu espanto, Priscila estava ainda na forma de assombração atrás de mim. O susto deu lugar à perplexidade de ainda a encontrar nesse estado. Luisón não havia acabado de controlar a situação? Por que Priscila ainda estava perdida? Havia outros perdidos? Busquei respirar fundo para poder falar com ela.

– Por que você ainda está aqui? – Era o que me faltava, lidar com a assombração de Priscila!

Ela respondeu com uma voz de suspiro:

– Estou na África. Peça para Luisón vir junto com Cauã. Tem algo que Cauã precisa ver... Não demore. Já estou aqui faz muito tempo e Luisón não me achou.

Ainda mais essa! Saí do banheiro para encontrar Cauã concentrado na caixa, enquanto Gabriel atendia uma periguete que passou pela minha barreira. Pelo menos usava calça jeans, apesar de tão apertada que devia ter levado horas para colocá-la. Ela entregava seu currículo sorrindo com os olhos flamejantes diante de Gabriel. Chegou em uma péssima hora.

– Peri... Menina – me aproximei da moça, que já trancava seu sorriso. – Pode deixar comigo. Estou fazendo uma triagem – peguei o seu currículo, afoita. Cravei meus dedos em seu braço e praticamente a arrastei até a porta mesmo sentindo alguma resistência e notando a sua cara claramente confusa. – Obrigada... agora nos deixe.

Ao me virar, vi Cauã se levantar. Ele disse:

– Agora chega, Joana.

– A alma da Priscila está na África. Ela pediu para Luisón e Cauã irem buscar – pronto! Falei sem explicar até porque não saberia como explicar por que Priscila, já morta, iria querer ver Cauã.

– Por que ela quer que eu acompanhe Luisón? – Cauã perguntou, fazendo careta.

– Sei lá! Talvez porque ela não pode se candidatar à vaga de estagiária? – ironizei.

– Precisamos pedir para que Luisón venha nos fazer uma visita – Gabriel sugeriu.

Varri definitivamente meus ciúmes para algum lugar no além e exclamei:

– Tá louco? – Eles se entreolharam como se estivessem conversando telepaticamente. – Aqui? – perguntei e fiz um arco exagerado com as mãos. Na falta de resposta, exclamei ainda mais alto: – Lá em casa?!

55

VISITA SOMBRIA

RIO DE JANEIRO, SEXTA-FEIRA, 2 DE MARÇO DE 2000

Lógico que chamaram a entidade da Morte para fazer uma visita na minha casa.

Por outro lado, era errado sentir tamanha resistência ao receber o marido da Amanda. Afinal, precisávamos nos assegurar de que todas as essências estavam sendo... como devo dizer... coletadas. Mesmo assim, receber a imagem mais próxima do barqueiro em minha casa não era agradável.

Não... isso não me pareceu apropriado.

– Eles estão chegando – Cauã anunciou.

– Apesar dos pesares, eles fazem um par bonito – Lina comentou e sorriu, com uma atitude bem diferente depois do tenebroso jantar na casa da Morte.

Um vento circular surgiu pela sala e, em um piscar de olhos, surgiram, abraçados, Luisón e Amanda. Sorri... Não, mostrei meus dentes. Eu não estava nervosa. A grande verdade era que eu estava apavorada. Meu coração disparou e reprimi a vontade de me esconder.

Amanda saiu dos braços de seu marido e passou a cumprimentar um a um no recinto, abraçando todos calorosamente. Luisón, com um cumprimento mais frio e distante, fez o mesmo.

– Um grande prazer revê-la, Joana – A entidade da Morte disse. Um calafrio eclodiu na lateral da minha costela e percorreu toda a minha coluna. Foi uma sensação horrorosa! Apertei a mão do rapaz magro, com pele bem pálida e olhos azuis, cujo molde do rosto lembrava o de seu pai. Ele prosseguiu: – Inspire vagarosamente, prenda o ar por quinze segundos e

depois solte com vontade. – Nem matando que eu prenderia a respiração, quando quem me pede é justamente a entidade da Morte. Não sou suicida!
– Vai relaxar.

Tá, que seja!

– Argh! – senti um abraço gelado e engoli o que seria um berro colossal assim que notei que Amanda era dona desse braço.

– Que saudade! – exclamei, quando queria dizer "pega leve!".

Levei um susto ao ser atacada por um abraço de Amanda. Assim que ela se distanciou, virei-me para Mauro, que aguardava ao meu lado, e perguntei só para ele ouvir: – Se ele é a Morte, não deveria ser uma caveira com uma capa e muito, aliás, muito feio?

Mauro riu e perguntou:

– Você não deveria ser muito redonda?

Calei minha boca. Sim, minha pergunta foi estúpida. Eu mereci.

– Bem-vindos – eu disse formalmente. Uni as mãos em um gesto cordial. Não sei muito bem o motivo.

Luisón assentiu e ajeitou as mandíbulas. Ele estava tenso. Amanda deve tê-lo forçado para cá.

– Sente-se – Cauã pediu e indicou uma das poltronas da sala.

Sem dizer uma palavra, Luisón sentou. Amanda sentou um pouco distante.

Ao ler nas entrelinhas das expressões de cada um da sala: a tensão em Gabriel, a agitação de Cristiano, a compenetração de Lina, a seriedade de Cauã, o desconforto de Aiko e a expectativa do Mauro, percebi algo bastante curioso. O desespero se manifestava em uma forma de certeza. A certeza de que o futuro não mudaria o prognóstico do presente. Motivo para não agir. Deixar para lá. Permitir que Luisón viva o amor plenamente, e de forma egoísta, na esperança de perceber, ao notar o sofrimento das essências ao seu redor, como é importante. Talvez isso fosse mais inteligente. Mas, nas entrelinhas do desespero coletivo, também havia esperança e a certeza de que nós tínhamos o poder de influenciar e contribuir para um futuro melhor.

– Estou trabalhando – Luisón anunciou. Passou a mão em seu rosto. Com um toque de ressentimento amadurecendo no seu rosto pálido, encarou Amanda. Pelo visto o casal estava em crise. – Mas existem coisas além do meu controle interferindo. Não me lembro de algum dia, um nome de sua respectiva essência deixar de ser acusada na fonte. Para quem não sabe, a fonte é o meio pelo qual me comunico com as essências que precisam ser conduzidas. – Elevei as sobrancelhas e encarei Amanda. Esta, sem se mexer, mantinha seus olhos firmes em Luisón. – Por isso, tenho convicção de que nomes estão sendo retirados da fonte por algum motivo em especial – Luisón encarou Mauro, que olhou para Amanda, que manteve seus olhos firmes em seu companheiro. Ele pausou. – Mas, apesar desses percalços, estou trabalhando normalmente.

– Vi o fantasma de Priscila no banheiro do galpão – anunciei. – Ela reclamou que você está demorando; que ela está na África e que quer que Cauã vá junto para ver algo – pronto. Dei o recado completo.

– Precisamos ir logo – Cauã indicou.

– Tá... O caso da minha mãe é diferente... Vou buscar minha mãe. Ainda não a busquei porque... – Luisón engoliu a seco. Ajeitou seu pescoço. – Tentarei explicar. Quem sabe, ao colocar a situação em palavras, eu mesmo venha a compreender... Não gosto de conduzi-la – subitamente, esse assunto o desarmou, deixando-o bastante desconfortável: – Não sou perfeito – comentou. Ao ver como ninguém mudou de assunto, até porque é direito de todas as essências, independente de quem sejam, serem conduzidas para os seus respectivos destinos, prosseguiu: – Tá... Toda vez que Kerana se desmantela, deixo ela vagar pelos cantos por alguns dias. Tempo o suficiente para ela ter a chance de abordar meu pai e tentar colocar em pratos limpos erros que insistem em acumular na vida.

– Você dá esse tempo a eles. Na esperança de que os dois se acertem? – Gabriel perguntou.

– Sim. É errado. Sei... – Luisón levantou da poltrona. – Tão errado como por quase desmantelar Moñai de susto ao acordá-lo no meio da noite para pedir uma amostra da sua unha. – Amanda levantou suas sobrancelhas. Tenho de admitir, nesse momento, categorizei Amanda como a mais corajosa das icamiabas. Seu espírito contraditório borbulhava sem se intimidar.

Não sei muito bem como analisar essa cena. É claro que o chamamos e que era urgente, mas será que era certo expor a discussão do casal aqui, no meio de todos?

Ela e Mauro se entreolharam.

Luisón perguntou para Amanda:

– Há alguns dias você pediu para que eu conseguisse um pouco das unhas de Moñai. Disse que era para Mauro fazer um experimento com Carmem. Na época, não questionei. Quase matei meu irmão de susto ao demandar suas unhas. Tendo em vista essa suspeita de que nomes estão sendo retirados da fonte, tenho que perguntar: qual é a natureza desse experimento?

– Amanda jamais me entregou esse material – Mauro disse.

Sem se intimidar, Amanda tirou um frasco de seu bolso e entregou a Mauro. Depois comentou:

– Meu tio é um cientista, Luisón. Não tente julgar ou entender seus experimentos – e, ainda ereta, disse: – Não me julgue antes de analisar todas as provas. Estas que você não tem.

Fechei um olho, já pescando o motivo que havia levado Luisón a trazer a sua discussão para a minha casa...

... Amanda ajudava Mauro.

– A fonte pode estar com defeito – sugeri, buscando ajudar de alguma forma.

Amanda e Mauro se entreolharam. Pareciam se comunicar silenciosamente. Não era preciso ser um detetive para concluir que Mauro pediu para Amanda retirar o nome de Carmem da fonte. Seu julgamento me perturbou, confesso. Nos últimos tempos, muita coisa me incomodava. Depois de deparar-me com tantas situações extremas e inéditas, poderia alegar exaustão.

– Impossível... – Luisón murmurou.

– O que você vai fazer agora? – perguntou Cauã. Aproximei-me da chefe das icamiabas já que Cauã me parecia disperso demais. Minhas defesas estavam tão altas que um avião seria obrigado a desviar a sua rota para passar por cima de mim.

– Vou atrás da minha mãe, mas África é um continente imenso e meu pai geralmente dificulta o meu trabalho...

– Como? – perguntei. Mauro arregalou os olhos para mim. Mostrei meus dentes, notando que não deveria entrar nesse assunto.

– Ele geralmente coloca a essência de Priscila em uma caixa junto com alguns fios de cabelo de Moñai – Luisón se virou a Mauro, como que notando o fato pela primeira vez e disse: – Isso me confunde, mas não me impede de achá-la.

Mauro elevou a sobrancelha e cruzou seus braços em um gesto impositivo, aceitando o desafio.

Gabriel pegou o pergaminho e passou a energizá-lo buscando uma pista. Todos aguardávamos quietos.

– Você também vê almas penadas no pergaminho? – perguntei.

– Vejo essências. Em forma orgânica ou imaterial – ele respondeu. Aproximei-me do pergaminho, vimos diversos pontos. Na grande maioria, eram amarelos como minúsculos sóis refletindo as suas luzes individuais; essências dos humanos. Também havia alguns pontos coloridos. Imaginei que eram as entidades. No entanto, Gabriel apontava em direção aos pontos cinzentos, sombrios e que destoavam em intensidade. Nesses pontos, a vida deixou de existir já há algum tempo. – Mentalizo e seleciono que tipo de energia busco nesse pergaminho.

– Já está na hora de modernizar esse seu instrumento – Mauro indicou.

– Ele funciona perfeitamente – Gabriel disse e passou a energizar. Passado algum tempo, Gabriel anunciou: – Estou vendo um ponto muito fraco no meio da África. É possível, Luisón?

– Sim. Lá há um vulcão ativo e uma caverna gigante. Droga... meu pai é um babaca. Vou precisar de reforço para passar pelos soldados do general Lobo – a expressão de Luisón era de quem comera algo podre.

– General Lobo? – Lina perguntou, tão curiosa como eu estava.

– Na época romana, houve um general muito habilidoso que, por medo de morrer, fez um pacto com uma feiticeira, que hoje responde por Carlota. Ela convenceu Ary a passar parte da sua essência para esse rapaz em troca de todo seu tesouro. – Luisón riu. – Essa feiticeira só não explicou ao pobre General o verdadeiro pacote que comprou. Nós, filhos de Kerana e Tau, somos os sete monstros lendários e fomos amaldiçoados. Nossa forma original é repugnante. E tem mais... Ary não é entidade secundária.

– Uma entidade de suporte não pode transformar um humano? Só entidade secundária? Por qual motivo? – perguntei, mortalmente curiosa. Ao notar a falta de paciência de Aiko, me defendi: – Sem memória! Lembra?

– Uma entidade de suporte não tem energia suficiente para dividir com um humano. Por isso, a transformação não consegue se completar de forma correta – Cauã explicou.

– No caso do general, a transformação saiu pior que a morte. Ele ganhou a sua tão estimada imortalidade, mas é obrigado a viver parte lobo, parte humano, por todo esse tempo. Ele não consegue se transformar em humano. Bom... não preciso dizer que esse general ficou injuriado e decidiu se vingar. Mas se vingar de quem, se foi esse o pacote que comprou? Então decidiu criar o seu próprio quartel naquela caverna e passou a morder todos aqueles que, por ventura, cruzavam o seu caminho.

– Lobisomens? – perguntei.

– Laicons, em outras palavras. Hoje há uma comunidade grande, violenta e asquerosa dessa espécie, que reside abaixo daquele vulcão. São verdadeiros assassinos e perderam toda a humanidade.

– Como jamais percebemos a existência deles? – Lina perguntou.

– Mantenho-os isolados. Acabei matando dois coelhos com uma cajadada, apenas. Por muito tempo, meus irmãos usavam aquele lugar como parque de diversões. – Permanecemos calados, aguardando Luisón desenvolver o raciocínio. – Lá, praticavam estupros, torturas, canibalismos. Enfim... era um lugar onde, muito frequentemente, tive de aplicar minha essência do último suspiro para livrar as pessoas da dor. Então fiz um acordo com o general. Isolei todos naquele lugar e determinei um perímetro. Qualquer Laicon que saísse de lá seria desmantelado. Meus irmãos perderam seu playground e os Laicons ganharam uma prisão.

– Algum já saiu? – Lina perguntou.

– Até o momento, nenhum.

Então Luisón agradeceu Gabriel.

– Tenho que ir. Vou resolver isso – Luisón anunciou, mas foi imediatamente impedido de ir por Rudá.

– Luisón. Veja esses pontos brancos. São muitos. Os coloridos são humanos ou entidades. Os pontos brancos são aqueles sem essência. Um corpo sem alma. – Se a curiosidade matasse, eu estaria morta! Praticamente me encostei em Luisón para ver esses outros pontos. De fato, eram pontos brancos, sem cor alguma.

– Droga – Luisón reclamou. – Como se não bastassem os Laicons. Pelo visto, utilizaram a Pedra da Segunda Chance em corpos cuja essência já foi conduzida.

– Isso é estranho. Os seus irmãos foram bem específicos. Queriam acordar Ipupiara – Amanda indicou.

– Não, Amanda, eles queriam criar o caos – Luisón corrigiu. – Levaram três pedras. Resgatei uma. Você perdeu outra no meio do oceano e eles ficaram com a terceira. Uma pedra como essa tem uma vida útil pequena. Eles tinham apenas uma chance de acordar algo... Podia ser Ipupiara ou outra coisa... – ele apontou o pergaminho. – Pelo visto, eles mudaram de alvo. Ipupiara não foi acordado.

– Traduzindo para mau entendedor: em vez de acordar Ipupiara, criaram zumbis – ri, achando que ele havia dito uma piada.

Tranquei o riso assim que notei que ninguém me acompanhou.

Luisón balançou sua cabeça, frustrado com a perda, curvou-se na mesa de jantar.

– Devemos resgatar a terceira pedra?

– Não há necessidade – Luisón indicou e apontou ao pergaminho. – Já foi usada.

Cauã falou:

– Realmente há muito o que fazer nessa caverna. Vamos com você. Eu, Cristiano e Lina, para assegurar que nada mais aconteça. Pelo visto, não temos apenas uma essência perdida. Gabriel, continue vendo outros pontos no pergaminho e me mantenha informado.

Cauã, Luisón, Lina e Cristiano saltaram.

Imediatamente após o salto, Amanda se agitou. Pegou nos braços de Mauro e disse:

– Luisón quer isolar a fonte de mim. Ele vai trancá-la em uma antessala. Mauro, vou perder acesso à fonte! Você sabe o que isso significa?

– Sei – Mauro indicou. Sacou um cristal e uma esmeralda do seu bolso e entregou a Amanda. Ele disse: – Mergulhe em um lago ou banheira junto com essas pedras e peça para Ci lhe receber de volta. Ela certamente lhe acolherá. O cristal sugará o poder da icamiaba e a esmeralda lhe dará a condição de uma humana.

– Obrigada, tio – Amanda assentiu.

A cena não deveria ter me chocado, mas chocou. Meu queixo caiu.

– Carmem pode aparecer a qualquer momento na fonte – Mauro lamentou.

– Corra! Você já tem o material de Moñai! Vá terminar a caixa!

Sim, como Amanda era Amanda, nem o alerta da entidade da Morte a impediu de ajudar seu estimado tio.

Mauro subitamente sumiu da sala.

– Luisón disse que a essência de Moñai o confunde, mas não o impede de achar – observei.

– Mauro dará um jeito – Amanda disse.

Mauro retornou com a caixa.

– Joana, pode tentar descobrir o que há dentro desta caixa?

Concentrei-me e nada. Balancei a cabeça.

– Perfeito! A unha funcionou – Mauro comemorou.

Ele correu até o quarto de Cristiano. Corremos atrás. Enquanto arrumava um saco com roupas do Cristiano, ele disse:

– Avisa ao Cristiano que estou levando algumas roupas dele. Devolvo assim que puder.

Então ele saiu correndo do quarto de Cristiano e foi para o meu, onde as crianças brincavam. Amanda foi atrás. Corri também. A casa estava vazia. Todos partiram, com exceção de Gabriel, mas este mantinha-se compenetrado no pergaminho.

– Corra, Mauro – Amanda falou assim que entramos no quarto. – Você pode contar com no máximo algumas horas para colocar Carmem em proteção.

Mauro me olhou e perguntou:

– Posso levar algumas roupas suas?

– Sim – respondi prontamente.

Logo em seguida, ele desceu as escadas atrás de Gabriel.

– Onde está Carmem? – ele pediu com urgência.

Gabriel só ergueu as sobrancelhas, negou com a cabeça e bufou. Então mentalizou e respondeu:

– Na praia em frente à pousada onde ficamos há pouco tempo.

Mauro saltou.

56
LUISÓN / CRISTIANO / LINA – ESSÊNCIAS QUE SE PERDEM

RIO DE JANEIRO, SEXTA-FEIRA, 2 DE MARÇO DE 2000

O calor e o cheiro de enxofre ainda eram fortes, mesmo a quilômetros de distância. Aterrissaram no alto de uma montanha próxima ao vulcão para inspecionar o perímetro.

– Quando você mencionou que esse lugar estava cheio de Laicons, jamais imaginei que a quantidade era… tanta assim – Lina comentou, fazendo careta. Piscou seus olhos e passou os dedos para tirar gotas de chuva que salpicavam os seus cílios. Era noite, não dava para ver muito, mas a terra se movia em movimentos incertos, como se o lugar fosse uma madeira infestada por cupins.

– Vai ser um desafio passar por tantos Laicons – Luisón observou.

– Cristiano, teria como ver se há alguma passagem por baixo? – Cauã apontou a um lago. Imediatamente, Cristiano saltou no abismo e desapareceu em meio à água.

– Por que você teme em ir sozinho a essa caverna? – Lina perguntou, em um tom parcialmente diplomático.

– O quê? Eu disse que temo? – Luisón riu. – Não! Claro que poderia ir sozinho e desmantelar cada Laicon que infesta esse lugar, mas houve um problema que me impede de desmantelar essas criaturas.

– O que o impede? – Cauã perguntou, com olhos fixos na cena grotesca.

– Nunca desmantelei. Também não gosto de quebrar tratos. Enquanto estiverem no perímetro, não posso desmantelar nenhum deles – Luisón respondeu.

Por alguns segundos só conseguia escutar o movimento da mata e das criaturas. Luisón percebeu a inatividade e revirou seus olhos.

– Conte mais sobre o general – Cauã pediu.

– Uma longa história. Não gosto de contar.

– Resuma o que der, mas conte.

– Esse general, um dia, se chamou Máximus. Um homem sem escrúpulos que não hesitou em matar gente inocente para conseguir o seu tão estimado ferro para Roma. Um cretino que se vangloriou do sofrimento de familiares enquanto eles viam seus entes queridos mortos e suas casas destruídas pela sede de poder. Uma alma que ansiei buscar e planejei cada segundo de terror que submeteria esse cretino enquanto o conduziria até o seu destino. Enfim, após anos, o encontrei severamente ferido em uma batalha. Em vez de aplicar-lhe o último suspiro, o aguardei. Queria que ele sentisse toda a dor de perder a vida e saber que a morte o encarava de perto. Mostrei-me a ele. Confesso que minha vontade de buscar esse imbecil foi tamanha que me descuidei. Aquela não era a sua hora. Bom... resumindo uma história demasiadamente longa para contar agora, quando li o nome de Máximus na fonte, fui buscá-lo e... encontrei ele em plena transformação. Sem se importar em como essa transformação afetaria o cretino, Ary, mesmo sendo entidade de suporte, passava parte do seu poder. Não preciso dizer que essa transformação foi pior que enfrentar a morte, para General Máximus. Enfim, quando a ficha do general caiu, quando viu no que havia se transformado, ficou com tanta raiva que passou a morder os demais e espalhou seu carma para muitos. Por fim, acabei trazendo todos aqui e deixei claro que aquele que saísse seria eliminado.

– Podem vir! – Cristiano anunciou pelo lago. – Cuidado! Luisón não estava de sacanagem! O lugar está infestado de Laicons! – e apontou para o canto do vulcão que parecia se mover com as milhares de sombras daqueles que pareciam se rastejar pelas areias.

– Acho que bateremos o seu recorde de guiar essências de Laicons. – Lina comentou e passou a liderar o grupo, ávida pela briga. – Meninos, entrem e sigam seus caminhos. Cuidarei dos Laicons.

Mergulharam no lago. Não demorou muito para passarem pela caverna submergida por água. Enquanto nadavam, seguiam um ponto de luz que indicava uma estrutura dentro do vulcão.

Ao saírem da água, viram uma caverna colossal, iluminada por milhares de tochas que se espalhavam como uma espiral pelo teto. Ao redor, uma multidão inacreditável de Laicons os aguardava. Eles mostravam dentes e balançavam seus corpos de forma caótica. Alguns rosnaram e todos se preparam para a batalha.

Com a força do rosnado, o ar dilacerou e abalou a estrutura da caverna. Uma imensa pedra que pesava toneladas se desprendeu do teto, mas foi interceptada pela energia verde que saiu da lança de Lina em forma de escudo. As criaturas, assustadas, reagiram e uma terrível sinfonia ensurdecedora de rosnados ecoou ao redor deles. Eram muitos.

Com a sua invejável força até para uma entidade, Lina manteve as toneladas equilibradas em cima do seu escudo, ajeitou sua perna e cravou sua lança no chão. Após ajustar a imensa estrutura entre a lança e a parede, soltou.

Certa de que a sua lança seguraria a imensa pedra, Lina sacou uma lança menor que guardava em sua cintura, passou a mão por cima, transformando sua arma em uma espada verde, iluminada. Os Laicons foram surgindo das sobras, das pedras, da lagoa, do teto. Sem se intimidar com o número de Laicons, Lina partiu para a batalha. Seu golpes certeiros e letais deram pouca chance para os inimigos reagirem. Logo assumiu o controle da luta.

– Vão! – Lina ordenou. Chutou o seu adversário. Cravou sua espada em outro que vinha por trás. Em um movimento circular, ela saltou. Sua espada passou pelos Laicons sem esforço, dividindo-os em duas partes.

Cristiano entrou em um lado da caverna.

Cauã e Luisón seguiram em outro caminho.

• • •

Cristiano se deparou com uma sala enorme, cercada de grades por todos os lados. Havia pessoas amontoadas e presas em cada uma das celas. Jovens e adultos prisioneiros e extremamente maltratados. Cristiano ficou alguns segundos boquiaberto com a barbaridade.

– Fala minha língua? – perguntou um homem, extremamente machucado, com a pele violentamente descamada, expondo parte do músculo no rosto. Uma imagem repulsiva. Cristiano contraiu a sobrancelha e agradeceu por ter a capacidade de controlar sua reação.

– Sim – Cristiano respondeu. – De onde você é?

– Do Rio de Janeiro – ele respondeu se aproximando das grades. – Pode me tirar daqui? Sou moribundo. Era professor de matemática. Agora sou isso... – ele respondeu e segurou as barras com seus dedos pretos, provavelmente sofrendo de necrose isquêmica. Cristiano correu os olhos, descrente com o que via. O cheiro, podre, a superlotação, a falta de higiene básica. O local se comparava a um calabouço medieval ou a uma prisão no Brasil.

Como esse grupo conseguiu sobreviver a esse ambiente?

Então, com fúria desenfreada, ele correu, abrindo cela por cela e libertando cada prisioneiro, inclusive o moribundo.

• • •

A vingança é como uma brisa densa que vem do oceano. Seu gosto característico, salgado, pode ser reconhecido até por aqueles menos familiarizados com o mar. Luisón não conseguiu ignorar esse sentimento. Como um forasteiro pisando na areia da praia pela primeira vez, ele facilmente se familiarizou com a brisa densa a passar pelo seu rosto e sua boca. Era um sentimento estranho que, ao se misturar com aqueles que não combinavam, como os de gratidão, foi fortalecido.

A cada golpe, cada berro, cada rosnado, de alguma forma, Lina vingava Luisón.

– Imagino que chegamos ao nosso destino – Cauã comentou assim que entraram em outra espécie de pavilhão iluminado. Era uma sala coberta de anotações e planos de algo que envolvia dois mundos. Dois sistemas solares próximos. Além disso, entre as anotações, havia a composição do hidrogênio e do hélio, força gravitacional, densidade e compressão.

Luisón não precisou pensar muito para concluir que essas anotações se referiam a um único assunto: como domar o Sol potencializado após a colisão de dois sistemas solares. Para ser mais específico, o que fazer após o nosso sistema solar se fundir com o sistema solar do príncipe Teiú. De fato, as entrelinhas do plano traçado envolviam a união dos sóis e a criação de um mundo maior.

As anotações eram bem didáticas. Inclusive, utilizaram como exemplo o mesmo fenômeno que ocorreu na constelação da Ursa Maior.

Luisón deveria falar sobre essa sua impressão, mas não conseguiu. Inebriado pela brisa salgada, sua atenção se manteve nos berros e rosnados.

– Ele está estudando a fusão dos sóis na constelação de Ursa Maior? – Cauã perguntou, impressionado com o desenho e o conhecimento em meio aos traços e diagramas.

Foi nesse momento que Luisón finalmente voltou sua atenção ao seu redor. Cerrou seus olhos, procurou reconhecer a grafia das anotações.

– Júlio quer roubar o seu elemento para permitir a união entre o nosso sistema solar e o do príncipe Teiú – Luisón respondeu.

Outro sentimento se misturou à brisa salgada: ira.

E outro: medo.

Subitamente, escutaram a voz de Júlio:

– Luisón, como você me achou?

– Filho! – um sussurro feminino saiu de dentro de uma caixa no canto da caverna. Era Priscila. Luisón arregalou seus olhos e pegou a caixa.

– Quem deixou essa caixa aqui? – Júlio perguntou, escondido por entre as rochas. Pelo visto, Júlio não esperava essa visita.

– Apareça e se explique. Quem abriu todos aqueles portais para você fugir? – Cauã o confrontou.

– O portal que impediu você de me desmantelar? – Júlio falou. – Pai... – ele surgiu de uma das cavernas. – Não tenho nada a esconder. Tenho um orientador – ele encarava Cauã com a seriedade de um filho enganado e a convicção de um rei traído. Seus olhos faiscavam com a fúria de um bárbaro prestes a entrar em combate.

– Tente vir pegar o seu poder – Cauã o desafiou e cruzou seus braços, dando uma ênfase especial ao "seu" para elevar o grau de sarcasmo.

– Eu vou... – olhou fixamente para Luisón. – Como está Amanda? Já se cansou de você?

– Jamais matei... Isso porque não queria ser obrigado a levar a alma da pessoa para o destino quando, na verdade, eu havia sido seu assassino. Mas, se você me irritar, posso fazer uma exceção. – Pausou. – Por favor, me irrite – Luisón sorriu dando um ar especialmente sombrio ao seu pedido.

– Sou o verdadeiro Guaraci! – direcionou sua fúria a Cauã. – Você me roubou o Sol! – então riu. – Insano! Ah! Não dizem que a criatividade e insanidade andam muito próximas? A forma mais elevada de inteligência já não foi caracterizada, inúmeras vezes, como loucura apenas porque os outros não conseguem acompanhar o raciocínio?

– E como você planeja domar o Sol depois de receber o meu poder?

– Você não entendeu? Jamais pensaria em roubar o poder de você... – Júlio apontou para as anotações: – Como pode ler, descobri que o Sol pode ser bem difícil de domar quando ele percebe que o poder não foi dado com o pleno consentimento do atual Guaraci... – e rosnou. – Mesmo quando esse "Guaraci" – fez aspas com seus dedos. – É um impostor. – Então largou um soco no rosto de Cauã, produzindo um estrondo de raio. Logo em seguida sumiu. – Soube, pelo meu orientador, que você roubou o poder de mim e retirou a minha memória para não ter resistência minha! – Luisón e Cauã mantiveram suas posições. – Mas o Sol sente a minha falta! Ele clama por mim! Ele torra esse mundo porque não o reconhece como seu representante!

Como uma fera, Júlio avançou em cima de Cauã. Estranhamente, assim que forçou Cauã para o chão, assumiu controle da luta.

Cauã, ao contrário do esperado, apenas recebia os golpes sem reagir.

Algo não estava certo.

Foi então que Luisón encontrou a estrutura de ferro com que Júlio esfaqueou Cauã e seu queixo caiu.

– Covarde! – Luisón exclamou.

Durante todos esses milênios, ele foi obrigado a conduzir almas odiosas, daquelas que tomavam proveito da vulnerabilidade do outro para adquirir o poder. Esse claramente era o caso e ele não iria permitir.

Além do mais, Júlio havia o irritado.

– Sabe de uma coisa, vou encarar a sua inatividade como um consentimento. Prepare-se para perder o Sol, pai! – Júlio cravou as mãos no rosto de Cauã, mas antes que pudesse sugar o poder, foi impedido com o chute de Luisón.

A força do chute fez Júlio voar até a outra extremidade da caverna e ele colidiu violentamente contra a parede. Pedras maciças caíram da parede. Júlio rapidamente se recuperou e saltou. Luisón o interceptou em pleno ar e, com a força da sua raiva, empurrou-o de volta para a parede. Outras pedras caíram.

– Se continuar com a briga, a caverna vai ceder e o vulcão vai entrar em erupção!

Assim que Luisón escutou o alerta de Cristiano, exclamou:

– Pegue Amanda... Corra! Vá até a minha casa e pegue a Pedra da Segunda Chance! Traga ela para cá e peça para Amanda encostar a pedra em Cauã! Rápido! – socou Júlio. – Esse patife esfaqueou Cauã com a estrutura de ferro de Tau! – socou novamente. – Se ele morrer, o Sol morre!

– Merda! – Cristiano reclamou. Saltou, perfurando a caverna. De fato, a caverna e o vulcão eram os menores dos problemas.

Subitamente o sentimento de vingança se elevou. Luisón sentiu aquele cheiro de medo ardido, pesado e úmido.

Lina interceptou Máximus.

• • •

– Diga um motivo para eu não lhe desmantelar como o fiz com todos... TODOS os seus Laicons! – Lina exclamou enquanto apontava sua espada para o que acreditava ser o nariz de uma silhueta grande. Dentes grandes e pontudos se destacaram do canto escuro da caverna. Pela estatura impositiva e grande, era Máximus, o primeiro Laicon.

– Não tenho – ele respondeu. Saiu do canto escuro da caverna uma criatura alta, forte, cheia de dentes e com pelos densos e sujos. Certamente o Laicon Alfa. – Antes de me tornar isso – Máximus apontou a si mesmo e prosseguiu –, eu adorava lutar. Assim como você – apontou para Lina. – Você seria recrutada para meu exército, certamente – mencionou.

– Você parece estar ávido para ser desmantelado. Está? – Lina perguntou.

Máximus elevou sua cabeça, dando acesso maior a seu pescoço.

– Não acredito – Lina riu ao perceber o quanto essa criatura não sabia sobre a sua condição. – Ninguém lhe contou que, se for desmantelado e voltar à vida, não será necessariamente será sob forma humana?

Máximus ficou confuso, confirmando a suspeita de Lina. Por um breve momento, ela pensou em recuar.

Deveria recuar?

• • •

– O que você acha, Júlio, é errado erradicar alguém cuja trajetória de vida é marcada por violência e sadismo? – Luisón conseguia sentir o gosto de ferro por estar tão próximo da face ensanguentada do seu adversário.

Júlio tossiu. Cuspiu sangue.

– Onde coloco a pedra? – Amanda berrou.

– Coloca em cima da ferida – Luisón explicou.

Por um breve instante, ao escutar a doce voz da sua amada, pensou em desistir, mas esse momento passou. Agora não tinha como voltar atrás.

Luisón inspirou e se preparou para o golpe que exterminaria essa criatura por um tempo, mas que, em contrapartida, mudaria a vida dele para sempre. Então sentiu a mão suave daquela que roubou o seu coração.

– Recue – Amanda disse.

Luisón recuou. Olhou para o lado. Amanda, com os seus olhos marejados, tristes.

Logo atrás, Luisón avistou a luz da pedra que curava Cauã. *A tempo de não gerar sequelas*, Luisón concluiu.

Então sentiu a brisa salgada. Sentiu o gosto do ferro e o tempero da vingança. Agora era tarde. Não poderia voltar a ser como antes. Distanciou Amanda levemente com uma mão e se voltou para Júlio.

• • •

– Vamos! Vai se desmantelar assim…? Sem lutar? – Lina perguntou entredentes.

Máximus estufou seu peito. Estava claro, ao ver sua postura decisiva e apelativa, que ele havia concluído que suas chances de ganhar a batalha eram mínimas. Um suicídio.

Não havia condição alguma de Lina recuar e deixar seu adversário para lamber as suas feridas. Não depois de tudo que soube.

• • •

– Você não mata, apenas conduz… – Amanda lembrou Luisón ao abraçá-lo. Sutilmente, com seu corpo, distanciou seu amando do enfermo. – Trouxemos duas pedras. Uma curou Cauã. Permita que usemos a outra para curar Júlio – Luisón abriu sua boca para responder, mas foi impedido com o dedo da Amanda. – Se você desmantelar Júlio, jamais será o mesmo rapaz pelo qual me apaixonei. Deixe isso com Cauã.

– Sinto que Lina vai desmantelar Máximus. Sei que ela o fará porque eu contei quem ele realmente era. Nesse caso quem desmantelou o general: eu, Lina ou ambos?

Amanda olhou para Cristiano. Ele havia entendido o recado. Inspecionou rapidamente a recuperação de Cauã e saiu em disparada em direção à caverna dos Laicons.

– Sim. Fui eu. Desculpe-me por tirar o nome de Carmem da fonte – Amanda revelou, preferindo mudar de assunto, mesmo se isso significasse incriminar-se.

• • •

– Oháaaghsh! – Assim que Cristiano viu Lina coberta de sangue, apontando a sua espada em direção ao pescoço de um Laicon do tamanho de um minotauro, balbuciou algo que, em milhões de anos, jamais entenderia.

Sem pensar muito em um plano estrutural, colocou seu corpo entre os adversários. Ao mesmo tempo, tocou em Lina e no Laicon. Imediatamente ambos se distanciaram.

Sem conseguir reprimir o sentimento de alegria que Cristiano passou, Lina sorriu. O Laicon já reagiu de outra forma. Em vez de sorrir, ele largou a sua espada e se ajoelhou, confuso.

Para não dar margem a outro combate, Cristiano colocou a sua palma da mão nos olhos do Laicon e o adormeceu imediatamente.

• • •

A brisa se foi. Com ela, foi-se a vontade de assumir inteiramente tudo aquilo que a sua condição mórbida permitia.

– Tenho que conduzir os Laicons – Luisón anunciou, voltando a ser aquilo que a sua essência queria e na condição que poderia. Nada mais. – Cuide de Júlio – e saiu.

Amanda pegou a Pedra da Segunda Chance e passou sobre as milhares de feridas ensanguentadas pelo rosto, pescoço, ombro e braço. Júlio estava em péssimo estado, então prosseguiu seus esforços. Parou, curiosa, ao ver dois aparelhos com um botão, um em cada mão de Júlio. Sem pedir permissão, pegou em um deles.

Em meio a sua urgência, Júlio desistiu de discutir ou resgatar seu aparelho. Em vez disso, apertou o aparelho idêntico que estava em sua outra mão. Um portal pequeno surgiu e ele entrou.

57

CAUÃ!

Rio de Janeiro, sábado, 3 de março de 2000

Tia Joana,

Não conseguimos nos falar, então escrevi esse recado. Achei até melhor escrever, porque não saberia como falar a você.

Preciso de sua ajuda e da ajuda da Lua. Fui informada que vou ser levada em pouco tempo. Pediram para que eu confie e que tudo seria revelado quando eu chegasse a meu destino. Não posso dizer mais, pois não deixaram. Avise a todos que não quero ser resgatada. Por favor.

Não tenho como agradecer-lhe por tudo que fez. Saiba que não posso ficar.

Te amo e não se esqueça de lembrar a todos (principalmente a Lina e Gabriel) que eu os amo muito!

Um beijo

Thaís.

• • •

Amanda foi levada por Cristiano. Não nos explicou o motivo. Apenas pousou, pegou a icamiaba e partiu.

Saltos... saltos... e mais saltos.

Ficamos apenas eu, Gabriel, esse bilhete que havia acabado de ser encontrado em cima da mesa e um desconforto descomunal. O amor é sempre uma das experiências mais marcantes na vida. Por mais que eu tentasse me enganar, já havia o sentido por Gabriel. Foi profundo. Foi marcante. Mas ficou preso em um pingente.

– O que há em sua mão? – Gabriel quebrou o silêncio.

Ele se levantou e passou a fechar o pergaminho.

– Um bilhete de Thaís. Ela vai ser sequestrada e não quer ser resgatada.

Gabriel riu enquanto enrolava o pergaminho. Vê-lo sozinho em minha casa era como entrar em dieta. Bah! Eu era Jaci, mas também era filha do Boto. Não me levem a mal.

– Isso jamais irá acontecer – ele respondeu aos risos. Amarrou o pergaminho e me olhou. Ao perceber que eu o encarava de volta, coçou sua nuca, sem saber o que fazer.

Sorri, também sem saber o que fazer e torcendo para alguém aparecer.

– Por que você não pede para Mauro modernizar o seu pergaminho? – perguntei, ávida para mudar o assunto.

– Funciona bem e não tenho tempo para isso – ele disse.

De repente, vimos todos aterrissando. Lina, ensanguentada, seguiu direto ao seu quarto. Antes de fechar a porta do quarto, ela disse:

– Não se assuste, Joana. Cauã está bem.

Meu queixo caiu. Senti corvos batendo asas dentro de minha barriga. Igualmente assustado, Gabriel largou tudo e correu atrás de Lina. Foi no momento em que vi Cauã sendo trazido nos braços de Cristiano. Deixei de sentir as minhas pernas e precisei me segurar à mesa.

– O pior já passou – Cristiano assegurou e colocou Cauã em cima da poltrona. A força voltou as minhas pernas e corri em disparada para perto de meu noivo.

– Não se preocupe, Joana – Cauã disse. – Ah… – murmurou. Ajustou seu corpo na poltrona e fez careta. – Como dói.

– Seu noivo foi atacado por aquela estrutura de ferro, mas agora está bem. Graças à Pedra da Segunda Chance.

– Quem fez isso? – perguntei, ainda mais indignada. Querendo puxar o cabelo do imbecil até tocar o chão.

– Júlio – Cauã respondeu, ajeitou-se no sofá, resmungando de dor. – Luisón quase desmantelou Júlio, mas Amanda chegou a tempo de impedir.

– Por que vocês impediram isso? – perguntei indignada. Afinal, se Luisón tivesse realmente desmantelado Júlio, teríamos um problema a menos.

– Desmantelar ou matar alguém pode transformar o atacante, quase sempre na sua pior versão. Não há como voltar atrás. Matou… matou.

Imagina Luisón, que até o momento só conduz, desmantelar Júlio. Será que ele permaneceria o mesmo?

Boa pergunta.

58
LUISÓN / MAURO – ESCONDE-ESCONDE

BÚZIOS / INDAIATUBA, DOMINGO, 4 DE MARÇO DE 2000

– Comece a se explicar – Luisón disse assim que chegaram em casa.

– Eu fiz tudo que fiz porque te amo – Amanda disse.

Ao notar o silêncio do amado, explicou:

– Você me fez acreditar no amor. Por isso, quando Mauro pediu a minha ajuda, não consegui negar – pausou. Estalou um beijo nos lábios firmes de seu amado. Precisaria se esforçar um pouco mais para sensibilizar Luisón. – Se você visse o meu nome na fonte, o que faria?

– Não quero falar sobre isso.

– Justamente! – Amanda exclamou. Ela se aproximou. Pegou nas mãos de seu amado e prosseguiu: – Não nego a mortalidade. Não estou traindo você. Também não acredito que o prejudiquei. Veja bem... Carmem vai morrer logo. Se Mauro não conseguir encontrar uma entidade secundária para transformá-la, isso acontecerá. Então não estamos salvando Carmem da morte. Apenas estou dando um pouco mais de tempo para aquele que... Bem, que me salvou um dia.

– Foi Mauro que te salvou? – Luisón perguntou, querendo entender os motivos por trás das atitudes insensatas da moça que não o deixava de surpreender.

– Foi Mauro que me ajudou a expulsar o crack da corrente sanguínea quando era recém-nascida e... – Amanda suspirou. Odiava falar nesse assunto. – Enquanto convulsionava.

Luisón apaziguou. Subitamente os músculos de seus ombros caíram.

– Não faça mais isso – ele pediu, querendo fechar a questão.

– Ok. Agora, vou tomar banho. Você vem junto? – Ela convidou. Era uma forma de reconciliação e de assegurar que, apesar de tudo, ele era dela e ela era dele. Isso em termos absolutos. Sem divórcio ou tempo para pensar.

– Vou fazer uma coisa antes – Luisón beijou a mão de Amanda e completou. – Não vou demorar. Eu te amo.

– Também te amo – Amanda chegou a fechar seus olhos tamanha era sua sinceridade. O gesto amoleceu seu coração.

Luisón observou Amanda desfilar até o banheiro. O corpo dela demandava. Seu corpo obedecia. De fato, Amanda manipulava seu corpo como se tivesse um controle remoto para si.

Além disso, ela tinha razão. Mauro amava. Luisón não conseguia imaginar seu desespero se tivesse de se deparar com o nome de Amanda na fonte.

Ele balançou a cabeça para espantar esse pensamento e passou a construir uma parede que protegeria a fonte de novos intrusos. Teria que fazer uma porta pesada o suficiente para não ser destruída por Amanda entre facilidade. Deveria ser cauteloso agora.

Então ele espiou a fonte. Fechou seus olhos.

Talvez por admiração a Mauro, talvez por finalmente sentir medo em perder seu amor, Amanda. Talvez os dois. Ao ver o nome da Carmem por entre os milhares de nomes, ele fechou seus olhos por alguns segundos, o suficiente para dar a Mauro tempo de agir. Se não o fizesse, então não teria outra escolha além de atender a esse chamado.

• • •

A faculdade estava fechada. Estavam em período de férias. Melhor assim. Mauro não poderia explicar por que correu com tanta pressa até seu laboratório da faculdade, tampouco achar uma justificativa para ter quebrado o armário do laboratório ao pegar o saco com uma amostra neutra a fim de produzir o pó número 1.873 usando os elementos da unha de Moñai.

Movendo-se com a rapidez que o momento demandava, ele triturou uma das amostras, diluiu em salina, espalhou em um recipiente, ajeitou em um microscópio e mapeou a estrutura química e singular da unha e coletou todos os materiais para produzir uma mistura que refletisse, de forma precisa, a unha de Moñai. Medindo o peso de cada matéria, foi unindo todos os componentes como se estivesse fazendo um bolo. O pó ganhou uma cor cinza e brilhante. Assim que terminou, colocou em uma sacola de lona grossa.

Era o suficiente para lhe dar tempo de transformar Carmem.

Mauro já não conseguia controlar a tremedeira nas suas mãos quando ajustou o saco em sua mala. Por pouco não deixou parte do pó escapar. Ajeitou a mala em seu corpo e saltou da janela do laboratório. Não dava para pegar um carro e viajar três horas até Búzios. Simplesmente não tinha esse tempo. Tecnicamente eles não eram humanos, não eram entidades de Ci, ou anfitriões do planeta Terra. Por isso, certas leis não cabiam a eles. Nesse caso, conseguiam saltar até a órbita com facilidade, vagar pelo espaço sem necessitar do oxigênio e detinham poderes ligados àquilo que representavam. Mas não sabiam proteger um humano da morte certa. Bom, de acordo com os planos de Mauro, se não conseguisse transforma Carmem, asseguraria ela lembrasse dessa vida. Eles iriam se reencontrar.

Mauro pousou atrás de uma rocha na praia onde a família da Carmem morava.

De longe avistou Ana, a icamiaba que protegia Carmem. Demorou um pouco para reconhecer pelas vestimentas masculinas, mas a postura da icamiaba de concentração e determinação não gerou dúvida. Ela estava paralisada, atenta, olhando para o mar. Ele correu ao seu encontro. Ele não tinha mais condições de prever, já que Luisón estava ciente de que a sua amada interferia em seu trabalho e certamente não permitiria que isso ocorresse outra vez.

– Não tenho como proteger ela daqui! – Ana Alertou.

– Obrigado por tudo Ana – Mauro assentiu.

– Oscar.

– Ah?

Coçando a nuca, repetiu:

– Meu nome é Oscar.

Mauro entendeu o que Oscar quis dizer e apertou a mão de seu novo amigo.

– Obrigado, Oscar. Conte comigo se precisar de alguma ajuda no grupo.

Mauro sabia muito bem que o gênero não tinha relação alguma com os cromossomos X e Y. Sim, estes definiam a estrutura física de uma pessoa, mas Mauro sabia muito bem que o gênero ia muito além de uma mera combinação dessas estruturas compostas pelo DNA. Mas como as icamiabas receberiam essa notícia?

Oscar, como se tivesse percebido o questionamento em meio aos pensamentos tempestivos do Mauro, disse:

– Não se preocupe comigo. Vá agora.

Certo... Mauro assentiu e seguiu o seu caminho. Finalmente encontrou Carmem em meio a uma multidão. Ela estava subindo em um jet ski. Ao analisar as condições precárias dos veículos, e sendo um local clandestino, claramente Mauro percebeu que ela não tinha a menor consciência do perigo que corria e ele tornou a correr em sua direção.

– Carmem! Não suba nisso! – ele exclamou enquanto corria, alheio a quem estava a sua volta.

Carmem ligou o motor e, com sorriso no rosto, acelerou. Ela não escutou. Também, não daria. Ele estava correndo na areia da praia, a metros de distância do deque do qual Carmem saía com o jet ski.

Esbaforido, ele correu até o deque e alcançou o local em que Carmem havia alugado o equipamento. Largou a mochila, mantendo seu olhar trancado em Carmem. Apesar de sua intensa vontade, não poderia saltar para buscá-la. Subitamente, encontrou Breno, o irmão da Carmem, encarando-o com um sorriso, muito similar ao da irmã.

– Sabia que você voltaria! – ele falou e lhe deu um abraço. – Um vascaíno inteligente não deixaria a minha irmã assim...

Mauro sorriu encabulado. Como ia explicar a sucessão de eventos que certamente ocorreriam? Não dava tempo. Cumprimentou o jovem rapidamente e seguiu ao plano que certamente não tinha.

– Veio atrás da Carmem? – Breno perguntou, agora confuso. Mauro assentiu rapidamente. Não era a sua intenção ser rude, também não se incomodou em transparecer a urgência. – Há algo de errado com Carmem? – Breno perguntou e Mauro cerrou seus olhos.

– O jet ski não aparenta estar em um bom estado – Mauro comentou. Rapidamente subiu em um dos aparelhos e logo viu o problema. – Os freios estão quebrados.

– Consertei todos os freios semana passada! – um homem sem camisa exclamou com os braços estendidos ao alto. Um claro sinal de que ele sabia que seus aparelhos não estavam em boas condições e não queria ser responsabilizado caso houvesse algum problema.

Não dava tempo para explicar. Mauro assentiu novamente e avançou no responsável pelo jet ski, questionando-o: – Como você aluga isso para as pessoas?

– Ai, meu Deus! – Breno comentou com sua voz trêmula e observou sua irmã no mar saltando alegremente com o jet ski.

O moço arregalou os olhos e perguntou:

– O senhor é policial?

A esse ponto, Breno passou a gritar em direção a sua irmã que, pelo visto, não escutou. O motor do jet ski roncava em uma altura anormal. Estava com defeitos, mas Carmem sequer notou.

Mauro pegou na gola do rapaz ao notar que ele tentou fugir e disse:

– Dê-me as chaves de um.

O rapaz respondeu nervoso com a agressividade de Mauro:

– Quanto tempo? Tem que pagar!

Mauro avançou em um armário com algumas chaves. Pegou um talão de cheque, abriu, assinou uma folha e deu o talão inteiro para Breno que pegou com suas mãos trêmulas:

– Paga o que for necessário.

As chaves eram numeradas, assim como os jet skis. Ele pegou duas chaves aleatoriamente. Foi até o primeiro. O motor estava engasgando. Ele jogou a chave longe e saltou para o outro, que ligou imediatamente. Então ele acelerou o mais rápido que pôde. Tempo! Tempo! Mauro clamava internamente por tempo. Carmem já estava com seu jet ski saltando nas ondas e fazendo manobras no meio do mar. Seus gritos, suas risadas indicavam que estava se divertindo. Então aconteceu. Mauro viu uma lancha indo em alta velocidade em direção a Carmem. Julgou que seu tempo havia acabado. O nome de Carmem havia aparecido.

Acelerou.

• • •

Carmem sorria pela primeira vez em semanas. Desde o dia que Mauro a deixou, ela teve muito tempo para pensar. Pela primeira vez, entendeu as palavras do seu pai para não investir tudo que possuía num único lugar, ou em uma única pessoa. Foi exatamente o que ela fez com Mauro. Ela investiu tudo nesse babaca. Investiu seu futuro, sua carreira, seus sentimentos.

Então, quando ele a informou que não poderia ser o seu orientador, que ela deveria mudar de área para seguir o seu verdadeiro talento, ela perdeu tudo, seu futuro, sua vontade de viver, sua vontade de amar... Após semanas vivendo uma profunda depressão, decidiu reagir e seguiu até a praia para sentir-se livre. A cada salto com o jet ski, ela sentia a deliciosa brisa do vento, os respingos refrescantes do mar e finalmente o alívio de pensar em outra coisa além do que havia perdido.

Acelerou e seu corpo reclinou com o solavanco. Surgiu, em meio à brisa, um cheiro de borracha queimada. Carmem olhou em direção de onde o vento vinha. Não havia nada que qualquer um pudesse fazer para desviar uma lancha seguindo em sua direção em alta velocidade. A colisão era certa. O piloto abandonou a lancha. Carmem escutou os gritos de seu irmão. Em um ato desesperado, segurando-se no último fio de esperança, virou o jet ski para a direita e depois para a esquerda. Não deu certo. Gritou. Fechou os olhos. *Que venha a minha hora*, ela pensou, resignada, estranhamente aliviada, imaginando que dessa vez não estaria no "quase". Então sentiu alguém pegar em seu braço e tirá-la do jet ski. O barulho que se sucedeu foi ensurdecedor. A colisão aconteceu e a surpreendeu com a agressividade. O jet ski foi aos ares em meio a uma explosão bem maior do que ela poderia imaginar. Ela cravou seu rosto no ombro do rapaz que a salvou da morte certa no último momento e sentiu o cheiro familiar de seu pescoço. Lembrou-se de Mauro. Rapidamente abandonou esse pensamento muito pouco bem-vindo.

Carmem manteve seus braços na cintura do rapaz e voltou sua atenção ao jet ski em chamas. Só havia uma conclusão para tamanha explosão. O jet ski não estava em dia com sua manutenção. Certamente o tanque de combustível estava nas mesmas condições do resto do jet ski e, com a colisão, o combustível levou o jet ski aos ares. Sua sorte!

Então, para agradecer, finamente olhou para o moço que a salvou. Seu coração perdeu o ritmo, suas pernas tremeram e seu queixo caiu ao encontrar os olhos críticos daquele deveria estar no laboratório lendo e corrigindo teses daqueles que tinham talento para a ciência.

Mauro não disse uma única palavra. Compenetrado, seguiu em direção ao deque.

O que Mauro fazia em Búzios? Como ele veio parar justamente no mesmo local em que ela estava, próximo o suficiente para a salvar dessa colisão?

Em choque, incapaz de emitir uma única palavra, olhou para a praia. Viu Breno pular de alegria e lançar suas mãos aos céus em um gesto de alívio e alguns turistas aplaudirem.

– Ergh – ela resmungou.

Sempre odiou estar no holofote.

• • •

Mauro estava momentaneamente aliviado. Dessa vez, ele conseguiu impedir, mas foi por pouco. A guerra não acabou. Mauro tinha de levar Carmem para um local seguro imediatamente.

– Você está bem? – Breno avançou em Carmem e a abraçou. Então cravou a mão na blusa de Mauro, unindo-o no abraço.

Carmem, nervosa com a situação, não dava uma palavra a Mauro, nem ao irmão. Melhor assim… Tomando à frente, Mauro tocou no ombro do Breno em um gesto que inspirava confiança e disse:

– Preciso que você confie em mim, a sua irmã está em perigo. Diga, a sua mãe anda sofrendo alguma doença degenerativa?

– Não.

– Carmem é realmente a sua irmã ou foi adotada?

Uma pergunta imbecil, Mauro reconheceu.

– Lógico que é minha irmã. Ela não foi adotada – Breno respondeu e perguntou. – O que está acontecendo?

Mauro precisava pensar em alguma desculpa para dar a família de Carmem. O que ele poderia dizer? Que a morte a perseguia e que ele buscava uma forma de enganá-la? A verdade sempre é a melhor opção, mas, nesse caso, nada funcional. Então decidiu não dar justificativa qualquer.

Apenas disse:

– Eu preciso viajar com Carmem. Eu preciso pedir perdão por a ter deixado, mesmo achando que era a melhor opção na época. Eu preciso dizer que não funciono mais sem que ela esteja ao meu lado.

– Ok… vou dar uma desculpa para nossos pais. Vá.

Carmem, ainda em estado de choque, manteve-se paralisada. Mauro pegou na mão de Carmem e disse:

– Vem. Rápido. Não há tempo!

Então correram em direção às árvores, distanciando-se cada vez mais da praia. Mauro buscava um lugar seguro para saltar com Carmem. Ele tinha de saltar antes que Luisón ou qualquer um aparecesse para impedir. Mauro parou, agachou e energizou o corpo de Carmem de cima a baixo para ver se havia alguma lesão, até agora.

– Que luz verde é essa saindo de seus olhos? – Carmem finalmente se manifestou. – O que está acontecendo e quem é você?

– São perguntas que merecem um tempo para eu poder responder – Mauro disse assim que terminou a análise e julgou que ela estava bem. Sim, a esse ponto, ele não teria outra escolha além de contar quem era e o que fazia.

Ele tirou o cinto de couro de sua calça e passou entre a sua cintura e a dela, prendendo-a. Uma forma de mantê-los juntos, caso ela se assustasse com o salto.

– Você está passando o cinto para nos manter juntos? Por favor, explique-se.

– Carmem, não se preocupe. A situação está sob controle. Vamos saltar e você precisa se segurar em mim. Não posso saltar tão alto porque posso te lesar se atingir a camada de ozônio – Carmem começou a rir instantaneamente. Mauro continuou: – Imaginei que poderíamos ir para a cidade natal da Joana, em São Paulo. Já estiveram muitas entidades por lá e isso nos dará alguma vantagem.

Carmem continuava rindo e finalmente comentou:

– Tá louco?

Mauro continuou:

– Sei que pareço louco e estranho – então ele balançou sua cabeça. Nervoso com a explicação e o tempo, calou-se. Ajeitou as bolsas na costa, levantou as pernas de Carmem e as cruzou em sua cintura.

Ela ria, provavelmente de nervosismo.

Então ele saltou.

• • •

Nesse momento, Carmem se assustou e gritou com os seus olhos arregalados ao ver a praia desaparecer em segundos. Sentia o vento passar por eles com toda a violência e abraçou Mauro o mais forte que podia. Confusa e sem explicação alguma que pudesse efetivamente acreditar, Carmem calou-se, abraçou Mauro.

Então ouviu Mauro alertar:

– Abrace-me com força.

– Por quê? – ela perguntou.

– Tudo que sobe, tem que descer – respondeu Mauro.

Carmem sentiu sua espinha e todos os seus órgãos revirarem com a violenta queda. Foi algo muito parecido com o dia em que ela insistiu em pular de paraquedas. Na época, ela segurou seu instrutor com tanta força que seus dedos ficaram dormentes por horas após a experiência.

Não... Ela jamais poderia comparar aquela experiência com essa. Para começar, não conseguia entender como Mauro havia conseguido pular tão alto e... droga... não queria reconhecer, mas era um fato. Não havia paraquedas.

Ao ver a terra se aproximar, ela gritou.

E, de uma forma muito louca, foram reduzindo a velocidade, como se tivesse um dispositivo flutuante em seu corpo. Mesmo assim, reduzindo bastante a velocidade, pousaram em uma queda brusca.

• • •

Mauro tirou o cinto que os unia. Olhou em volta. Viu um casebre que, de acordo com as informações de Gabriel, era de Sandro.

– Perfeito! – Mauro comentou. – Carmem, vamos até aquela casa, mas vou ter que entrar sozinho para conversar com um amigo meu. Ele cederá sua casa para ficarmos.

– Como? – Carmem perguntou. Deu um passo e caiu com um grito de dor.

– A queda foi brusca – comentou Mauro e, sem explicar, focou, soltando uma luz verde dos olhos com o objetivo de inspecionar tecidos inflamados, fissuras, fraturas e torções. Percebeu que ela estava com outra fratura em seu braço e um hematoma no ombro. Nada demais.

– Tome isso – Mauro ordenou ao dar um frasco com uma poção de cor azul para Carmem. Ela tomou.

– Gente, o que é isso?! – Carmem comentou. Arregalou seus olhos. Logo em seguida, ela pisou com seu pé lesionado e perguntou: – Isso é magia?

Mauro não respondeu. Viu Sandro sair de sua casa e sentar na varanda para fumar cachimbo. Sandro era amigo de Joana. Era Saci, uma entidade errante, que vivia em meio a sua impulsividade, um verdadeiro conhecedor de chás medicinais e, ao ser ameaçado, movia-se como um ciclone. Em grande parte imprevisível. No entanto, havia uma previsibilidade que daria uma vantagem competitiva para Mauro. Sandro não funcionava sem o seu boné vermelho. Vai entender. Mauro jamais parou para entender o motivo de esse camarada idolatrar um mísero boné. Mauro precisava da casa e sabia exatamente como convencer Sandro a cedê-la de imediato. Precisava apenas tomar posse do boné.

Sem perder tempo, Mauro pegou na mão de Carmem e a conduziu até a lateral da casa.

– Fique aqui – Mauro pediu e Carmem assentiu com a cabeça. Certamente, seria muito complexo e tiraria parte da credibilidade de sua explicação incluir a entidade Saci. Nada funcional e, novamente, muito complexo.

Mauro caminhou agachado, com o máximo de cuidado para não ser detectado, em direção a Sandro, que, nesse momento, fumava o seu charuto e resmungava:

– Devo, não nego! Mas não posso contar o segredo da Joana para a Joana! – e lançou suas mãos aos céus: – Foi ela mesma que pediu, ora bolas!

Sandro estava ocupado em meio a sua dissonância cognitiva. Ótimo...

– Confuso! Tá tudo muito confuso! – Sandro resmungou, perdido. – Fumou. Coçou sua cabeça e repetiu: – Confuso!

Mauro encontrou sua oportunidade. Saltou por trás e pegou o boné de Sandro.

– O quê?! De novo! – Sandro levantou da sua cadeira. Ao ver Mauro, enrijeceu seu corpo em birra. Estendeu sua mão e exigiu: – Devolva imediatamente!

– Preciso de um favor – Mauro pediu. Sandro queria seu boné de volta com a mesma urgência que Mauro queria a casa. Ao menos estavam na mesma sintonia.

Então Sandro saltitou com sua única perna, nervoso, e disse:

– Fale logo.

– Preciso que você deixe a sua casa para ficarmos por um tempo. Não prometo lhe entregar do jeito que encontrei. Preciso fazer algumas modificações.

– Não! – Sandro respondeu. Agitado e saltitando como se tivesse pisado em um formigueiro, apontou para Mauro. – Vem um, depois aparece todo o resto do bando – certamente Sandro se referia aos amigos de Joana que, na maioria das vezes, importunavam-no. Assim como ele fazia neste exato momento.

Que fosse…

Mauro prosseguiu:

– Preciso também que você fique quieto, não fale para ninguém que estamos aqui. Precisamos nos esconder.

Sandro elevou as mãos para os céus e disse:

– Abusado! Exploradores! Sempre me explorando! – estendeu sua mão em direção ao boné e Mauro elevou suas sobrancelhas em pleno desafio. Não devolveria esse boné até ter a certeza do comprometimento de Sandro. Então tornou a berrar repetidamente. – Devolva o boné! Devolva o boné!

Mauro não entregou. Em vez disso, entrou na casa e inspecionou o ambiente. Sim, faria algumas modificações. A casa era perfeita. Do tamanho que precisava, pois não havia conseguido tempo de confeccionar mais da mistura que revestiria a casa a fim de blindar Carmem da morte.

– Vou pregar meu boné na cabeça! – Sandro comentou, injuriado, ao segui-lo.

Cruel, mas necessário. Mauro sentou-se calmamente na poltrona onde Sandro havia se sentado enquanto ele saltitava em pleno desespero:

– Então? – perguntou. Sentiu um fio de remorso ao infligir tamanha dor no pobre Saci. Depois de resolver o seu problema, imaginou que poderia ajudar Sandro a criar uma forma mais confortável de grudar esse boné a sua cabeça. Era o mínimo que deveria fazer.

– Tá! Tá! Você venceu! Devolva meu boné! Vou tirar umas férias looongas!

Mauro alertou:

– Não conte nada! Para ninguém! Nem Joana! Promete?

– Está bem! – Sandro gritou. Estendeu a mão e moveu seus dedos exigindo urgência na devolução. Assim que Sandro resgatou o boné, saltou com o vento, injuriado. Poucos segundos depois, Sandro voltou em meio a um ciclone pequeno e lhe entregou o pergaminho de Gabriel: – Toma. Não quero ter tanto trabalho para te esconder.

– Obrigado.

Sandro sumiu em meio ao vento. Quando Mauro voltou ao local onde havia deixado Carmem, encontrou-a rindo.

– Você deu alucinógenos para mim? – Carmem perguntou entre risos. – Eu acho que vi um Saci.

A poção que ajeitava os ossos tinha um efeito colateral inconveniente. Não era alucinógeno, mas estimulava o sistema nervoso central dando uma impressão de entorpecimento.

Como ele iria explicar com Carmem nesse estado?

Contraproducente...

– Tá. Vamos para dentro agora – Mauro disse, direcionando Carmem para dentro da casa.

Ambos entraram e Carmem não conseguia conter sua risada. Então olhou para todos os lados. Havia diversas fotos de Joana e Camilla. Também havia fotos das crianças do orfanato ao lado de Thaís, Pablo, Vanessa e Marcos.

– Hoje definitivamente se tornou o dia maaaaais estranho da minha vidaaaa! – Carmem exclamou com seus braços aos ares.

Mauro ignorou, demasiadamente ocupado em desempacotar. Pegou um balde, jogou um pó cinza dentro e escasseou uma lata com resto de tinta branca que achou na despensa de Sandro. Entrou na cozinha, incrivelmente pequena e ainda com fogão a lenha. Havia um frigobar no lugar da geladeira e uma pia com um par de pratos, talheres e copos espalhados.

– Depois do seu salto heroico, para dizer o mínimo, acredito em tudo – ela comentou e sorriu. – Ah! Ervas para chá? – Carmem cheirou algumas folhas secas cuidadosamente estocadas em uma despensa que usualmente era destinada a armazenar vinho. – Posso fazer?

– Melhor não tocar nelas – Mauro disse. Ele precisava controlar a ânsia da Carmem. Sim, havia passado por muito em pouco tempo. Sim, ela havia tomado uma poção que entorpecia os seus sentidos como uma garrafa de vinho, mas ele precisava ser prático.

Mauro entrou no banheiro. Estranhou ao ver um ofurô no meio do banheiro minúsculo, mas não ficou perdendo tempo analisando os motivos que levaram Sandro a ter um banheiro que fugia do padrão. Ele disse:

– Preciso que você entre no ofurô.

Carmem não se opôs. Ela disse:

– Você vem junto?

Hum...

Mauro engavetou a ideia fantástica da Carmem e disse:

– Fique submersa na água. Vou envolver você com um pó. Não fará mal, prometo. Você deve ficar lá até que eu envolva a casa com esse mesmo pó.

Carmem comentou:

– Você tem ideia de o quanto isso não faz o menor sentido para mim?

Mauro pegou nos braços de Carmem e se aproximou, olhando para seus olhos. Então a beijou.

• • •

A parede em torno da fonte estava pronta.

Agora restava a Luisón espiar os nomes e seguir ao trabalho. Se o nome de Carmem surgisse, ele não teria outra escolha além de conduzir a alma da moça para o seu destino.

– Luisón – ouviu a voz de Amanda o chamar.

Ele se virou, distraído. Ao encontrar Amanda nua a poucos passos, no meio da sua sala, perdeu o fio da meada.

• • •

Um barulho estrondoso de água e destruição, seguido de um grito de dor, saiu do banheiro e todos os pelos do corpo do Mauro se arrepiaram. Ele havia acabado de envolver o corpo da Carmem com a essência de Moñai, mas havia se atrasado.

Ao entrar no banheiro, seu queixo caiu. O ofurô havia quebrado e Carmem estava espalhada no chão com uma jiboia enrolada em uma das suas pernas. Mauro tornou a andar com calma diante do animal, apesar do grito de Carmem. Não adiantava Mauro pedir para ela se acalmar e nem falar que seus gritos apenas piorariam a sua situação. Sabia que Carmem não agia conscientemente. Quanto mais ela se movia e buscava libertar-se, mais a jiboia pressionava.

– Ela... é... estava na madeira do teto! Ai! Caiu com seu peso! – Carmem explicou entredentes.

– Carmem. Escute a minha voz. Estou aqui e vou ter que desenrolar a cobra da sua perna.

Ele pegou uma toalha e deu a ela.

– Morda a toalha. Poderá doer. Tente não gritar.

Sabendo que a cobra se assustaria ainda mais com ele e poderia lutar para ser desenrolada das pernas de Carmem, havia a possibilidade de ossos quebrarem. Se esse fosse o caso, ele teria de remendar e julgou ser o menor dos problemas que Carmem poderia enfrentar.

Com muito cuidado, desenrolou a cobra da perna de Carmem enquanto o animal lutava bravamente, assustado com o novo oponente. Carmem já estava mordendo a toalha e rugia alto. Os músculos dela estavam tensos, o que poderia piorar ainda mais o estado de sua perna, que, ao ser finalmente liberta da cobra, requereria cuidados urgentes.

Mauro levou a cobra para fora de casa e longe da Carmem, já que, pelo tamanho, não conseguiria passar pela janela.

Então ele voltou com uma toalha.

– Vou levar você para a cama. Você precisa de cuidados. Só trouxe a solução que remenda os ossos em caso de quebra – Mauro explicou ao colocar Carmem na cama.

Apesar de ela não escutar, pois estava gemendo de dor, ele falava.

Puro nervosismo.

Assim que ela deitou, ele pôde finalmente avaliar o estado da perna da Carmem. A situação não era boa. Ele tinha de tomar uma decisão. Ou a levaria para um hospital, e haveria a possibilidade de amputarem sua perna, ou teria outra grande explicação para dar à moça. Mauro não teve dúvida, ele contaria tudo se fosse necessário. Então ele disse:

– Carmem, vou remendar sua perna, pode doer ainda mais.

– O quê?! – ela perguntou aos berros.

Quanto mais explicava, pior era. Então ele colocou a sua mão na perna da moça e a energizou. Ela levantou assustada com a dor e Mauro deu-lhe outro beijo. Uma operação arriscada, mas crucial.

59

CARMEM – HISTERIA

INDAIATUBA, QUARTA-FEIRA, 7 DE MARÇO DE 2000

Era manhã, cedo o suficiente para Carmem sentir dores nos olhos enquanto coçava as suas pálpebras. Olhou ao redor, procurando dar algum sentido ao que via. O dia anterior havia lhe parecido nebuloso como aqueles sonhos fantasiosos que fazem uma pessoa se deprimir ao acordar. No entanto, ela acordou, não acordou? Por que ainda se encontrava na casa do Saci?

Carmem levantou ao escutar a voz de Mauro, encontrando uma referência naquele local incomum e (ela não iria negar!) encantado. Mauro não estava dentro de casa. Ao andar em direção à entrada da casa, Carmem reparou um revestimento brilhante, acinzentado, como se ela tivesse dormido dentro de um porta-joias cujo forro de veludo fora removido em todas as paredes que rodeavam o exterior da casa. Estranho... Notou que ele havia pintado as janelas, portas e o teto. Ao passar pela sala, reparou que a mesa estava preparada para o café da manhã. O cheiro do café foi tentador. Sua barriga roncou, mas ela tinha assuntos mais urgentes.

– Bom dia – ela anunciou sua presença. Mauro parou sua faina imediatamente e limpou o suor de sua cara. – Acho que precisamos conversar, não acha?

– Estou cortando lenha para o fogão – ele respondeu e fez uma sombra nos olhos com uma das mãos.

Carmem uniu as sobrancelhas ao notar como o corpo de Mauro brilhava com aquela espécie de pó com o qual ele insistiu em cobri-la. Ele era provavelmente o homem mais estranho, inteligente, desafiador, intrometido e louco com o qual ela já havia se deparado.

– O que está acontecendo? Que salto foi aquele? Por que você praticamente se banhou com aquele pó que insistiu em colocar na banheira? Por que você pintou esse casebre que não é seu? E por que raios escolheu essa cor horrorosa? – Carmem perguntou. – Você é super-herói?

– Ah, sim – Mauro murmurou. Largou o machado e disse: – Entre na casa. Vou tentar responder a todas as perguntas.

Ambos entraram. Assim que Mauro fechou a porta, disse:

– Carmem, vocês não estão a sós no universo – sorriu. Carmem revirou seus olhos, impaciente. Ele era um rapaz sábio, mas havia começado muito mal a conversa. – Não quero lhe assustar. Antes de falar qualquer coisa, quero que saiba de uma coisa. Quero o seu bem e não deixarei que nada de mal lhe aconteça. – Havia algo de indefinido em seu tom de voz. Decidido? Confuso? Desafiador? Carmem perguntou a si mesma se Mauro realmente queria estar ali, com ela, ou se cumpria uma ordem de alguém superior. Mas, por qual motivo insano um ser superior iria querer proteger Carmem em um casebre e pintar o interior dessa casa com uma cor cinza-chumbo horrorosa? – Não sou super-herói, mas também não sou inteiramente humano.

Epa! Carmem deu um passo para trás. Por que deu um passo para trás? Lógico que ele não era inteiramente humano! O cara havia saltado quilômetros de distância com ela em seus braços!

Ela balançou sua cabeça.

– Desculpe. Foi impulso. Pode voltar a sua explicação – disse. – Você está tentando me esconder? Que pó é esse? – ela perguntou.

Mauro sentou-se à mesa.

– Vamos tomar um café? – convidou. Sem saber o que fazer, Carmem pegou um pão e sentou. Mauro prosseguiu: – Sim. A parede foi revestida com uma tinta misturada com um pó extraído de uma unha... é... de um mago que hipnotiza os demais. – Mauro pausou assim que viu o rosto de Carmem se contorcer. – É... – coçou a cabeça. – Moñai. Esse é o nome desse... é... mago.

– Esse mago tem poderes de hipnotizar e você usou a unha desse cara para criar um pó – Carmem olhou para toda a residência brilhante como Mauro. – Isso explica por que me sinto tão confusa – ela comentou.

– Não! Isolei o efeito para aqueles que moram nessa casa. É inofensivo para a gente.

– Ah... Isso é nojento...

– É necessário.

Silêncio.

– Se você não tivesse saltado comigo de Búzios até aqui, sinceramente, iria lhe internar... depois de tomar um banho muito, muito longo para tirar essa poeira terrível que revestiu meu corpo – comentou. – Você é alienígena? Conte quais são os seus poderes.

– O que posso dizer é que não sou humano... Bom, aparento ser humano, mas não sou. Deixei de ser há alguns milhares de anos. E, respondendo a sua outra pergunta: gosto de solucionar coisas – Mauro respondeu.

Silêncio.

– Por que você me trouxe aqui e para que tanto trabalho em me esconder?

– Para protegê-la.

– Do quê?

Mauro saiu da casa. Pegou lenha. Colocou a lenha dentro do fogão e foi direto ao banho. Pelo visto a conversa havia deixado de ser do seu interesse.

– Você é como aqueles personagens nos filmes de super-heróis que vêm com uma tecnologia nova?

Escutou-se uma risada do chuveiro.

– Longe disso! Atuo mais na área de influência dos humanos. Eu os oriento e busco ajudar aqueles que precisam de um norte.

Carmem precisava de um norte...

– Por que você quer me manter aqui? Por que não posso sair dessa casa?

Apesar de parecer, Carmem não estava reclamando. De uma forma muito obscura, confiava em Mauro. Estranhamente queria estar ao seu lado, não importava onde esse lugar fosse. Além disso, ela testemunhou do que ele era capaz. Viu, com os seus próprios olhos, luzes saírem dos olhos de Mauro e também viu o efeito dessa luz sobre o seu corpo. Chegou a achar que estava enlouquecendo ao ver seu esqueleto e seus órgãos em pleno funcionamento. Apenas julgou que essa era a pergunta mais racional a se fazer nesse momento.

– Não posso lhe dizer – ele respondeu e fechou o chuveiro.

– Por quê?

– Porque existem coisas nesse mundo que podem assustar. Nesse caso, a verdade será contraproducente.

– O que essa composição da unha faz?

– Uma blindagem – Mauro foi até o banheiro e retirou a madeira quebrada do ofurô.

– Peça desculpas ao rapaz estranho que foi obrigado a abandonar a sua casa para nos deixar ficar.

– Recompensarei Sandro em algum momento – Mauro indicou.

– Você falava... Uma blindagem de quem?

Mauro voltou ao banheiro. O barulho do chuveiro novamente ecoou pelo casebre.

– Não vou lhe dizer. Por favor, não insista. Pergunte qualquer outra coisa, mas não aborde esse assunto, por favor.

– Como você veio parar na Terra? O que houve para você deixar de ser humano e se tornar um solucionador de problemas com poderes ultraespeciais? – Carmem deu de ombros. Não sabia o que perguntar.

– Já fui humano. É... inteiramente humano, um dia. Eu estava a ponto de morrer após uma explosão em uma das estações de energia que eu consertava. Na época, a Terra era visitada diariamente por seres de outros planetas. Era vista como um local de reabastecimento de energia para os meios de transporte desses seres. Eles se aproximavam de um dos pêndulos que construímos e ejetavam energia magnética, vindo do centro da Terra, no transporte. Eu era responsável em controlar os pêndulos e a central de controle dessa energia. Um dia, a estação foi invadida e explodiu. Tupã me transformou.

– Peraí, Tupã?! – Carmem riu sentindo uma dificuldade imensa em acreditar. – Tupã mesmo?

O chuveiro parou.

– Sim. Quer saber mais sobre ele? – Mauro respondeu. Ele surgiu do banheiro com a toalha enrolada em sua cintura. A água ainda escorria pelos seus ombros. Contraproducente...

– Depois... Quando pousamos, fraturei minha perna... A jiboia... Você me curou com uma espécie de xarope. Você não precisou do xarope e curou seus ferimentos quase instantaneamente – Carmem assentiu. – Reparei nisso – assegurou. – Como você se curou?

– Eu apenas consigo controlar as equações sinápticas para que melhor atendam as minhas necessidades. Essa é a diferença entre nós, que representamos outros elementos e condições, e vocês, humanos. Basta mandar mensagem aos nossos anticorpos, por meio dessas equações sinápticas, sobre qual célula está danificada e precisa ser extinguida. Também podemos passar de forma orgânica para imaterial levando nossa memória. Eu, por exemplo, vivo nesse corpo há três mil anos. Só nesse corpo. Minha memória é muito mais antiga.

Carmem riu, não sabia ao certo se ria por nervosismo em ter se apaixonado por alguém que não era inteiramente humano ou se ria porque pareciam estar circulando por vários pontos sem se aprofundar em absolutamente nenhum.

De fato, estavam sendo contraproducentes...

Decidiu ser específica.

– Minha pesquisa científica é para ajudar as crianças com Síndrome Alcoólica Fetal. Muitas delas são condenadas a viver uma vida com um cérebro insuficiente e enfrentam desafios inigualáveis. Você poderia me ajudar a salvá-las? – Mauro encarou Carmem por um tempo. Virou-se. Entrou no quarto e, após alguns segundos, retornou vestindo um short verde e uma camiseta branca. Era como se ele buscasse as palavras certas para responder a pergunta de Carmem. – Você acabou de me dizer que o cérebro é capaz de curar o corpo. No caso de se ter um cérebro insuficiente, cujas equações sinápticas são desarranjadas, é capaz de regenerar a si mesmo?

– Não existe cérebro insuficiente. Existem formas diferentes de se ver o mundo e não há nada de errado nisso.

– Estou falando daquelas pessoas dependentes, que não conseguem sobreviver sem ajuda.

Mauro hesitou, mas repetiu:

– Não existe cérebro insuficiente. O que existe são humanos que tendem a reduzir a importância de uma pessoa quando ela deixa de se encaixar na faixa da normalidade que eles mesmos delinearam... de acordo com uma teoria qualquer... seguindo o parâmetro de uma época.

– Como assim? – Carmem perguntou e engoliu a vontade de contestar. Afinal, ele ia de encontro à linguagem médica e científica com essa contestação.

– Fui médico de muitas personalidades importantes e que, hoje, seriam rotuladas como autistas simplesmente porque seus comportamentos não se encaixavam em uma curva da normalidade determinada pela sociedade científica. Albert Einstein, por exemplo, tinha uma personalidade solitária, só começou a falar quando completou 2 anos e 7 meses. Extremamente focado, a ponto de dar palestras sozinho. Imagina se ele tivesse sido paciente de um médico habilidoso e que adorasse rotular os demais para justificar seu desenvolvimento incomum? – o queixo de Carmem caiu. – Andy Kaufman, o homem da Lua! Um humorista fantástico, bizarro e… também rotulado como autista – Mauro levantou. Pelo visto o tema não era muito bem digerido para ele: – Sir Isaac Newton, Wolfgang Mozart, Charles Darwin, Michelangelo…

– Peraí! – Carmem levantou e mostrou as palmas das mãos. – Você foi médico do Einstein?

– É… sim. – Mauro respondeu. Sorriu, sem jeito.

– E como ele era?

– Fantástico…

– Voltemos a esse assunto depois. Tá… Agora voltando ao assunto referente ao meu trabalho – sorriu – e ao artigo que você me assegurou que iria me ajudar a escrever. Lembra? – perguntou. – Não temos como ajudar essas crianças de alguma forma? Para fazer com que elas deixem de ser rotuladas erroneamente, a ponto de dificultar as suas vidas?

– Não é o meu propósito nesse momento.

– E os ratos que estão sendo mortos sem necessidade? – Carmem apelou.

– Preciso focar…

– Ao menos explicar sobre os problemas conceituais da conhecida curva da normalidade?

– Já instruí os humanos a viver e se comportar de forma civilizada e em união. Sem dúvida, excluir uma criança porque é diferente não é uma das lições que ensinei. Não tenho tempo de ensinar os cientistas a agir de forma menos contraproducente.

– Você ensinou aos humanos o conceito da civilidade?

– Há muito tempo… Como disse, soluciono problemas.

– Hum… – Carmem teve uma ideia. – Não entendo por que estou aqui, mas posso ficar. Abro mão da minha pesquisa, por ora, se você ensinar aos cientistas como lidar com os chamados "cérebros insuficientes" – fez aspas com seus dedos. – Assim como ensinou os humanos a serem civilizados.

– O quê? – Mauro balançou sua cabeça. – Você acha que está presa? – Ah! – entregou-lhe um celular. – Pode ligar para quem quiser.

Carmem sorriu. Afinal, acabou de receber seu instrumento de suborno:

– Estou a alguns minutos do aeroporto de Viracopos – e balançou seu celular recém-adquirido: – Apenas uma ligação e uma indicação – Mauro gemeu em contestação. – Peço apenas isso... Quero fazer parte de algo importante, que me dê credibilidade na sociedade científica.

– Por quê?

– Isso é importante para mim... Fico nessa casa sem questionar, mas quero que você prometa me orientar – Carmem estava decidida e iria usar quaisquer meios para conseguir o que queria.

Mauro a encarou, sem saber o que falar.

– Apenas um artigo científico... Você promete?

Mauro respondeu:

– Ok... Isso é contraproducente, mas vou trazer meu material e lhe oriento.

60

MAURO – COMPROMISSOS E PROMESSAS

INDAIATUBA, SEGUNDA-FEIRA, 12 DE MARÇO DE 2000

Mauro precisava do exercício. Atividade física o ajudava a pensar. Com um giro exagerado e força moderada, o machado colidiu com o tronco e o dividiu em dois. Não era a força que havia pretendido. Precisava controlar melhor sua força ou acabaria despedaçando o tronco em mil pequenos pedaços.

Como seria mais simples se a vida tivesse apenas um caminho, reto. Que esse caminho fosse uma via expressa, sem saídas ou vias que inevitavelmente cruzavam a avenida.

Outro golpe na madeira, agora controlando sua força como um atleta saltita quando poderia correr. Precisava liberar mais endorfina. Tirou sua camisa.

Depois de conhecer Carmem, Mauro sentiu ter entrado nessa avenida e estava perdido. Primeiro achou que ela estava encantada. Depois houve a suspeita de ela ser a filha de Iara. No fim, a situação foi bem pior.

E, como se a situação não fosse complexa o suficiente, Mauro prometeu nortear a tão perdida carreira da Carmem e oferecer um norte para a tão perdida sociedade científica com relação ao funcionamento cerebral. Ele prometeu. Agora precisava cumprir a sua promessa.

Mauro sabia muito bem sobre a incoerência do termo "cérebro insuficiente" que os neurologistas usavam. O cérebro é uma máquina adaptável, flexível e, ao contrário do que se espera, capaz de se regenerar completamente. Uma pena que os cientistas, presos naquela arrogante e limitada teoria da curva da normalidade, ficaram vendados e vendidos.

Limpou o suor do rosto. Com um giro controlado, deu outro golpe.

Ele precisava ser prático. Simplesmente não teria tempo hábil para elaborar um meio artificial de transformar Carmem. Então arquitetou alguns planos bons e viáveis. Agora era momento de priorizar. Mauro sabia que, em breve, seria anunciado um Congresso Anual sobre Tecnologia, Descobertas e Inovações da Humanidade, na Inglaterra. Um congresso que unia gênios de diversas partes do mundo em diversos campos. Era o lugar perfeito para apresentar esse tão esperado norte para a área médica. Para isso, o artigo devia ser publicado três meses antes do evento.

Além disso, ele precisava criar um dispositivo para destrancar a memória da Carmem, caso ele não obtivesse sucesso em seu plano principal que era transformá-la.

Para o seu plano principal, precisaria da ajuda dos seus amigos, que iriam agir em prol de Carmem. Iriam argumentar com Ci e convencer esse difícil elemento de abrir mão de uma humana fantástica.

– Mauro!

Mauro parou de golpear a madeira e olhou em direção a Carmem. Esta o encarava sorrindo e balançando as pernas em frente à porta. Ela estava exatamente como ele a imaginou, formosa, incrivelmente bela, envolvida apenas pela sua camisa parcialmente aberta.

Quando se deu conta, arregalou seus olhos ao ver que ela havia saído da casa. Largou o machado. Pegou sua bela moça no colo e a levou para dentro.

– Por quanto tempo pretende me manter aqui?

A química afrodisíaca do amor que, aliada a outra química, resultava na do prazer, a dopamina. Suas mãos suadas, seu coração acelerado, respiração ofegante, interminável energia e falta de apetite. Sintomas que denunciavam um fluxo de substâncias químicas como adrenalina, noradrenalina, feniletilamina, dopamina, oxitocina, a serotonina ou 5-hidroxitriptamina (5-HT) e as endorfinas. Tudo isso explicava a vontade inenarrável de beijá-la a cada segundo que ficava ao seu lado.

Nossa, como ela o distraía! Ele estava inundado por serotonina, era como se tivesse recebido um veneno após diversas picadas de vespa ou escorpião.

– Um pouco mais… Aguente, por favor.

– Como só posso falar com as pessoas por telefone, a conta do celular vai ser alta – Carmem alertou. Mauro sorriu. Essa era a sua última preocupação. – Liguei para Cecília. A mãe de uma... menina com SAF. Quis lhe dizer as novidades. Cecília gostou de saber que não havia nada de errado com a sua filha... Mas de que isso ajuda? A escola da filha da Cecília está dificultando a já difícil vida acadêmica da menina. Agora vieram com um papo de que são inclusivos, mas excluem a menina da sala de aula em momentos de prova com a desculpa de que ela deve fazer uma prova adaptada. Para mim, eles estão tirando ela da sala para que não incomode os professores com as suas dúvidas diante das perguntas feitas com um português sem pé nem cabeça numa prova sem nexo! Os professores estão emburrecendo! Já li as suas provas e encontrei milhares de erros estruturais nelas. Mais ainda! Agora ela não é obrigada a estudar toda a matéria, pois sua prova adaptada não tem toda a matéria! Enfim, estão preparando ela para que, em alguns anos, não consiga sustentar a sua vida acadêmica, por não acompanhar a turma, já que a sua matéria é "especial" – fez aspas com seus dedos. – Então, naturalmente, terá que sair da escola.

– Isso é ridículo.

– O que faço?

– Darei algumas orientações a essa mãe. Peça para ela me encontrar nesse endereço – Mauro anotou o orfanato da Lina. Algo lhe dizia que a menina estudaria nesse orfanato, já que a maioria das escolas não tinha preparo algum para lidar com a anormalidade.

– Quando você vai?

– Imediatamente – ele hesitou. – Você quer mesmo dar o andamento nesse... documento para a sociedade científica?

– Você prometeu. Além do mais é uma forma de eu contribuir. Não acha? – Carmem lembrou, sem saber que esse compromisso penetrou a essência dele como um vírus. De fato, ele iria cumprir a sua promessa e, nesse meio tempo, daria algo para Carmem se ocupar. – Por onde começo?

– Vou precisar sair e deixar você um tempo sozinha. Vou trazer o meu material para o artigo. Também vou ajudar...

– Cecília.

– Isso. Você se importa?

– Enquanto estiver fora, iniciarei um esboço do nosso artigo sobre... – Carmem pensou – ... a verdade sobre o cérebro insuficiente – sorriu. – Gostou do título?

Mauro sorriu. Deu um beijo na testa da moça e disse: – Cuidaremos de Cecília. Ok?

• • •

– Gabriel, tudo bem? É Mauro. Preciso da sua ajuda. Em nome do amor. Sei que peço muito, mas é preciso.

– Onde você está?

– Acabei de deixar Carmem em um local seguro e preciso resolver um assunto.

– Como sabe que Carmem está em perigo?

– Amanda retirou o nome de Carmem pelo menos duas vezes da fonte – houve um silêncio perturbador.

Mauro prosseguiu:

– Preciso que você perdoe Carmem.

– Ela não sabe o que fez. Portanto não há o que perdoar – Gabriel disse. Fez uma pausa, como se estivesse buscando as palavras certas. – Você quer transformar Carmem. Eu não concordo com o seu plano, mas entendo a sua agonia. Por isso, vou ajudar. Tentarei convencer Ci a abrir mão de Carmem. Você sabe que ela precisa abrir mão de Carmem para que a transformação seja concluída. Quanto a mim e ao meu elemento, não seguramos mágoa alguma. Fique tranquilo nesse aspecto. Mandarei um recado a Ci sobre essa nossa posição.

– Obrigado, amigo. Vou enviar uma mensagem sobre o lugar e momento de nos encontrarmos. Preciso me assegurar de que Carmem estará segura.

– Já parou para pensar que possa ser mesmo a hora de ela partir? Se for a hora de Carmem, não há nada que você possa e deva fazer.

– Não! – respondeu Mauro rispidamente. – Vou enganar a Morte até conseguir um jeito de torná-la uma entidade.

– Você está boicotando a lei natural e poderá ser prejudicado. Mauro, não consegue ver, você está... afetado.

– Não tenho apenas esse plano. Se os meus cálculos estiverem certos, em alguns dias poderei destrancar a memória da Carmem. Ela pode até morrer, mas manterá a sua memória intacta na essência. Ela não me esquecerá quando retornar à vida. De alguma forma a farei desmantelar, não morrer. Entenda, amigo. Isso vai acontecer. De forma natural ou arquitetada por mim.

Seus lábios firmaram ao notar o silêncio de Gabriel. Sinceramente esperava que as suas palavras não tivessem sido mal interpretadas.

Então Gabriel falou:

– Espero sinceramente não cometer um erro fazendo isso. Se Ci deixar, tenho certeza que Cláudio concordará em transformar Carmem.

– Obrigado – Mauro desligou o telefone e fechou seus olhos. Soltou o ar, que parecia estar preso na garganta por horas. Então voltou ao perímetro da casa de Sandro e tornou a cortar lenha para o fogo. Enquanto destroçava a madeira nos mais diversos pedaços, refletia: de todas as entidades, ele estava enfrentando a Morte.

61
EGOÍSMO

Lua, tempo indefinido

Éramos uma e completas, sem que tivéssemos qualquer solidão ou falta. Uma felicidade egoísta, já que sabíamos que havia outras pessoas aguardando meu retorno e a atenção da Lua.

A Lua me chamou. Sem hesitar, saltei.

Sim! Essa foi a minha vez de saltar.

– Joana?

Ouvi a voz de Cauã.

Falando em falta, pensei, saudosa.

A Lua respondeu:

– Pode ir, minha Jaci. Sempre que puder venha até a mim. Não espere que lhe envie um convite.

Era estranho voltar à forma humana. Não sabia exatamente quanto tempo havia ficado na Lua. Assim que me levantei, saltei para o encontro de Cauã, que me aguardava com seu sorriso e magnetismo de tirar o fôlego.

– Você veio me buscar? – pergunta óbvia.

– Você passou algum tempo na Lua – ele respondeu. – Vim para prevenir você de estatelar no chão, já que pode sair… energizada.

– Ah. Vamos para a caverna?

– Infelizmente não. Vou levar você para a casa de Lina. Você se encontrará com ela e irá para Indaiatuba. Sua mãe a aguarda.

– Por que não me leva com você?

– Gabriel pediu para irmos separados. Ele quer falar antes comigo.

– Parece urgente – comentei ao notar o tom de voz sério e decidido do Cauã.

– Sim. Não tenho mais informações.

– O que faço com tanta energia?

Cauã riu e respondeu:

– Você é uma mulher incrivelmente criativa.

Eu sentia a energia fluir intensamente sobre meu corpo. Ela vagava do pescoço até o joelho, era puro tesão atormentando os meus sentidos. Não vou mentir e nem exagerar, precisaria de um estoque inacreditável de pilhas e vibradores para tirar metade dessa energia, e o Cauã (cretino!) ainda havia beijado meu pescoço enquanto descíamos pelas nuvens.

– Por que você fez isso? – perguntei enquanto me balançava para me libertar dos braços fortes de meu torturador. Ele riu e não me largou. Eventualmente desisti de lutar. Socorro! Socorro! Socorro! O cheiro de Cauã piorava meu estado! – Solte-me! – gritei, injuriada, a poucos metros da casa de Lina. Cauã, divertindo-se com meu estado, pousou. Assim que me largou, avancei no quarto de Lina.

62

CRETINO!

Rio de Janeiro, quarta-feira, 5 de abril de 2000

– Cretino! Cauã vai pagar!

– Oooo quee...? – escutei Lina perguntar. Ignorei absolutamente todo o resto das palavras de Lina. Perdi a paciência. Estranhamente, tudo em volta se movia em uma velocidade extremamente lenta. Até Lina, por incrível que pareça!

Penteei meu cabelo e coloquei um vestido largo, cinza, simplesmente porque rasguei duas calças e três vestidos envelope. Quebrei o salto de dois sapatos. Não questionei. Coloquei sandália rasteira. Sim. Fui atrás do quarto em que as crianças dormiam na casa de Lina. Abri a porta. Onde estão? Será que foram para o orfanato, parque, faculdade, icamiabas, centro de treinamento, Disney? Notei um movimento de uma icamiaba. Saltei até o quintal, em frente ao casebre que escondia o elevador, como uma fera logo à frente de Rafaela. Ela gritou e fiquei feliz por ela não ter desmaiado. Perguntei o paradeiro de meus filhos e ela respondeu rapidamente, com seus olhos arregalados, buscando se conectar com a minha alta velocidade.

– Nnnnoooo quuartoo de Paabloo.

Assim avancei para dentro da casa em menos de um segundo. Não me importava com quem estava ao lado. Acho que nem perceberam minha passagem.

Minha energia abriu a porta da casa de Lina e acho que cheguei a quebrar a tranca. Não sei. Não parei para ver. Corri ao quarto de Pablo e finalmente encontrei Pablo, Thaís, Vanessa e Marcos. Todos espalhados com os colchões pelo chão. Incrédula em encontrá-los dormindo ainda, corri até a janela e abri a cortina.

Eu não consegui ficar parada, juro que tentei. Avancei até a sala, cozinha, escritório. Segurei na parede, cruzei as pernas, olhei para o outro extremo da parede, porta, janela, colchão, armário – nossa, que armário de mármore bonito –, lustre e notei, pela primeira vez, que o papel de parede do escritório de Lina era de folhagens, imitando sutilmente a floresta.

Voltei ao quarto de Lina e, por ainda parecer andar em câmera lenta, carreguei-a até o banho. Sinceramente! Lina está doente? Talvez estivesse doente mesmo, quem sabe?

– Nossa, que dia lindo! – exclamei. – Vou fazer o café!

Voltei para o quarto de Pablo, exclamei:

– Acordaaaa! – Ao notar a inatividade geral: – Ahhh!

Acho que vi Marcos bater sua cabeça no teto com o salto que deu. Não importa. Ele vai se recuperar da lesão.

Corri até a cozinha e, literalmente saltando, peguei o pó de café, farinha, frios, queijo, manteiga e leite. Decidi fazer panquecas! Mas... como se fazem panquecas? Não importava! Resolvi juntar todos os ingredientes e jogar na frigideira. Não devia ser difícil!

Em poucos segundos, o cheiro do café estava exalando e havia panquecas (ou algo parecido) suficientes para alimentar um estado.

Acho que fiz um pouco de barulho, quebrei alguns copos, talvez.

Lina apareceu com Cristiano. Todos bocejando e se sentando em torno da mesa. Ele perguntou:

– Fezzz pannn...?

– Fiz! – interrompi energeticamente. Afinal, já sabia o que ele iria dizer. – Estão deliciosas.

Respondi apesar de não ter provado nenhuma. Cristiano, que parecia dividir um pouco da energia que eu expelia, arremessou a primeira panqueca na boca e mastigou para, logo em seguida, cuspir.

– Puuutz, que coisaaaa ruuuimmm! – ele exclamou.

– O quê? – perguntei, ao ver a cara de nojo de Cristiano. Lina manteve seus olhos diante da mesa repleta de panquecas e sorria encabulada. – Ah, não deve estar ruim. – Provei um pedaço finalmente e senti o sal arder na minha boca. – Posso ter exagerado no sal.

Cruzei meus braços no peito, em teimosia.

As crianças chegaram e Lina as impediu de sentar.

Que seja!

– O dia está lindo! – comentei e retomei meu trabalho na cozinha. Deveria refazer todas as panquecas para as crianças. Lina as jogou fora e me impediu.

– Caféééééé fooora – Lina pareceu perceber minha aceleração. Já falava com palavras simples. Cauã me paga!

– Tudo bem – comentei. – Mas vou dirigindo.

– Não! – então ela reclamou. – Coooomo Cauãããã deixouuu você assssimmmm?

– Ele me paga! – verbalizei ao me deparar com a minha imagem envolvida em farinha no espelho. Bufei como um dragão. Acho que notei fumaça sair pelo nariz, ou podia ser alucinação.

Corri até o quarto. Tomei um banho e lamentei ter quebrado a pia ao sair do box. Cauã teria de consertar o banheiro já que ele foi o verdadeiro culpado. Rasguei cinco vestidos e optei em colocar uma roupa de ginástica. Lina que engolisse o seu incômodo por hoje...

Sentei no carro. Alternei entre resmungos, risos e injúrias até que todos (finalmente) se sentassem. Ah, que lentidão!

Lina foi dirigindo lentamente. Parecia uma velha. Aliás, era velha, até por demais! Ordenei que ela pisasse fundo e ela informou que estava no limite permitido. Velha! Imagina! Parou no sinal amarelo!

Tive de contestar:

– Sinal amarelo! – exclamei. – Amarelo!

– Simmmm.

– Amarelo! Significa: acelerar antes que fique vermelho!

– Ahhh! – Lina coçou sua testa impaciente.

Impaciente?! Impaciente estava eu!

Li todas as placas e anúncios a caminho do restaurante. Dava tempo até de ler a quilometragem de velocidade permitida indicada pelas placas e dissertar sobre o absurdo de andar tão devagar. Aliás, será que o medidor da velocidade do carro estava correto? Avancei em frente de Lina e bati no medidor, quebrei o painel sem que houvesse qualquer intenção.

Ela parou o carro e falou com Cristiano pelo celular. Acho que combinou de dividir a gente em dois carros.

Então ouvi Thaís reclamar no banco de trás:

– Eu não posso ir! – estranhamente falou em uma velocidade mais similar a minha.

Fiquei animada e disse:

– Vamos discutir sobre o bilhete que você deixou para mim? Por que disse que vai ser sequestrada? Você fala com pessoas de outro mundo ou está alucinando? É médium? Tem contato com o além? Precisa de ajuda, querida? Posso lhe ajudar! De forma alguma vamos deixar alguém lhe levar! Por que você disse que não é desse mundo? Você não acha que esse sentimento é parte do fato de você acreditar que foi abandonada pelos seus pais biológicos? Não se apegue a esse sentimento porque nós te amamos!

Sorri e assenti com a cabeça.

Marcos e Pablo gritaram.

– Minha mãe está possuída! – Marcos berrou também na mesma velocidade.

Revirei meus olhos. Talvez tenha falado em uma velocidade incomum, mas isso é culpa do pai dele!

Lina desligou o celular e informou:

– Thaíssss, o que Joannnna disssse é verrdade?

– Sim.

Thaís e Lina passaram a discutir sobre o assunto. Não consegui acompanhar. O passo estava lento demais. Fiquei momentaneamente interessada quando Lina ameaçou deixá-la aos cuidados de Carol. Lina enfatizou bem o nome "Carol" – que geralmente dava um efeito de repulsa nas crianças. Realmente Carol era quase um sargento e mandava demais nas crianças. Desde a época que iniciei o trabalho no orfanato, Carol não era muito bem vista pelas crianças. Organizada e muito disciplinada, séria em seu trabalho, mas nenhuma criança gostava de Carol. Mas, ao contrário do que se imaginaria, Thaís concordou.

– Deixe ela! – exclamei, querendo encerrar a discussão. – Olha! As nuvens estão fazendo a forma exata de uma casa! – apontei para o céu. A discussão prosseguiu. – Acho que é um coelho – suspirei de tédio.

– Táaaa bom. As icammmiabasss vãooo ficar de olho – escutei Lina falar.

Bocejei.

Escutei os meninos discutirem sobre as formas das nuvens.

Lina bocejou. Que horas acordei Lina, Cristiano e as crianças?

Tá, tudo bem. Madrugar um dia não faz mal a ninguém.

Fechei meus olhos. Tentei acalmar os meus pensamentos tempestivos e demasiadamente acelerados. Não consegui. Abri-os. Busquei me distrair lendo todas as placas dos carros que passavam pela gente, em parte também para irritar Lina, já que ela dirigia de-va-gar. Até que, depois de algumas horas intermináveis, ela parou o carro. Olhei para o relógio e acusava meio-dia.

– Vamos almoçar? – perguntei.

Lina, cansada e um pouco irritada, respondeu:

– Simmmm, mmmass v'cê aguarrrrd'rá sss paaaaih t' p'gar.

Lina parou o carro.

Gargalhei. Será que ela achou que eu me acalmaria ao seguir viagem com o Boto? Olhei para o lado e vi duas moças morenas comprando picolé. Boa escolha! Picolé! Saltitei alegremente atrás delas e comprei picolés de chocolate, morango e creme. Sempre gostei de napolitano. Era só juntar os três picolés e abocanhar de uma só vez.

Após a primeira mordida, eu vi a expressão facial das moças alarma-se. Subitamente a conversa entre elas cessou. Bufei, já antevendo o motivo. Cristiano, meu pai. Ele caminhava com Vanessa de um lado e Marcos do outro.

Então decidi me comunicar com as moças, afinal, por que não? Controlei a velocidade e disse, pausadamente:

– Vocês estão olhando para aquele homem incrivelmente belo vindo em sua direção?

Uma delas sorriu dando um claro indício que "sim".

– Ele é meu pai e avô de meus filhos, que estão ao lado dele – então lancei meu braço em uma delas e concluí: – O kit é grande. Muitos filhos. Ah! Eu tenho muitos irmãos. Pode se preparar! – ri. – O histórico é pior – Enfatizei a palavra "pior".

Lambisquei os picolés. Subitamente um perfume praticamente arranhou as minhas narinas. Espirrei. Passei a inspirar como um cachorro em busca da origem do cheiro. Aproximei-me do pescoço de uma das moças e inspirei vagarosamente.

A moça saltou.

– T' looouuuucaaa?

Revirei meus olhos. Como era difícil entender as pessoas quando meu passo era outro.

Cauã é um cretino de marca maior!

– Esse perfume é afrodisíaco? – perguntei, profundamente curiosa. – É daqueles que você compra na farmácia popular? – ri.

– Esssstá drrrrogadaaaa? – Uma das moças perguntou. Acho que as duas decidiram que iriam chamar o segurança do local para me domar. Não me importei com a pergunta. Em vez disso, procurei o bordel, devia estar próximo. – Você usa perfume de lavanda, floral, cítrico, amadeirado, fresco ou oriental? – pisquei algumas vezes aguardando a resposta que parecia uma eternidade para vir.

Elas riram. Franzi meus olhos, estranhando a reação.

Cristiano havia nos alcançado. Então decidi apresentar:

– Meu pai, Cristiano...

Incapaz de me controlar, abracei a moça mais próxima e indiquei:

– Esta é?

– Luannnnda – ela respondeu sorrindo e a outra respondeu logo depois: – Patríciaaaaaa.

A segunda falou algo que não prestei atenção. Bocejei. A esse ponto Marcos e Vanessa, interessados pelo picolé, passaram a apelar ao avô, deixando as duas moças boquiabertas.

Uma das moças, sem conseguir dar sentido às referências dadas sobre nossa relação, levando em consideração a nossa aparência, perguntou a nossa idade.

E Cristiano respondeu:

– O suficieeennnte para acumular bassstante experiênnncia.

O picolé de Luanda caiu. Ri internamente.

Interessante, notei que ele falou com um passo maior que os outros. Parecia com pressa. Lambi novamente meus picolés. Percebi que minha língua chegou a roçar na madeira e senti um arrepio terrível. Joguei no lixo.

– Nosssssa, você é connnservado mmmmesmo...

Então Patrícia se virou para mim e comentou:

– V'cê tammmbém teve filhosss bemmmmm cccedo, nãoooo?

Confusa com a conotação da pergunta e sem entender o que levou a moça acreditar que tinha a liberdade de abordar um assunto tão delicado, fechei a cara. Ela havia acabado de me chamar de irresponsável, ou apressadinha?

– Cccchega de brincadeira, Joannnna. Vam's qu'ida – Cristiano interveio, pegando em minha mão, como se fôssemos um casal...Tá, deixa pra lá.

– Onde vamos? – perguntei.

– Você está apressadinha. Cauã está te torturando? – acelerou sua fala para se ajustar ao meu passo.

– Cretino...

– Tá, falo no seu ritmo. Você vai na frente e já sigo com as crianças.

Presumindo aonde ele queria chegar, me agachei para saltar, mas Cristiano me parou.

Aos risos, disse:

– Se você saltar energizada desse jeito, vai pousar em outra galáxia. Venha, me acompanhe.

– Mas Lina disse que eu ia com você?

– Hum. Ela disse que você ia com o seu pai, esqueceu que tem dois?

Nisso Cristiano abriu a porta do carro e vi Sr. Joamir me aguardando como uma assombração. Seria uma viagem longa, longa mesmo! Sr. Joamir dirigia como uma lesma doente!

– Pai, que bom que você veio. Fico muito feliz. Como você está? Vi que está se cuidando! Novidades? Já fala inglês fluentemente? Trabalha? Mulher? Viu como Vanessa e Marcos cresceram? Aliás...

Joamir encarou Cristiano com uma expressão meio aterrorizada e preocupada.

– Ennnergiaaa demmmmasiaddda... – Cristiano explicou.

Subitamente, animada em ver meu outro pai, sorri e sentei. Ele me abraçou e balbuciou algo referente a saudades. Suspirei meramente para encontrar as palavras. Queria saber tudo!

– Conte como foi na Inglaterra! E Osvaldo? Está se acertando com a minha mãe? Estão juntos, separados, divorciados, se casaram outra vez? Você sabe que dez por cento dos casais separados voltam porque não queriam se separar e se separaram por impulsividade? Mamãe te ama, pai. Isso eu sei. Sei que ela é meio doida, muito religiosa, fala a todo o momento que não pode zangar o seu criador.... Mas, vejamos! Sou entidade da Lua e você pôde perceber nesses anos que a loucura não é algo real e sim criado por nós! Ah! – mostrei dois dedos e franzi meus olhos. Meu pai sequer olhava para mim e parecia tenso na direção. Tudo bem... Prossegui: – Criador e criação! Será que fiz uma referência a essas duas palavras sem querer ou era uma mera dica que o universo passou para me dar uma dica de algo? – e assim prossegui, por horas...

63

GABRIEL – ENFIM... IARA?

INDAIATUBA, SEGUNDA-FEIRA, 12 DE MARÇO DE 2000

Se não houver uma forma convincente de sustentar um plano, simplesmente não o faça. Mude de estratégia e rode todos os cenários. Caso contrário, todo o seu esforço será em vão e você será visto como um visionário, no mínimo, excêntrico e sem foco.

Gabriel cumprimentou Sarah. Ele também falou brevemente com Osvaldo, mas este não lhe deu muita atenção e seguiu ao quarto. Durante esse tempo, Gabriel forçou seu sorriso no rosto. Antes pudesse jogar tudo para o alto e fugir como Osvaldo havia feito há pouco! Odiava ser obrigado a arrancar, de alguma forma, a confissão de Sarah.

Era uma lástima.

Cauã pousou no quintal e quebrou algumas cadeiras com a força do impacto. Ele passou a mão em sua roupa e disse:

– Desculpe. Mando trazer outras cadeiras.

– Não há problema. Você já faz muito por nós – Sarah lembrou com gratidão.

É uma questão interessante, em tese deveria ser observada gratidão naqueles que ganharam muito e sem muito esforço, mas na grande maioria, se vê medo. Não se deve projetar comportamentos racionais quando se leva em consideração que todos são livres para agir como lhes convier. Quando se coloca o livre-arbítrio na equação, perde-se a lógica. Quem acredita no livre-arbítrio não pode acreditar em projeções e na lógica. Uma coisa não combina com a outra.

Era um bom momento para iniciar o inquérito, Gabriel julgou.

– Sarah, vou ser direto – Gabriel anunciou. Cauã sentou-se na poltrona da sala, sem saber o que o esperava: – Vou fazer uma pergunta e lhe dar a oportunidade de responder, contando a sua versão dos fatos. – Sarah elevou suas sobrancelhas, confusa. – Você é Iara?

Sarah se assustou com a pergunta. Cauã também. Ela se levantou em posição de alarme.

– Não sei do que está falando – Sarah se trancou.

Sim, ela sabia. As entrelinhas das marcas deixadas pelo tempo ao redor de seus olhos tremeram com a certeza daquilo que foi um dia.

– Estou cansada – Sarah anunciou e, com a expressão tão fechada como um impostor, seguiu até o quarto.

Gabriel suspirou. Negou. Uma pena... Essa foi a oportunidade para Sarah se explicar antes de anunciar ao grupo. Uma oportunidade de encontrar a melhor forma de abrir essa notícia para Joana. Mas, como previsto, ela deu as costas para essa possibilidade. Agora restava uma única coisa: forçar sua confissão.

64

AMANDA/MAURO – SURPRESAS

INDAIATUBA / LUGAR INDEFINIDO, QUARTA-FEIRA, 5 DE ABRIL DE 2000

Amanda se assustou ao ver Luisón em casa pela manhã, lendo no sofá da sala como se não tivesse trabalho suficiente. Olhou para a mesa e reparou na fartura irreal de alimentos. Havia frutas, pães, queijos, café, leite, suco, enfim, um repleto exagero que a relembrou de sua primeira semana na casa.

– Mas qual é o evento? – Amanda quis saber.

– Tenho uma surpresa – Luisón fechou seu livro e sorriu.

– Uma mulher sempre acaba surpreendendo mais – Amanda comentou, aos risos.

– Eu sei, mas acho que desta vez você ficará boquiaberta – Luisón comentou. Apontou para o café e disse: – Enquanto você toma seu café, eu vou conduzir algumas essências. Sairemos logo em seguida.

Luisón levantou da poltrona, mas parou no meio do caminho ao ouvir Amanda dizer:

– Não quero tomar café sozinha.

• • •

Mauro levantou assustado ao se ver sozinho no quarto. Ele se trocou rapidamente e saiu em busca dela. Caminhou até a sala. Encontrou todo o material que havia trazido para Carmem usar no artigo espalhado pela sala.

Ela havia revirado e folheado uma parte das oito pastas com dados, anotações e cálculos. Já a pilha de 1357 anamneses parecia intacta. Ainda tinha muito trabalho... Onde Carmem poderia estar? Ele não tinha deixado claro que ela deveria manter-se dentro de casa? Claramente apreensivo, exclamou:

– Carmem!

Para o seu alívio, Carmem surgiu da mata carregando uma cesta de flores. Iluminada e bela, quase o fez perder o fio da meada. Sorridente, ela disse:

– Maravilhoso material! Adorei ler o caso do Rômulo que confundiu seus médicos ao conseguir reverter um quadro de autismo mudando para um ambiente mais acolhedor. Ela ainda estuda na escola da Lina?

– Sim. É para onde direcionei a filha da Cecília… Alice… – Mauro comentou, alarmado por ver sua amada desprotegida.

Carmem entrou na casa e disse:

– Desculpe. Precisei espairecer. Encontrei flores lindas! Orquídea negra, imagina! Tem câmera? Não quis colhê-la, mas gostaria de tirar uma foto dela! – mostrou algumas sementes. – Colhi sementes de margaridas e copos-de-leite. Quero plantar para alegrar o ambiente – sorriu. – Alice gostou da sua nova escola? Conheceu Rômulo?

– O nome do menino foi alterado para assegurar o seu anonimato. O nome verdadeiro do menino é Arthur. E, sim, ela conheceu Arthur. Estão na mesma classe.

Carmem deu um beijo na boca de Mauro e disse:

– Obrigada por ajudar Alice e Cecília… Obrigada por me ajudar a contribuir com a ciência de alguma forma.

Mauro suspirou. Ajeitou-se na cadeira e, didaticamente, passou a falar.

– Sugiro iniciarmos pelo conceito de rótulo. Acho interessante provarmos, por meio de uma técnica já conhecida para não confundir. É chamada de brainspotting, mostrando as singelas diferenças nos cérebros de sujeitos vistos como normais e compará-los aos sujeitos com SAF e autismo. O nosso objetivo é destrinchar e simplificar as amostras para provar à ciência que ninguém deve ser reduzido a um rótulo. Também precisamos orientar a sociedade científica e médica que esses diagnósticos mais prejudicam do que norteiam um tratamento, pois não há necessidade de estabelecer um tratamento para algo que não está errado. A ciência gosta de categorizar… – parou. Estranhou. Carmem parecia suar frio. Havia uma camada azul que crescia ao redor de seus lábios. – Você está bem? – ele perguntou. No canto da garganta da moça havia um ponto vermelho e inflamado. – Você foi picada – ele constatou.

• • •

– Quer mais romãs? – Amanda perguntou, um pouco preocupada com o estado do seu marido idilicamente cansado e estendido na cama.

Como previsto, o café da manhã se transformou em algo bem mais prazeroso.

Ela confessou:

– Eu acho que a romã tem algo que me inspira, não sei o que é...

Amanda pegou a cesta de romãs ao lado da cama, mas antes que pudesse coletar uma fruta, Luisón disse:

– Notei.

Ele tirou-as de Amanda.

• • •

Carmem sentou na poltrona da sala, enquanto Mauro buscava entre as flores alguma pista. Precisava saber exatamente o que havia a picado para fazer o soro correto. Ele não escondia sua profunda insatisfação por ser obrigado novamente a cuidar de Carmem. Ele colocou sua mão na testa de Carmem e comentou:

– Está com febre alta.

Então ele fechou os olhos e respirou fundo para ganhar um pouco mais de paciência. Ela gritou de dor e deitou no sofá contorcendo-se.

• • •

Luisón levantou e se espreguiçou. Então se trocou e anunciou como se estivesse travando uma batalha:

– Vamos voltar a sua surpresa, mas antes tenho de ir à fonte.

Amanda deitou e não deu a menor atenção à declaração do amado. Ela se envolveu nos lençóis macios que acariciavam a sua pele e pegou outra romã.

– Não coma isso! – Luisón apontou a fruta.

Ela riu. Ele também, talvez de nervoso.

Amanda colocou a romã em sua boca e ele saltou como um soldado prestes a travar uma verdadeira batalha contra a fruta que inspirava Amanda. Como um verdadeiro cavaleiro templário, Luisón atacou Amanda, mas como havia previsto, foi derrotado por milhares de beijos.

• • •

Sem saber o que aplicar, fez um soro misto.

Era um medicamento rudimentar, ele reconhecia. Como não soube o que picou Carmem, produziu um soro para neutralizar a maioria dos venenos que os cercavam.

Então, assim que percebeu que Carmem havia saído do perigo, aguardou. Vê-la em perigo serviria como matéria-prima para seus pesadelos, sem sombra de dúvida.

Suspirou. Esses lapsos eram contraproducentes. Um assassino furtivo que os rodeava nesse matagal.

Subitamente, ela abriu os olhos e o encarou, debilitada. Ela estava deitada na cama linda e incrivelmente pura. Mauro sentou finalmente à beira da cama onde ela estava deitada e acariciou seus cabelos que ainda pareciam belos, ondulados, apesar de embaraçados com sua enfermidade.

Ela indagou:

– Você sabe por que gosto tanto de flores? – Carmem se esticou e Mauro tentou impedi-la de se levantar.

– Descanse, Carmem, você enfrentou um veneno perigoso.

• • •

Amanda ajeitou seu vestido e perguntou:

– Aonde vamos?

– Uma surpresa.

– Vou adivinhar, essa surpresa envolve um passeio de barco.

Luisón, aos risos, disse:

– Não sou assim… tão previsível.

Abraçou-a.

• • •

Quando Mauro pensava em uma mulher ideal, vinha Carmem a sua mente, tomando lugar de Porâsý. De uma forma estranha, ele não sentia que uma substituía a outra. Era diferente. Como se o seu coração tivesse crescido para dar espaço para outra pessoa.

Agora, ajoelhado ao lado da cama, vendo os reflexos singelos dos olhos da mulher que havia mudado sua vida, notando como seus lábios faziam um bico gracioso e como mechas onduladas de seu cabelo caíam em seu rosto como cascatas formidáveis, ficou ainda mais certo daquilo que queria. Carmem seria dele e ele arranjaria uma maneira de transformá-la para estar a seu lado por milênios.

Ele disse:

– Sou considerado inteligente e solucionador de problemas. Confesso que, quando te conheci, não entendia a força que você tinha sobre mim. Depois, ao finalmente perceber o sentimento que me movia, demorei a acreditar. Depois de tanto tempo, finalmente encontrei um motivo para existir. – Ele acariciou uma mecha do cabelo. Esse movimento fez Carmem se mover e se ajeitar no travesseiro, mas não acordou. Muito suavemente, Mauro beijou seus lábios e disse: – Espero que você esteja pronta para viver ao meu lado pelo resto de sua existência.

• • •

Dessa vez, foram parar em uma outra ilha remota, à frente de uma caverna parcialmente submersa pela água cristalina do mar. Amanda pegou uma moeda em seu bolso e entregou a Luisón.

– Sim, você é previsível – comentou, aos risos.

Luisón revirou seus olhos, mas não contra-argumentou. Em cima de um pequeno barco, segurando o remo, aceitou a moeda e fez um gesto para ela embarcar. Ela se sentou à beira do barco e ele passou a conduzir o barco com o remo em silêncio. Então ela arregalou os olhos.

A caverna estava coberta de brilhantes. Envolvida por um esplendor difícil de explicar. A água era azul turquesa e ainda trazia consigo a luz do dia. Trazia também o brilho do dia para a caverna, que respondia com uma beleza esplêndida.

Como ela poderia reagir a toda essa pureza? Era difícil inclusive de respirar. Ela imaginava estar diante de um sonho maravilhoso. Olhou para trás com os olhos marejados e disse a Luisón:

– Nossa, acho que de todos os lugares a que você me levou, este é o mais lindo.

– Que bom. Porque este é o caminho para a nossa nova casa – a resposta de Luisón fez Amanda unir as sobrancelhas. De fato, essa era uma surpresa. Ele explicou: – Não poderíamos continuar morando naquele lugar, todos já estavam invadindo e estava perigoso. Agora este é o nosso lugar e peço que não traga ninguém aqui. Vamos ainda receber visitas naquela casa, mas viver aqui. Tenho tudo planejado e explicarei como se transportar usando os minerais.

Então ele a levou para fora do barco. Ela não achava palavras, somente lágrimas. Realmente ele havia conseguido surpreendê-la.

– Está lindo demais! – ela exclamou e ele riu.

– Mas nem sequer entrou! – Luisón falou. E, assim que abriu as duas portas de madeira maciça de dois metros de altura, o queixo de Amanda caiu com a beleza do local.

A sala era grande o suficiente para comportar duas salas grandes, sendo que uma era de televisão. Havia uma ilha de madeira para preparar alimentos e uma cozinha que se unia, em perfeita harmonia, à decoração clara da sala. Havia uma janela enorme na sala, mas com a vista para o fundo do mar e peixes que nadavam como se estivessem em um aquário.

No meio da sala, havia ainda uma escadaria curva dando acesso ao segundo piso. Era tudo extremamente iluminado e incrivelmente belo. Claro que havia um toque de Luisón na mesa e nos móveis que eram feitos ora em mármore, ora em outra pedra.

Mas o que mais a encantou foram as fotos colocadas na sala. Todas elas remetiam à infância de Amanda.

Ela olhou para ele e disse:

– Não sei o que falar.

Luisón pegou em sua mão e disse:

– Não diga nada, me acompanhe.

Eles subiram as escadas e ele abriu um quarto incrivelmente iluminado, com espelhos, paredes escuras e a cama branca, enorme, e, é claro, um armário de mármore branco no meio do quarto.

– Surpreendi você? – ele perguntou a Amanda.

– Nossa!

Então ele perguntou, se remetendo ao comentário inicial de Amanda quando disse que uma mulher tinha mais habilidade de surpreender um homem:

– Um homem pode surpreender uma mulher e tirar seu fôlego, não é verdade?

Amanda respondeu:

– É claro!

Ela se sentou na cama e sentiu um conforto incrível do colchão.

Então perguntou:
– Quantos quartos?
– Um. Disse que receberemos visita na outra casa.
– Ah – Amanda olhou em volta e sorriu sarcasticamente. – Acho que uma mulher consegue surpreender o homem ainda mais.
Luisón riu e cruzou seus braços. Ele adorava competir com Amanda, achava divertido e não imaginava o que ela poderia fazer para surpreendê-lo.
Então Amanda fez Luisón perder o chão, anunciando:
– Estou grávida.

• • •

Os olhos de Carmem se abriram. Ela sorriu. Bocejou. Mauro se sentou na cama e analisou o corpo de sua amada. Felizmente, estava completamente recuperada.
– Você falou algo… – Carmem disse, com sua voz rouca.
Mauro sorriu, notando que ela havia escutado suas palavras em partes. Era hora de esclarecer alguns pontos.
Ele disse:
– Confesso a minha ignorância diante de você. Você está me ensinando a arte do sentimento. Não há nada que se compare a essa grandeza. Você me mostrou a grandeza de Ci. Você pertence a Ci, mas meu desejo é que não fosse assim.
Carmem tocou no rosto de Mauro, sem saber o que falar. Mas ele sabia:
– O que sinto está além das palavras. Apesar de toda vivência e conhecimento, não me imaginei estar diante da fatalidade de me deparar com a imensidão desse sentimento e da real possibilidade de perder… – pausou. Precisava medir melhor suas palavras: – Perdê-la.
– Por que você iria me perder? Não entendo!
– Não precisa entender. Apenas entenda uma única coisa: eu te amo.

65
CANTO DE IARA

INDAIATUBA, QUINTA-FEIRA, 6 DE ABRIL DE 2000

Já conseguia ver a casa dos meus pais à frente. Também reconheci o carro do Cristiano, do Cauã e o famoso jipe da Lina estacionado próximo. Sr. Joamir suspirou:

– Finnnalmennnnte!

Tá...

Antes mesmo de o carro parar, abri a porta e pulei para fora. Ignorei o berro do Sr. Joamir. Para quem salta até a Lua, pular de um carro em movimento não é absolutamente nada!

Abri a porta da casa, que pulsava lentamente com movimentos semelhantes ao de uma lesma sofrendo um AVC. Bufei. Franzi meus olhos, buscando entender por que raios todos me olhavam. Cruzei meus braços assim que notei que caminhavam em minha direção. Olhei para os céus. Revirei meus olhos. Bufei outra vez. Todos, inclusive Cauã (cretino!) moviam-se em minha direção muito (muito) lentamente.

Suspirei em tédio.

– Elaaaaaa devveeee seeeerrrrr iiiinteeernnaaaadaaaa. Nãooooo estáááá bemmmm – Sr. Joamir disse.

– Ah! – lancei as minhas mãos aos céus em desdém. Escutei um barulho estrondoso ao lado. Sem querer, a minha mão bateu no lustre de cima da mesa de jantar e se espatifou em mil pedaços.

Meu corpo foi elevado do chão.

– Vamoooossss até oooooo quiiintallllll – disse Cauã, levando-me em seus braços.

Aproveitei a proximidade e disse:

– Sabe... Estive conversando telepaticamente com a Lua e concordamos que o que você fez foi inaceitável e imoral.

– Joana, não minta! – escutei a Lua retorquir aos risos. – Você está incrivelmente acelerada e não consegue nem formar uma frase coerente!

– Ah, sim! – assenti e prossegui com a minha farsa, sabendo que Cauã não escutava a resposta da Lua. – Me desenergizar, entendo... – disse com um tom alto e amargurado. – Não preciso de Cauã para me desernegizar... Consigo sozinha.

– Estamos conversando? – A Lua perguntou. Notando que eu direcionei minha conversa para Cauã, que parecia imaculado.

– Sim – respondi e acrescentei. – Concordo com você, Lua... Não se deve torturar aquela que representa os amores, a inspiração, a curiosidade e as crianças. Isso é imoral!

Cauã perguntou com um tom de entusiasmo:

– Você realmente está falando com a Lua telepaticamente?

– Não – a Lua respondeu.

– Sim – menti.

– Ah, Joana! Foca! Tenho uma informação que acabei recebendo com alguma reserva e muita alegria. Tem um bebê a caminho.

– Quem está grávida? – perguntei, esquecendo-me de minha encenação.

– Amanda – a Lua respondeu.

– Amanda – repeti.

– Amanda está grávida? – Cauã perguntou. Coçou suas sobrancelhas e disse: – Caramba... que situação. Vamos ver isso depois. Agora precisamos fazer um teste com você.

Gargalhei com a possibilidade de um "teste". Não passei de um deles ilesa. Precisei de algum tempo para me recompor e finalmente perguntei:

– Qual o teste?

– Preciso que você cante.

Gargalhei novamente e respondi:

– Sapateio, atuo, pinto, danço, enfim, faço de tudo, menos cantar.

Ele riu e fomos juntos até a casa. Levei um susto ao ver Osvaldo! Ele parecia também estar com 10 anos! As pessoas devem ter comentado. Vanessa, Pablo, Marcos e Osvaldo brincavam como se fossem unidos todo esse tempo.

Corri e abracei Osvaldo, logo em seguida, fui atacada pelo restante das crianças e nos afagamos.

Então Vanessa falou, também seguindo o meu ritmo:

– Mãe, estamos brincando de navio pirata! Eu sou a *pincesa*, *Mac's* é o capitão, *Pabo* é o marujo e Osvaldo vai me salvar!

Ri ao ver Pablo vestido com a camisa branca de Joamir e uma gravata amarrada na testa. Marcos pintou um olho de preto para simular uma venda e Osvaldo se vestia elegantemente, como um verdadeiro príncipe.

– Posso ser a outra princesa? – perguntei.

– Não! – Vanessa respondeu com firmeza e justificou. – Osvaldo vai se cansar com duas *pincesas prá salvá*!

– Cannnnso nnnãoooo! – Osvaldo falou.

– Cansa, sim! – Vanessa argumentou.

Antes que pudesse haver uma briga familiar entre tio e sobrinha, decidi recuar e ir ao encontro da minha mãe. Ela estava linda, como sempre, e me abraçou assim que me viu entrar na casa. Notei Gabriel e Lina quietos e rindo enquanto havia uma discussão entre Joamir e Cristiano. Já imaginava o assunto.

– Desculpe – Cristiano falava com Joamir.

– Não dá.

– Desculpe.

– Você me connnvenceu a trazer Joana, que parecia estar dopada de tanto energéticoooo! V'cê sabe que tive de resssgatar ela da cozinha de um dos estabeleciment's? Ela decidiu ennnsinar o cozinheiiiiro, apavorado, que já rezava umas cinquenta Avvve-Marias, a fazer panquecas, Tive de pagarrr dez quilos de faaaarinha, vinte ovossss e cinco litrrrros de leit'! Quase fiquei sem gasolinnna porque nenhuuum estabelecimento queria mais mmme atender! – Ri. Joamir falava sério, não havia exagerado. Parece que os estabelecimentos falaram uns com os outros, passando a placa do nosso carro, assim fechavam a entrada para não dar acesso para a gente.

Gabriel me distanciou da mesa enquanto Lina tomou a rédea da conversa e mudou o assunto.

Então me levou para perto de Cauã e falou:

– Joana, existem diversas maneiras de se desenergizar. Cauã não mostrou a você?

Mantive meus olhos em Cauã enquanto ele sorria. Claro que ele não havia me mostrado as diversas formas de desenergizar. *Inacreditável*!

Gabriel também olhou sério para Cauã e comentou:

– *Presssummmi q' voc' nnnnão explicooooou p'rque Joooannnna pr'ciiisavaaaa m'nter a enerrrrrgia atéeee chegarrrrr.*

– Nãooooo – Cauã respondeu. Parei de prestar atenção, irritada com o ritmo da conversa. E com Cauã, naturalmente.

Gabriel respondeu em meu ritmo:

– Precisamos entrar em contato com algumas entidades que deixamos de conseguir rastrear. Também Mauro... Bom, em sua última ligação, falou sobre a sua suspeita e queremos confirmar se você tem alguma relação com Iara.

Julguei e cruzei os braços enganada. Descruzei os braços. Cambaleei por alguns segundos e depois mexi freneticamente meu cabelo.

Distanciei-me de Cauã e virei as costas. Agora mesmo que não ia cantar! Ninguém ia me fazer cantar! Mantive-me firme, andando em direção à mesa para continuar a participar do assunto relacionado à traição, já que agora poderia me juntar ao Sr. Joamir e reclamar à vontade.

Cauã me pegou pela mão e eu virei os olhos em sua direção. Ele disse:

– Desculpe. Vou ensinar a você todas as maneiras de se desenergizar. Fui omisso com você. Eu me comprometi em ser a sua memória e acabei abusando do poder – ele me abraçou, cheirou meu pescoço e caminhou até a minha boca enquanto eu lutava para sair de seus braços, com ele claramente esperando que eu não tivesse sucesso. Então ele sussurrou em meu ouvido: – Cante para mim.

Senti-me completamente possuída por uma energia muito diferente da minha. A mesma energia que me acompanhou enquanto eu saía do mar em nossa viagem aos Estados Unidos. Ele me largou com um sorriso sacana, o que aumentou a minha vontade, e encostou-se à parede.

Ah, tá bom!

Andei até o meio da grama de trás, mantendo meus olhos fixos nos de Cauã, que me mantinha em um verdadeiro transe.

Gabriel se aproximou e disse:

– Posso tocar em sua mão? É a maneira mais fácil de eu direcionar o chamado.

Concordei. Não pensei em uma nota específica, apenas cantei o primeiro acorde que veio em minha mente. Notei uma movimentação estranha na cozinha. Pratos se quebraram. Subitamente, vi a minha mãe sair correndo de casa aos gritos como se minha vida corresse perigo eminente.

– Joana, pare! – ela gritou. Ela saltou em minha direção e com a força de seu empurrão caímos juntas na piscina. Subitamente o colar que Sarah normalmente usava tocou em minha testa. Então não senti mais nada.

Vi-me em uma praia. Vi, em meio às nuvens calmas da noite, uma mulher linda, parecida com a minha mãe, saindo do mar. Sim, era a minha mãe mais jovem. Ela caminhava, nua, escondida por entre as pedras. Ela parecia estar escolhendo uma pessoa para abordar e avançou em cima de uma mulher andando na rua sozinha com um vestido simples. Ela pegou a mulher pelo cabelo e olhou em seus olhos. Parecia colocá-la em um transe. A mulher ficou amortecida, a minha mãe retirou o vestido da moça e a jogou no mar. A moça foi levada para o fundo. Logo em seguida, Sarah colocou o vestido e seguiu seu caminho para uma festa de rua. Era carnaval.

Ela andava a passos calmos e suaves. Não olhava ao redor, apesar de ser assediada por onde passasse. Ela tinha foco. Buscava algo em específico. Então avistou um homem na festa. Ela o beijou e sorriu, enfeitiçando-o imediatamente. Ela se comunicava através de um canto suave como uma melodia de ninar enquanto o levava para a praia. Assim que chegaram à beira do mar, ela tirou a roupa e entrou na água. Ele fez o mesmo. Ela o levou para o fundo, afundou o rapaz. Retornou. Enxugou-se, colocou o mesmo vestido e tomou seu caminho até a festa.

Assim seguiu sua noite: investia em um rapaz, levava-o até o mar e voltava para a festa. Sem sentimento. Como um robô criado para esse fim. Ficou claro que ela alimentava Ipupiara.

A cena era terrível demais. Gritei de terror. Queria alertar ao terceiro rapaz que a minha mãe era uma assassina cruel e calculista. Gritei para Sarah como se pudesse, com a força da minha revolta, nocautear a mulher que achei que conhecia. Ninguém escutava. Julguei o óbvio. Eu não estava lá. Era a sua memória.

Engoli meus sentimentos como um xarope amargo.

Eu a vi retornar à festa. Cristiano estava lá, atraindo todos os olhares a seu redor. Todos menos o da minha mãe, que, focada em encontrar outro alvo, não lhe deu bola.

Isso chamou a atenção de Cristiano, um pouco.

O cenário mudou. A noite se transformou em dia e me vi novamente ao lado dela, sentada na areia. Ela contemplava o mar. Não... parecia discutir com o mar... Assim que anoiteceu, o mesmo aconteceu. Tornou-se ainda mais óbvia sua conduta. Também se tornou óbvio o destino dessas pessoas. Na festa, ela se encontrou novamente com Cristiano e o ignorou como antes.

Amanheceu. Dessa vez, eu a vi claramente discutindo com o mar. Naturalmente não escutei o teor da discussão, mas Sarah estava bastante abalada. Em um dado momento, ela lançou as mãos aos céus, em desdém, correu e esbarrou em um homem pintoso. Franzi meus olhos e reconheci, alguns traços do Sr. Joamir! À noite, vi os dois dançando e se divertindo. Sr. Joamir colheu uma flor e deu a ela. Pude notar uma expressão diferente surgindo de Sarah. Ela parecia curiosa e atormentada. Então Joamir falou alguma coisa e apontou para a Lua. Logo em seguida, Sarah deu um tapa em sua cara e saiu correndo.

Isso me deixou confusa.

Sarah voltou para a festa. Encontrou Cristiano, que pegou a sua mão, e o conduziu para um beco. Entendi... Sr. Joamir falou algo que confundiu minha mãe. Possivelmente a tirou do eixo e, por isso, não o levou até o mar. Em vez disso, lançou um tapa e pegou o primeiro homem disponível (Cristiano) para passar a noite. Assim fui concebida... Em meio a um turbilhão de mal-entendidos...

No dia seguinte, eu a vi novamente andando na areia do mar, confusa. Parecia incrivelmente atormentada com alguma coisa. Ela pedia permissão para alguma coisa que se mexia de forma revolta no mar. Minha mãe, em pura revolta, abriu seus braços, negou o seu poder de sedução e correu para o encontro de Joamir, que, como nos dias anteriores, rondava-a nesse mesmo ponto na praia.

Abri os olhos. Passei a mão nas lágrimas em vergonha, já que elas caíam porque eu havia sido enganada. A cena retirou parte da energia, pois todos pareciam se mover de forma mais natural e em uma velocidade normal. Bom, não tão natural assim, já que muitos olhos assustados e ansiosos focaram em mim.

– Você é Iara! EU sou filha de Iara! – Sem tardar, confrontei os olhos mais assustados do quarto.

Finalmente tudo havia se encaixado. Eu era filha de Iara e do Boto. Ao saber disso, pude perceber que havia uma explicação plausível para esse poder que havia afetado tanto Cauã como Gabriel. Essa suposta doença que deixou Mauro confuso e recomendou que eu fosse monitorada por um ano por medo de que tivesse sido afetada pelo encanto de Iara. Eu era FILHA de IARA! Minha mãe sabia de tudo! Acompanhou toda a confusão e o sofrimento de Cauã com a possibilidade de ter que enfrentar a doença de Iara. Tudo se encaixou!

O poder de sedução potencializado não veio apenas do meu pai. Minha mãe teve uma grande influência.

– Como você viveu tanto? – perguntei ofendida, mesmo sabendo como o teor da minha pergunta poderia machucar.

Sarah engoliu em seco. Parecia ter dificuldade em segurar sua emoção diante de tantos olhares desaprovadores. De fato, se ela tivesse sido clara desde o início, não seríamos obrigados a vasculhar milhares de possibilidades para o fato de eu adoecer quando todos ao redor gozavam de uma saúde de ferro! Ela disse:

– Neguei a sedução de Iara, mas isso aconteceu depois de lhe conceber. – Sarah respondeu enquanto lágrimas caíam de seus olhos. Deu de ombros. Sarah acariciou meu cabelo e, em represália, distanciei sua mão com um tapa.

Como? Ela DEU DE OMBROS?

Minha raiva aumentou. Olhei para Joamir, vermelho de raiva, com seus braços cruzados. Assim como eu, ele aguardava uma explicação mais convincente do que um gesto que simbolizava confusão e desdém ao mesmo tempo.

– Você sabia da existência das entidades? – perguntei, buscando... algo.

– Sim. Inclusive, eu sabia muito bem quem era Cristiano quando o conheci.

– Sério? – Cristiano perguntou e cruzou seus braços como Joamir.

– Gente, não me condenem! Não são muitas Iaras que negam a sua condição. Mais ainda! Ipupiara faz questão de comer lentamente, degustando cada parte do corpo, aquelas que o negam! Ele é incansável e não esquece! Ele também é perverso e pode atacar a minha família. Até esse momento tenho sido cautelosa, mas agora...

Sarah pausou, sem palavras, mas dando a entender que estávamos correndo risco por ela ter sido desmascarada, como se sua verdadeira intenção de se esconder fosse nos proteger.

Sinceramente! Eu queria arrancar as mechas de cabelo dela e jogar no lixo. Já não me bastava puxar o cabelo dela até o chão.

– Eu sou... era Iara, até o dia que repudiei o mar e sua sensualidade. De uma forma muito louca, acabei repudiando a Iara e, por sua vez, o encanto saiu de mim. Por isso, procurei esquecer. Joamir era bonito em sua forma e muito engraçado. Gostei de seu papo e me divertia enquanto o conduzia até o mar, no entanto, ele me deu uma flor e falou que eu era mais bela que a Lua. Imagina, filha! Mais bela que a Lua! Bom... claramente não foram as suas palavras que me fizeram mudar de ideia e não o conduzir ao mar. Foram suas mãos. Quando ele me deu a flor, e vi as suas mãos a segurando, notei que foram moldadas para combinar com as minhas. Fugi na mesma noite e passei a noite com outro, este outro foi o seu pai, Cristiano. Queria esquecer Joamir e seguir com a minha vida. Mas assim que o encontrei na festa no dia seguinte, percebi que ele havia me conquistado e dei as costas para o mar.

– Engraçado ouvir de você essa paixão por Joamir – comentei entre dentes.

A campainha tocou. Cauã e Gabriel seguiram até a sala.

– Deixe de perguntas, filha – Sarah disse, virou as costas e, como um impostor desmascarado busca no silêncio a justificativa para os seus atos, ela saiu do quarto e foi para a sala. Fui atrás dela e Lina também. Eu não ia recuar agora, não podia...

Até que me deparei com Rodrigo, Mauro e Luisón.

Ao me ver, Rodrigo abriu um largo sorriso e perguntou:

– Saudades de mim?

Minha raiva atingiu o ápice. Eu me senti levitar. Não me importei. Eu estava prestes a discutir quando senti o pulso firme de Gabriel me trazer para o chão.

– Então está confirmado. Você é a Iara perdida – Mauro disse e encarou Sarah. Sua intenção não foi especulativa e nem de confronto. Foi uma afirmação como um médico que chega a um diagnóstico.

– Não me condene! – Sarah berrou, em reação. Os olhos marejados de Sarah focavam em um único ponto. Joamir. Este que surgiu silenciosamente e que a encarava como se a estivesse enxergando pela primeira vez e odiando aquilo que via. Ela apontou Joamir. – Caramba, até casei com Joamir!

Sarah parou e inspirou. Tropeçou em suas palavras. Falou demais. Arregalou seus olhos. Ela mesma se incriminou. Agora não tinha mais retorno. Ela iria pagar pelo que fez. Joamir virou as costas e saiu da casa. Ela correu atrás. Cristiano seguiu.

– Família é tudo de bom! – Rodrigo ironizou. Elevou o seu dedo indicador e disse: – Agora você entende por que eu jamais gostei de almoçar aos domingos na casa dos seus pais quando namorávamos, Joana. – Tive vontade de voar no pescoço do Rodrigo, tamanha era a minha fúria. – Péssima influência.

Gabriel cortou o que seria uma briga épica ao pegar em meu braço e dizer:

– Venha, vou mostrar alternativas para retirar a sua energia.

– Aprendeu a dividir, Cauã? – Rodrigo perguntou, agora a Cauã. Não escutei a resposta.

Babaca...

66

CAUÃ – A REUNIÃO

INDAIATUBA, QUINTA-FEIRA, 6 DE ABRIL DE 2000

Estava comprovado.

Mauro jogou a semente da suspeita, Gabriel germinou a possibilidade e Cauã encontrou o momento preciso para colocar essa possibilidade da Joana ser a filha da Iara perdida à prova.

O canto da Joana ecoou de forma suave, como as nuvens coloridas do entardecer. Era singelo em sua maneira, mas ao mesmo tempo intenso a ponto de invadir sem restrição os que estavam à volta. Era comparado a uma sinfonia poética que não necessitava palavras, mas apenas das notas misturadas para dar um novo sentido ao amor.

Foi oferecido como um chamado, uma ordem e flutuou em ondas sonoras claras, assim como a mensagem de Tupã soa em um trovão.

Sim, foi o canto de Joana.

O resultado não demorou. Mauro, Rodrigo e Luisón atenderam ao chamado como verdadeiros súditos respondendo a um canto de sereia. Apareceram gradativamente. Mauro pousou no quintal, Luisón surgiu pelo vão escuro da lateral da casa e Rodrigo pelo telhado.

Joana era filha de Boto e Iara. Uma entidade da Lua com poder potencializado de sedução. Algo jamais visto em sua existência. E, agora, saía com Gabriel para encontrar outros meios de extrair a sua energia.

– Rummm, rummm – Cauã limpou a sua garganta, verdadeiramente incomodado.

– Aprendeu a dividir, Cauã? – Rodrigo repetiu.

A voz do Rodrigo o estapeou para o presente momento. A vontade de esbofetear os dentes dele foi sedutora. Tão sedutora que o fez inspirar para buscar algum autocontrole.

– Vamos direto ao assunto que os trouxe para cá – Cauã anunciou.

– Fomos cobaias para verificar se Joana era filha de Iara – Rodrigo comentou. – Eu sempre soube que Joana tinha um certo *sine qua non*...

– Esqueça Joana – Cauã rosnou.

– Esquecido... – Rodrigo respondeu com um sorriso inocente no rosto. – Pode prosseguir – piscou, também inocentemente.

– Sei que é incomum o que estamos fazendo, mas precisamos nos unir. Isso porque acredito que estamos prestes a enfrentar um desafio sem precedentes.

– União? – Rodrigo riu. Olhou para os lados como se estivesse medindo a reação dos demais. Sem entender, cruzou os braços e perguntou: – Bateu sua cabeça?

– Júlio tentou roubar minha essência. Ele está insano. E, pior do que das outras vezes que veio à Terra, está sendo orientado. Por quem?

Rodrigo gargalhou.

– Pergunte a ele! Tenho certeza que Júlio contará.

A discussão foi subitamente interrompida quando Luisón mostrou uma espécie de controle com um único botão.

– Amanda pediu para eu entregar isso a vocês. Aparentemente é um dispositivo que abre portais... Uma chave tecnológica. Algo muito... é... incomum. Vocês precisam de algo da minha parte ou vim para testar o poder do chamado da filha de Iara?

Mauro pegou o dispositivo e passou a analisá-lo.

Luisón apoiou-se contra a parede com seus braços cruzados. Parecia relaxado. Até um pouco entediado. No entanto, sua expressão sombria guardava algo que já havia sido divulgado pela Lua. Havia, em meio aos seus olhos misteriosos, uma faísca transparente. Sua vulnerabilidade. A certeza de que sua vida havia mudado para sempre.

– Luisón, temos outro assunto – Cauã respondeu. – E esse outro assunto também se relaciona ao Mauro, já que ele deverá entrar em ação. Amanda está grávida.

– O quê? – Rodrigo exclamou. Arrebatado pela notícia, deu dois passos para trás e exclamou a seu filho: – Como você pôde ser tão idiota? – Sem se segurar, com um movimento brusco, avançou em direção à entidade da Morte. Chegou a afundar algumas unhas em seu pescoço, mas foi contido por Cauã.

– Solte-me! – Rodrigo reclamou enquanto seus braços balançavam no esforço de se libertar.

– Pode largar meu pai... assunto de família – Luisón comentou sem se alarmar.

Lina perguntou, com suas mãos no peito, pálida com a notícia:

– Isso é possível?

– Por que eu não posso ter um filho? – Luisón confrontou, chegando ao seu limite.

– Solte-me! – Rodrigo exclamou. Com um impulso firme, libertou-se dos braços firmes de Cauã, mas desequilibrou e caiu no chão. Levantou e passou suas mãos por cima da sua roupa amassada.

Foi o momento do Mauro argumentar:

– Pense, Luisón, você lida com a separação e a morte, o fim... Imagine! Agora você envolve aqueles que morrem com a energia de conclusão, algo bom e infinito. Como fará quando conhecer a dor da perda de um ente querido. Pense... Isso inexoravelmente acontecerá.

– E, quando acontecer, vou evoluir – respondeu Luisón. – Assim como você quando perder Carmem – apontou a Mauro.

– Ok, vamos nos acalmar! – Cauã deu a palavra de ordem. – Precisamos nos concentrar. Temos assuntos que não podem aguardar. Voltando ao assunto. Sabemos que Júlio está recebendo uma ajuda de alguém forte e que conhece o Sol. Essa entidade está ensinando Júlio a fundir os sóis. Por isso, temos que nos preparar para gerenciar a crise. Também não podemos nos esquecer que precisamos nos preparar para lidar com algo ainda maior e sem precedentes em nosso sistema solar. Estamos em rota de colisão com o sistema solar do príncipe Teiú. Não imagino que o pai do Antônio iria se opor a separarmos os sistemas solares...

– Ahm... – Rodrigo gemeu dolorosamente. Sentou no sofá e se esticou. – Vou atingir a terceira idade até cair a ficha desse homem. – Passou a mão vagarosamente em seu cabelo, descabelando-se. – Ok, estou sem tempo e paciência. Vou começar do início e contar e, por favor, acompanhem! Há muitos anos, fui contatado por uma entidade mais evoluída e ordenou para que eu evoluísse. Naturalmente achei que era Tau, mas (por mais louco que seja) estive enganado. – deu de ombros e comentou: – O que posso dizer, achei que era Tau porque temos um espírito tutor. Gostamos de propiciar a evolução do nosso par.

– Para devorar como um gado bem alimentado – Luisón completou.

– Deixe-me falar, seu palerma... – mostrou a palma da mão e disse: – Depois lido contigo e sua cria.

– Quero ver você tentar.

– Bom, voltando ao assunto em questão: fiz uma negociação. Ofereci Joana como moeda de troca e o camarada aceitou. Não fui bem-sucedido. Motivo pelo qual recebi aquela... adaga. Agonizei por alguns meses. Tive outra ideia, trazer Jurupari. Consegui persuadir uma moça virgem. Confesso que foi difícil de achar! – Rodrigo pausou, respirou, distanciou-se do grupo e principalmente de seu filho, que, pelo visto o irritava mais que ninguém. – Apresentei-a para você em uma boate – Rodrigo falou a Cauã. – Colocamos a essência de Jaci Jaterê em sua água e o levamos para um motel. Apesar de entorpecido, vocês transaram. Não me pergunte como, pois não estava lá para ver (felizmente). Ficamos aguardando o chamado da moça em um bar na frente do motel. Ela saiu e a levamos dali. Sua gravidez foi rápida, dias, e acabou parindo algo que não conseguimos ver. Logo em seguida, a mulher passou a nos relatar que alguém o amamentava, mas ela não conseguia ver. Claro que sabíamos quem era, mas não explicamos. No fim, quando ela percebeu que o "vulto" não apareceu mais, entrou em crise, um surto, e foi levada a um hospital psiquiátrico. Depois a encaminharam a um convento.

– Qual é o nome da moça? – perguntou Cauã.

– Importa?

– Sim – Cauã respondeu imediatamente.

– Ela se matou – Rodrigo fez uma observação.

Cauã repetiu a pergunta:

– Seu nome?

– Ela me disse na época – Rodrigo olhou para o teto e estalou seus dedos buscando a lembrança. – Rosa Castro. Isso se for o nome correto.

Cauã então perguntou:

– Como ela sobreviveu à relação? Digo, como eu não carbonizei a moça?

– Caixa de Rudá! – Rodrigo juntou as mãos e fez careta. – Você acha que Carlota pegou somente Osvaldo no dia que invadiu sua casa? Ninguém notou, obviamente devido à falta da criança, nem se deram conta desse sumiço – nisso Rodrigo, reflexivo, como se estivesse efetivamente preocupado, tornou a falar diretamente com Cauã: – A caixa estava empoeirada... Você e Joana estão com problemas de relação? Por isso ela saiu com Gabriel?

Se o seu objetivo era irritar, certamente conseguiria.

Cauã passou sua mão no rosto e olhou para o teto em busca de paciência. Decidiu voltar ao assunto relacionado a Júlio para não ser obrigado a arrebentar com a cara do elemento a sua frente:

– Conte, por que vocês navegavam até o portal no dia do alinhamento? Por que Thaís estava lá?

– Cheguei no navio por sorte. Não fui convidado e jamais teria ido se fosse convidado – Luisón fez um parêntesis.

Então Rodrigo sorriu e começou:

– Como meu amado filho disse, ele estava no navio meramente como um parasita. – Luisón uniu as sobrancelhas e curvou sua cabeça, controlando-se por um fio. – Voltando no tempo – Rodrigo mostrou as mãos e disse: – Não me atropelem! – sorriu. – Assim que Júlio completou seus 10 anos, ele apareceu. Não foi difícil arrumar pais para ele. Fazendeiros buscando terra para seu gado. Apenas patrocinei essa relação ao oferecer um incentivo financeiro.

– Presumo que esse fazendeiro que você se refere mora na Amazônia – Cauã mencionou, lembrando da batalha na Amazônia, na ocasião em que encontrou seu filho pela primeira vez.

– Sim – sorriu Rodrigo. – Pois bem... Quando o menino completou 13 anos, decidi dar um fim nos pais. Imagina! Estavam ensinando virtudes para Júlio! Decidi acabar com eles e pedi a guarda de Júlio de volta. A mulher negou e com isso eu fui obrigado a matá-los, mas como fazer isso sem parecer o assassino de seus pais diante de Júlio? Por obra do destino, encontrei Angélica com três indiozinhos passando por ali. O menor ofendeu Matinta Pereira. Essa foi a minha oportunidade e provoquei guerra entre fazendeiros e a tribo. O resultado foi melhor que imaginei. Enfim, mesmo Cauã esborrachando dos céus, não conseguiu pegar o moleque. Obtive Júlio de volta.

Rodrigo parou de contar e olhou para Cauã e solicitou: – Tem algum uísque ou algo parecido?

– Sim – respondeu Cauã.

– Não vai me oferecer?

Cauã bufou, pegou um copo, uma garrafa de uísque e colocou na mesa de centro. Rodrigo preparou seu drink e bebeu em um único gole.

E prosseguiu:

– Ao mesmo tempo, essa tal entidade desenvolvida, advinda de outro sistema solar mais velho, aquela que busca alguma influência sobre mim há alguns anos, para a minha surpresa, se interessou por Thaís. Não me pergunte o motivo. Como sabem… não fui bem-sucedido com a primeira negociação, mas aceitei levar Thaís. Quem sou eu para questionar? O engraçado foi que, assim que abordei Thaís, ela reclamou do meu atraso! – deu de ombros e tomou outro gole. – Esse uísque vai dar dor de cabeça. É praticamente uma mistura de licor com gasolina – fez um estalo na língua como se estivesse se adequando ao gosto. – Júlio, como previsto, enlouqueceu de vez… – encheu seu copo e prosseguiu: – Tá, me arrependi de ter trazido o babaca… Minha máxima culpa – comentou sem que essas palavras significassem qualquer resiliência. E prosseguiu: – Então, encurtando uma história interminável, encontrei anotações na caverna dos Laicons e achei interessante largar a essência da Kerana para Luisón ir até lá. – E aumentou a voz ao comentar: – Fico feliz que encontraram Priscila! Ela está bem? – olhou para Luisón e varreu com as mãos. – Conduzida?

Cauã perguntou:

– Por que deixou Priscila naquele lugar?

– Decidi desapegar para focar no que importa, ao contrário do meu filho, que deixou de lado o que importa para se apegar a algo que não deveria importar. Um maravilhoso paradoxo! – respondeu Rodrigo e sorriu inocentemente.

– Perda de tempo – Lina resmungou.

– Argh! – Rodrigo murmurou em voz alta como se estivesse em uma sessão de tortura. – Vocês não captaram? – Ele uniu seus indicadores como um gesto para “unir os pontos”. – Estão fracos! Júlio recebeu ajuda do sistema solar mais próximo. Meus caros… tentem acompanhar. Vocês acham realmente que as entidades do mundo do príncipe Teiú ajudaram a vocês de graça? Meus caros! Eles provocaram esse contato! O príncipe Teiú foi banido para cá, não foi?

– O príncipe Teiú foi direcionado para a Terra porque foi amaldiçoado e banido do seu reino.

Rodrigo engasgou e murmurou algo para si mesmo. Então disse:

– Vou ser ainda mais claro! – voltou a Cauã e repetiu: – Vou ser ainda maaaais claro! – apontou a Cauã. – Se você estivesse louco, perdendo o domínio do Sol, no primeiro momento eu iria rir da sua cara. Depois iria ficar puto. Por quê?

– Você deixaria de ser necessário – Cauã completou.

– Isso! Se você deixasse de dominar o Sol, eu seria necessário? Não!

– Você quer dizer que o Guaraci, pai de Antônio, não consegue dominar mais o Sol?

– Ai, meus sais minerais! – Rodrigo berrou. – Vou evoluir até vocês captarem! Guaraci não é o pai de Antônio. Pelo contrário, o pai de Antônio sequer foi seu pai! Ele é tão louco como Júlio e roubou a essência de Antônio. E, naturalmente, deve ter retirado a memória também.

– Você quer dizer que Antônio é o verdadeiro Guaraci daquele sistema solar? – Lina perguntou, assustada. – Mas por que o pai... bom, o atual Guaraci iria nos ajudar no alinhamento? Por que ele ajudou Antônio a buscar Angélica no buraco negro? Por que...?

– Por quê? Pense, Lina! Ele tem que preencher o papel do Guaraci, não tem? – Encheu o seu copo com uísque. – Como Angélica conseguiu sobreviver dentro do buraco negro carregando o filho de uma semientidade? Como? Um filho de uma semientidade deve ter falecido junto com ela no meio do caminho! Acreditem! Eu conheço o buraco negro como ninguém! Ele é a minha entidade primária! Repito: Antônio é o verdadeiro Guaraci!

– Se Rodrigo estiver certo, estamos diante de algo grande. Nosso sistema solar está seguindo em rota de colisão com o de Antônio. Só quem pode mudar essa rota são os Guaracis, isso se eles aceitarem. Como o Sol do sistema solar de Antônio está sendo dominado por Jurupari, isso jamais vai acontecer. Jurupari jamais vai querer distanciar os sistema solares. Simplesmente Jurupari não vai perder a oportunidade de se tornar mais forte e viver mais alguns milênios. Uma boa teoria. Explica até esses ataques estranhos ao Rodrigo – Mauro disse. – Cauã, eles querem que Rodrigo evolua... Querem desestabilizar você. – Mauro inspirou de forma tensa, odiando suas palavras. Então mostrou o controle que Luisón deixou no centro da mesa. – Sobre esse controle... não foi feito nesse mundo. Muito dos materiais não são daqui.

– Ah! – Rodrigo lançou as mãos aos céus em alívio.

Automaticamente, houve um silêncio incômodo na sala.

Rodrigo então anunciou:

– Falei tudo que sei.

– Preciso da sua ajuda – Cauã comentou.

– Já ajudei. Inclusive, vou cobrar a consultoria.

– Fale o preço.

– Meu caro, o preço não será em dinheiro. Nenhum dinheiro poderá pagar o que lhe falei.

– Preciso desmantelar Júlio e não consigo sozinho. Precisamos unir forças.

– Conte seus planos e decido se quero ajudar.

– A ideia é você ir buscá-lo... onde quer que ele esteja, e trazê-lo a mim.

– Não estou interessado... Veja bem, Júlio não se encontra na Terra e não gosto de passear no cosmos – esfregou seus braços e disse: – Como vocês sabem, sou uma entidade muito pouco compreendida.

– Medo de ser arremessado para o outro lado da galáxia? É uma possibilidade. – Lina comentou e sorriu.

– Tá vendo? – Rodrigo disse, fechando a questão. – Mas tenho alguém que terá prazer em lhe ajudar... Espere – Rodrigo fez um gesto para aguardarem. Saiu até o quintal. Enquanto todos se entreolhavam, apreensivos, ele falava no celular, caminhando de um lado para outro. Após alguns minutos, ele retornou: – Pronto. Resolvido.

Logo em seguida, a campainha tocou.

– Ah! Ela já chegou – Rodrigo comentou e abriu a porta da casa. Como se fosse o verdadeiro dono do recinto, disse: – Pode entrar.

Desfilando, entrou Cauã e o queixo de todos caíram, inclusive do verdadeiro Cauã, que jamais saiu da sala. Ao ver a reação do grupo, Rodrigo riu e pediu:

– Carlota, não assuste meus clientes.

E, na frente de todos, em segundos, como se estivesse retirando uma fantasia vagabunda, Carlota tirou o traje e disse:

– Eu ajudo.

Ainda abalado com a aparição, segurando a vontade de acabar com essa parceria que, subitamente, deixou de ser atraente, Cauã disse:

– Que seja...

Rodrigo então bateu com suas mãos, olhou para todos e perguntou:

– Negócio fechado! Vamos desmantelar o louco?

Luisón perguntou:

– A reunião acabou?

– Não – respondeu Lina. – Para você, ela está apenas começando.

67

SARAH – MEMÓRIA DE JOANA

INDAIATUBA, QUINTA-FEIRA, 6 DE ABRIL DE 2000

– Não vá! – Sarah gritou. – Joamir, precisamos conversar.

Joamir entrou no carro com a fúria de um homem cuja mulher o havia traído deliberada e sucessivamente. Sarah deu um passo para trás, assustada com a reação. Ele era seu bote de resgate. Sempre foi...

– Para quê? – ele finalmente perguntou.

– Pelo Osvaldo... Precisamos nos acertar pelo Osvaldo! – apelou.

Nenhum náufrago, perdido no meio do oceano, deixaria seu bote de resgate simplesmente navegar pelo horizonte.

– Osvaldo é um menino inteligente e incrivelmente independente. Quanta sorte você teve com os filhos! Só não teve muita sorte com o marido, pelo que vi – Sarah ia argumentar e foi impedida por Joamir, que disse: – Cala a boca e deixe eu falar. Você manipulou a mim para se esconder de um tal de Ipupi... sei lá o quê. Fui seu escudo sem saber. Ainda sou, não é? É por isso que você escolheu continuar o relacionamento comigo?

– Eu escolhi porque te amo – argumentou Sarah com a voz trêmula. Palavras fortes demais para representar o que parecia ser uma pequena faísca de sentimentos: raiva, vergonha e medo. Joamir percebeu.

Foi nesse momento que Joamir se deixou levar pela emoção e berrou com a força de seu diafragma:

– Mentira! Vejo como olha para Cristiano! – e apontou para a porta da casa. Rosnou. – Você é uma ingrata! Todos simplesmente ajudam você e a acolhem sem questionar! – apontou a si mesmo. – Eu te acolhi! – apontou para a porta. – Cauã e Joana nos acolheram! – riu. – E você fez questão de mostrar o quanto é oportunista! – Ele concluiu: – Volto. Mas para discutir nosso divórcio. Dessa vez não haverá discussão. Meus filhos... Joana e Osvaldo não merecem uma mãe... – interrompeu sua fala, mas a careta deu a entender o adjetivo que completava a frase.

Engasgada, Sarah caiu de joelhos ao ser obrigada a vê-lo partir de carro. Ficou quieta e sem rumo. Então se assustou ao escutar a voz de Cristiano:

– Por que se esconde? – Sarah enxugou as lágrimas. Manteve o seu silêncio. Cristiano perguntou ao ajudar Sarah a se levantar. – Como você soube que Joana era uma entidade? Como você impediu Joana de encontrar a sua revelação? – suas palavras ditas de forma tão suave, não condiziam com a raiva estampada em seu rosto.

Ao ver tamanha fúria, Sarah interrompeu sua respiração e começou a andar sem rumo pela rua. Ela nunca havia dado muita atenção ao Cristiano, por saber da impossibilidade de ele ter um relacionamento duradouro. Então conquistou novamente Joamir. Concluiu, em meio a sua razoabilidade, que era mais prático. Ele estava disponível e Sarah sabia o que fazer para conseguir amolecê-lo. Além do mais, Joamir havia melhorado consideravelmente de postura. Estava elegante e havia adquirido bastante cultura.

– Sarah – Cristiano a interceptou. – Conte-me para que eu possa a ajudar também. A você e aos nossos filhos.

– Não me julgue! – então ela riu. – Você trata Joana como uma criança. Ela está com Cauã, tem dois filhos. É apenas com Osvaldo que você deve se preocupar!

– Você se engana – Cristiano completou: – E com a memória de Joana.

– Não – Sarah respondeu. – Como você presumiu que eu escondi a memória da Joana? – ela tentou controlar o tom de voz. Chegou a deixar alguns graus mais agudos nas últimas letras, mas jamais conseguia mentir quando se sentia acuada. Simplesmente não pensava direito.

– Mantendo a memória da Joana com você, você continuaria se escondendo, presumo – Ele argumentou e elevou as sobrancelhas em questionamento.

Sarah olhou para a Lua. Precisava encontrar uma forma de sair daquela situação. Ao sentir o suave e alegre toque de Cristiano em suas costas, permitiu que a primeira lágrima caísse. Isso porque percebeu, ao ser inundada pela energia da alegria, que havia decidido abrir mão de sua prudência.

– Eu vou falar – ela anunciou. Sua cabeça girava como a máquina de impressora de um jornal popular. – Mas quero garantias.

– O quê? – Cristiano recuou, incrédulo.

– Sei que não vai prometer me proteger de Ipupiara.

– Não prometerei isso – Cristiano concordou.

Mesmo assim, acuada, ela iniciou:

– Meu criador era um babaca e me ensinou direitinho a ser uma babaca – e sorriu, agora com sinceridade. – Por isso, para me proteger dele, sou capaz de fazer qualquer coisa.

Cristiano se manteve quieto, mas seu corpo falou em alto e bom som. A cada palavra, Sarah o distanciava cada vez mais. Uma péssima tática.

– Retirou a minha liberdade – Sarah reformulou sua estratégia. Pausou para que essas palavras também inundassem os sentimentos de Cristiano. Quem sabe ele sentiria alguma empatia por ela? – Conheci Carlota assim que vim para a cidade. Entidades diferentes se reconhecem com bastante facilidade. Assim que Joana nasceu, eu senti que ela seria da Lua. Carlota me ajudou. Convenceu Sandro a aparecer e avaliar a questão. Sandro montou uma espécie de charuto e expirou a fumaça em cima da Joana. A fumaça se transformou em algo brilhante e fez a imagem da Lua e do mar. Pouco tempo depois, ele se instalou na cidade – Sarah negou. – Baixei a minha guarda na época... Por isso, decidi não errar outra vez. Comprei uma poção com Carlota e coloquei em sua mamadeira. Essa poção abriu a mente infante da bebê e retirei sua memória.

– Você é irresponsável! – Cristiano reagiu. Ele deixou de se interessar pela conversa. Passou a andar em passos largos até a casa. Sarah o seguiu. Arrependeu-se de falar sem pensar. Perdeu Joamir, seu bote de resgate, agora não poderia perder Cristiano: o navio que a salvaria quando tudo parecesse perdido.

Ele perguntou com a expressão vazia:

– Você tem ideia do que poderia ter dado a Joana se Carlota tivesse contato com Rodrigo na época?

– Sim – Sarah deu de ombros e complementou: – Paguei um bom preço.

– Você foi egoísta – Cristiano concluiu.

– Eu precisava me esconder! – justificou Sarah em desespero.

– Você foi covarde – ele concluiu novamente.

– Cautelosa! – Sarah corrigiu.

Ao ouvir Sarah o corrigir, Cristiano parou de andar e virou-se para Sarah ainda com a sua expressão oca:

– A memória de Joana. Onde está?

– Joguei na correnteza da lagoa. Pode estar em qualquer lugar… – deu de ombros. – Perdeu-se – inspirou. – Você sabe muito bem tudo que perderei se contar isso para Cauã. Não sabe?

– Sua casa, suas viagens, seu cartão de crédito… – Cristiano listou. – Você ainda terá minha pensão, que não é pequena…

– Meus gastos também não são. Manterá segredo do que fiz?

– Uma última pergunta: foi apenas a liberdade que Ipupiara lhe impediu de ter ou disse isso para ganhar alguma empatia minha?

– Assim como você não abre mão dos seus segredos, esse é um segredo que reservo a mim. Vou voltar para a Inglaterra. Não tenho mais nada a fazer aqui.

– Vai levar Osvaldo? – Cristiano perguntou, mesmo sabendo da resposta.

– Lógico. Apesar dos pesares, sempre fui uma boa mãe – Sarah respondeu de forma ríspida. Pelo andar da carruagem, já havia perdido o suporte de Cristiano. Por isso, não perderia mais tempo. Precisava encontrar outro aliado, e rápido.

68

APRENDER A DIVIDIR E ABRIR MÃO

INDAIATUBA, QUINTA-FEIRA, 6 DE ABRIL DE 2000

Gabriel disse:

– Vamos tirar a sua energia. Você chega a estar fluorescente. Exercício aeróbico, gasto calórico em geral, funciona conosco também. – E ligou seu carro.

Revirei meus olhos.

Gabriel continuou:

– Há outros recursos que podemos utilizar e também são tão eficazes quanto.

Ele dirigiu até um campo aberto. Parou e desligou o carro. Saímos e foi na escuridão da noite que pude me ver realmente fluorescente, antes não dava para reparar com a luz em volta.

Paramos no campo e ele se sentou na grama. Sentei a seu lado e ele falou:

– Espere, que virão. Animais podem se alimentar de sua energia e fará muito bem a eles.

Aguardamos alguns minutos até que vi um gato aproximando-se de mansinho e se esfregando em meu braço, então ele saiu.

Logo em seguida, veio um lobo-guará:

– Ele não vai me machucar? – perguntei.

– Não, Joana, ele vai se alimentar de sua energia. Deixe-o fazer isso.

Então o lobo fez o mesmo. Então apareceram esquilos, ratazanas (fechei meus olhos de nojo), crocodilo, cobra (segurei na mão de Gabriel para não fugir) e foram chegando vários tipos de animais, um pouco apreensivos de início, mas tomavam coragem, eventualmente, e tocavam em mim. Foi então que vi um animal curioso, parecia uma onça, mas como era noite, não consegui ver ao certo. Ela veio andando imponente e bastante nervosa. Parou a alguns metros de mim e rosnou.

Curvei-me para levantar e Gabriel me impediu:

– Ela está com medo. Cautelosa. Dê um tempo para ela.

Respondi:

– Ela não quer vir e obviamente eu não a quero aqui.

Tentei me levantar novamente e ele me impediu:

– É claro que ela quer vir, Joana. Ela está apenas com medo. Esse medo e cautela foi o que a manteve viva diante dos humanos. Para todos os efeitos, ela te vê como uma humana. Dê um tempo para ela.

Não pude evitar. Meu coração foi acelerando em desespero a cada passo que ela dava. Fechei os olhos e gritei baixo enquanto ela se encostava em meu braço trêmulo. Logo em seguida, ela saiu e saltei:

– Prefiro a maneira tradicional.

– Mas essa é a maneira tradicional. Aguarde e tente se conectar com a natureza. Agora, preste atenção, vou me concentrar e me conectar com Ci. Preciso ajudar Mauro. Ele quer a permissão para transformar Carmem. Ok? Mentalize e você a escutará responder.

Fiz o que Gabriel sugeriu. Deitei, fechei meus olhos. Passei a mão na grama. Procurei ignorar os toques dos animais que insistiam em coletar a minha energia e mentalizei. Sorri, imaginando que a resposta seria positiva. Até que, em forma de um sussurro, em meio ao vento suave da mata, escutei a resposta:

– Carmem é minha. Sempre será.

69

AMANDA – VIDA E MORTE

LUGAR INDEFINIDO, QUINTA-FEIRA, 6 DE ABRIL DE 2000

Amanda tinha que confessar, sua nova cama era maravilhosa. Isso veio a calhar! Ela passava tanto tempo dormindo que, por vezes, tinha a impressão de que passaria sua gravidez inteira sonhando. E isso tudo não era um sonho?

Na verdade, não sabia ao certo se era a cama convidativa ou a gravidez. Só sabia que a única coisa que desejava era dormir.

Ela nunca se imaginou com tanta preguiça. Sempre foi uma criança agitada, apesar de sua primeira infância ser digna de esquecimento.

Pode ter sido sorte ou acaso, acabou nos braços de Lina e lá ficou. Uma infante obrigada a entender a realidade de adulto. Uma proporção covarde de sofrimento para uma menina de pouca idade. Passou anos imaginando, estes mesmos anos que uma criança normal se preocupa em brincar com a boneca, por que sua mãe biológica a havia largado. Talvez, por isso, nunca gostou de brincar com bonecas e optou por jogar bola com os amigos do orfanato. Afinal, se sua mãe havia largado sua "boneca", era lógico que Amanda não ia nem cogitar afeiçoar-se por uma.

Agora ela se via na condição de mãe. Uma realidade interessante. A cada dia que passava, Amanda amava ainda mais essa criança que crescia em sua barriga. E, com isso, aumentava o ódio de ter sido largada pela mãe biológica. Também aumentava sua curiosidade. Será que Luisón chegou a conduzi-la? Para onde ela foi? Se ela estiver viva e souber quem é seu genro, o pai de seu neto ou neta, como ela reagiria?

Amanda espreguiçou-se e levantou com toda a pachorra que é permitida em uma gravidez. Andou pela casa sem rumo e acabou parando na cozinha onde pegou leite condensado e um pedaço generoso de melancia para comer. Despejou o leite condensado em cima do alimento e salivou ao ver o melado branco envolver a fruta com sua camada excessivamente doce e atraente.

Colocou a primeira garfada na boca e gemeu de prazer.

– Nossa! Como está boa essa melancia! – Amanda falou para si mesma.

Como poderia não estar? No dia anterior, comeu tomate com leite condensado e lambeu os beiços!

Amanda pegou seu prato e levou até a sala, sentou e gemeu novamente com outra garfada. Então escutou a voz de Luisón:

– Espero que você não me troque pelo leite condensado.

Amanda riu encabulada e perguntou:

– Como foi a reunião?

– Preocupante, como prevemos que seria. Rodrigo foi informado de que será avô.

– Ah – Amanda se virou para a barriga e disse para o feto. – Nem pense em puxar a seus avós, senão estaremos perdidos! – e perguntou: – Como ele reagiu?

– Comemorou. E pediu para dar seu nome ao neto, caso fosse um menino.

– Ah. Foi ruim assim – Amanda resmungou. Com o tempo ela aprendeu a perceber essas ironias.

Ele foi até a cozinha e pegou um copo d'água. Então voltou e, ao ver a voracidade com que Amanda comia a sua melancia com leite condensado, fez careta e sentou na poltrona ao lado para não incomodar. Subitamente, ela largou tudo, correu até o banheiro e vomitou.

– O que houve? – ele perguntou assustado com a cena.

– Ai, que dor! – Amanda começou a reclamar e regurgitar. Esse mal-estar não lhe desestabilizou, foi a linha vermelha que deslizou entre suas pernas. Ao ver isso, nem pensou o esforço que seria para seu amado. Infelizmente, nesse momento, para salvar seu bebê, deveria abrir mão do seu ego e do seu marido. Ela exclamou: – Chama o Mauro!

A verdade sobre o cérebro insuficiente
The Truth About an Insuficient Brain

Carmem de Queiroz Macedo

Bióloga, formada na Universidade Federal do Rio de Janeiro

Phd Mauro Gonzaga

Phd em Biologia e Matemática pela Universidade de Cambridge

Phd em Farmacologia e Neurologia pela Universidade de Oxford

Phd em Farmacologia pela Universidade de São Paulo

RESUMO

Este artigo visa apresentar uma visão geral e diferenciada dos estudos da Fenomenologia, Farmacologia, Física Quântica, além de hipótese de um novo entendimento sobre os diferentes cérebros usando a técnica de avaliação com características da ação quântica chamada *brainspotting*, manchas ou pontos no cérebro humano. O *brainspotting* utiliza o campo de visão para encontrar onde estão presos os traumas na mente humana ou onde estão alocados pontos de maior atividade sináptica. Ao aplicar teorias de Fenomenologia e Farmacologia, é permitido também mapear equações sinápticas e, por sua vez, encontrar os pontos de maior talento e maior oportunidade para o desenvolvimento. Este método atua em áreas profundas e primitivas do cérebro, permitindo acesso direto aos sistemas autônomos e límbicos do Sistema Nervoso Central. É uma forma de avaliar a funcionalidade do cérebro a despeito da condição do sujeito, ou das consequências psicológicas, emocionais e físicas. Este artigo constrói uma sintonia relacional entre o sujeito e os processos da mente/corpo através do olhar focado, específico, em sujeitos com a Síndrome Alcoólica Fetal e autismo.

Palavras-chave: Cérebro, Brainspotting, Física Quântica, Funcionamento Neuronal, Traumas.

ABSTRACT

This article aims to present a general and differentiated view of the studies of the phenology, pharmacology, quantum physics, as well as the hypothesis of a new understanding about the different brains using the evaluation technique with quantum action characteristics called Brainspotting, spots or spots in the human brain. Brainspotting uses the field of view to find where the traumas are trapped in the human mind or where they are allocated points of greater synaptic activity. By applying theories of phenology and pharmacology, it is also permissible to map synaptic equations and, in turn, to find the most talented points and greatest opportunity for development. This method acts in the deep and primitive areas of the brain, allowing direct access to the autonomic and limbic systems of the central nervous system. It is a way of assessing the functionality of the brain regardless of the subject's condition, or psychological, emotional and physical consequences. It builds a relational attunement between the subject and the subject with mind/body processes through the focused, specific look at subjects with fetal alcohol syndrome and autism.

Keywords: Brain, Brainspotting, Quantum Physics, Brain Functionality, Traumas.

INTRODUÇÃO

Brainspotting é uma nova abordagem experimental que utiliza o campo visual, onde as cognições e sensações físicas são apresentadas em união a um determinado ponto de ressonância nesse campo visual. Neste artigo, apresentaremos os diversos estudos em voluntários vivos, diagnosticados com Síndrome Alcoólica Fetal e autismo, através da utilização de um instrumento denominado de ponteira, ou antena, que é utilizado para o desenvolvimento do nosso estudo que é relacionado à prática referenciada na Física Quântica. Esse artigo tem como objetivo questionar a funcionalidade e validade do diagnóstico da Síndrome Alcoólica Fetal e do autismo para crianças. Esse artigo também tem o objetivo de apresentar uma nova visão do que se entende como "cérebro insuficiente"...

70
MAURO – TÉDIO

INDAIATUBA, QUINTA-FEIRA, 6 DE ABRIL DE 2000

Mauro refletia enquanto retornava para casa. Por isso, foi a pé. O caminho não era tão longe quanto parecia, ao menos pela mata. Assim que chegou próximo, buscou desanuviar seus pensamentos passando a mão pelos olhos. Ele havia saído durante a noite, quando ouviu o chamado. Não quis acordar Carmem. Por isso, deixou um bilhete.

Assim que abriu a porta da casa, viu Carmem sentada à mesa, em frente ao computador que ele adquiriu para ela produzir o artigo, com uma xícara de café na mão. Estava ocupada. Uma boa notícia.

Ele sorriu.

– Já acordou? – Mauro perguntou.

– Depois de tantas noites ao meu lado, já deveria saber que não durmo tanto assim – ela disse. Tomou um gole de café. Anotou algo em um bloco de papel. Voltou sua atenção à tela do computador. – Gostei desse computador. É prático – ela disse. Então apontou a tela e anunciou: – Terminei o artigo. Acho que ficou bom. Pode dar uma olhada?

– Já? – Mauro perguntou. Não esperava ver o artigo terminado assim, tão rápido.

No dia em que ele concordou em deixá-la produzir o artigo… Para colocar nos termos corretos, no dia que ele prometeu ajudá-la a publicar esse artigo científico, tinha em mente um objetivo principal. Mantê-la ocupada no casebre. Isso porque, geralmente, é necessário semanas para produzir um texto objetivo e nas características exigidas para uma publicação.

– Deixe-me ver – ele pediu, temendo que, ao inspecionar o artigo, fosse obrigado a chateá-la por criticar a qualidade do trabalho feito tão rapidamente. – Conseguiu juntar as informações das anamneses, os estudos longitudinais e as técnicas usadas em cada caso?

– perguntou, para ter a certeza de que era o momento de ler o artigo.

Mas passou a ler.

– Sim. Inclusive aglomerei os casos similares, fiz os cálculos estatísticos e demonstrei, de forma conclusiva, a melhor técnica para cada caso – ela riu. – Foi desafiador, pois não sou médica ou psicóloga. Mas acho que consegui chegar a algum lugar.

E conseguiu mesmo…

Um grandioso impropério rasgou a garganta de Mauro. A vontade dele era corrigir meia dúzia de palavras, números e pedir para Carmem refazer, mas isso não seria certo. O artigo estava… bom. Além disso, tendo em vista o histórico da sua amada, essa atitude a faria sair dessa casa e, por sua vez, colocaria sua vida em risco.

Mauro firmou seus lábios.

– Tem certeza que deseja publicar esse artigo? Tem certeza que está preparada para confrontar críticas fervorosas dos mais diversos cientistas, médicos e empresas farmacológicas? – Mauro perguntou, sabendo como essas três vertentes poderiam ser cruéis quando um colega aparecia com um pensamento inovador que ia, inegavelmente, tirar mercado e credibilidade daqueles que construíram uma carreira ou indústria em cima de uma técnica medieval.

– Não tenho medo de crítica ou cara feia – Carmem respondeu. Ela levantou e caminhou até a janela. *Tudo bem*… Ele pensou, voltando a ler o artigo.

– Muito bom – disse, ao concluir a leitura.

– Onde pretende publicar? – Carmem perguntou.

– Vou enviar para três revistas científicas. Também vou anunciar uma palestra em uma conferência na Inglaterra sobre esse assunto. Como é um trabalho, para todos os efeitos, novo, todos estarão curiosos. Você quer me ajudar na palestra? – perguntou. Precisava de tempo. Precisava dar outra ocupação a Carmem. Viu, nessa palestra, uma outra boa alternativa. Bom, isso se ela não terminasse em algumas horas.

– Quero lhe ajudar na palestra, mas para isso terei de sair daqui…

– A palestra será em alguns meses. Você não vai ficar aqui por muito tempo.

– Vou trabalhar nisso hoje à tarde e lhe entrego até o final do dia.

– Tome o seu tempo – ele sorriu.

Carmem se distanciou. Ele sabia o motivo da irritação

– Leu o meu bilhete? – Mauro perguntou. Deveria abordar o assunto borbulhante o quanto antes e neutralizá-lo.

– Levando em consideração de que estou trancada nessa casa a pedido do mesmo homem que sai no meio da noite e deixa um bilhete que diz: – Carmem pegou o bilhete de cima da mesa e leu: – "Preciso sair para atender ao chamado do canto de Iara." – sorriu e colocou o bilhete na mesa. – Fiquei um pouco irritada.

O queixo de Mauro caiu. Ao escrever o bilhete, ele presumiu que Carmem entenderia que o canto da Iara, direcionado a ele, era como uma ordem a qual não se devia questionar.

– Desculpe, deveria ter explicado melhor.

Carmem sentou-se à mesa. Passou a teclar, desinteressada.

– Vai começar a trabalhar na palestra, agora?

– Sim – Carmem respondeu secamente.

Subitamente, seu telefone tocou e ele pensou duas vezes antes de atender assim que viu o número de Gabriel.

– Atende... pode ser importante – Carmem alertou.

Mauro atendeu.

– Oi, Mauro... espero que não tenha te acordado – era Lina.

– Não, acabei de chegar em casa. Pode falar.

– Amanda não está bem.

Pronto! Aconteceu! Mauro fechou seus olhos ao notar a obrigatoriedade de deixar Carmem sozinha novamente. Ao mesmo tempo, não podia deixar de se preocupar com Amanda. Enfim, não poderia deixar de atender esse outro chamado.

– Quando ela vai chegar?

– Luisón está trazendo-a com calma. Está tomando cuidado para não fazer mal ao feto. Devem chegar em algumas horas.

Mauro olhou para Carmem e respondeu para Lina:

– Estarei aí em alguns minutos – Mauro desligou e anunciou: – Vou ter que sair mais uma vez para acudir uma amiga.

– Outro chamado de Iara? – perguntou Carmem, com um tom severo.

A conversa não estava indo nada bem.

Mauro riu encabulado. Aproximou-se de Carmem, ignorou que ela se distanciou, salvou o artigo em um pen drive e respondeu:

– Vou ter que partir. Preciso ajudar uma gestante – ele mostrou o pen drive e adicionou: – Vou submeter o artigo para publicação.

– O que é isso? – Ela apontou ao pequeno dispositivo na mão do Mauro.

– Chamamos de pen drive. Uma inovação. Armazena mais documentos.

– Ah... sim – uniu suas sobrancelhas. – Não vai corrigir antes?

– Está perfeito – sorriu.

De fato, Mauro encontrou diversos pontos que mereciam uma reavaliação, erros de ortografia. Pretendia corrigir o artigo, apenas não na frente da Carmem...

Carmem elevou suas sobrancelhas em um gesto silencioso de desaprovação e bebeu outro gole de café.

– Tenho que ir – Mauro indicou, notando que sua presença só piorava o humor da moça.

Mauro saiu da casa, prometendo reverter esse gosto amargo que jamais deveria ter sido instalado. Precisava explicar a razão de ela ficar presa em um casebre sem distração e totalmente isolada, sem ter condições de sair. O pior não foi o rosto triste de Carmem, por ser deixada sozinha em sua casa, foi seu silêncio.

Atormentado, passou a dirigir o carro. Assim que avistou uma floricultura, parou. Ele entrou e disse:

– Quero tudo que tiver disponível. Preciso que você entregue nesse endereço.

Achou que as flores falavam por si mesmas e seguiu o seu caminho.

• • •

Carmem passou um longo período encarando as flores. Eram muitas e cobriam a sala. Dessa vez Mauro a calou e ela esqueceu qualquer possível discussão que pudessem ter tido anteriormente.

Atacada por uma súbita onda de alegria, viu-se pulando novamente pela sala e, logo em seguida, passou a abrir cada buquê e a arrumar as flores na casa, usando a criatividade que havia encantado Mauro há pouco tempo.

Logo se viu na varanda separando as flores, juntando ramos e encarando cada flor com olhar clínico quando viu, pela janela da sala, uma mulher se aproximar da casa. Parecia loira... ou talvez fosse o sol.

– Oi! – Carmem chamou a atenção, curiosa. Provavelmente era uma aventureira que passava pela região. Poderia conhecer e conversar com essa moça. Seria uma forma fabulosa de passar o seu tempo já que não poderia sair de casa.

A moça olhou. Ainda estava distante. Então, entre árvores, sua forma foi ficando mais aparente, seu cabelo escurecendo. Para a surpresa de Carmem, reconheceu a amiga.

– Carol! – Carmem gritou, custando a acreditar na sua sorte.

– Nossa! Foi aqui que você se escondeu? – Carol reclamava e ria de felicidade pelo encontro com sua amiga. Então complementou: – Estávamos todos preocupados!

– Como você me descobriu aqui?

Carmem perguntou e deu um abraço forte na amiga assim que Carol entrou na casa. Pode ter sido uma obra do acaso, mas que acaso!

– Você sabe que viajo muito. Aliás, isso não deveria lhe surpreender, não é? Pois é! Não tem como fugir por muito tempo! Acharemos você em algum momento!

Uma resposta vaga, mas muito carinhosa.

Então Carmem pediu:

– Por favor, amiga, não diga a ninguém onde estou. Por algum motivo, Mauro quer me proteger.

– Mauro? Você está com Mauro? Amigo da Lina?

É claro que Carol conhecia Mauro! Conhecia todos melhor do que Carmem poderia imaginar. Ela trabalhava com Lina há anos e acabava vendo-os esporadicamente, apesar de não ter o convívio que Carmem estava tendo com Mauro. No entanto, será que Carol sabia quem eles eram?

– Vamos. Deixe-me ajudar você com as flores.

Então Carmem ganhou a companhia de Carol enquanto Mauro estava longe. Carol não perguntou nada. Ela foi discreta como uma amiga que sabia muito bem como agir nessa hora. Juntas, passaram a ornamentar a casa com as flores.

71
MORTALIDADE

INDAIATUBA, QUINTA-FEIRA, 6 DE ABRIL DE 2000

Sempre me considerei uma mulher de sorte. Deveria dizer o mesmo da Amanda e da Carmem. Afinal, elas haviam encontrado o amor. Então por que surgira aquela súbita solidão como uma brisa pesada que faz as costas se curvarem? Por que senti o gosto amargo das lágrimas presas na garganta ao ajeitar Amanda na cama do quarto que foi destinado a mim e a Cauã, na casa nova dos meus pais?

Amanda, inclusive, jamais poderia se assemelhar àqueles personagens dos comerciais de organizações de caridade que instigam, deprimem e afligem. Ela também não era ingênua. Sabia muito bem o elemento que o pai do feto que sofria em seu ventre representava. Talvez, por esse motivo, Luisón engoliu seu orgulho e aceitou a ajuda de Mauro.

Enquanto eu perambulava entre um cômodo e outro, Luisón aguardava na sala e Lina no quintal.

Enfim, o clima dentro dessa casa se igualava ao de um velório.

De repente, esse clima fúnebre se transformou em apocalíptico com o estrondo de um trovão. Com o pouco tempo de experiência, eu já sabia que isso indicava um chamado de Tupã. Um recado para Lina. Ela que estava cuidando das plantas no quintal, foi pega de surpresa. Paralisou, depois levantou, ereta. Ao chegar próximo de Lina, ela me olhou com os olhos marejados e disse:

– Tupã enviou uma mensagem de Aracy. Ela quer saber o que houve com Amanda, por que ela perdeu sua condição de icamiaba.

– Ela pediu para Mauro lhe devolver a mortalidade – respondi. Não queria me intrometer, mas muito aconteceu... – Ah, desculpe – lamentei ao notar os olhos arregalados de Lina. – Ela queria ser mãe – justifiquei. E sugeri, colocando minha mão no ombro de Lina. – Falaremos com ela após Mauro a analisar?

– Sim – ela respondeu, engasgada.

Ouvimos a campainha tocar. Luisón levantou-se do sofá, apreensivo. Era de se esperar. Há pouco tempo, ele criticava Mauro por esconder Carmem da Morte e agora temia perder Amanda.

Abri a porta.

– Desculpe a demora. Tive de atender uma promessa.

– Qual promessa? – perguntei, curiosa, na soleira da porta.

– Fiz um artigo junto com Carmem sobre a forma mais funcional de entender e viver com um cérebro que funciona de forma diferente dos que são considerados normais na sociedade. Precisei de tempo para corrigir alguns detalhes no artigo e submeter para publicação.

Elevei a sobrancelha, admirando a capacidade desse gênio.

– Conseguiu?

– É lógico – Mauro respondeu com naturalidade, como se não tivesse feito algo surpreendente até para o mais audacioso e inteligente cientista. Ele entrou e perguntou. – Onde está Amanda?

Apontei em direção ao quarto.

– Obrigado por ter vindo – Luisón surgiu. Os olhares de Mauro e Luisón se encontraram.

Em seguida, Mauro franziu seus olhos. Retraiu-se. Por um breve instante, temi por um confronto entre essas duas entidades poderosas em sua maneira. A tensão ao redor foi densa, palpável e insuportável, mas me mantive firme.

Ambos foram obrigados a engolir suas convicções nesse momento.

Mauro falou:

– Conheço-a desde quando era bebê. Troquei as fraldas, fiz seu primeiro curativo. É lógico que vou ajudar.

Como eu estava mais próxima de Mauro, literalmente vi todos os seus músculos saltarem.

– Não briguem – falei e me coloquei entre os dois como um escudo. Um ato suicida, pois não teria qualquer chance de separá-los caso houvesse um embate corporal.

Mauro cruzou seus braços e disse:

– Não sou médico e não fiz um juramento para salvar vidas em perigo. Sou um solucionador de problemas. Estou aqui para solucionar o problema da Amanda. Não o seu, já que, pelo visto, você não vê problema algum em perder Amanda e seu feto para a morte.

– Quero que ele viva e morra quando for sua hora – Luisón complementou. – Não vou postergar seu tempo de vida por egoísmo se o destino exige outro direcionamento.

Mauro riu em um gesto explosivo. Distanciou-se como se precisasse de alguns segundos para refletir. Então voltou. Aproximou-se perigosamente de Luisón que também já estava mortalmente furioso.

– Vou lutar pela vida – Mauro cerrou seus dentes encarando Luisón. – Vou lutar por Carmem.

– Discurso bonito para, simplesmente, dissimular o egoísmo – Luisón respondeu.

– Vou lutar por Amanda e seu filho.

E com essa frase, Mauro calou Luisón. Um silêncio desagradável rondou o ambiente enquanto os dois se encararam.

– Vamos? – eu indiquei o caminho. Felizmente a discussão cessou e me seguiram. Entramos em silêncio. Ela estava dormindo profundamente. Mauro colocou suas mãos em cima de sua barriga.

O toque a fez abrir seus olhos.

Assim que ela se deparou com Mauro, sorriu. Ele sorriu de volta. Era impressionante o carinho que eles tinham um com outro. Era um sentimento paternal, de pai para filha. Mauro passou a mão no cabelo da Amanda. Nesse momento, eu pude imaginar Mauro fazendo curativo em uma perninha de criança. Até porque ele olhava para Amanda como se ela fosse ainda uma criança. Encarei Lina. Seus olhos cintilantes indicavam o mesmo. Amanda era a filha que todos adotaram, Lina, Cauã, Gabriel, Cristiano, Ieda e Mauro.

Subitamente concluí que a ajuda de Amanda a Mauro não foi somente um ato natural como também esperado.

– A menina está bem. Forte – respondeu Mauro.

– A menina? – perguntou Amanda. – Você quer dizer que é menina?

Mauro sorriu para Amanda e respondeu:

– Sim

Notei que Luisón estufou seu peito, procurando e falhando em controlar sua emoção.

– Tudo bem – Mauro saiu do abraço. – A criança está forte, mas seu corpo não. O que você anda comendo?

Luisón respondeu:

– Leite condensado.

Mauro riu e comentou:

– Tá explicado...

Então deu as instruções para ela e Luisón. Eu sentei na beira da cama, com Lina, aguardando. Os dois quase se esbofetearam na sala, minutos atrás, e conversavam normalmente à frente de Amanda. A mudança da atitude me fez sorrir.

– Amanda, para engravidar, você não precisava perder a sua condição de icamiaba – Lina argumentou.

Luisón, orgulhoso, mexeu na mecha do cabelo de Amanda e disse:

– Ela fez o que era certo. Também não precisa ser uma icamiaba para se mostrar uma mulher forte e capaz de lutar por aquilo que acredita, quando for a hora.

Lina perguntou:

– Luisón, tudo bem por você? Digo... quando for obrigado a conduzir Amanda? E sua filha?

– Provavelmente será a coisa mais difícil que eu venha a fazer, mas estarei a seu lado até quando não puder mais ficar.

Sutilmente, delicadamente, muito abalada e na certeza de que minha presença não ajudaria, saí do quarto. Não sabia muito bem o motivo, mas alguma coisa me dizia que aquela menina não nasceria viva. Sei lá, talvez por ser fruto da entidade da Morte.

Morte... Provavelmente uma das condições mais misteriosas do universo. Por que tudo acaba? Por que tem que acabar?

A campainha tocou novamente e me forçou a abrir mão de uma reflexão que estava fadada à subjetividade e indefinição. Ao caminhar até a porta, observei Cauã, no quintal, rodeado pelas crianças. Pareciam se organizar para brincar daquele duelo de força que cada grupo puxa a corda de uma extremidade. Todos contra Cauã. Um sorriso escapou de um lado da boca. Admirei a animação das crianças em brincar, mesmo sabendo da chance mínima de ganhar do meu amado.

– Vai deixar as crianças ganharem? – perguntei, ao passar pela porta que dava ao quintal.

– Nem pensar! – Cauã respondeu com um largo sorriso no rosto.

Uma breve risada me escapou.

A campainha tocou novamente.

– Abra a porta ou vamos saltar! – escutei a voz impaciente de Cláudio pela porta da frente.

Com a inesperada visita, abri mão de conjecturas sombrias e corri até a porta. Eram Cláudio, Lindalva e Rafaela. Se chegaram no momento preciso, não sei.

– Vai transformar Carmem? – perguntei, sabendo dos planos de Mauro e estocando a lembrança da resposta de Ci em um sótão empoeirado qualquer.

– Se Ci abrir mão, vou, sim – Cláudio disse. Calei-me. Caminhou pela sala, observando o ambiente e comentou: – A última vez que transformei alguém foi Bruno. Não o faço mais vezes porque é muito trabalhoso. Isso porque não apenas abro mão de parte do meu poder e sou obrigado a conviver com a mortalidade (inconveniente e dolorosa) por duas vidas, também não posso orientar meus pupilos.

– Ah, coitada – murmurei aos sussurros, lembrando da minha experiência na Amazônia. Sabia o quão improvável seria Ci aceitar perder Carmem, mas não quis dizer nada. Gabriel também não mencionou nada a respeito do que escutamos na mata. Apenas me trouxe de volta e disse que precisava sair. Não perguntei o motivo, mas suspeitei que o meu amigo buscava uma forma de convencer Ci. Era uma medida desesperada.

Sem ter escutado o meu comentário (felizmente), com seu dedo elevado, em um ato impositivo, Cláudio disse:

– Mauro merece esse sacrifício! Além do mais, Carmem parece que vai ser uma entidade fantástica! Uma pupila inteligente e hábil! Muito diferente de você e Angélica. Vocês foram um fracasso sem tamanho!

Revirei meus olhos.

– Oi, amiga – Lindalva me abraçou. – Viemos acompanhar a transformação.

Rafaela me abraçou logo em seguida e comentou: – E assegurar que Cláudio não carregue Carmem para a Amazônia logo em seguida.

Rimos.

– Tio Cláudio! – Marcos e Vanessa gritavam de felicidade e saltaram em cima de Cláudio, derrubando-o no chão.

Então Marcos perguntou com toda felicidade:

– Vamos escalar um penhasco? Podemos *caçá coba?*

Cláudio levava meus filhos para escalar montanhas?

– *Vamos caçá* tarântulas? Queria comer uma! – Vanessa perguntou e esfregou sua barriga.

Tarântulas!

Cláudio me olhou apreensivo e colocou-as no chão. Então comentou:

– Imaginação fértil!

– Quero escalar de novo o vul...

Cláudio tampou a boca de Marcos, mas entendi o recado. Meus olhos foram gradativamente se arregalando com o progresso da fala de Marcos, então Cláudio falou um pouco sem graça.

– Crianças exageram – ele disse.

Vanessa ia falar e ele lhe tampou a boca também.

– Joana – Cláudio tentou explicar. – Elas não podem ser impedidas de ter experiências, concorda?

– Tarântulas! Elas comem tarântulas?

Ele deu de ombros.

– São salgadinhas! – Vanessa confirmou.

Em outro ato impositivo, Cláudio bufou. Pegou as crianças no colo e riu. Então comentou:

– Não falei que vocês foram um fracasso?! Desperdício do meu tempo! – e mudou de assunto. – Quer ver a transformação? – sorri, sem saber como responder. – Claro que quer! Tenho certeza que você não perderia essa transformação por nada!

– Prefiro ficar com as crianças – respondi. Não quis dizer ao Cláudio que já sabia da resposta de Ci, mas acho que escapou de minha expressão, pois Cláudio trancou o seu sorriso e se calou.

72
MAURO – SURPRESA

INDAIATUBA, QUINTA-FEIRA, 6 DE ABRIL DE 2000

Amanda estava bem, Mauro concluiu aliviado e virou a página. Por isso, ao encontrar Cláudio o aguardando com Rafaela e Lindalva, iluminou-se. Finalmente sua tormenta encontraria o seu fim.

– Obrigado por ter aceitado avaliar a possibilidade de dividir seu dom com Carmem. Acredite, estarei grato a você até o fim de minha existência – Mauro agradeceu assim que saiu da casa da mãe de Joana.

Cláudio riu e respondeu:

– Vou sobreviver. Primeiro quero conhecer a moça, já que vou dividir o meu dom e, como você bem sabe, vou precisar ensinar a moça como se adaptar a sua nova vida.

– Eu posso fazer isso.

– Não! É minha função. Hoje estou cansado. Acabei de chegar de viagem. Quero conhecer a moça e amanhã falaremos com Ci logo pela manhã – entraram no carro. – Você sabe por que Joana não quer nos acompanhar amanhã? – perguntou.

– Não.

– Soube que Joana esteve doente. Soube também que ela é filha da Iara perdida. Como ela está?

A pergunta foi como escancarar uma porta que, sem querer, Mauro ignorou. Passou por ela milhares de vezes, mas, por carregar tanta preocupação em sua mente, não abriu. Culpado, ele comentou:

– Vou precisar de outra amostra de sangue para fazer outra análise. Droga!

– Por que outra análise? – Cláudio perguntou, apreensivo com o comentário do Mauro. Não era comum uma entidade solucionadora de problemas não, efetivamente, solucionar um problema tão simples como encontrar o diagnóstico de uma enfermidade.

– Joana goza de uma saúde de ferro – Cláudio comentou. – Só não retire parte dos poderes dela e a exile na Terra sem Mal. De resto, não há com o que se preocupar.

– Pelo contrário, amigo. Há sim – Mauro corrigiu.

– É porque ela é filha da Iara? – Cláudio perguntou.

– Pode ser… – Mauro parou o carro. – Vou tirar outra amostra e refazer o teste.

– Quero ver o resultado, prontamente – Cláudio pediu.

Saíram do carro. Mauro assentiu e passaram a caminhar pela mata até a casa de Sandro.

– Mauro? É você? – Carmem perguntou, de dentro de casa, com a porta e as janelas fechadas.

– Sim.

– Espera! – ela gritou. Mauro sorriu. Rapidamente olhou para Cláudio, confuso, sem saber o que ocorria dentro da casa. Pela voz de Carmem, ela estava bem. Menos um problema.

– Posso entrar? – Mauro perguntou.

– Pode. Agora pode entrar.

Assim que abriu a porta, seu queixo caiu. Carmem havia ornamentado cada ponto da sala, cozinha e dava para ver que o quarto também, com as flores que ele trouxera pela manhã. Cláudio também ficou boquiaberto. Acabou entrando antes de Mauro, deslumbrado com a pequena maravilha da natureza no interior da casa. Como um profundo amante de Ci, Cláudio não conseguiu se manter indiferente a tamanha beleza.

Então ele ouviu um grito assustado, olhou em direção ao grito e saltou para trás ainda mais assustado. Mauro avançou para dentro de casa e viu Carmem, nua, envolvida por flores e procurando se cobrir em verdadeiro pânico ao ver um homem estranho em sua frente.

– Bosta! Desculpe, Carmem! Não avisei que Cláudio viria!

Mauro rapidamente tomou a frente, tirou a camisa e cobriu o corpo de Carmem que começou a gargalhar, ruborizada com o flagra do amigo.

– Acho melhor deixá-los sozinhos. Falaremos amanhã. Estou cansado e preciso descansar. A viagem foi longa – Cláudio disse.

Mauro concordou e conduziu o amigo para a porta, mas não sem antes fazer uma pequena barreira com o corpo, uma forma sutil de impedir os olhos curiosos do amigo.

Carmem rolou até chão com as mãos na barriga de tanto gargalhar.

– Até amanhã, Cláudio – Mauro segurou a porta e levou seu amigo até o carro, entregando-lhe a chave. – Pode levar o carro.

Cláudio entrou no carro rindo.

– Confio que você não contará nosso local.

– Fique tranquilo – Cláudio respondeu rindo.

– E… desculpe… não sabia que Carmem…

– Será difícil esquecer a cena, confesso, mas fique tranquilo – Cláudio comentou aos risos.

Mauro estremeceu incomodado e disse:

– Podemos combinar às 11 horas?

Cláudio acenou. Ligou o carro e, ainda buscando controlar a risada, acelerou.

73

EU / MAURO – DECISÃO

INDAIATUBA, SÁBADO, 8 DE ABRIL DE 2000

Sempre gostei da manhã em Indaiatuba. Acreditava ser convidativa e agradável. Por isso, peguei uma xícara de café e abri a porta francesa da cozinha que dava ao quintal para sentir o aroma delicioso das primeiras horas do dia.

Lembrei de um evento curioso. Um dia, acompanhando Sr. Joamir ao cemitério para colocar flores no túmulo de meus avós, conheci uma viúva. Essa mulher de meia-idade me contou que havia certa poesia nos momentos difíceis da vida. Algo estranhamente revelador e inspirador. Ela me disse que, após a morte de seu marido, escreveu em torno de dois cadernos de crônicas. Nunca os publicou, pois achava que estaria traindo a memória do seu falecido, já que essas crônicas eram inspiradas na vida dele. Achei romântico e intrigante, até saber que essa viúva foi presa por ter envenenado o seu marido.

Muito havia acontecido: Amanda dormia em nosso quarto para resgatar suas energias, Cláudio roncava no sofá com suas pernas abertas e braços estendidos; Júlio ainda nos atormentava, e estávamos prestes a colidir com um sistema solar que parecia estar sendo guiado por Jurupari.

Forçosamente entendi o motivo de Cauã ter combinado em unir forças com o Rodrigo. Precisávamos nos unir para enfrentar os desafios desse sistema solar e daquele que viria ao nosso encontro.

– Será que Jaci Moreno está envolvido nessa trama? – perguntei, assim que vi Lina na cozinha, pegando seu café.

Lina me encarou, sem saber como responder a pergunta.

– Um inimigo faz estragos, mas um amigo consegue lhe destruir – a voz de Osvaldo ecoou na cozinha como um grito de guerra solitário. – Quando me refiro a amigos, incluo ex-namorados... Bom dia, irmã – ele disse.

– Bom dia? – perguntei, sem saber o que falar.

Sem tirar os olhos de Lina, ele pegou três pães de queijo da mesa e seguiu até o quintal.

Não preciso nem dizer que fiquei um bom tempo calada e reflexiva, enquanto Lina tomava café também em silêncio.

Subitamente, o silêncio foi quebrado por Vanessa, que sentou à mesa e perguntou a Lina:

– Sou bonita?

– Claro! – Lina respondeu e eu sorri.

– Por quê? – Vanessa perguntou.

– Porque você carrega em si a alegria de viver – Lina respondeu e Pablo apareceu para lhe dar um abraço. Então ela complementou: – Pablo também é belo pela bondade que carrega em si.

Vanessa começou a rodopiar na cozinha, satisfeita com a informação. Então ela se virou para mim e perguntou:

– O que é bondade?

– Eita! – Lindalva surgiu e pegou uma xícara de café. Tomou um gole e cuspiu metade. – Queimei a língua.

– É cuidar do próximo e agir de maneira que o resultado de suas ações sejam positivas para todos que te cercam – respondi.

Então olhei para Lina e levantei a sobrancelha, orgulhosa.

Vanessa perguntou, ao saltitar e sentar em cima da mesa:

– E se o resultado for positivo pra um e negativo pra outro?

– Eita! – Lindalva repetiu, pegou alguns pães de queijo e saiu da cozinha.

Arregalei os olhos e encarei Lina para um suporte na resposta. Lina bebeu seu café com um sorriso sarcástico. Ela se divertia a minha custa e Vanessa me olhava, piscando inocentemente e aguardando a minha resposta.

Então, aceitando o desafio imposto, respondi:

– É um ato natural de grandeza. – pronto. Lina faria melhor?

– Então pessoa graaaaande é boa? – Vanessa perguntou, deixando-me mortificada por falta de tato. Lina levantou e seguiu até a cozinha. Virou-se para a pia com o café, escondendo o riso. Achei ter respondido bem, mas cavei minha própria cova, logo em seguida, como de hábito.

– Lina, não quer responder? – perguntei, seguindo Lina até a cozinha.

Com um grito de guerra, surgiu Osvaldo. Marcos saltou por detrás dele, levando parte dos lençóis da cama que ainda o envolviam; nisso Pablo se inspirou e saltou atrás da dupla até o quintal.

Subitamente, cantarolando, apareceu Cláudio.

– Bom dia, meninas, meninos, guerreiros, otários, sem noção e aqueles que acham que sabem de tudo, mas não sabem de nada.

– Hum – murmurei, sem querer responder o sarcasmo. Quando não se tem nada de bom a dizer, o melhor é ficar calado.

Então Cláudio olhou no relógio e anunciou:

– Tenho que ajudar um amigo. Também, com uma formosura daquela, eu não tenho como negar parte de meus dons.

Formosura? Sério? Ele estava dando parte de seu dom por que a mulher era formosa?, pensei e acho que minha expressão facial gritou exatamente a mesma mensagem.

– Por que você não vem? – Cláudio perguntou e engoliu um pão de queijo inteiro.

– Porque não quero – respondi, simplesmente.

– Por que não quer? Sabe de algo que precise dividir? É porque Carmem a deixa com inveja?

E comeu outro pão de queijo.

– Não enche – foi a minha vez de abocanhar o pão de queijo.

– Soube que ela encantou Cauã, a sua maneira – Cláudio comentou. Ao ver minha expressão enraivecer, ficou animado e prosseguiu: – Tem medo de Carmem se tornar sua rival? É por isso que não vai?

Outro pão de queijo encontrou a boca de Cláudio.

– Você é insuportável – respondi e praticamente rasguei o pão de queijo ao meio com os meus dentes.

– Comendo assim jamais vai ter o corpo de Carmem.

– Ah! – berrei. Desisti de discutir. Quer que eu vá? Que seja! Fui até o quarto onde Amanda estava e entrei. As três riam e se lembravam dos treinamentos. Rafaela, sempre muito teatral, imitava gestos e falas das colegas, instigando outras risadas, inclusive de Luisón, que abraçava Amanda e escutava.

– Lindalva e Rafaela, precisamos ir. Preciso de sua assistência para segurar os MEUS ânimos e não arrebentar com a cara de um sem noção.

– Ah, entendi. Cláudio… – Rafaela prontamente supôs.

Encontramo-nos no carro alugado por Mauro. Cláudio nos aguardava ao volante. – Você não acha Mauro um homem de sorte? – sim, ele dirigiu--se a mim. Cretino.

– Cale a boca – interrompi.

– Porque ele tem uma verdadeira deusa a seu lado.

– Silêncio é um presente! Indica respeito! – lembrei-o da regra da tribo.

– A verdadeira entidade representante de Ci.

– Todos os seres humanos são! – argumentei.

– Mas ela cultiva Ci como ninguém…

– Lindalva, Rafaela, ajudem? – apelei.

Lindalva respondeu:

– Difícil tarefa.

Cláudio sorriu ao ver a minha reação angustiada enquanto ele dissertava sobre os encantos de Ci e de suas mensagens através da representação do corpo de sua entidade feminina.

Então argumentei novamente:

– Mas as mensagens não são as flores?

– Pode ser, mas não se engane, você imita o corpo de uma entidade de Ci, e não o contrário.

Mordi meus lábios de raiva. Chegamos, para a minha felicidade.

Cláudio saiu do carro e disse:

– Vou chamar os pombinhos e já volto.

– Onde eles estão afinal? – perguntei.

– Mata adentro, vocês nunca saberão de mim e não se enganem, vocês podem até procurar, mas se cansarão sem dúvida – ele respondeu e riu.

• • •

Mauro, entorpecido e pelado. Deitado no chão da sala e protegido nos braços envolventes da Carmem pelo que parecia uma gloriosa eternidade, deixou o tempo passar, até que olhou para o relógio e faltavam 2 minutos para as 11 horas.

– Que droga! Perdi a hora – Mauro saltou da cama e passou a se arrumar.

Carmem, acostumada com as saídas do amado, virou-se e tornou a dormir.

– Carmem, você deve ir. Vou te apresentar o grupo que falei.

A notícia a animou e confundiu. Carmem sentou e perguntou:

– As entidades?

– Sim.

– Inclusive aquele amigo de ontem? – ela quis saber.

– Carmem, me perdoe por ontem. Não avisei. Aquele é Cláudio, Caaporã, que poderá te dá parte de seu dom. Ele é uma das entidades secundárias das quais falei.

Então Mauro explicou, em parte, o motivo principal de estarem ali. Ele falou sobre o dom que daria a Carmem, que ela teria uma vida incrivelmente longa, que ela descobriria sua condição ou dom assim como ele fez, com o tempo, e, mais importante, estariam juntos. Naturalmente não contou o que estava por trás de tanta urgência. Seria contraproducente.

Carmem prestou atenção às palavras de Mauro e tornou a se vestir.

– Por que você quer me dar um dom desses e me mantém escondida? De quem você me esconde?

Mauro estava colocando sua meia quando ouviu essas perguntas. Parou por uns instantes e refletiu como poderia responder a pergunta de forma fácil de entender e que não apavorasse a moça. Não encontrou. Afinal, ele também se apavorava com a possibilidade de perdê-la.

Achou melhor deixar como estava. Carmem havia colocado um vestido florido azul que a deixava ainda mais estonteante. Havia se penteado e maquiado. Então estava sentada na cama colocando o sapato quando ele ajoelhou-se em frente a ela, pegou seu pé e amarrou a sandália.

Então polvilhou o pó no corpo de Carmem com cuidado. Uma medida importante para escondê-la daquele que o acusou com palavras que, nesse momento, pareceram fazer sentido. Foram essas palavras que ele escolheu para responder:

– Por egoísmo. É o que posso falar.

• • •

Sendo a única ciente de que esse encontro não teria o fim esperado, eu me arrependi de estar presente. Acho que, por isso, eu não estava preparada para a imagem que se desvendou na montanha. Carmem era realmente linda. Seu andar inspirava inocência, carinho e simplicidade. Ao mesmo tempo, ela andava com a formosura de uma menina-moça curiosa e deslumbrada com a mata a seu redor. Seu corpo estava envolvido por uma poeira, deu para ver que ela brilhava como se estivesse envolvida por purpurina prateada.

Eles se aproximaram do carro e Carmem saudou todos nós. Juro que tentei sorrir.

Cláudio então anunciou:

– Vamos andar pela mata adentro. Tem uma trilha interessante logo adiante.

Ele tirou seu sapato e passou a andar a pé. Carmem ia fazer o mesmo quando foi interrompida pelo Mauro:

– Não tire o sapato, vai que encontra algo que possa te picar novamente?!

Olhei para Lindalva e Rafaela, que estavam prestes a tirar os sapatos e, confusas, pararam imediatamente. Era como se Mauro tivesse voltado à infância. Um gênio desorganizado pela angústia da separação iminente e pela sua impotência em achar a solução sozinho. Carmem se tornou parte dele mesmo. Era mais que uma namorada, era pura ilusão.

Enquanto andávamos mata adentro, Carmem olhou e apontou, deslumbradas, as teias enormes e as aranhas gigantes por entre as árvores.

Não sei ao certo. Acho que eram tarântulas. Só sei que estremeci e reprimi a vontade ainda maior de correr dali.

Cláudio falou ao perceber minha cara de ojeriza:

– Nem parece que viveu na Amazônia.

Ele riu. Carmem se aproximou dele e perguntou, iluminando-se com a informação:

– Morou na Amazônia?

– Sim, moro na Amazônia – Cláudio respondeu.

Carmem sorriu com a resposta e elaborou ainda mais:

– Em Manaus?

– Não – Cláudio riu. – Digamos que em uma tribo.

Todos nos assustamos com os pulos de Carmem:

– Jura?! Já se deparou com uma onça-pintada?

– Sim, inclusive com animais que o homem ainda não conheceu e também nunca irá ter a oportunidade de ver.

– Nossa! – Carmem pareceu emocionada com a resposta de Cláudio.

Então Mauro disse:

– Podemos ir para lá juntos em um futuro próximo.

Mauro fazia planos de futuro com Carmem sem ao menos ter a certeza de que efetivamente haveria futuro.

Fechei meus olhos, profundamente abalada. Como queria ver um final feliz para Mauro. Como queria convencer Ci.

Chegamos a um campo aberto e Cláudio pediu a Carmem para tirar os sapatos. Mauro argumentou imediatamente, mas foi vencido ao saber que Cláudio precisava conhecer a relação entre Carmem e Ci. Afinal, se ele desse parte de seu dom para Carmem, Ci perderia inexoravelmente.

– Vamos fazer um teste – Cláudio comentou. – Depois eu explico, Carmem. Por ora, preciso que você tire os seus sapatos.

Ela o fez sem questionar.

Se fosse comigo, a esse ponto já teria feito cinco perguntas.

– Só isso? – Carmem perguntou.

– Sim. Agora vamos interagir com a natureza.

Carmem sorriu. Gostou da ideia. Ela apontou uma árvore à esquerda e disse a Mauro:

– Acho que vi outra orquídea negra logo ali em cima daquela árvore. Vou ver mais de perto!

Ela avançou para cima de uma elevação que daria caminho para a flor.

Cláudio impediu Mauro de correr atrás dizendo:

– Deixe-a livre. Vamos somente observar.

Lindalva e Rafaela se entreolharam. Finalmente tiraram seus sapatos e acompanharam Carmem.

As três andaram cuidadosamente em cima de um tronco e alcançaram a flor.

Carmem gritou de cima da árvore:

– É uma orquídea negra mesmo!

Cláudio sorriu para Mauro e foi de encontro às moças. Conseguíamos escutar a conversa entre Cláudio e Carmem, já que não estavam longe:

– O que esta orquídea simboliza para você? – Cláudio perguntou.

E Carmem respondeu:

– Força, amor e me dá certa angústia, pelo menos é o que sinto agora.

– Por que angústia?

– O preto é indicativo de luto, não é?

Olhei assustada para Mauro com esse comentário de Carmem. Nenhum ser brincaria com o luto ou a morte sabendo do risco iminente de perder a vida.

Ele indicou uma apreensiva perplexidade e interrompeu a conversa:

– Carmem, volte.

Carmem olhou furiosa para Mauro e comentou algo com Cláudio que não pudemos ouvir. Então desceram.

– Espere – Cláudio indicou e se agachou próximo a Carmem. Ela parou e ele tocou entre seu pé e a terra por uns segundos e fechou os olhos. Depois levantou e anunciou: – Vamos embora.

– O que houve? – Mauro perguntou.

– Ci não permitiu.

Mauro respirou fundo, em verdadeiro pânico, e sussurrou para Carmem, que ajeitava o seu sapato no pé, não escutar:

– Fale para Ci que ela não pertence mais a Ci... Pertence a mim. Simples. Vou liberar a memória dela para que, se não conseguir salvá-la, reencontre-a assim que voltar à forma humana. Nesta vida ou na próxima, Carmem será minha! – Com isso, Mauro pegou Carmem em seus braços e saltou. Sabe-se lá para onde.

– Ele não briga com a Morte, e com Luisón somente. Mauro está confrontando Ci – Cláudio comentou.

Não havia dúvidas, a situação estava pior a cada dia.

74

CARMEM/ MAURO – RESPOSTAS

Indaiatuba, sábado, 8 de abril de 2000

– Talvez, se eu unir as amostras 15, 20 e 8 e 40, posso destrancar a memória... Isso porque, através de um processo chamado reverberação, há um fortalecimento e reestabelecimento de conexões devido ao aumento das equações sinápticas. Sim, quando o estímulo é externo. O problema não é apenas proteger a memória de sua vida, quero manter a personalidade, seus traumas, suas memórias internas, criadas para compor aquilo que representa quem ela passou a ser...

– Mauro... – Carmem chamou atenção. Mauro, murmurando palavras ao vento e desenhando o que parecia ser um plano cheio de diagramas, linhas e setas, nem sequer levantou sua cabeça. Depois da súbita captura de Carmem por Mauro e seu salto supersônico, ela decidiu confrontá-lo. Por quanto tempo ele planejava mantê-la dentro de casa? O que o afligia?

– Mauro, precisamos conver...

A palma da mão do Mauro se elevou. Sobre a pequena mesa da sala, ele conversava consigo mesmo enquanto prosseguia com as mais diversas anotações, fluxos, diagramas e cálculos.

Completamente ausente, ele murmurou:

– É fácil desprender a essência do corpo, mas o desafio é manter intacta a memória na alma... é, presa ou extinguida... Imagino que devemos desprender as três vertentes: a cognição, o corpo e a alma. Fazendo isso, talvez eu consiga impermeabilizar a memória de vida em vida...

– Alma? Vida? – Carmem perguntou.

Mauro finalmente levantou a sua cabeça e disse:

– É... Sim, alma. Universo psíquico, pode-se dizer. Muitas entidades acreditam que Ci faz questão de que os humanos nasçam sem memória das suas vidas anteriores. Eu tenho provas muito palpáveis de que isso não é verdade. Elas estão presas no universo psíquico. A questão é que os humanos decidiram trancar essa memória há milênios.

– Você fala em reencarnação – Carmem sugeriu. – Você não pode ter provas disso.

– Tenho, mas agora estou ocupado. Não gosto de falar sobre esse assunto.

– Por quê?

Mauro levantou. Visivelmente incomodado, respondeu:

– Porque esse assunto me faz lembrar de uma mulher que tento esquecer há muito tempo.

– Por quê? – Carmem perguntou, ignorando a tensão do homem, que parecia odiar responder as perguntas.

– Porque ela me pediu! – Mauro exclamou. – Porâsý pediu para trancar sua memória para nascer sem lembrar daquela... guerra! Depois Ci gostou da ideia e os humanos nasceram com esse... – Mauro balançou sua cabeça e se corrigiu: – ... essa característica!

– Sua arrogância não encontra limites. Saia daqui.

O pedido sereno, cheio de rancor e tristeza, fez Mauro parar. Ele a encarou, boquiaberto.

– Eu não sou seu objeto. Não sei o motivo que me deixa presa aqui – e apontou a porta. – Saia porque quero te bater, nesse momento. Ao voltar, espero explicações. Se não tiver, vou fazer as minhas conclusões.

– Quais conclusões? – Mauro perguntou.

– Que você é um impostor. Um louco. Que tenta brincar de Deus. Cuidado... você mexe com assuntos os quais não conseguirá sustentar. – Mauro abriu a boca, mas Carmem fez um gesto súbito para ele se calar. Ela não havia terminado: – Você jamais pode se igualar a Deus. E mais, é prepotente e presunçoso demais.

– Nunca neguei Deus. Por que você diz isso? Eu apenas cometi um erro e manipulei a memória de Porâsý. Depois disso, todos passaram a nascer sem memória das vidas passadas. Presumi que Ci havia preferido dessa forma. Apenas juntei os pontos.

– Juntou errado! – foi a vez da Carmem exclamar entredentes.

Mauro levantou, confuso, exausto, ofendido e... bom, desprezado? Sim, desprezado. A expressão de Mauro era de um homem mal-entendido. Tá... pouco importava. Isso porque, em segundos, ele já estava fora da casa.

Finalmente sozinha, Carmem suspirou. Piscou algumas vezes para reprimir as lágrimas que pareciam querer deslizar pelo seu rosto. Mauro não merecia essas lágrimas. Na verdade, ela estava dando a ele mais do que deveria: tempo. Se recusava a dar mais...

Ela sentou-se no sofá frustrada. Passou a folhear a réplica do guia que fez do ritual ao qual Alice foi submetida. Então lhe ocorreu. Ela ainda não havia ligado para Cecília para saber o resultado do ritual e como Alice estava.

Carmem olhou para o celular, aparelho que a estapeava com a verdade que ela jamais tinha sido cativa. Aliás, que besteira havia falado! Com quem Mauro negociaria o seu resgate, já que ela falava com seus pais quase que diariamente?!

Ela pegou o aparelho e discou.

– Olá, Cecília. É Carmem. Desculpe por não ter ligado antes. Desculpe por ter enviado um... é... amigo.

– Namorado – Mauro corrigiu. Carmem revirou seus olhos.

– Amigo – repetiu por birra. – Eu... – balançou sua cabeça. – Muita coisa está acontecendo... Soube que Alice mudou de escola. Como está a sua adaptação?

– Olá, Carmem! – a voz de Cecília estava boa. Inacreditavelmente boa. – Olhe! Nem sei como lhe agradecer! Alice está feliz que só vendo!

– Sei – Carmem murmurou e deixou Cecília falar.

– No início, fiquei um pouco receosa por levar em consideração de que eu a matriculava em um orfanato... tecnicamente. Mas soube, pela Cláudia, a assistente social, que essa unidade recebia crianças para um ensino formal e que não era paga... por ser de responsabilidade de uma filantropa... Bem... Acabei confiando na indicação do seu namorado. Agora... acredite! Em pouco tempo, Alice já se alfabetizou!

– Fantástico – Carmem sussurrou, embasbacada com o desenvolvimento da Alice. Essa menina mal falava "mamãe" e agora já conversava e lia livros! – Como ela se alfabetizou? – perguntou.

– Mauro me disse para não me assustar, que o método de ensino é milenar e se adapta perfeitamente a qualquer condição neuronal. Parece que esse método destrancou as informações. Alice já tem amigas e brinca!

Carmem encarou a pilha de dados na mesa com orgulho. Ao conhecer a história da Alice, esse desenvolvimento beira o milagre! Seu artigo seria um marco!

Carmem escutou passos de alguém entrando na casa. Queria que fosse Mauro. Talvez as suas palavras tenham sido duras demais... Ela precisava aprender mais, juntar as peças, agradecer, beijar, acariciar... amar! Mas, para sua infelicidade, a sorridente Carol entrou na casa.

– Surgiu uma visita, Cecília – Carmem comentou. – Posso ligar depois?

– Lógico.

Assim que desligou, Carol disse:

– Vou te tirar desse... – apontou em volta. – Lugar. Sem discussão!

– Mauro pediu para eu o aguardar.

– Ele não pode te prender aqui por tanto tempo! Acorde! – e reclamou. – Caramba! Você reclamou da Lara, mas entrou em uma furada ainda maior! Vamos! Troque-se. Vamos a uma festa. Ah, e tome banho, você está imunda!

Carmem sorriu e não discutiu. Ficou agitada demais ao saber do sucesso do ritual. Além do mais, como Mauro não explicou o motivo que a mantinha presa nesse casebre, por que ficaria?

• • •

Carmem precisava ficar sozinha... Enquanto isso, Mauro, caminhando lentamente pela mata, voltou a conjecturar.

Para destrancar a memória da Carmem, ele precisava preparar duas fórmulas. A primeira teria o objetivo de preparar Carmem para o impacto, já que poderia acabar destrancando eventos traumatizantes, como experiências difíceis de mortes das vidas passadas. Para essa fórmula, ele precisaria da pétala de um lírio lilás, passiflora, uma pitada bem pequena da essência de Luisón (precisava ter cautela ao usar esse componente), azeite de oliva extraído diretamente da matéria-prima crua e melissa. Seria interessante incluir um pouco da essência do Boto, para amortecer seus sentimentos, mas era opcional.

Já a segunda fórmula seria a base do antídoto da essência de Jaci Jaterê, camomila, flor de girassol, romã e mel extraído da flor de uma laranjeira.

E assim refletindo, Mauro caminhou.

• • •

– Nossa! Que mansão! – Carmem elogiou a propriedade ao ser conduzida pela amiga. Era um casarão, em meio a uma fazenda, de apenas dois andares, mas era larga e selada como se tivesse sido construída na época medieval quando era necessário se proteger de cruzadas. As paredes eram visivelmente grossas, já vistas de longe. Apesar de branca, completamente, tinha um ar que arrepiava até o mais cético dos homens.

– Vou te apresentar o anfitrião. Ele é maravilhoso e incrivelmente poderoso.

– Jura? – Carmem perguntou. – Arranjou um namorado?

– Não! – Carol respondeu. – Guardo-me para outro homem ainda mais poderoso! Quem sabe, um dia!

Carmem riu com a revelação da amiga. Jamais ela falou desse rapaz incrivelmente poderoso e misterioso! Certamente, teria de indagar isso futuramente, poderia até ser em meio à bebedeira. Carol se abria mais quando estava entorpecida.

Carol pegou na mão de sua amiga e a conduziu em direção ao casarão. Era impressionante o tamanho da casa. Foram saudadas por um dos convidados, que abriu a porta. Era belo, de fato, pelo desenvolvimento de seu corpo perfeitamente esculturado. Era ruivo e não parecia muito hospitaleiro com sua feição séria e olhos distantes. Carol entrou sem falar com o rapaz. Carmem sorriu e entrou. Era uma festa animada. Os convidados bebiam alegremente e nadavam em uma piscina ridiculamente grande no quintal também grosseiramente largo.

Carol então apareceu com um moreno belo de postura intimidante ao mesmo tempo. Seus olhos escuros e sombrios a penetravam com uma força incrível. Seu sorriso escondia um mistério meio sacana. Um convite para o pecado. Carmem contraiu os olhos e mordeu os lábios ao estudar a feição do moreno. Será que o vira antes? Ele exalava poder com o olhar, como se estivesse prestes a tomá-la como seu ornamento. Carmem sentiu-se imediatamente assediada. Uma sensação de estupro, sem que o ato em si tivesse efetivamente ocorrido. Ela trancou seu sorriso e se arrependeu de ter ido até a festa.

– Este é Rodrigo. Meu amigo e nosso anfitrião.

Subitamente, todos os instintos de Carmem gritavam, “Saia!”

Isso a deixou confusa. Tentou sorrir e fez um esforço tremendo para ficar parada quando Rodrigo pegou em sua mão e a beijou.

– Acho melhor voltar – Carmem disse, assim que Rodrigo finalmente se distanciou.

– Deixe de ser boba! Ficou medrosa agora? Você nunca foi assim! Vamos a uma correnteza próxima. Tem uma pequena cachoeira que é muito boa de mergulhar.

• • •

– Com uma boa alimentação, tudo ficou bem – Mauro sorriu. Acariciou uma mecha do cabelo de Amanda. – Escolheu o nome para sua filha?

– Gabriela – Amanda disse e sorriu para Luisón.

– Puxa-saco – Mauro comentou, formando uma linha reta nos lábios. Isso fez Amanda rir.

Mauro, satisfeito com o resultado do seu exame, levantou e anunciou: – Estou com pressa. Volto amanhã, ok?

Amanda assentiu e se ajeitou na cama. O estado da Amanda deveria acalmar Luisón, mas isso não aconteceu.

Luisón ainda estava agitado.

Apesar de estranhar, Mauro não perguntou. Assentiu e seguiu o seu caminho. Então, para o desespero de Mauro, antes de sair da casa, Luisón o abordou e disse:

– O que faço agora é totalmente contra a minha natureza e essência – Luisón comentou. – Posso ser punido, mas tenho uma dívida de gratidão com você – e revelou: – Vi o nome de Carmem surgir na fonte e agora sinto fortemente sua presença. Ela está na casa do meu pai. Corra.

– Essa mulher não me dá sossego! – Mauro explodiu de raiva.

Mauro avançou para o quintal e estava a ponto de saltar quando Cauã o impediu:

– O que houve?

– Vou ter que resgatar a mulher camicase! Já perdi minha paciência!

– Onde? – perguntou Cauã.

– Na casa de Rodrigo.

– Vamos juntos – Cauã anunciou e fez um sinal para Cristiano.

• • •

Carmem conseguiu respirar ao distanciar-se da festa. Sorriu ao desvendar uma bela correnteza próxima à casa. Então tirou seus sapatos e colocou os pés na água da correnteza. Ela abriu os braços para sentir o verdadeiro aroma da mata. Foi tomada por uma súbita vontade de pular na água e dar uma boa nadada. Correu pela correnteza em direção à cachoeira. Sentia-se livre em meio à natureza. Havia maior alegria do que essa? Ela não se importava, mergulharia de roupa mesmo, depois arranjaria uma forma de explicar para Mauro.

Correu e fechou seus olhos, lançando os braços quando saltou para a queda d'água. Mas, em meio ao ar, ela foi surpreendida com um braço firme.

Mauro a pegou em plena queda. Subitamente, encontrou-se na frente do maldito casebre...

– Mas o que é isso? – ela perguntou confusa com o que havia acabado de acontecer.

Sem dar uma única palavra, Mauro entrou no casebre com Carmem em seu colo. Colocou-a em cima do sofá. Bufando, cerrou as portas com tanta força que a casa inteira tremeu. Carmem precisou se segurar no sofá.

– Quer saber porque lhe mantenho aqui? – Mauro exclamou, furioso.

– Não – Carmem respondeu. Ao ver as veias saltando do pescoço de seu amado, ficou assustada. Queria se esconder debaixo da cama.

– Tentei te proteger sem que tivesse a obrigação de contar o que está acontecendo para não te apavorar – com a fúria de seu diafragma anunciou. – Queira ou não, agora lhe contarei!

E, sem dar tempo para Carmem respirar, contou.

75
CAUÃ – E CAROL SE REVELA

INDAIATUBA, SÁBADO, 8 DE ABRIL DE 2000

Cauã não poderia recriminar Rodrigo por fazer uma festa. Tampouco em ter convidado Carmem. Mas como ele conseguiu o paradeiro da namorada do Mauro?

Estavam preparados para tudo, menos ver a imagem de Carol com os filhos de Rodrigo, bebendo e conversando alegremente na varanda do quintal da casa. Então viram Carol andar lentamente para uma pilastra com movimentos desajeitados e suaves como os de Carlota.

– Será que é possível? Carlota esteve conosco todo esse tempo? – Cristiano cerrou os olhos e perguntou sem querer acreditar.

A confirmação veio quando Carol parou com uma pose sensual em uma pilastra da varanda, totalmente no estilo Carlota, e começou a passar de um lado para outro da pilastra, mudando de aparência completamente. Ela se mostrava ora morena, ora loira, ora ruiva... diversas formas diferentes.

Era Carlota que os acompanhava por anos a fio. Estava explicado. Rodrigo sabia onde Carmem estava por intermédio da Carol, ou melhor, Carlota. Também Rodrigo sabia o local do orfanato, para sequestrar as crianças, por intermédio da Carlota. Esta, a quem as crianças apontavam com verdadeira ojeriza, mesmo munidas com argumentos falhos pelo pouco desenvolvimento da fala infantil. Não dava para explicar o que sentiam. Talvez traídos, ou, quem sabe, cegos e surdos. O que perceberam, diante dessa triste visão, foi sua incapacidade de entender um recado claro, gritado pelas crianças ao, literalmente, fugirem de Carol. Eles não deram atenção aos gritos das crianças. Simples assim.

Estupidificado pela cruel realidade estapeando sua cara, Cauã disse:

– Vamos embora. Vamos avisar Mauro. Carmem está em perigo. Não temos motivo para confrontar esse pessoal. Vamos dar a notícia para Lina também.

Estavam a ponto de dar meia-volta quanto foram impedidos por Rodrigo. Ele os surpreendeu com um convite.

– Vamos beber? – Rodrigo disse.

Sem saber o que fazer, seguiram Rodrigo até a imensa sala.

– Aprenda, Cauã – Rodrigo foi até o bar e pegou três copos de uísque, deixando à mostra uma garrafa de dezoito anos. Então ironizou: – A gente oferece bebida às visitas.

– Vejo que conseguiu reformar sua casa – Cauã ironizou também. – Da última vez que estivemos aqui, ela foi quase totalmente destruída – então fez um gesto seco com as mãos. – Rodrigo, obrigado, mas nós não vamos ficar. Somente viemos em busca de Carmem. Mas acho que Mauro já a deve ter encontrado.

– Não vejo por que tanto alvoroço. Uma mulher sem sal – Carlota, em sua forma loira, surgiu na sala. E perguntou a Cauã: – Já pensou em como vai me pagar depois de eu trazer Júlio?

– Combinamos que esse seu serviço seria um presente – Rodrigo retrucou.

– Tá... Negociaremos depois. Ah... – Ela iria prosseguir, mas foi cortada por Cristiano que, incapaz de manter-se quieto, perguntou:

– Por que se disfarçou de Carol por tanto tempo?

Carlota arregalou seus olhos, desconcertada com a pergunta.

Rodrigo tomou sua bebida com um único gole e comentou: – Uhhhh... Essa discussão vai ser boa.

– Você tem alguma relação com isso? – Cauã perguntou a Rodrigo.

– Inocente como um infante – respondeu Rodrigo elevando suas mãos aos céus como um pastor.

– Sei – Cauã obviamente não acreditou.

– Negócios – Carlota respondeu assim que se recuperou do choque de ter sido desmascarada. – Também para ficar mais próxima do meu ex-namorado lindo, poderoso, entediado com o romance.

Cauã preferiu ignorar a moça. Deixou o copo na mesa e ajeitou seus ombros.

– Não se sente entediado de amar uma única mulher? Nem um pouco? – ela perguntou em um tom sugestivo.

Cauã mudou de assunto. Decidiu tirar proveito desse encontro. Anunciou:

– Rodrigo, estamos prontos. Vamos colocar o plano em prática.

– Ok – Rodrigo resmungou e limpou suas mãos com um pano de prato. – Vou buscar nosso filho – riu. – Amor… você quer receber o nosso filho na estratosfera ou deseja que eu o traga até o solo?

– Não me chame de amor…

– Tá… – Rodrigo largou o pano na mesa. – Decida…

– O mais longe possível do solo – Cauã respondeu. – Você sabe onde Júlio está?

– Io. A Lua que parece um Sol. O louco acha que está treinando.

– Tem certeza?

– Não. Estou adivinhando. Mas, tenho uma isca – Rodrigo sorriu. – Tenho uma virgem que está se voluntariando.

– Pedimos para você não usar inocentes nesse plano.

– Tá, tá, tá… Deixe Júlio comigo. Em alguns dias, ele estará aqui. – E perguntou a Carlota: – Não estará?

– Será um presente – Carlota sorriu. – Uma forma de reparar os incômodos que o meu… disfarce causou.

– No aguardo – Cauã respondeu e antes que ele pudesse se distanciar, Carlota o segurou pelo braço e perguntou: – Você gosta de Carol, não é?

Cauã não respondeu e seguiu seu caminho, deixando Carlota para trás, enrubescida de raiva.

Testamento

Eu, Carmem de Queiroz Macedo, Bióloga, CPF 089.775.000-88, RG 099.330.55 IFP, solteira, estudante, moradora da Av. Comandante Julio de Moura, 125, Barra da Tijuca, Pai José Anthunes Macedo e Mãe Clara de Queiroz Macedo, que me encontro em uso e gozo de minhas faculdades mentais, livre de qualquer sugestão, induzimento ou caução, deliberei fazer este meu TESTAMENTO PARTICULAR, datilografado, como de fato ora o faço, em presença das três testemunhas abaixo nomeadas, qualificadas e assinadas, que se encontram reunidas em minha residência localizada em Rua 3, lote B-42, Búzios - RJ, no qual e com observância das regras estatuídas pela Legislação Pátria vigente, exauro minhas últimas vontades, declarando o seguinte:

Sou natural do Estado do Rio de Janeiro, onde nasci em Búzios.

Possuo apenas ascendentes vivos, meus pais, de modo que de minha livre e espontânea vontade disponho por este testamento a totalidade de meus bens, que neste momento são os seguintes:

A) Meus pertences pessoais como roupas, sapatos e assessórios dou às minhas amigas Lara Quiron de Carvalho e Carol xxx (pegar o nome completo da insana)

B) Meu fundo de garantia dou aos meus pais com a certeza de que vou sentir muitas saudades;

C) Meu artigo dedico ao meu irmão, que será um médico competente, sem dúvida!

D) Meus diários dou ao Mauro, que se tornou dono do meu coração. Eu o amarei eternamente;

São testemunhas do presente Testamento as pessoas a seguir nomeadas e qualificadas, sendo todos devidamente capazes, os quais o leram e assinam juntamente comigo, ora Testador:

1. Fulano de tal (qualificação: nome completo, CPF, RG, estado civil, profissão e endereço completo);

2. Fulano de tal (qualificação: nome completo, CPF, RG, estado civil, profissão e endereço completo), e

3. Fulano de tal (qualificação: nome completo, CPF, RG, estado civil, profissão e endereço completo).

Nestes termos, expressando neste TESTAMENTO PARTICULAR a disposição de minha última vontade, dou-o por bom, firme e valioso a todo tempo, rogando às autoridades competentes que o cumpram e o façam cumprir tal como nele se contém e declara, e às testemunhas perante as quais li este mesmo testamento, que a confirmem em juízo, em conformidade com a lei.

Dou por concluído este TESTAMENTO PARTICULAR que, com as aludidas testemunhas, o assino.

76
CARMEM – TESTAMENTO FINAL

INDAIATUBA, SÁBADO, 8 DE ABRIL DE 2000

Era um sentimento bizarro. Uma experiência complexa escrever um testamento quando, em tese, teria uma vida inteira pela frente. Era como sentir paz em meio a um bombardeio.

Carmem abandonou o computador, odiando o fato de fazer um testamento sem ter um bem para distribuir. Voltou ao computador e imprimiu o documento incompleto. Precisava ser prática. Completar as informações faltantes e assinar, caso algo de ruim lhe acontecesse.

Apesar de bem-intencionado, será que era certo Mauro escondê-la da morte? Será que era uma luta válida? Será que Mauro tinha alguma chance de ter sucesso nessa sua impossível empreitada?

Carmem levantou. Queria deixar de pensar sobre o inevitável. Ela abriu a porta da sala e observou o dia lindo que havia acabado de surgir. Precisava fazer uma lista de tarefas diárias como, por exemplo, ligar para os seus pais para dizer que os amava.

– Carmem! – era a voz da Carol, aproximando-se da casa, ela carregava um largo sorriso no rosto e uma sacola de compras de supermercado. – Tá ocupada? Lógico que não! – riu. – Vamos beber?

– Mauro está dormindo – Carmem avisou. – Ontem brigamos e não gostaria que ele te visse aqui. Além do mais, não posso sair.

Porque a morte me busca, completou em pensamento, ainda procurando elaborar a informação.

– Não se preocupe – Carol falou. – Não vou ficar muito tempo – subiu na varanda. Em sua animação, Carol saltou no último degrau. – O dia está lindo, não acha?

Carmem assentiu, desanimada.

Carol deixou a sacola de compras na cadeira da varanda e disse: – Pães de queijo e um mate gelado. Só para alegrar seu dia.

Carmem abraçou a amiga e sorriu ao ganhar um beijo na bochecha.

– Tem notícias da Lara?

– Ela está bem – Carol respondeu. – Foi passar alguns meses com os pais no Sul para ter a neném.

– Que bom... Melhor que ficar ao lado de alguém doida como você.

– Nem tão doida assim – Carol sorriu e fez uma careta.

– Sabe o que me ocorreu? Não sei o seu nome completo. Pode me dizer?

– Isso é um mistério.

Carmem riu e acenou. Tudo bem... Deixaria o nome incompleto da Carol. Assim que viu a amiga sumir na mata, passou a mexer nas plantas na varanda do casebre. Não havia mais nada a se fazer naquele pequeno e monótono espaço. Pensou em comer um pão de queijo, mas desistiu assim que Mauro apareceu.

Esse foi o momento da reconciliação. Ela precisava demonstrar que também o amava e reconhecia todo o esforço dele em mantê-la viva.

– Desculpe por ser uma tola – Carmem o abraçou.

Mauro beijou o pescoço de Carmem e respondeu:

– Você é tudo, menos tola. Preciso sair. Faltam alguns elementos. Vou buscá-los. Logo em seguida, vou dar uma olhada na Amanda. Falei sobre ela ontem.

Então Mauro olhou para a sacola na cadeira, apontou a ela e perguntou: – Como você conseguiu essa sacola?

– Pois é, Carol, aquela que trabalha com Lina, esteve aqui e deixou alguns pertences meus – respondeu, sem querer esconder qualquer outra informação.

Mauro pausou e respirou fundo para não perder novamente o controle com Carmem. Mesmo depois de tudo que ele havia relatado ontem, como ainda ela não entendera o perigo que corria?

Ele balançou a cabeça, riu, disfarçou sua raiva e comentou:

– Deixa pra lá. Vou arranjar um jeito de te tirar daqui hoje à noite. Ficou muito exposta. Vamos manter nossos pés no chão para evitar abordar assuntos metafísicos e de um nível elevado à noite. Existem já muitos perigos com que devemos nos preocupar aqui, no planeta Terra. Tudo bem?

– Sei que não é o melhor momento, mas estou muito grata por tudo que você está fazendo por mim – beijou a boca de Mauro e disse: – Pode ir. Vou lhe aguardar o tempo que for preciso.

Mauro assentiu e saiu pela porta deixando Carmem sozinha, outra vez. Ela suspirou. Cambaleou pela sala sem saber como preencher o seu tempo. Deveria fazer outro testamento?

Carmem abocanhou um pão de queijo. Enrugou a cara ao notar um gosto estranho. Bebeu um gole do mate e fez cara de nojo. Carol havia lhe entregado comida estragada. Uma lástima.

– Carmem?!

Carmem paralisou. Era uma voz idosa, cansada. Agora com o barqueiro em seu encalço, todo cuidado seria pouco. Para seu alívio, era Carol que a aguardava na porta. No entanto, ela estava séria.

– Bebeu o mate?

– O mate estava estragado – lamentou.

– Por que você falou de mim para Mauro? – Carol perguntou diretamente a Carmem, mudando sua voz gradativamente para a de uma idosa.

Carmem foi obrigada a sentar na cadeira, assustada com o tom de voz que parecia de um verdadeiro demônio.

– Falar o quê? – Carmem perguntou. – O que houve com a sua voz? Está com dor de garganta?

– Não minta para mim! Não confio e não posso confiar em você. Sei que ele disse quem sou para Cauã! Mauro é um gênio! É claro que você deu os sinais para ele! É claro que ele percebeu! Você não poderia ter contado. Você é traíra!

– Falar o quê? Você está me assustando!

– Sua sonsa! – Carol se virou e tomou seu caminho. – Você é uma sonsa e não merece a confiança de uma amiga! – Carmem permaneceu paralisada e sem resposta diante da amiga que a confrontava diretamente com um assunto que ela não entendia. Então, para piorar o estado de Carmem, já confusa e baqueada, Carol perguntou: – Você acha mesmo que conseguirá se esconder de Luisón?

Luisón, Carmem havia ouvido falar nesse nome… Mesmo assim perguntou dando de ombros: – Quem é esse Luisón?

– A entidade da Morte – Carol respondeu. – O barqueiro.

Sim, Carol falava com o barqueiro. Carmem sentiu todas as extremidades de seu corpo se arrepiarem. As ancas, cada pelo, cada pedaço de pele de seu corpo respondeu imediatamente às palavras "morte" e "Luisón".

Subitamente, Carmem julgou o óbvio. Carol não era inteiramente humana. Ela não esperou para saber qual era, gritando em plenos pulmões, entrou em casa e fechou a porta. Nisso ela escutou a risada de uma idosa e se sentou atrás da porta. Como se estivesse em um pesadelo, Carmem gritou "Mauro!". Ela completou num tom mais baixo pelo pânico que roubou suas forças:

– Socorro!

Carmem colocou sua mão no peito e respirou fundo para tentar se acalmar. Seu corpo tremia com o excesso de adrenalina que subitamente inundou sua lógica. Era para fugir, esconder-se, mas onde? Nisso ela decidiu. Não sairia dessa casa por nada. Mas e se Carol indicasse o local para o barqueiro? Carmem sentou em frente à porta, no sofá, e abraçou suas pernas. Então se permitiu cair em posição fetal como se a inocência de um feto pudesse tirar a certeza da morte.

Bem lá no fundo, em meio aos inúmeros sentimentos que prevaleciam em meio a uma situação tão única e marcante como a que Carmem vivia, não havia ódio. Isso porque ódio sempre foi um sentimento livre de propósito. Na verdade, havia um profundo sentimento de entendimento. Engraçado como a vida ganha um novo sentido segundos antes da morte. Carmem não odiava Carol. Pelo contrário, amava sua amiga e queria abraçá-la para não ficar sozinha. Sua vontade de se levantar era nenhuma. Passou a suar e percebeu que só poderia ser febre. Passou a se sentir confusa. *Onde estou mesmo?*

Ela lutava contra boca seca, náuseas, dores e confusão extrema. Mesmo assim, não conseguia sair do sofá.

Por que Carmem se escondia do barqueiro? Por qual motivo? Para viver alguns anos a mais? Para viver um amor? Por qual motivo? Para ver o sol se pôr, ao menos, uma última vez? Para ter filhos, netos e vê-los crescer ao lado de Mauro? Para amar e ser amada? Para viver nesse casebre até encontrar uma solução que não viria?

Pensando nisso, Carmen fez um esforço para se levantar e, assim que alcançou a frente da casa, perdeu os sentidos.

77

MAURO – DESTINO E FIM...

INDAIATUBA, SÁBADO, 8 DE ABRIL DE 2000

– Bom dia, Cristiano – Mauro cumprimentou assim que chegou à casa de Sarah. Tentou simular um sorriso. Afinal, durante o dia inteiro ignorou os diversos chamados dos seus amigos em seu celular. Também não quis participar da reunião telepática solicitada por Cauã. Precisava estar compenetrado e encontrar as substâncias faltantes.

Sem demora, Cristiano falou:

– Carol, aquela que trabalha no orfanato e que é amiga de Carmem, é Carlota. Sempre foi...

Enquanto Cristiano contava a novidade, Mauro paralisou de agonia. Então se lembrou da sacola de supermercado e saiu em disparada para a casa sem deixar Cristiano terminar.

78

LUISÓN/MAURO – UMA DIFÍCIL TAREFA

INDAIATUBA, SÁBADO, 8 DE ABRIL DE 2000

Luisón ainda mais sombrio que de costume, sentou a seu lado na cama, deu um beijo em sua testa e disse:

– Perdoe-me.

– O que houve? – Amanda perguntou.

– Vou te contar uma história bem conhecida. Um dia, a morte veio buscar certo homem, mas ele a convenceu a lhe dar mais algum tempo. Segundo a lenda, o rapaz conseguiu a prorrogação da vida, mas a morte, que não perde viagem, alertou o homem para aproveitar a vida que lhe restava, porque voltaria em breve. A proximidade da data determinada assustava o homem que, em vez de aproveitar sua vida, criava planos visando uma forma de enganar a morte novamente. Então ele pediu ajuda a sua mulher. O plano era que ele ia se esconder em um caixão a se fingir de morto. Afinal, a morte não poderia pegar um defunto. No dia marcado, a morte bateu em sua porta chamando o homem. A mulher disse que ele já havia morrido, indicando à morte seu atraso, e a convidou para entrar. Assim que a morte viu o caixão, ela anunciou que, já que o homem se encontrava no caixão, deveria se manter lá. Despediu-se da mulher e saiu da casa. Assim que a morte saiu, a mulher foi chamar o marido, feliz por imaginar que o plano havia tido sucesso. Infelizmente, o encontrou morto dentro do caixão.

– O que você quer dizer com isso? – Amanda perguntou assustada com o conto. – Você está falando de Carmem?

Sem poder explicar, Luisón seguiu seu caminho.

• • •

– Carmem! – Mauro gritou ao ver a moça caída no chão da frente da casa, em uma postura extremamente desconfortável para um ser vivo. Ele se aproximou e tocou nela, sentindo seu corpo frio. Não havia mais tempo. Custou a Mauro acreditar que, pela primeira vez em sua longa vida, havia se deparado com a derrota. *Isso é impossível*, Mauro pensou, negando completamente o que seus olhos testemunhavam. Uma visão difícil de aceitar. Aliás, impossível. Não dava. Era mais do que poderia suportar.

Ouviu a voz de Luisón atrás dele:

– Se ela se mantivesse dentro de casa, seria mais difícil achar, no entanto, acabaria pegando-a em algum momento.

Palavras duras, descabidas e verdadeiras. Mauro a colocou, sem vida, em seu colo e tornou a chorar balançando seu corpo como se ela fosse sua infante. Primeiro ele chorou por raiva. Afinal, Carmem não tinha a menor consciência da importância que tinha em sua vida. Ela havia sido cruel e insensível ao colocar-se em risco. Ele apertava seu punho no braço sem vida de sua amada, como se a pudesse machucar. Quem sabe, pudesse? Quem sabe ela gritasse com a dor?

A vida perdeu para a morte. Ele perdeu para Luisón, que agora levaria o que Mauro mais amava como prêmio, Carmem. Ele havia se tornado seu escravo por meses e ela a sua musa, sua flor. Ele queria protegê-la, mesmo que com isso ela deixasse de viver.

– Por que você fez isso, Carmem? – Mauro perguntou para sua amada imóvel. – Por que não me deixou lhe proteger...

– Do inevitável – Luisón complementou.

Mauro coçou a cabeça, lembrou-se de todas as pesquisas que havia feito esses dias e do verdadeiro progresso e disse com profunda amargura:

– Não sei se está pronto – sacou uma cápsula pequena e cinzenta do bolso. – Meu plano B.

– Quer tentar? – sugeriu Luisón.

Mauro abriu a boca de Carmem e colocou abaixo da sua língua.

– Será que ela vai retornar com memória intacta? – Mauro perguntou, um pouco esperançoso.

– Vai ter que esperar e crer – Luisón disse.

Suspirou, trêmulo. Não havia mais o que fazer. Então pediu:

– Conduza-a com suavidade e contemple sua vida com respeito. Ela é meu maior tesouro e a entrego a seus cuidados. Ela é o meu Sol, minha genialidade, minha Lua, minha fantasia e harmonia. Então pense que você não está conduzindo somente a ela, está me conduzindo junto.

Luisón aguardou em silêncio e disse:

– Asseguro que o farei com máximo respeito e carinho. Tenho todo o tempo do mundo. Avise quando puder ir...

Mauro sentou na grama e se curvou em desespero. Como era difícil deixar Carmem ir. Como era difícil! Ele chorou e gritou em plenos pulmões.

Então percebeu uma mão em seu ombro. Luisón agachou a seu lado e aguardava em silêncio. Libertou-se daquela mão, rispidamente, como se tivesse sido derrotado por um inimigo.

– Você não vai? Não espere eu dar a permissão, porque não terei a capacidade de fazer isso.

Luisón falou:

– Estou aguardando. Diga-me quando eu puder ir.

Mauro ignorou Luisón e entrou na casa. Achou um testamento inacabado. Era da Carmem e levou para seu corpo estendido na grama. Ela ainda estava tão linda, era como se ainda tivesse com vida. Como era difícil deixá-la ir.

– Não vou conseguir, Luisón – Mauro confessou. – Não vou conseguir deixá-la ir.

– Eu sei – Luisón falou reflexivo ainda agachado ao lado de Carmem. – Mas continuo aguardando.

Mauro sentou-se ao lado de Carmem. Ele leu o documento. Então comentou com Luisón em meio a soluços:

– Ela colocou Carol no testamento – continuou lendo. Comentou com a voz trêmula: – Ela disse aqui que me ama. Será que planejava me dizer isso hoje?

– Ela disse – respondeu Luisón.

Então Mauro sentiu seu corpo esquentar e sentiu suas moléculas se movimentarem. Deixou de sentir parte de suas pernas e entendeu.

– Você nos levará juntos, não é? – perguntou.

– Sim.

De repente, Mauro passou a sentir uma paz esquisita e deixou de chorar. Deitou ao lado de Carmem e acariciou seu rosto já com a visão turva pelos olhos marejados. Afinal, ele não ia deixar Carmem, faria a viagem com ela.

– Será que nos encontraremos em vida novamente? – ele perguntou a Luisón.

– Como disse... tem que crer.

Mauro pausou e refletiu, algo impossível de deixar de fazer, até nesse momento de pura agonia. Sentiu seu corpo desmantelar-se suavemente e então falou:

– Tive todo o conhecimento do mundo... Aprendi há pouco a arte de amar com Carmem, e agora me conforto diante da possibilidade de vê-la novamente. – Mauro olhou assustado para Luisón. – Por que tenho tanta certeza disso?

– Responda-me... – Luisón falou serenamente. – O que você sente te dá paz e confiança para seguir seu caminho? Essa certeza que o conecta a ela e a algo tão superior que não consegue pôr em palavras, é um sentimento de amor tão puro e pleno que ultrapassa qualquer raciocínio lógico. Você consegue definir o que caracteriza esse amor, apesar de vivenciá-lo apenas agora?

– Devo te agradecer, porque você acabou de me presentear com o aprendizado mais importante de todos.

– E qual é? – perguntou Luisón.

– A fé – respondeu Mauro.

Luisón sorriu e assentiu.

Então Mauro fechou os olhos e disse:

– Pode nos levar.

Luisón decidiu tomar o tempo necessário para conduzir o casal. Apesar de tantas desavenças, ele tinha aprendido a respeitar a vida por causa da intimidade que, com o passar do tempo, foi banalizada pela criação da fonte. Esta que o mantinha protegido da parcialidade e dava uma falsa impressão de que mantinha sua paz pura para oferecer a quem perdia tudo. Nesse momento, ele não era imparcial e notou, com uma agradável surpresa, que essa parcialidade incrementava o sentimento de paz com o grato sentimento de fé.

Sim, Luisón aprendeu também e devia isso ao que viveu recentemente. Devia isso a Mauro e Carmem. Por isso ele levou o tempo que ambos precisavam. Ele não contava mais os milésimos de segundos para conduzir esse casal. Ele deveria dar tempo a eles.

Esse era o momento em que Luisón sentia a maldição que carregava. Ele poderia dizer com convicção que tinha um dos ofícios ou obrigações mais difíceis das entidades. Uma obsessão amaldiçoada que somente Amanda foi capaz de aliviar com a sua sensibilidade, sua amabilidade e sua beleza nesses meses em que viveu a seu lado. Esse feliz período em que se sentiu livre do suplício.

Agora ele se deparava com o amor paterno que crescia forte em seu organismo. Um feto que fazia a cada dia seu ofício se tornar mais insuportável. Talvez ele se sentisse na obrigação de fazer isso por Amanda e Gabriela. O fato é que ele conduziu essas essências levando muito, muito mais tempo do que de costume.

79

INTERMINÁVEL LUTO

RIO DE JANEIRO, DOMINGO, 9 DE ABRIL DE 2000

Cauã ligou pela manhã e contou a terrível notícia sobre a perda do casal, Mauro e Carmem. Disse que ia para Búzios ao lado de Gabriel com a difícil tarefa de dar a notícia para a família da moça. Decerto Gabriel teria de achar as palavras, mas como se confortar uma mãe?

– Estamos vivendo um momento diferente dos demais. Nunca precisamos tanto do Mauro e é justamente nesse momento que ele deixa de ter forças para se manter em forma humana.

A campainha tocou. Entrou Aiko. Sem nos cumprimentar, estendeu um papel. Lina passou a ler. Empalideceu.

Peguei o bilhete em suas mãos.

Era de Thaís, informando que, conforme notificado anteriormente, havia sido levada.

Subitamente, toda a palidez de Lina se transformou na mais pura raiva.

– Aiko... você, a mais velha das icamiabas, a quem confio o treinamento das minhas meninas, me entrega um bilhete desses? O que está pensando?

– Não posso segurar uma menina que não quer ficar – respondeu simplesmente.

Um estrondo ecoou pela cozinha. Pulei, assustada.

– Desculpe, Joana. – Lina disse. A força da sua raiva quebrou a mesa da cozinha.

– Não tem problema – respondi, concordando com a indignação de Lina. Aiko deu um passo para trás com olhos arregalados.

– Calma – Cristiano surgiu. Sua presença fez muito pouco pra pacificar o ambiente. Como poderia?

– Se eu pudesse definir o que é irresponsabilidade, seria isso! Não havia motivos para deixar Thaís sair sozinha do orfanato! Francamente, Aiko! Jamais imaginei que você permitiria que uma moça dessa idade saísse com um estranho. Vamos! Diga! Por que, depois de tantos anos, você apronta uma cagada dessas?

– Porque não sou babá! – Aiko confrontou.

– Prometo a você que buscarei Thaís. Fique calma – Cristiano se prontificou.

– Prometendo de novo! – retruquei ainda mais irritada e Cristiano deu de ombros.

Cristiano tomou a palavra:

– Vou achar Thaís. Acredite! Garanto que agora não é hora de brigar. Eu também quero brigar. Tenho motivos de sobra. Se não fosse o plano, eu pegaria Carlota pela goela e torceria como se não houvesse o amanhã, mas essa irritante entidade está trazendo Júlio para a nossa estratosfera. Logo, Rodrigo iniciará a batalha e levará o alvo para Cauã. Acreditamos que o esforço em conjunto desmantelará Júlio. Precisamos estar atentos. Precisamos nos encontrar com Cauã e Gabriel na frente da caverna em que Júlio fez as inscrições. Rodrigo penetrará na estratosfera naquele ponto. Joana, Lindalva e Rafaela ficam na casa, garantindo a segurança de Amanda e das crianças – Cristiano parou. Estudou-nos por um tempo e disse: – Sei que todas estão tristes e nervosas. Acreditem, também estou. Mas, nesse momento, precisamos agir com razão. Não é isso que Mauro faria? Agir com razão?

Sem querer abrir mão da discussão, Lina apontou para Aiko e disse: – Depois que isso acabar, vamos conversar, ok?

Aiko elevou suas mãos em rendição.

– Vamos? – Cristiano indagou Lina.

– Vamos.

– Alguma pergunta sobre o seu papel no plano? – perguntou Cristiano antes de ir. Em um ar zombeteiro, prosseguiu: – Tem certeza, Joana? Nenhuma? Nem sequer uma reclamação ou reprovação?

Revirei os olhos. Imagina! Não faço tantas perguntas! Homem irritante e exagerado! Virei as costas e entrei na cozinha. Eu bebi um copo de água para apaziguar minha ira, mas quase engasguei ao escutar o grito de Vanessa:

– Mãe! Socorro!

Será possível?! Ignorei o copo quebrado no chão e corri de encontro a Vanessa. Abri a porta do banheiro do quarto das crianças e Vanessa estava sentada na privada em verdadeiro pânico e disse:

– Vou morrer!

– Como assim? – perguntei preocupada, afinal, já vi bastante coisa e aprendi a confiar no relato infantil.

– Estou sangrando! Será que aconteceu comigo o mesmo que com Tatá?

Sinceramente, tive de sentar. A menina tinha tecnicamente somente cinco anos e a aparência de dez. Menstruar, já?! Por mais que não fosse morrer, era preocupante. Agora sem Mauro, aumentava minha preocupação. Vanessa arregalou seus olhos assustada com minha reação. Então rapidamente me recompus. Sorri e procurei mostrar calma e alegria. Afinal, ela havia se tornado mocinha. Ao contrário de minha preocupação com a precocidade, era fato que deveríamos demonstrar alegria para Vanessa.

– Filha! Você se tornou mocinha! Parabéns!

Eu a abracei e ela passou a chorar. Então Vanessa disse:

– Estou com dor.

Certamente eu teria de enfrentar esse desafio de criar filhos com o desenvolvimento acelerado. Agora, sem Mauro, teríamos de enfrentar essa situação sem orientação, para meu desamparo.

Como Mauro nos fará falta.

80
CAUÃ/CRISTIANO – PLANO EM AÇÃO

Nyirangongo, República Democrática do Congo, domingo, 9 de abril de 2000

Cauã sempre gostou de ler os mais diversos filósofos. Acreditava que eles tinham muito mais a oferecer do que os mais efervescentes cientistas. Nesse momento, enquanto observava o grande vulcão, estudava os resquícios de morte após a batalha entre Lina e os Laicons, refletiu em uma frase que compunha o pensamento de Warren Bennis: “Os líderes não nascem, eles são feitos”.

Nunca um filósofo fez tanto sentido para Cauã nesse momento. *É tão simples assim e também tão difícil*. De fato, Cauã sempre viveu em meio a uma espécie de realeza constante e na certeza de sua importância no grande esquema das coisas.

Mauro costumava dizer que não havia um grande problema, mas diversos pequenos problemas que se interligavam um no outro e a chave para vencê-los era traçar um fluxo entre eles, colocando-os em ordem. Assim, logicamente, seria resolver um problema por vez. Foi pensando dessa forma que Cauã traçou a estratégia para lidar com a grande ameaça que os rodeava. Ele imaginou que, eventualmente, Mauro resolveria o seu problema e se envolveria no problema maior. Mas, aparentemente, o seu problema foi grande demais para se destrinchar em pequenos problemas.

Uma lástima.

Cauã precisou lutar contra a fúria que sentia desde quando soube da notícia. De início, queria xingar o amigo com os mais diversos impropérios, afinal, em que mundo ele vivia? Por que achou pertinente desmantelar-se em um momento tão importante?

E por que Cauã se sentia traído? Por que ele não conseguia aceitar a realidade que Mauro desmantelou, mesmo sabendo que, na maioria dos casos, essa transformação não tinha nada a ver com a vontade da entidade?

– Estamos todos aqui – Lina anunciou. – As icamiabas estão posicionadas, estou pronta para lutar.

– Obrigado. Estaremos prontos quando Gabriel anunciar que estamos – disse.

Gabriel estava no espaço, inspecionando os movimentos da Carlota e a recepção do Rodrigo quando Júlio penetrasse a estratosfera. Diante dos acontecimentos, era prudente agir com cautela e fiscalizar constantemente a entidade da Destruição.

– Será que esse é o momento? – Lina perguntou.

– Não há mais tempo – Cauã respondeu. Em tese concordava com Lina, mas o que podia fazer?

Como um cometa, lançando areia para todos os lados, Gabriel pousou ao lado de Cauã. Ele disse:

– Carlota trouxe Júlio. Acabei de ver nosso alvo ao lado do Rodrigo. A batalha começou. Cauã, logo terá que ajudar Rodrigo para aumentar o seu poder de fogo. Também encontrei Thaís. Ela está presa na caverna – apontou um ponto. – Exatamente onde estou apontando.

– Ah, que bom! Quando posso resgatar a donzela? – Cristiano perguntou ao juntar as palmas das mãos ostentando entusiasmo.

– Vá agora – Cauã determinou. – A situação vai ficar perigosa e não quero ela aqui.

Cristiano mergulhou no lago.

• • •

Thaís... Thaís... Thaís. Era com esse pensamento fixo que Cristiano entrou na caverna.

Ele ignorou o mal cheiro das camadas intermináveis de corpos dos Laicons, ignorou o barulho de goteira (aliás, ele nem queria saber o que caía do teto) e procurou não pensar na razão ilógica que havia levado Thaís a ser levada. Ele simplesmente seguiu o seu caminho sem olhar para os lados e para trás.

De uma forma muito doida, ele pressentiu a localização exata de onde Thaís se escondia dentro da caverna. Thaís foi levada a uma das celas que os Laicons usavam para alocar humanos antes da transformação. Sabia que ela estava em uma das celas sem grade e janela e cuja entrada era por um buraco no teto, fechado por madeira. O general Máximus tinha um hábito de torturar e testar os limites daqueles que entrariam em seu clã. Uma babaquice, mas pura verdade.

Com essa certeza em mente, ele sacou a lanterna e procurou essa abertura no teto do imenso corredor que passava pela caverna. Assim que encontrou, colocou a lanterna em sua boca, ajustou uma pedra no chão abaixo dessa abertura para o ajudar a alcançar o teto e passou a socar. Estranhou ao sentir a madeira forçar para baixo como se um corpo estivesse fazendo força para ele não entrar. Então escutou a voz de Thaís:

– Não venha! Pedi para não me resgatar! Saia daqui!

– Thaís! Não temos tempo para discutir! Deixe de ser teimosa e vamos! – Cristiano respondeu, confuso, ao perceber que a menina usava o seu corpo para bloquear a porta e impedi-lo de entrar na cela.

– Saia daqui!

Cristiano dobrou seu joelho e saltou, protegendo seu rosto e investindo sua força no centro exato da estrutura de madeira. Pedaços de madeira saíram voando. Ele ouviu um grito de espanto quando a moça foi arremessada para o outro lado da cela. Cristiano se equilibrou para cair em pé. Apoiou uma das mãos no chão.

Assim que ele se levantou e olhou a moça, não conseguiu segurar o susto. No lugar de Thaís, estava a silhueta de uma jovem bela! Era Thaís? Difícil constatar quando a moça estava escondida no escuro da cela. Sim... Provavelmente, já que ela sofria de crescimento irregular... Que seja! Ele não tinha tempo de discutir.

– Thaís?

– Sim, eu disse que eles vêm me buscar!

– Aqui?

– Não tive tempo de questionar o motivo de marcar nesse local – apontou a porta da cela aberta. – Como pode ver, não sou uma prisioneira.

– Quer saber...? Você vem comigo e não discuta!

Colocou-a em seu ombro e desceu pela abertura do chão.

– Quem são essas pessoas que querem te levar? São do mundo do príncipe Teiú? Sabe que esses babacas estão sendo direcionados pelo Jurupari? – perguntou enquanto ela socava suas costas.

– Você está mentindo! Eles não estão sendo orientados por Jurupari! Eles querem me proteger!

– Proteger do quê? Da gente? – Ele riu. – Quando que eu já menti? – ele lembrou. – Ai! – gritou. Desta vez, ela bateu suas costas com algo pontudo. Em um movimento brusco, conseguiu segurar o objeto que ela usou para bater nas suas costas. Era a espada do general. Foi obrigado a colocar Thaís no chão para esticar a sua coluna.

– Você é forte – disse.

Não em forma de elogio.

– O que você quis dizer sobre as entidades de Gaha?

– Ah, então foram eles mesmo que dizem querer te proteger e marcam um encontro nesse maravilhoso local? Você já é grandinha. – Fez um gesto com os dedos. Recuperando seu fôlego. – Muito bonita – elogiou. Fez um gesto com os dedos indicando algo pequeno e disse: – Um pouco pesada.

O punho firme e forte de Thaís encontrou seu rosto. O soco deixou Cristiano tonto. Perdeu o controle das suas pernas. Passou a mão em seu nariz dolorido. Ele estava a ponto de elogiar o golpe quando teve outro choque. A moça já havia sumido.

81
PLANO EM DECLÍNIO

INDAIATUBA, DOMINGO, 9 DE ABRIL DE 2000

Vanessa abriu mão da candura após uma breve explicação. Brincava no quintal e dançava como se estivesse ainda comemorando a nova realidade.

– Sou mocinha! – e gritava para as estrelas.

Crianças...

– Não é seguro aqui. Vamos ficar todos no quarto de Amanda? – Rafaela pediu e concordei com o plano. Melhor que todos estivéssemos juntos.

Seguindo a sugestão da icamiaba, entramos no quarto e nos acomodamos como podíamos. Lindalva e Rafaela ficaram ao lado de Amanda na cama, eu com as crianças no chão e Sarah, que finalmente apareceu após dias desaparecida.

Osvaldo, demonstrando a verdadeira fúria do dragão, ou estupidez do guerreiro inundado pela impotência da juventude, porque parecia querer demonstrar sua maturidade e força, disse:

– Não se preocupem, meninas! Eu vou proteger vocês!

– Tão pequeno, tão galanteador! Nem imagino quando crescer! – Lindalva disse e tentou beijar sua bochecha, mas Osvaldo se libertou dos braços da icamiaba e a estapeou com careta de nojo.

Osvaldo era uma criança hiperativa e parecia não temer nada. Sarah já teve de resgatá-lo do telhado, de canos, de árvores, da água fria da correnteza na Inglaterra. No entanto, o que mais assustou ela foi ter que resgatá-lo da toca do jacaré no zoológico. Aparentemente, Osvaldo imaginou que poderia melhorar suas habilidades de combate com essas feras. Naquele momento, Joamir foi o verdadeiro herói, pois, de alguma maneira, ele se segurou no muro com as pernas (outros visitantes ajudaram) e lançou sua mão, pegando no braço do menino e o retirando a ponto de evitar a primeira mordida. Isso mesmo! Foram segundos que separaram Osvaldo da mandíbula de um jacaré.

Subitamente um estrondo ensurdecedor fez tremer as paredes a ponto de trincar algumas delas.

– Vou ver o que está havendo – anunciei. Levantei e segui até a sala enquanto Rafaela, Lindalva e Sarah procuravam manter as crianças quietas no quarto. Realmente, uma difícil tarefa.

Abri a porta para espiar a rua, fiquei ali parada por um bom tempo, assombrada.

No lugar do asfalto, havia um grande buraco. Pairando sobre a destruição, havia uma camada de névoa pesada, que me parecia poeira do cimento destruído. Ao redor, havia faíscas de curto-circuito que iluminavam o ambiente, conferindo um cenário apocalíptico.

Como era de se prever, alguns vizinhos saíram de suas casas para observar a destruição.

– Merda – resmunguei ao escutar os murmúrios e as suposições dos outros moradores, que não tinham a menor ideia do perigo que corriam.

– Senhor, você está bem? – Um dos moradores perguntou a uma figura que emergia da cratera. Meu queixo caiu. As palavras sumiram. Pensei em gritar, mas era tarde demais. Parte do cimento foi arremessado em direção ao morador. Colidiu em sua cabeça e o matou instantaneamente.

Gritos e correria se seguiram. Um aroma denso de medo rapidamente tomou o ar ao redor.

– Saiam daqui! – gritei em um tom severo, daqueles que não dão margem para discussão. Um suor frio fez a minha pele arrepiar-se. Pensei nas crianças. Em Amanda. Precisei reprimir o vômito. Meus olhos registravam o horror no rosto daqueles que fugiam. Meus joelhos passaram a tremer ao ver uma poça de sangue circular o corpo imóvel de quem apenas quis ajudar.

Da névoa, surgiu Júlio com sua expressão séria, compenetrada e injuriada. Tão logo saiu da cratera, chacoalhou o corpo e buscou tirar o resto de cimento de seu corpo nu. Eu deveria correr. Fugir. Esconder-me. Pegar as crianças e saltar para a Lua. Qualquer opção, por mais cretina que fosse, era melhor do que ficar parada. Mas, ao contrário do óbvio, paralisei. Uma onda de terror me afligiu assim que Júlio me viu. Ele me encarou com olhos ardendo de raiva. Ele me viu e rugiu com um propósito terrível. Havia me reconhecido; eu era a noiva do Sol.

– Cadê o meu pai!? – ele berrou, desatento à luz faiscando em meio à eletricidade, à destruição e à água jorrando pelos canos quebrados. A intensidade do ódio, loucura e malevolência que esse rapaz carregava me intimidaram.

Neguei, sem saber como reagir à pergunta.

Assim que ele deu o primeiro passo, vimos a mão de Rodrigo emergir da cratera. Ao notar seus ferimentos, concluí que ele aterrissou nessa mesma cratera em um golpe severo.

Jamais conseguiria imaginar que, um dia, estaria comemorando ao ver a imagem de Rodrigo.

Meu estranho herói passou a mão em seu rosto ensanguentado e saiu dentre os estilhaços de cimento. Ele estava com uma raiva sobre-humana. De fato, Rodrigo não gostava de perder, sua vaidade o dominava nesse sentido e não seria agora que ele aprenderia a linda arte de superar uma derrota.

– Não luto com homem pelado! – exclamou Rodrigo ao lançar uma espécie de líquido que colidiu com as partes íntimas de Júlio. Este berrou em agonia.

Não entendi exatamente o que foi que Rodrigo jogou. Era uma espécie de líquido com aparência de óleo denso e escuro, que colou em Júlio como uma camada de vestimenta e, ao mesmo tempo, conferiu-lhe alguns segundos da mais pura tortura.

Subitamente, em um estalo, finalmente consegui me mexer. Entrei na casa já imaginando que Rodrigo lutaria. Mesmo assim, eu não poderia jamais imaginar que ele estivesse fazendo isso porque queria nos proteger. Rodrigo apenas não queria que Júlio ganhasse.

Tranquei a porta movida pela falsa e idiota crença de que ela poderia nos proteger. Como se uma porta de madeira fosse impedir Júlio de entrar. Escutamos sons fortes como uma chuva de trovões. Nesse momento, nossa menor preocupação era de os vizinhos testemunharem a cena. A água com a toxina serviria para limpar suas memórias.

Eu pensava nas crianças, que já se espalhavam na sala com os olhos arregalados, aguardando o desenvolvimento da batalha que não parecia estar perto de terminar. Gritos de dor ecoaram; em seguida, sons de trovão e estrondos de destruição. Efeitos sonoros de uma luta sem regras cujos protagonistas eram vilões apenas.

– Todos de volta para o quarto! – ordenei, sem efeito. Saltei outra vez ao escutar um barulho ensurdecedor e explosivo.

A porta da sala se escancarou. Rodrigo avançou para dentro. Em seu rosto, só havia fúria. Ignorando a gente, inspecionou ao redor possivelmente para algo que poderia usar na luta. Ele reclamava e passava a mão em seu corpo como se os meros tapas pudessem remover todo o sangue e a poeira densa grudada no que sobrou do seu terno.

– Deveria ter dado uma virgem para esse filho da puta levar ao Sol. Quem sabe seria carbonizado até chegar lá?

Olhei para a rua e vi Júlio esparramado no chão, buscando se levantar. Sua condição era ainda pior do que a condição de Rodrigo momentos atrás. Júlio procurava levantar-se apesar de suas pernas e do corpo ensanguentado, moído e estilhaçado.

Não deveria, mas fechei o meu punho e sutilmente comemorei, sem que ninguém pudesse ver, é claro!

Rodrigo foi em direção à espada que Joamir insistira em manter na sala como ornamento, mesmo depois da morte de Kátia e mesmo sabendo do perigo que corria com Osvaldo. Ele arrancou a espada da parede, reclamando:

– Esse canalha não se desmantela!

Uma espécie de líquido brilhoso e metálico como mercúrio saiu de suas mãos e revestiu a espada, dando a essa arma uma estrutura mais robusta e consistente.

Então ele voltou para a rua sem olhar para os lados.

Ainda mais irônico, para não dizer tétrico, foi Vanessa encarar Rodrigo com o fascínio de uma fã. Pior! Ao vê-lo sair da casa, Osvaldo, Pablo e Marcos decidiram, por si mesmos, entrar na batalha e tiveram de ser imobilizados. Outra vez, Osvaldo foi imobilizado por Lindalva, Marcos foi imobilizado por Rafaela, e eu abracei Pablo. Todas com bastante dificuldade pela notória força dos meninos.

Enquanto isso, sons de metal e cimento pareciam ser amplificados pela chuva torrencial que passou a cair, e Vanessa, completamente encantada pelo que via, correu para a porta como uma fã atrás de seu ídolo, mas eu a segurei.

Tive vontade de amarrar essa menina ao pé da cama ou colocar-lhe de castigo até sua maioridade.

– Ai! – Pablo gritou. Afrouxei meu punho em seu braço.

– Você não estava com cólicas há pouco tempo? – reclamei e então me alarmei assim que vi Sarah apontar à sua própria virilha pelo outro lado da sala. Minha mãe me lembrava, a sua maneira, que Vanessa havia acabado de menstruar. Tecnicamente, havia se tornado mocinha, virgem e uma candidata à loucura do monstro que Rodrigo tentava neutralizar.

Arregalei os olhos. Finalmente juntei as peças. Júlio havia colidido aqui não por acaso. Ele estava em busca de sua nova escolhida: Vanessa. Perdi a força. Foi nesse momento que a minha filha encontrou a sua oportunidade. Ela se libertou de meus braços e, sem hesitar ou entender o perigo que a rondava, correu para fora de casa, ao encontro de Júlio na rua.

– Vanessa! – gritei. Eu queria ir atrás dela. Deveria ir atrás dela. Não consegui. Ao contrário disso, berrei as mais diversas injúrias contra Júlio e, principalmente, contra a minha inatividade. Foi inexplicável. Aterrorizada, perdi a capacidade de mover-me. Fiquei ali, novamente, tonta como se tivesse recebido uma paulada na cabeça. A porta agora estava escancarada e pude ver toda a cena.

Ela já passava sobre um mar de vidros quebrados, fios soltos, faíscas, curto-circuito. Ela corria rapidamente. Já havia percorrido metade da distância até alcançar os combatentes. Eu, nada!

Nesse momento, Rodrigo havia largado a espada e envolvia a cabeça de Júlio com as mãos, como se pudesse esmagar seu crânio. Outro estrondo ensurdecedor. Júlio conseguiu escapar das mãos firmes de Rodrigo.

Rodrigo pegou a espada e voltou para a briga, mas Júlio perdeu o interesse na batalha. Ao ver Vanessa correr em sua direção, sorriu, esquivou-se da espada e deu um soco na barriga de Rodrigo, que foi arremessado para outra direção.

– Vá! – Lindalva pegou Pablo pelo braço.

Consegui dar um passo e paralisei outra vez.

Gritei. Júlio passou a caminhar em direção a Vanessa, mas ela mudou seu curso. Passou a correr na direção em que o Rodrigo foi atirado.

– Rodrigo! – foi o que consegui berrar.

Rodrigo voltou a si. Levantou e, chacoalhando, recuperou-se. Logo o imaginei virando as costas e nos deixando à mercê. Finalmente meu corpo pegou no tranco. Corri.

Para o meu espanto, contrariando as minhas expectativas, vi Rodrigo correr ao encontro de Vanessa. Era tarde demais. Júlio estava perto demais. O braço de Júlio estendeu, mas antes que pudesse tocar em Vanessa, sabe-se lá como, Rodrigo saltou, abraçou Vanessa em pleno ar e caíram na soleira da porta. Em profundo desespero, abracei-os e senti um solavanco. Colidimos no meio da sala, eu e Rodrigo, abraçando Vanessa como uma barreira protetora.

Júlio gritou de raiva e pequenos fragmentos duros caíram sobre as nossas cabeças. Parte da casa caiu sobre nossas cabeças.

– Estão todos bem? – a voz de Cauã rompeu a tempestade. Já era tempo de ele chegar

– Os meninos estão bem! – Lindalva gritou pelos escombros. – Estamos com eles! E Vanessa?

– Está comigo! – exclamei.

Rodrigo murmurou algo que não consegui decifrar. Gemendo, levantou e estalou seu pescoço. – Controle sua filha – resmungou. Por entre os escombros, dirigiu-se a Júlio.

– Amanda está embaixo dos escombros! – Rafaela gritou.

Amanda!, pensei, alarmada.

– Vamos desmantelar o filho da puta – Rodrigo rosnou, decidido, e, como se não tivesse bancado o herói, ignorou a nossa presença e voltou para a batalha.

O rumo natural da batalha foi traçado. Juntos, Cauã e Rodrigo avançaram em Júlio. Minutos depois vimos uma luz agonizantemente brilhante emergir no meio dos dois. As energias de Cauã e Rodrigo, que trabalhavam em unidade, apesar de jamais se misturarem, transformando-a em uma verdadeira bomba. Após meros segundos, tudo se apagou, inclusive a luz da cidade. Sei que Cauã não jogou toda sua força, ou nós não estaríamos aqui. Talvez por isso a união da força entre Rodrigo e Cauã foi essencial. Um criava luz e o outro a destruía, ao mesmo tempo, intoxicava o sistema já afetado de Júlio. Ironicamente, Rodrigo protegia a todos nós reduzindo a força e a raiva de Cauã ao investir na sua raiva. Júlio finalmente se desmantelou. Ambos entreolharam estranhando essa ligação que parece ter acontecido tão pouco nos milênios que se passaram.

Era estranho ver Rodrigo nessa posição, de fato.

Mas, nesse momento, isso não importava. Não quando Amanda poderia estar em perigo.

– Amanda! – escutei o grito de Lina e corri a seu encontro. Vi então Amanda imóvel. Haviam retirado os escombros. Seu corpo estava coberto de poeira e sangue, o que tornava difícil saber seu verdadeiro estado. No entanto, o rosto ferido não negava a violenta queda do teto sobre ela. Parte do seu rosto parecia esmagado. A imagem falava por si mesma. Amanda não resistiu à colisão do teto.

Não havia mais teto. Ele caíra inteiramente sobre Amanda.

82

LUISÓN – MALDIÇÃO

INDAIATUBA, SEGUNDA-FEIRA, 10 DE ABRIL DE 2000

Assim que entrou em casa, a fim de pegar alguns pertences para Amanda, sentiu uma onda de vento na nuca. Ajeitou seus ombros, estranhando a sensação, e decidiu olhar na fonte. Parou de respirar. Perdeu o chão e caiu tonto ao ver quem deveria conduzir daquela vez.

Só conhece o amor quem é capaz de morrer por ele.

Luisón finalmente entendeu por que Jonathan, um pai de família bem-sucedido que morava em um bairro confortável em Londres, jogou-se em cima de uma granada, atirada por um dos soldados alemães na Segunda Guerra Mundial, para proteger sua família. Também entendeu por que Maria, uma senhora devota que morava em uma cidade com apenas quinhentos habitantes no interior da Espanha, preferiu encarar um incêndio e morrer queimada para salvar a vida de seus netos.

Entendeu o motivo que leva pais a trocarem tudo que tinham e se endividarem na possibilidade de curar seu filho de uma doença que pode levar à morte. Igualmente, percebeu o que faz com que uma pessoa aceite morrer para que o seu ente querido tenha uma chance de sobrevida.

Lamentavelmente, Luisón percebeu a penúria por trás do seu ofício. Isso porque, nesse momento, ele daria tudo que tinha para negar aquilo que representou por milênios. Mas, infelizmente, assim como as milhares de pessoas que foram obrigadas a sofrer o luto pela perda daqueles que amam, não teria a oportunidade de mudar aquilo que era imutável.

Sou amaldiçoado! Sou miserável!, pensou Luisón assim que a porta se fechou e se viu frente ao corpo parcialmente esmagado de sua mulher.

A morte do amor deixa a pessoa mais cética. Por esse motivo que Luisón tinha a impressão de que todo o cético era triste, mesmo aqueles intelectuais cheios de conhecimento eram miseráveis.

Ele andou de volta à cama, envolvido pelos escombros, retorceu-se para o lado e caiu de joelhos. Já não sentia suas pernas. Fileiras vermelhas de sangue deslizavam sobre o cimento como se pudessem colorir a cena cinza ao redor. A visão deformada do rosto que ontem mesmo o encantou seria uma visão que o acompanharia em pesadelos. Colocou a mão no peito, incapaz de suportar a dor. Então sentiu a luz da Lua o esquentar, como se estivesse trazendo uma mensagem. Ele olhou diretamente a ela e tentou dizer algo, mas não encontrou palavras. Como não havia nada de bom a dizer, preferiu manter-se calado.

Luisón fechou os olhos inchados pelo choro e deixou o calor fluir sobre seu corpo. Após alguns segundos, abriu os olhos, respirou fundo e olhou novamente para Amanda. Um fio de energia cresceu no coração dele. Nesse momento, conseguiu sentir as essências de Amanda e Gabriela, grudadas, como se a essência da mãe tivesse protegendo da filha. Imatura demais, Gabriela era parte de Amanda. As duas seriam levadas juntas.

Por um breve momento, ele pensou em esfregar o pingente de cristal no local como Mauro havia feito com Carmem na esperança de que, se Amanda pudesse retornar em outro corpo, lembrasse dessa vida. Lembraria de como Luisón a amava. Mas ele colocou o pingente de volta no bolso.

Ele era amaldiçoado. Jamais permitiria dividir sua maldição com outra pessoa. Não mais...

Com um gesto trêmulo e forçado, Luisón desprendeu Amanda e Gabriela.

Escutou a voz de Amanda dizer:

– Vamos para casa?

Ela não tinha a menor consciência do que havia acabado de acontecer. Um alívio. Pelo menos, Amanda não havia sentido nada.

– Eu vou te conduzir a seu destino, meu amor – Luisón explicou com suavidade, buscando incutir paz, reprimindo a dor que jamais imaginou sentir. – Você e Gabriela – engoliu a seco.

– Nós morremos? – Amanda perguntou, ainda confusa.

Luisón não respondeu, não conseguiria. Não é fácil verbalizar a morte de um amado, mesmo para Luisón. Amanda estava a seu lado. Havia uma pequena luz acompanhando Amanda e ele poderia gozar de alguns minutos com elas antes de finalmente as conduzir ao destino final. Desta vez, levaria a eternidade se fosse preciso. Ele então desencadeou o filme de sua vida e viram juntos, como se estivessem em uma tarde de domingo, deitados na cama. Era o resumo da vida de cada essência. Era seu presente para cada um que conduzia. Alguns se orgulhavam dos feitos e outros se assustavam pela lembrança de que os atos de uma vida servem como dica para o destino que os aguarda. Pelo tempo e a demanda, acelerava tal filme. Com Amanda, seria diferente. Ele colocou lentamente. Não tinha pressa, não queria ter pressa. Amanda ria e explicava alguns pontos. De outros, ela se envergonhava e Luisón sorria. Mas o que apertou o coração de ambos foi o pequeno período em que estiveram juntos. Relembraram em silêncio, sabendo que o filme estava acabando.

Foi então que Luisón falou, com os olhos cheios de lágrimas:

– Vou fazer a coisa mais difícil em toda a minha existência. Diversas vezes, presenciei uma família deixar seu amado para fazer uma cirurgia de alto risco e senti a forte emoção na partida. Já que não sabiam se o amado efetivamente voltaria da cirurgia vivo. Estive lá, com eles, observando, muitas vezes sabendo de antemão do resultado da operação. Eu via a esperança em seus olhares. Era o que tinham no momento e se seguravam a ela com todas as forças. Agora que conduzo vocês, não consigo deixar de pensar na esperança de nos reencontrarmos. Pois é ela que me confortará. É o que tenho.

Amanda respondeu. Ela parecia em paz. Luisón conseguia dar-lhe paz. Ou era o contrário?

– Vamos nos reencontrar. Eu te amo demais para te deixar assim.

– Assim que te encontrar, permanecerei ao seu lado, mas, se isso te assustar, entenderei e te deixarei em paz.

– Como posso ter medo de quem amo?

Faziam planos para a próxima vida. Era o que tinham. Então ela se viu em um barco. Luisón remava suavemente em direção a uma caverna.

Ela perguntou:

– É assim que se conduz?

– Para você, sim.

A caverna tinha uma água com uma azul-clara forte, leitosa, quase fluorescente. Era esplendoroso. Ela olhou em volta, glorificada com a cena. Ela viu diversas pedras que brilhavam como se estivessem saudando sua passagem.

O barco parou e Luisón pegou na mão de Amanda, levando-a para uma caverna iluminada.

– Conduzo vocês até aqui – ele anunciou com a voz trêmula.

– Amamos você, nunca, jamais se esqueça disso.

Luisón então se distanciou e disse:

– Sua vida foi um filme digno de premiação. Tenho certeza de que você não terá medo de cruzar essa porta, por isso não sinto a necessidade de estimular você. Apenas digo uma coisa: você mudou todo o curso de minha existência e me sinto abençoado em ter te encontrado.

Amanda sorriu, lançou um beijo e entrou.

Luisón concluiu:

– E amaldiçoado por ser obrigado a vê-la partir.

Ele sentou na caverna, relembrando a vida de sua amada. Uma menina largada pela mãe, que era usuária de crack. Sofreu anos por isso, reergueu-se, escolheu seus pais mesmo sabendo que não poderiam ser seus, entrou no grupo das icamiabas, lutou, conheceu a Morte para amá-lo e teve uma filha com ele.

– É… – Luisón concluiu – … Já era hora de ela partir.

Ele saiu da caverna, olhou para os céus e agradeceu pelo pouco tempo que teve com Amanda, que julgou ser eterno. Então seguiu para sua casa, que agora parecia grande demais. Decidiu trancá-la até o dia em que viesse a se reunir com aquela que amava. Havia outra coisa a fazer, destruir a fonte. Não precisaria mais dela para conduzir as futuras almas.

83
DESCONSOLO

Rio de Janeiro, segunda-feira, 10 de abril de 2000

O Sol nascente não trouxe a mensagem de um novo dia. Na verdade, nesse dia, ganhou um novo significado. Uma nova cor se criou, algo não totalmente brilhante ou amarelo, mas lindo, apesar de surgir em meio às lágrimas que inundavam o rosto de Lina.

O rosto da minha bela amiga se contorcia, como se quisesse falar, mas não encontrava forças. Apertei a sua mão dando a entender que não precisava de palavras para dizer o que sentia, que sua amargura era bem mais dolorosa e que não poderia ser descrita por meras palavras. Nem o português nem qualquer língua desse universo poderiam definir ao certo aquilo que ela sentia. Por esse motivo, ficamos ali, no quintal do orfanato, por horas, em silêncio, comunicando-nos com gestos sutis, cheios de significado.

Lina estava inconsolável. Thaís havia sumido e Amanda morreu. Sabíamos que Amanda queria ser enterrada em sua terra natal, Portugal, e Lina decidiu ir pessoalmente para cuidar dos preparativos.

– Vou levar o corpo de Amanda para onde ela nasceu. Vou levar o armário que Luisón deu a ela – Lina comentou. Respirou fundo. – Luisón deixou o armário em minha casa e se afundou no trabalho. Preferiu. Apenas peço para você ficar no orfanato e supervisionar o trabalho. Ainda não encontrei uma substituta para a Carol e, francamente, vai demorar até eu encontrar alguém em que confie plenamente.

– Conte comigo.

Lina seguiu seu caminho. Não havia nada que eu pudesse dizer para confortá-la, nem a mim mesma.

84
PAPO DE CRIANÇA

RIO DE JANEIRO, TERÇA-FEIRA, 16 DE MAIO DE 2000

Fiquei no orfanato. Tive que cuidar das crianças, já que as icamiabas acompanharam Lina. Era o mínimo que eu poderia fazer por elas. Não quis sair de lá para lugar algum. Lina havia partido. Cauã acompanhava Cristiano e Gabriel na busca de Thaís, busca que se revelou incrivelmente desafiadora. Durante esse tempo, refleti sobre a vida e a morte. Passei um longo período em nosso escritório, observando as fotos de Amanda. Uma menina com olhos profundos, que mostravam a sua busca de si mesma diante da vida. Acabou se achando diante da Morte. Aceitou novamente a mortalidade e perdeu a vida.

Não pude deixar de me perguntar, diversas vezes, da possibilidade de Amanda retornar, em outro corpo, para dar continuidade a sua existência. Uma pergunta que não teria resposta.

Subitamente, em meio a minha reflexão, notei os passos característicos de Lina pelo corredor. Eram passos suaves e firmes ao mesmo tempo. Pés suportados pelos saltos altos e andar confiante de uma verdadeira guerreira.

Levantei e abri a porta para confirmar: era Lina. Ela chegou sem sorrir. Apareceu com seu rosto sério, olhos vermelhos e pupilas manchadas pela agonia da grande perda recente.

Abraçamo-nos e ela falou com a voz rouca, triste:

– Aracy me visitou – Lina revelou.

Mantive silêncio para ela falar, se houvesse condições para tal façanha. Ela precisava falar.

Lina continuou:

– Ela quis fazer uma homenagem a Amanda, ela era uma menina linda demais.

– Era sim – concordei.

Olhei um armário de pedra sendo carregado para dentro do orfanato por quatro icamiabas. Apontei a estrutura estranha e Lina deu de ombros.

– É o armário que Luisón me deu. Eu ia deixar no túmulo de Amanda, mas Aracy achou tão lindo que tocou nele sem querer. Sem intenção, criou um portal físico.

– Você tem agora um portal físico no orfanato? – perguntei.

– Pensei em levar para o centro de treinamento – Lina respondeu. – Ou para casa – Lina deu de ombros e disse: – Ainda não pensei para onde vou levá-lo.

Logo imaginei as icamiabas lutando contra a ansiedade de se transportarem para outros mundos e incrementarem suas experiências. A curiosidade pode ser fatal, sei disso com propriedade, por isso argumentei:

– Lina, leve para a sua casa e guarde lá. Não deixe aqui... Algo me diz que você deve cuidar disso com mais cuidado.

Lina parou um tempo para refletir e balançou sua cabeça positivamente:

– Você está certa – nisso ela sumiu e deu as novas coordenadas às meninas, que me olharam, furiosas com a minha interferência.

Meu celular tocou. Ao notar o número de Cauã, atendi imediatamente.

– Fala, amor.

– Amo você – Cauã falou com sua voz rouca.

– Também te amo – respondi suavemente.

– Tem uma coisa que precisamos fazer por Mauro. Enquanto estava em forma humana, ele prometeu orientar Carmem e redirecionar o entendimento do que se entende hoje como Síndrome Alcoólica Fetal e autismo. Os dois terminaram um artigo científico que será publicado em quatro revistas, em breve. Será um marco. Por isso, fomos convidados a falar em uma conferência na Inglaterra sobre o assunto e sobre a tecnologia e inovação. Vamos juntos, ok?

Assenti, sem muito interesse ou entusiasmo.

85
COQUETEL

Londres, quinta-feira, 20 de julho de 2000

Inglaterra. Um país intrigante. Lindo, com sua cultura, sua arquitetura e seus bares de diversos estilos e temas, espalhados em cada cidade. E, claramente, ao ser descrito por Gabriel, um local incrivelmente romântico.

Conversávamos enquanto Cauã e Cristiano dormiam durante a viagem toda. Eu estava agitada demais para dormir e curiosa demais para ficar quieta. Gabriel também parecia inquieto. No caso dele, era notório o motivo, ele iria representar Mauro no congresso e isso o incomodava.

Gabriel me contou sobre o romântico País de Gales e a terra de seu mais querido escritor, William Shakespeare. Confesso que, após algumas horas boquiaberta escutando sua descrição, invejei terrivelmente a mim mesma, Ana. Também após algumas citações de William Shakespeare feitas pela entidade representante do Amor, passei a tê-lo como o meu favorito.

Então, como éramos os únicos acordados, além da aeromoça, fomos até a copa e nos servimos de vinho tinto.

– O amor não é para covardes – Gabriel mencionou e bateu sua taça na minha em um brinde. Foi estranho, mas senti que havia muito mais nessas palavras.

– O que você quer dizer com isso? – perguntei, buscando algumas pistas nas entrelinhas.

– Que amor não é para covardes – ele repetiu, com um lindo sorriso no rosto.

– Tá, mas há muito mais nessa frase do que ela representa. Quem é covarde? Você não pode ser! Representa o Amor!

Gabriel riu e repetiu pela terceira vez:

– Eu apenas disse que o amor não é para covardes.

– Você fala de Mauro? É isso? Acha que ele foi corajoso em enfrentar a Morte em prol do amor?

Gabriel bebeu seu vinho e negou em um tom zombeteiro:

– Eu não disse isso...

– Mas a Morte também amou e perdeu. E Amanda? É a ela que se refere?

O tom zombeteiro se apagou um pouco. Gabriel ainda sofria pela perda de sua menina. Eu me arrependi de ter mencionado o seu nome. Mudei de assunto: – Está preparado para falar em um congresso internacional? Sabe quantas pessoas assistirão a sua palestra?

– Eu falarei sobre o artigo que Mauro e Carmem publicaram e Cauã falará sobre a energia solar. Serão dois tempos já que os assuntos são muito diferentes. Imagino que o salão tem lugar para umas quinhentas pessoas – ele respondeu. Notei um breve olhar entre ele e a aeromoça. Foi sutil, mas me incomodou e perguntei: – Estamos chegando?

A aeromoça respondeu:

– Mais duas horas. Quer mais vinho?

– Ah... – estendi minha taça.

– Cuidado. A altitude faz o vinho subir mais rápido.

– O que Cauã e Cristiano vão fazer no congresso?

– Como você sabe, Mauro, Cauã e eu nos unimos para criar um protótipo que capta a energia solar e a armazena por aproximadamente um ano. Criamos uma bateria de longa duração que se alimenta com a energia solar.

– Conseguiram?

– Sim. – Gabriel sorriu. Ele saiu da copa. Abriu um dos compartimentos do avião, pegou sua bolsa e retirou uma caixa do tamanho da palma de uma mão.

– Caixa de Rudá? – perguntei, curiosa.

– Não. Foi inspirada na caixa de Rudá, mas é a bateria. Para homenagear o criador, ela vai ser chamada de "Carmem".

Ele me entregou. Era uma caixa pequena, parecia ser feita de bronze, com alguns furos nos lados, rústica. Era, de fato, um protótipo. Tentei abrir.

– Ela tem um dispositivo de segurança. Se estiver com energia, não abrirá.

Devolvi a caixa a Gabriel, que a colocou na sua bolsa.

– Eu e Cauã vamos dar as palestras, como você sabe, e Cristiano, se não desfocar, vai tentar vender a ideia. Iniciar outra *joint venture*. Se tiver sucesso, vamos retornar a Assendent. Como é uma energia sustentável, diremos que a caixa tem uma tecnologia altamente refinada e que poderá ser vendida por um bom preço e, naturalmente, a manutenção pode ser oferecida também por um preço alto.

– Mas não é uma tecnologia refinada?

Ele riu:

– Longe de ser.

– Mas por que vocês venderão isso? Digo, acabarão só disponibilizando Carmem para a classe privilegiada.

– Por um breve período. Depois de popularizada, tende a desvalorizar. Então teremos outro desafio: desacelerar os ânimos daqueles que trabalham com energia fóssil. Trabalharemos por partes, afinal energia fóssil não é utilizada apenas para gasolina. Ela está em diversos pontos. Tentaremos fazer outro *joint venture* com essas empresas... Ajudá-los a se reinventar.

Enquanto Gabriel contava sobre os seus planos, enquanto ele respondia e selava as lacunas dos assuntos que ainda estavam pendentes para mim, eu me perdi em outros questionamentos. Com projetos tão ambiciosos, como conseguiram se defender da ameaça estrangeira? O Guardião do Tempo não poderia dar uma passada para me dar uma pista sobre como podemos ter sucesso diante de tamanho desastre iminente? Será que alguém em Gaha sabia que o suposto pai de Antônio era, na verdade, seu filho; Jurupari? Como estava Angélica? Quem era o rapaz ao lado de Bianca?

E o meu segredo?

Perguntas que não verbalizei, pois sabia que Gabriel não tinha as respostas.

Subitamente, assim que o piloto anunciou que iríamos pousar, Cauã e Cristiano acordaram. Então o assunto mudou. Ficou desinteressante, técnico, cheio de planos e projeções.

Já era noite quando conseguimos sair do aeroporto. Pela programação do evento, havia um baile de boas-vindas onde era exigido traje de gala. Fizemos o check-in no hotel onde a festa aconteceria. Melhor assim, estávamos cansados e, ao hospedarmo-nos no mesmo hotel, teríamos mais liberdade para nos movimentarmos sem o incômodo de pegar táxi ou dirigir.

Meu vestido era azul-vivo, nem claro ou escuro. Não era azul-turquesa ou azul composto com outra cor. Era apenas azul. Longo, sem bordados, com um pano grosso que se moldava muito sobre tantas curvas. Havia uma espécie de cauda anos 1960 que conferia ao vestido uma elegância incomum.

Não vou negar, foi uma experiência incomum entrar no baile ao lado de Cauã, Cristiano e Gabriel vestidos a caráter. De qualquer forma, eles chamam atenção, mas subindo o tom de elegância, imponência e *sex appeal*, o resultado não poderia ser diferente, até as cantoras da banda, que cantava ABBA, engasgaram assim que eles entraram no recinto.

Já acostumada com a reação ao redor dessas beldades, peguei na mão de Cauã e dei um breve selinho em seus lábios, meio que para dar uma clara mensagem de que esse homem já tinha dona. Uma mera formalidade que aprendi para evitar encrenca depois de tantos anos. Na maioria das vezes, dava certo.

Uma festa no mesmo salão onde seria alocado o congresso. Um salão antigo, com arquitetura gótica, envolvido por uma luz indireta e flores. Era uma festa que demandava certa formalidade, apesar da banda que tocava ao vivo, buscar, sem sucesso, animar os demais.

Em seguida, muita gente veio cumprimentar Cauã e Gabriel. Por alguns minutos, tentei memorizar os nomes, mas eram muitos.

– Vamos dançar? – Cristiano interrompeu minha concentração.

– É feio simplesmente invadir a pista de dança quando ainda não se passaram as apresentações – e prossegui com um sorriso mecânico no rosto: – *Nice to meet you... Hello! How are you?* – Muitas faces sorridentes. Mantive minha faina. – *Hello... Very nice to meet you... How do you do Mr.? Ah, Harrison. Yes. Mr. Harrison... Oh, sure! Mr. Harrison Blunt? Ah... Mr. Harrison Hunt.*

– Estão tocando “Dancing Queen”, de Abba.

– Cale a boca – voltei a sorrir. – Sorry... – forçei um riso. – Yes, we had a nice flight, thank you.

– *Boring*! – Cristiano resmungou “entediante” em inglês. Revirei meus olhos. Ele pegou em minha mão e passou a me puxar. – ABBA! É quase um desfeito não dançar “Dancing Queen”!

Sorri encabulada até a pista de dança, mas assim que cheguei lá, abri mão da ponderação e segui meus instintos. Cristiano estava certo, com uma música tão mágica era praticamente impossível ficar parada. Ríamos e nos movíamos sem sequer nos preocupar em sermos os únicos a dançar. Certamente a banda agradeceu, pois o tom da música ficou mais animado.

– Estou orgulhoso de você, Joana! – elogiou Cristiano.

– Por quê?

– Você está controlando bem seu poder de sedução – Cristiano explicou. Logo em seguida, riu e falou, para o meu espanto: – Você não achou que eu estava dormindo no avião, não é?

Não tive como deixar de rir.

– Veja – Cristiano se distanciou e pisou firme no chão. Subitamente uma luz azul saiu do pé dele, penetrou no chão e, como uma onda, dissipou em diversos círculos. Felizmente, essas ondas foram vistas como efeitos da pista de dança e não alarmaram os demais, que, conforme eram atingidos pela luz, sorriam e passavam a dançar. – Orgulhosa? Seu pai evoluiu – Cristiano moveu as sobrancelhas para cima e para baixo, de forma brincalhona e travessa.

Gargalhei, talvez de nervoso por saber sobre a notícia.

Então Cristiano me largou e tomou outra moça para dançar, provavelmente a mulher mais bonita da festa. Ela era deslumbrante. Mas não fiquei muito tempo sozinha. Gabriel me pegou pela cintura e dançamos sem olhar para os lados. Sorri e perguntei: – Não é um baile formal?

– Talvez. Não é mais, ainda bem – Gabriel apontou para a multidão na pista.

Que bom! Não éramos mais os únicos. Já podíamos ver outros casais animando-se com a dança. Tornamos a dançar, animados. Eu, sinceramente, estava amando. Nesse momento, amando a vida, a dança, os outros, a noite, a Lua, o mar...

– Está se sentindo bem, Joana?

– Muito! – respondi com uma expressão delirante, o que resultou em uma gargalhada no Gabriel.

Gabriel me largou e rodopiei na pista esperando ser resgatada por alguém, este alguém foi Cauã.

– Você é seguramente a mulher mais feliz e amável da pista de dança.

Gargalhei e concordei com o comentário de Cauã. Ele comentou:

– Tenho uma surpresa para você depois de terminarmos as palestras amanhã.

– Você me levará à nossa casa antiga? – não era difícil de imaginar.

– Precisamente. Depois do congresso, vamos passar algumas semanas em nossa casa antiga.

Abracei Cauã e tornamos a dançar; agora envolvidos por uma multidão, sentíamo-nos livres para rir e nos divertir.

86

PALESTRA

LONDRES, SEXTA-FEIRA, 21 DE JULHO DE 2000

Seriam duas palestras. Iniciaria pelo Gabriel e seguiria com Cauã. Duas sumidades quando o assunto era inovação e tecnologia. Talvez, por esse motivo, a imensa sala de conferência com espaço para quinhentas pessoas estava cheia, gente sentada nas escadas e em pé, no canto do salão.

Sentei em um dos bancos reservados na primeira fileira, ansiosa. Seria uma manhã inteira orquestrada por Gabriel e uma tarde por Cauã.

Gabriel falaria sobre o artigo recém-publicado de Mauro e Carmem, "A verdade sobre o cérebro insuficiente", e coordenaria uma mesa-redonda sobre o mesmo assunto, dividindo a mesa com verdadeiras sumidades do setor científico e médico. Logo em seguida, Cauã tomaria a palavra e o assunto mudaria completamente. Ele falaria sobre os avanços na tecnologia solar e apresentaria as técnicas por trás de Carmem.

Como Carmem aparentava à Caixa de Rudá, já me sentia envergonhada antes mesmo de a palestra iniciar.

Achei curioso e incrivelmente interessante participar de um congresso internacional cuja finalidade era apresentar ideias de inovação na área científica em seu mais amplo conceito. Por isso, havia palestras sobre as mais diversas técnicas de tratamento médico e odontológico ao mesmo tempo em que se apresentavam soluções para redução da poluição, sustentabilidade, segurança, comodidade etc., a lista parecia interminável. Por isso, a estrutura do congresso era gigante. Havia mais de 25 salas de palestras imensas, 120 salas pequenas para grupos de estudo e um galpão, na minha opinião, maior que o Maracanã, para uma feira de inovação onde estudantes apresentavam suas ideias e estudos para os mais diversos profissionais do setor.

Anunciaram Gabriel e a sala silenciou. Então ele apareceu segurando um vaso com uma orquídea negra. Gabriel caminhou pelo palco e colocou o vaso em cima da mesa.

Foi até a tribuna e iniciou seu discurso em um inglês perfeito:

– Sou Gabriel Walters e estou com a difícil tarefa de iniciar essa palestra substituindo nosso ilustre colega doutor PhD Mauro Gonzaga e a ilustre graduada Carmem de Queiroz Macedo, que, antes de falecerem, publicaram o famoso e questionador artigo "A verdade sobre o cérebro insuficiente". Mas, antes de iniciar a palestra, gostaria de dizer algumas palavras em homenagem aos autores desse importante artigo que certamente será visto como um divisor de águas no estudo do cérebro humano.

Gabriel pausou e tomou um gole de água:

– Para aqueles que buscam trabalhar com as mais diversas facetas e desafios do cérebro humano, sugiro que esqueçam tudo que aprenderam na faculdade sobre estatística e probabilidade. Também sugiro que queimem o CID-10. – Fiquei aflita ao escutar alguns suspiros e comentários assustados. Realmente, Gabriel foi bem audacioso ao pedir para que um médico queimasse um livro que norteia os diagnósticos dos pacientes. Ele prosseguiu: – Devemos começar do início… Sei que odiamos ao ser obrigados a reconhecer que, quando se refere ao comportamento e a estrutura do ser humano, lidamos com tantas vertentes diferenciadas e individuais, que beiramos a aleatoriedade. Ao mesmo tempo, tenho vivido muito e, a cada dia que passa, noto que as pessoas se tornam mais imprevisíveis e mais vertentes são criadas para complicar o entendimento da estrutura cognitiva. – E fez um parênteses: – Para aqueles que não captaram nas entrelinhas, quando falo em vertentes, me refiro ao universo psíquico, religioso, social, histórico, fisiológico, ambivalente, emocional, familiar e incluo outras vertentes como os rótulos que conferimos e o universo da mídia que promete e vai interferir no ser humano de forma irreversível. – E voltou a falar. – Pois bem… – pausou rapidamente. – Por que utilizamos um rótulo que pressupõe que uma criança não terá uma vida produtiva e que, por sua vez, poderá ter mais dificuldade em ser um líder ou formador de opinião do que uma outra considerada normal? Acreditem, sei muito bem o que significa, por exemplo, autismo e seus níveis de diferenciação do espectro, mas não quero iniciar essa palestra listando o diagnóstico... unicamente porque acho que ele bloqueia e limita essa criança que, se não tivesse se deparado com o diagnóstico, poderia ser outro Albert Einstein ou Mozart ou Michelangelo! Personalidades que, por pensarem diferente, efetivamente contribuíram para a evolução da humanidade. Vocês acham que estão norteando um tratamento para o paciente, mas não estão! Simplesmente porque esse diagnóstico não vislumbra todas as possibilidades que interferem na cognição dessa criança. Pelo contrário! Estão afirmando, na condição de suposto saber, que essa criança terá uma determinada dificuldade quando sabem que não possuem o dom de prever o futuro. E, por serem infantes e imaturas, elas vão acreditar em vocês! – Gabriel falou com um tom mais elevado. Apaixonado. Sorri, orgulhosa do meu amigo. – Achei que o artigo foi muito feliz em questionar se essas personalidades incríveis e famosas, mencionadas anteriormente, tivessem sido diagnosticadas como autistas, isto é, incapazes de apreender o mundo como uma pessoa "normal" o faz – ele fez aspas com as mãos –, será que atingiriam o máximo dos seus talentos. Pensem nisso... Tenho um exemplo de uma amiga que levou seu filho de dois anos a uma neurologista, pois infelizmente não falava. Após meia hora de conversa e nenhum exame na criança, ela sugeriu o diagnóstico de autismo. Então, em meio a sua arrogância epistemológica, passou a perguntar sobre os seus familiares. Assustada, essa mãe mencionou que o seu irmão gostava de separar suas roupas por cor, isto é... – fez outras aspas com as mãos: – "categorizando" ou alocando as cores das roupas e brinquedos no lugar em que estipulava como sendo correto. Muito bem... Essa médica perguntou até que série o irmão havia atingido, sugerindo que o pobre rapaz jamais poderia ter entrado na faculdade – elevou seu dedo. – Prestem atenção, meus colegas, essa médica também atacou o irmão com o mesmo diagnóstico do filho em uma única sessão, sem sequer ver o familiar! – E prosseguiu: – Quando essa mãe disse que o irmão havia não só concluído a faculdade, como também havia completado o mestrado, morava em outro país e era diretor de uma multinacional, ela apenas comentou "Então ele não pode ser autista". – Gabriel mostrou as palmas das mãos em rendição... ou talvez, resignação. – Sei como esse artigo foi recebido por todos e noto a onda de críticas e a resistência em relação ao novo conceito de enxergar essas... bem, diferenças. Quando um diagnóstico é estabelecido, se torna pegajoso e é muito improvável que seja revisitado completamente.

Ele pode ser lapidado, mas é muito improvável que seja extinto, mesmo sabendo o quão inverídico ele pode ser...

Fez uma breve pausa e bebeu outro gole de água:

– Agora gostaria de falar um pouco sobre o autor desse artigo. Mauro... Agradeço a paciência de cada um e asseguro que levarei poucos minutos. Em seguida, vou chamar os nossos convidados e abrir a mesa para discussão sobre o artigo publicado recentemente "A verdade sobre o cérebro insuficiente" – Gabriel respirou e continuou: – Mauro era um gênio na arte de solucionar, inovar e criar. Ele era fascinado pelo estudo e um verdadeiro amante da ciência, mas até um gênio se vê pequeno diante de uma simples flor e do que ela representa.

Gabriel apontou a orquídea e continuou:

– Mas por que uma simples flor, algo tão sutil e frágil, consegue enviar uma mensagem tão poderosa a ponto de se destacar do mais complexo conhecimento científico?

Gabriel deu uma pausa. Então continuou:

– Antes de responder a essa pergunta, convido todos a fecharem seus olhos e imaginarem uma flor. Pode ser qualquer uma... Aqueles que sentem alguma dificuldade com a tarefa, olhem para esta orquídea.

Ele falou em um tom irônico desencadeando risos na sala, acho que alguns suspiros das moças ao meu lado. *Concordo com elas, ele está um charme!*, pensei.

Gabriel continuou:

– Agora vivenciem a mensagem que ela oferece. Somente para evidenciar, gravaremos algumas reações em vídeo. Não se preocupem, apagaremos logo em seguida.

Intencionalmente, não fechei meus olhos apesar de ver todos o fazerem, estava demasiadamente curiosa e meus sentidos gritavam. Com sutileza, vi algumas pessoas em volta sorrirem, como se estivessem, de fato, vendo uma flor.

Momentos depois, Gabriel continuou:

– Agradeço a todos.

E colocou o vídeo para todos verem a maioria de olhos fechados. Para a minha felicidade, não apareci no vídeo, porque eu estava em um local escuro.

Gabriel continuou:

– Notem a mudança de expressão em alguns depois de poucos segundos.

Gabriel destacou alguns sorrisos.

– Esta é a mensagem. É o sentimento da vida em sua mais plena forma. Podemos encontrar a mensagem através da reação em seus sorrisos. Certamente, a flor lhe disse uma mensagem clara de acolhimento, de amor, de beleza e da grandiosidade em pertencer a algo maior. Alguém tem ideia do que é isso?

Silêncio.

– Esse algo maior é Ci. Alguns chamam de Gaia, mas todos sabem que é ela, a Mãe Natureza, que lhes dá a sua mensagem pelo colorido e pela beleza de uma flor, mensagem de que vocês fazem parte dela, que ela lhes ama. Vocês… Nós somos filhos de Ci. Cada um de vocês… – Gabriel balançou sua cabeça e corrigiu. – Nós representamos Ci de alguma maneira e ela está dentro de cada um. Ela lhe acolhe como seu filho e lhe permite fazer escolhas por si mesmo, ela ama, incondicionalmente, e clama e torce por cada um. Por isso que esta mensagem é tão clara. Peço para que todos sintam, peço para que todos percebam isso. Se sensibilizem com Ci, pois sua mensagem não é escutada, e sim vivenciada. Mauro foi presenteado por esta descoberta. Ele descobriu a mensagem de Ci e se viu pequeno diante de sua beleza. Percebeu, somente no fim de sua vida, quanto a tecnologia e a ciência está aquém de Ci. Aquilo que representa o que é um "ser humano".

Continuou:

– Apesar de ela nos dar todos os indícios de que nos ama, indiferente ao diagnóstico que nos cerca, que está presente em nossas vidas, ainda insistimos em viver sem ela, mesmo sabendo que não há vida sem Ci. Então é o meu convite a vocês. Conheçam Ci, descubram seu amor por ela, respeitem-na e vivam esse sentimento profundamente. Também aprendam a conviver com as diferenças. Como médicos, convido vocês a fugirem da dependência desnecessária de uma listagem de predições comportamentais que mais prejudicam que ajudam. Tentem agir no local exato… Deslumbrem-se por cada ser advindo de Ci. Assim como há as mais diversas flores, uma mais bela do que a outra, há diferentes humanos. Com suas vertentes únicas… Também um mais belo que o outro… Amem o próximo, os animais e as plantas. Permitam-se parar para contemplar a mensagem de uma flor e agradeçam a Ci por ela. Ela lhe ouvirá e lhe presenteará com sua ternura. Amem uns aos outros, pois todos são Ci, independentemente de raça, credo, origem, status, nacionalidade, gênero, idade ou capacidade intelectual. Não se ceguem pelo conhecimento distorcido e superficial.

Gabriel riu.

– Não estou lhes dizendo nenhuma novidade. Também não foi novidade para Mauro, mas será, sim, quando vocês realmente conseguirem se relacionar com Ci. Quando romperem finalmente a barreira do som e efetivamente agirem. Sei que vocês sentem o mesmo, apenas ignoram por ser conveniente, ou por viverem em uma sociedade onde não se encara com bons olhos aquilo que foge da curva da normalidade. Tendem a se enganar acreditando que são normais quando, cada um de vocês, escondem e se camuflam em meio a uma multidão de loucos fingindo ser normais. Então lhes peço que resgatem a si mesmos e que não se enganem acreditando que a ciência e a tecnologia lhes darão condições de vida sem considerar suas atitudes individuais, globais e saúde de Ci nessa equação. Isso, meus caros, não é apenas um autoengano ou egoísmo, mas o mais puro ato de estupidez. Vocês são parte de Ci. Entendam sua mensagem, o quanto ela os ama, e amem-na com esta mesma intensidade. Ela clama por vocês, grita em alto e bom tom por vocês. Vocês são entidades de Ci. Assumam essa representação, sejam corajosos, ousados e ajam antes que seja tarde.

Silêncio.

Gabriel então concluiu:

– Obrigado. Agora vamos abrir a mesa.

Gabriel tem uma capacidade enorme de surpreender. É claro que ele foi ovacionado. Espero que tais palavras tenham penetrado no coração de cada um, antes que seja tarde demais.

Após o início maravilhoso, a mesa tomou um ar técnico, questionador, crítico, matemático, engenhoso e cruelmente entediante. Foram minutos de pura agonia. A cada cinco palavras, eu entendia uma. Aliás... que língua eles estavam falando? Semicerrei os olhos e me perdi na certeza de que eu conhecia aquela língua, mas não entendia absolutamente nada do que estava sendo dito.

Foi então que escutei Cristiano atrás de mim:

– Preciso falar com você. Lina ligou e pediu para te lembrar da seleção das periguetes. Faz algum sentido isso?

– Esqueci! – sussurrei ao ouvido de Cristiano, que estava perto de mim. Saímos da reunião e nos direcionamos para fora do centro de convenções.

Lembrei-me de que era para hoje que eu havia agendado as entrevistas para a assistente de Cauã. Um grupo de mulheres das mais diversas especialidades, a maioria sem a menor ligação com o centro de pesquisa de Cauã e, para aumentar a minha irritação, interessadíssimas em conhecer a energia solar; traduzindo: Cauã.

– Lina – falei assim que ela atendeu.

– O que faço? Tem uma multidão de mulheres em frente ao galpão! Você esqueceu! Não... não... não! – Parecia que ela sabia o que eu iria pedir.

– Sim. Poderia entrevistá-las? – pedi enquanto ouvia um único grito verdadeiramente sonoro: "Não!", do outro lado da linha.

Mantive-me firme em minha solicitação.

– Bosta! Vou pedir para Lindalva e Rafaela fazerem isso. Estou ocupada!

Encerrei:

– Obrigada! – ri ao imaginar as duas fazendo um verdadeiro inquérito terrorista para as periguetes! Desliguei o telefone e voltei para a sala de conferência.

87

ENTREVISTAS COM AS "PERIGUETES"

RIO DE JANEIRO, SEXTA-FEIRA, 21 DE JULHO DE 2000

Lindalva e Rafaela foram devidamente incumbidas de entrevistar um grupo de oito candidatos pré-selecionados pela Joana sem aviso prévio. Uma verdadeira sacanagem!

Chegaram quinze minutos antes de iniciar as entrevistas e os candidatos estavam amontoados na porta.

Ambas entraram sem olhar para o lado e viram os currículos pré-selecionados pela Joana na mesa de Cauã. Não preciso dizer o quão perdidas e irritadas estavam diante dos currículos em sua frente.

– Como faremos isso? – Rafaela perguntou. – Digo, tem até estudante de Direito buscando trabalhar com energia solar. Realmente, emprego deve estar difícil para todos.

Incrédula, Lindalva olhou para Rafaela. Era óbvio que a futura advogada estava querendo conhecer, na verdade, a energia de Cauã. Sem comentários...

– Vamos chamar a primeira – anunciou Lindalva assumindo a liderança da faina. – Perguntaremos aquilo que acharmos necessário no momento. Fechado?

– O que estamos procurando? – Rafaela perguntou.

– Não importa! – respondeu com a convicção de uma perita. – Nem sei se Cauã sabe ao certo. Vamos.

– Mas... conhecemos o perfil, como escolheremos a candidata?

– Cale a boca, Rafaela! Caraca! Como você me irrita! Vamos. Vá lá na frente do galpão e deixe entrar a primeira.

Rafaela deu de ombros e abriu a porta.

– Pode entrar uma.

Entrou uma mulher morena, imponente, de calça jeans e camiseta colada no corpo. Seu corpo esculpido pela juventude não inspirava confiança para Rafaela, que olhou a moça de cima a baixo enquanto ela andava formosamente para a mesa de entrevista.

A moça sentou, cruzou suas pernas e aguardou. Seu olhar vagava pelo galpão de ponta a ponta.

– Busca algo? – perguntou Lindalva, sentada no outro lado da mesa.

– Cauã não vem me entrevistar?

Lindalva sorriu sarcasticamente.

– A última entrevista pode ser feita por ele – Lindalva mentiu.

Ela respirou fundo, aguardou Rafaela chegar e continuou: – Você é Rosana Costa.

– Sim.

– Faz Administração.

– Sim.

Lindalva riu e perguntou:

– O que você sabe sobre energia solar?

– Muita coisa! – afirmou a candidata.

Silêncio.

A candidata continuou ao ver Lindalva levantar sua sobrancelha:

– Minha relação com o Sol vem de anos, veja!

A moça levantou e mostrou a marca do biquíni. Lindalva olhou assustada para Rafaela, que dividia da mesma perplexidade, e concluiu:

– Obrigada por vir.

A moça olhou confusa e perguntou:

– Acabou?

– Sim.

Então se levantou ainda confusa e tomou o caminho da porta. Rafaela justificou que a conversa era rápida mesmo e não havia com o que se preocupar.

Lindalva sugeriu:

– Chame a próxima.

Rafaela chamou.

Entrou uma mulher de saia longa colorida e blusa regata branca.

– Carla Moreira?

– Sim.

– Estudante de Arte – confirmou Lindalva.

– Sim.

– O que você faz aqui? Digo... como estudante de Arte? – perguntou Lindalva, curiosa.

A moça sorriu e respondeu:

– Sou uma argila rústica para Cauã moldar do jeito que achar melhor!

E com essa frase de efeito ela foi conduzida por Rafaela para a porta.

– Próxima... Traga um ser masculino agora – solicitou Lindalva, puta com o que tinha de enfrentar.

Entrou um moço, até bastante elegante, apesar da roupa psicodélica.

– Você é...

– Carlos Toro.

– Sim – Lindalva procurou o currículo e pegou do meio da papelada. Então perguntou animadamente: – Você é estudante de Engenharia?

– Sim.

Lindalva olhou para Rafaela com um longo sorriso como se tivesse enfim achado seu candidato. Tinha de ser ele!

– Diga-me, o que te interessa nessa pesquisa? – Lindalva perguntou querendo aparentar interessada.

– Sinto que é o meu destino!

– Jura? – Rafaela falou alegremente.

– Claro!

Então explicou o candidato:

– Sou um inovador! Maluco beleza! Mente nova que cultiva uma forma de juntar as energias e as suas potências. A energia fóssil, solar, eólica, nuclear e outras!

Rafaela olhou para Lindalva, confusa com o discurso. O rapaz continuou: – Vamos juntar todas as energias para um só contexto!

– Hã? – perguntou Rafaela.

– Hipernova! – como uma bomba, o candidato concluiu a sua explicação.

– Obrigada! – Lindalva concluiu a entrevista. Afinal, não poderia dar outras ideias para essa mente doentia. Bastava Júlio.

– Chame outro condenado! – Lindalva ordenou nervosa e respirou desamparada ao ver outra candidata entrar. A moça estava com um vestido colorido e de estampa psicodélica e largo.

– Seu nome – Lindalva perguntou incisivamente.

– Cléo Arantes.

– Faz Desenho Industrial.

– Correto.

– Fale – Lindalva começou a entrevista irritada. – Conte-me, por que você está aqui?

– Porque quero conhecer… – respondeu a moça.

– Continue…

– O grande marasmo que consta na veracidade do mundo cósmico dos valores.

A moça falou com uma convicção intrigante. Mais intrigante foi a expressão de Rafaela diante do discurso da candidata.

Lindalva deu de ombros, afinal, a candidata até teve um discurso interessante, apesar de não terem entendido, e continuou:

– O que você acha da energia solar? O que conhece dessa tecnologia?

A candidata respondeu com a mesma convicção:

– A cosmologia universal rege, em um mundo de caos, a energia que devemos ser capazes de decifrar…

Lindalva e Rafaela se entreolharam. Rafaela contorceu o pescoço como se pudesse estender sua capacidade intelectual para entender a candidata, ela falava sua língua, afinal. A candidata continuou, provavelmente percebendo a reação das duas: – …ou não.

Rafaela se agitou melancolicamente, confusa com a experiência.

– Fale sobre você – Lindalva perguntou, já curiosa com a resposta.

– Sou a gentileza personalizada, suave, que rodeia meus relacionamentos afetivos, resultando possibilidades infinitas, como a correnteza profunda da água que brilha com o Sol, afasta o calor e fornece possibilidades de nos reinventar. O que posso dizer… é algo inerente a minha essência. Invento-me e reinvento como um camaleão na floresta tropical densa, movida pela chuva e umidade. Sou tudo e sou nada. Sou pequena nesse maravilhoso universo que me cerca e grande ao meu pequeno universo individual, o qual divido sem questionar para quem tiver coragem de se aproximar. Simples assim.

– Entendo... – Lindalva falou e Rafaela olhou para a amiga, perplexa.

– Sério? – Rafaela perguntou, desnorteada.

– Cale a boca, Rafaela – Lindalva voltou a perguntar: – O que você quer na carreira?

– Eu busco o conhecimento sobre a energia infinita que vaga em torno de nosso querido planeta Terra e que nos inunda com seu divino calor, pagando um pequeno pedágio.

– Pedágio? – Lindalva perguntou, coçando os cabelos, já em pé. Rafaela manteve-se quieta, distante, sem saber, pela primeira vez, o que dizer.

– Sim... pedágio! – Cléo afirmou. – O custo da energia perdida e consumida na camada de ozônio e é obrigada a vagar o vácuo do espaço e assim perde pela eternidade. Um verdadeiro magnetismo eletrostático.

Rafaela piscava, somente.

– Fale sobre magnetismo – Lindalva pescou algo, satisfeita com o feito.

– Ah, magnetismo... – a candidata falou, como se estivesse recitando uma serenata de amor. Fechou os olhos e colocou ambas as mãos no peito. – Uma força capaz de mudar todo o direcionamento de vida de um ser, ou átomo, ou célula (quem sabe?). Algo grandioso como a força de vida que só pode ter sido advinda do ser magnânimo. Algo tão grandioso que nos move na mesma direção, ignorando completamente a vontade individual de cada um – Cléo sorriu para ambas, satisfeita com sua resposta e finalizou seu discurso: – Amém!

Rafaela piscou.

– Amém – Lindalva respondeu agradecendo aos céus pelo discurso finalizado. – Chamo outro candidato? – perguntou Rafaela confusa.

– Não... – Lindalva já tinha para si como um verdadeiro desafio entender a candidata.

Nisso perguntou:

– Cléo, você tem planos para o futuro?

– Planos para quê? Darmo-nos a triste percepção de que estamos fechados para a verdadeira beleza da desorganização? Para agirmos de forma pouco natural e esquecermos da grandiosidade de nossa aura que sucumbe aos nossos sentidos? Darmos as costas para a obrigação... sim... obrigação de sermos sinceros com a verdadeira razão de estarmos vivos nessa Terra? O Sol! Sim... ele que é a minha testemunha de que sou verdadeira à minha essência e não busco planejar nem o que acontecerá nos próximos segundos! Vou deixar a vida me conduzir e a morte me levar quando for a minha hora.

Lindalva resolveu parar imediatamente, antes que a candidata se enrolasse mais e fosse obrigada a descartá-la.

– Obrigada, Cléo – Lindalva concluiu a entrevista com a entidade que se fazia entender somente por alguém mais evoluído; sem dúvida, elas não conseguiam entender.

Logo em seguida, entrou outro rapaz. Musculoso e que impressionou aos olhos de Rafaela imediatamente.

– Seu nome? – perguntou Lindalva sorrindo.

– João Moraes.

– Sim. Conte-me o que você sabe sobre energia solar.

O candidato respondeu: – Sou movido pela energia solar. Surfo, amo os esportes radicais...

– Obrigada – Lindalva concluiu a entrevista.

As duas mantiveram silêncio vendo o candidato sair porta afora.

– Só falta uma – Rafaela anunciou.

– Chama – Lindalva coçou sua testa. Ela já estava impaciente com o que poderia encontrar.

Entrou uma moça de estatura comum, calça jeans e blusa regata.

– Sou Mônica Petrana e estudo Psicologia.

– Sim – Lindalva inclinou a cadeira procurando se preparar para o que estaria por vir. – Conte-me o que você faz aqui.

– Gostaria de conhecer e contribuir. Sei que meu curso não está ligado a esse tipo de pesquisa, mas acredito ser curiosa o suficiente para aprender.

– O que você sabe sobre energia solar?

– Ela faz parte de outras energias sustentáveis e entendo que o grande desafio é como captar e armazená-la de maneira mais simples.

– Tem algo a mais que te move ou alguém? – Rafaela se via confrontando a moça.

– Sim... Digo... – a moça riu e continuou. – Sou do Rio Grande do Sul e acabei de me mudar para o Rio de Janeiro. Sei que não tenho o curso diretamente ligado a esse centro de pesquisa, mas também ao ver o grupo lá fora, quase ninguém tinha, não é verdade?

– Obrigada, Mônica – Lindalva cortou impaciente. Assim que a moça saiu do galpão, Lindalva pegou o telefone.

– Quem vai escolher é Joana! – e discou. – Oi, Joana... Tudo bem? Está cansada? Ah... – pausou. Assentiu. – Tudo bem. Entrevistamos – sorriu. – Foram péssimos! Joana, onde você achou esses candidatos? Vou resumir. Uma mostrou a marca do biquíni, outro deixou claro que gostava de surfar. Outra candidata queria ser moldada pelo Cauã e outro criar uma bomba. Teve uma que até falou bem, a última. Ah! Teve uma mulher psicodélica que não entendemos nada do que ela falou. Juro que até tentei, as suas frases até soavam com verdadeira cooptação, mas não conseguimos achar sentido em seu discurso – pausou. Uniu as sobrancelhas. – Isso! Exato. Não entendemos nada, mesmo! – parou, boquiaberta. – Sim, ela falava a mesma língua, mas não dava para entender o que dizia. É possível isso? Parece que falava em latim, em certos momentos suas frases compunham um linguajar técnico difícil de descrever – parou e assentiu. – Correto. Ela chegou a falar palavras relacionadas a energia, Sol, magnetismo, tudo em um mesmo contexto – seu queixo caiu. Assentiu. Desligou. – Ok. Vamos dar a boa notícia para a Cléo, a moça que falou e nada disse.

88

O SEGREDO

Londres, quinta-feira, 20 de julho de 2000

– Tá vendo? Encontramos a sua estagiária – sorri, orgulhosa.

– Hum… – Cauã murmurou, sem me dar qualquer pista do que estava pensando no momento.

Tudo bem…

Ele me abraçou no carro. Avisou que seria uma viagem de uma hora. Tempo o suficiente para recuperar meus pés.

Esfreguei um pé latejante no outro enquanto me deslumbrava com o cenário lindo e organizado.

– Na época em que você respondia por Ana, adorava essa vila. Você… Bom, ela… caminhava e gostava de conversar com as mulheres da região. Ela… – Cauã respirou fundo, interrompeu antes que terminasse de contar a história de Ana. Sorri. Ele apontou para ruas antigas envolvidas por casas feitas de pedra. Realmente uma bela visão.

Ele voltou a falar um pouco do que cada lugar representou para nós quando eu era Ana. De alguma forma, ele estava me preparando. Era como se ele soubesse de minha ansiedade. Falou de nossos passeios, da imensidão molhada da natureza em volta, como esse lugar nos permitiu nos isolarmos de nossos elementos de forma segura. O clima da região é muito chuvoso. Isso acabava nos deixando um pouco mais livres para vivermos juntos. Mesmo assim, não houve qualquer percalço. Não nos isolamos como Gabriel fez com Beatrice ao morar na Terra sem Mal, anos a fio sem sequer sair para espiar o mundo a sua volta. Eu até perguntaria mais sobre a relação de

Gabriel e Beatrice, mas notei a tensão de Cauã. Subitamente ele se calou. Havia um silêncio desconfortante no caminho. Ele também estava ansioso.

Após um tempo, o táxi parou em frente a uma casa antiga, de madeira, muito semelhante à de meu sonho. Não... Era diferente.

Nada, nenhum sonho ou palavra, seria capaz de me preparar para o choque de inalar o ar perfumado, úmido e cheio de vida daquele lugar. Ruídos animados rondavam por todos os lados: o balar dos cabritos, o relinchar de cavalos, o cantar das cigarras e o assobiar dos passarinhos se misturavam e me faziam sentir engolida como se estivesse afundando em mar aberto. Apesar de atordoante, era uma sensação maravilhosa.

A casa havia sofrido umas reformas e, em alguns locais, tinha um aspecto mais moderno. Havia apenas dois andares. Era uma fazenda. Não dava para ver muito o que estava em volta.

Reconheci a casa em que Camilla havia se hospedado, a alguns metros da casa principal. Um casebre no alto de um terreno, ao lado de um estaleiro. Vi o moinho e outra estrutura de casa, possivelmente outro estaleiro. Não dava para ver os detalhes por ainda ser noite.

– Reconheceu? – Cauã perguntou.

Quando a paisagem deixou de ser uma visão paralisante, respondi: – Sim.

Ele pegou em minha cintura e me conduziu até a porta, passei a mão em um arranhado no portal ao lado da entrada.

Cauã me explicou:

– Assim que entramos pela primeira vez, marcamos esse portal com nossos nomes, é claro que desapareceu com o tempo.

Talvez fosse o nervosismo. Meu coração disparava a cada passo dentro da casa. Era uma casa com móveis antigos, alguns foram facilmente reconhecidos. Havia uma sala rústica com lareira de pedra. Reconheci alguns tecidos que foram admiravelmente mantidos como novos, mesmo com o passar do tempo.

Passei a mão em meu nariz, que estava irritado. O cheiro de mofo superou e muito as fragrâncias de especiarias da comida que nos aguardava na cozinha.

– Não demos muito tempo para a Sra. Jane limpar a casa e retirar o mofo – Cauã comentou. – Vou lhe apresentar a ela e certamente você pode assumir a administração dessa residência.

– Minha mãe não morou aqui? – perguntei, lembrando que meus pais moraram em nossa residência na Inglaterra por anos.

– Não aqui – Cauã sorriu. – Depois de Camilla, determinei que nenhuma outra pessoa, nem nossos amigos, residisse aqui. Ela é inteiramente e somente nosso.

Elevei minhas sobrancelhas, surpresa com a notícia. Observei a mesa colocada em uma cozinha antiga e estranhamente aconchegante. Havia algo de belo na imagem da lareira e do fogão onde, provavelmente, se preparavam os pratos, contrastando com os fornos, a geladeira, as pias e o fogão moderno.

– Vamos para o quarto – Cauã pediu. – Ele fica no segundo andar. Essa casa tem somente dois quartos e um banheiro.

A princípio, gostei de saber o tamanho da casa. Parecia que havia sido feita somente para nós. Um momento egoísta produzido integralmente pela casa.

Subi à frente de Cauã e meu corpo reagia de maneira descontrolada. Era como se ele estivesse à espreita, aguardando algo que eu não sabia definir o que seria. Eu queria tanto vir até esta casa e, agora, queria fugir imediatamente. Meu corpo gritava.

– Você está bem? – perguntou Cauã no meio da escada.

– Sim… aliás… acho que estou cansada – expliquei e ele pareceu confuso com a resposta.

Então ele segurou meus braços e disse:

– Se você não quiser ficar, chamarei um táxi e iremos a um hotel.

– Quero ficar – foi o que consegui responder.

Tornei a subir com calma, buscando disfarçar o desespero que emergia da minha pele, facilmente identificável pelo arrepio. No meio de caminho, uma lufada de vento soprou pela janela do segundo andar. Logo em seguida, escutei um barulho inquietante de madeira, uma batendo na outra.

Era como se meu corpo estivesse me alertando para o que estaria por vir. Assim que me deparei com o nosso pequeno quarto, perdi o rumo.

Vi a última imagem de Cauã. Era exatamente a cena de ele fazendo amor com Camilla. Os dois se tocavam e se beijavam fulminando de prazer. Ele conquistava o corpo dela com os olhos de um tirano.

– Tudo bem, Joana? Você parece nervosa, está acontecendo algo?

– Como Ana se desmantelou? – perguntei, tentando entender. Senti meu desespero. Não pelo ato em si, mas pelo prazer facilmente identificado no rosto de Cauã ao devorar a mulher. Cauã se aproximou e eu me distanciei em reação de nojo pela cena, tão vívida em minha mente que eu conseguia sentir o perfume de Camilla.

Uma cena vívida era como se eu tivesse voltado no tempo e assumido o corpo triste de Ana. Ela gritou para chamar atenção do casal. *I am here!*

– Estou aqui! – repeti, em português.

– Joana, por favor, me conte o que está acontecendo! Você está me assustando! – ele alertou e respondeu: – Ana se desmantelou como se fosse uma mortal.

"Ana, desculpe por você ter visto. Eu ia te contar", Cauã falou para mim, Ana. Dei um tapa em seu rosto e disse: "Queria a liberdade? Era somente pedir! Não precisava me trair para conseguiu isso. Você nunca esteve preso a mim. Sim. Eu te dou a liberdade que pede. Você merece e merece Camilla".

Eu pensei subitamente no meu pequeno romance com Gabriel e na passividade de Cauã. Ele não se sentia no direito de me prender. Era por isso! Também, quem é preso a alguém que direito uma pessoa tem sobre a outra? Corri escada abaixo e avancei na cozinha. Abri a segunda gaveta de um armário de madeira e percebi que nesse mesmo lugar estava a faca.

– Joana! – ignorei o pedido urgente de Cauã e voltei a mim. Vi minhas lágrimas... Lágrimas de Ana. De uma forma muito estranha, o passado e o presente se misturaram como se estivessem em um mesmo prisma. Vivi inteiramente o desespero, a tristeza, o abandono e a traição. Foi uma experiência tão vívida que era difícil explicar e entender.

Peguei a faca e a encarei em verdadeiro desespero. Subi com ela para o segundo andar e Cauã correu atrás, confuso.

– Não! – Cauã me alcançou assim que cheguei à frente do nosso quarto, ele tinha os olhos marejados pelo terror. – Você se desmantelou cortando o pescoço! – senti-o pressionar meu pulso que segurava a faca firmemente e retirá-la com a outra mão. Então a cravou na madeira da parede, afundando a faca profundamente. – Não há motivo – ele argumentou – para vivenciar a dor.

– Não quero ficar! – verbalizei, permitindo-me ser abraçada. Eram memórias dolorosas demais para vivenciar uma segunda vez.

– Tudo bem! – Cauã respondeu e me conduziu até a porta. Ele perguntou curioso. – Você viu a cena? – pegou seu celular para ligar para o táxi.

Vi a cena, pensei. Não respondi. Em vez disso, encarei o segundo andar já na frente da casa com desgosto. Queria incendiar esse terreno; extingui-lo completamente. Meu coração pulava.

Então algo surgiu. Um sentimento estranho de que havia muito mais nesse terreno para ser descoberto. Não era só isso! Havia algo mais nesse lugar, algo que se escondia nele! Meu segredo. Algo me dizia que eu precisava saber.

– Sandro! – lembrei dele imediatamente e, agora, ainda mais atormentada. – Ele queria me dizer algo, algum segredo!

Já tremia com a adrenalina, uma fúria misturada com a agonizante memória que não tinha permissão de retornar. Não a quero! Não permito receber minha memória!

Segredo...

– Joana! – Cauã falou nervoso, desligando seu celular. – O que está acontecendo com você?

Pode ter sido memória ou assombração. Não dava para diferenciar. Vi duas assombrações (ou memórias), uma mulher e um homem, em roupas elisabetanas, apontando para uma mata. Era lá que eu deveria ir. Eles queriam me dizer algo e, depois de toda a experiência que tive nos últimos tempos, aprendi a acreditar no impossível.

Apontavam para uma mata densa, e corri na direção indicada. Corria rapidamente na ânsia de saber, afinal, o que Sandro havia tentado me falar. De alguma forma eu sabia, em meu coração, que as assombrações me apontavam diretamente para essa descoberta.

Cauã corria atrás de mim gritando em plenos pulmões:

– Joana! – Mas eu não parava, não o despistava, não olhava para trás.

Então olhei para um campo aberto e parei.

Cauã parou logo atrás e falou:

– Você está me assustando.

Era uma família, a mulher, o homem (os mesmos que apontavam para aquela direção) e uma menina de aproximadamente 7 anos, no máximo. Os dois lutavam desesperados contra um grupo de cavaleiros vestidos com trajes militares renascentistas que, por algum motivo, queriam matá-los. A mulher e o homem eram gregos, reconheci algumas palavras enquanto lutavam.

A luta foi em vão. Os três foram enforcados. Primeiro o homem, depois a mulher e a menina. Logo em seguida, saíram, deixando os três agonizando para trás. Não deu tempo para resgatar os dois adultos, morreram na frente da menina.

Então me vi, como Ana, alcançar a menina e a tirar da corda. Ela já estava desmaiada, quase sem vida. Foi quando vi Ana respirar para dentro da boca da menina e o corpo dela iluminar-se totalmente.

A menina voltou a si e me abraçou em lágrimas. Pequena demais para entender o que havia acontecido. Pequena demais para se lembrar...

Sandro sentou à sua frente e questionou:

– O que você fez, Ana?!

Ana pegou o capuz de Sandro, deixando-o desnorteado:

– Você deveria trocar esse utensílio! Está feio! – ela ironizou, buscando desviar do assunto.

– Devolva-me! – ele gritou. – O que você fez, Ana?! Não teme por sua vida?! Não tinha o direito de fazer isso!

– Quem é você para me dizer se tenho ou não direito? Era meu dom e escolho o que fazer com ele! Peço duas coisas! Escute-me (ele pulava irado com o feito de Ana, o meu feito): leve a menina para Lina! Corra! Antes que eles saibam que ela sobreviveu! Encontre-me quando eu voltar, depois de morrer, e conduza-me a Guaraci!

Então me virei para a menina e perguntei seu nome, ela respondeu:

– Alcinoe.

Meu queixo caiu.

Alcinoe era uma entidade, eu a havia criado e agora eu era mortal. Eu, como Ana, presenteei Alcinoe com parte de meu dom. Ela não havia morrido. Lina jamais retirou qualquer condição de entidade de Alcinoe. Isso porque eu havia a transformado anos antes. Agora eu, Joana, ia sofrer as consequências.

Foi então que entendi. Em meio ao choque intenso, não havia como negar. Eu havia dado o dom para ela, como Ana. A memória desse episódio voltou. Na mesma noite em que transformei Alcinoe, fiz Sandro prometer que não contaria o que fiz, selei o meu segredo e, logo em seguida, encontrei Cauã com Camilla. Morri como mortal, cortando meu pescoço com uma faca.

Agora vivia a minha segunda vida como mortal. Morreria nesta vida também.

Essa era a regra.

Como Cauã receberia a notícia de que não haveria como voltar atrás e, apesar das minhas óbvias diferenças sobre-humanas, morreria como uma humana? Desde quando o entardecer deixou de ser colorido e tomou uma característica crepuscular? Como o meu corpo humano foi afetado ao ser exposto a tanta radiação?

Coloquei a mão no peito ao sentir uma pontada aguda de dor. Nesse exato momento, tudo tomou uma nova proporção. O que jamais me alarmou, se transformou em algo terrível demais para descrever. Com verdadeiro medo por estar diante da mais cruel realidade, algo difícil de compreender, eu me curvei:

– O que eu fiz?

O segredo me arrebatou como um raio mortal, o mesmo raio que não retirou a imortalidade de Alcinoe, mas que teve a capacidade de desmantelá-la.

Eu era mortal, ia deixar Cauã mais uma vez. Este era o meu segredo.

Sem saber o que fazer ou o que dizer, saltei para a Lua. Nem o tom aterrorizado de Cauã ao gritar meu nome me fez olhar para trás.

Eu precisava de…

tempo.

GLOSSÁRIO DE NOMES E TERMOS PRÓPRIOS

Terminologia

Caixa de Rudá – Uma caixa de bronze desenvolvida por Rudá para abrigar temporariamente os poderes de Guaraci, a fim de que ele pudesse possuir seu amor sem oferecer perigo ao companheiro (ou companheira).

Chave – Um dom. Habilidade flutuante que infecta uma entidade, por tempo determinado, porém de duração desconhecida. Tal poder dá à entidade a capacidade de abrir ou fechar qualquer portal espontâneo.

Ci – O nome dado a um planeta que abriga a natureza, permitindo a diversidade de vida.

Desmantelar – O ato de abrir mão da vida orgânica, da vida humana e assumir a forma imaterial junto ao elemento original, mantendo a memória latente de todas as vidas passadas e escolhendo o melhor momento para retornar à vida humana, se quiser retornar.

Entidades de suporte – Imprevisíveis, mas fascinantes. De fato, todos os outros seres, além das entidades primárias e secundárias, são considerados entidades de suporte. Cada ser representando algo, mesmo sem a intenção de fazê-lo. No entanto, pela força de uma entidade primária, altera-se a representação de uma entidade de suporte. Cada uma com poderes diferentes, de acordo com sua representação. Uma entidade primária pode também alterar a representação de uma entidade de suporte, mas há consequências nesse caso. Isso porque, por um tempo determinado, a entidade secundária assume, em parte, o dom do outro.

Entidades primárias – Entende-se que o nível primário seja o máximo de evolução que uma entidade possa alcançar, apesar de nada haver impedido a evolução maior. Quando a entidade evolui para a condição primária, torna-se tão complexa que não pode se materializar em um organismo vivo único por muito tempo e o tempo parece não ser suficiente para chegar ao nível de energia pura. Elas se responsabilizam pela harmonia dos elementos em diversos mundos e não se atêm a um sistema solar único.

Entidades secundárias – Seres que evoluem seus dons impactantes em um sistema solar específico. Podem representar um astro ou condição, são poderosos e responsáveis por harmonizar o sistema, para permitir vida, e também podem orientar as entidades cujo poder se encontra no nível de suporte.

Entidades superiores – Energia pura, cuja força existe e sempre existirá no universo e está além da compreensão. Um nível de desenvolvimento acima das entidades primárias; a maioria das entidades deixa de existir muito antes disso.

Portal espontâneo – Um caminho entre dois mundos. Uma espécie de buraco de minhoca que se abre espontaneamente no espaço, como uma espécie de furacão, diferentemente do que se abre com a chave. Transporta qualquer entidade para outro mundo. Infelizmente, não há controle sobre qual mundo será conectado pelo portal espontâneo.

Portal físico – Age como o portal espontâneo, mas há total controle do destino. Uma espécie de porta cravada em uma estrutura física (usualmente pedras) que é aberta com uma pedra preciosa que já determina o destino. Cada pedra preciosa representa um mundo específico (planeta ou astro).

Nomes próprios

Anhangá (entidade primária) – Conhecido como Buraco Negro. Um monstro que tem a capacidade de destruir a matéria e o tempo.

Ao-Ao (entidade de suporte) – Sexto monstro lendário. Filho de Tau e Kerana. Incumbido pelos montes e montanhas.

Aracy (entidade primária) – A Grande Mãe com o modelo de vínculo incondicional, estimula a sinergia.

Boto-cor-de-rosa – Ver Uauiara.

Caaporã (entidade secundária) – Apesar de seu temperamento explosivo, tem a importante tarefa de proteger as matas e os animais.

Caupê (entidade de suporte) – Representa a beleza física.

Cuca (entidade de suporte) – Poderosa feiticeira que negocia poções e encantamentos.

Entidades de Ci – Seres humanos, entidades da Mãe Natureza, da Terra. Puro mistério para todas as outras entidades, pois não carregam intacta a memória latente de sua existência. Não desmantelam, eles morrem. Destacam-se por terem vida curta. De certa forma, eles são um mistério para si mesmos.

Guaraci (entidade secundária) – O Sol, estrela central do sistema solar. Seu calor preenche todos os elementos. Seu magnetismo clareia os sentidos, penetra na alma e emana direcionamento. Força que envolve os elementos e suas entidades como uma manta, uma energia irradiante provendo orientação para que todas as entidades e seus elementos trabalhem em benefício mútuo. Atua como mediador e influencia a simbiose. Já impactante por natureza, nasce como entidade secundária.

Iacy (entidade de suporte) – Incube-se de proteger. Chefe das Icamiabas. Ela as escolhe, nutre, orienta.

Iaras (entidade de suporte) – Ninfas das lagoas, que seduzem e amortecem os sentidos com seu canto. São criadas pelas entidades do mar. Geralmente são criadas pela Uiara ou pelo Ipupiara. Quando são criadas pela Uiara, são livres; quando são criadas por Ipupiara, são escravas.

Icamiabas – Grupo de mulheres guerreiras, orientadas pela Iacy. Conhecidas como amazonas, elas recebem a permissão de Tupã para viver uma vida milenar, com memória intacta para se dedicarem à sua luta.

Ipupiara (entidade secundária) – Entidade do mar que se perdeu. Uma espécie de criatura mágica. Um feiticeiro, já que prefere viver sem representar um elemento ou condição. Alimenta-se de carne humana e cria escravas para seduzir e delas se alimentar.

Jaci (entidade secundária) – A Lua, entidade com uma energia atraente. Influencia a natureza, a fertilidade e a maternidade. Grande inspiradora do amor e renovação. Amante das crianças e da inocente simplicidade. Detentora de sensualidade extrema, que irradia magia, enfeitiça e protege os amantes ou a natureza e todas as formas de amar. Sensível, passional e curiosa, ela se apaixonou pelos encantos da Terra, orbitando-a para observá-la atentamente e contemplar a vida.

Jaci Jaterê (entidade de suporte) – Quarto monstro lendário. Filho de Tau e Kerana. Representa a amnésia. Isso porque, antigamente, ele buscava inocentes sozinhos, colocava-os em um transe e depois lhes dava um beijo que retirava sua memória.

Kerana (entidade de suporte) – Perigosa e traíra, antes uma entidade de Ci e, após unir-se a Tau, meramente atraída pelo poder destrutivo do parceiro, foi amaldiçoada com parte de seu poder. Dessa união surgiram os sete monstros lendários: Teju Jaguá, Mboi Tu´i, Moñai, Jaci Jaterê, Kurupi, Ao-Ao, Luisón.

Kurupi (entidade de suporte) – Quinto monstro lendário. Filho de Tau e Kerana. Quem impulsiona a luxúria e violência pelos artifícios da sexualidade. Também induz fertilidade e preconceito.

Luisón (entidade secundária) – Sétimo monstro lendário. Filho de Tau e Kerana. É responsável por conduzir aqueles que perderam a vida. Apesar de filho de Tau e de ser considerado um dos sete monstros lendários, não é essencialmente cruel. Ele é a entidade de passagem, que conduz as almas para o seu destino. Curioso, instiga o filme da vida das almas e contempla a seu lado como um curioso espectador. Passional, busca emanar a paz e o sentimento de conclusão durante o processo. No entanto, quando ele encontra uma alma ruim, mostra o seu lado destrutivo, fazendo jus ao macabro termo "monstro lendário".

Macaxera (entidade de suporte) – Grande guerreiro. Entidade da Guerra. Um grande estrategista.

Macunaíma (entidade de suporte) – Grande trapaceiro. Um feiticeiro poderoso e oportunista.

Mairata (entidade de suporte) – Um gênio e grande instigador de soluções.

Matinta Pereira (entidade de suporte) – Uma senhora que vaga pelas matas e bosques. Ela carrega uma maldição que é sua própria perdição. Sua obsessão é oferecer sua maldição a quem a aceita. Assim o faz perguntando indiscriminadamente: "Quem quer?". Se encontrar uma pessoa em desespero e que responda "Eu quero!" achando que é a solução para algum problema, ela volta à sua forma antiga e presenteia a outra com sua maldição.

Mboi Tu'i (entidade de suporte) – Segundo monstro lendário. Filho de Tau e Kerana. A quem ficou incumbida a fúria das águas e criaturas aquáticas.

Moñai (entidade de suporte) – Terceiro monstro lendário. Filho de Tau e Kerana. Obsessão que se instala pelos campos abertos, já que neles está a verdadeira vulnerabilidade dos corajosos.

Neguinho do Pastoreio (entidade de suporte) – Incumbem-no de achar objetos perdidos.

Nhanderuvuçu (energia pura) – Força que existe e sempre existirá no universo e está além da compreensão.

Pisadeira (entidade de suporte) – Uma senhora perdida, perigosa, gulosa. Feiticeira, já que não representa elemento ou condição. Gosta de se alimentar da respiração de quem dorme, às vezes asfixiando suas vítimas.

Rudá (entidade secundária) – Entidade detentora do divino dom de compreender o amor em todas as suas formas. Uma inteligência rara, um guia, um conselheiro e um mestre na arte de amar, solucionar, criar e vincular. Um poderoso ser que detém parte da energia de vida e seu propósito. Algo capaz de fazer brotar vida com o milagre do liame entre duas matérias. Uma de suas missões seria despertar o amor para proporcionar vínculo, encantamento que impulsiona o respeito e a adoração entre os demais e a si mesmo. Um dom que deve ser medido com virtudes e valores. Pela sua importância, surge como entidade Secundária.

Saci (entidade de suporte) – Uma eterna criança. Nasce de uma gestação que dura sete anos na cana-de-açúcar. Nasce sem uma das pernas, característica única de seu porte e conhece ervas medicinais. No entanto, ele se transporta em meio ao vento e, quando o faz, gera um verdadeiro ciclone que destrói tudo em volta.

Tau (entidade secundária) – Antes era um Guardião, ou uma poeira advinda, aprisionado em Anhangá, e que se libertou. Quando isso acontece, ele se transforma em poeira de puro ferro, isto é, um aglomerado de ferro que vaga no universo em busca de uma forma para se instalar e consumir, assim como Anhangá, aquilo em sua volta. Então, ao encontrar um local para instalar e consumir, escolhe a forma de Tau, um poderoso líder por natureza e péssima notícia para o astro que o recebe. Uma bomba-relógio cujo poder se torna mais destrutivo a cada evolução. Mas ele evita a evolução, por temer a profunda dor física que corrói cada célula de seu corpo durante o processo. Talvez a dor seja um mecanismo de defesa do universo para controlar a ambição dessa entidade perigosa, o único que sofre fisicamente a cada evolução.

Teju Jaguá (entidade de suporte) – Primeiro monstro lendário. Filho de Tau e Kerana. A quem ficou incumbida a sorte daqueles que teimam em se aventurar em cavernas, além de prover frutas, provavelmente para lembrar Kerana de sua fraqueza, já que, quando ainda era humana, ela foi convencida a seguir Tau após experimentar o gosto de uma fruta.

Tupã (entidade primária) – Harmoniza o ambiente para proporcionar vida. Um dos meios pelo qual Nhanderuvuçu envia suas mensagens; é o único que consegue desvendá-las. Manifesta-se por raios, trovões, relâmpagos e tempestades como um grande mensageiro.

Uauiara (entidade de suporte) – O boto-cor-de-rosa como forma original. Cuida e representa os animais marinhos. Uma personalidade extremamente impulsiva, amante das mulheres e incapaz de se controlar diante da formosura feminina. Como se a natureza fosse uma mulher vaidosa e quisesse retribuir a sua admiração, presenteou-lhe o dom especial de persuadir e manipular. Um sedutor irresistível, um bruxo que manipula sentimentos. Utiliza seu poder de galanteador para persuadir mulheres e possuí-las. Tem uma maneira peculiar de fazer as conquistas.

Uiara (entidade secundária) – A brisa suave do mar, a incerteza da corrente das lagoas, o romântico brilho refletido nas águas que acaricia os olhos de quem quiser contemplar sua formosura. O complexo emaranhado dos rios tem uma entidade que mantém em si o amor incondicional.

FONTE: Electra LT Std

#Talentos da Literatura Brasileira
nas redes sociais

grupo novo século
www.gruponovoseculo.com.br